D0911788

LE LIVRE TIBÉTAIN DE LA VIE ET DE LA MORT

SOGYAL RINPOCHÉ

Le Livre tibétain de la Vie et de la Mort

NOUVELLE ÉDITION AUGMENTÉE

Avant-propos de Sa Sainteté le Dalaï-Lama

Rédaction : Patrick Gaffney et Andrew Harvey
Traduction : Gisèle Gaudebert et Marie-Claude Morel

LA TABLE RONDE

Titre original :

THE TIBETAN BOOK OF LIVING AND DYING

Les traductrices remercient spécialement Geneviève Michaud
pour ses précieuses suggestions.

J'aimerais dédier ce livre à Jamyang Khyentsé Chökyi Lodrö, Dudjom Rinpoché, Dilgo Khyentsé Rinpoché, Nyoshul Khen Rinpoché, Khyentsé Sangyum Khandro Tséring Chödrön, et à tous mes maîtres bien-aimés qui ont été l'inspiration de ma vie.

Puisse ce livre être un guide vers la libération, puisse-t-il être lu par les vivants, être lu aux mourants et à l'intention des morts.

Puisse-t-il aider tous ceux qui le liront et les stimuler dans leur cheminement vers l'éveil !

SOMMAIRE

Introduction à l'édition révisée

Voici maintenant dix ans que *Le Livre tibétain de la Vie et de la Mort* est paru. J'ai tenté dans cet ouvrage de partager un tant soit peu la sagesse de la tradition qui m'a vu grandir. Je me suis efforcé de montrer la nature pratique de ces enseignements anciens et d'indiquer comment ils peuvent nous aider à chaque étape de la vie et de la mort. Au fil des ans, beaucoup de gens m'avaient pressé d'écrire ce livre, disant qu'il aiderait à soulager certaines des grandes souffrances que nous sommes si nombreux à endurer dans le monde d'aujourd'hui. Comme le soulignait Sa Sainteté le Dalaï-Lama, nous vivons dans une société où les gens éprouvent de plus en plus de mal à se témoigner de l'affection, et où la dimension intérieure de la vie est presque complètement négligée. Il n'est pas étonnant que notre époque connaisse une soif si intense de compassion et de sagesse – ce que les enseignements spirituels peuvent offrir.

C'est probablement en écho à cette demande que *Le Livre tibétain de la Vie et de la Mort* a été accueilli avec un tel enthousiasme dans le monde entier. Au début, j'ai été stupéfait : je ne m'attendais pas à ce qu'il ait un tel impact, car au moment où je l'ai rédigé, la mort était encore un sujet occulté et ignoré. Peu à peu, en voyageant dans différents pays où j'ai enseigné et dirigé des séminaires et des formations basés sur les enseignements contenus dans ce livre, j'ai vu à quel point il avait touché une corde sensible dans le cœur des gens. Des lecteurs toujours plus nombreux sont venus me voir ou m'ont écrit pour me rapporter comment ces enseignements les avaient aidés à traverser une crise personnelle, ou soutenus lors de la mort d'un proche. Et même si les enseignements de ce livre ne sont pas forcément familiers au premier abord, certaines personnes m'ont dit qu'elles l'avaient lu plusieurs fois et qu'elles continuaient à y revenir comme source d'inspiration. Après avoir lu *Le Livre tibétain de la Vie et de la Mort*, une femme habitant à Madras, en Inde, s'est sentie si inspirée qu'elle a fondé un centre médical doté d'une unité de soins palliatifs. Une autre personne, aux États-Unis, m'a dit qu'elle avait été frappée de constater comment, selon ses propres termes, un simple livre l'avait « si pleinement aimée ». De tels récits, à la fois émouvants et personnels, attestent du pouvoir et de la pertinence des enseignements bouddhistes aujourd'hui. A chaque fois que je les entends, mon cœur s'emplit de gratitude – gratitude envers les enseignements eux-mêmes et envers les maîtres et les pratiquants qui se sont donné tant de peine pour les réaliser et les transmettre.

Entre-temps, j'ai appris que *Le Livre tibétain de la Vie et de la Mort* avait été adopté par des institutions, des centres et des groupes divers – éducatifs, médicaux et spirituels. Infirmières, médecins et professionnels de l'accompagnement des mourants m'ont dit comment ils avaient intégré ces méthodes dans leur travail quotidien, et j'ai entendu de nombreux récits de gens ordinaires qui utilisent ces pratiques et s'aperçoivent qu'elles ont transformé la mort d'un ami ou d'un parent proche. Des personnes venant d'horizons spirituels variés ont lu ce livre et témoigné qu'il avait renforcé et approfondi leur foi en leur propre tradition, et cela me touche particulièrement. Elles semblent reconnaître l'universalité de son message, et comprendre qu'il vise non à persuader ou à convertir, mais à offrir la sagesse des enseignements bouddhistes anciens dans le simple but d'apporter le plus grand bienfait possible.

Tandis que *Le Livre tibétain de la Vie et de la Mort* prenait en douceur son propre essor et entrait discrètement dans divers domaines et disciplines, j'ai commencé à comprendre l'origine de sa grande influence et de l'intérêt qu'il suscitait : ces enseignements extraordinaires sont l'essence du cœur de la lignée orale, cette ligne ininterrompue de sagesse transmise par l'expérience vivante à travers les siècles. Quelqu'un a dit que ce livre était « à mi-chemin entre un maître vivant et un livre » ; et il est vrai que les plus grands maîtres de notre temps sont présents dans *Le Livre tibétain de la Vie et de la Mort*, et qu'ils y ont aussi contribué par leurs conseils et leurs réponses. Ce sont eux qui parlent dans ces pages, leur sagesse et leur vision d'un monde plein de compassion, éclairé par la connaissance de notre vraie nature, la nature la plus secrète de notre esprit. Je crois que le retentissement du *Livre tibétain de la Vie et de la Mort* est dû à la bénédiction de la lignée et à la puissance de la tradition orale. Son succès a été pour moi une expérience d'humilité : elle m'a rappelé que si j'ai quelque capacité à communiquer ces enseignements, c'est uniquement grâce à la dévotion qu'ils m'inspirent et à la bonté de mes maîtres, et rien d'autre.

Ces dix dernières années ont vu de nombreux changements dans nos attitudes envers la mort et dans le type d'accompagnement que notre société offre aux personnes en fin de vie et en deuil. La conscience de la mort et des nombreuses questions qui s'y rapportent s'est généralisée. Livres, sites internet, conférences, programmes télévisés de qualité, films et groupes d'accompagnement ont tous contribué à une ouverture accrue à l'idée d'explorer le domaine de la mort. Le travail du mouvement des soins palliatifs s'est considérablement étendu ; c'est pendant cette période que certains pays ont vu s'ouvrir tout le champ de l'accompagnement des mourants. Toutes sortes d'initiatives ont été prises par des personnes courageuses pour lesquelles j'ai le plus grand respect et la plus grande admiration. Entre-temps, ceux qui travaillent au sein de la tradition bouddhiste ont été de plus en plus sollicités pour participer à ces projets et réfléchir à la façon dont ils pouvaient y contribuer.

Un certain nombre de mes amis et de mes étudiants ont progressivement créé un programme international d'éducation et de formation, basé sur les enseignements de ce livre et conçu pour proposer un accompagnement spirituel aux personnes en fin de vie, à leurs familles et à ceux qui prennent soin d'elles. Nous proposons des cours à l'intention de la profession médicale et du public, coordonnons le travail des bénévoles et avons commencé à travailler en partenariat avec les hôpitaux, les cliniques, les centres de soins palliatifs et les universités. On reconnaît partout de plus en plus que l'aspect spirituel constitue le cœur de l'accompagnement des mourants, et je trouve cela encourageant. Dans certains pays, des écoles de médecine offrent maintenant des cours sur le thème « spiritualité et médecine ». Cependant, les sondages d'opinion montrent toujours, semble-t-il, la prédominance du déni de la mort et le manque de capacité à offrir aux mourants une aide, un accompagnement et des réponses à leurs besoins les plus profonds. La façon dont nous mourons est extrêmement importante. La mort est le moment crucial de toute notre vie, et chacun d'entre nous devrait pouvoir mourir en paix et dans la plénitude, sachant qu'il sera entouré du meilleur accompagnement spirituel possible.

Si *Le Livre tibétain de la Vie et de la Mort* a contribué de quelque façon à nous aider à envisager notre propre mort et celle de nos proches, cela répond à mes prières, et j'en suis profondément ému et reconnaissant. Je souhaite plus que tout que les enseignements présentés ici soient rendus accessibles à tous, quels que soient leur lieu de résidence, leur âge et leur niveau d'éducation. Mon intention première était que ce livre contribue à inspirer une révolution tranquille dans la façon de considérer la mort et d'accompagner les mourants, et dans la façon de considérer la vie et d'accompagner les vivants. La nécessité de se transformer spirituellement et de devenir, au vrai sens du terme, responsable de soi-même et d'autrui n'est pas devenue moins urgente ces dix dernières années. Que se passerait-il si de plus en plus de gens pensaient sérieusement à leur futur et à celui du monde ? Imaginez comment serait le monde si l'on donnait à l'existence un sens sacré ; si l'accompagnement des derniers instants de la vie était éclairé par un profond respect de la mort ; et si l'on considérait la vie et la mort comme un tout inséparable. Que se passerait-il si l'on cherchait à donner à chacun de nos actes la mesure de l'amour et de la compassion, et si l'on comprenait, à quelque degré que ce soit, la nature la plus secrète de l'esprit sous-jacente à l'existence tout entière ? Ce serait une véritable révolution, qui rendrait les hommes et les femmes libres de découvrir leur propre patrimoine, cette dimension intérieure si longtemps négligée, et de réintégrer la plénitude de l'expérience humaine, dans tout son mystère et sa grandeur.

Sogyal Rinpoché, Lérab Ling, mai 2001.

Avant-propos

par Sa Sainteté le Dalaï-Lama

Comment comprendre le sens véritable de l'existence, comment accepter la mort, comment aider les mourants et les morts, tels sont les thèmes sur lesquels Sogyal Rinpoché met l'accent dans cet ouvrage qui paraît à point nommé.

La mort fait partie du cours naturel de la vie et, tôt ou tard, nous devrons tous inévitablement l'affronter. A mon sens, tant que nous sommes en vie, nous pouvons l'envisager de deux manières. Soit nous choisissons de l'ignorer, soit nous faisons face à la perspective de notre propre mort et essayons, par une réflexion lucide, d'atténuer la souffrance qu'elle peut entraîner. Cependant, aucune de ces deux solutions ne nous permet, en effet, de triompher d'elle.

En tant que bouddhiste, j'envisage la mort comme un processus normal, une réalité que j'accepte, aussi longtemps que je demeure dans cette existence terrestre. Sachant que je ne peux y échapper, je ne vois aucune raison de m'inquiéter à son sujet. La mort est, à mes yeux, plutôt un changement de vêtements vieux et usagés, qu'une véritable fin. Cependant, la mort est imprévisible : nous ne savons ni quand ni comment elle surviendra. Il semble donc raisonnable de prendre certaines précautions avant qu'elle ne se produise de fait.

Bien entendu, la plupart d'entre nous aimeraient mourir d'une mort paisible. Cependant, il est clair que nous ne pouvons y prétendre si nos vies ont été imprégnées de violence ou si nos esprits ont été le plus souvent agités par des émotions telles que la colère, l'attachement ou la peur. Par conséquent, si nous souhaitons mourir bien, nous devons apprendre à vivre bien : pour avoir l'espoir d'une mort paisible, il nous faut cultiver la paix, dans notre esprit comme dans notre manière de vivre.

Ainsi que vous le découvrirez dans ce livre, l'expérience même de la mort revêt, du point de vue bouddhiste, une grande importance. Bien que le lieu et la nature de notre renaissance future soient généralement dépendants de forces karmiques, notre état d'esprit au moment de la mort peut influer sur la qualité de notre prochaine renaissance. Aussi, malgré la grande diversité des karmas accumulés, si nous faisons un effort particulier au moment de la mort pour engendrer un état d'esprit vertueux, nous pouvons renforcer et activer un karma vertueux et susciter ainsi une renaissance heureuse.

Le moment même de la mort est aussi le moment où peuvent se produire les expériences intérieures les plus profondes et les plus bénéfiques. Un méditant accompli, longuement familiarisé avec le processus de la mort par la méditation, peut utiliser sa propre mort pour parvenir à une haute réalisation spirituelle. C'est pourquoi les pratiquants expérimentés s'engagent dans des pratiques méditatives lorsqu'ils sont en train de mourir. Un signe de leur réalisation est que leur corps ne commence bien souvent à se décomposer que long-temps après leur mort clinique.

Aider les autres à bien mourir importe tout autant que se préparer à sa propre mort. Chacun de nous fut un jour un nouveau-né sans défense et, s'il n'avait alors reçu soins et tendresse, il n'aurait pas survécu. Les personnes en fin de vie sont tout aussi incapables de prendre soin d'elles-mêmes ; aussi devrions-nous les soulager de leur inconfort et de leur angoisse et les aider, autant que faire se peut, à mourir l'esprit calme.

Le plus important ici est d'éviter à ceux qui vivent leurs derniers instants tout ce qui pourrait perturber leur esprit davantage qu'il ne l'est déjà. Dans l'aide aux mourants, notre objectif majeur est d'apporter aise et réconfort. Il y a bien des façons de le faire. Une personne familiarisée avec une pratique spirituelle peut trouver inspiration et courage lorsqu'on lui rappelle cette pratique. Mais le simple fait de la rassurer avec gentillesse peut aussi engendrer dans son esprit une attitude paisible et détendue.

La mort et le processus de la mort constituent un point de rencontre entre le bouddhisme tibétain et les disciplines scientifiques contemporaines. Je crois que leur contribution mutuelle peut être extrêmement béné-fique, tant sur le plan pratique que sur le plan de la compréhension. Sogyal Rinpoché est particulièrement bien placé pour faciliter cette rencontre. Né et élevé dans la tradition tibétaine, il a reçu les enseignements de certains de nos plus grands lamas. Ayant également bénéficié d'une éducation moderne, les nombreuses années durant lesquelles il a vécu et développé son

travail en Occident lui ont permis de bien se familiariser avec la pensée occidentale.

Ce livre n'offre pas seulement au lecteur un exposé
théorique sur la mort et le processus de la mort, mais
également les moyens pratiques de comprendre, de se
préparer soi-même et d'aider autrui à le faire, dans le
calme et la plénitude.

Le 2 juin 1992.

Préface

Je suis né au Tibet et j'avais six mois lorsque j'entrai au monastère de mon maître Jamyang Khyentsé Chökyi Lodrö, dans la province du Kham. Il existe au Tibet une tradition unique permettant de découvrir les réincarnations des grands maîtres décédés. Choisies dès leur jeune âge, celles-ci reçoivent une éducation particulière afin de les préparer à devenir les maîtres spirituels du futur. Je reçus le nom de Sogyal, bien que mon maître reconnût seulement plus tard en moi l'incarnation de Tertön Sogyal, un mystique célèbre qui fut l'un de ses propres maîtres spirituels et l'un de ceux du Treizième Dalaï-Lama.

Mon maître Jamyang Khyentsé, de grande taille pour un Tibétain, semblait toujours dominer la foule d'une bonne tête. Ses cheveux argentés étaient coupés très court et ses yeux pleins de bonté pétillaient d'humour. Il avait des oreilles allongées comme celles du Bouddha. Le plus remarquable cependant était sa présence. Son regard et sa prestance attestaient qu'il s'agissait d'un sage et d'un saint homme. Sa voix, riche et profonde, était un enchantement. Lorsqu'il enseignait, sa tête s'inclinait légèrement en arrière et l'enseignement coulait alors de lui en un flot d'éloquence et de poésie. Pourtant, bien qu'il inspirât le respect et même une crainte révérencielle, tous ses actes étaient empreints d'humilité.

Jamyang Khyentsé est le fondement même de mon existence et l'inspiration de cet ouvrage. Il était l'incarnation d'un maître qui avait réformé la pratique du bouddhisme dans notre pays. Au Tibet, porter simplement le nom d'une incarnation n'était pas suffisant ; il était indispensable de gagner le respect de tous par son érudition et sa pratique spirituelle. Mon maître avait passé des années en retraite et l'on conte, à son sujet, nombre d'histoires miraculeuses. Il avait acquis une réalisation spirituelle et un savoir profonds, et je découvris plus tard qu'il était semblable à une encyclopédie vivante de la sagesse : quelque question qu'on lui posât, il en connaissait la réponse. Il existait au Tibet de nombreuses traditions spirituelles mais Jamyang Khyentsé était salué comme l'autorité suprême. Pour ceux qui le connaissaient ou avaient entendu parler de lui, il incarnait le bouddhisme tibétain. Il était le témoignage vivant de ce que peut devenir un être qui a réalisé la vérité des enseignements et mené à son terme la pratique spirituelle.

Mon maître avait déclaré, ainsi qu'il me fut rapporté, que je l'aiderais à poursuivre son œuvre, et il est certain qu'il me traita toujours comme son propre fils. Ce que j'ai pu accomplir jusqu'à ce jour dans mon travail, l'audience que j'ai pu avoir sont, à mon sens, le fruit de la bénédiction qu'il m'a donnée.

Tous mes souvenirs les plus précoces ont trait à lui. Il fut l'environnement dans lequel je grandis et son influence domina mon enfance. Il fut comme un père pour moi. Il m'accordait tout ce que je lui demandais. Son épouse spirituelle, Khandro Tséring Chödrön, qui est aussi ma tante, avait coutume de dire : « Ne dérange pas Rinpoché, il est peut-être occupé[1] », mais je voulais toujours être là près de lui, et lui était heureux de m'avoir à ses côtés. Je le harcelais sans cesse de questions auxquelles il répondait toujours avec patience. Je n'étais pas un enfant sage ; aucun de mes précepteurs ne parvenait à me discipliner. Chaque fois qu'ils essayaient de me battre, je courais me réfugier auprès de mon maître et grimpais derrière lui, où personne n'osait venir me chercher. Blotti là, je me sentais fier et content de moi ; il ne faisait qu'en rire. Et puis un jour, mon précepteur s'entretint avec lui à mon insu, expliquant que, pour mon bien, cela ne pouvait durer. La fois suivante, comme je courais ainsi me cacher, mon précepteur entra dans la pièce, se prosterna trois fois devant mon maître et me traîna dehors. Je me rappelle avoir alors pensé combien il était étrange qu'il ne semblât point craindre mon maître.

Jamyang Khyentsé vivait dans la pièce où son incarnation précédente avait eu ses visions, et d'où elle avait lancé le mouvement de renaissance culturelle et spirituelle qui allait gagner le Tibet oriental au siècle dernier. C'était un endroit merveilleux, de taille modeste mais à l'atmosphère enchantée, empli d'objets, de peintures et de livres sacrés. On l'appelait « le paradis des bouddhas », « la pièce de la transmission de pouvoir » et, s'il y a un lieu au Tibet dont je me souviens, c'est bien de cette pièce. Mon maître s'asseyait sur un siège bas en bois, tendu de lanières de cuir, et je prenais place à ses côtés. Je refusais de manger si ce n'était pas dans son bol. La petite chambre adjacente était flanquée d'une véranda mais il y faisait toujours plutôt sombre. Et, dans un coin, sur un poêle, une théière était toujours en train de bouillonner. Je dormais habituellement auprès de mon maître, dans un petit lit au pied du sien. Un son que je n'oublierai jamais est celui des perles de son *mala*, son chapelet bouddhique, qu'il égrenait tout en murmurant ses prières. Lorsque j'allais me coucher, il était là assis à pratiquer. Et, lorsque je me réveillais le matin, il était déjà levé, à nouveau absorbé dans ses prières, débordant de grâce et de puissance. Lorsque j'ouvrais les yeux et l'apercevais, je me sentais empli d'un bonheur chaud et douillet. Il se dégageait de sa personne une telle atmosphère de paix.

A mesure que je grandissais, Jamyang Khyentsé me faisait présider les cérémonies tandis qu'il conduisait les chants. J'assistais à tous les enseignements et à toutes les initiations qu'il donnait ; plutôt que les détails, c'est l'atmosphère qui me revient aujourd'hui en mémoire. A mes yeux, il était le Bouddha ; de cela, je ne pouvais douter. D'ailleurs, tous le reconnaissaient comme tel. Lorsqu'il donnait des initiations, ses disciples étaient si impressionnés qu'ils osaient à peine le regarder en face. Certains le percevaient véritablement sous la forme de son prédécesseur ou sous celle de différents bouddhas et *bodhisattvas*[2]. Tous l'appelaient *Rinpoché*, « le Précieux », titre que l'on donne à un maître, et en sa présence aucun autre lama n'était appelé de la sorte. Nombreux étaient ceux qui l'appelaient affectueusement « le Bouddha Primordial », tant sa présence était impressionnante[3].

Si je n'avais pas rencontré mon maître Jamyang Khyentsé, je sais que je serais devenu quelqu'un d'entièrement différent. Par sa chaleur, sa sagesse et sa compassion, il personnifiait la vérité sacrée des enseignements et, ainsi, les rendait concrets et vibrants de vie. Lorsque j'évoque avec d'autres personnes l'atmosphère qui régnait autour de mon maître, s'éveille en elles le même sentiment profond qu'elle suscitait en moi. Quel était donc ce sentiment que Jamyang Khyentsé m'inspirait ? C'était une confiance inébranlable dans les enseignements, et la conviction de l'importance capitale du maître. Quelque compréhension que je puisse avoir, c'est à lui, je le sais, que je la dois. Jamais je ne pourrai m'acquitter de cette dette, mais il m'est possible de transmettre à d'autres ce que j'ai reçu.

Durant toute ma jeunesse au Tibet, j'ai vu combien Jamyang Khyentsé prodiguait un amour rayonnant à la communauté, particulièrement lorsqu'il guidait les mourants et les morts. Un lama, au Tibet, n'était pas seulement un maître spirituel mais aussi un sage, un thérapeute, un prêtre et un médecin de l'âme, qui aidait malades et mourants. Plus tard, je devais apprendre les techniques spécifiques permettant de guider les mourants et les défunts grâce aux enseignements reliés au *Livre des Morts tibétain*. Mais les plus grandes leçons qui m'aient jamais été données sur la mort – et sur la vie –, je les ai reçues en observant mon maître tandis qu'il guidait les mourants avec une compassion, une sagesse et une compréhension infinies.

Puisse une partie de la sagesse et de la compassion immenses de Jamyang Khyentsé être transmise au monde par ce livre. Puisse-t-il vous permettre à vous aussi, où que vous soyez, d'entrer en contact avec son esprit de sagesse et d'établir un lien vivant avec lui.

PREMIÈRE PARTIE

La Vie

J'avais sept ans environ lorsque je fus, pour la première fois, confronté à la mort. Nous nous préparions à quitter les montagnes de l'est pour gagner le Tibet central. Samten, l'un des assistants personnels de mon maître, était un moine merveilleux qui m'avait témoigné de la bonté durant mon enfance. Son visage épanoui, rond et joufflu, était toujours prêt à s'éclairer d'un sourire. Son caractère jovial faisait de lui le favori de tous au monastère. Chaque jour, mon maître donnait des enseignements, des initiations, et dirigeait des pratiques spirituelles et des rituels. Vers la fin de la journée, j'avais l'habitude de réunir mes amis et de donner une petite représentation des événements de la matinée. Et c'était toujours Samten qui me prêtait les costumes que mon maître avait portés le matin. Il ne me disait jamais non.

Et puis, soudain, Samten tomba malade et il devint évident qu'il n'allait pas survivre. Nous dûmes retarder notre départ. Jamais je n'oublierai les deux semaines qui suivirent. L'odeur de la mort planait sur tout comme un nuage. Et chaque fois que je pense à cette époque, la même odeur me revient. Le monastère était totalement imprégné d'une intense conscience de la mort. Toutefois, il n'y avait là rien de morbide ou d'effrayant ; en présence de mon maître, la mort de Samten prenait une signification toute particulière. Elle devenait un enseignement pour nous tous.

Samten était allongé sur un lit, près de la fenêtre, dans un petit temple à l'intérieur de la résidence de mon maître. Je savais qu'il vivait ses derniers instants. De temps à autre, j'entrais et allais m'asseoir près de lui. Il ne pouvait plus parler. Ses traits étaient maintenant très tirés, hagards, et ce changement me bouleversait. Je comprenais qu'il allait nous quitter et que nous ne le reverrions jamais plus. Je me sentais triste et profondément seul.

La mort de Samten ne fut pas aisée. Le son de sa respiration laborieuse nous poursuivait partout, ainsi que l'odeur provenant de la détérioration de son corps. Hormis le bruit de cette respiration, un silence absolu régnait dans le monastère. Toute l'attention était focalisée sur Samten. Pourtant, bien qu'il y eût tant de souffrance dans cette mort qui n'en finissait pas, nous pouvions tous sentir qu'au plus profond de lui, Samten était habité par la paix et la confiance intérieures. Au début, je ne pouvais m'expliquer d'où celles-ci provenaient mais, par la suite, je réalisai que c'étaient sa foi, son entraînement spirituel et la présence de notre maître qui les lui donnaient. Et malgré ma tristesse, je savais que si notre maître était là, tout irait pour le mieux car il serait capable de guider Samten vers la libération. Par la suite, j'appris que le rêve de tout pratiquant est de mourir avant son maître et de connaître la chance exceptionnelle d'être guidé par lui au moment de la mort.

En guidant paisiblement Samten durant sa mort, Jamyang Khyentsé l'introduisait aux différentes étapes du processus qu'il traversait, l'une après l'autre. La précision de sa connaissance, son assurance et sa paix me stupéfiaient. Sa présence ferme et tranquille aurait rassuré la personne la plus angoissée. A présent, Jamyang Khyentsé nous révélait son équanimité devant la mort. Non qu'il l'eût jamais traitée à la légère. Il nous avait souvent dit qu'il la redoutait et mis en garde contre le fait de l'envisager avec naïveté ou suffisance. Je me demandais ce qui lui permettait de l'affronter avec tant de sobriété et de légèreté de cœur, et d'être en même temps si pragmatique et si étrangement serein. Cette question me fascinait et m'absorbait.

La mort de Samten m'ébranla. A l'âge de sept ans, j'entrevis pour la première fois l'immense pouvoir de la tradition dans laquelle j'entrais et commençai à comprendre le but de la pratique spirituelle. C'était la pratique qui avait permis à Samten d'accepter la mort, et également de comprendre clairement que la souffrance et la douleur peuvent faire partie d'un processus profond et naturel de purification. C'était la pratique qui avait donné à mon maître une connaissance complète de ce qu'est la mort, ainsi qu'un savoir-faire précis pour guider les êtres lors de cette transition.

Après que Samten nous eut quittés, nous nous mîmes en route pour Lhassa, capitale du Tibet, et nous chevauchâmes durant trois mois en suivant un itinéraire tortueux. De là, nous poursuivîmes notre pèlerinage vers les sites sacrés du centre et du sud du pays, ces lieux bénis par les saints, les rois et les érudits qui établirent à partir du VIIe siècle le bouddhisme au Tibet. Mon maître était l'émanation de nombreux maîtres de toutes les traditions et sa réputation était telle qu'il recevait un accueil enthousiaste partout où nous allions.

Pour moi, ce voyage fut passionnant et il m'en reste un souvenir extraordinaire. Les Tibétains se lèvent de bonne heure afin de profiter au maximum de la lumière naturelle. Nous nous couchions au crépuscule, nous levions avant l'aube et, dès les premières lueurs du jour, les yaks chargés des bagages se mettaient en route. Puis les tentes étaient démontées, celles de la cuisine et de mon maître restant dressées jusqu'au dernier moment. Quelqu'un partait en éclaireur afin de choisir un bon emplacement pour établir le campement et, aux environs de midi, nous y faisions halte jusqu'au lendemain. J'aimais beaucoup camper près d'une rivière et écouter le bruit de l'eau ou m'asseoir sous la tente et entendre le crépitement de la pluie sur le toit.

Nous formions un petit groupe d'une trentaine de tentes. Dans la journée, je montais un alezan doré aux côtés de mon maître. Tandis que nous chevauchions, il enseignait, racontait des histoires, se consacrait à ses pratiques spirituelles et en composait de nouvelles à mon intention. Un jour, comme nous approchions du lac sacré de Yamdrok Tso et découvrions au loin le miroitement turquoise de ses eaux, un autre lama de notre groupe, Lama Tseten, arriva lui aussi au seuil de la mort.

La mort de Lama Tseten s'avéra pour moi un autre enseignement important. Il était le tuteur de l'épouse spirituelle de mon maître, Khandro Tséring Chödrön. Elle vit encore aujourd'hui et beaucoup la considèrent comme la pratiquante la plus remarquable du Tibet – un maître secret. Elle représente à mes yeux la dévotion personnifiée ; la simplicité de sa présence rayonnante d'amour est en elle-même un enseignement. Lama Tseten était un personnage profondément humain, l'image même du grand-père. Il avait dépassé la soixantaine, était d'assez grande taille et avait les cheveux grisonnants. Une douceur naturelle émanait de son être. Il était aussi un pratiquant de méditation hautement accompli ; le simple fait d'être à ses côtés suffisait à faire naître en moi un sentiment de paix et de sérénité. Parfois, il me grondait et j'avais alors peur de lui mais, malgré cette sévérité occasionnelle, il ne se départait jamais de sa chaleur.

Lama Tseten mourut d'une façon extraordinaire. Bien qu'il y eût un monastère à proximité, il refusa de s'y rendre, déclarant qu'il ne voulait pas encombrer ces lieux d'un cadavre. Nous fîmes donc halte pour camper et dressâmes nos tentes en cercle comme à l'accoutumée. Puisque Lama Tseten était son tuteur, c'était Khandro qui s'occupait de lui et le soignait. Elle et moi étions seuls avec lui dans sa tente lorsqu'il la fit soudain venir auprès de lui. Il avait une façon affectueuse de l'appeler « A-mi », ce qui – dans son dialecte – signifiait « mon enfant ». « A-mi, lui dit-il tendrement, approche-toi. Le moment est venu… Je n'ai plus de conseils à te donner. Tu es bien telle que tu es : je suis content de toi. Continue à servir ton maître comme tu l'as fait jusqu'à présent. »

Khandro se détourna aussitôt pour courir hors de la tente, mais il la saisit par la manche. « Où vas-tu ? » demanda-t-il. « Je vais appeler Rinpoché », répondit-elle.

« Ne va pas l'ennuyer, ce n'est pas la peine. » Il sourit : « Avec le maître, la distance n'existe pas. » A ces mots, il leva simplement son regard vers le ciel et expira. Khandro dégagea sa main et se précipita au-dehors pour appeler mon maître. Je demeurai assis, cloué sur place.

J'étais stupéfait de voir que quelqu'un pouvait faire preuve d'une telle confiance au moment de son face-à-face avec la mort. Lama Tseten aurait pu avoir son lama en personne auprès de lui pour l'aider – ce que quiconque aurait ardemment désiré – mais il n'en avait pas éprouvé le besoin. Aujourd'hui, j'en comprends la raison : Lama Tseten avait déjà réalisé la présence du maître en lui-même. Jamyang Khyentsé demeurait continuellement avec lui, présent dans son esprit et dans son cœur : pas un seul instant il ne ressentait de séparation.

Khandro partit néanmoins à la recherche de Jamyang Khyentsé[1]. Je n'oublierai jamais la façon dont celui-ci se courba pour pénétrer dans la tente. Il jeta un coup d'œil au visage de Lama Tseten puis, examinant attentivement ses yeux, eut un rire amusé. Il l'avait toujours appelé « La Gen », « vieux lama », en signe d'affection. « La Gen, lui dit-il, ne reste pas dans cet état ! » Jamyang Khyentsé pouvait voir, je le comprends aujourd'hui, que Lama Tseten faisait alors une pratique particulière de méditation au cours de laquelle le pratiquant unit son esprit à l'espace de la vérité, et peut demeurer dans cet état un grand nombre de jours à sa mort. « La Gen, nous sommes des voyageurs. Nous sommes des pèlerins. Nous n'avons pas le temps d'attendre trop longtemps. Viens, je vais te guider. »

Sidéré, j'observai la suite des événements et, si je ne l'avais vu de mes propres yeux, jamais je ne l'aurais cru : *Lama Tseten revint à la vie !* C'est alors que mon maître s'assit à son chevet et le guida à travers le *p'owa*, la pratique destinée à diriger la conscience à l'instant qui précède la mort. Il existe de nombreuses manières d'accomplir cette pratique ; celle qu'il utilisa alors culmine lorsque le maître prononce la syllabe « A » à trois reprises. Lorsque mon maître émit le premier « A », nous pûmes entendre très distinctement Lama Tseten l'accompagner. La deuxième fois, sa voix était moins audible et, la troisième, elle s'était tue : Lama Tseten s'en était allé.

Si la mort de Samten m'avait enseigné le but de la pratique spirituelle, celle de Lama Tseten m'apprit qu'il n'est pas inhabituel, pour des pratiquants de son envergure, de dissimuler, de leur vivant, leurs qualités remarquables. Il arrive qu'ils ne les révèlent qu'une seule fois, au moment de leur mort. Je compris, malgré mon jeune âge, qu'il existait une différence frappante entre la mort de Samten et celle de Lama Tseten. Je réalisai que c'était la différence entre la mort d'un bon moine qui avait pratiqué sa vie durant et celle d'un pratiquant ayant atteint une réalisation beaucoup plus élevée. Samten était mort de façon ordinaire, dans la douleur, soutenu cependant par la confiance que donne la foi ; la mort de Lama Tseten fut, elle, une manifestation de maîtrise spirituelle.

Peu de temps après les funérailles de Lama Tseten, nous montâmes jusqu'au monastère de Yamdrok. Comme j'en avais l'habitude, je dormis auprès de mon maître, dans sa chambre, et je me souviens avoir cette nuit-là regardé les ombres des lampes à beurre vaciller sur le mur. Tandis que tout le monde dormait profondément, je restai éveillé et pleurai toute la nuit. Je compris alors que la mort est une réalité et que, moi aussi, il me faudrait quitter ce monde. Allongé sur mon lit, je songeai à la mort, et à la mienne en particulier. Peu à peu, un sentiment profond d'acceptation commença à émerger de cette grande tristesse et, avec lui, la résolution de consacrer ma vie à la pratique spirituelle.

C'est donc très jeune que je fus confronté à la mort et à ses implications. Jamais alors je n'aurais pu imaginer la diversité des morts qui allaient suivre, l'une s'ajoutant à l'autre. Celle que fut la perte tragique de mon pays, le Tibet, après l'occupation chinoise. Celle que fut l'exil. Celle que représenta la disparition de tout ce que ma famille et moi-même possédions. Ma famille, les Lakar Tsang, comptait parmi les plus fortunées du Tibet. Depuis le XIVe siècle, elle était connue comme l'un des plus grands bienfaiteurs du bouddhisme, soutenant l'enseignement du Bouddha et aidant les grands maîtres dans leur œuvre[2].

Cependant, la mort la plus bouleversante de toutes était encore à venir : c'était celle de mon maître Jamyang Khyentsé. En le perdant, je sentis que j'avais perdu le fondement même de mon existence. C'était en 1959, l'année de la chute du Tibet. Pour les Tibétains, la disparition de mon maître fut un second coup qui les accabla. Pour le Tibet, elle marqua la fin d'une époque.

LA MORT DANS LE MONDE CONTEMPORAIN

Lorsque j'arrivai pour la première fois en Occident, je fus choqué par le contraste qui existait entre l'attitude envers la mort que j'avais connue jusqu'alors et celle que je rencontrais maintenant. Malgré ses prouesses technologiques, la société moderne occidentale ne possède aucune compréhension réelle de ce qu'est la mort, ni de ce qui se passe pendant et après celle-ci.

Je découvris que, de nos jours, on apprend aux gens à nier la mort et à croire qu'elle ne représente rien de plus qu'un anéantissement et une perte. Ainsi, la majeure partie du monde vit soit dans le refus de la mort, soit dans la crainte qu'elle lui inspire. On considère même qu'il est morbide d'en parler et bien des gens croient que le simple fait de l'évoquer risque de l'attirer sur eux.

D'autres l'envisagent avec une insouciance naïve et enjouée, croyant que – pour une raison ou pour une autre – elle se passera bien et qu'ils n'ont pas de souci à se faire. Lorsque je pense à eux, ces paroles d'un maître tibétain me reviennent en mémoire : «Les gens commettent souvent l'erreur de se montrer légers au sujet de la mort et de penser : "Oh ! et puis... elle arrive à tout le monde ; ce n'est pas une grande affaire, c'est naturel ; tout ira bien pour moi." La théorie est plaisante, certes... jusqu'au moment où, effectivement, l'on doit mourir[3] !»

La première attitude consiste à envisager la mort comme une réalité qu'il faut fuir à tout prix ; la seconde, à juger qu'il n'est pas nécessaire de s'en préoccuper. Comme elles sont loin, toutes deux, d'une compréhension juste de son sens véritable !

Toutes les grandes traditions spirituelles du monde, y compris, bien sûr, le christianisme, ont clairement affirmé qu'elle n'est pas une fin. Elles nous ont toutes transmis la vision d'une vie future qui imprègne notre existence présente d'un sens sacré. Pourtant, en dépit de leurs enseignements, la société contemporaine demeure, dans une large mesure, un désert spirituel et la majorité des gens s'imagine qu'il n'existe pas d'autre vie que *celle-ci*. Sans foi réelle et authentique en une vie après la mort, la plupart d'entre nous mènent une existence dépourvue de toute signification ultime.

Je me suis rendu compte que le fait même de nier la mort est porteur de conséquences désastreuses qui s'étendent bien au-delà de l'individu. Elles affectent la planète entière. Fondamentalement persuadée qu'il n'existe pas d'autre vie que celle-ci, la société moderne n'a développé aucune vision à long terme. Rien n'empêche donc les individus de piller la planète afin de réaliser leurs objectifs immédiats et de vivre dans un égoïsme qui pourrait bien s'avérer fatal pour l'avenir. Voici ce qu'en dit l'ancien ministre brésilien de l'Environnement, responsable de la protection de la forêt tropicale amazonienne :

La société industrielle moderne est une religion fanatique. Nous saccageons, empoisonnons, détruisons tous les écosystèmes de la planète. Nous signons des reconnaissances de dette que nos enfants ne pourront jamais payer... Nous nous conduisons comme si nous étions la dernière génération sur terre. Sans un changement radical dans nos cœurs, nos esprits et notre perspective, la terre finira comme Vénus, calcinée, morte[4].

Combien nous faudra-t-il encore d'avertissements de ce genre ?

La destruction de notre environnement est alimentée par la peur de la mort et par l'ignorance d'une vie après la mort, et constitue une menace pour nos vies à tous. N'est-il donc pas extrêmement inquiétant que l'on ne nous enseigne ni ce qu'est la mort, ni comment mourir ? Que l'on ne nous donne aucun espoir en ce qui existe après la mort et, par conséquent, aucun espoir en ce qui est réellement sous-jacent à la vie ? N'est-il pas paradoxal que les jeunes reçoivent une éducation très poussée dans tous les domaines, sauf dans celui qui détient précisément la clé de l'entière signification de la vie et, peut-être même, de notre survie ?

J'ai souvent été intrigué en entendant certains maîtres bouddhistes de ma connaissance poser cette simple question à ceux qui venaient leur demander un enseignement : « Croyez-vous en une vie après celle-ci ? » La question n'est pas de savoir s'ils y croient en tant que proposition philosophique, mais s'ils le ressentent profondément dans leur cœur. Le maître sait que ceux qui croient en une vie après celle-ci envisageront leur existence de façon foncièrement différente, éprouvant un sentiment aigu de leur responsabilité et ressentant la nécessité d'une morale personnelle. Les maîtres pressentent sans doute le danger que les gens qui ne sont pas fermement convaincus de l'existence d'une vie après celle-ci créent une société polarisée sur des résultats à court terme, sans guère se soucier des conséquences de leurs actions. N'est-ce pas la raison principale qui nous a amenés à créer le monde brutal dans lequel nous vivons aujourd'hui, ce monde où l'on rencontre si peu de compassion véritable ?

Les pays les plus riches et les plus puissants du monde industriel me font parfois songer au royaume des dieux décrit dans les enseignements bouddhistes. Il est dit que les dieux y vivent dans un faste éblouissant, se délectant de tous les plaisirs imaginables, sans accorder l'ombre d'une pensée à la dimension spirituelle de la vie. En apparence tout se déroule pour le mieux, jusqu'au moment où la mort approche et où commencent à apparaître les signes inattendus du déclin. Alors, les épouses et les bien-aimées des dieux n'osent plus les approcher ; elles se contentent de leur jeter des fleurs de loin, tout en faisant quelques prières distraites afin qu'ils renaissent dans le royaume des dieux. Aucun de leurs souvenirs de bonheur ou de bien-être ne peut les préserver de la souffrance qui les assaille ; ils ne font, au contraire, que la rendre plus cruelle. Leur dernière heure venue, les dieux périssent donc ainsi, seuls et dans la détresse.

Le sort des dieux me rappelle la façon dont sont traités aujourd'hui les malades, les personnes âgées et en fin de vie. Notre société vit dans l'obsession de la jeunesse, du sexe et du pouvoir, et nous fuyons ce qui évoque la vieillesse et la décrépitude. N'est-il pas terrifiant que nous abandonnions ainsi les personnes âgées lorsque leur vie active est terminée et qu'elles ne nous sont plus d'aucune utilité ? N'est-il pas alarmant que nous les mettions à l'écart, dans des maisons de retraite où elles meurent seules et oubliées ?

Ne serait-il pas temps, également, de reconsidérer la manière dont nous traitons parfois ceux qui sont atteints de maladies incurables comme le cancer et le sida ? J'ai connu plusieurs personnes qui sont mortes du sida et j'ai souvent constaté que même leurs amis les traitaient comme des parias. L'opprobre lié à la maladie les réduisait au désespoir et leur faisait prendre leur vie en horreur, car elles avaient le sentiment qu'aux yeux du monde, cette vie était déjà terminée.

Même lorsque c'est une personne que nous connaissons ou l'un de nos proches qui est en train de mourir, nous nous trouvons, bien souvent, complètement démunis quant à la façon de l'aider. Et, après sa mort, rien ne nous encourage à songer à l'avenir de la personne défunte, à la façon dont sa vie pourrait se poursuivre ou à l'aide que nous pourrions continuer à lui apporter. Bien au contraire, toute tentative en vue d'orienter nos pensées dans ce sens risque d'être rejetée comme absurde et ridicule.

Tout ceci nous montre, avec une acuité douloureuse, combien il est nécessaire que s'opère, aujourd'hui plus que jamais, un changement fondamental dans notre attitude envers la mort et les mourants.

Heureusement, les mentalités commencent à évoluer. Le Mouvement des soins palliatifs[*], par exemple, accomplit un travail remarquable tant au niveau des soins pratiques que du soutien affectif ; ceci, toutefois, est insuffisant. Les personnes mourantes requièrent certes de l'amour et des soins mais elles ont besoin de quelque chose de plus profond encore : découvrir un

---

[*] Nous traduisons par « Mouvement des soins palliatifs » le terme anglais « Hospice Movement ». Ce mouvement, qui a pris un essor considérable lors des dernières décennies aux Etats-Unis et en Grande-Bretagne, est une forme alternative de soins palliatifs à l'intention des personnes en fin de vie et de leurs familles[5].

sens réel à la mort et à la vie. Autrement, comment pourrions-nous leur apporter un réconfort ultime ? Aider les mourants, c'est donc inclure la possibilité d'un soutien spirituel ; en effet, seule une connaissance spirituelle leur permettra véritablement de faire face à la mort et de la comprendre.

J'ai trouvé très encourageante la façon dont, ces dernières années en Occident, des pionniers tels que Elisabeth Kübler-Ross et Raymond Moody ont ouvert aux recherches le domaine de la mort et de l'accompagnement des mourants. Après avoir exploré en profondeur la façon dont nous prenons soin des personnes en fin de vie, Elisabeth Kübler-Ross a montré que la mort peut s'avérer une expérience paisible, voire transformatrice, à condition que celles-ci bénéficient d'un amour inconditionnel et d'une attitude plus éclairée. Les études scientifiques portant sur les nombreux aspects de l'« Expérience de proximité de la mort[*] » et qui ont fait suite au courageux travail de Raymond Moody ont offert à l'humanité la vive espérance, le ferme espoir que la vie ne s'achève pas avec la mort, qu'il existe bien « une vie après la vie ».

Certains, malheureusement, n'ont pas réellement compris toute la portée de ces révélations à propos de la mort et de son processus, et sont allés jusqu'à envisager celle-ci sous un jour par trop attrayant. J'ai

---

[*] « Expérience de proximité de la mort » traduit l'anglais « Near-Death Experience », expression passée dans le domaine public sous l'abréviation NDE. Certaines traductions françaises l'ont rendue par « expérience aux frontières de la mort, expérience aux approches de la mort, expérience proche de la mort, expérience de mort imminente (EMI) ».

entendu parler du cas tragique de jeunes gens qui s'étaient suicidés parce qu'ils avaient cru que la mort était belle et qu'elle leur offrait le moyen d'échapper à la tristesse de leur vie. Mais que nous ayons peur de la mort et refusions de lui faire face, ou qu'au contraire nous la percevions sous un jour romantique, elle est – dans les deux cas – banalisée. Face à la mort, le désespoir ou l'euphorie ne sont que des faux-fuyants. La mort n'est ni déprimante ni séduisante, elle est tout simplement une réalité de la vie.

Comme il est triste que la plupart d'entre nous ne commencent à apprécier leur vie que lorsqu'ils sont sur le point de mourir ! Je pense souvent à ces paroles du grand maître bouddhiste Padmasambhava : « Ceux qui croient qu'ils ont beaucoup de temps ne se préparent qu'au moment de la mort. Ils sont alors ravagés par les regrets. Mais n'est-il pas trop tard ? » Pourrait-il y avoir un commentaire plus terrifiant sur le monde moderne que celui-ci : la plupart des gens meurent non préparés à la mort, de la même manière qu'ils ont vécu, non préparés à la vie ?

LE VOYAGE À TRAVERS LA VIE ET LA MORT

Selon la sagesse du Bouddha, nous *pouvons* effectivement utiliser notre vie pour nous préparer à la mort. Point n'est besoin d'attendre la fin douloureuse d'un proche ou le choc d'une maladie incurable pour nous obliger à reconsidérer notre existence. Nous ne sommes pas non plus condamnés à partir les mains vides au moment de la mort pour affronter l'inconnu. Nous pouvons commencer, ici et maintenant, à découvrir un sens à notre vie. Nous pouvons faire de chaque instant l'occasion de changer et de nous préparer – de tout notre être, avec précision et l'esprit paisible – à la mort et à l'éternité.

Dans l'approche bouddhiste, la vie et la mort sont perçues comme un tout : la mort est le début d'un autre chapitre de la vie. La mort est un miroir dans lequel se reflète l'entière signification de la vie.

Cette vision est au cœur même des enseignements de la plus ancienne école du bouddhisme tibétain. Beaucoup d'entre vous auront sans doute entendu parler du *Livre des Morts tibétain*. Ce que j'essaie de faire dans ce livre, c'est d'expliquer et de développer *Le Livre des Morts tibétain*, afin de traiter non seulement de la mort, mais aussi de la vie, et d'exposer en détail l'enseignement global dont *Le Livre des Morts tibétain* n'est qu'une partie. Dans cet enseignement extraordinaire, la vie et la mort – envisagées comme un tout – sont présentées comme une série de réalités transitoires constamment changeantes, appelées *bardos*. Le terme « bardo » est communément utilisé pour désigner l'état intermédiaire entre la mort et la renaissance mais, en réalité, les bardos *se produisent continuellement, aussi bien durant la vie que durant la mort* ; ce sont des moments de passage où la possibilité de libération, ou d'éveil, se trouve considérablement accrue.

Les bardos constituent des occasions exceptionnelles de libération. En effet, les enseignements nous montrent que certains moments sont beaucoup plus puissants que d'autres ; ils sont porteurs d'un potentiel bien plus élevé où chacun de nos actes a des conséquences déterminantes et d'une grande ampleur. Je comparerais le bardo à l'instant où l'on s'avance au bord d'un précipice ; un tel instant se produit, par exemple, lorsqu'un maître introduit un disciple à la nature essentielle, originelle et la plus secrète de son esprit. Toutefois, le plus puissant et le plus significatif de ces moments demeure celui de la mort.

Selon la perspective du bouddhisme tibétain, nous pouvons diviser notre existence entière en quatre réalités qui sont en corrélation constante : 1° la vie ; 2° le processus de la mort et la mort elle-même ; 3° la période après la mort et 4° la renaissance. On les appelle les quatre bardos : 1° le bardo naturel de cette vie ; 2° le bardo douloureux du moment de la mort ; 3° le bardo lumineux de la *dharmata* et 4° le bardo karmique du devenir.

En raison de l'étendue et du caractère exhaustif des enseignements sur les bardos, le plan de ce livre a été élaboré avec soin. Vous serez guidé, étape par étape, à travers le voyage de la vie et de la mort, dont la vision se déploiera devant vous. Notre exploration se doit de débuter par une réflexion sans détour sur le sens de la mort et les multiples facettes de cette vérité qu'est l'impermanence. Une réflexion de ce type peut nous aider à faire un usage fécond de cette vie pendant qu'il en est encore temps, et nous donner la garantie que lorsque nous mourrons, nous n'aurons ni le remords ni l'amertume d'avoir gaspillé notre existence. Comme le disait le célèbre saint et poète du Tibet, Milarépa : « Ma religion est de vivre – et de mourir – sans regret. »

Une contemplation profonde du message secret que nous livre l'impermanence – à savoir ce qui est au-delà de l'impermanence et de la mort – nous amène directement au cœur des puissants enseignements de la tradition tibétaine : l'introduction à la « nature essentielle de l'esprit ». La réalisation de la nature de l'esprit, que nous pourrions appeler notre essence la plus secrète, cette vérité dont nous sommes tous en quête, est la clé pour comprendre la vie et la mort. Au moment de la mort, en effet, l'esprit ordinaire et ses illusions meurent et, dans la brèche ainsi ouverte, se révèle la nature de notre esprit, illimitée comme le ciel. Cette nature essentielle de l'esprit constitue l'arrière-plan de l'ensemble de la vie et de la mort, de la même manière que le ciel embrasse l'univers tout entier.

Les enseignements montrent clairement que, si tout ce que nous connaissons de l'esprit est l'aspect qui se dissout lorsque nous mourons, nous n'aurons aucune idée de ce qui se perpétue, aucune connaissance de cette dimension nouvelle – celle de la réalité plus profonde de la nature de l'esprit. Il est donc essentiel que chacun d'entre nous apprenne, de son vivant, à se familiariser avec cette nature de l'esprit. C'est à cette condition seulement que nous serons prêts lorsqu'elle se révélera spontanément, et dans toute sa puissance, au moment de la mort. C'est à cette condition seulement que nous pourrons la reconnaître « aussi naturellement », disent les enseignements, « qu'un enfant se réfugiant dans le giron de sa mère », et qu'en demeurant dans cet état, nous serons finalement libérés.

Une description de la nature de l'esprit conduit naturellement à des instructions complètes sur la méditation, car seule la méditation peut nous permettre d'en renouveler la découverte, de la réaliser et de la stabiliser graduellement. Une explication de la nature de l'évolution humaine, de la renaissance et du *karma* sera ensuite proposée, afin de vous donner la signification la plus complète possible de notre cheminement à travers la vie et la mort, et d'en indiquer le contexte.

Vous aurez alors acquis une connaissance suffisante pour pénétrer avec confiance au cœur même de cet ouvrage – un exposé complet et détaillé, puisé à des sources variées, de l'ensemble des quatre bardos ainsi que des différentes étapes de la mort et du processus de la mort. Instructions, conseils et pratiques spirituelles y sont présentés en détail pour vous permettre à la fois de vous aider vous-même et d'aider les autres à traverser les différentes étapes de la vie, du processus de la mort, de la mort elle-même et de « l'après-mort ». En conclusion, le livre nous propose une perspective sur la manière dont les enseignements traitant des bardos peuvent nous aider à comprendre la nature la plus profonde de l'esprit humain et de l'univers.

Mes étudiants me posent souvent cette question : « Comment pouvons-nous véritablement savoir ce que sont ces bardos ? D'où proviennent l'étonnante précision des enseignements les concernant et la connaissance étrangement claire qu'ils ont de chaque étape du processus de la mort, de la mort elle-même et de la renaissance ? » La réponse peut sembler difficile à comprendre d'emblée pour de nombreux lecteurs car l'Occident possède, de nos jours, une conception de l'esprit terriblement étroite. En dépit des percées majeures effectuées ces dernières années, en particulier dans les domaines des sciences psychophysiologiques et de la psychologie transpersonnelle, la grande majorité des scientifiques continuent à réduire l'esprit à un ensemble de processus biologiques se produisant à l'intérieur du cerveau, ce qui va à l'encontre des témoignages rapportés depuis des milliers d'années par les mystiques et les pratiquants de toutes les religions.

De quelle source un livre comme celui-ci peut-il donc tirer son autorité ? La « science intérieure » du bouddhisme se fonde, selon les termes d'un érudit américain, « sur une connaissance à la fois minutieuse et vaste de la réalité, sur une compréhension profonde de soi et de l'environnement déjà expérimentée et établie ; c'est-à-dire sur l'éveil complet du Bouddha[6] ». La source des enseignements sur les bardos est l'esprit d'illumination, l'esprit de bouddha totalement éveillé tel qu'il a été vécu, expliqué et transmis par une lignée ininterrompue de maîtres remontant au Bouddha Primordial. Leurs explorations de l'esprit et les formulations consciencieuses et méticuleuses – on pourrait presque dire scientifiques – de leurs découvertes au cours des siècles nous ont offert un panorama aussi complet que possible de la vie et de la mort. C'est cette description exhaustive que, grâce à l'inspiration de Jamyang Khyentsé et de mes autres maîtres, je m'efforce humblement de transmettre ici, pour la toute première fois, à l'Occident.

Le Livre tibétain de la Vie et de la Mort est le fruit de nombreuses années de contemplation, d'enseignement, de pratique et de clarification de certaines questions avec mes propres maîtres. Il représente la quintessence des « conseils du cœur » de tous mes maîtres, un nouveau *Livre des Morts tibétain* et un *Livre tibétain de la Vie*. Je souhaite qu'il soit un manuel, un guide, un ouvrage de référence et une source d'inspiration sacrée. Reprenez ce livre, relisez-le encore et encore ; c'est seulement de cette façon que vous en découvrirez, selon moi, les multiples niveaux de signification. Vous vous apercevrez que plus vous en ferez usage, plus vous apprécierez en vous-même la portée de son message et plus vous en viendrez à réaliser la profondeur de la sagesse qui vous est ainsi transmise à travers les enseignements qu'il contient.

Les enseignements sur les bardos nous montrent avec précision ce qui se passera si nous nous préparons à la mort, et ce qui adviendra dans le cas contraire. Le choix ne saurait être plus clair. Si nous refusons d'accepter la réalité de la mort aujourd'hui, alors que nous sommes encore en vie, nous le paierons chèrement, non seulement tout au long de notre existence, mais aussi au moment de la mort et ensuite. Ce refus aura pour conséquence de gâcher cette vie et toutes celles à venir. Nous serons incapables de vivre notre existence pleinement ; nous demeurerons prisonniers, précisément, de cet aspect de nous-mêmes qui doit mourir. Cette ignorance nous privera de la base même du voyage vers l'éveil et nous retiendra sans fin dans le royaume de l'illusion, le cycle incontrôlé de la vie et de la mort, cet océan de souffrance que nous, bouddhistes, appelons *samsara*[7].

Toutefois, le message essentiel que nous livrent les enseignements bouddhistes est qu'il existe un espoir immense, dans la vie comme dans la mort, à condition que nous nous y soyons préparés. Ces enseignements nous révèlent qu'une liberté prodigieuse, et finalement sans limites, est possible, qu'il nous appartient d'y travailler dès maintenant, durant notre vie ; une liberté qui nous permettra de choisir notre mort et, par conséquent, de choisir notre naissance. Pour celui qui s'est préparé et s'est engagé dans une pratique spirituelle, la mort arrive non comme une défaite mais comme une victoire, devenant ainsi le moment le plus glorieux de la vie, son couronnement.

DEUX

L'impermanence

Il n'est place sur terre où la mort ne nous puisse trouver ; nous pouvons tourner sans cesse la teste çà et là comme en pays suspect... En quelque manière qu'on se puisse mettre à l'abri des coups, je ne suis pas homme qui y reculasse... Mais c'est folie d'y penser arriver...

Ils vont, ils viennent, ils trottent, ils dansent, de mort nulles nouvelles. Tout cela est beau. Mais aussi quand elle arrive, ou à eux, ou à leurs femmes, enfants et amis, les surprenant à l'improviste et sans défense, quels tourments, quels cris, quelle rage, et quel désespoir les accable !...

Pour commencer à luy oster son plus grand avantage contre nous, prenons voye toute contraire à la commune. Ostons luy l'estrangeté, pratiquons-la, accoustumons-la, n'ayant rien si souvent en la teste que la mort... Il est incertain où la mort nous attende, attendons-la partout. La préméditation de la mort est préméditation de la liberté... Le savoir mourir nous affranchit de toute subjection et contrainte.

MONTAIGNE[1].

Pourquoi est-il si difficile de « préméditer » la mort et de « pré-méditer » la liberté ? Pour quelle raison redoutons-nous la mort au point d'éviter à tout prix de la regarder en face ? Quelque part, très profondément, nous savons que nous ne pourrons pas toujours continuer à nous dérober ainsi devant elle. Nous savons, comme le disait Milarépa, que « cette chose appelée "cadavre" et qui nous fait si peur vit avec nous, ici et maintenant ». Plus nous retarderons la confrontation avec la mort et plus nous l'ignorerons, plus nous serons hantés par une peur et une insécurité grandissantes. Et cette peur deviendra d'autant plus monstrueuse que nous essaierons de lui échapper.

La mort est un vaste mystère, mais nous pouvons en dire deux choses. *Il est absolument certain que nous mourrons, mais quand et comment est, par contre, incertain.* La seule assurance que nous ayons par conséquent est cette incertitude quant à l'heure de notre mort, dont nous nous servons comme d'un alibi pour retarder le moment de l'affronter. Nous sommes semblables à des enfants qui se couvrent les yeux dans une partie de cache-cache et s'imaginent ainsi que personne ne les voit.

Pourquoi vivons-nous dans une telle terreur de la mort ? Parce que notre désir instinctif est de vivre et de continuer à vivre, et que la mort représente la fin brutale de tout ce qui nous est familier. Nous avons le sentiment que, lorsqu'elle viendra, nous serons plongés dans l'inconnu ou deviendrons quelqu'un d'entièrement différent. Nous imaginons que nous serons complètement perdus, désorientés, livrés à un environnement inconnu et terrifiant. Nous imaginons que cela ressemblera au fait de se réveiller seul dans une contrée étrangère, en proie à une angoisse extrême, sans connaissance du pays ni de la langue, sans argent, sans relations, sans passeport, sans amis…

Sans doute la raison la plus profonde de notre peur de la mort est-elle que nous ne savons pas qui nous sommes. Nous croyons en une identité personnelle, unique et distincte ; pourtant, si nous avons le courage de l'examiner de près, nous nous apercevrons que cette identité est entièrement dépendante d'une liste interminable de données, telles que notre nom, l'histoire de notre vie, nos compagnons, notre famille, notre foyer, notre travail, nos amis, nos cartes de crédit… C'est sur leur soutien fragile et éphémère que nous nous reposons pour assurer notre sécurité. Mais lorsque tout ceci nous sera enlevé, aurons-nous alors la moindre idée de qui nous sommes vraiment ?

En l'absence de nos supports familiers, nous sommes directement confrontés à nous-mêmes, un personnage que nous ne connaissons pas, un étranger déroutant avec qui nous avons toujours vécu mais que nous n'avons jamais voulu vraiment connaître. N'est-ce pas pour cette raison que nous nous efforçons de remplir chaque instant de bruit et d'activités, même futiles et ennuyeuses, afin de nous assurer que nous ne resterons jamais seuls, en silence, en compagnie de cet étranger ?

Cela ne met-il pas le doigt sur un aspect fondamentalement tragique de notre mode de vie ? Nous vivons sous une identité d'emprunt, dans un monde névrotique de conte de fées qui n'a pas plus de réalité que la tortue fantaisie d'*Alice au Pays des Merveilles*. Grisés par l'ivresse de construire, nous avons bâti la demeure de notre existence sur du sable. Ce monde peut sembler merveilleusement convaincant, jusqu'au moment où la mort fait s'écrouler l'illusion et nous expulse de notre cachette. Que nous arrivera-t-il à ce moment-là, si nous n'avons aucune idée de l'existence d'une réalité plus profonde ?

Lorsque nous mourons, nous laissons tout derrière nous, en particulier ce corps qui nous a été si cher, sur lequel nous avons compté si aveuglément et que nous nous sommes tant efforcés de maintenir en vie. Nous ne pouvons, cependant, faire davantage confiance à notre esprit. Si vous l'observez quelques instants seulement, vous constaterez qu'il ressemble à une puce, sautant sans cesse de-ci de-là. Vous remarquerez que des pensées s'élèvent sans raison, sans le moindre rapport entre elles. Emportés par le chaos de chaque instant, nous sommes victimes de l'inconstance de notre esprit. Si nous ne connaissons que cet état de conscience, nous fier à notre seul esprit au moment de la mort serait prendre un risque absurde.

LA GRANDE MÉPRISE

La naissance d'un homme est la naissance de sa douleur. Plus il vit longtemps et plus il devient stupide, parce que son angoisse d'éviter une mort inévitable s'intensifie sans relâche. Quelle amertume ! Il vit pour ce qui est toujours hors de portée ! Sa soif de survie dans le futur le rend incapable de vivre dans le présent.
                                                    Chuang Tzu.

Après la mort de mon maître, j'eus la joie de développer un lien étroit avec Dudjom Rinpoché, l'un des plus grands mystiques, yogis et maîtres de méditation de notre époque. Un jour qu'il traversait la France en voiture en compagnie de son épouse, admirant le paysage le long de la route, ils longèrent un grand cimetière qui venait d'être repeint et fleuri. L'épouse de Dudjom Rinpoché s'exclama : « Rinpoché, regarde comme tout est propre et net en Occident ! Même les lieux où ils mettent les morts sont impeccables ! En Orient, les maisons où habitent les gens sont loin d'être aussi propres ! »

« Ah oui ! c'est vrai, répondit-il. Ce pays est tellement civilisé ! Ils construisent des demeures merveilleuses pour leurs dépouilles mortelles. Mais as-tu remarqué qu'ils en construisent de tout aussi merveilleuses pour leurs dépouilles vivantes ? »

Chaque fois qu'elle me revient en mémoire, cette histoire me rappelle combien la vie peut être vaine et futile lorsqu'elle est fondée sur une croyance erronée en la continuité et la permanence. Lorsque nous vivons de cette façon nous devenons, comme le disait Dudjom Rinpoché, des « dépouilles vivantes », inconscientes.

C'est ainsi que vivent la plupart d'entre nous, suivant un plan établi d'avance. Nous consacrons notre jeunesse à faire des études. Puis nous trouvons un travail, rencontrons quelqu'un, nous marions et avons des enfants. Nous achetons une maison, nous nous efforçons de réussir professionnellement, rêvons d'une résidence secondaire ou d'une seconde voiture. Nous partons en vacances avec des amis. Nous faisons des projets pour notre retraite. Pour certains d'entre nous, le plus grand dilemme auquel nous ayons jamais à faire face est de décider du lieu de nos prochaines vacances ou de choisir qui inviter pour Noël. Notre existence est

monotone, mesquine et répétitive, gaspillée à poursuivre des objectifs insignifiants car nous semblons, en
fait, ne rien connaître de mieux.

Le rythme de notre vie est si trépidant que la dernière chose à laquelle nous ayons le temps de penser
est la mort. Nous étouffons notre peur secrète de
l'impermanence en nous entourant d'un nombre sans
cesse croissant de biens, d'objets, de commodités, pour
en devenir, en fin de compte, les esclaves. Tout notre
temps et toute notre énergie s'épuisent à les maintenir.
Notre seul but dans l'existence devient bientôt de nous
entourer du maximum de sécurité et de garanties.
Lorsque des changements surviennent, nous y remé-
dions par une solution facile et temporaire, un expé-
dient. Et notre vie s'écoule ainsi, à moins qu'une
maladie grave ou une catastrophe ne vienne nous
secouer de notre torpeur.

Mais ce n'est pas pour autant que nous accordons à
notre vie davantage de temps ou d'attention. Pensez à
ces gens qui ont travaillé des années durant. Lorsqu'ils
prennent enfin leur retraite, c'est pour s'apercevoir, à
mesure qu'ils vieillissent et se rapprochent de la mort,
qu'ils ne savent pas quoi faire d'eux-mêmes. En dépit
de tous nos discours sur la nécessité d'être pragmatique, le pragmatisme en Occident se résume en une
vue à court terme marquée par l'ignorance et souvent
l'égoïsme. Le regard déformé par la myopie, nous nous
focalisons sur cette vie-ci à l'exclusion de toute autre,
et c'est là la grande supercherie, la source du matéria-
lisme lugubre et destructeur du monde moderne. Personne ne parle de la mort ou d'une vie après la mort,
car on nous a inculqué l'idée que de tels propos ne

feraient que contrarier le soi-disant « progrès » du monde.

Mais, si notre plus profond désir est véritablement de vivre et de continuer à vivre, pourquoi affirmer alors avec tant d'aveuglement que la mort est la fin ? Pourquoi ne pas au moins tenter d'explorer la possibilité d'une vie après la mort ? Si nous sommes aussi pragmatiques que nous prétendons l'être, pourquoi ne pas commencer à nous demander sérieusement où se trouve notre *véritable* avenir ? Après tout, nul ne vit plus de cent ans. Ensuite s'étend l'éternité tout entière, dont nous ne savons rien...

UNE PARESSE ACTIVE

J'aime beaucoup cette vieille histoire tibétaine intitulée *Le père d'« Aussi Connu que la Lune »*. Un homme très pauvre, ayant durement travaillé, avait réussi à amasser tout un sac de grain. Il en était très fier et, quand il rentra chez lui, il accrocha le sac à une poutre de sa maison au moyen d'une corde, pour le mettre à l'abri des rats et des voleurs. Quand le sac fut suspendu, pour plus de sûreté, il s'installa dessous afin d'y passer la nuit. Allongé là, son esprit se mit à vagabonder : « Si je peux vendre ce grain par petites quantités, j'en tirerai un plus grand profit... Je pourrai alors en acheter d'autres et recommencer la même opération ; d'ici peu, je serai riche et je deviendrai quelqu'un dans la communauté. Toutes les filles s'intéresseront à moi. J'épouserai une belle femme et, bientôt, nous aurons un enfant... Ce sera un fils, évidemment... Comment pourrions-nous bien l'appeler ? » Laissant son regard errer dans la pièce, il aperçut, par la petite fenêtre, la lune qui se levait.

« Quel signe ! pensa-t-il. Voilà qui est de bon augure ! C'est un nom parfait, vraiment : je l'appellerai "Aussi Connu que la Lune"… » Mais, tandis qu'il spéculait de la sorte, un rat s'était frayé un chemin jusqu'au sac et en avait rongé la corde. A l'instant même où les mots « Aussi Connu que la Lune » sortirent de ses lèvres, le sac de grain tomba du plafond, le tuant sur le coup. « Aussi Connu que la Lune », cela va sans dire, ne vit jamais le jour.

Combien d'entre nous, comme l'homme de cette histoire, sont pris dans le tourbillon de ce que j'appelle aujourd'hui une « paresse active » ? Il existe, naturellement, différentes sortes de paresse : il y a la paresse à l'orientale, et celle à l'occidentale. La paresse à l'orientale est pratiquée à la perfection en Inde. Elle consiste à flâner au soleil toute la journée, sans rien faire, à éviter toute forme de travail et toute activité utile, à écouter de la musique de film hindie à la radio et à discuter avec des amis tout en buvant force tasses de thé. La paresse à l'occidentale est tout à fait différente : elle consiste à remplir sa vie d'activités fébriles, si bien qu'il ne reste plus de temps pour affronter les vraies questions.

Si nous examinons notre vie, nous verrons clairement que nous accumulons, pour la remplir, un nombre considérable de tâches sans importance et quantités de prétendues « responsabilités ». Un maître compare cela à « faire le ménage en rêve ». Nous nous disons que nous voulons consacrer du temps aux choses importantes de la vie, mais ce temps, nous ne le *trouvons* jamais. Rien qu'en se levant le matin, il y a tant à faire :

ouvrir la fenêtre, faire le lit, prendre une douche, se brosser les dents, donner à manger au chien ou au chat, faire la vaisselle de la veille au soir, s'apercevoir qu'on n'a plus de sucre, ou plus de café, aller en acheter, préparer le petit déjeuner – la liste est interminable. Puis, il y a les vêtements à trier, à choisir, à repasser et à replier. Enfin il faut se coiffer, se maquiller... Impuissants, nous voyons nos journées se remplir de coups de téléphone, de projets insignifiants ; nous avons tant de responsabilités... Ne devrions-nous pas dire plutôt d'« irresponsabilités » ?

C'est notre vie qui semble nous vivre, nous porter et posséder sa propre dynamique étrange. En fin de compte, tout choix et tout contrôle semblent nous échapper. Bien sûr, il nous arrive d'en ressentir un certain malaise, d'avoir des cauchemars et de nous réveiller en sueur. Nous nous demandons alors : « Que suis-je en train de faire de ma vie ? » Mais au petit déjeuner, nos peurs se sont dissipées ; nous reprenons l'attaché-case et... nous voici revenus au point de départ.

Cela me rappelle ce que disait le saint indien Ramakrishna à l'un de ses disciples : « Si tu vouais à la pratique spirituelle le dixième du temps que tu consacres à des distractions telles que courtiser les femmes ou gagner de l'argent, tu obtiendrais l'éveil en quelques années ! » Au début du siècle vivait au Tibet un maître du nom de Mipham. C'était une sorte de Léonard de Vinci de l'Himalaya et l'on dit de lui qu'il inventa une horloge, un canon et un avion. Chaque fois que l'une de ses inventions était achevée, il la détruisait en disant qu'elle ne serait qu'une source de distraction supplémentaire.

Le terme tibétain pour désigner le corps est *lü*, ce qui signifie «ce qu'on laisse derrière soi», comme un bagage. Chaque fois que nous prononçons le mot *lü*, ce terme nous rappelle que nous ne sommes que des voyageurs, ayant trouvé un refuge temporaire dans cette vie et dans ce corps. C'est pourquoi les Tibétains ne gaspillaient pas tout leur temps à essayer de rendre leurs conditions matérielles plus confortables. Ils s'estimaient satisfaits s'ils avaient assez à manger, des vêtements sur le dos et un toit sur leur tête. L'obsession d'améliorer nos conditions matérielles, qui détermine notre comportement, peut devenir une fin en soi et une distraction dénuée de sens. Quelle personne sensée songerait à retapisser sa chambre d'hôtel chaque fois qu'elle en change ? J'aime le conseil suivant de Patrul Rinpoché :

Prenez exemple sur une vieille vache :
Elle est satisfaite de dormir dans une étable.
Vous devez dormir, manger et faire vos besoins
– C'est inévitable –
Au-delà, cela ne vous regarde pas.

Je pense parfois que le plus grand accomplissement de la culture moderne est la publicité remarquable qu'elle fait pour le samsara et ses distractions stériles. La société contemporaine m'apparaît comme une célébration de tout ce qui nous éloigne de la vérité, nous empêche de vivre pour cette vérité et nous décourage de seulement croire à son existence. Etrange paradoxe que cette civilisation qui prétend adorer la vie mais lui retire en fait toute signification réelle, qui clame sans cesse vouloir rendre les gens «heureux» mais, en réalité, leur barre la route menant à la source de la joie véritable !

Ce samsara moderne entretient et favorise en nous une angoisse et une dépression dont il se nourrit en retour. Il les alimente soigneusement par le biais d'une société de consommation qui cultive notre avidité afin de se perpétuer. Il est extrêmement organisé, habile et sophistiqué ; il nous assaille de tous côtés avec sa propagande et crée autour de nous un environnement de dépendance presque insurmontable. Plus nous tentons de lui échapper, plus nous semblons tomber dans les pièges qu'il nous pose si ingénieusement. Comme le disait le maître tibétain du XVIIIe siècle, Jigmé Lingpa : « Hypnotisés par l'infinie variété des perceptions, les êtres errent et se perdent sans fin dans le cercle vicieux du samsara. »

Ainsi, obsédés par des ambitions, des espoirs et des rêves trompeurs qui promettent le bonheur pour mener seulement, en fin de compte, au mal-être, nous ressemblons à des personnes mourant de soif, rampant dans un désert sans fin. Et tout ce que ce samsara nous offre à boire, c'est un verre d'eau salée, destiné à nous assoiffer davantage encore !

FAIRE FACE À LA MORT

Sachant cela, ne devrions-nous pas écouter ces paroles de Gyalsé Rinpoché :

Faire des projets d'avenir, c'est comme aller pêcher dans le lit sec d'un torrent ;

Rien n'arrive jamais comme on le souhaite, aussi
abandonnez tous vos projets et ambitions.
S'il vous faut penser à quelque chose,
Que ce soit à l'incertitude de l'heure de votre mort...

Pour les Tibétains, le Nouvel An est la fête principale de l'année ; on pourrait dire qu'il réunit à la fois
Noël, Pâques, le 14 Juillet et votre anniversaire. Patrul
Rinpoché était un grand maître et son existence
abonda en épisodes excentriques qui donnaient vie à
l'enseignement. Au lieu de célébrer le Nouvel An et
de souhaiter aux gens une « Bonne Année », Patrul
Rinpoché avait coutume de pleurer. Lorsqu'on lui en
demandait la raison, il expliquait qu'une année venait
encore de s'écouler et qu'un grand nombre de gens
s'étaient rapprochés de la mort sans pour autant y être
préparés.

Songeons à ce qui a dû arriver à la plupart d'entre
nous, un jour ou l'autre. Nous flânons dans la rue, nous
suivons des pensées inspirantes, réfléchissons à des
questions importantes ou écoutons simplement notre
walkman... quand, soudain, une voiture débouchant à
vive allure nous frôle, manquant de justesse de nous
écraser.

Allumez la télévision ou jetez un coup d'œil à un
quotidien : vous verrez la mort partout. Les victimes de
ces accidents d'avion ou de voiture s'attendaient-elles
à mourir ? Comme nous, elles considéraient la vie
comme allant de soi. Combien de fois avons-nous
entendu parler de personnes de notre connaissance, ou
même d'amis, qui sont morts subitement ? Nous pouvons mourir sans même être malades : notre corps peut
soudain tomber en panne et se détraquer, tout comme

notre voiture. Il se peut qu'un jour nous allions très
bien et que, le lendemain, nous tombions malades et
mourions. Milarépa chantait :

Quand vous êtes fort et en bonne santé,
Vous ne pensez pas à la maladie qui peut survenir
Mais elle vous frappe
Avec la force soudaine de l'éclair.
Engagé dans les affaires du monde,
Vous ne pensez pas à l'approche de la mort ;
Rapide, elle surgit, comme l'orage
Qui éclate sur votre tête[2].

Nous devons nous secouer de temps à autre et nous
interroger sérieusement : « Et si je devais mourir cette
nuit ? Qu'adviendrait-il alors ? » Nous ignorons si nous
nous réveillerons demain, et en quel lieu. Si l'on expire
et que l'on ne peut plus inspirer, la mort survient. C'est
aussi simple que cela. Comme le dit un proverbe tibétain : « Demain ou la prochaine vie – on ne sait jamais
ce qui, des deux, viendra en premier. »

Certains maîtres contemplatifs célèbres au Tibet
avaient coutume de vider leur tasse et de la poser à
l'envers, à côté de leur lit, le soir quand ils se cou-
chaient, car ils n'étaient jamais sûrs de se réveiller le
lendemain matin pour s'en servir. Ils éteignaient même
leur feu la nuit sans prendre la peine de garder des
braises pour le jour suivant. D'instant en instant, ils
vivaient dans l'éventualité d'une mort imminente.

Non loin de l'ermitage de Jigmé Lingpa se trouvait
un étang qu'il avait grand-peine à traverser. Lorsque
quelques disciples lui proposèrent de construire un
pont, il répondit : « A quoi bon ? Qui sait si je serai

seulement encore en vie demain soir pour dormir ici ? »

Certains maîtres s'efforcent de nous ouvrir les yeux sur la fragilité de la vie à l'aide d'images encore plus brutales. Ils nous suggèrent de méditer sur nous-mêmes comme sur un condamné quittant sa cellule pour la dernière fois, un poisson se débattant dans un filet ou un animal attendant sa fin à l'abattoir.

D'autres maîtres encouragent leurs étudiants à imaginer des scénarios très réalistes de leur propre mort, dans le cadre d'une contemplation calme et méthodique : les sensations, la souffrance, le sentiment de panique, d'impuissance, le chagrin de leurs proches, la prise de conscience de ce qu'ils ont – ou n'ont pas – accompli dans leur vie.

Le corps est étendu sur un lit pour la dernière fois,
Des voix murmurent des paroles d'adieu,
L'esprit regarde passer un ultime souvenir :
Quand cette scène finale se jouera-t-elle pour vous[3] *?*

Il est important de se rappeler avec calme, encore et encore, *que la mort est une réalité et qu'elle vient sans prévenir.* Ne soyez pas comme le pigeon du proverbe tibétain qui s'agite toute la nuit pour faire son nid ; lorsque l'aube paraît, il n'a pas encore trouvé le temps de dormir. Comme le disait Drakpa Gyaltsen, un maître éminent du XIIe siècle : « Les êtres humains passent leur vie entière à se préparer, se préparer et encore se préparer… pour se retrouver non préparés lorsque arrive la prochaine vie. »

PRENDRE LA VIE AU SÉRIEUX

Ceux qui comprennent combien la vie est fragile savent, souvent mieux que quiconque, à quel point elle est précieuse. Je fus invité un jour en Angleterre à une conférence dont les participants étaient interviewés par la BBC. Ils étaient en même temps en communication avec une femme qui était en train de mourir. Elle était en proie à l'affolement car, jamais auparavant, elle n'avait pensé que la mort fût une réalité. Maintenant, elle le savait. Elle avait un unique message pour ceux qui allaient lui survivre : prendre la vie, et la mort, au sérieux.

Prendre la vie au sérieux ne signifie pas se consacrer entièrement à la méditation comme si nous vivions dans les montagnes himalayennes, ou jadis au Tibet. Dans le monde contemporain, il nous faut certes travailler pour gagner notre vie. Pourtant, ce n'est pas une raison pour nous laisser enchaîner à une existence routinière, sans aucune perspective du sens profond de la vie. Notre tâche est de trouver un équilibre, une voie du juste milieu. Apprenons à ne pas nous surcharger d'activités et de préoccupations superflues mais, au contraire, à simplifier notre vie toujours davantage. *La clé nous permettant de trouver un juste équilibre dans notre vie moderne est la simplicité.*

Dans le bouddhisme, c'est précisément ce dont il s'agit lorsqu'on parle de discipline. En tibétain, discipline se dit *tsul trim. Tsul* signifie « approprié » ou « juste » et *trim* « règle » ou « voie ». Ainsi la discipline consiste-t-elle à faire ce qui est juste ou approprié. Cela équivaut, dans cet âge d'extreme complexité, à simplifier notre vie.

La paix de l'esprit en découlera. Vous aurez plus de temps à consacrer aux réalités spirituelles et à la connaissance que seule la vérité spirituelle peut apporter, ce qui pourra vous aider à affronter la mort.

Malhcureusement, bien peu de gens s'en préoccupent. Peut-être est-ce le moment de nous poser cette question : « Qu'ai-je réellement accompli dans ma vie ? » J'entends par là : « Qu'ai-je réellement compris de la vie et de la mort ? » J'ai été encouragé par les témoignages parus dans des études sur l'expérience de « proximité de la mort », comme les ouvrages de mon ami Kenneth Ring ou d'autres auteurs. Un nombre saisissant de personnes ayant survécu à un accident presque fatal ou à une expérience de proximité de la mort y décrivent une « vision panoramique de leur vie ». Avec une netteté et une précision troublantes, elles revivent les événements de leur existence. Parfois, elles éprouvent même les effets que leurs actions ont eus sur les autres et font l'expérience des émotions que ces actions ont provoquées. Un homme confiait ainsi à Kenneth Ring :

J'ai compris que chacun de nous est envoyé sur terre pour apprendre et réaliser certaines choses. Exprimer plus d'amour, par exemple, nous aimer davantage les uns les autres ; découvrir que ce sont les relations humaines et l'amour qui sont les plus importants, et non les choses matérielles ; et comprendre que, sans aucune exception, tout acte de notre vie est enregistré et que, même si on n'y prête pas attention sur le moment, il resurgira toujours plus tard[4].

Parfois, cette « revue » de la vie se déroule en compagnie d'une présence resplendissante, un « être de lumière ». Un point ressort de ces divers témoignages : la rencontre avec cet « être » révèle que les seuls buts réellement valables de l'existence sont « d'apprendre à aimer les autres et d'acquérir la connaissance ».

Une personne racontait à Raymond Moody : « Lorsque l'être de lumière apparut, la première chose qu'il me demanda fut : "Montre-moi ce que tu as fait de ta vie." Durant tout ce temps, il mettait l'accent sur l'importance de l'amour... Il semblait aussi beaucoup s'intéresser à tout ce qui touchait la connaissance[5]... » Une autre, encore, disait à Kenneth Ring : « On me demanda – mais pas avec des mots ; la communication était mentale, immédiate et directe – ce que j'avais accompli de bénéfique pour l'humanité, ou ce que j'avais fait pour lui permettre de progresser[6]. »

Ce que nous avons fait de notre vie détermine ce que nous serons au moment de notre mort. Et tout, absolument tout, compte.

NUAGES D'AUTOMNE

Dans son monastère au Népal, le disciple le plus ancien de mon maître, le grand Dilgo Khyentsé Rinpoché, venait de conclure un enseignement. Il était l'un des maîtres les plus éminents de notre temps, celui du Dalaï-Lama lui-même ainsi que de nombreux autres maîtres, qui le considéraient comme un trésor inépuisable de sagesse et de compassion. Nous respections tous cet homme de grande stature, cette montagne de chaleur et de douceur, ce mystique qui avait passé vingt-deux ans de sa vie en retraite, à la fois érudit et poète. Dilgo Khyentsé Rinpoché, faisant alors une pause, porta son regard au loin :

« J'ai maintenant soixante-dix-huit ans et j'ai vu bien des choses dans ma vie. Tant de jeunes gens sont morts, tant de personnes de mon âge et tant de vieilles gens sont mortes aussi. Tant d'individus haut placés sont tombés très bas ; tant d'autres qui se trouvaient au bas de l'échelle se sont élevés. Tant de pays ont changé. Il y a eu tant de troubles et de tragédies, tant de guerres, tant de fléaux, tant d'effroyables destructions partout dans le monde. Pourtant, tous ces changements n'ont pas plus de réalité qu'un rêve. Si vous regardez au fond des choses, vous comprendrez qu'il n'existe rien qui soit permanent ou constant ; rien, pas même le poil le plus ténu de votre corps. Et cela n'est pas une théorie, mais quelque chose que vous pouvez réellement parvenir à savoir et à réaliser, et même à voir de vos propres yeux. »

Je me demande souvent : « Comment se fait-il que tout change ? » A cela, je ne trouve qu'une réponse : *C'est ainsi qu'est la vie.* Rien, absolument rien, ne possède de caractère durable. Le Bouddha a dit :

Cette existence qui est la nôtre est aussi éphémère que les nuages d'automne.
Observer la naissance et la mort des êtres est comme observer les mouvements d'une danse.
La durée d'une vie est semblable à un éclair d'orage dans le ciel.
Elle se précipite, tel un torrent dévalant une montagne abrupte.

C'est avant tout parce que nous n'avons pas réalisé la vérité de l'impermanence que nous éprouvons tant d'angoisse devant la mort et tant de difficulté à la regarder en face. Nous désirons si désespérément voir tout continuer comme à l'ordinaire, que nous nous persuadons que rien ne changera jamais. Mais c'est là une chimère. Et, comme nous le découvrons si souvent, ce que nous croyons n'a pas grand-chose à voir – sinon rien – avec la réalité. Pourtant c'est cette illusion, avec ce qu'elle comporte d'informations erronées, d'idées et de suppositions, qui constitue les fondations branlantes sur lesquelles nous bâtissons notre vie. Peu importe que la vérité vienne sans cesse nous contredire ; nous préférons continuer, dans un élan de courage désespéré, à entretenir notre fiction.

A nos yeux, les changements sont toujours synonymes de perte et de souffrance. Lorsqu'ils surviennent, nous essayons simplement de nous anesthésier, autant que faire se peut. Nous nous obstinons à croire aveuglément, et sans nous poser de questions, que c'est la permanence qui procure la sécurité – et non l'impermanence. Mais, en fait, l'impermanence ressemble à certains individus que nous rencontrons dans la vie : de prime abord peu commodes et dérangeants, ils s'avèrent, au fur et à mesure que nous les connaissons mieux, bien plus aimables et moins irritants que nous ne l'aurions imaginé.

Réfléchissez à ceci : la réalisation de l'impermanence est, paradoxalement, la seule chose à laquelle nous puissions nous raccrocher, peut-être notre seul bien durable. Elle est comme le ciel ou la terre. Tout peut changer ou s'écrouler autour de nous, le ciel et la terre demeurent. Supposons que nous traversions une crise émotionnelle déchirante... que notre vie entière semble se désintégrer... que notre mari ou notre femme nous quitte soudain, sans prévenir... La terre est toujours là. Le ciel est toujours là. Bien sûr, même la terre tremble de temps à autre pour nous rappeler que nous ne pouvons rien considérer comme acquis...

Et même le Bouddha mourut. Sa mort fut un enseignement destiné à secouer les naïfs, les indolents et les satisfaits, et à nous éveiller à cette vérité que toute chose est impermanente, et que la mort est un fait inéluctable de la vie. Sur le point de mourir, le Bouddha déclara :

> *De toutes les empreintes,*
> *Celle de l'éléphant est suprême.*
> *De toutes les contemplations de l'esprit,*
> *Celle de la mort est suprême*[7].

Chaque fois que nous perdons de vue cette évidence ou que nous nous laissons aller à la paresse, la réflexion sur la mort et l'impermanence nous réveille et nous ramène à la vérité :

> *Ce qui est né mourra,*
> *Ce qui a été rassemblé sera dispersé,*
> *Ce qui a été amassé sera épuisé,*
> *Ce qui a été édifié s'effondrera,*
> *Et ce qui a été élevé sera abaissé.*

L'univers entier, nous disent aujourd'hui les scientifiques, n'est que changement, activité et transformation : une fluctuation continuelle qui est le fondement de toute chose.

*Toute interaction subatomique consiste en l'annihi-
lation des particules d'origine et en la création de
nouvelles particules subatomiques. Le monde subatomique est une danse sans fin de création et
d'annihilation, de matière devenant énergie et
d'énergie devenant matière. Des formes transitoires
apparaissent et disparaissent en un éclair, engen-
drant une réalité sans fin, constamment recréée*[8].

Notre vie est-elle autre chose que ce ballet de formes
éphémères ? Tout ne change-t-il pas continuellement ?
Les feuilles des arbres dans le parc, la lumière dans la
pièce où vous lisez ces lignes, les saisons, le temps
qu'il fait, l'heure qu'il est, les personnes que vous
croisez dans la rue ? Et qu'en est-il de nous ? Toutes
nos actions passées ne nous apparaissent-elles pas
aujourd'hui comme un rêve ? Les amis avec lesquels
nous avons grandi, les lieux de notre enfance, les
points de vue et opinions que nous défendions autrefois avec tant d'opiniâtreté : tout cela, nous l'avons
laissé derrière nous. Maintenant, à cet instant, lire ce
livre vous semble tout à fait réel. Pourtant, même cette
page ne sera bientôt plus qu'un souvenir.

Les cellules de notre corps meurent, les neurones de
notre cerveau se détériorent ; et même l'expression de
notre visage se modifie sans cesse, au gré de nos humeurs.
Ce que nous considérons comme notre caractère fondamental n'est rien de plus qu'un « courant de pensée ».
Aujourd'hui, la vie nous semble belle car tout va bien ;
demain, ce sera le contraire. Où sera passé notre bel optimisme ? De nouvelles influences nous auront affectés, au
gré des circonstances. Nous sommes impermanents. Les

influences sont impermanentes. Et il n'existe rien que l'on puisse qualifier de stable ou de durable.

Qu'y a-t-il de plus imprévisible que nos pensées et nos émotions ? Avez-vous la moindre idée de ce que vous allez penser ou ressentir dans un instant ? Notre esprit, en réalité, est aussi vide, aussi impermanent et aussi transitoire qu'un rêve. Observez une pensée : elle vient, elle demeure et s'en va. Le passé est passé, le futur ne s'est pas encore manifesté et la pensée actuelle, au moment où nous en faisons l'expérience, se mue déjà en passé.

En réalité, seul l'instant présent, le « maintenant », nous appartient.

Parfois, lorsque j'enseigne sur ce sujet, quelqu'un vient me trouver à la fin et me dit : « Tout cela semble évident ! Je le sais depuis toujours. Dites-moi quelque chose de nouveau. » Je lui réponds : « Avez-vous réellement compris, et réalisé, la vérité de l'imperma-nence ? L'avez-vous si parfaitement intégrée dans chacune de vos pensées, chacune de vos respirations, chacun de vos mouvements, que votre existence en a été transformée ? Posez-vous ces deux questions : est-ce que je me souviens, à chaque instant, que je suis en train de mourir ainsi que toute personne et toute chose, et est-ce que je traite en conséquence tous les êtres, à tout moment, avec compassion ? Ma compréhension de la mort et de l'impermanence est-elle devenue si vive et si aiguë que je consacre chaque seconde de mon existence à la poursuite de l'éveil ? Si vous pouvez répondre par l'affirmative à ces deux questions, alors *oui*, vous avez *réellement* compris l'impermanence. »

TROIS

Réflexion et changement

Au Tibet, lorsque j'étais enfant, j'entendis l'histoire de Krisha Gotami, une jeune femme qui eut la chance de vivre au temps du Bouddha. Quand son premier enfant eut environ un an, il tomba malade et mourut. Ecrasée de chagrin, serrant le petit corps contre elle, Krisha Gotami se mit à errer dans les rues, implorant ceux qu'elle rencontrait de lui donner un remède qui rendrait la vie à son enfant. Certains l'ignorèrent, d'autres se moquèrent d'elle, d'autres encore la crurent folle, mais finalement, sur le chemin, un homme sage lui dit que la seule personne au monde pouvant accomplir le miracle qu'elle réclamait était le Bouddha.

Elle alla donc voir le Bouddha, déposa le corps de son enfant à ses pieds et lui raconta son histoire. Le Bouddha l'écouta avec une infinie compassion, puis lui dit doucement : « Il n'y a qu'un remède au mal qui t'assaille. Descends à la ville et rapporte-moi une graine de moutarde provenant d'une maison où il n'y a jamais eu de mort. »

Transportée de joie, Krisha Gotami se mit immédiatement en route pour la ville. S'arrêtant à la première maison qu'elle vit sur son chemin, elle dit : « Le Bouddha m'a demandé de lui rapporter une graine de moutarde provenant d'une maison qui n'a jamais connu la mort. »

« Beaucoup de gens sont morts dans cette maison », lui fut-il répondu. Elle se rendit à la maison suivante : « Notre famille a connu des morts innombrables », lui dit-on. De même à la troisième et à la quatrième maison. Finalement, ayant fait le tour de la ville, elle réalisa que la requête du Bouddha ne pouvait être satisfaite.

Elle emporta le corps de son enfant au cimetière et lui adressa un dernier adieu, puis elle s'en retourna auprès du Bouddha. Celui-ci lui demanda : « As-tu apporté la graine de moutarde ?

– Non, dit-elle. Je commence à comprendre ce que vous avez voulu me montrer. Le chagrin m'a aveuglée et j'ai cru que j'étais la seule à avoir été éprouvée par les souffrances de la mort.

– Pourquoi es-tu revenue ? demanda le Bouddha.

– Pour vous demander de m'enseigner la vérité sur la mort, sur ce qui est au-delà de la mort et sur ce qui, en moi, peut ne pas mourir. »

Le Bouddha commença alors à lui donner son enseignement : « Si tu veux connaître la vérité de la vie et de la mort, tu dois réfléchir continuellement à ceci : la seule loi dans l'univers qui ne soit pas soumise au changement est que tout change et que tout est impermanent. La mort de ton enfant te permet de voir à présent que le royaume dans lequel nous vivons – le samsara – est un océan de souffrance intolérable. La seule et unique voie qui peut te conduire hors de cette ronde incessante des naissances et des morts est le chemin de la libération. Parce que tu as fait l'expérience de la douleur, tu es maintenant prête à apprendre ; puisque ton cœur commence à s'ouvrir, je vais te montrer la vérité. »

Krisha Gotami s'agenouilla à ses pieds et elle le suivit tout le reste de sa vie. Vers la fin, dit-on, elle atteignit l'éveil.

ACCEPTER LA MORT

L'histoire de Krisha Gotami illustre ce que nous avons souvent l'occasion d'observer : lorsque nous voyons la mort de près, s'offre alors à nous la possibilité d'un éveil véritable, d'une transformation complète de notre approche de la vie.

Prenez, par exemple, le cas de l'expérience de « proximité de la mort ». Une de ses révélations majeures est peut-être à quel point elle bouleverse l'existence de ceux qui l'ont vécue. Les chercheurs ont noté un éventail saisissant de répercussions et de changements : une plus grande acceptation de la mort et une diminution de la peur qu'elle inspire, un souci accru d'aider les autres, une vue plus lucide de l'importance de l'amour, un intérêt moindre pour la poursuite des biens matériels, une foi grandissante dans une dimension spirituelle et dans le sens sacré de la vie et, bien sûr, un esprit plus ouvert à la croyance en une « après-vie ». Un homme déclara à Kenneth Ring :

Auparavant, j'étais perdu et j'errais sans but, sans autre objectif dans la vie que de satisfaire mon désir pour les biens matériels ; j'ai été transformé en un homme animé d'une motivation profonde, d'un but dans l'existence, d'une direction précise et d'une conviction absolue qu'il y a une récompense à la fin de cette vie. Mon intérêt pour les biens matériels et mon appétit de possessions ont été remplacés par une soif de compréhension spirituelle et par le désir passionné de voir les conditions du monde s'améliorer[1].

Une femme confia à Margot Grey, chercheur anglais étudiant les expériences de proximité de la mort :

Ce qui a émergé lentement, c'était un sens renforcé de l'amour, la possibilité de communiquer cet amour, la capacité de recevoir de la joie et du plaisir de ce qui m'entourait, même des choses les plus infimes et les plus insignifiantes... une grande compassion est née en moi envers ceux qui étaient malades et affrontaient la mort ; je voulais tant leur faire savoir, leur faire comprendre, que le processus de la mort n'est rien de plus qu'un prolongement de la vie[2].

Nous le savons bien, des crises majeures, comme par exemple une maladie grave, peuvent provoquer un bouleversement d'une profondeur similaire. Freda Naylor, une femme médecin qui tint courageusement son journal tandis qu'elle mourait d'un cancer, écrivit :

J'ai vécu des expériences que je n'aurais jamais connues autrement et pour lesquelles je dois remercier le cancer : l'humilité, l'acceptation de ma propre mortalité, la découverte constamment renouvelée de ma force intérieure et bien d'autres choses

que j'ai pu découvrir à mon sujet parce qu'il m'a
fallu m'arrêter net, faire le point, puis poursuivre[3].

Si nous sommes véritablement capables de « faire le
point, puis poursuivre », animés d'une humilité et
d'une ouverture d'esprit nouvelles, ainsi que d'une
acceptation véritable de notre mort, nous serons beaucoup plus réceptifs à une pratique et à un enseignement
spirituels. Il se pourrait d'ailleurs que cette réceptivité
nous ouvre également à une autre possibilité remarquable : celle d'une guérison réelle.

Je me souviens d'une Américaine d'un certain âge
qui était venue voir Dudjom Rinpoché à New York en
1976. Elle ne s'intéressait pas particulièrement au
bouddhisme mais elle avait entendu dire qu'un grand
maître était en ville. Gravement malade, elle était, en
désespoir de cause, prête à tout essayer... même voir
un maître tibétain ! A cette époque-là, j'étais l'interprète de Dudjom Rinpoché.

Cette femme pénétra dans la pièce et s'assit en face
de lui. Elle était si bouleversée par son propre état et
par la présence de Dudjom Rinpoché qu'elle fondit en
larmes. Elle déclara précipitamment : « Mon docteur ne
me donne que quelques mois à vivre. Pouvez-vous
m'aider ? Je suis en train de mourir. »

A son étonnement, Dudjom Rinpoché eut un petit
rire empli de douceur et de compassion, puis il lui dit
tranquillement : « Voyez-vous, nous sommes tous en
train de mourir, ce n'est qu'une question de temps.
Certains d'entre nous meurent simplement plus tôt
que d'autres. » Par ces quelques mots, il l'aida à reconnaître le caractère universel de la mort et lui montra
que l'imminence de la sienne n'était en rien exception-

nelle. Cela atténua son angoisse. Il parla alors du processus de la mort, de l'acceptation de cette mort et de l'espoir qui y est contenu. Pour finir, il lui donna une pratique de guérison qu'elle suivit avec enthousiasme.

Cette femme en vint non seulement à accepter la mort mais, ayant suivi scrupuleusement les instructions reçues, elle guérit. On m'a rapporté de nombreux autres cas de personnes en phase terminale auxquelles on n'avait plus donné que quelques mois à vivre. Après que ces personnes se furent retirées dans la solitude, eurent suivi une pratique spirituelle et fait face à elles-mêmes et à la réalité de leur mort en toute sincérité, elles guérirent. Qu'en concluons-nous ? Que lorsque nous acceptons la mort, transformons notre attitude envers la vie et découvrons le lien fondamental qui existe entre la vie et la mort, une possibilité extraordinaire de guérison se présente à nous.

Les bouddhistes tibétains considèrent que des maladies comme le cancer peuvent constituer un avertissement, leur rôle étant de nous rappeler que nous avons négligé certaines dimensions profondes de notre être, comme celle de la vie spirituelle[4]. Si nous prenons cet avertissement au sérieux et modifions radicalement la direction de notre vie, un espoir très réel de guérison, non seulement de notre corps mais de notre être tout entier, s'offre alors à nous.

UN CHANGEMENT AU PLUS PROFOND DE NOTRE ÊTRE

Réfléchir en profondeur sur l'impermanence, comme le fit Krisha Gotami, nous amène à une compréhension intime de cette vérité exprimée avec tant de force par les vers du maître contemporain Nyoshul Khenpo :

> *La nature de toute chose est illusoire et éphémère,*
> *Les êtres à la perception dualiste prennent la souf-*
> *france pour le bonheur,*
> *Semblables à un homme léchant du miel sur le fil*
> *d'un rasoir.*
> *Ô combien pitoyables, ceux qui s'accrochent si fort*
> *à la réalité concrète :*
> *Amis de mon cœur, tournez plutôt votre attention*
> *vers l'intérieur*[5].

Tourner notre attention vers l'intérieur est cependant loin d'être aisé. Nous sommes bien plus enclins à nous laisser dominer par nos vieilles habitudes et nos comportements solidement ancrés ! Bien qu'ils soient la cause de notre souffrance, comme le dit Nyoshul Khenpo, nous les acceptons pourtant avec une résignation presque fataliste, tant nous sommes habitués à leur céder. *Nous pouvons faire de la liberté un idéal tout en demeurant totalement esclaves de nos habitudes.*

La réflexion peut, pourtant, nous amener lentement à la sagesse. Nous pouvons nous apercevoir que nous retombons sans cesse dans des schémas habituels de comportement et aspirer alors de tout notre être à leur échapper. Bien sûr, nous y retomberons encore maintes et maintes fois mais, peu à peu, nous pourrons en émerger et nous transformer. Le poème suivant s'adresse à chacun de nous. Il est intitulé : « Autobiographie en cinq actes[6] ».

1. Je descends la rue.
Il y a un trou profond dans le trottoir :
Je tombe dedans.
Je suis perdu... je suis désespéré.
Ce n'est pas ma faute.
Il me faut longtemps pour en sortir.

2. Je descends la même rue.
Il y a un trou profond dans le trottoir :
Je fais semblant de ne pas le voir.
Je tombe dedans à nouveau.
J'ai du mal à croire que je suis au même endroit,
Mais ce n'est pas ma faute.
Il me faut encore longtemps pour en sortir.

3. Je descends la même rue.
Il y a un trou profond dans le trottoir :
Je le vois bien.
J'y retombe quand même... c'est devenu une habitude.
J'ai les yeux ouverts
Je sais où je suis
C'est bien ma faute.
Je ressors immédiatement.

4. Je descends la même rue.
Il y a un trou profond dans le trottoir :
Je le contourne.

5. Je descends une autre rue...

Le but d'une réflexion sur la mort est de susciter un changement réel au plus profond de votre cœur, d'apprendre à éviter le « trou dans le trottoir » et à

« emprunter une autre rue ». Cela exigera souvent une période de retraite et de contemplation profonde, qui seule pourra vous aider à ouvrir vraiment les yeux sur ce que vous faites de votre vie.

Examiner la mort n'est pas forcément effrayant ou morbide. Pourquoi ne pas y réfléchir lorsque vous vous sentez particulièrement inspiré et détendu : bien installé, allongé sur votre lit, en vacances, en train d'écouter une musique qui vous enchante ? Pourquoi ne pas l'évoquer quand vous vous sentez heureux, en bonne santé, sûr de vous et empli de bien-être ? N'avez-vous jamais remarqué qu'il existe des instants particuliers où vous vous sentez naturellement porté à l'introspection ? Utilisez-les avec délicatesse, car ces *moments vous offrent la possibilité de vivre une expérience décisive, et votre entière perception du monde peut alors être modifiée très rapidement.* Dans de tels moments, vos croyances passées se désagrègent spontanément et votre être peut s'en trouver profondément transformé.

La contemplation de la mort fera naître en vous une compréhension plus profonde de ce que nous appelons le « renoncement », en tibétain *ngé jung*. *Ngé* signifie « vraiment » ou « définitivement » et *jung*, « sortir de », « émerger » ou « naître ». Par une réflexion fréquente et approfondie sur la mort, vous vous apercevrez que vous « émergez » de vos schémas habituels, souvent avec un sentiment de dégoût. Vous vous sentirez de plus en plus disposé à les abandonner et, finalement, vous serez capable de vous en dégager aussi facilement, disent les maîtres, « que l'on retire un cheveu d'une motte de beurre ».

Ce renoncement auquel vous parviendrez vous procurera à la fois tristesse et joie : tristesse en réalisant la
futilité de vos comportements passés, et joie en voyant
la perspective plus large qui se déploiera devant vous,
quand vous serez capable d'y renoncer. Ce n'est pas là
une joie ordinaire. C'est une joie qui donne naissance à
une force nouvelle et profonde, à une confiance et à
une inspiration constante lorsque vous réalisez que
vous n'êtes pas enchaîné à vos habitudes, mais que
vous *pouvez* vraiment en émerger, changer et vous
libérer de plus en plus.

LE BATTEMENT DE CŒUR DE LA MORT

Nous n'aurions aucune chance d'apprendre à
connaître la mort si elle ne se produisait qu'une seule
fois mais, heureusement, la vie n'est rien d'autre
qu'une danse ininterrompue de naissances et de morts,
une danse du changement. Chaque fois que j'entends
un torrent dévaler la pente d'une montagne ou des
vagues déferler sur le rivage, ou encore le battement
de mon propre cœur, j'entends le son de l'impermanence. Ces changements, ces petites morts, sont nos
liens vivants avec *la* mort : ils en sont le pouls, le
battement de cœur, et nous incitent à lâcher tout ce à
quoi nous nous accrochons.

C'est donc maintenant, dans cette vie, qu'il nous
faut travailler avec le changement : c'est le vrai moyen
de nous préparer à la mort. Tout ce que la vie contient
de douleur, de souffrance et de difficulté peut être
perçu comme autant d'occasions qui nous sont offertes
pour nous conduire, graduellement, à une acceptation

émotionnelle de la mort. Seule notre croyance en la permanence des choses nous empêche de tirer la leçon du changement.

Si nous nous coupons de la possibilité d'apprendre, nous nous fermons et commençons à nous attacher[7]. Or cet attachement est la source de tous nos problèmes. L'impermanence étant pour nous synonyme d'angoisse, nous nous cramponnons aux choses avec l'énergie du désespoir, bien que tout soit pourtant voué au changement. L'idée de lâcher prise nous terrifie mais, en réalité, c'est le fait même de vivre qui nous terrifie car *apprendre à vivre, c'est apprendre à lâcher prise*. Telles sont la tragédie et l'ironie de notre lutte incessante en vue de nous emparer de toute chose : cela non seulement est impossible, mais engendre la souffrance même que nous cherchons à éviter.

L'intention qui nous pousse à la saisie n'est pas forcément mauvaise en soi. Il n'y a en effet rien de mal dans le désir d'être heureux, mais ce que nous cherchons à saisir est par nature insaisissable. Les Tibétains ont coutume de dire qu'on ne peut laver deux fois la même main sale dans la même eau courante d'une rivière et que « peu importe avec quelle force on presse une poignée de sable, on n'en tirera jamais d'huile ».

Prendre à cœur la réalité de l'impermanence, c'est se libérer peu à peu de l'idée même d'une saisie, d'une croyance erronée et nuisible en la permanence et d'un attachement trompeur aux valeurs rassurantes sur lesquelles nous avons tout bâti. Nous commencerons à entrevoir progressivement que la douleur causée par notre tentative de saisir l'insaisissable était, en fin de compte, inutile. Accepter cela pourra être douloureux au début, car nous y sommes si peu habitués. Pourtant, si nous continuons à y réfléchir, notre cœur et notre esprit se transformeront progressivement. Lâcher prise nous semblera plus naturel et deviendra de plus en plus aisé. Il nous faudra peut-être du temps pour nous rendre compte de l'étendue de notre égarement mais plus nous réfléchirons, plus nous comprendrons et développerons cette attitude nouvelle. Notre regard sur le monde s'en trouvera alors radicalement transformé.

Contempler l'impermanence n'est pas suffisant en soi ; il nous faut travailler avec elle dans notre vie. La vie, de même que les études de médecine, exige à la fois théorie et pratique, et c'est ici et maintenant, dans le laboratoire du changement, que se déroule la formation pratique. Nous apprendrons à observer chacun d'eux à la lumière d'une compréhension nouvelle et, bien qu'ils continuent à se produire de la même manière qu'auparavant, quelque chose en nous sera différent. La situation dans son ensemble apparaîtra plus détendue, moins intense et douloureuse. L'impact des changements que nous subirons nous semblera lui-même moins intolérable. A chaque changement successif, nous acquerrons une plus grande compréhension, et notre perspective de la vie deviendra plus profonde et plus vaste.

TRAVAILLER AVEC LES CHANGEMENTS

Faites cette expérience : prenez une pièce de monnaie et imaginez que c'est l'objet que vous voulez saisir. Tenez-la bien serrée dans votre poing fermé et étendez le bras, la paume de votre main tournée vers le bas. Si maintenant vous relâchez et desserrez le poing, vous perdrez ce à quoi vous vous accrochiez. C'est la raison pour laquelle vous saisissez.

Mais il est une autre possibilité. Vous pouvez lâcher prise sans rien perdre pour autant : le bras toujours tendu, tournez la main vers le ciel. Ouvrez le poing : la pièce demeure dans votre paume ouverte. Vous lâchez prise... et la pièce est toujours vôtre, malgré tout l'espace qui l'entoure.

Ainsi, il existe une façon d'accepter l'impermanence tout en savourant la vie, sans pour autant s'attacher aux choses.

Examinons maintenant ce qui arrive fréquemment dans les relations de couple. Bien souvent, nous nous apercevons que nous aimons notre conjoint seulement quand nous réalisons que nous sommes en train de le perdre. Nous nous accrochons alors à lui ou à elle d'autant plus fort ; mais plus nous agissons de la sorte, plus il ou elle nous échappe et plus la relation devient fragile.

Nous désirons le bonheur. Pourtant, le plus souvent, la façon même dont nous le recherchons est si maladroite et si inexperte qu'elle nous cause seulement davantage de tourment. Nous supposons généralement qu'afin de l'obtenir, nous devons saisir l'objet qui, selon nous, assurera notre bonheur. Nous nous demandons comment il est possible d'apprécier quelque chose si nous ne pouvons le posséder. Combien nous confondons attachement et amour ! Même dans le cadre d'une relation heureuse, l'amour est dénaturé par l'attachement, avec son cortège d'insécurité, de possessivité et d'orgueil. Et puis, une fois l'amour parti, il ne nous reste plus que les souvenirs de l'amour, les cicatrices de l'attachement.

Que pouvons-nous donc faire pour triompher de cet attachement ? Tout simplement, en réaliser la nature impermanente. Cette réalisation nous libérera peu à peu de son emprise. Nous aurons alors un aperçu de ce que les maîtres décrivent comme l'attitude juste face au changement : être semblable au ciel qui regarde passer les nuages, ou être libre comme le mercure. Quand du mercure tombe à terre, il demeure, par nature, intact : il ne se mélange jamais à la poussière. Si nous nous efforçons de suivre les conseils du maître et nous libérons peu à peu de l'attachement, une grande compassion se fera jour en nous. Les nuages de la saisie dualiste se dissiperont et le soleil de notre cœur resplendira de la vraie compassion. C'est alors que nous commencerons à goûter, au plus profond de nous, l'exaltante vérité de ces vers de William Blake :

Qui veut lier à lui-même une Joie,
De la vie brise les ailes.
Qui embrasse la Joie dans son vol,
Dans l'aurore de l'Eternité demeure[8].

L'ESPRIT DU GUERRIER

Bien qu'on nous ait encouragés à croire que nous perdrions tout si nous ouvrions la main, la vie, en de multiples occasions, nous démontre le contraire. Le lâcher prise est, en effet, le chemin de la vraie liberté.

Lorsque les vagues se jettent à l'assaut du rivage, les rochers n'en sont pas endommagés. Au contraire, l'érosion les modèle en formes harmonieuses. Les changements, de même, peuvent façonner notre caractère et arrondir ce qu'il y a en nous d'anguleux. Essuyer les tempêtes du changement nous permettra d'acquérir un calme plein de douceur, mais inébranlable. Notre confiance en nous grandira et deviendra si forte que bonté et compassion commenceront naturellement à rayonner de nous pour apporter la joie aux autres. C'est cette bonté fondamentale existant en chacun de nous qui survivra à la mort. Notre vie entière est à la fois un enseignement qui nous permet de découvrir cette puissante bonté, et un entraînement visant à la réaliser en nous-mêmes.

Ainsi, chaque fois que les pertes et les déceptions de la vie nous donnent une leçon d'impermanence, elles nous rapprochent en même temps de la vérité. Quand vous tombez d'une très grande hauteur, vous ne pouvez qu'atterrir sur le sol : le sol de la vérité. Et si vous possédez la compréhension née d'une pratique spirituelle, tomber ne constitue en aucun cas un désastre mais, au contraire, la découverte d'un refuge intérieur.

Les difficultés et les obstacles, s'ils sont correctement compris et utilisés, deviennent fréquemment une source inattendue de force. Quand vous lisez les biographies des maîtres, vous observez que, bien souvent, s'ils n'avaient pas rencontré de difficultés ni affronté d'obstacles, ils n'auraient pu découvrir en eux la force nécessaire pour les surmonter. Tel fut, par exemple, le cas de Guésar, le grand roi guerrier du Tibet, dont les aventures constituent la plus grande épopée de la littérature tibétaine. *Guésar* signifie « indomptable », que l'on ne peut briser. Dès l'instant de sa naissance, son mauvais oncle, Trotung, fit tout ce qui était en son pouvoir pour le tuer mais, à chaque tentative, Guésar devenait plus fort. En définitive, ce fut grâce aux efforts de son oncle que Guésar devint si puissant. D'où le proverbe tibétain : *Trotung tro ma tung na, Gesar ge mi sar*, ce qui signifie : Sans la méchanceté et les machinations de Trotung, Guésar ne se serait jamais élevé aussi haut.

Pour les Tibétains, Guésar n'est pas seulement un guerrier au sens habituel du terme ; il est aussi un guerrier spirituel. Etre un guerrier spirituel, c'est développer un courage d'un genre particulier, foncièrement intelligent, doux et intrépide à la fois. Les guerriers spirituels peuvent éprouver de la peur, mais ils ont suffisamment de courage pour oser goûter à la souffrance, pour établir un rapport clair à leur peur fondamentale et ne pas se dérober lorsqu'il s'agit de tirer des leçons de leurs difficultés. Comme nous le dit Chögyam Trungpa Rinpoché, devenir un guerrier signifie que « nous sommes capables d'échanger notre poursuite mesquine de sécurité contre une vue plus vaste, faite d'audace, de largeur d'esprit et d'héroïsme authentique[9]... ». Entrer dans l'arène transformatrice de cette vue beaucoup plus vaste, c'est apprendre à être à l'aise dans le changement et à se faire une amie de l'impermanence.

LE MESSAGE DE L'IMPERMANENCE :
L'ESPOIR CONTENU DANS LA MORT

Approfondissez encore votre examen de l'impermanence et vous découvrirez qu'elle comporte un autre aspect, un autre message chargé d'un espoir immense, capable de nous ouvrir les yeux à la nature fondamentale de l'univers et à la relation extraordinaire que nous entretenons avec lui.

Si tout est impermanent, alors tout est « vide », c'est-à-dire sans existence intrinsèque, stable ou durable. Et toutes choses, comprises dans leur véritable relation, sont vues non comme indépendantes mais comme interdépendantes. Le Bouddha comparait l'univers à un immense filet tissé d'une infinie variété de diamants étincelants. Chaque diamant, comportant un nombre incalculable de facettes, réfléchit tous les autres diamants du filet et ne fait qu'un avec chacun d'entre eux.

Imaginez une vague à la surface de la mer. Vue sous un certain angle, elle semble avoir une existence distincte, un début et une fin, une naissance et une mort. Perçue sous un autre angle, la vague n'existe pas réellement en elle-même, elle est seulement le comportement de l'eau, « vide » d'une identité séparée mais « pleine » d'eau. Si vous réfléchissez sérieusement à la vague, vous en venez à réaliser que c'est un phénomène rendu temporairement possible par le vent et l'eau, qui dépend d'un ensemble de circonstances en constante fluctuation. Vous vous apercevez également que chaque vague est reliée à toutes les autres.

Si vous y regardez de près, rien ne possède d'existence *intrinsèque*. C'est cette absence d'existence indépendante que nous appelons « vacuité ». Pensez à un arbre : vous aurez tendance à le percevoir, comme la vague, en tant qu'objet clairement défini, ce qui est vrai à un certain niveau. Mais un examen attentif vous montrera qu'en fin de compte, il ne possède pas d'existence indépendante. Si vous le contemplez, vous constaterez qu'il se dissout en un réseau extrêmement subtil de relations s'étendant à l'univers entier : la pluie qui tombe sur ses feuilles, le vent qui l'agite, le sol qui le nourrit et le fait vivre, les saisons et le temps, la lumière de la lune, des étoiles et du soleil – tout cela fait partie de l'arbre. En poursuivant votre réflexion, vous découvrirez que tout dans l'univers contribue à faire de l'arbre ce qu'il est, qu'il ne peut à aucun moment être isolé du reste du monde et qu'à chaque instant, sa nature se modifie imperceptiblement. C'est ce que nous entendons lorsque nous disons que les choses sont vides, qu'elles n'ont pas d'existence indépendante.

La science moderne nous parle d'un registre extraordinaire de corrélations. Les écologistes savent qu'un arbre en feu dans la forêt amazonienne modifie d'une certaine façon l'air respiré par un Parisien, et que le frémissement d'une aile de papillon au Yucatán affecte la vie d'une fougère dans les Hébrides. Les biologistes commencent à découvrir la danse complexe et fabuleuse des gènes qui créent la personnalité et l'identité, une danse qui prend sa source dans un passé très lointain et prouve que chaque « identité » est composée d'un tourbillon d'influences diverses. Les physiciens nous ont fait connaître le monde des particules quantiques, un monde qui ressemble étonnamment à celui décrit par le Bouddha lorsqu'il parle du filet scintillant qui se déploie dans l'univers. Tels les diamants du filet, les particules existent toutes potentiellement en tant que combinaisons différentes d'autres particules.

Si nous portons un regard véritable sur nous-mêmes et sur les choses qui nous entourent et qui, jusqu'alors, nous paraissaient si certaines, si stables et si durables, nous nous apercevons qu'elles n'ont pas plus de réalité qu'un rêve. Le Bouddha a dit :

Sachez que toutes choses sont ainsi :
Un mirage, un château de nuages,
Un rêve, une apparition,
Sans réalité essentielle ; pourtant, leurs qualités peuvent être perçues.

Sachez que toutes choses sont ainsi :
Comme la lune dans un ciel clair
Reflétée dans un lac transparent ;
Pourtant, jamais la lune n'est venue jusqu'au lac.

Sachez que toutes choses sont ainsi :
Comme un écho issu
De la musique, de sons, de pleurs ;
Pourtant, dans cet écho, nulle mélodie.

Sachez que toutes choses sont ainsi :
Comme un magicien nous donne l'illusion
De chevaux, de bœufs, de charrettes et d'autres objets ;
Rien n'est tel qu'il apparaît[10].

La contemplation de la nature, semblable au rêve, de la réalité ne doit en aucune façon nous rendre froids, désespérés ou amers. Elle peut révéler, au contraire, la présence d'un humour chaleureux, d'une compassion vigoureuse et tendre, dont nous étions à peine conscients et, par conséquent, d'une générosité grandissante envers toute chose et tout être. Le grand saint tibétain Milarépa disait : « Reconnaissant la vacuité, soyez empli de compassion. » Lorsque la contempla-

tion nous aura permis de voir clairement la vacuité et
l'interdépendance de toute chose et de nous-mêmes, le
monde se révélera à nous éclairé d'une lumière plus
vive, plus limpide et plus éclatante, tel le filet de diamants aux reflets infinis dont parlait le Bouddha. Nous
n'aurons alors plus besoin de nous protéger ou de faire
semblant, et il deviendra plus facile de suivre ces
conseils d'un maître tibétain :

> *Reconnaissez sans cesse le caractère onirique de la*
> *vie et réduisez attachement et aversion. Cultivez la*
> *bienveillance envers tous les êtres. Soyez emplis*
> *d'amour et de compassion, quelle que soit l'attitude*
> *des autres envers vous. Ce qu'ils vous font aura une*
> *moindre importance si vous le voyez comme un rêve.*
> *La clé est de conserver une intention positive durant*
> *le rêve. C'est là le point essentiel, la spiritualité*
> *authentique*[11].

La vraie spiritualité consiste à être conscient du fait
que, si une relation d'interdépendance nous lie à
chaque chose et à chaque être, la moindre de nos pensées, paroles ou actions aura de réelles répercussions
dans l'univers entier. Lorsque vous lancez un caillou
dans une mare, sa chute produit des ondes à la surface
de l'eau, et ces ondes se fondent les unes dans les
autres pour en créer de nouvelles. Tout est inextricablement lié. Nous en viendrons à comprendre que nous
sommes responsables de chacun de nos actes, de nos
paroles et de nos pensées, responsables en fait de nous-
mêmes, de tous les êtres et de toutes les choses, ainsi
que de l'univers entier. Le Dalaï-Lama a dit :

Dans notre monde contemporain régi par une extrême interdépendance, les individus et les nations ne peuvent plus résoudre seuls la plupart de leurs problèmes. Nous avons besoin les uns des autres. Il nous faut, par conséquent, acquérir un sens universel de notre responsabilité... C'est notre responsabilité, collective autant qu'individuelle, de protéger et de nourrir la famille planétaire, de soutenir ses membres les plus faibles et de protéger et prendre soin de l'environnement dans lequel nous vivons tous[12].

L'IMMUABLE

L'impermanence nous a déjà révélé de nombreuses vérités mais elle nous réserve un dernier trésor. Souvent caché, nous n'en soupçonnons pas l'existence, nous ne le reconnaissons pas. Il est, pourtant, le plus intimement nôtre.

Le poète allemand Rainer Maria Rilke écrivait que nos peurs les plus profondes sont comme des dragons gardant notre trésor le plus secret[13]. La peur, éveillée en nous par l'impermanence, que rien ne soit réel et que rien ne dure, se révèle, en fait, notre meilleure amie car elle nous pousse à nous poser la question suivante : si tout change et meurt, qu'y a-t-il de vrai, réellement ? Existe-t-il, derrière les apparences, quelque chose d'illimité, d'infiniment spacieux, au sein duquel se déploierait la danse du changement et de l'impermanence ? Existe-t-il quelque chose sur quoi nous puissions compter et qui survive à ce que nous appelons la mort ?

Si nous examinons ces questions en y réfléchissant avec diligence, nous serons peu à peu conduits à modifier profondément notre façon de voir le monde. Par une contemplation continue et un constant entraînement au « lâcher prise », nous en viendrons à découvrir en nous-mêmes « cela » que nous ne pouvons ni nommer, ni décrire, ni conceptualiser. Nous commencerons alors à comprendre que « cela » est sous-jacent à tous les changements et à toutes les morts du monde. Les désirs et les distractions limités auxquels nous avait condamnés notre quête avide de la permanence commenceront alors à perdre de leur force et à se détacher de nous.

Durant ce processus, nous aurons à maintes reprises des aperçus lumineux sur les vastes implications sous-jacentes à la vérité de l'impermanence. Comme si nous avions passé notre vie dans un avion en vol, traversant nuages sombres et turbulences, et que nous voyions soudain l'avion s'élever en flèche dans un ciel clair et sans limites. Inspirés et exaltés par cette émergence dans une dimension nouvelle de liberté, nous découvrirons une profondeur de paix, de joie et de confiance en nous-mêmes, qui nous émerveillera et engendrera graduellement la certitude qu'il existe en nous « quelque chose » que rien ne peut détruire ou altérer, et qui ne peut mourir. Milarépa écrivait :

Dans l'horreur de la mort, j'allai dans les montagnes ;
Encore et encore, je méditai sur l'incertitude de son heure...
Ayant pris la citadelle de la nature de l'esprit immortelle et infinie,

Toute peur de la mort, désormais, a définitivement cessé[14].

Ainsi, nous prendrons peu à peu conscience, en nous-mêmes, de la présence sereine et semblable au ciel de ce que Milarépa appelle « la nature immortelle et infinie de l'esprit ». Quand cette conscience nouvelle sera devenue vive et presque ininterrompue, se produira alors ce que les Upanishads désignent comme « un retournement dans le siège de la conscience », une révélation personnelle, sans référence à aucun concept, de ce que nous sommes, de la raison pour laquelle nous sommes ici et de la façon dont nous devons agir. En définitive, cela équivaudra à rien de moins qu'une vie nouvelle, une seconde naissance ; nous pourrions presque dire une résurrection.

N'est-ce pas là un mystère splendide et apaisant que, par une contemplation continue et intrépide de la vérité du changement et de l'impermanence, nous en venions lentement, dans la gratitude et la joie, à nous retrouver face à la vérité de l'immuable, face à la vérité de la nature immortelle et infinie de l'esprit ?

QUATRE

La nature de l'esprit

Enfermés dans la cage sombre et exiguë que nous nous sommes fabriquée et que nous prenons pour la totalité de l'univers, rares sont ceux d'entre nous qui peuvent seulement imaginer qu'il existe une autre dimension de la réalité. Patrul Rinpoché raconte l'histoire d'une vieille grenouille qui avait passé sa vie entière dans un puits humide et froid. Un jour, une grenouille qui venait de la mer lui rendit visite.

« D'où viens-tu ? demanda la grenouille du puits.

– Du grand océan, répondit la grenouille de la mer.

– Il est grand comment, ton océan ?

– Il est gigantesque.

– Tu veux dire à peu près le quart de mon puits ?

– Plus grand.

– Plus grand ? Tu veux dire la moitié ?

– Non, encore plus grand.

– Est-il... aussi grand que ce puits ?

– C'est sans comparaison.

– C'est impossible ! Il faut que je voie ça de mes propres yeux ! »

Elles se mirent toutes deux en route. Quand la grenouille du puits vit l'océan, ce fut un tel choc que sa tête éclata.

La plupart des souvenirs de mon enfance au Tibet se sont effacés, mais deux événements resteront à jamais gravés dans ma mémoire. Ce sont les deux occasions au cours desquelles mon maître Jamyang Khyentsé me donna l'introduction à la nature essentielle, originelle et la plus secrète de mon esprit.

J'ai tout d'abord éprouvé une certaine réticence à révéler ces expériences personnelles car, au Tibet, cela ne se fait jamais. Toutefois, mes étudiants et mes amis, convaincus qu'une évocation de ces expériences pourrait être bénéfique à autrui, me prièrent avec insistance de mettre ces souvenirs par écrit.

Le premier de ces événements se produisit lorsque j'avais six ou sept ans. Il eut lieu dans cette pièce très particulière où vivait mon maître, devant une grande statue représentant Jamyang Khyentsé Wangpo, son incarnation précédente. C'était une statue solennelle et imposante, surtout lorsque la flamme vacillante de la lampe à beurre placée devant elle éclairait son visage. Avant que je ne réalise ce qui m'arrivait, mon maître fit une chose tout à fait inhabituelle : il me serra soudain dans ses bras et me souleva de terre. Puis il me donna un gros baiser sur la joue. J'en fus si surpris que, durant un long moment, mon esprit s'évanouit complètement ; j'étais submergé par une tendresse, une chaleur, une confiance et une puissance extraordinaires.

La seconde occasion fut plus formelle ; elle eut pour cadre une grotte située à Lhodrak Kharchu, où avait médité Padmasambhava, père du bouddhisme tibétain et saint vénéré dans le pays tout entier. Nous y avions fait halte lors de notre pèlerinage à travers le Tibet du sud. J'étais âgé d'environ neuf ans à l'époque. Mon maître me fit appeler et me dit de m'asseoir en face de lui. Nous étions seuls. Il déclara : « Maintenant, je vais te donner l'introduction à la "nature essentielle de l'esprit". » Prenant sa cloche et son damaru[*], il psalmodia l'invocation à tous les maîtres de la lignée, depuis le Bouddha Primordial jusqu'à son propre maître. Puis il me donna l'introduction. Soudain, à brûle-pourpoint, il me posa cette question sans réponse : « Qu'est-ce que l'esprit ? », tandis qu'il plongeait intensément son regard dans le mien. Je demeurai interdit. Mon esprit avait volé en éclats : il ne restait plus de mots, plus de noms, plus de pensées – en fait, il ne restait plus d'esprit du tout.

Que s'était-il passé en cet instant stupéfiant ? Les pensées du passé avaient disparu, celles à venir ne s'étaient pas encore élevées ; le courant de mes pensées avait été tranché net. Dans cet état d'intense saisissement, une brèche s'était ouverte et, dans cette brèche, se révélait une pure conscience claire, immédiate de l'instant présent, une conscience libre de toute saisie, simple, nue et fondamentale. Et pourtant, en même temps, de sa simplicité dépouillée rayonnait la chaleur d'une compassion immense.

Il y aurait tant à dire sur cet instant-là ! Apparemment, mon maître m'avait posé une question, et cependant je savais qu'il n'en attendait pas de réponse. Avant même de partir en quête de celle-ci, je savais qu'elle n'existait pas. Je demeurai assis, comme foudroyé d'émerveillement, tandis que jaillissait en

---

[*] Petit tambour rituel à boules fouettantes.

moi une certitude profonde et lumineuse, inconnue jusqu'alors.

Mon maître avait demandé : « Qu'est-ce que l'esprit ? » Il me sembla, en cet instant, que tout le monde savait déjà que l'esprit en tant que tel n'existait pas et que j'étais le dernier à l'apprendre. Se donner la peine de le chercher... cela semblait tellement ridicule !

L'introduction effectuée par mon maître fut comme une graine semée profondément en moi. Plus tard, j'en vins à réaliser que telle était la méthode d'introduction utilisée dans notre lignée. Toutefois, le fait que je l'ignorais alors rendit cet événement totalement inattendu, et d'autant plus puissant et déconcertant.

Il est dit, dans notre tradition, que « trois authentiques » doivent être présents pour permettre l'introduction à la nature de l'esprit : la bénédiction d'un maître authentique, la dévotion d'un étudiant authentique et une lignée authentique de la méthode d'introduction.

Le président de la République ne peut pas vous donner l'introduction à la nature de l'esprit, pas plus que ne le peut votre père ou votre mère. Tout le pouvoir de quelqu'un ou tout son amour pour vous n'y peut rien. La nature de l'esprit peut être introduite seulement par une personne qui l'a pleinement réalisée et qui porte en elle la bénédiction et l'expérience de la lignée.

Et vous, l'étudiant, devez découvrir et constamment entretenir en vous cette ouverture, cette ampleur de vision, cette disponibilité, cet enthousiasme et ce respect qui modifieront à leur tour l'atmosphère tout entière de votre esprit, vous rendant réceptif à l'introduction. C'est cela que nous entendons par dévotion.

Sans elle, le maître aura beau donner l'introduction, l'étudiant ne pourra la reconnaître. L'introduction à la nature de l'esprit n'est possible que si le maître et l'étudiant s'engagent ensemble dans cette expérience. C'est uniquement dans cette rencontre des esprits et des cœurs que l'étudiant pourra la réaliser.

La méthode est, elle aussi, d'une importance cruciale. C'est cette même méthode qui, éprouvée et vérifiée depuis des milliers d'années, a permis aux maîtres du passé d'atteindre eux-mêmes l'éveil.

En me donnant l'introduction de façon si spontanée et à un âge si précoce, mon maître accomplissait quelque chose de tout à fait inhabituel. Normalement, l'introduction n'est donnée que beaucoup plus tard, après que le disciple a entrepris l'entraînement préliminaire que constituent la pratique de la méditation et la purification. Cet entraînement amène à maturité son cœur et son esprit, et les ouvre à la compréhension directe de la vérité. Lors de cet instant intense de l'introduction, le maître peut ainsi directement communiquer sa réalisation de la nature de l'esprit – ce que nous appelons son « esprit de sagesse » – à l'esprit de l'étudiant, désormais authentiquement réceptif. Le maître ne fait rien de moins qu'introduire l'étudiant à ce qu'est réellement le Bouddha ; en d'autres termes, il ouvre son esprit à la présence intérieure vivante de l'éveil. Au cours de cette expérience, le Bouddha, la nature de l'esprit et l'esprit de sagesse du maître fusionnent et se révèlent un. L'étudiant reconnaît alors, dans une explosion de gratitude et sans aucun doute possible, qu'il n'y a pas, qu'il n'y a jamais eu et qu'il n'y aura jamais de séparation entre lui-même et le maître, entre l'esprit de sagesse du maître et la nature de son propre esprit.

Mon maître Dudjom Rinpoché écrivait, dans la célèbre déclaration de sa réalisation :

Puisque la pure conscience de l'instant présent est le véritable bouddha,
Par l'ouverture et le contentement, j'ai trouvé le lama en mon cœur.
Lorsque nous réalisons que cet esprit naturel et sans limites est la nature même du lama,
Il n'est plus besoin de lamentations, de prières avides et tenaces ni de plaintes artificielles.
En nous détendant simplement dans cet état inaltéré, ouvert et naturel,
Nous recevons la grâce où tout ce qui s'élève se libère sans objet[1].

Lorsque vous avez pleinement reconnu que la nature de votre esprit est identique à celle du maître, le maître et vous ne pouvez plus jamais être séparés car le maître est *un* avec la nature de votre esprit, continuellement présent, en tant que tel. Souvenez-vous de Lama Tseten que j'ai vu mourir quand j'étais enfant. Lorsqu'on lui demanda s'il souhaitait la présence physique de son maître à son lit de mort, il répondit : « Avec le maître, la distance n'existe pas. »

Lorsque vous avez reconnu, comme Lama Tseten, que le maître et vous êtes inséparables, une gratitude, un sentiment de vénération et de dévotion immenses naissent alors en vous. C'est ce que Dudjom Rinpoché appelle l'« Hommage de la Vue ». C'est une dévotion qui jaillit spontanément de la Vue de la nature de l'esprit.

Il y eut pour moi, au cours des enseignements et des initiations, bien d'autres moments où je reçus cette introduction et, plus tard, mes autres maîtres me la donnèrent également. Après la mort de Jamyang Khyentsé, Dudjom Rinpoché m'accueillit dans son amour et prit soin de moi ; je le servis en tant que traducteur pendant plusieurs années, et une phase nouvelle de ma vie commença.

Dudjom Rinpoché était l'un des maîtres et mystiques les plus célèbres du Tibet. Il était aussi un érudit et un écrivain de grand renom. Mon maître, Jamyang Khyentsé, parlait toujours de lui comme d'un maître exceptionnel et le considérait comme le représentant vivant de Padmasambhava à notre époque. J'éprouvais donc à son égard un profond respect, bien que n'ayant pas eu de contact personnel avec lui ni fait l'expérience de son enseignement. Un jour, quelque temps après la mort de mon maître, j'étais alors âgé d'une vingtaine d'années, je rendis une visite de courtoisie à Dudjom Rinpoché à Kalimpong, une station située sur les contreforts des Himalayas.

A mon arrivée, ce dernier était en compagnie d'une de ses premières étudiantes américaines à qui il donnait un enseignement. Elle se sentait très frustrée car aucun interprète ne parlait suffisamment bien l'anglais pour traduire cet enseignement sur la nature de l'esprit. Quand il me vit entrer, Dudjom Rinpoché s'exclama : « Ah ! vous voilà ! C'est parfait ! Pourriez-vous me servir d'interprète ? » Je m'assis donc et commençai à traduire. En une séance, en l'espace d'une heure environ, il donna un enseignement prodigieux qui embrassait tout. J'étais si ému, si inspiré, que les larmes me vinrent aux yeux. Je compris alors ce que Jamyang Khyentsé avait voulu dire.

Je priai aussitôt Dudjom Rinpoché de bien vouloir m'accorder ses enseignements. Je me rendais chez lui, par la suite, chaque après-midi et passais plusieurs heures en sa présence. Il était de petite taille ; son beau visage exprimait une grande douceur et il possédait des mains d'une finesse extraordinaire. Sa présence était délicate, presque féminine. Il avait les cheveux longs et les portait en chignon, à la manière d'un yogi. Ses yeux pétillaient continuellement d'un amusement secret. Quant à sa voix, elle semblait être la voix même de la compassion, douce et légèrement rauque. Dudjom Rinpoché avait coutume de s'asseoir sur un siège bas que recouvrait un tapis tibétain et je m'asseyais un peu plus bas que lui. Je me souviendrai toujours de lui à cet endroit précis, les derniers rayons du soleil couchant pénétrant à flots par la fenêtre située derrière lui.

Puis, un jour que je recevais ses instructions et que je pratiquais en sa présence, j'eus une expérience des plus stupéfiantes. Tout ce dont j'avais entendu parler dans les enseignements semblait se produire en moi. Tous les objets du monde phénoménal autour de nous étaient en train de se dissoudre... En proie à une excitation intense, je balbutiai : « Rinpoché... Rinpoché... c'est en train de se produire ! » Jamais je n'oublierai son regard de compassion lorsqu'il se pencha vers moi pour me rassurer : « Tout va bien... tout va bien... ne te laisse pas trop impressionner. En fin de compte, ce n'est ni bien ni mal » J'étais comme transporté par tant d'émerveillement et de félicité, mais Dudjom Rinpoché savait que, si les bonnes expériences sont des points de repère utiles sur le chemin de la méditation, elles peuvent devenir des pièges quand l'attachement s'en mêle. Il est nécessaire d'aller au-delà, jusqu'à une base plus profonde et plus stable. C'est à cette stabilité que les paroles de sagesse de Dudjom Rinpoché m'amenèrent.

Maintes et maintes fois, Dudjom Rinpoché inspira la réalisation de la nature de l'esprit par son enseignement, et ce furent ses paroles qui provoquèrent en moi des aperçus de l'expérience véritable. Pendant de nombreuses années, il me donnait chaque jour les « instructions qui désignent la nature de l'esprit ». Bien que l'entraînement fondamental eût été déposé en moi comme une graine par mon maître Jamyang Khyentsé, ce fut Dudjom Rinpoché qui l'entoura de ses soins et lui permit de s'épanouir. Lorsque je commençai à enseigner, ce fut son exemple qui m'inspira.

L'ESPRIT ET LA NATURE DE L'ESPRIT

Le bouddhisme propose une vision toujours révolutionnaire à ce jour, à savoir que *la vie et la mort existent dans l'esprit et nulle part ailleurs.* L'esprit est révélé en tant que base universelle de l'expérience. Il est le créateur du bonheur et le créateur de la souffrance, le créateur de ce que nous appelons la vie et de ce que nous appelons la mort.

Parmi les nombreux aspects de l'esprit, on en distingue plus particulièrement deux. Le premier est l'esprit ordinaire, que les Tibétains appellent *sem*. Un maître le définit ainsi : « Cela même qui est doté d'une conscience discriminante, cela qui possède un sens de la dualité – qui saisit ou rejette ce qui est extérieur à lui : tel est l'esprit. Fondamentalement, il est ce que l'on associe à l'"autre" – tout "objet" perçu comme différent de celui qui perçoit[2]. » *Sem* est l'esprit discursif, dualiste, l'esprit « qui pense », qui ne peut fonctionner qu'en relation avec un point de référence extérieur projeté par lui et faussement perçu.

Sem est donc l'esprit qui pense, intrigue, désire, manipule, qui s'enflamme de colère, crée des vagues d'émotions et de pensées négatives et s'y complaît. C'est l'esprit qui doit sans relâche se justifier, consolider son « existence » et en prouver la validité en fragmentant l'expérience, en la conceptualisant et en la solidifiant. Inconstant et futile, l'esprit ordinaire est la proie incessante des influences extérieures, des tendances habituelles et du conditionnement : les maîtres le comparent à la flamme d'une bougie dans l'embrasure d'une porte, vulnérable à tous les vents des circonstances.

Perçu sous un certain angle, *sem* apparaît comme vacillant, instable, avide, se mêlant sans cesse de ce qui ne le regarde pas ; son énergie se consume en une constante projection vers l'extérieur. Parfois, il me fait penser à un pois sauteur mexicain, ou à un singe dans un arbre, bondissant sans répit de branche en branche. Cependant, vu sous un autre angle, l'esprit ordinaire possède l'immobilité minérale que donnent des habitudes invétérées, une stabilité morne et factice, une inertie vaniteuse, autoprotectrice. *Sem* se révèle aussi rusé qu'un politicien retors ; il est sceptique, méfiant, expert dans la fourberie et la ruse, « fort astucieux dans les jeux de la tromperie », écrivait Jamyang Khyentsé.

C'est au sein de cet esprit ordinaire chaotique, confus, indiscipliné et répétitif – *sem* – que nous faisons l'expérience, encore et toujours, du changement et de la mort.

Le deuxième aspect est la nature même de l'esprit, son essence la plus profonde, qui n'est absolument jamais affectée par le changement ou par la mort. Pour le moment, elle demeure cachée à l'intérieur de notre propre esprit – notre *sem* –, enveloppée et obscurcie par l'agitation mentale désordonnée de nos pensées et de nos émotions. De même que les nuages, chassés par une forte bourrasque, révèlent l'éclat du soleil et l'étendue dégagée du ciel, ainsi une inspiration, dans certaines circonstances particulières, peut-elle nous dévoiler des aperçus de la nature de l'esprit. Ces aperçus peuvent être d'intensité et de profondeur très différentes mais de chacun émane une certaine lumière de compréhension, de sens et de liberté. En effet, la nature de l'esprit est la source même de toute compréhension. En tibétain, nous l'appelons *Rigpa*, conscience claire primordiale, pure, originelle, à la fois intelligence, discernement, rayonnement et éveil constant. On pourrait dire qu'elle est la connaissance de la connaissance elle-même[3].

Ne vous y trompez pas, la nature de l'esprit ne se limite pas exclusivement à notre seul esprit. Elle est, en fait, la nature de toute chose. On ne le répétera jamais assez : réaliser la nature de l'esprit, c'est réaliser la nature de toute chose.

Tout au long de l'histoire, les saints et les mystiques ont paré leurs réalisations de noms divers et leur ont donné des visages et des interprétations variés ; mais fondamentalement, leur expérience est celle de la nature essentielle de l'esprit. Les chrétiens et les juifs l'appellent « Dieu », les hindous « le Soi », « Shiva », « Brahman », « Vishnou » ; les mystiques soufis la nomment « l'Essence Cachée » et les bouddhistes « la Nature de Bouddha ». Au cœur de toutes les religions se trouve la certitude qu'il existe une vérité fondamentale, et que cette vie offre une opportunité sacrée d'évoluer et de la réaliser.

Lorsque nous disons « Bouddha », nous pensons naturellement au prince indien Gautama Siddhartha qui atteignit l'éveil au VIe siècle avant notre ère, et dont l'enseignement allait devenir une voie spirituelle pour des millions de personnes dans toute l'Asie, voie que nous appelons aujourd'hui le bouddhisme. Le terme *bouddha*, cependant, possède un sens beaucoup plus profond. Il désigne une personne – toute personne — qui s'est entièrement éveillée de l'ignorance et s'est ouverte à son vaste potentiel de sagesse. Un bouddha est celui qui a mis un terme définitif à la souffrance et à la frustration, et qui a découvert un bonheur et une paix durables, impérissables.

Malheureusement, à notre époque marquée par le scepticisme, beaucoup d'entre nous peuvent considérer cet état comme un produit de l'imagination, un rêve ou un accomplissement tout à fait hors de portée. Il est pourtant important de garder à l'esprit que Bouddha était un être humain comme vous et moi. Il ne s'est jamais attribué de statut divin ; il savait simplement qu'il possédait la nature de bouddha, le germe de l'éveil, et que tout être la possède également. La nature de bouddha est tout simplement le patrimoine de tout être sensible ; je dis souvent que « notre nature de bouddha est aussi parfaite que la nature de bouddha de n'importe quel bouddha ! ». Telle est, en effet, la bonne nouvelle que le Bouddha nous a transmise par son éveil à Bodhgaya, et que tant de personnes aujourd'hui trouvent si inspirante. Son message – *que l'éveil est à la portée de tous* – véhicule un espoir extraordinaire.

Par la pratique spirituelle, nous pouvons, nous aussi, nous libérer. Comment, au cours des siècles et jusqu'à nos jours, d'innombrables individus auraient-ils pu atteindre l'éveil si cela n'était pas vrai ?

Il est dit que lorsque le Bouddha parvint à l'illumination, son seul souhait fut de montrer au reste du monde la nature de l'esprit, et de partager la totalité de ce qu'il avait réalisé. Mais, en même temps, dans son infinie compassion, il vit avec tristesse combien cela nous serait difficile à comprendre.

En effet, bien que notre nature intérieure soit identique à celle du Bouddha, nous ne l'avons pas reconnue car elle demeure enclose, enfouie au plus profond de notre esprit individuel ordinaire. Imaginez un vase vide : l'espace intérieur est exactement identique à l'espace extérieur ; seules les parois fragiles du vase les séparent l'un de l'autre. De la même façon, notre esprit de bouddha est enclos à l'intérieur des parois de notre esprit ordinaire. Mais, lorsque nous atteignons l'éveil, c'est comme si le vase se brisait. L'espace « intérieur » se mêle instantanément à l'espace « extérieur », devenant un. Nous réalisons à cet instant que les deux espaces n'ont jamais été séparés ni différents l'un de l'autre, mais ont toujours été semblables.

LE CIEL ET LES NUAGES

Quel que soit notre mode de vie, notre nature de bouddha demeure toujours présente – et toujours parfaite. Nous disons que même les bouddhas, dans leur infinie sagesse, ne peuvent l'améliorer et que les êtres sensibles, dans leur confusion apparemment illimitée, ne peuvent la dégrader. On pourrait comparer notre vraie nature au ciel et la confusion de notre esprit ordinaire aux nuages. Certains jours, le ciel est complètement voilé et, du sol, en levant les yeux, il est difficile d'imaginer là-haut autre chose que des nuages. Pourtant, il suffit de se trouver dans un avion en vol pour découvrir qu'il existe, au-dessus d'eux, un ciel pur illimité. Ces nuages, qui nous avaient semblé occuper tout l'espace, apparaissent alors bien petits et bien lointains.

Efforçons-nous de garder toujours présent à l'esprit que les nuages ne sont pas le ciel et ne lui « appartiennent » pas. Ils flottent et passent là-haut, d'une façon fortuite et légèrement ridicule. En aucune manière ils ne peuvent tacher le ciel ou y laisser leur empreinte.

En ce cas, où réside précisément cette nature de bouddha ? Elle demeure dans la nature semblable au ciel de notre esprit. Totalement ouverte, libre et sans limites, elle est fondamentalement si simple que rien ne peut la compliquer, si naturelle qu'elle ne peut être corrompue ni souillée, si pure qu'elle est au-delà du concept même de pureté et d'impureté. Comparer cette nature de l'esprit au ciel n'est, bien entendu, qu'une métaphore pour nous aider à imaginer son caractère illimité et universel ; la nature de bouddha possède en effet une qualité que n'a pas le ciel, celle de la clarté radieuse de la conscience pure. Comme il a été dit :

> *Elle est simplement notre conscience claire, parfaite, de l'instant présent, cognitive et vide, nue et éveillée.*

Dudjom Rinpoché écrivait :

> *Aucun mot ne peut la décrire*
> *Aucun exemple ne peut la désigner*
> *Le samsara ne peut la dégrader*
> *Le nirvana[4] ne peut l'améliorer*
> *Elle n'est jamais née*
> *Elle n'a jamais cessé*
> *Elle n'a jamais été libérée*
> *Elle n'a jamais été victime de l'illusion*
> *Elle n'a jamais existé*
> *Elle n'a jamais été inexistante*
> *Elle ne connaît aucune limite*
> *On ne peut la ranger dans aucune catégorie.*

Et Nyoshul Khen Rinpoché[5] disait d'elle :

> *Profonde et tranquille, libre de toute complexité,*
> *Clarté lumineuse non composée,*
> *Par-delà l'esprit conceptuel ;*
> *Telle est la profondeur de l'esprit des Victorieux.*
> *En elle, rien à enlever,*
> *Nul besoin de rien ajouter.*
> *C'est simplement l'immaculé*
> *Contemplant sa propre nature.*

LES QUATRE ERREURS

Pourquoi trouvons-nous si difficile de seulement concevoir la profondeur et la splendeur de la nature de l'esprit ? Pourquoi cette idée semble-t-elle à beaucoup si étrangère et invraisemblable ? Les enseignements font référence à quatre erreurs qui nous empêchent de réaliser immédiatement la nature de l'esprit :

1. La nature de l'esprit est simplement trop *proche* de nous pour que nous puissions la reconnaître ; de même que nous ne pouvons voir notre propre visage, il est difficile pour l'esprit de voir sa propre nature.

2. Elle est trop *profonde* pour que nous puissions la concevoir. Nous n'avons aucune idée de sa profondeur. Si c'était le cas, nous l'aurions déjà, dans une certaine mesure, réalisée.

3. Elle est trop *simple* pour que nous y croyions ; en réalité, la seule chose à faire est de demeurer dans la pure conscience de la nature de l'esprit, nue et toujours présente.

4. Elle est trop *prodigieuse* pour que notre esprit puisse l'accueillir ; son immensité même est si vaste que notre mode de pensée étroit ne peut la contenir. Nous ne pouvons simplement pas y croire, pas plus que nous ne pouvons imaginer que l'éveil est la véritable nature de *notre* esprit.

Si cette analyse des quatre erreurs était valable dans une civilisation comme celle du Tibet, consacrée presque exclusivement à la poursuite de l'éveil, combien cela est-il encore plus tragiquement vrai dans notre civilisation moderne, consacrée en grande partie au culte de l'illusion ! Il n'existe aucune information générale sur la nature de l'esprit : les écrivains et les intellectuels n'y font guère allusion ; les philosophes modernes n'en parlent pas directement ; la majorité des scientifiques nie qu'elle puisse même exister. Elle ne joue aucun rôle dans la culture populaire ; elle n'est pas mise en chansons ; on n'en parle pas dans les pièces de théâtre et elle ne figure pas au programme de la télévision. En fait, nous sommes éduqués dans la croyance que rien n'est réel au-delà de ce que nous percevons directement au moyen de nos sens ordinaires.

En dépit de ce refus massif, et presque généralisé, de reconnaître l'existence de la nature de l'esprit, il nous arrive parfois d'en avoir certains aperçus fugitifs. Ceux-ci peuvent être inspirés par une œuvre musicale qui nous émeut, par le bonheur serein que nous éprouvons par moments dans la nature, ou même dans les circonstances quotidiennes les plus ordinaires. Ils peuvent simplement survenir au spectacle de la neige tombant doucement, du soleil se levant derrière une montagne ou devant le jeu mystérieusement captivant d'un trait de lumière filtrant à l'intérieur d'une pièce. De tels moments de grâce, de paix et de béatitude s'offrent à chacun de nous et, étrangement, demeurent en nous.

Je pense qu'il nous arrive d'avoir une compréhension partielle de ces aperçus, mais la culture moderne ne nous fournit aucun texte ni aucune structure qui pourraient nous aider à en pénétrer le sens. Pis encore, nous ne sommes pas encouragés à les examiner en profondeur et à en découvrir la source mais plutôt – et ceci de manière explicite aussi bien qu'implicite – à les chasser de notre esprit. Nous savons que personne ne nous prendra au sérieux si nous essayons de partager ces expériences. Nous décidons alors de les ignorer. Pourtant, si seulement nous les comprenions, elles pourraient se révéler les plus significatives de notre vie. Cette ignorance et cette répression de notre identité véritable représentent peut-être l'aspect le plus sombre et le plus troublant de notre civilisation moderne.

TOURNER SON REGARD VERS L'INTÉRIEUR

Supposons que nous fassions un revirement complet, que nous cessions de regarder dans une seule direction. On nous a appris à consacrer nos vies à la poursuite de nos pensées et de nos projections. Quand bien même on évoque l'« esprit », il ne s'agit que des seules pensées et émotions ; lorsque nos chercheurs étudient ce qu'ils pensent être l'esprit, ils ne font qu'en examiner les projections. Personne ne regarde jamais réellement l'esprit lui-même, le terrain d'où s'élèvent toutes ces manifestations, et cela entraîne des conséquences tragiques. Selon les paroles de Padmasambhava :

Ce que l'on a coutume d'appeler « esprit » est généralement très estimé et fait l'objet de nombreuses discussions,
Cependant, il demeure incompris, ou compris de manière erronée ou partielle.
Parce qu'il n'est pas compris correctement, en tant que tel,
Voici que naissent, en nombre incalculable, idées et affirmations philosophiques.

De plus, puisque les individus ordinaires ne le com-
prennent pas,
Ils ne reconnaissent pas leur propre nature ;
Ils continuent donc à errer au gré des renaissances
dans les six états d'existence, à l'intérieur des trois
mondes, et connaissent ainsi la souffrance.
En conséquence, ne pas comprendre son propre
esprit est une très grave erreur[6].

Comment pouvons-nous désormais renverser la situation ? C'est très simple. Notre esprit peut s'orienter de deux façons : soit vers l'intérieur, soit vers l'extérieur.

Dirigeons donc à présent notre regard vers l'intérieur.

La différence qu'apporte ce léger changement d'orientation est considérable ; elle pourrait même inverser le cours des catastrophes qui menacent le monde. Si un nombre beaucoup plus grand d'individus avaient connaissance de la nature de leur esprit, ils prendraient conscience de la beauté du monde dans lequel ils vivent et se battraient, courageusement et sans plus attendre, pour le préserver. Il est intéressant de souligner que « bouddhiste » se dit *nangpa* en tibétain, ce qui signifie « tourné vers l'intérieur », celui qui recherche la vérité non pas à l'extérieur mais au sein de la nature de l'esprit. Tout l'entraînement bouddhiste, tous ces enseignements n'ont qu'un seul but : se tourner vers la nature de l'esprit, et ainsi nous libérer de la peur de la mort et nous aider à réaliser la vérité de la vie.

Tourner notre regard vers l'intérieur exige de nous une grande subtilité et un grand courage, n'impliquant rien de moins qu'un revirement complet de notre attitude à l'égard de la vie et de l'esprit. Nous sommes tellement habitués à porter exclusivement notre regard vers l'extérieur que nous avons pratiquement perdu tout accès à notre être intime. Nous sommes épouvantés à l'idée de regarder en nous-mêmes, parce que notre culture ne nous a donné aucune idée de ce que nous allons y trouver. Nous pouvons même craindre que cette démarche ne nous mette en danger de folie. C'est là l'ultime et ingénieux stratagème de l'ego pour nous empêcher de découvrir notre vraie nature.

Nous nous créons ainsi une vie tellement trépidante que nous éliminons le moindre risque de regarder en nous-mêmes. Même l'idée de méditation peut être effrayante pour certains. Lorsque nous entendons des expressions telles que « sans ego » ou « vacuité », nous imaginons que faire l'expérience de ces états équivaudrait à être éjecté d'un vaisseau spatial pour flotter à jamais dans un vide obscur et glacé. Rien ne pourrait être plus éloigné de la vérité. Mais, dans un monde voué à la distraction, le silence et la tranquillité nous terrifient. Nous nous en préservons par le bruit et par une activité effrénée. Examiner la nature de notre esprit est la dernière démarche que nous oserions entreprendre.

Parfois, je crois que si nous éludons la question de notre véritable identité, c'est par crainte de découvrir qu'il existe une réalité autre que celle-ci. Qu'adviendrait-il, à la suite de cette découverte, de notre mode de vie actuel ? Comment nos amis, nos collègues, réagiraient-ils à ce que nous savons maintenant ? Que

ferions-nous de ce nouveau savoir ? Avec la connaissance vient la responsabilité. Parfois, lorsque la porte
de la cellule s'ouvre, le prisonnier choisit de ne pas
s'évader.

LA PROMESSE DE L'ÉVEIL

Dans le monde moderne, il existe peu d'exemples
d'êtres humains qui incarnent les qualités nées de la
réalisation de la nature et de l'esprit. C'est pourquoi il
nous est difficile de concevoir l'éveil, ou d'imaginer
les perceptions d'un être éveillé.

Comment croire, a fortiori, que nous pourrions
atteindre cet éveil nous-mêmes ?

Bien qu'en apparence notre société célèbre la valeur
de la vie humaine et la liberté individuelle, elle nous
traite en réalité comme des individus obsédés par le
pouvoir, le sexe et l'argent, ayant constamment besoin
d'être distraits de tout contact avec la mort ou avec la
vie véritable. Si l'on nous parle de notre potentiel spirituel, ou si même nous commençons à en pressentir
l'existence, nous ne pouvons y croire. Et si nous parvenons à envisager la possibilité d'une évolution spirituelle, celle-ci nous semble alors réservée aux seuls
saints et grands maîtres spirituels du passé. Le Dalaï-
Lama évoque souvent ce manque extraordinaire
d'amour de soi et de dignité personnelle véritables
qu'il observe chez tant de nos contemporains. A la
base de cette attitude se trouve la conviction névrotique
de nos propres limites ; ce qui nous interdit tout espoir
d'éveil et contredit tragiquement la vérité centrale de

l'enseignement du Bouddha, à savoir que nous sommes tous, déjà, en essence, parfaits.

Même si nous en venions à croire que l'éveil est chose possible, un simple coup d'œil à ce qui compose notre esprit ordinaire – colère, avidité, jalousie, rancune, cruauté, luxure, peur, angoisse, agitation... – décourragerait à jamais tout espoir de l'atteindre, si nous n'avions pas déjà entendu parler de la nature de l'esprit et de la possibilité de la réaliser avec certitude.

L'éveil, pourtant, est une réalité et il existe encore en ce monde des maîtres éveillés. Lorsque vous rencontrerez l'un d'entre eux, vous serez bouleversé, touché au plus profond de votre cœur ; vous réaliserez alors que des mots comme « éveil » ou « sagesse », qui jusque-là ne véhiculaient pour vous que des idées, correspondent en fait à des vérités. Malgré tous les dangers qu'il présente, le monde d'aujourd'hui est passionnant. L'esprit moderne s'ouvre lentement à des visions différentes de la réalité. De grands maîtres spirituels tels que le Dalaï-Lama ou Mère Teresa apparaissent à la télévision ; de nombreux maîtres venus d'Asie viennent effectuer des séjours en Occident et y enseignent ; enfin, les ouvrages traitant de toutes les traditions mystiques attirent un public de plus en plus vaste. La situation critique de la planète sensibilise progressivement ses habitants à la nécessité d'une transformation à l'échelle mondiale.

L'éveil, je l'ai dit, est une réalité. Qui que nous soyons, nous pouvons réaliser la nature de l'esprit et découvrir en nous-mêmes ce qui est immortel et éternellement pur, si nous bénéficions des circonstances appropriées et de l'entraînement adéquat. C'est ce que nous promettent toutes les traditions mystiques du monde ; et c'est ce qui s'est réalisé et se réalise encore aujourd'hui pour des milliers d'êtres humains.

Cette promesse a ceci de remarquable qu'elle n'est ni exotique ni fantastique ; elle ne s'adresse pas à une élite mais à l'ensemble de l'humanité, et les maîtres nous disent que nous serons surpris de la trouver tout à fait ordinaire lorsque nous la réaliserons. La vérité spirituelle n'est ni compliquée ni ésotérique, elle relève du simple bon sens. Quand vous réalisez la nature de l'esprit, les voiles de confusion disparaissent les uns après les autres. A vrai dire, vous ne « devenez » pas bouddha, vous cessez simplement, graduellement, d'être dans l'illusion. Un bouddha n'est pas une sorte de « surhomme » spirituel tout-puissant ; devenir bouddha, c'est devenir enfin un être humain authentique.

L'une des plus grandes traditions bouddhistes décrit la nature de l'esprit comme « la sagesse de l'ordinaire ». Je ne le dirai jamais assez : notre véritable nature, la nature de tous les êtres, n'est pas extraordinaire. Paradoxalement, c'est ce monde soi-disant ordinaire qui est extraordinaire, une hallucination fantastique et complexe provoquée par la vision trompeuse du samsara. C'est cette vision « extraordinaire » qui nous rend aveugles à la nature « ordinaire », inhérente et naturelle de notre esprit. Imaginez que les bouddhas abaissent les yeux sur nous aujourd'hui : quelle tristesse, quel étonnement seraient les leurs devant l'ingéniosité et la complexité fatales de notre confusion !

Nous sommes si inutilement compliqués que, lorsqu'un maître nous introduit à la nature de notre esprit, nous la trouvons parfois trop simple pour y croire. Notre esprit ordinaire nous dit qu'il ne peut en être ainsi, qu'il doit y avoir quelque chose de plus. Nous voudrions davantage de manifestations merveilleuses, telles que l'apparition de lumières éblouissantes dans l'espace environnant, la vision d'anges aux cheveux d'or ondoyants descendant jusqu'à nous d'un coup d'ailes, ou encore une voix d'outre-tombe nous annonçant : « Maintenant, vous avez reçu l'introduction à la nature de l'esprit. » Mais non, aucune mise en scène de ce genre ne se produit.

Du fait de l'importance excessive que, dans notre culture, nous accordons à l'intellect, nous imaginons qu'atteindre l'éveil exige une intelligence supérieure. Au contraire, bien des formes d'agilité intellectuelle ne font que nous aveugler davantage. C'est ce qu'exprime ce proverbe tibétain : « Si vous êtes trop malin, vous risquez de passer à côté de l'essentiel. » Comme le disait Patrul Rinpoché : « L'esprit logique semble présenter de l'intérêt mais il est, en fait, le germe de l'illusion. » On peut être obnubilé par ses propres théories et passer à côté de tout. Nous disons, au Tibet : « Les théories sont comme des pièces sur un vêtement, elles finissent un jour par s'user. » Laissez-moi à ce propos vous conter une histoire encourageante…

Au siècle dernier, un grand maître avait un disciple particulièrement obtus. A maintes reprises, le maître lui avait donné l'enseignement, essayant de l'introduire à la nature de son esprit, mais c'était peine perdue. A la fin, il se mit en colère et lui dit : « Ecoute-moi, je veux que tu portes ce sac d'orge jusqu'au sommet de la montagne là bas, mais tu ne dois pas t'arrêter pour prendre le moindre repos. Marche sans cesse jusqu'à ce que tu atteignes le sommet. » Le disciple était un homme simple mais il éprouvait envers son maître une dévotion et une confiance inébranlables : il fit exactement ce que celui-ci lui avait dit. Le sac était lourd. Il le souleva et commença à gravir la montagne sans oser s'arrêter. Il marcha sans discontinuer, le sac pesant de plus en plus lourd. Il lui fallut longtemps pour atteindre le sommet et, quand enfin il y parvint, il laissa tomber sa charge. Il s'écroula à terre, épuisé de fatigue mais profondément détendu. Il ressentit la fraîcheur d'une brise de montagne sur son visage. Toutes ses résistances s'évanouirent et, avec elles, son esprit ordinaire ; tout sembla suspendu. A cet instant précis, il réalisa soudain la nature de son esprit. « Ah ! Voilà ce que mon maître essayait de me montrer durant tout ce temps ! » pensa-t-il. Il descendit la montagne en courant et, laissant là les convenances, fit irruption dans la chambre de son maître :

« Je crois que j'ai compris maintenant... J'ai vraiment compris ! »

Son maître lui sourit d'un air entendu : « Alors, tu n'as pas perdu ton temps en escaladant la montagne, me semble-t-il. »

Nous aussi, qui que nous soyons, pouvons connaître la même expérience que le disciple sur la montagne : c'est elle qui nous donnera l'intrépidité nécessaire pour affronter la vie et la mort. Quel est alors le moyen le plus sûr, le plus rapide et le plus efficace pour commencer ? Le premier pas est la pratique de la méditation. C'est la méditation qui purifiera peu à peu notre esprit ordinaire, démasquant et épuisant ses habitudes et ses illusions pour que, le moment venu, nous puissions reconnaître notre vraie nature.

CINQ

Ramener l'esprit en lui-même

Il y a plus de deux mille cinq cents ans, un homme qui avait recherché la vérité au cours de vies innombrables se rendit en un lieu tranquille du nord de l'Inde et s'assit sous un arbre. Animé d'une immense détermination, il fit le vœu de ne pas quitter ce lieu avant d'avoir trouvé la vérité. Au crépuscule, dit-on, il triompha de toutes les forces obscures de l'illusion et le lendemain à la première heure, quand la planète Vénus apparut dans le ciel de l'aube, cet homme reçut la récompense de sa longue patience, de sa discipline et de sa concentration sans faille : il atteignit le but ultime de toute existence humaine, l'éveil. En ce moment sacré, la terre elle-même frémit, comme « ivre de béatitude » et, nous disent les écritures, « nul ne fut irrité, malade ou triste en quelque lieu ; nul ne fit le mal, nul ne ressentit d'orgueil ; le monde fut en paix, comme s'il avait atteint la perfection totale ». Cet homme fut par la suite connu sous le nom de Bouddha. Voici la très belle description que donne de cet éveil le maître vietnamien Thich Nhat Hanh :

Il apparut à Gautama que la prison dans laquelle il avait été enfermé pendant des milliers de vies s'était brusquement ouverte. L'ignorance en avait été le geôlier. Son esprit avait été voilé par l'ignorance, de même que la lune et les étoiles sont cachées par les nuages d'orage. Obscurci par des vagues incessantes de pensées trompeuses, l'esprit avait à tort divisé la réalité en sujet et objet, soi et autrui, existence et non-existence, naissance et mort, et de ces distinctions étaient nées des vues erronées — la prison des sensations, du désir, de la saisie dualiste et du devenir. La souffrance de la naissance, de la vieillesse, de la maladie et de la mort n'avait fait que consolider les murs de la prison. La seule chose à faire était de s'emparer du geôlier et de le démasquer. « Ignorance » était son nom. Une fois le geôlier éliminé, la prison disparaîtrait pour ne plus jamais être reconstruite[1].

Voici ce que réalisa le Bouddha : l'ignorance de notre vraie nature est la source de tous les tourments du samsara, et la source de cette ignorance elle-même est la tendance invétérée de notre esprit à la distraction. Mettre fin à cette distraction, c'est mettre fin au samsara lui-même. La solution, comprit le Bouddha, était donc de ramener l'esprit à sa vraie nature par la pratique de la méditation.

Le Bouddha était assis sur le sol, serein, digne et humble à la fois ; le ciel était au-dessus de lui et autour de lui, comme pour nous montrer qu'en méditation, nous sommes assis avec une attitude d'esprit ouverte et semblable au ciel, tout en restant présents à nous-mêmes et en étroit contact avec la terre. Le ciel est notre nature absolue, sans entraves ni limites, et le sol notre réalité, notre condition relative, ordinaire. La posture que nous adoptons quand nous méditons signifie que nous relions l'absolu et le relatif, le ciel et la terre, comme les deux ailes d'un oiseau, intégrant le ciel de la nature immortelle de l'esprit et le sol de notre nature mortelle et transitoire.

Apprendre à méditer est le plus grand don que vous puissiez vous accorder dans cette vie. En effet, seule la méditation vous permettra de partir à la découverte de votre vraie nature et de trouver ainsi la stabilité et l'assurance nécessaires pour vivre bien, et mourir bien. La méditation est la route qui mène vers l'éveil.

L'ENTRAÎNEMENT DE L'ESPRIT

La méditation peut être présentée de bien des façons et j'ai dû l'enseigner des milliers de fois. Pourtant, c'est à chaque fois une expérience différente, toujours directe et toujours nouvelle.

Nous vivons heureusement à une époque où beaucoup de gens, de par le monde, commencent à se familiariser avec la méditation. Celle-ci est de plus en plus reconnue comme une méthode qui franchit les frontières culturelles et religieuses, s'élève au-dessus d'elles et permet à ceux qui la pratiquent d'établir un lien direct avec la vérité de leur être. C'est une pratique qui, tout en étant l'essence même de toute religion, transcende les dogmes religieux.

Distraits de notre être véritable, nous gaspillons d'ordinaire notre vie en occupations sans fin. La méditation, en revanche, est la voie qui nous ramène à nous-mêmes. Elle nous permet de faire l'expérience de notre être dans sa plénitude et de le savourer, au-delà de tout schéma habituel. Pris dans un tourbillon de hâte et d'agressivité, nous vivons notre vie dans le conflit et l'angoisse ; nous sommes emportés par la compétition, l'avidité, le désir de possession et l'ambition. Nous nous chargeons sans répit d'occupations et d'activités superflues. La méditation, elle, est l'exact opposé. Méditer, c'est rompre complètement avec notre mode de fonctionnement « normal ». C'est un état libre de tout souci et de toute préoccupation, exempt de toute compétition, désir de possession et saisie dualiste, libre de lutte intense et angoissée, et de soif de réussite. C'est un état sans ambition où ne se manifeste ni acceptation ni refus, ni espoir ni peur ; un état dans lequel nous relâchons peu à peu, dans l'espace de la simplicité naturelle, les émotions et les concepts qui nous emprisonnaient.

Les maîtres de méditation bouddhistes savent à quel point l'esprit est souple et malléable. Si nous l'entraînons, tout est possible. En fait, nous sommes déjà parfaitement formés par et pour le samsara, formés à la jalousie, à l'attachement, à l'anxiété, à la tristesse, au désespoir et à l'avidité, formés à réagir avec colère à toute provocation. Nul besoin d'effort particulier pour générer en nous ces émotions négatives : nous y sommes si bien entraînés qu'elles s'élèvent spontanément. Ainsi, tout dépend de notre entraînement et du pouvoir des habitudes. Consacrons notre esprit à la confusion : nous savons parfaitement – soyons honnêtes ! – qu'il deviendra un maître ténébreux de la confusion, expert à nous rendre dépendants, subtil et pervers dans son habileté à nous réduire en esclavage.

Consacrons-le, dans la méditation, à la tâche de se libérer de l'illusion : avec le temps, la patience, la discipline et l'entraînement approprié, notre esprit graduellement se dénouera et connaîtra la félicité et la limpidité de sa vraie nature.

« Entraîner » l'esprit ne signifie en aucun cas le soumettre par la force ou lui faire subir un « lavage de cerveau ». C'est au contraire acquérir d'abord une connaissance précise et concrète de son fonctionnement, grâce aux enseignements spirituels et à une expérience personnelle de la pratique de la méditation. Vous pourrez alors avoir recours à cette compréhension pour pacifier votre esprit et travailler habilement avec lui, pour le rendre de plus en plus malléable, afin d'en obtenir la maîtrise et de l'utiliser au mieux de ses possibilités et aux fins les plus bénéfiques. Au VIIIe siècle, le maître bouddhiste Shantideva disait :

> *Si l'éléphant Esprit est lié complètement par la corde Attention,*
> *Toute peur disparaît et le bonheur parfait survient.*
> *Tous nos ennemis, tigres, lions, éléphants, ours, serpents [nos émotions[2]],*
> *Tous les geôliers infernaux et les démons,*
> *Tous sont soumis par la maîtrise de l'esprit,*
> *Tous sont subjugués par la pacification de l'esprit,*
> *Car toutes les peurs et les peines infinies procèdent de l'esprit seul[3].*

La liberté d'expression spontanée d'un écrivain n'est acquise qu'après des années de labeur souvent fastidieux, et la grâce d'un danseur n'est atteinte qu'au prix d'un immense et patient effort. De même, quand vous recommencerez à comprendre où la méditation vous mène, vous l'aborderez comme la démarche essentielle de votre vie, exigeant de vous une persévérance, un enthousiasme, une intelligence et une discipline considérables.

LE CŒUR DE LA MÉDITATION

La méditation a pour but d'éveiller en nous la nature semblable au ciel de notre esprit, de nous « introduire » à ce que nous sommes réellement : notre conscience pure et immuable, sous-jacente à la totalité de la vie et de la mort.

Dans l'immobilité et le silence de la méditation, nous entrevoyons, puis réintégrons cette nature profonde et secrète que nous avons perdue de vue depuis si longtemps, au milieu de l'effervescence et de la distraction de notre esprit. N'est-il pas étonnant que cet esprit ne puisse rester en paix plus de quelques instants, sans s'emparer immédiatement de la moindre distraction ? Il est tellement agité et préoccupé que nous, habitants des grandes métropoles du monde moderne, ressemblons déjà, à mon sens, aux êtres tourmentés de l'état intermédiaire qui suit la mort : la conscience y est, dit-on, en proie au tourment intense d'une agitation extrême. Selon certains experts, jusqu'à 13 % des citoyens américains souffriraient d'une forme ou une autre de maladie mentale. Cela en dit long sur notre mode de vie !

Nous sommes fragmentés en une multitude d'aspects différents. Nous ne savons pas qui nous sommes vraiment, ni à quelles facettes de nous-mêmes nous devons croire ou nous identifier. Tant de voix contradictoires, tant d'exigences et de sentiments se disputent le contrôle de notre vie intérieure que nous nous trouvons complètement dispersés... et notre demeure reste vide.

Ainsi, la méditation consiste à ramener l'esprit à sa demeure.

Dans l'enseignement du Bouddha, trois facteurs font toute la différence entre une méditation qui est seulement un moyen de détente, de paix et de félicité temporaires, et une méditation qui peut devenir une cause puissante d'éveil pour soi-même et autrui. Nous les qualifions de « bon au début », « bon au milieu » et « bon à la fin ».

Bon au début naît de la prise de conscience que la nature de bouddha est notre essence la plus secrète, ainsi que celle de tous les êtres sensibles, et que réaliser cela nous libère de l'ignorance et met un point final à la souffrance. Ainsi, chaque fois que nous commençons notre pratique de la méditation, nous sommes touchés par cette vérité et inspirés par la motivation de dédier notre pratique et notre vie à l'éveil de tous les êtres, dans l'esprit de cette prière que tous les bouddhas du passé ont formulée :

Par le pouvoir et la vérité de cette pratique,
Puissent tous les êtres jouir du bonheur et des causes du bonheur ;
Puissent-ils être libres de la souffrance et des causes de la souffrance ;

Puissent-ils ne jamais être séparés du grand bon-
heur dénué de souffrance ;
Puissent-ils demeurer dans la grande équanimité,
qui est libre d'attachement et d'aversion.

Bon au milieu est la disposition d'esprit avec laquelle nous pénétrons au cœur de la pratique. Elle est inspirée par la réalisation de la nature de l'esprit, d'où s'élèvent une attitude dénuée de saisie, libre de toute référence conceptuelle, et la prise de conscience que toute chose est intrinsèquement « vide », illusoire, chimérique.

Bon à la fin concerne la façon dont nous concluons la méditation. Nous dédions ses mérites et prions avec une réelle ferveur : « Puisse tout mérite obtenu par cette pratique contribuer à l'éveil de tous, puisse-t-il devenir une goutte d'eau au sein de l'océan d'activité de tous les bouddhas, dans leur œuvre infatigable de libération de tous les êtres. » Le « mérite » désigne le pouvoir positif, le bienfait, la paix et le bonheur qui émanent de votre pratique ; vous le dédiez au bien ultime des êtres, à leur éveil. Sur un plan plus immédiat, vous l'offrez pour la paix dans le monde, et pour que tous les êtres soient à l'abri du besoin et de la maladie, qu'ils connaissent un bien-être parfait et un bonheur durable. Puis, réalisant la nature illusoire et chimérique de la réalité, vous considérez qu'au niveau le plus profond, vous qui dédiez votre pratique, ceux à qui vous la dédiez et l'acte même de dédier sont intrinsèquement « vides » et illusoires. Dans les enseignements, ceci est dit sceller la méditation et garantir que son pouvoir, dans toute sa pureté, ne pourra aucunement s'échapper ou se dissiper, et assurer ainsi que le mérite de votre pratique sera entièrement préservé.

Ces trois principes sacrés – la motivation *habile*, l'attitude dénuée de toute saisie qui *met en sûreté* la pratique, et la dédicace qui la *scelle* – confèrent à votre méditation une réelle puissance d'éveil. Le grand maître tibétain Longchenpa les décrivait admirablement comme « le cœur, l'œil et la force vitale » d'une pratique authentique. Et Nyoshul Khenpo en dit : « Pour atteindre l'éveil complet, plus que cela n'est pas nécessaire, mais moins serait insuffisant. »

LA PRATIQUE DE L'ATTENTION

La méditation consiste à ramener l'esprit en lui-même, ce qui est tout d'abord accompli par la pratique de l'attention.

Un jour, une vieille femme vint voir le Bouddha pour lui demander comment méditer. Il lui conseilla de demeurer attentive à chaque mouvement de ses mains tandis qu'elle tirait l'eau du puits. Il savait qu'elle atteindrait ainsi rapidement l'état de calme vigilant et spacieux qu'est la méditation.

La pratique de l'attention, grâce à laquelle nous ramenons en lui-même l'esprit dispersé et recentrons ainsi les différents aspects de notre être, est appelée « demeurer paisiblement » ou « reposer dans le calme ». C'est la première pratique sur le chemin bouddhiste de la méditation ; elle se nomme *shamatha* en sanscrit, *shyiné* en tibétain.

Cette pratique permet d'accomplir plusieurs choses. Premièrement, les divers aspects fragmentés de nous-même, qui étaient en conflit, se déposent, se dissolvent et s'harmonisent. Dans cet apaisement, nous commençons à mieux nous comprendre et il nous arrive même parfois d'avoir un aperçu de la splendeur de notre nature fondamentale.

Deuxièmement, la pratique de l'attention désamorce notre négativité, notre agressivité et la turbulence de nos émotions, qui peuvent avoir accumulé un certain pouvoir au cours de nombreuses vies. Plutôt que de les refouler ou de nous y complaire, il importe ici d'envisager nos émotions, ainsi que nos pensées et tout ce qui s'élève, avec une sympathie et une générosité aussi ouvertes et vastes que possible.

Si vous restez ouvert et attentif et utilisez l'une des techniques que je vous décrirai plus loin afin de centrer davantage votre esprit, votre négativité se désamorcera peu à peu. Vous commencerez à vous sentir bien en vous-même ou, comme on dit en France, « bien dans votre peau* ». Vous éprouverez alors une détente et une aise profondes. Je considère cette pratique comme la forme la plus efficace de thérapie et d'autoguérison.

Troisièmement, cette pratique dissout et élimine en nous le mal et la dureté, dévoilant et révélant ainsi notre Bon Cœur fondamental. Alors seulement commencerons-nous à être véritablement utiles à autrui. En supprimant graduellement en nous toute dureté et agressivité grâce à la pratique, nous permettrons à notre Bon Cœur authentique, à cette bonté fondamentale – notre vraie nature – de resplendir et de créer l'environnement chaleureux au sein duquel s'épanouira notre être véritable.

* En français dans le texte original.

Vous comprenez maintenant pourquoi je qualifie la méditation de vraie pratique de paix, de non-agression et de non-violence – le désarmement réel et suprême.

LA GRANDE PAIX NATURELLE

Lorsque j'enseigne la méditation, je commence souvent par dire : « Ramenez votre esprit en lui-même... relâchez... et détendez-vous. »

Toute la pratique de la méditation peut se résumer à ces trois points essentiels : ramener l'esprit en lui-même, le relâcher et se détendre. Chacune de ces expressions possède des résonances à de nombreux niveaux.

Ramener votre esprit en lui-même signifie ramener l'esprit à l'état appelé « demeurer paisiblement », grâce à la pratique de l'attention. Au niveau le plus profond, cela consiste à se tourner vers l'intérieur et à demeurer dans la nature de l'esprit. C'est la méditation à son plus haut degré.

Relâcher veut dire libérer l'esprit de la prison de la saisie dualiste. Vous reconnaissez en effet que toute douleur, toute peur et toute détresse proviennent du désir insatiable de l'esprit qui saisit. A un niveau plus profond, la réalisation et la confiance qui résultent de votre compréhension accrue de la nature de l'esprit inspirent en vous une grande générosité naturelle.

Cette générosité permet à votre cœur d'abandonner toute saisie dualiste, laissant celle-ci se libérer et se dissoudre dans l'inspiration de la méditation.

Se détendre, enfin, signifie devenir plus spacieux et permettre à l'esprit d'abandonner ses tensions. Sur un plan plus profond, vous vous détendez dans la nature véritable de votre esprit, l'état de Rigpa. Les mots tibétains qui évoquent ce processus suggèrent le sens de « se détendre *en* Rigpa ». C'est comme si vous laissiez tomber une poignée de sable sur une surface plane : chaque grain se dépose de lui-même. D'une façon similaire, vous vous détendez dans votre véritable nature, laissant toutes vos pensées et émotions décroître naturellement et se dissoudre dans l'état de la nature de l'esprit.

Quand je médite, je suis toujours inspiré par ce poème de Nyoshul Khenpo :

Laissez reposer dans la grande paix naturelle
Cet esprit épuisé,
Battu sans relâche par le karma et les pensées
névrotiques,
Semblables à la fureur implacable des vagues qui
déferlent
Dans l'océan infini du samsara.

Demeurez dans la grande paix naturelle.

Soyez avant tout à l'aise, soyez aussi naturel et spacieux que possible. Glissez-vous doucement hors du nœud coulant de ce personnage anxieux qu'est votre moi habituel. Relâchez toute saisie et détendez-vous dans votre vraie nature. Imaginez votre personnalité ordinaire, tourmentée par les émotions et les pensées, semblable à un bloc de glace ou à une motte de beurre laissés au soleil. Si vous vous sentez froid et dur, laissez votre agressivité fondre au soleil de votre méditation. Laissez la paix vous gagner, ramener votre esprit dispersé dans la vigilance de l'état que l'on appelle «demeurer paisiblement», et éveiller en vous la conscience profonde de la Vue Claire. Vous trouverez toute votre négativité désarmée, votre agressivité dissoute, et votre confusion en train de se dissiper lentement, comme une brume dans le ciel immense et immaculé de votre nature absolue[4].

Vous voici tranquillement assis, le corps immobile, la parole au repos, l'esprit en paix. Permettez aux pensées et aux émotions, à tout ce qui surgit, de s'élever et de disparaître. Ne vous attachez à rien.

A quoi cet état ressemble-t-il ? Imaginez, avait coutume de dire Dudjom Rinpoché, un homme qui rentre chez lui après une longue et dure journée de labeur aux champs ; il s'assied dans son siège préféré devant le feu. Il a travaillé toute la journée et sait qu'il a accompli ce qu'il désirait accomplir. Il n'a plus aucune préoccupation, car tout est achevé. Il peut complètement abandonner soucis et préoccupations, dans le simple contentement d'être.

Quand vous méditez, il est donc essentiel de créer dans votre esprit le climat intérieur approprié. Tout effort et toute lutte résultent du manque d'ouverture. Aussi est-il vital de créer l'environnement intérieur adéquat afin que la méditation puisse réellement avoir lieu. Lorsque l'humour et l'espace sont présents, la méditation s'élève sans effort.

Je n'ai pas toujours recours à une méthode particulière quand je médite. Je laisse simplement mon esprit s'apaiser et je m'aperçois, surtout lorsque je me sens inspiré, que je peux ramener cet esprit en lui-même et me détendre très rapidement. Je demeure assis tranquillement et me repose dans la nature de l'esprit. Je n'ai pas de doutes, je ne me demande pas si je suis ou non dans l'état « correct ». Il n'y a pas d'effort, mais seulement une compréhension profonde, une vigilance et une certitude inébranlable. Quand je suis dans la nature de l'esprit, l'esprit ordinaire n'existe plus. Nul besoin alors de maintenir ou de confirmer un quelconque sentiment d'existence : je suis, tout simplement, dans cette confiance fondamentale. Et il n'y a rien de particulier à faire.

LES MÉTHODES EN MÉDITATION

Si votre esprit est capable de s'apaiser de lui-même et si vous vous sentez inspiré à demeurer simplement dans sa pure conscience claire, vous n'avez besoin d'aucune méthode de méditation. En fait, il serait même maladroit, dans cet état, de tenter d'en utiliser une. Cependant, pour la grande majorité d'entre nous, il est difficile de parvenir immédiatement à cet état. Nous ne savons tout simplement pas comment l'éveiller, et notre esprit est si indiscipliné et si distrait qu'il nous faut pour cela un moyen habile, une méthode.

Le terme « habile » signifie que vous conjuguez votre compréhension de la nature essentielle de l'esprit, d'une part à la connaissance de vos propres humeurs changeantes, et d'autre part au discernement que vous avez développé dans la pratique pour travailler sur vous-même d'instant en instant. En conjuguant ainsi ces trois aspects, vous apprenez l'art d'appliquer la méthode appropriée à chaque situation ou à chaque problème particulier, dans le but de transformer l'environnement de votre esprit.

Mais souvenez-vous de ceci : la méthode n'est qu'un moyen, et *non* la méditation elle-même. C'est en utilisant la méthode avec habileté que vous parviendrez à la perfection de cet état pur de présence totale qu'est la méditation authentique.

Un proverbe tibétain dit : « *Gompa ma yin, kompa yin* », ce qui signifie littéralement : « "La méditation" n'est pas ; "s'y habituer" est. » Cela veut dire que la méditation n'est rien d'autre que s'habituer à la *pratique* de la méditation. Il est dit aussi : « La méditation n'est pas un effort, mais une assimilation naturelle et progressive. » A mesure que vous pratiquez la méthode, la méditation s'élève peu à peu. La méditation n'est pas une chose que vous pouvez « faire », mais elle doit se produire spontanément une fois que vous maîtrisez parfaitement la pratique.

Toutefois, pour que la méditation ait lieu, le calme et les conditions propices doivent être créés. Avant d'acquérir la maîtrise de notre esprit, il nous faut d'abord apaiser son environnement. Pour l'instant, l'esprit ressemble à la flamme d'une bougie : instable, vacillant, constamment changeant, attisé par les sautes de vent de nos pensées et de nos émotions. La flamme ne brûlera régulièrement que lorsque l'air environnant sera immobile. De la même façon, nous ne pourrons entrevoir la nature de notre esprit et y demeurer qu'après avoir calmé l'agitation de nos pensées et de nos émotions. Par contre, une fois que nous aurons trouvé la stabilité dans notre méditation, les bruits et perturbations de toutes sortes nous affecteront beaucoup moins.

En Occident, les gens ont tendance à être absorbés par ce que j'appellerais la « technologie de la méditation ». Le monde moderne, il est vrai, est fasciné par les techniques et les machines, et il est accoutumé à des réponses rapides, purement pragmatiques. Toutefois c'est l'esprit, et non la technique, qui est de loin l'aspect le plus important de la méditation : c'est l'habileté, l'inspiration et la créativité que nous mettons dans notre pratique, et que l'on pourrait également appeler la « posture ».

LA POSTURE

Les maîtres disent : « Si vous créez des conditions favorables dans votre corps et votre environnement, la méditation et la réalisation s'élèveront automatiquement. » Parler de la posture n'est pas une pédanterie ésotérique. Tout l'intérêt d'une position correcte, c'est de créer un environnement particulièrement inspirant pour la méditation et pour l'éveil de Rigpa. Un rapport existe entre la position du corps et l'attitude de l'esprit. Le corps et l'esprit sont reliés et la méditation s'élève naturellement lorsque votre posture et votre attitude sont inspirées.

Si vous êtes assis en posture de méditation et que votre esprit n'est pas pleinement en harmonie avec votre corps – si vous êtes par exemple préoccupé ou angoissé –, vous éprouverez un malaise physique et les difficultés auront tendance à se manifester plus facilement. Par contre, un état d'esprit calme et inspiré influera grandement sur votre position et vous permettra de la maintenir plus naturellement et sans effort. C'est pourquoi il est essentiel de parvenir à une union entre l'attitude corporelle et la confiance née de la réalisation de la nature de l'esprit.

La posture que je vais vous décrire ici diffère peut-être légèrement de celles dont vous avez l'habitude. Elle provient des enseignements anciens du Dzogchen. C'est celle que mes maîtres m'ont enseignée, et je la trouve extrêmement efficace.

Il est dit dans les enseignements Dzogchen que *votre Vue et votre posture* devraient être comme une montagne. Votre Vue est la totalité de votre compréhension de la nature de l'esprit, et c'est cela que vous apportez à votre méditation. Ainsi, la Vue se traduit par la posture en même temps qu'elle l'inspire, exprimant le cœur même de votre être dans votre position assise.

Soyez assis avec toute la majesté inaltérable et inébranlable de la montagne. La montagne est complètement naturelle et bien établie sur ses bases, quelle que soit la violence des vents qui l'assaillent ou l'épaisseur des nuages sombres qui tourbillonnent à son sommet. Assis comme une montagne, laissez votre esprit s'élever, prendre son essor et planer dans le ciel.

Le point essentiel de cette posture est de garder le dos droit, comme une flèche ou « une pile de louis d'or ». L'énergie intérieure ou *prana* circulera alors aisément dans les canaux subtils de votre corps, et votre esprit trouvera son véritable état de repos. Ne forcez rien. La partie inférieure de la colonne vertébrale possède une cambrure naturelle ; celle-ci doit être détendue tout en restant droite. Sentez que votre tête repose sur le cou de façon souple et agréable. Ce sont les épaules et la partie supérieure de votre thorax qui supportent le dynamisme et la grâce de la posture ; leur maintien doit exprimer une force dépourvue de raideur.

Asseyez-vous jambes croisées. Il n'est pas nécessaire de prendre la position du lotus, sur laquelle on met davantage l'accent dans les pratiques avancées de yoga. Les jambes croisées expriment l'unité de la vie et de la mort, du bien et du mal, des moyens habiles et de la sagesse, des principes masculin et féminin, du samsara et du nirvana; l'humour de la non-dualité. Il se peut que vous préfériez vous asseoir sur une chaise, les jambes détendues; assurez-vous alors que vous gardez toujours le dos bien droit[5].

Dans la tradition de méditation qui est la mienne, nous gardons les yeux ouverts; c'est là un point très important. Cependant, si vous êtes facilement dérangé par des perturbations extérieures, il peut vous sembler utile, au début de la pratique, de les fermer un moment et de vous tourner tranquillement vers l'intérieur.

Une fois établi dans le calme, ouvrez progressivement les yeux : vous découvrirez que votre regard est devenu plus paisible et plus serein. Abaissez-les maintenant et regardez juste devant vous, le long de votre nez, selon un angle de 45 degrés environ. D'une manière générale, voici un conseil pratique : quand votre esprit est très agité, il vaut mieux regarder vers le bas; quand il est morne ou somnolent, dirigez plutôt votre regard vers le haut.

Lorsque votre esprit s'est apaisé et que la clarté du discernement commence à se manifester, vous vous sentez prêt à lever les yeux : ouvrez-les alors davantage et dirigez votre regard dans l'espace, droit devant vous. C'est le regard que l'on recommande dans la pratique Dzogchen.

Dans les enseignements Dzogchen, il est dit que *votre méditation et votre regard* devraient être vastes comme l'étendue de l'océan : ouverts, sans limites, embrassant tout. De même que votre Vue et votre posture sont inséparables, ainsi votre méditation inspire-t-elle votre regard. Ils se fondent l'un dans l'autre et deviennent un.

A ce moment, ne portez pas votre attention sur un objet particulier ; revenez légèrement en vous-même, et laissez votre regard s'élargir et devenir de plus en plus vaste et spacieux. Vous constaterez alors que votre vision elle-même est devenue plus ample et que votre regard exprime davantage de paix, de compassion, d'équanimité et d'équilibre.

Le nom tibétain du bouddha de la compassion est Chenrézig. *Chen* signifie l'œil, *ré* le coin de l'œil et *zig* voir : cela veut dire que de ses yeux emplis de compassion, Chenrézig perçoit les besoins de tous les êtres. Laissez de même la compassion qui émane de votre méditation rayonner doucement par vos yeux. Votre regard deviendra alors le regard même de la compassion, semblable à l'océan et embrassant tout.

On garde les yeux ouverts pour plusieurs raisons. D'abord, l'on a moins tendance à somnoler. Ensuite, la méditation n'est pas un moyen de fuir le monde, ou de s'en échapper par le biais de l'expérience extatique d'un état de conscience altéré. C'est, au contraire, un moyen direct pour nous aider à nous comprendre véritablement, et à nous relier à la vie et à l'univers.

C'est pourquoi, dans la méditation, vous gardez les yeux ouverts. Au lieu de vous couper de la vie, vous demeurez réceptif, en paix avec toute chose. Vos sens – l'ouïe, la vue, le toucher – demeurent naturellement en éveil, tels qu'ils sont, sans que vous poursuiviez leurs perceptions. Dudjom Rinpoché disait : « Bien que

*Image de Padmasambhava, dite « Elle me ressemble ». Padma-
sambhava, le « Précieux Maître », « Guru Rinpoché », est le fonda-
teur du bouddhisme tibétain et le Bouddha de notre temps. On dit
qu'à la vue de cette statue à Samyé, au Tibet, où elle avait été
réalisée au VIIIe siècle, il remarqua : « Elle me ressemble », puis la
bénit, disant : « Maintenant, elle est identique à moi ! »*

différentes formes apparaissent, elles sont en essence vides ; pourtant, dans la vacuité, des formes sont perçues. Bien que différents sons soient entendus, ils sont vides ; pourtant, dans la vacuité, des sons sont perçus. Différentes pensées s'élèvent aussi, elles sont vides ; pourtant, dans la vacuité, des pensées sont perçues. » Quoi que vous voyiez ou entendiez, ne vous y attachez pas, laissez-le tel quel. Laissez l'ouïe dans l'ouïe, la vue dans la vue, sans permettre à la saisie dualiste d'infiltrer vos perceptions.

Selon la pratique spéciale de la luminosité dans le Dzogchen, toute la lumière de votre énergie de sagesse réside dans le centre d'énergie du cœur, qui est relié aux yeux par des « canaux de sagesse ». Les yeux sont les « portes » de la luminosité ; vous devez les garder ouverts afin de ne pas bloquer ces canaux de sagesse[6].

Lorsque vous méditez, ayez la bouche entrouverte comme si vous étiez sur le point d'émettre un « Aaaah » profond et relaxant. Il est dit que si l'on garde la bouche légèrement entrouverte en respirant principalement par celle-ci, les « souffles karmiques » qui créent les pensées discursives ont en principe moins de chances de s'élever et de créer des obstacles dans votre esprit et dans votre méditation.

Laissez vos mains reposer confortablement sur vos genoux. C'est ce qu'on appelle la posture de « l'esprit à l'aise ».

Il y a dans cette posture une étincelle d'espoir, un humour enjoué, inspiré par la compréhension secrète que nous possédons tous la nature de bouddha. Ainsi, lorsque vous prenez cette posture, vous imitez avec

légèreté le bouddha, reconnaissant votre propre nature
de bouddha et l'encourageant réellement à se manifester. En fait, vous commencez à éprouver du respect
pour vous-même en tant que bouddha potentiel. En
même temps, vous reconnaissez encore votre condition
relative. Mais puisque vous vous êtes laissé inspirer par
une confiance joyeuse en votre propre nature de bouddha, il vous est plus facile d'accepter vos aspects négatifs et vous pouvez vous en accommoder avec
davantage de bienveillance et d'humour. Lorsque vous
méditez, invitez-vous ainsi à ressentir l'estime de soi,
la dignité, l'humilité et la force du bouddha que vous
êtes. Je dis souvent qu'il suffit de se laisser inspirer par
cette confiance pleine de joie, car la méditation
s'élèvera ainsi spontanément.

TROIS MÉTHODES DE MÉDITATION

Le Bouddha enseigna 84 000 façons de dompter les
émotions négatives et de les apaiser. Il existe, dans
le bouddhisme, d'innombrables méthodes de méditation. Trois techniques m'ont paru particulièrement
efficaces pour le monde moderne ; chacun pourra les
utiliser et en tirer profit. Ces techniques sont les
suivantes : utiliser un objet, réciter un mantra et
« observer » la respiration.

1. *Utiliser un objet.*

Dans cette première méthode, l'esprit se pose légèrement sur un objet. Ce peut être un objet dont la

beauté naturelle vous inspire particulièrement, tels une fleur ou un cristal. Mais un support qui évoque pour vous la vérité, comme par exemple une représentation du Bouddha ou du Christ, ou plus particulièrement de votre maître, est encore plus puissant. Le maître est votre lien vivant avec la vérité ; et en raison du lien personnel qui vous unit à lui, le simple fait de voir son visage vous relie à l'inspiration et à la vérité de votre propre nature.

Beaucoup se sont découvert une affinité particulière avec la photographie de la statue de Padmasambhava appelée « Elle me ressemble ». Il s'agit d'une statue d'après nature, réalisée au Tibet et bénie par Padmasambhava au VIII\ :sup :`e` siècle. C'est lui qui, grâce à la puissance de sa réalisation spirituelle, établit l'enseignement du Bouddha au Tibet. Les Tibétains l'appellent « le second Bouddha » ou, affectueusement, « Guru Rinpoché », ce qui signifie « précieux maître ». Dilgo Khyentsé Rinpoché dit : « La noble terre de l'Inde et le Tibet, pays des neiges, connurent un très grand nombre de maîtres extraordinaires et incomparables. Cependant, parmi eux, celui qui en cette époque difficile fait preuve de la plus grande compassion et du plus grand pouvoir de bénédiction envers les êtres, est Padmasambhava, qui incarne la compassion et la sagesse de tous les bouddhas. L'une de ses qualités est de pouvoir accorder instantanément ses bénédictions à quiconque lui adresse ses prières et, quel que soit leur objet, d'exaucer immédiatement tous nos souhaits. »

Dans cette inspiration, placez une reproduction de la statue à hauteur des yeux, puis laissez votre attention se poser doucement sur son visage, et plus précisément sur son regard. Ce regard très direct, d'une tranquillité profonde, semble jaillir de l'image pour vous conduire à un état de conscience claire libre de toute saisie, l'état de méditation. Laissez alors votre esprit dans la paix et la tranquillité, dans la présence de Padmasambhava.

2. *La récitation d'un mantra.*

Une seconde technique, largement utilisée dans le bouddhisme tibétain – ainsi que dans le soufisme, le christianisme orthodoxe et l'hindouisme –, consiste à unir l'esprit au son d'un *mantra*. La définition du mantra est « ce qui protège l'esprit ». Ce qui protège l'esprit de la négativité, ou encore ce qui vous protège de votre propre esprit, est appelé mantra.

Quand vous vous sentez agité, désorienté, ou dans un état de fragilité émotionnelle, réciter ou chanter un mantra de façon inspirante peut modifier complètement votre état d'esprit, en transformant son énergie et son atmosphère. Comment cela est-il possible ? Le mantra est l'essence du son, et l'expression de la vérité sous forme de son. Chaque syllabe est imprégnée de puissance spirituelle ; elle est la cristallisation d'une vérité spirituelle et vibre de la grâce de la parole des bouddhas. Il est dit que l'esprit chevauche l'énergie subtile du souffle, le prana, qui emprunte les canaux subtils du corps et les purifie. Quand vous récitez un mantra, vous chargez votre souffle et votre énergie de l'énergie même du mantra, ce qui influe directement sur votre esprit et votre corps subtil.

Le mantra que je recommande à mes étudiants est OM AH HUM VAJRA GURU PADMA SIDDHI HUM (que les Tibétains prononcent Om Ah Houng Benza Gourou

Péma Siddhi Houng). C'est le mantra de Padmasambhava, le mantra de tous les bouddhas, de tous les maîtres et de tous les êtres réalisés. A notre époque violente et chaotique, ce mantra possède une puissance de paix et de guérison, de transformation et de protection incomparable[7]. Récitez-le doucement, avec une attention profonde, et laissez votre souffle, le mantra et votre conscience, graduellement, ne faire qu'un. Ou bien chantez-le avec inspiration et détendez-vous dans le profond silence qui s'ensuit parfois.

Même après une vie entière imprégnée de pratique, il m'arrive encore parfois d'être émerveillé par le pouvoir du mantra. Il y a quelques années de cela, j'animais à Lyon un stage auquel participaient trois cents personnes. J'avais parlé toute la journée, mais le public semblait vouloir profiter au maximum de ma présence et me posait, sans pitié ni relâche, question sur question. A la fin de l'après-midi, j'étais complètement épuisé et une atmosphère morne et lourde planait sur toute la salle. Alors, je chantai le mantra que je vous ai enseigné ici. Le résultat fut surprenant : en quelques instants, je sentis la totalité de mon énergie revenir ; l'atmosphère de la salle fut transformée et l'auditoire m'apparut à nouveau animé et plaisant. J'ai connu à maintes reprises des expériences de ce genre, et je sais donc qu'il ne s'agissait pas là d'un « miracle » accidentel !

3. *« Observer » la respiration.*

Cette troisième méthode est très ancienne et on la trouve dans toutes les écoles du bouddhisme. Elle consiste à laisser reposer son attention sur la respiration, avec légèreté et présence.

La respiration *est* la vie, l'expression essentielle et la plus fondamentale de notre existence. Dans le judaïsme, *ruah,* le souffle, signifie l'esprit de Dieu qui baigne la création. Dans le christianisme également, il existe un lien profond entre l'Esprit Saint, fondement de toute vie, et le souffle. Dans l'enseignement du Bouddha, le souffle, *prana* en sanscrit, est appelé le « véhicule de l'esprit », car c'est le prana qui insuffle à l'esprit sa mobilité. Aussi, calmer l'esprit en travaillant habilement sur la respiration, accomplit en même temps automatiquement la pacification et l'entraînement de l'esprit. N'avons-nous pas tous fait l'expérience, lorsque la vie est trop agitée, de la douce détente que procure le fait de s'isoler quelques instants tout en respirant simplement, au rythme d'inspirations et d'expirations profondes et calmes ? Même un exercice aussi simple que celui-ci peut s'avérer une aide précieuse.

Ainsi, quand vous méditez, respirez normalement, comme à l'accoutumée. Portez légèrement votre attention sur l'expiration. Chaque fois que vous expirez, laissez-vous porter par le souffle. A chaque expiration, vous lâchez prise et abandonnez toute saisie. Imaginez que votre souffle se dissout dans l'espace de vérité qui pénètre tout. Chaque fois que vous expirez, et avant l'inspiration suivante, vous découvrez qu'il existe un intervalle naturel, une fois la saisie dissoute.

Reposez-vous dans cette brèche, dans cet espace libre. Et lorsque vous inspirez de façon naturelle, n'accordez pas à l'inspiration une attention particulière, mais permettez plutôt à votre esprit de demeurer en paix dans l'intervalle ainsi révélé.

Il est important, quand vous pratiquez, de ne pas vous laisser entraîner à un commentaire mental, ni à une analyse ou à un bavardage intérieur. Ne confondez pas le commentaire mental de votre esprit – « maintenant j'inspire, maintenant j'expire » – avec l'attention. Ce qui compte, c'est la pure présence.

Ne vous concentrez pas trop intensément sur la respiration. Cela est très important, les maîtres conseillent toujours de ne pas se fixer lorsqu'on pratique la concentration du « repos calme ». C'est pourquoi ils recommandent d'accorder à peu près vingt-cinq pour cent d'attention au souffle. Mais comme vous pouvez le constater, l'attention seule n'est pas suffisante. Lorsque vous êtes en train d'observer le souffle, vous vous retrouvez après une ou deux minutes au milieu d'un match de football, ou jouant le rôle principal dans votre propre film. C'est pourquoi vingt-cinq autres pour cent seront consacrés à une conscience soutenue et continuelle qui supervise et vérifie que vous êtes toujours attentif au souffle. On laissera les cinquante pour cent restants de l'attention dans une détente spacieuse.

A mesure que votre respiration deviendra plus consciente, vous constaterez que vous êtes davantage présent, que vous rassemblez tous les aspects fragmentés de vous-même et trouvez la plénitude.

Plutôt que d'« observer » la respiration, identifiez vous graduellement à elle, comme si vous deveniez le souffle. Peu à peu, la respiration, celui qui respire et l'acte de respirer deviendront un. La dualité et la séparation s'évanouiront.

Vous découvrirez que ce procédé d'attention très simple filtre vos pensées et vos émotions. Alors, comme si vous vous dépouilliez d'une vieille peau, quelque chose se détachera de vous et se libérera.

Les trois méthodes en une.

Chacune de ces trois méthodes constitue une pratique de méditation complète en soi. Cependant, après avoir enseigné de nombreuses années, il m'est apparu particulièrement efficace de les combiner en une seule pratique, dans l'ordre proposé ici. Premièrement, laisser reposer votre esprit sur un objet peut transformer votre environnement extérieur, agir au niveau de la *forme* et du corps. Deuxièmement, réciter ou chanter un mantra peut purifier votre monde intérieur du *son*, de l'émotion et de l'énergie. Troisièmement, observer le souffle peut pacifier la dimension la plus secrète de *l'esprit*, ainsi que le prana, le « véhicule de l'esprit ». Ainsi, les trois méthodes agissent respectivement sur les trois aspects qui nous composent : *corps, parole et esprit*. Lorsque vous les pratiquez, l'un conduit au suivant, et vous permet de trouver une paix et une présence de plus en plus stables.

Commencez par *laisser reposer votre regard sur un objet*, disons sur la photographie de Padmasambhava. Regardez son visage. La paix émane d'une telle image sacrée. Le pouvoir de sa bénédiction apporte une sérénité telle que le simple fait de la regarder vous apaisera. Et de plus, elle évoque le Bouddha en vous, elle vous le rappelle. Elle servira d'objet de méditation, mais elle transformera aussi l'environnement ambiant, conférant une profonde tranquillité à l'atmosphère de votre méditation. Si vous le souhaitez, tandis que vous regardez le visage de Padmasambhava, invoquez la bénédiction et la présence de tous les bouddhas.

Ensuite, *récitez le mantra*, et laissez le son transformer l'énergie de votre esprit et purifier vos émotions. Essayez de le chanter à voix haute. Chantez avec autant d'inspiration et de sentiment que possible, votre tension nerveuse en sera relâchée. Puis reposez dans le profond silence qui suit. Vous réaliserez que votre esprit est naturellement plus tranquille, plus centré, plus souple et paisible. Vous pouvez aussi réciter le mantra en murmurant ou en silence.

Parfois, notre esprit est trop agité pour être en mesure de se centrer immédiatement sur la respiration. Mais si vous pratiquez un petit moment les deux premières méthodes, quand vous en arrivez à l'attention au souffle, votre esprit est déjà plus pacifié. Maintenant, vous pouvez demeurer, en *observant la respiration* silencieusement. Continuez ainsi, ou bien, après un moment, revenez à la pratique qui vous attire le plus.

Consacrez le temps que vous souhaitez à chaque méthode avant de passer à la suivante. Peut-être constaterez-vous que, parfois, unifier la pratique en utilisant les méthodes dans cet ordre est fructueux, et parfois, utiliser une seule méthode – observer le souffle, regarder un objet ou réciter un mantra – sera plus efficace pour rassembler votre esprit. Certaines personnes, par exemple, ne sont pas à l'aise avec l'attention au souffle; elles trouvent cette méthode presque claustrophobique, et l'objet ou le mantra leur conviennent mieux. L'important est de faire ce qui vous est le plus profitable, ce qui convient le mieux à votre humeur. Soyez inventif, mais essayez d'éviter de sauter d'une méthode à l'autre une fois que vous en avez choisi une. Appliquez avec sagesse la pratique appropriée à votre besoin spécifique du moment : c'est ce qu'on entend par « être habile ».

L'ESPRIT DANS LA MÉDITATION

Que devons-nous donc « faire » de notre esprit en méditation ? Rien. Le laisser simplement, tel qu'il est. Un maître décrivait la méditation ainsi : « L'esprit, suspendu dans l'espace, nulle part. »

Comme le dit ce proverbe bien connu : « Si l'on ne manipule pas l'esprit, il est spontanément empli de félicité, de la même manière que l'eau, si elle n'est pas agitée, est par nature transparente et claire. » Je compare souvent l'esprit en méditation à un récipient d'eau boueuse. Plus nous laissons l'eau reposer sans la remuer, plus les particules de terre se déposent progressivement au fond, permettant à la clarté naturelle de l'eau de se manifester. La nature de l'esprit est telle que si vous le laissez simplement dans son état naturel et inaltéré, il retrouvera sa nature véritable : la félicité et la clarté.

Par conséquent, assurez-vous que vous ne lui imposez rien, que vous ne le mettez pas à l'épreuve. Lorsque vous méditez, ne vous efforcez pas de le contrôler, n'essayez pas d'être paisible. Ne soyez pas trop solennel ; ne vous comportez pas comme si vous preniez part à quelque rituel important. Abandonnez même l'idée que vous méditez. Laissez votre corps tel qu'il est et votre respiration telle que vous la trouvez. Imaginez que vous êtes le ciel, embrassant l'univers entier.

LE REPOS CALME ET LA VISION CLAIRE

La discipline de la pratique du repos calme consiste à ramener sans cesse l'esprit à l'objet de méditation – par exemple au souffle. Si vous êtes distrait, soudain, à l'instant même où vous vous en rendez compte, vous ramenez simplement votre esprit au souffle. Rien d'autre n'est nécessaire. Même se demander : « Comment est-il possible que je me sois laissé distraire ? » est une autre distraction. La simplicité de l'attention, qui ramène sans cesse l'esprit au souffle, va progressivement l'apaiser. Graduellement l'esprit se déposera, il se déposera en lui-même.

A mesure que l'on perfectionne cette pratique et que l'on devient un avec le souffle, le souffle lui-même, en tant qu'objet de notre pratique, finit par se dissoudre, et l'on se retrouve en train de reposer dans *l'instant présent*. On arrive à un état centré en un seul point, qui est le fruit et le but de shamatha – le repos calme. Demeurer dans l'instant présent, dans la tranquillité, est un excellent accomplissement, mais revenons à l'exemple du verre d'eau boueuse : si vous ne l'agitez pas, les particules de terre se déposeront et tout deviendra clair, mais elles sont encore là, tout au fond ; le jour où vous agiterez l'eau, elles remonteront à la surface. Tant que nous rechercherons l'immobilité, même si nous pouvons demeurer en paix, chaque fois que notre esprit sera quelque peu perturbé, les pensées trompeuses surgiront de nouveau.

Demeurer dans le repos calme, dans l'instant présent, ne pourra pas nous conduire à l'éveil ou à la libération. L'instant présent devient un objet très subtil, et l'esprit qui repose dans l'instant présent, un sujet subtil. Tant que nous resterons dans le domaine de la dualité du sujet et de l'objet, l'esprit restera dans le monde conceptuel ordinaire du samsara.

Par la pratique du repos calme, notre esprit s'est établi dans un état de paix et de stabilité. Tout comme l'image dans un appareil photo devient plus précise quand vous faites la mise au point, de même l'attention centrée en un seul point du repos calme permet à la clarté de l'esprit de se manifester davantage. Tandis que les obscurcissements sont peu à peu éliminés et que l'ego et sa tendance à saisir commencent à se dissoudre, la « vision claire » ou « vue profonde » se révèle. Elle est appelée *vipashyana* en sanscrit, *lhak tong* en tibétain. A ce moment précis, nous n'avons plus besoin de nous ancrer dans l'instant présent et nous pouvons progresser, aller au-delà de nous-mêmes, dans cette ouverture, « la sagesse qui réalise le non-ego ». C'est cela qui déracinera l'illusion et nous libérera du samsara.

En s'approfondissant progressivement, cette vision claire nous conduit à une expérience de la nature intrinsèque de la réalité et de la nature de notre esprit. En effet, quand se dissipent les nuages des pensées et des émotions, la nature semblable au ciel de notre esprit est révélée, et dans ce ciel brille le soleil de notre nature de bouddha. Et de même que lumière et chaleur rayonnent du soleil, de même la sagesse et la compassion aimante rayonnent de la nature la plus secrète de l'esprit. La saisie d'un soi erroné, l'ego, s'est dissoute, et nous demeurons simplement, autant que possible, dans la nature de l'esprit, cet état totalement naturel, libre de toute référence et de tout concept, libre d'espoir et de peur, dans une confiance vaste et tranquille – la forme la plus profonde de bien-être imaginable.

UN ÉQUILIBRE DÉLICAT

Dans la méditation, comme dans tous les arts, un équilibre délicat doit être trouvé entre détente et vigilance. Un jour, un moine du nom de Shrona étudiait la méditation avec l'un des plus proches disciples du Bouddha. Il avait de la difficulté à trouver l'état d'esprit juste. Il essayait de toutes ses forces de se concentrer, ce qui lui causait des maux de tête. Puis il relâchait son esprit au point qu'il s'endormait. Finalement, il demanda l'aide du Bouddha. Sachant que Shrona avait été un musicien célèbre avant de devenir moine, le Bouddha lui posa cette question :

« N'étais-tu pas un joueur de *vina* quand tu étais laïc ? »

Shrona acquiesça.

« Quand tirais-tu le meilleur son de ton instrument ? Etait-ce lorsque les cordes étaient très tendues, ou lorsqu'elles étaient très lâches ?

– Ni l'un ni l'autre, dit Shrona : quand elles avaient la tension juste, sans être ni trop tendues ni trop lâches.

– Eh bien, il en va exactement de même de ton esprit », lui répondit le Bouddha.

L'un des plus grands maîtres féminins du Tibet, Ma Chik Lap Drön, disait : « Vigilance, vigilance ; mais également détente, détente. Ceci est un point crucial pour la Vue en méditation. » Eveillez votre vigilance, mais soyez en même temps détendu, tellement détendu qu'en fait vous ne vous attachez même pas à l'idée de détente.

LES PENSÉES ET LES ÉMOTIONS : LES VAGUES DE L'OCÉAN

Quand les gens commencent à méditer, ils se plaignent souvent que leurs pensées se déchaînent, qu'elles n'ont jamais été aussi incontrôlables. Je les rassure en leur disant que c'est bon signe. En effet, loin de signifier que vos pensées sont plus déchaînées, cela montre que *vous* êtes devenu plus calme : vous prenez finalement conscience de combien vos pensées ont toujours été bruyantes. Ne vous découragez pas, n'abandonnez pas. Quelle que soit la pensée qui s'élève, continuez simplement à demeurer présent à vous-même. Revenez constamment à votre respiration, même au beau milieu de la confusion.

Dans les instructions anciennes sur la méditation, il est dit qu'au début les pensées se précipitent les unes après les autres, sans interruption, comme une cascade dévalant la pente escarpée d'une montagne. A mesure que vous progressez dans la pratique de la méditation, les pensées deviennent semblables à un torrent coulant dans une gorge profonde et étroite, puis à un fleuve déroulant lentement ses méandres jusqu'à la mer. Enfin, l'esprit ressemble à un océan calme et serein que trouble seulement de temps à autre une ride ou une vague.

Certaines personnes pensent que, lorsqu'elles méditent, elles ne devraient avoir aucune pensée, aucune émotion. Si pensées ou émotions se manifestent, cela les contrarie, les fâche contre elles-mêmes et les persuade qu'elles ont échoué. Rien n'est moins vrai. Ainsi que le dit un proverbe tibétain : « C'est beaucoup demander que de vouloir de la viande sans os et du thé sans feuilles. » Tant que vous aurez un esprit, des pensées et des émotions s'élèveront.

De même que l'océan a des vagues et le soleil des rayons, ainsi les pensées et les émotions sont-elles le propre rayonnement de l'esprit. L'océan a des vagues ; pourtant, il n'est pas particulièrement dérangé par elles : les vagues sont la *nature même* de l'océan. Les vagues se dressent, mais où vont-elles ? Elles s'en retournent à l'océan. D'où ces vagues viennent-elles ? De l'océan. De même, les pensées et les émotions sont le rayonnement et la manifestation de la *nature même* de l'esprit. Elles s'élèvent de l'esprit, mais où se dissolvent-elles ? Dans l'esprit. Quelle que soit la pensée ou l'émotion qui surgit, ne la percevez pas comme un problème particulier. Si vous n'y réagissez pas de façon impulsive mais demeurez simplement patient, elle se déposera à nouveau dans sa nature essentielle.

Quand vous comprenez ceci, les pensées qui s'élèvent ne peuvent qu'enrichir votre pratique. Mais tant que vous ne réalisez pas quelle est leur nature intrinsèque – le rayonnement de la nature de votre esprit – elles deviennent les germes de la confusion. Entretenez donc envers vos pensées et vos émotions une attitude bienveillante, ouverte et généreuse, car vos pensées sont en fait votre famille, la famille de votre esprit. Dudjom Rinpoché avait coutume de dire : « Soyez à leur égard comme un vieil homme sage qui regarde jouer un enfant. »

Bien souvent, l'on ne sait que faire de sa négativité ou de certaines émotions perturbatrices. Dans le vaste espace de la méditation, il est possible d'adopter une attitude tout à fait impartiale envers pensées et émotions. Quand votre attitude change, c'est l'atmosphère tout entière de votre esprit qui s'en trouve modifiée, y compris la nature même de vos pensées et de vos émotions. Lorsque vous devenez plus conciliant, *elles* le deviennent aussi. Si vous n'avez pas de difficultés avec elles, elles n'en auront pas davantage avec vous.

Quelles que soient les pensées et les émotions qui se manifestent, laissez-les donc s'élever puis se retirer, telles les vagues de l'océan. Permettez-leur d'émerger et de s'apaiser, sans contrainte aucune. Ne vous attachez pas à elles, ne les alimentez pas, ne vous y complaisez pas, n'essayez pas de les solidifier. Ne poursuivez pas vos pensées, ne les sollicitez pas non plus. Soyez semblable à l'océan contemplant ses propres vagues ou au ciel observant les nuages qui le traversent.

Vous vous apercevrez vite que les pensées sont comme le vent : elles viennent puis s'en vont. Le secret est de ne pas « penser » aux pensées, mais de les laisser traverser votre esprit, tout en gardant celui-ci libre de commentaire mental.

Dans l'esprit ordinaire, nous percevons le flot de nos pensées comme une continuité ; mais en réalité, tel n'est pas le cas. Vous découvrirez par vous-même qu'un intervalle sépare chaque pensée de la suivante. Quand la pensée précédente est passée et que la pensée suivante ne s'est pas encore élevée, vous trouverez toujours un espace dans lequel Rigpa, la nature de l'esprit, est révélé. La tâche de la méditation est donc de permettre aux pensées de ralentir afin que cet intervalle devienne de plus en plus manifeste.

Mon maître avait un étudiant indien du nom d'Apa Pant. C'était un écrivain et un diplomate distingué qui avait occupé le poste d'ambassadeur de l'Inde dans les capitales de nombreux pays. Il avait même été le représentant du gouvernement indien à Lhassa, la capitale du Tibet, et avait également exercé ces fonctions pour un temps au Sikkim. Il pratiquait par ailleurs la méditation et le yoga et, chaque fois qu'il voyait mon maître, il ne manquait pas de lui demander « comment méditer ». Il était en cela fidèle à une tradition orientale selon laquelle l'élève pose sans relâche au maître une simple et unique question fondamentale.

Apa Pant m'a raconté l'histoire suivante. Un jour, notre maître Jamyang Khyentsé assistait à une danse rituelle de lamas devant le Temple du Palais de Gangtok, la capitale du Sikkim. Il s'égayait des bouffonneries de l'*atsara*, le clown assurant les intermèdes comiques entre les danses. Apa Pant continuait à le harceler, lui demandant sans répit comment méditer. Tant et si bien que cette fois, lorsque mon maître lui répondit, ce fut d'une manière telle qu'il sut que la réponse était définitive : « Ecoute-moi bien, c'est ainsi : quand la pensée précédente est passée et que la pensée future ne s'est pas encore élevée, n'y a-t-il pas là un intervalle ?

– Oui, répondit Apa Pant.

– Eh bien, prolonge-le : c'est *cela*, la méditation ! »

LES EXPÉRIENCES

Sans doute connaîtrez-vous au cours de votre pratique toutes sortes d'expériences, bonnes et mauvaises. De même qu'une pièce possédant de nombreuses portes et fenêtres permet à l'air de circuler librement, ainsi est-il naturel, lorsque votre esprit commence à s'ouvrir, que toutes sortes d'expériences puissent s'y produire. Peut-être connaîtrez-vous des états de félicité, de clarté ou d'absence de pensées. D'une certaine façon, ce sont là d'excellentes expériences et le signe que votre méditation progresse : quand vous ressentez la félicité, c'est signe que le désir s'est provisoirement évanoui ; quand vous ressentez une réelle clarté, c'est signe que l'agressivité a momentanément cessé ; et quand vous faites l'expérience d'un état sans pensée, c'est signe que votre ignorance a temporairement disparu. Ce sont de bonnes expériences en soi, mais si l'attachement s'en mêle, elles se transforment en obstacles. Les expériences ne sont pas en elles-mêmes la réalisation. Cependant, si nous ne nous attachons pas à elles, elles deviennent ce qu'elles sont en réalité : des matières premières pour la réalisation.

Les expériences négatives sont souvent les plus trompeuses parce que nous les interprétons généralement comme un mauvais signe. Pourtant, malgré les apparences, elles sont une bénédiction dans la pratique. Efforcez-vous de ne pas y réagir par l'aversion, comme vous pourriez normalement être tenté de le faire, mais reconnaissez-les pour ce qu'elles sont véritablement : de simples expériences, aussi illusoires qu'un rêve. Réaliser la nature véritable des expériences vous libère du mal ou du danger qu'elles pourraient représenter. Par conséquent, même une expérience négative peut devenir une source de grande bénédiction et d'accomplissement. Il existe d'innombrables histoires relatant la façon dont les maîtres ont ainsi tiré parti de leurs expériences négatives, pour les transformer en catalyseurs de leur réalisation.

Il est dit traditionnellement que, pour un pratiquant véritable, ce ne sont pas les mauvaises expériences mais les bonnes qui créent des obstacles. Quand tout va bien, il vous faut être particulièrement vigilant et prudent si vous ne voulez pas devenir trop sûr de vous ou autosatisfait. Souvenez-vous de ce que Dudjom Rinpoché m'a dit, alors que j'étais au cœur d'une expérience très intense : « Ne te laisse pas trop impressionner. En fin de compte, ce n'est ni bien ni mal… » Il savait que je commençais à m'attacher à l'expérience et *cet* attachement, comme tous les autres, doit être tranché. Dans la méditation comme dans la vie, il nous faut apprendre à demeurer libres de l'attachement aux bonnes expériences, et de l'aversion envers les mauvaises.

Dudjom Rinpoché nous avertit d'un autre piège : « Dans votre pratique de la méditation, vous pourriez par ailleurs faire l'expérience d'un état apathique, semi-conscient, "vaseux", comme si vous aviez la tête recouverte d'un capuchon : c'est une sorte de rêverie indolente. Ce n'est réellement rien d'autre qu'une sorte de stagnation trouble, un état d'absence. Comment émerger de cet état ? Réveillez-vous, redressez-vous, expulsez l'air vicié de vos poumons et dirigez votre conscience vers la clarté de l'espace pour vous rafraîchir l'esprit. Tant que vous demeurerez dans cet état de stagnation, vous n'évoluerez pas. Aussi, à chaque fois que cet obstacle se produit, clarifiez votre esprit. Il est important d'être aussi attentif et vigilant que possible. »

Quelle que soit la méthode utilisée, renoncez-y ou laissez-la simplement se dissiper d'elle-même, quand vous vous apercevez que vous êtes parvenu à un état de paix alerte, spacieux et vif. Libre de toute distraction, demeurez tranquillement dans cet état, sans employer de méthode particulière. La méthode a déjà atteint son but ; cependant, si jamais votre esprit s'égare, si vous devenez distrait, ayez recours à la technique qui vous semble la plus appropriée pour revenir à vous-même.

La gloire de la méditation n'est pas le fait d'une méthode particulière, mais de l'expérience continuellement renouvelée de présence à soi-même, dans la félicité, la clarté, la paix et, par-dessus tout, dans l'absence totale de saisie. Lorsque la saisie diminue en vous, cela montre que vous êtes moins prisonnier de vous-même. Plus vous ferez l'expérience de cette liberté, plus il deviendra manifeste que l'ego est en train de disparaître, et avec lui les espoirs et les peurs qui le maintenaient en vie ; et plus vous vous rapprocherez de la

« sagesse qui réalise le non-ego », d'une générosité infinie. Quand vous vivrez dans cette « demeure de sagesse », vous ne percevrez plus de frontière entre le « je » et le « vous », entre « ceci » et « cela », « l'intérieur » et « l'extérieur ». Vous aurez finalement atteint votre vraie demeure, l'état de non-dualité[8].

LES PAUSES

On me demande souvent : « Combien de temps dois-je méditer ? Et à quel moment ? Dois-je pratiquer vingt minutes le matin et vingt minutes le soir, ou faire plutôt plusieurs courtes sessions durant la journée ? » Certes, il est bon de méditer pendant vingt minutes, ce qui ne veut pas dire que cela constitue une limite. A ma connaissance, il n'est nulle part fait mention de vingt minutes dans les écritures. Je pense que c'est là une invention occidentale et je l'appelle la « Durée officielle de méditation en Occident ». Ce qui importe n'est pas la durée de votre méditation, mais que votre pratique vous conduise à un certain état d'attention et de présence où vous vous sentez un peu plus ouvert et en mesure de vous relier à votre essence. Cinq minutes de pratique assise bien éveillé valent beaucoup mieux que vingt minutes de somnolence !

Dudjom Rinpoché avait coutume de dire qu'un débutant devrait pratiquer pendant de courtes sessions. Pratiquez quatre ou cinq minutes, puis faites une pause brève d'une minute environ. Durant la pause, abandonnez la méthode mais ne relâchez pas complètement votre attention. Parfois, quand la pratique s'est avérée difficile, il est étonnant de constater que c'est au moment précis où vous cessez d'appliquer la méthode que la méditation se produit en réalité – à condition, toutefois, de demeurer présent à vous-même et vigilant. C'est pourquoi la pause est une partie importante de la méditation, autant que la pratique elle-même. Je dis parfois à ceux de mes étudiants qui ont des difficultés avec la pratique, de pratiquer pendant la pause et de faire une pause pendant leur méditation !

Faites un court moment de méditation assise, puis une pause brève allant de trente secondes à une minute. Demeurez alors attentif à ce que vous faites, et ne perdez pas votre présence et son aisance naturelle. Puis aiguisez votre vigilance et méditez à nouveau. Si vous faites de courtes séances de ce genre, les pauses rendront souvent votre méditation plus réelle et plus inspirante. Elles éviteront la gaucherie rigide, la solennité ennuyeuse, le manque de naturel dans la pratique, et vous apporteront de plus en plus d'aisance et de concentration. Progressivement, grâce à cette alternance de pauses et de pratique, la frontière entre méditation et vie quotidienne s'estompera, le contraste entre les deux s'évanouira et vous vous trouverez de plus en plus dans l'état de pure présence naturelle, sans distraction. Alors, comme Dudjom Rinpoché disait souvent : « Même si le méditant abandonne la méditation, la méditation n'abandonnera pas le méditant. »

L'INTÉGRATION : LA MÉDITATION DANS L'ACTION

Je me suis aperçu qu'aujourd'hui, ceux qui s'engagent dans une voie spirituelle ne savent pas toujours comment intégrer la pratique de la méditation dans leur vie quotidienne. Je n'insisterai jamais assez sur ce point : la raison d'être, l'intérêt et le but tout entiers de la méditation sont d'intégrer celle-ci dans l'action. La violence et les tensions, les défis et les distractions de la vie moderne rendent cette intégration d'autant plus urgente et nécessaire.

Certaines personnes se plaignent à moi en ces termes : « Je médite depuis douze ans et pourtant rien n'a changé ; je suis resté le même. Pourquoi ? » La raison est qu'un abîme sépare leur pratique spirituelle de leur vie quotidienne, qui semblent exister dans deux mondes distincts sans aucunement s'inspirer l'une l'autre. Cela me rappelle un professeur que je connaissais lorsque j'étais à l'école au Tibet. Il pouvait brillamment exposer les règles de la grammaire tibétaine, mais savait à peine écrire une phrase correcte !

Comment donc parvenir à cette intégration, que faire pour imprégner notre vie quotidienne de l'humour tranquille et du détachement spacieux de la méditation ? Rien ne peut remplacer la pratique régulière. En effet, c'est seulement par une pratique véritable que nous pourrons savourer sans interruption le calme de la nature de notre esprit, et en prolonger l'expérience dans notre vie de tous les jours.

Je recommande toujours à mes étudiants de ne pas sortir trop vite d'une séance de méditation. Accordez-vous quelques minutes pour que la paix née de la pratique s'infiltre dans votre vie. « Ne vous levez pas d'un bond, disait mon maître Dudjom Rinpoché, ne partez pas trop vite, mais laissez votre vigilance s'intégrer à votre vie. Soyez comme un homme qui souffre d'une fracture : il demeure toujours attentif à ce que personne ne le heurte. »

Après la méditation, il est important de ne pas céder à la tendance consistant à solidifier notre perception du monde. Quand vous revenez à votre existence quotidienne, permettez à la sagesse, à la vision profonde, à la compassion, à l'humour, à l'aisance, à la largeur d'esprit et au détachement nés de la méditation d'imprégner votre expérience. La méditation éveille en vous la réalisation de la nature illusoire et chimérique de toute chose. Maintenez cette lucidité au cœur même du samsara. Un grand maître disait : « Après la pratique de la méditation, on devrait devenir un enfant de l'illusion. »

Dudjom Rinpoché donnait le conseil suivant : « En un sens, tout est illusoire et possède la nature du rêve. Pourtant, malgré tout, continuez à agir avec humour. Si vous marchez par exemple, dirigez-vous d'un cœur léger, sans raideur ni solennité inutile, vers le vaste espace de la vérité. Quand vous êtes assis, soyez la citadelle de la vérité. Quand vous mangez, emplissez le ventre de la vacuité de vos négativités et de vos illusions ; laissez-les se dissoudre dans l'espace qui pénètre tout. Et quand vous allez aux toilettes, considérez que tous vos obscurcissements et tous vos blocages sont par là même purifiés et éliminés. »

Ce n'est donc pas seulement la pratique assise qui importe mais, bien plus, l'état d'esprit dans lequel vous vous trouvez après la méditation. C'est cet état d'esprit calme et centré qu'il vous faut prolonger dans chacune de vos actions. J'aime cette histoire zen où le disciple demande à son maître :

« Maître, comment appliquez-vous l'éveil à l'action ? Comment le mettez-vous en pratique dans la vie de tous les jours ?

– En mangeant et en dormant, répond le maître.

– Mais, Maître, tout le monde mange et tout le monde dort.

– Mais tous ne mangent pas quand ils mangent, et tous ne dorment pas quand ils dorment ! »

D'où le célèbre adage zen : « Quand je mange, je mange ; quand je dors, je dors. »

Manger quand vous mangez, dormir quand vous dormez, signifie être totalement présent dans chacune de vos actions, sans qu'aucune des distractions de l'ego ne vous éloigne de cette présence. C'est cela, l'intégration. Et si vous souhaitez réellement l'accomplir, vous ne pourrez vous contenter de considérer la pratique comme un simple remède ou une thérapie occasionnelle ; elle devra devenir votre nourriture quotidienne. Voilà pourquoi il est excellent de développer cette capacité d'intégration dans le cadre d'une retraite, loin des tensions de la vie citadine moderne.

Les gens viennent trop souvent à la méditation dans l'espoir d'obtenir des résultats extraordinaires, par exemple des visions, des lumières ou des phénomènes miraculeux. Lorsque rien de tout cela ne se produit, ils sont très déçus. Pourtant, le véritable miracle de la méditation est plus ordinaire et bien plus utile. C'est une transformation subtile qui se produit non seulement dans votre esprit et dans vos émotions, mais également dans votre corps. La méditation possède un important pouvoir de guérison. Savants et médecins ont découvert que, si vous êtes de bonne humeur, les cellules mêmes de votre corps sont plus « joyeuses ». Si par contre votre état d'esprit est négatif, vos cellules peuvent devenir malignes. Votre état de santé général dépend beaucoup de votre état d'esprit et de votre façon d'être.

L'INSPIRATION

J'ai dit que la méditation est la voie de l'éveil et la démarche la plus essentielle de cette vie. Chaque fois que je parle de méditation à mes étudiants, j'insiste toujours sur la nécessité d'une discipline résolue et d'un engagement déterminé ; en même temps, je souligne combien il est important d'effectuer la pratique avec autant d'inspiration et de créativité que possible. En un sens, la méditation est un art, et vous devriez venir à elle avec toute la joie et l'imagination fertile d'un artiste.

Soyez aussi ingénieux à susciter l'inspiration qui vous ouvrira à votre propre paix intérieure, que vous l'êtes quand il s'agit de vous livrer à la compétition, de vous adonner aux activités névrotiques qui ont cours dans la société. Il y a tant de façons d'approcher la méditation dans la joie ! Ecoutez une musique qui vous touche et laissez-la vous pénétrer profondément. Rassemblez des poèmes, des citations ou des extraits d'enseignement qui vous ont ému au fil des années et ayez-les toujours près de vous, pour vous inspirer. J'ai toujours aimé les *thangka*, ces peintures tibétaines ; leur beauté m'élève l'âme. Vous pouvez, vous aussi, trouver des reproductions de peintures qui éveillent en vous le sens du sacré, et les accrocher aux murs de votre chambre. Vous pouvez écouter une cassette de l'enseignement d'un grand maître ou de chants sacrés. Vous pouvez faire du lieu où vous méditez un paradis tout simple, grâce à une fleur, un bâton d'encens, une bougie, la photo d'un maître qui a atteint l'éveil ou la statue d'une déité ou d'un bouddha. Vous pouvez transformer la pièce la plus ordinaire en un espace intime et sacré où, chaque jour, vous viendrez à la rencontre de votre être véritable avec le bonheur et la célébration joyeuse d'un vieil ami qui en salue un autre.

Et si vous trouvez difficile de pratiquer la méditation chez vous en ville, faites preuve d'imagination, partez dans la nature. La nature est toujours une source d'inspiration inépuisable. Pour calmer votre esprit, promenez-vous dans un parc à l'aube, ou admirez la rosée posée sur la rose d'un jardin. Allongez-vous sur le sol et contemplez le ciel. Laissez votre esprit se perdre dans son immensité. Que le ciel extérieur éveille le ciel intérieur de votre être. Debout près d'un ruisseau, laissez votre esprit se mêler à la course de l'eau. Unissez-vous à son murmure incessant. Asseyez-vous près d'une cascade et laissez son chant apaisant purifier votre esprit. Marchez le long de la mer et laissez le vent du large caresser votre visage. Célébrez le clair de lune ; que sa beauté emplisse votre esprit de grâce. Asseyez-vous près d'un lac ou dans un jardin et, tout en respirant paisiblement, laissez le silence s'établir en vous tandis que la lune monte, lentement et majestueusement, dans la nuit claire.

Tout peut ainsi devenir une invitation à la méditation : un sourire, un visage aperçu dans le métro, la vue d'une petite fleur poussant dans l'interstice d'un trottoir, une cascade d'étoffe chatoyant dans une vitrine, un rayon de soleil illuminant des fleurs sur le rebord d'une fenêtre. Soyez à l'affût de chaque manifestation de beauté et de grâce. Offrez chaque joie, soyez à tout moment attentif au « message émanant sans cesse du silence[9] ».

Lentement, vous deviendrez maître de votre propre félicité, alchimiste de votre propre joie, ayant toutes sortes de remèdes à portée de main pour élever, égayer, éclairer et inspirer chacune de vos respirations et chacun de vos mouvements. Qu'est-ce qu'un grand pratiquant spirituel ? C'est une personne qui vit constamment dans la présence de son être véritable, qui a trouvé la source d'une inspiration profonde et s'y abreuve continuellement. Ainsi que l'écrivait l'auteur anglais contemporain Lewis Thompson : « Le Christ, poète suprême, a vécu la vérité si passionnément que chacun de ses gestes, à la fois Acte pur et Symbole parfait, incarne le transcendant[10]. »

Incarner le transcendant est notre raison d'être en ce monde.

SIX

Evolution, karma et renaissance

En cette nuit décisive où le Bouddha atteignit l'éveil, il y parvint, dit-on, en plusieurs étapes. Dans la première, son esprit étant « recueilli et purifié, immaculé, libre de toute imperfection, souple, malléable, stable et inébranlable », il tourna son attention vers le souvenir de ses vies passées. Voici ce qu'il nous dit de cette expérience :

Je me souvins de multiples existences antérieures : une naissance, deux naissances, trois, quatre, cinq... cinquante, cent... cent mille, dans diverses ères cosmiques. Rien ne m'était inconnu ; le lieu de naissance, le nom qui fut le mien, la famille dans laquelle je naquis et ce que j'accomplis. Je revécus les circonstances favorables et défavorables de chaque vie, ainsi que chaque mort. Je renaquis un nombre incalculable de fois. Je me souvins ainsi d'innombrables existences antérieures avec leurs caractéristiques précises et les circonstances particulières qui furent les leurs. C'est au cours de la première veille de la nuit que me vint cette connaissance[1].

Depuis l'aube de l'histoire, la plupart des religions du monde ont accordé une place essentielle à la réincarnation et ont cru profondément en une vie après la mort. Les premiers chrétiens croyaient à la renaissance[2] et cette foi persista, sous diverses formes, pendant une bonne partie du Moyen Age. Origène, l'un des Pères de l'Eglise les plus influents, croyait à la « préexistence des âmes » et écrivait au IIIe siècle : « Chaque âme vient au monde fortifiée par les victoires de ses vies passées, ou affaiblie par leurs défaites. » Bien que le christianisme ait fini par rejeter la croyance en la réincarnation, on en trouve encore des traces dans la pensée de la Renaissance, dans les écrits de poètes romantiques comme Blake ou Shelley et même, ce qui peut sembler plus étonnant, chez un écrivain comme Balzac. Depuis qu'un intérêt s'est manifesté pour les religions orientales à la fin du XIXe siècle, un nombre croissant d'Occidentaux en est venu à accepter les connaissances hindoues et bouddhistes sur la renaissance. L'un d'eux, le grand industriel et philanthrope américain Henry Ford, écrivait :

> *J'ai adhéré à la théorie de la réincarnation quand j'avais vingt-six ans. La religion ne me contentait pas ; même le travail ne parvenait pas à me donner entière satisfaction. Celui-ci est vain si l'on ne peut employer dans une autre vie l'expérience accumulée dans l'existence présente. Quand je découvris la réincarnation... le temps ne me fut plus compté. Je cessai d'être esclave des aiguilles de la pendule... Je voudrais pouvoir partager avec d'autres la sérénité qu'apporte une perspective plus étendue de la vie[3].*

La plupart des gens, cependant, n'ont encore que des notions extrêmement vagues de la vie après la mort ; ils n'ont aucune idée de ce qu'elle peut être. Des personnes me disent souvent combien il leur est difficile de croire à une chose dont elles n'ont pas de preuve. Mais l'absence de preuves signifie-t-elle forcément que cette chose n'existe pas ? « Après tout, disait Voltaire, il n'est pas plus étonnant de naître deux fois qu'il ne l'est de naître une fois. »

On me demande fréquemment : « Si nous avons déjà vécu avant cette vie, pourquoi n'en avons-nous pas gardé le souvenir ? » Mais le fait de ne pas nous rappeler nos vies passées ne signifie pas que nous n'avons jamais vécu auparavant. Après tout, des événements de notre enfance ou de la veille – ou même ce que nous pensions il y a une heure – étaient des expériences très nettes au moment où elles eurent lieu, mais le souvenir que nous en avons s'est presque totalement évanoui, comme si elles n'avaient jamais existé. Si nous ne parvenons pas à nous souvenir de ce que nous avons fait ou pensé la semaine dernière, comment pouvons-nous imaginer qu'il serait aisé ou normal de nous rappeler ce que nous avons fait dans une existence antérieure ?

Parfois, je provoque légèrement les gens en leur demandant : « Qu'est-ce qui vous rend si certains qu'il n'y a pas de vie après la mort ? Quelles preuves en avez-vous ? Et si vous mourez dans le refus de cette éventualité et découvrez qu'il existe bien une vie après celle-ci ? Que ferez-vous alors ? Ne vous limitez-vous pas vous-même en vous persuadant que cela est impossible ? Ne serait-il pas plus sensé d'accorder à l'éventualité d'une vie après la mort le bénéfice du doute, ou de rester au moins ouvert à une telle possibilité, même s'il n'existe pas ce que l'on pourrait appeler des "preuves tangibles"? Que *constituerait* pour vous une preuve tangible de la vie après la mort?»

Je leur demande alors de réfléchir au fait que toutes les grandes religions expriment leur croyance en une vie future, et que tout au long de l'histoire, des millions de personnes, y compris les philosophes, les sages et les génies créateurs les plus éminents d'Asie, ont vécu cette croyance comme une part essentielle de leur existence. Etaient-ils tous, purement et simplement, dans l'erreur?

Revenons à la question de la preuve tangible. Le simple fait que nous n'ayons jamais entendu parler du Tibet ou que nous n'y soyons jamais allés ne signifie pas qu'il n'existe pas. Avant que l'immense continent américain ne fût « découvert », quel Européen pouvait s'imaginer qu'il existât? Et même après sa découverte, certains contestèrent encore que celle-ci ait vraiment eu lieu. C'est, je crois, notre vision terriblement limitée de l'existence qui nous empêche d'accepter, ou même de commencer à envisager sérieusement, la possibilité d'une renaissance.

L'histoire, heureusement, ne s'arrête pas là. Ceux d'entre nous qui s'engagent dans une discipline spirituelle – par exemple la méditation – en viennent à découvrir sur leur propre esprit bien des choses dont ils ne se doutaient pas auparavant. Car lorsque nous nous ouvrons progressivement à l'existence extraordinaire, vaste et jusque-là insoupçonnée de la nature de l'esprit, nous commençons à entrevoir une dimension entièrement différente, au sein de laquelle se dissipent peu à peu toutes nos présomptions sur une identité et une réalité que nous croyions fort bien connaître. L'éventualité d'autres existences que celle-ci nous paraît au moins vraisemblable. Nous pressentons la vérité de tout ce que les maîtres nous ont enseigné sur la vie, la mort, et sur la vie après la mort.

QUELQUES « PREUVES » ÉVOCATRICES DE RENAISSANCE

Les témoignages récents de ceux qui déclarent se rappeler leurs vies antérieures forment à ce jour une littérature importante. Si vous désirez parvenir à une compréhension sérieuse du sujet, je vous suggère d'examiner ces témoignages avec un esprit ouvert, mais avec tout le discernement possible.

Parmi les centaines d'histoires ayant trait à la réincarnation et qui pourraient être relatées ici, en voici une que je trouve particulièrement intéressante. Il s'agit d'un homme âgé, Arthur Flowerdew, vivant dans le Norfolk, en Angleterre. Depuis l'âge de douze ans lui venaient à l'esprit des images, inexplicables mais très nettes, de ce qui ressemblait à un grande cité entourée d'un désert. Une des images les plus fréquentes évoquait un temple qui semblait sculpté dans la falaise. Ces images surprenantes lui apparaissaient souvent, surtout quand il jouait sur la plage, près de sa maison, avec des galets rose et orange. A mesure qu'il grandissait, les détails de la cité visionnaire se faisaient plus précis et il voyait davantage de constructions, ainsi que le plan des rues, des soldats, et un défilé étroit qui servait de voie d'accès à la cité.

Les années passèrent et, un jour, Arthur Flowerdew vit à la télévision, tout à fait par hasard, un documentaire sur l'ancienne cité de Pétra en Jordanie. Il fut stupéfait d'avoir devant les yeux, pour la première fois, le lieu qu'il avait si longtemps contemplé en esprit. Il déclara par la suite n'avoir jamais feuilleté le moindre livre sur Pétra. Le public, cependant, finit par entendre parler de ses visions et il participa à une émission télévisée de la BBC, ce qui lui valut d'attirer l'attention du gouvernement jordanien. Celui-ci lui offrit un voyage en avion en compagnie d'un réalisateur de la BBC, engagé pour filmer ses réactions devant Pétra. Auparavant, le seul voyage d'Arthur Flowerdew à l'étranger avait été un bref séjour sur les côtes françaises.

Avant le départ de l'expédition, Arthur Flowerdew fut présenté à un éminent spécialiste de Pétra, auteur d'un ouvrage sur cette cité antique. Celui-ci l'interrogea minutieusement et fut troublé par la précision de son savoir. Certains détails, dit-il, ne pouvaient être connus que d'un archéologue spécialisé dans ce domaine. Avant de se rendre en Jordanie, Arthur Flowerdew fit une description de Pétra que la BBC enregistra, afin de pouvoir la comparer avec ce qu'il verrait sur place. Trois lieux semblaient se distinguer plus particulièrement dans sa vision de Pétra : un étrange rocher en forme de volcan aux abords de la cité, un petit temple où il pensait avoir été tué au 1er siècle avant notre ère et une construction inhabituelle, dans la cité même, que les archéologues connaissaient bien sans jamais avoir pu en définir la fonction. Le spécialiste de Pétra ne pouvait se souvenir d'un tel rocher et doutait qu'il existât. Mais quand il montra à Arthur Flowerdew un cliché de la partie de la cité où s'était élevé le temple, celui-ci, à sa stupéfaction, lui indiqua presque exactement l'endroit. Le vieil homme expliqua ensuite posément la fonction de l'édifice, qui n'avait jamais été envisagée jusqu'alors : c'était, d'après lui, le corps de garde où il avait servi comme soldat, quelque deux mille ans auparavant.

Bon nombre de ses prédictions se révélèrent exactes. Comme l'expédition s'approchait de Pétra, Arthur Flowerdew indiqua le rocher mystérieux. Une fois dans la cité, il alla droit au corps de garde, sans un regard sur la carte, et expliqua comment fonctionnait le curieux système d'admission des gardes. Il se rendit enfin sur le lieu où il disait avoir été tué par une lance ennemie, au 1er siècle avant notre ère. Il indiqua également l'emplacement et la fonction, sur le site, d'autres constructions qui n'avaient pas encore été fouillées.

L'archéologue spécialiste de Pétra qui accompagnait Arthur Flowerdew ne pouvait s'expliquer les connaissances troublantes de cet Anglais très ordinaire. Il déclara :

« Il a comblé des lacunes dans nos connaissances des détails, et ses révélations concordent en majeure partie avec les faits archéologiques et historiques connus ; il faudrait un esprit très différent du sien pour être capable de soutenir une supercherie à l'échelle de ses souvenirs – du moins, ceux qu'il m'a rapportés. Je ne pense pas que ce soit un imposteur. Je ne crois pas qu'il ait la capacité d'être un imposteur à cette échelle[4]. »

Si l'on met en doute la possibilité de la renaissance, comment expliquer les connaissances extraordinaires d'Arthur Flowerdew ? On pourrait arguer qu'il avait lu certains ouvrages sur Pétra, ou même pu recevoir sa connaissance par télépathie. Pourtant, les faits sont là : certaines des informations qu'il fut capable de donner étaient inconnues des spécialistes eux-mêmes.

Il existe aussi des exemples émouvants d'enfants qui se souviennent spontanément des détails d'une existence antérieure. De nombreux cas de ce genre ont été recueillis par le Docteur Ian Stevenson de l'université de Virginie[5]. Le récit surprenant d'une enfant qui se souvenait d'une vie passée parvint aux oreilles du Dalaï-Lama ; celui-ci délégua un représentant spécial pour interroger la petite fille et vérifier ses dires[6].

Elle s'appelait Kamaljit Kour ; c'était la fille d'un instituteur, dans une famille Sikh du Pendjab, en Inde. Un jour, étant allée à la fête locale d'un village en compagnie de son père, elle demanda soudain à celui-ci de l'emmener à un autre village assez éloigné. Son père, surpris, lui en demanda la raison. « Je n'ai rien à faire ici, répondit-elle, je ne suis pas chez moi. Je t'en prie, conduis-moi à ce village. J'étais à bicyclette avec l'une de mes camarades d'école et nous avons été renversées par un autobus. Mon amie a été tuée sur le coup, j'ai été blessée à la tête, à l'oreille et au nez. On m'a relevée du lieu de l'accident et allongée sur un banc devant un petit palais de justice à proximité, puis on m'a emmenée à l'hôpital du village. Mes blessures saignaient abondamment, et mes parents et les membres de ma famille sont arrivés. Puisque l'hôpital local n'était pas équipé pour me soigner, ils ont décidé de me transporter à Ambala. Là, comme les docteurs ont dit qu'ils ne pouvaient me sauver, j'ai demandé à ma famille de me ramener chez moi. » Son père était bouleversé mais, devant l'insistance de Kamaljit, il accepta de l'emmener à ce village, tout en pensant que ce n'était là qu'un caprice d'enfant.

Comme promis, ils s'y rendirent ensemble. Elle reconnut le village alors qu'ils en approchaient, désignant l'endroit où elle avait été heurtée par le bus. Elle demanda alors à monter dans un pousse-pousse, puis donna des indications au conducteur. Elle le fit arrêter quand ils parvinrent à un groupe de maisons où elle prétendait avoir vécu. La petite fille et son père abasourdi se dirigèrent vers l'habitation qu'elle désigna comme ayant appartenu à son ancienne famille et son père, toujours incrédule, demanda aux voisins s'il y avait une famille correspondant à la description faite par Kamaljit, et qui aurait perdu sa fille. Ils confirmèrent son histoire et racontèrent au père stupéfait que Rishma, la fille de cette famille, était âgée de seize ans lorsqu'elle fut tuée ; elle mourut dans la voiture, à son retour de l'hôpital.

A ces mots, le père fut extrêmement déconcerté et il dit à Kamaljit qu'il leur fallait rentrer, mais celle-ci se dirigea tout droit vers la maison et demanda sa photo d'école qu'elle contempla avec ravissement. Quand le grand-père et les oncles de Rishma arrivèrent, elle les reconnut et sut dire leurs noms sans se tromper. Elle désigna sa chambre et montra à son père les autres pièces de la maison. Puis elle voulut voir ses livres d'école, ses deux bracelets d'argent, ses deux rubans et son ensemble bordeaux tout neuf. La tante déclara que tous ces objets avaient appartenu à Rishma. Kamaljit conduisit alors la famille à la maison de son oncle où elle identifia d'autres objets. Le jour suivant, elle rencontra tous les membres de son ancienne famille et, quand arriva l'heure de prendre le bus pour rentrer à la maison, elle refusa de partir, annonçant à son père qu'elle était décidée à rester. Finalement, il réussit à la persuader de revenir avec lui.

La famille entreprit de reconstituer l'histoire. Kamaljit était née dix mois après la mort de Rishma. Bien que la petite fille n'allât pas encore en classe, elle faisait souvent semblant de lire ; sur la photo d'école de Rishma, elle se souvenait du nom de tous les élèves. Kamaljit Kour réclamait toujours des vêtements de couleur bordeaux. Ses parents apprirent que Rishma avait reçu un nouvel ensemble bordeaux dont elle était très fière, mais qu'elle n'avait pas eu l'occasion de porter. La dernière chose que Kamaljit se rappelait de sa vie passée était les phares de la voiture s'éteignant au retour de l'hôpital : c'était sans doute à ce moment-là qu'elle était morte.

Bien sûr, j'imagine aisément comment certains pourraient tenter de discréditer ce témoignage. Ils pourraient alléguer que c'était peut-être pour des raisons personnelles que la famille de la petite fille l'avait encouragée à prétendre qu'elle était la réincarnation de Rishma. Il est vrai que Rishma venait d'une famille de riches fermiers, mais la famille de Kamaljit n'était pas pauvre non plus : elle possédait l'une des plus belles maisons du village, flanquée d'une cour et d'un jardin. Ce qui surprend dans cette histoire, c'est que sa famille actuelle était finalement plutôt mal à l'aise et inquiète du qu'en-dira-t-on. Cependant, je trouve encore plus éloquent que les membres de la famille de Rishma, bien que très peu versés dans les questions religieuses et ignorant même si les Sikhs acceptent l'idée de la réincarnation, se soient montrés absolument certains que Kamaljit Kour était bien leur Rishma.

A toute personne souhaitant sérieusement étudier la possibilité d'une vie après la mort, je suggère de lire les témoignages très émouvants de ceux qui ont connu une expérience de proximité de la mort. Un nombre étonnant de ceux qui ont vécu une expérience de cette nature ont acquis la conviction que la vie continue après la mort. Beaucoup n'avaient aucune croyance religieuse, ni aucune expérience spirituelle :

Aujourd'hui et pour le reste de ma vie, je conserve la conviction que la vie continue après la mort ; cela ne fait pas l'ombre d'un doute pour moi, et je n'ai pas peur de mourir. Absolument pas peur. Je connais des gens qui ont cette peur, cette terreur. J'ai toujours envie de sourire quand je les entends douter qu'il y ait un au-delà, ou décréter : « Après la mort, il n'y a rien. » Je pense alors intérieurement : « Ils ne savent pas[7]. »

Ce qui m'est arrivé à ce moment-là est l'expérience la plus extraordinaire que j'ai jamais vécue. Elle m'a fait réaliser qu'il existe bien une vie après la vie[8].

Je sais qu'il y a une vie après la vie ! Personne ne m'en fera douter. J'en suis certain – c'est paisible et il n'y a rien à craindre. Je ne sais pas ce qu'il y a au-delà de ce dont j'ai fait l'expérience mais, pour moi, c'est déjà beaucoup...

Cette expérience m'a donné une réponse à la question que chacun se pose sans doute un jour ou l'autre de sa vie. Oui, il y a bien une après-vie ! Plus belle que tout ce qu'on peut imaginer ! Une fois qu'on sait ce que c'est, rien ne peut lui être comparé. On sait, tout simplement[9] !

Les études sur ce sujet montrent également que ceux qui ont connu une expérience de proximité de la mort sont ensuite plus ouverts et plus enclins à accepter l'idée de la réincarnation.

Et que dire du talent exceptionnel pour la musique ou les mathématiques dont font preuve certains enfants prodiges ? Ne pourrait-on supposer qu'il s'est développé dans des vies antérieures ? Songez à Mozart qui composait des menuets à l'âge de cinq ans et, à huit ans, publiait des sonates[10] !

Si la vie après la mort est une réalité, vous êtes en droit de vous demander pourquoi il nous est si difficile de nous en souvenir. Platon, dans le « Mythe d'Er », suggère une « explication » à cette perte de mémoire. Er était un soldat qui, laissé pour mort lors d'une bataille, connut, semble-t-il, une expérience de proximité de la mort. Il observa bien des choses pendant son « trépas » et reçut la mission de revenir à l'existence afin de dépeindre aux vivants l'état après la mort. Juste avant son retour, il vit ceux qui se préparaient à naître ; ils avançaient, par une chaleur torride et étouffante, dans la « Plaine de l'Oubli », un désert entièrement dépourvu d'arbres et de plantes. *Le soir venu, les âmes campèrent au bord du fleuve de la Négligence, dont aucun vase ne peut contenir l'eau. Chaque âme doit boire une certaine quantité de cette eau, mais celles que ne retient point la prudence en boivent plus que de raison. En buvant, on perd le souvenir de tout*[11]. Er n'eut pas la permission de boire de cette eau et revint à lui sur le bûcher funéraire, ayant gardé le souvenir de tout ce qu'il avait vu et entendu.

Existe-t-il une loi universelle qui nous interdise de nous rappeler ce que nous avons vécu auparavant et où nous nous trouvions ? Ou bien est-ce l'ampleur même de nos expériences, leur étendue et leur intensité qui ont effacé toute mémoire de nos vies passées ? Je me demande parfois s'il nous serait vraiment utile de nous en souvenir. Ne serait-ce pas plutôt une source de confusion supplémentaire ?

LA CONTINUITÉ DE L'ESPRIT

Selon l'approche bouddhiste, l'argument principal « établissant » la vérité de la renaissance se fonde sur une compréhension profonde de la continuité de l'esprit. Quelle est l'origine de la conscience ? Elle ne peut surgir de rien. Un moment de conscience ne peut se produire sans le moment de conscience qui l'a immédiatement précédé. Sa Sainteté le Dalaï-Lama explique ainsi ce processus complexe :

L'acceptation bouddhiste du concept de renaissance est basée principalement sur la notion de continuité de la conscience. Prenons, par exemple, le monde physique : nous considérons que l'on peut remonter à l'origine de tous les éléments de notre univers actuel – et même à un niveau microscopique – jusqu'à un point initial où tous les éléments du monde matériel sont condensés dans ce que l'on appelle en termes techniques des « particules d'espace ». Ces particules sont, à leur tour, l'état résultant de la désintégration d'un univers précédent. Il existe donc un cycle constant dans lequel l'univers évolue, se désintègre et revient à l'existence. Notre esprit fonctionne de manière analogue. Il est tout à fait évident que nous possédons ce que nous appelons « un esprit » ou « une conscience » : notre expérience en témoigne. Il est aussi manifeste, toujours de par notre expérience, que ce que nous appelons « esprit » ou « conscience » est sujet au changement, quand il est exposé à différentes conditions et circonstances. Cela nous montre sa nature variable d'instant en instant, sa prédisposition à se modifier. Il est également évident qu'au niveau le plus grossier « l'esprit », ou « conscience », est intimement lié aux états physiologiques du corps ; en fait, il dépend d'eux. Mais il doit exister une certaine base, une énergie, une source qui permette à l'esprit, dans son interaction avec les particules matérielles, de produire des êtres vivants conscients.

Tout comme au plan matériel, cette base est aussi, sans aucun doute, en continuité avec le passé. Si donc vous remontez à l'origine de notre esprit actuel, de notre conscience présente, vous vous apercevrez que, de même que pour l'origine de l'univers matériel, vous remontez à l'origine de la continuité de l'esprit jusqu'à une dimension infinie ; comme vous pouvez le constater, la continuité de l'esprit est sans origine.

Par conséquent, il doit exister des renaissances successives pour rendre ce continuum de l'esprit possible.

*Le bouddhisme croit en la causalité universelle :
tout est soumis au changement, à des causes et à
des conditions. Il n'accorde donc aucune place à un
créateur divin, ni à une « génération spontanée » des
êtres ; tout se manifeste au contraire comme une
conséquence de causes et de conditions. Ainsi, l'état
présent de l'esprit, ou conscience, résulte de ses
instants précédents.*

*Les causes et conditions dont nous parlons sont
principalement de deux types : les « causes » substantielles qui sont à l'origine de ce qui se produit,
et les différents « facteurs » qui contribuent à produire la situation de causalité. Dans le cas de
l'esprit et du corps, bien que l'un puisse affecter
l'autre, l'un ne peut pas devenir la substance de
l'autre... Bien que l'esprit et la matière dépendent
l'un de l'autre, l'un ne peut être la cause substan-
tielle de l'autre.*

*C'est sur cette base que le bouddhisme accepte la
notion de renaissance* [12].

La plupart des gens considèrent que le terme « réincarnation » implique « quelque chose » qui se réin-
carne, qui voyage de vie en vie. Mais nous ne croyons
pas, dans le bouddhisme, en une entité indépendante et
immuable telle que l'âme ou l'ego, qui survivrait à la
mort du corps. Ce qui assure la continuité entre les vies
n'est pas d'après nous une entité, mais la conscience à
son niveau ultime de subtilité.

Selon l'explication bouddhiste, dit le Dalaï-Lama, *le
principe créateur ultime est la conscience. Il existe
différents niveaux de conscience. Ce que nous appe-*

*lons la conscience subtile la plus profonde est tou-
jours présente. La continuité de cette conscience est
en quelque sorte permanente, comme les particules
d'espace. Ce qui correspond aux particules
d'espace dans le champ de la matière est, dans le
champ de la conscience, la Claire Lumière...*

*La Claire Lumière, avec son énergie particulière,
assure le lien avec la conscience*[13].

L'exemple suivant illustre bien le processus exact de
la renaissance :

*Les vies successives d'une série de renaissances ne
sont pas semblables aux perles d'un collier, mainte-
nues ensemble par un fil, « l'âme », qui passerait à
travers les perles ; elles ressemblent plutôt à des dés
empilés l'un sur l'autre. Chaque dé est séparé, mais
il soutient celui qui est posé sur lui et avec lequel il
a un lien fonctionnel. Les dés ne sont pas reliés par
l'identité, mais par la conditionnalité*[14].

Les écritures bouddhistes nous offrent un exposé
très clair de ce processus de « conditionnalité ». La
série de réponses du sage bouddhiste Nagaséna aux
questions posées par le roi Milinda est célèbre à ce
sujet.

Le roi demande à Nagaséna :

« Quand une personne renaît, est-elle identique à
celle qui vient de mourir, ou différente ?

– Elle n'est pas identique, répond Nagaséna, et elle
n'est pas différente... Dis-moi, si un homme allume
une lampe, peut-elle brûler toute la nuit ?

– Oui.

– La flamme qui brûle dans la première veille de la nuit est-elle la même que celle qui brûle dans la deuxième veille... ou dans la dernière ?

– Non.

– Cela signifie-t-il qu'il y a une lampe dans la première veille, une autre dans la seconde, et encore une autre dans la troisième ?

– Non, c'est grâce à une seule lampe que la lumière brille toute la nuit.

– Il en va de même de la renaissance : un phénomène se produit et un autre cesse, simultanément. Ainsi, le premier acte de conscience dans la nouvelle existence n'est ni identique au dernier acte de conscience dans l'existence précédente, ni différent de lui. »

Le roi souhaite un autre exemple afin d'élucider la nature précise de ce rapport. Nagaséna utilise la comparaison avec le lait : le lait caillé, le beurre ou le *ghee** que l'on obtient à partir du lait ne sont pas identiques au lait, mais leur production en est entièrement dépendante.

Le roi demande alors : « S'il n'existe pas d'être qui passe de corps en corps, ne sommes-nous pas libres de toutes les actions négatives de nos vies passées ? »

Nagaséna lui donne cet exemple : un homme vole des mangues. Les mangues qu'il dérobe n'étant pas les mêmes que celles que le propriétaire possédait et avait plantées à l'origine, pourquoi donc le voleur devrait-il être puni ? La raison, dit Nagaséna, est la suivante : si les mangues volées ont poussé, c'est à cause de celles que leur propriétaire avait plantées au départ. De la

---

* *Ghee* : beurre clarifié.

même façon, c'est à cause de nos actions pures ou impures dans une vie que nous sommes liés à une autre vie, et nous ne sommes pas libres de leurs conséquences.

LE KARMA

La nuit où le Bouddha atteignit l'illumination, il parvint, dans la seconde veille, à une autre connaissance qui vint compléter sa compréhension de la renaissance : celle du karma, la loi naturelle de cause à effet.

> *A l'aide de l'œil divin, pur, au-delà de la portée d'une vision humaine, je vis comment les êtres disparaissaient et revenaient à l'existence, illustres ou insignifiants, dans une condition élevée ou basse, et je compris que chacun obtenait une renaissance heureuse ou malheureuse selon le karma qui était le sien* [15].

La vérité et la force motrice qui sous-tendent la renaissance constituent ce qu'on appelle le karma. La notion de karma est souvent très mal comprise en Occident : on le confond avec le destin ou avec la prédestination. Une meilleure approche est de l'envisager comme la loi inéluctable de cause à effet qui gouverne l'univers. Le terme *karma* signifie littéralement « action » ; le karma est à la fois le pouvoir latent contenu dans les actions et le résultat de ces actions.

Il existe plusieurs sortes de karma : le karma international, national, le karma d'une ville et le karma individuel. Tous sont inextricablement reliés et ne peuvent être compris dans toute leur complexité que par un être pleinement éveillé.

En termes simples, que veut dire karma ? Cela signi-fie que tout ce que nous faisons au moyen de notre corps, notre parole et notre esprit entraîne un résultat correspondant. Chaque action, même la plus insigni-fiante, porte en elle-même ses conséquences. Les maîtres font remarquer qu'une dose infime de poison suffit à causer la mort, et qu'une graine minuscule peut devenir un arbre immense. Et le Bouddha disait : « Ne jugez pas à la légère une action négative sous prétexte qu'elle est de peu d'importance ; même une toute petite étincelle peut embraser une meule de foin de la taille d'une montagne. » Il disait également : « Ne méprisez pas d'infimes actions positives en pensant : "cela n'a aucune conséquence" ; des gouttes d'eau, même minuscules, finissent en effet par remplir un récipient énorme. » Le karma ne se désagrège pas comme les objets matériels, il ne devient jamais inactif. Il ne peut être détruit « ni par le temps, ni par le feu, ni par l'eau ». Son pouvoir ne saurait disparaître tant qu'il n'aura pas mûri.

Il se peut que le résultat de nos actions ne soit pas encore arrivé à maturité ; il mûrira cependant, imman-quablement, quand les conditions seront propices. Nous oublions généralement ce que nous avons fait et ce n'est que bien plus tard que les résultats nous atteignent. Nous sommes alors incapables de les relier à leurs causes. Imaginez un aigle, nous dit Jigmé Lingpa. Il vole haut dans le ciel et ne projette aucune ombre : rien ne laisse soupçonner sa présence. Soudain, il aperçoit sa proie et fond sur l'animal ; ce n'est qu'au moment où il plonge vers le sol que son ombre apparaît, menaçante.

Le résultat de nos actions est souvent différé ; il n'apparaît même parfois que dans des vies futures. Il est impossible d'isoler une cause, parce que tout événement peut être provoqué par un mélange très complexe de plusieurs karmas arrivant à maturité au même moment. C'est pourquoi nous avons tendance, pour le moment, à présumer que les choses nous arrivent « par hasard » et, quand tout va bien, nous disons simplement que nous avons « de la chance ».

Et pourtant, quoi d'autre que le karma pourrait vraiment expliquer de façon satisfaisante les différences extrêmes et extraordinaires qui existent entre les uns et les autres ? Même si nous sommes nés dans la même famille, dans le même pays, ou dans des circonstances identiques, nos caractères et les événements de notre vie sont totalement différents, de même que nos talents, nos penchants et nos destinées.

« Ce que vous êtes est ce que vous avez été », disait le Bouddha ; « ce que vous serez est ce que vous faites maintenant. » Padmasambhava développait cette idée : « Si vous désirez connaître votre vie passée, examinez votre condition présente ; si c'est votre vie future que vous désirez connaître, examinez vos actions présentes. »

LA BIENVEILLANCE

La qualité de notre renaissance future est donc déterminée par la nature de nos actions dans cette vie. Il est important de ne jamais oublier que la portée de nos actions dépend entièrement de l'intention ou de la motivation qui les anime, et non de leur ampleur.

Au temps du Bouddha vivait une vieille mendiante appelée « Celle qui s'en remet à la Joie ». Elle regardait les rois, les princes et les gens du peuple qui venaient faire des offrandes au Bouddha et à ses disciples ; elle aurait tant voulu pouvoir faire de même ! Elle alla donc mendier mais, à la fin de la journée, elle n'avait reçu qu'une toute petite pièce. Elle se rendit alors chez le marchand pour essayer d'acheter un peu d'huile, mais il lui dit qu'elle ne pouvait guère espérer acheter quelque chose avec si peu d'argent. Cependant, quand elle lui eut expliqué qu'elle voulait faire une offrande au Bouddha, il eut pitié d'elle et lui donna l'huile demandée. Elle emporta cette huile au monastère et alluma une lampe, qu'elle plaça devant le Bouddha en faisant ce vœu : « Je n'ai rien d'autre à offrir que cette petite lampe, mais puissé-je, par cette offrande, recevoir dans le futur la grâce de la lampe de sagesse. Puissé-je libérer tous les êtres de leurs ténèbres. Puissé-je purifier ce qui les aveugle et les conduire à l'éveil. »

Cette nuit-là, les autres lampes s'éteignirent après avoir consumé toute leur huile. Seule la lampe de la mendiante brûlait toujours quand Maudgalyayana, un disciple du Bouddha, vint les enlever à l'aube. Lorsqu'il aperçut cette lampe encore allumée, pleine d'huile, avec sa mèche toute neuve, il se dit : « Il n'y a aucune raison pour que cette lampe continue à brûler en plein jour » et il souffla pour l'éteindre. Mais elle continua à brûler. Il essaya de la moucher avec ses doigts, mais en vain. Il tenta de l'étouffer avec sa robe, mais elle brûlait toujours. Le Bouddha, qui observait la scène depuis le début, lui dit : « Maudgalyayana, tu veux éteindre cette lampe ? Tu n'y parviendras pas. Tu ne pourrais même pas la déplacer, comment pourrais-tu l'éteindre ? Si tu versais l'eau de tous les océans sur cette lampe, elle brûlerait encore. L'eau de toutes les rivières et de tous les lacs du monde ne saurait l'éteindre. Pourquoi en est-il ainsi ? Parce que cette lampe a été offerte avec ferveur, avec un cœur et un esprit purs. Cette motivation l'a rendue extrêmement bénéfique. » Quand le Bouddha eut prononcé ces paroles, la mendiante s'approcha de lui ; il prophétisa alors qu'elle deviendrait, dans les temps futurs, un bouddha parfait, appelé « Lumière de la Lampe ».

C'est donc notre motivation, bonne ou mauvaise, qui détermine le fruit de nos actions. Shantideva disait :

*L'origine de toute joie en ce monde
Est la quête du bonheur d'autrui ;
L'origine de toute souffrance en ce monde
Est la quête de mon propre bonheur*[16].

La loi du karma étant inéluctable et infaillible, c'est à nous-mêmes que nous nuisons lorsque nous faisons du mal aux autres, et c'est à nous-mêmes que nous assurons un bonheur futur lorsque nous donnons aux autres du bonheur. Le Dalaï-Lama dit :

Si vous essayez de refréner vos motivations égoïstes – colère et autres – et développez davantage de bienveillance et de compassion envers autrui, c'est vous, en définitive, qui en bénéficierez. Je dis parfois que telle devrait être la pratique d'un égoïste sage. Un égoïste stupide ne pense qu'à lui-même, et cela ne lui est d'aucun profit. L'égoïste sage pense aux

autres, les aide autant qu'il le peut et, en consé-
quence, reçoit lui aussi des bienfaits[17].

La croyance en la réincarnation nous montre qu'il existe bien dans l'univers une certaine forme de justice ou de bonté ultime. C'est cette bonté que nous nous efforçons tous de découvrir et de libérer en nous. Chaque acte positif nous en rapproche, chaque acte négatif la masque et l'entrave. Chaque fois que nous ne parvenons pas à l'exprimer dans notre vie et dans nos actes, nous nous sentons malheureux et frustrés.

Si l'on ne devait retenir qu'un enseignement sur la réalité de la réincarnation, ce serait celui-ci : développez cette bienveillance qui souhaite ardemment un bonheur durable pour autrui, et agissez en ce sens. Pratiquez la bonté, maintenez-la vivante. « Il n'est nul besoin de temples, dit le Dalaï-Lama ; nul besoin d'une philosophie compliquée. Notre cerveau, notre cœur sont notre temple ; ma philosophie, c'est la bonté. »

LA CRÉATIVITÉ

Le karma n'est donc pas une fatalité, il n'est pas prédéterminé. « Karma » désigne *notre* capacité à créer et à évoluer. Il est créateur parce que nous *pouvons* déterminer notre façon d'agir et la motivation qui l'anime. Nous *pouvons* changer. L'avenir est entre nos mains, il est dans notre cœur. Le Bouddha disait :

Le karma crée toute chose, tel un artiste,
Le karma compose, tel un danseur[18].

Toute chose étant par nature impermanente, fluide et interdépendante, notre mode de pensée et nos actions modifient inévitablement l'avenir. Toute situation, aussi désespérée ou insupportable soit-elle – comme par exemple une maladie incurable –, peut être utilisée pour progresser. Il n'existe aucun crime, aucune cruauté qu'un regret sincère et une pratique spirituelle authentique ne puissent purifier.

Milarépa est considéré comme le plus grand yogi, poète et saint du Tibet. Je me souviens de l'émotion que je ressentais, enfant, lorsque je lisais l'histoire de sa vie et contemplais longuement les petites illustrations peintes dans mon exemplaire manuscrit. Jeune homme, Milarépa avait appris la sorcellerie et, par vengeance, il usa de magie noire pour tuer et ruiner un grand nombre de gens et ravager de nombreuses existences. Pourtant, grâce au remords, aux épreuves et aux privations qu'il endura auprès du grand Marpa, son maître, il lui fut possible de purifier tous ses actes négatifs et, finalement, il atteignit l'éveil. Il est demeuré, depuis, une inspiration pour des millions de personnes au cours des siècles.

Nous disons au Tibet : « L'action négative possède une seule qualité : celle de pouvoir être purifiée. » Il y a donc toujours de l'espoir. Même les meurtriers et les criminels les plus endurcis peuvent se transformer et triompher du conditionnement qui les a poussés au crime. Notre condition présente, si nous savons l'utiliser avec habileté et sagesse, peut nous inspirer le désir de nous libérer de l'esclavage de la souffrance.

Tout ce qui nous arrive aujourd'hui est le reflet de notre karma passé. Si nous admettons cela, si nous en sommes profondément convaincus, nous cesserons de considérer les souffrances et les difficultés qui surviennent comme un échec ou une tragédie, et nous n'interpréterons pas la douleur comme une punition. Nous cesserons de nous en prendre à nous-mêmes ou de nous complaire dans la haine de soi. Nous percevrons la douleur que nous subissons comme l'accomplissement de certaines conséquences, le fruit d'un karma passé. Les Tibétains disent que la souffrance est « un coup de balai qui nettoie tout notre karma négatif ». Nous pouvons même nous montrer reconnaissants qu'un karma s'achève. La « chance », fruit d'un bon karma, peut disparaître rapidement si nous n'en faisons pas bon usage ; l'« infortune », conséquence d'un karma négatif, peut au contraire nous offrir une merveilleuse occasion de progresser.

Pour les Tibétains, le karma prend un sens tout à fait vivant et pratique dans le cadre de leur vie quotidienne. Connaissant la vérité de ce principe, ils vivent en accord avec lui ; c'est le fondement de l'éthique bouddhiste. Ils l'appréhendent comme un processus naturel et juste. Ainsi, le karma insuffle à chacune de leurs actions un sens de responsabilité personnelle. Quand j'étais jeune, ma famille avait un serviteur merveilleux du nom d'Apé Dorjé, qui m'aimait beaucoup. C'était réellement un saint homme ; de sa vie, il n'avait fait de mal à personne. Lorsque, enfant, j'en venais à dire ou à faire quelque chose de mal, il me faisait tout de suite remarquer gentiment : « Oh ! ce n'est pas bien ! » Il m'inculqua ainsi un sens profond de l'omniprésence du karma et une habitude presque automatique de modifier ma réaction dès que s'élevait en moi la moindre pensée nuisible.

Est-il vraiment si difficile de percevoir l'action du karma ? Il nous suffit de regarder en arrière : n'est-il pas évident que les conséquences de certains de nos actes ont affecté notre vie ? Lorsque nous avons contrarié ou blessé quelqu'un, cela ne s'est-il pas retourné contre nous ? Ne nous en est-il pas resté un souvenir amer et sombre, et le spectre du dégoût de soi ? Ce souvenir, ce spectre, est le karma. Nos habitudes et nos peurs sont aussi imputables au karma ; elles sont la conséquence de nos actions, paroles et pensées d'autrefois. Si nous examinons nos actions de près et leur prêtons véritablement attention, nous nous apercevrons qu'elles se reproduisent selon un schéma répétitif. *Tout acte négatif nous conduit à la douleur et à la souffrance ; tout acte positif appelle, tôt ou tard, le bonheur.*

LA RESPONSABILITÉ

J'ai été touché par le fait que les expériences de proximité de la mort confirment, de manière saisissante et très précise, la vérité du karma. L'un des éléments que l'on retrouve régulièrement et qui a fait couler beaucoup d'encre est la « revue panoramique » de toute notre existence passée. Selon les témoignages, il semble que les personnes qui traversent cette expérience non seulement revoient les événements de leur vie passée dans leurs moindres détails, mais également sont témoins de toutes les implications de leurs actes. En fait, elles font l'expérience de l'éventail complet des effets que ces actes ont eus sur les autres, et de toutes les émotions – aussi choquantes ou troublantes soient-elles – qu'ils ont provoquées[19].

Toute ma vie défila devant moi ; j'eus honte de beaucoup d'événements de ma vie car il me semblait maintenant avoir une compréhension différente... Non seulement de ce que j'avais fait, mais de la façon dont j'avais affecté les autres... Je découvris que même nos pensées ne se perdent pas[20].

Ma vie défila devant moi... Ce qui arriva, c'est que je ressentis à nouveau toutes les émotions que j'avais éprouvées au cours de mon existence. Et je vis de mes yeux comment ces émotions avaient affecté ma vie... Et comment ma vie jusqu'ici avait affecté la vie des autres[21]...

J'étais moi-même ces personnes que j'avais blessées, et j'étais moi-même ces personnes que j'avais réconfortées[22].

Je revivais en totalité toutes les pensées que j'avais jamais eues, toutes les paroles que j'avais jamais dites, toutes les actions que j'avais jamais faites... Je revivais également l'effet qu'avaient eu chacune de mes pensées, paroles et actions sur quiconque avait été en contact avec moi, de près ou de loin, que je l'aie connu ou non... ainsi que l'effet de chaque pensée, parole et action sur le temps, les plantes, les animaux, le sol, les arbres, l'eau et l'air[23].

Je pense qu'il faut prendre ces témoignages très au sérieux. Ils nous aident à prendre conscience de toutes les implications de nos actions, paroles et pensées et nous incitent à davantage de responsabilité. J'ai remarqué que bien des gens se sentent menacés par l'existence du karma, car ils se rendent compte que c'est une loi naturelle et qu'il n'y a aucune échappatoire. Certains professent un mépris complet pour la notion de karma mais ont cependant, en leur for intérieur, des doutes profonds quant au bien-fondé de leur refus. Dans la journée, ils peuvent se montrer dédaigneux de toute moralité, afficher une assurance insouciante mais, dans la solitude de la nuit, leurs esprits sont souvent sombres et troublés.

Devant le sentiment de responsabilité qu'entraîne la compréhension du karma, l'Orient et l'Occident ont chacun leur façon de se dérober. En Asie, on se sert du karma comme d'une excuse pour ne venir en aide à personne ; si un homme souffre, explique-t-on, « c'est son karma ». Le monde occidental et « libre-penseur » agit de façon opposée. Les Occidentaux qui croient au karma peuvent se montrer exagérément « sensibles » et « prudents » : aider quelqu'un, selon eux, serait s'ingérer dans une situation que cette personne se doit de « résoudre par elle-même ». Quelle dérobade, quelle trahison de notre humanité ! En fait, il est tout aussi plausible de penser que notre karma consiste à trouver une façon d'aider les autres. Je connais plusieurs personnes extrêmement riches. Leur fortune, si elle les encourage à l'indolence et à l'égoïsme, peut causer leur perte. Mais à l'inverse, ces personnes peuvent aussi saisir la chance que l'argent leur offre afin d'aider réellement les autres, et de s'aider ainsi elles-mêmes.

Nous ne devons jamais oublier que c'est au travers de nos actes, de nos paroles et de nos pensées que nous avons un choix. Et si nous le décidons, nous pouvons mettre un terme à la souffrance et aux causes de la souffrance, et permettre ainsi à notre potentiel véritable – notre nature de bouddha – de se manifester. Tant que cette nature de bouddha n'est pas pleinement révélée, tant que nous ne nous sommes pas libérés de l'ignorance et unis à l'esprit immortel éveillé, la ronde des vies et des morts ne peut cesser. Les enseignements nous le disent : si nous n'assumons pas la pleine et entière responsabilité de nous-mêmes dès à présent et dans cette existence, notre souffrance se prolongera non seulement dans quelques vies, mais dans des milliers d'autres.

C'est à la lumière de cette perspective que les bouddhistes considèrent les existences futures comme plus importantes que la vie présente ; ils savent, en effet, que beaucoup d'autres nous attendent. Cette vision à long terme régit leur vie. Sacrifier l'éternité entière pour cette existence équivaudrait, à leurs yeux, à dépenser les économies de toute une vie pour s'offrir une seule fois à boire, en faisant la folie d'en ignorer les conséquences.

Mais si nous respectons la loi du karma et cultivons un cœur bienveillant, empli d'amour et de compassion, si nous purifions le courant de notre conscience et éveillons peu à peu en nous la sagesse de la nature de l'esprit, nous pourrons alors devenir un être humain à part entière et atteindre un jour l'éveil.

Albert Einstein écrivait :

Un être humain fait partie d'un tout que nous appelons « l'Univers » ; il demeure limité dans le temps et dans l'espace. Il fait l'expérience de son être, de ses pensées et de ses sensations comme étant séparés du reste – une sorte d'illusion d'optique de sa conscience. Cette illusion est pour nous une prison, nous restreignant à nos désirs personnels et à une affection réservée à nos proches. Notre tâche est de nous libérer de cette prison en élargissant le cercle de notre compassion afin qu'il embrasse tous les êtres vivants, et la nature entière, dans sa splendeur[24].

RÉINCARNATIONS AU TIBET

Ceux qui ont maîtrisé la loi du karma et atteint la réalisation peuvent choisir de renaître pour aider les autres. Une tradition consistant à reconnaître de telles incarnations, ou *tulkus**, est née au Tibet au XIIIe siècle et s'est perpétuée jusqu'à nos jours. Lorsqu'un maître ayant atteint la réalisation meurt, il ou elle laisse parfois des indications très précises sur le lieu de sa renaissance. Il se peut alors qu'un de ses disciples ou amis spirituels très proches ait une vision ou un rêve annonçant sa renaissance imminente. Dans certains cas, ses anciens disciples peuvent s'adresser à un maître connu et respecté pour son aptitude à reconnaître les tulkus, et il se peut que ce maître ait un rêve ou une vision qui lui permettra d'orienter les recherches. Quand un enfant est découvert, c'est ce maître qui établit sa légitimité.

Le but véritable de cette tradition est d'assurer que la mémoire de sagesse des maîtres ayant atteint la réalisation ne se perd pas. Ce qui caractérise la vie d'une incarnation, c'est que sa nature originelle – la mémoire

* Prononcer *toulkou*.

de sagesse dont il ou elle a hérité – s'éveille à travers son éducation ; c'est là le signe indubitable de son authenticité. Sa Sainteté le Dalaï-Lama reconnaît, par exemple, qu'il fut capable de comprendre très jeune, et sans difficulté majeure, des aspects de la philosophie et de l'enseignement bouddhistes difficiles à saisir et requérant habituellement de nombreuses années d'études.

Le plus grand soin est apporté à l'éducation des tulkus. Avant même que leur formation ne commence, on recommande à leurs parents de leur accorder une attention particulière. Leur éducation est beaucoup plus stricte et intensive que celle des moines ordinaires, car on attend d'eux bien davantage.

Les tulkus se souviennent parfois de leurs vies passées ou font preuve de capacités remarquables. « Il est fréquent, note le Dalaï-Lama, que de jeunes enfants qui sont des réincarnations se souviennent d'objets et personnes ayant trait à leur vie passée. Certains peuvent réciter les écritures, bien qu'on ne les leur ait pas encore enseignées[25]. » Certaines incarnations n'ont pas besoin de passer autant de temps que les autres à étudier et à pratiquer. Tel fut le cas de mon maître Jamyang Khyentsé.

Mon maître avait, dans sa jeunesse, un précepteur très exigeant. Il lui fallait vivre avec lui, dans son ermitage de montagne. Un matin, son précepteur dut se rendre à un village voisin afin d'y accomplir un rituel pour une personne qui venait de décéder. Au moment de partir, il donna à mon maître un livre intitulé *Le Choral des noms de Manjushri*. C'était un texte extrêmement ardu d'une cinquantaine de pages, et il aurait normalement fallu des mois pour le mémoriser.

En partant, ses dernières paroles furent : « Apprends ceci par cœur pour ce soir ! »

Le jeune Khyentsé était comme tous les enfants et, une fois son précepteur parti, il se mit à jouer. Il continua à s'amuser, et les voisins finirent par être très inquiets. Ils le supplièrent : « Tu devrais te mettre à étudier, sinon tu seras battu. » Ils savaient combien son précepteur était sévère et coléreux. Mais il n'y prit pas garde et continua à jouer. Finalement, juste avant le coucher du soleil, au moment où il savait que son précepteur allait revenir, il lut le texte d'une traite, une seule fois. Quand le précepteur revint et l'interrogea, il fut capable de réciter de mémoire le texte entier, sans une seule faute.

Normalement, aucun précepteur sensé n'aurait imposé une telle tâche à un enfant mais, au fond de lui, celui-ci savait que Jamyang Khyentsé était l'incarnation de Manjushri, le Bouddha de la Sagesse. On aurait presque dit qu'il le mettait au défi de « prouver » qui il était véritablement. Et l'enfant, en acceptant sans protester une tâche aussi ardue, le reconnaissait tacitement. Jamyang Khyentsé écrivit plus tard dans son autobiographie que, bien que son précepteur ne l'eût pas admis, il avait été très impressionné.

Qu'est-ce qui se perpétue chez un tulku ? Est-il la même personne que celle dont il est la réincarnation ? Oui et non. Sa motivation et son dévouement en vue d'aider tous les êtres demeurent les mêmes ; mais il n'est pas vraiment la même personne. Ce qui continue de vie en vie est une bénédiction, ce qu'un chrétien appellerait « la grâce ». La transmission de cette bénédiction, de cette grâce, est parfaitement adaptée à chaque époque successive, elle lui est appropriée ;

l'incarnation apparaît de la façon qui, potentiellement, convient le mieux au karma des êtres de son époque, afin de pouvoir les aider le mieux possible.

L'exemple le plus émouvant de la richesse, de l'efficacité et de la subtilité de ce système est sans doute celui de Sa Sainteté le Dalaï-Lama. Tous les bouddhistes le vénèrent comme l'incarnation d'Avalokiteshvara, le Bouddha de la Compassion Infinie.

Elevé en tant que dieu-roi du Tibet, le Dalaï-Lama reçut la formation traditionnelle complète et les enseignements majeurs de toutes les lignées. Il devint l'un des plus grands maîtres vivants de la tradition tibétaine. Cependant, il est reconnu dans le monde entier comme un être d'une simplicité directe et d'un esprit fort pratique. Il s'intéresse de très près à tous les aspects de la physique, de la neurobiologie, de la psychologie et de la politique contemporaines ; son message et sa conception d'une responsabilité universelle sont adoptés non seulement par les bouddhistes, mais par des individus de toutes convictions à travers le monde entier. Son dévouement à la cause de la non-violence, depuis quarante ans que dure maintenant la lutte déchirante du peuple tibétain pour obtenir son indépendance vis-à-vis des Chinois, lui valut le prix Nobel de la Paix en 1989. A notre époque particulièrement violente, son exemple a été un encouragement pour les populations qui aspirent à la liberté partout dans le monde. Il est aujourd'hui l'un des porte-parole les plus influents de la protection de l'environnement à l'échelle mondiale. Il demeure infatigable dans ses efforts visant à éveiller ses contemporains aux dangers d'une philosophie matérialiste égoïste. Intellectuels et hommes politiques lui rendent partout hommage. Et pourtant, j'ai connu des centaines de personnes tout à fait ordinaires, de toute origine et de toute nationalité, dont la vie a été transformée par la beauté, l'humour et la joie émanant de sa sainte présence. Je suis persuadé que le Dalaï-Lama n'est autre que le visage du Bouddha de la Compassion tourné vers une humanité menacée, l'incarnation d'Avalokiteshvara, non seulement pour le Tibet et pour les bouddhistes mais pour le monde entier. Comme jamais auparavant, ce monde a besoin de sa compassion bienfaisante et de son exemple de dévouement total à la paix.

Il se peut que les Occidentaux soient surpris d'apprendre qu'il y eut tant d'incarnations au Tibet, et que la majorité d'entre elles furent de très grands maîtres, érudits, écrivains, mystiques et saints qui apportèrent une contribution exceptionnelle à la fois à la société et à l'enseignement du bouddhisme. Ils jouèrent un rôle crucial dans l'histoire du Tibet. Je suis convaincu que ce processus d'incarnation n'est pas limité au Tibet, mais qu'il s'est produit dans tous les pays et à toutes les époques. Tout au long de l'histoire sont apparues de grandes figures douées de génie artistique, de force spirituelle et de vision altruiste, qui ont aidé l'humanité à progresser. Je pense par exemple à Gandhi, à Einstein, à Abraham Lincoln, à Mère Teresa, à Shakespeare, à saint François, à Beethoven, à Michel-Ange. Quand les Tibétains entendent parler de tels personnages, ils déclarent immédiatement que ce sont des bodhisattvas. Chaque fois que l'on évoque leur personne, leur œuvre et leur vision, je suis ému par la majesté de ce vaste processus d'évolution au sein duquel des bouddhas et des maîtres apparaissent, afin de libérer les êtres et de rendre le monde meilleur.

SEPT

Bardos et autres réalités

Bardo est un mot tibétain qui signifie simplement « transition » : un intervalle entre l'achèvement d'une situation et le commencement d'une autre. *Bar* signifie « entre » et *do* « suspendu » ou « jeté ». Le terme bardo est devenu célèbre grâce à la popularité du *Livre des Morts tibétain*. Depuis sa première traduction en anglais, parue en 1927, ce livre a suscité un intérêt considérable chez les psychologues, les écrivains et les philosophes occidentaux et s'est vendu à des millions d'exemplaires.

Le titre *Livre des Morts tibétain* fut inventé par le responsable de sa publication, l'érudit américain W. Y. Evans-Wentz, qui s'inspira de celui du célèbre *Livre des Morts égyptien*, au titre tout aussi erroné[1]. Le titre véritable du livre est *Bardo Tödrol Chenmo*, qui signifie « la grande libération par l'audition pendant le bardo ». Les enseignements sur les bardos sont extrêmement anciens ; on les trouve dans ce que l'on appelle les tantras du Dzogchen[2]. La lignée de ces enseignements remonte, au-delà des maîtres humains, jusqu'au Bouddha Primordial (appelé en sanscrit Samantabhadra et en tibétain Kuntuzangpo), qui représente la pureté primordiale de la nature de l'esprit, absolue, nue, semblable au ciel. Mais le *Bardo Tödrol Chenmo* fait lui-même partie d'un vaste cycle d'enseignements transmis par le maître Padmasambhava et révélés au XIVe siècle par le visionnaire tibétain Karma Lingpa.

La grande libération par l'audition pendant le bardo, ou *Livre des Morts tibétain*, est un ouvrage de connaissance unique. C'est une sorte de guide, de documentaire de voyage sur les états qui suivent la mort ; il est destiné à être lu à une personne, pendant le processus de sa mort et après son décès, par un maître ou un ami spirituel. Il est dit au Tibet qu'il existe « cinq méthodes pour atteindre l'éveil sans méditer » : *voir* un grand maître ou un objet sacré ; *porter* sur soi des dessins de mandalas ayant reçu une bénédiction spéciale et accompagnés de mantras sacrés ; *goûter* des nectars sacrés, consacrés par un maître au cours d'une pratique intensive spéciale ; *se rappeler* le transfert de conscience, ou *p'owa*, au moment de la mort ; et *entendre* certains enseignements très profonds tels que *la grande libération par l'audition pendant le bardo*.

Le *Livre des Morts tibétain* est destiné à un pratiquant ou à une personne déjà familiarisée avec ces enseignements. Pour un lecteur moderne, l'ouvrage est d'un abord très difficile, et soulève de nombreuses questions auxquelles on ne peut répondre si l'on n'a pas déjà une certaine connaissance de la tradition qui lui a donné jour. Cela est d'autant plus vrai que l'on ne peut pleinement comprendre ce livre et en appliquer les enseignements si l'on n'a pas reçu les instructions non écrites, transmises oralement de maître à disciple, et qui sont la clé permettant de le mettre en pratique.

Dans cet ouvrage, je replace donc dans un contexte plus vaste et plus global les enseignements avec lesquels l'Occident s'est familiarisé au travers du *Livre des Morts tibétain*.

LES BARDOS

En raison de la popularité du *Livre des Morts tibétain*, on associe habituellement le terme « bardo » à la mort. Il est vrai que les Tibétains l'utilisent dans la langue parlée pour désigner l'état intermédiaire entre la mort et la renaissance, mais il possède cependant un sens plus vaste et plus profond. C'est dans les enseignements sur les bardos, peut-être plus que partout ailleurs, que se révèlent l'étendue et la profondeur de la connaissance des bouddhas sur la vie et la mort, et que nous pouvons voir combien ce que nous appelons « la vie » et ce que nous appelons « la mort » sont inséparables, quand elles sont perçues et comprises clairement à partir de la perspective de l'éveil.

Nous pouvons diviser la totalité de notre existence en quatre réalités : la vie, le processus de la mort et la mort, l'« après-mort », et la renaissance. Ce sont les quatre bardos :

– le bardo « naturel » de cette vie ;
– le bardo « douloureux » du moment précédant la mort ;
– le bardo « lumineux » de la dharmata ;
– le bardo « karmique » du devenir.

1. Le bardo naturel de cette vie couvre toute la période comprise entre la naissance et la mort. Dans l'état actuel de nos connaissances, il peut nous sembler qu'elle représente plus qu'un bardo ou une transition ; mais si nous y réfléchissons, il nous apparaîtra clairement que, comparé à l'immense étendue et à la durée considérable de notre histoire karmique, le temps que nous passons dans cette vie est en fait relativement bref. Les enseignements mettent l'accent sur le fait que le bardo de cette vie est le seul moment, et par conséquent le meilleur, pour nous préparer à la mort tout en nous familiarisant avec les enseignements et en acquérant la stabilité dans notre pratique.

2. Le bardo douloureux du moment précédant la mort s'étend du début du processus de la mort jusqu'à l'arrêt de ce que nous appelons la « respiration interne ». Puis ce processus atteint son apogée au moment de la mort : l'aube de la nature de l'esprit – ce que nous appelons la « Luminosité fondamentale » – se lève.

3. Le bardo lumineux de la dharmata consiste en l'expérience, après la mort, du rayonnement de la nature de l'esprit – la luminosité ou « Claire Lumière » – qui se manifeste sous forme de son, de couleur et de lumière.

4. Le bardo karmique du devenir est ce que l'on appelle communément le bardo – ou état intermédiaire. Il se prolonge jusqu'au moment où nous prenons une nouvelle naissance.

Ce qui caractérise et définit chacun de ces bardos, c'est qu'ils sont tous des intervalles, ou périodes, pendant lesquels la possibilité d'éveil est tout particulièrement présente. Des occasions de libération s'offrent à nous continuellement tout au long de la vie et de la mort, et les enseignements sur les bardos sont la clé, l'outil, qui nous permettent de les découvrir, de les reconnaître et de les utiliser au mieux.

INCERTITUDE ET OPPORTUNITÉ

Les bardos sont des périodes de profonde incertitude ; c'est là l'une de leurs caractéristiques essentielles. Notre vie même en est un parfait exemple : en même temps que le monde extérieur est de plus en plus agité, nos vies deviennent elles aussi de plus en plus fragmentées. Coupés de nous-mêmes, nous sommes angoissés, inquiets, souvent paranoïaques. La moindre crise fait éclater la bulle des stratégies derrière lesquelles nous nous retranchons. Un seul instant de panique suffit à nous montrer à quel point tout est précaire et instable. Il est clair que vivre dans le monde moderne équivaut à vivre dans un royaume de bardo ; nul besoin de mourir pour en faire l'expérience.

L'incertitude qui imprègne actuellement notre vie entière deviendra encore plus intense, plus accentuée après notre mort ; notre clarté ou notre confusion, disent les maîtres, seront alors « multipliées par sept ».

Quiconque jette un regard lucide sur la vie reconnaîtra que nous vivons dans un état constant d'expectative et d'ambiguïté. Notre esprit oscille perpétuellement entre confusion et clarté. Si seulement nous étions toujours dans la confusion, cela nous donnerait au moins un semblant de clarté ! Mais ce qui est déconcertant à propos de la vie est qu'en dépit de toute notre confusion, nous pouvons aussi vraiment faire preuve de sagesse. Ceci nous montre ce qu'est le bardo : une oscillation continuelle et déroutante entre clarté et confusion, perspicacité et perplexité, certitude et incertitude, santé mentale et folie. Tels que nous sommes actuellement, sagesse et confusion s'élèvent simultanément dans notre esprit ; on dit qu'elles sont « co-émergentes ». Cela signifie que nous sommes constamment amenés à choisir entre les deux, et tout dépend de celle que nous choisirons.

Cette incertitude permanente peut donner l'impression que tout est morne et sans espoir. Pourtant, un examen minutieux montre que celle-ci, de par sa nature même, crée des intervalles, des espaces au sein desquels s'offrent sans cesse à nous des occasions profondes de transformation – à condition, toutefois, que nous sachions les percevoir comme telles et les saisir.

La vie n'étant rien d'autre qu'un mouvement perpétuel de naissances, de morts et de transitions, les expériences du bardo se produisent donc pour nous continuellement ; elles constituent une partie essentielle de notre fonctionnement psychologique. Pourtant, d'ordinaire, nous n'avons pas conscience de ces intervalles ; notre esprit passe d'une situation « solide » à une autre, ignorant généralement les transitions qui surviennent en permanence. En fait, comme les enseignements peuvent nous aider à le comprendre, chaque instant de notre expérience est un bardo car chaque pensée, chaque émotion naît de l'essence de l'esprit et s'y fond à nouveau. C'est dans les moments de changement et de transition importants, nous disent les enseignements, que la vraie nature de notre esprit, primordiale et semblable au ciel, a tout particulièrement une chance de se manifester.

Laissez-moi vous donner un exemple : supposez qu'un jour vous rentriez du travail pour trouver votre porte enfoncée, suspendue à ses gonds ; on vous a cambriolé. Vous entrez et découvrez que tout ce que vous possédiez a disparu. Pendant un instant, le choc vous paralyse ; dans votre affolement, vous essayez désespérément de faire en esprit le bilan de ce qui s'est envolé. Puis vous réalisez brutalement que vous avez tout perdu ; l'affolement et l'agitation font alors place à un sentiment d'ahurissement, et vos pensées se calment. Soudain, vous ressentez une profonde quiétude, l'on pourrait presque dire une certaine sérénité. Vous ne luttez plus, vous ne faites plus d'efforts, vous savez qu'ils seraient vains. Il vous faut maintenant renoncer : vous n'avez pas le choix.

Vous vous trouvez ainsi dépossédé en un instant de tout ce qui vous était précieux pour découvrir soudain, l'instant d'après, que votre esprit repose dans un état de paix profond. Lorsqu'une expérience de cette nature se produit, ne vous précipitez pas immédiatement à la recherche de solutions. Restez un moment dans cette quiétude. Laissez cet état être un intervalle. Et si vous y demeurez en tournant votre regard vers l'intérieur, vous aurez un aperçu de la nature immortelle de l'esprit d'éveil.

Plus notre vigilance s'affine, plus notre sensibilité s'aiguise aux possibilités étonnantes de la vue profonde que ces intervalles et transitions nous offrent dans la vie, et mieux nous serons préparés intérieurement lorsque ceux-ci se produiront, de manière incomparablement plus puissante et incontrôlée, au moment de la mort.

Ceci est d'une extrême importance. Les enseignements sur les bardos nous expliquent en effet qu'il y a des moments où l'esprit est bien plus libre qu'à l'ordinaire, des moments bien plus puissants que d'autres, dont la portée karmique et les conséquences sont beaucoup plus fortes. Le moment suprême entre tous est celui de la mort : nous abandonnons notre corps physique et une possibilité exceptionnelle de libération s'offre alors à nous.

Quelle que soit la perfection de notre maîtrise spirituelle, nous sommes limités par le corps et son karma. Quand la mort nous libère du corps physique, c'est pour nous l'occasion sans pareille d'accomplir tout ce vers quoi nous avons tendu dans notre pratique et au cours de notre vie. Même dans le cas d'un maître suprême ayant atteint la plus haute réalisation, c'est seulement à sa mort que la libération ultime, ou *para-nirvana*, surviendra. C'est pourquoi, dans la tradition tibétaine, nous ne célébrons pas le jour de naissance des maîtres, mais le jour de leur mort, le moment de leur éveil ultime.

Pendant mon enfance au Tibet et durant les années qui suivirent, on m'a très souvent raconté comment de grands pratiquants, mais aussi des yogis et des laïcs apparemment ordinaires, étaient morts de façon étonnante et spectaculaire. Ils n'avaient finalement révélé qu'au tout dernier moment la profondeur de leur réalisation et la puissance de l'enseignement qu'ils en étaient venus à incarner[3].

Les tantras du Dzogchen, ces enseignements anciens d'où proviennent les instructions sur les bardos, parlent d'un oiseau mythique, le *garuda**, dont la croissance est déjà complètement achevée à la naissance. Cette image symbolise notre nature primordiale, qui est déjà totalement parfaite. Les plumes des ailes du poussin garuda sont pleinement développées à l'intérieur de l'œuf, mais il ne peut voler avant d'éclore. C'est seulement à l'instant où la coquille se brise qu'il parvient à en jaillir pour s'élancer vers le ciel. De la même façon, nous disent les maîtres, les qualités de la bouddhéité sont voilées par le corps physique ; dès que celui-ci est abandonné, elles se déploient dans tout leur éclat.

Pourquoi le moment de la mort est-il si riche de possibilités ? Parce que la nature essentielle de l'esprit, la Luminosité fondamentale ou Claire Lumière, se manifeste alors spontanément, dans toute son immensité et sa splendeur. Si nous pouvons reconnaître la Luminosité fondamentale à cet instant crucial, nous disent les enseignements, nous atteindrons la libération.

Cela ne sera toutefois possible que si vous avez fait connaissance avec la nature de l'esprit dans votre vie et si vous vous êtes déjà familiarisé avec elle grâce à la pratique spirituelle. C'est pourquoi – et cela peut surprendre – l'on considère dans notre tradition qu'une personne qui a atteint la libération au moment de la mort l'a atteinte dans *cette vie-ci*, et non dans l'un des états du bardo suivant la mort. En effet, c'est pendant cette vie que la reconnaissance décisive de la Claire

* Prononcer *garouda*.

Lumière aura eu lieu et aura été établie. Comprendre ce point est capital.

AUTRES RÉALITÉS

J'ai dit que les bardos sont des opportunités, mais qu'ont-ils de particulier pour nous permettre ainsi d'utiliser les occasions qu'ils nous offrent ? La réponse est simple : ce sont tous différents états et différentes réalités de l'esprit.

L'entraînement bouddhiste nous prépare, par la méditation, à découvrir avec précision les divers aspects de l'esprit dans leur interaction et à pénétrer avec habileté dans les différents niveaux de conscience. Il existe une relation claire et précise entre les états du bardo et les niveaux de conscience dont nous faisons l'expérience tout au long du cycle de la vie et de la mort. Quand nous passons d'un bardo à l'autre, que ce soit dans la vie ou dans la mort, il se produit un changement correspondant dans notre conscience. La pratique spirituelle nous permet d'acquérir une connaissance intime de ces changements pour, finalement, les comprendre pleinement.

Le processus qui se déroule pendant les bardos de la mort étant inscrit dans les profondeurs de notre esprit, il se manifeste également, à plusieurs niveaux, pendant la vie. Il existe, par exemple, une correspondance frappante entre, d'une part, les degrés subtils de conscience que nous traversons durant le sommeil et les rêves et, d'autre part, les trois bardos associés à la mort :

– L'endormissement est semblable au bardo du moment précédant la mort, pendant lequel les éléments et les processus de pensée se dissolvent, aboutissant à l'expérience de la Luminosité fondamentale.

– L'état de rêve est apparenté au bardo du devenir, l'état intermédiaire où l'on possède un « corps mental » clairvoyant et extrêmement mobile qui traverse toutes sortes d'expériences. Dans l'état de rêve, nous avons aussi un corps analogue, le corps de rêve, avec lequel nous vivons toutes les expériences de la vie onirique.

– Entre le bardo du moment précédant la mort et le bardo du devenir se situe un état très particulier de luminosité ou Claire Lumière appelé, comme il est dit plus haut, « le bardo de la dharmata ». Tout le monde le traverse, mais très peu parviennent ne serait-ce qu'à le remarquer, sans parler d'en faire pleinement l'expérience, car il ne peut être reconnu que par un pratiquant accompli. Ce bardo correspond à la période qui se situe entre l'endormissement et le début de l'état de rêve.

Bien sûr, les bardos de la mort sont des états de conscience beaucoup plus profonds et des moments bien plus intenses que les états de sommeil et de rêve, mais leurs niveaux relatifs de subtilité se correspondent, et ils indiquent le type de liens et de parallèles existant entre les différents niveaux de conscience. Pour montrer combien il est difficile de garder une conscience éveillée durant les états du bardo, les maîtres emploient souvent la comparaison suivante. Combien d'entre nous sont capables de percevoir le changement de leur état de conscience au moment de l'endormissement, ou la période de sommeil avant le début des rêves ? Combien d'entre nous sont conscients qu'ils rêvent au moment même où le rêve se déroule ? Imaginez, alors, combien il nous sera difficile de rester conscients dans le tumulte des bardos de la mort.

L'attitude de votre esprit dans l'état de sommeil et de rêve indique la manière dont il se comportera dans les états correspondants du bardo ; la façon dont vous réagissez aujourd'hui aux rêves, aux cauchemars et aux difficultés vous montre, par exemple, comment vous pourriez réagir après votre mort.

C'est pourquoi le yoga du sommeil et des rêves joue un rôle si important dans la préparation à la mort. Un vrai pratiquant s'efforce de conserver, tout au long du jour et de la nuit, une conscience claire, inaltérable et ininterrompue, de la nature de l'esprit. Il utilisera ainsi directement les différentes phases du sommeil et du rêve pour reconnaître, et se familiariser avec ce qui surviendra dans le bardo du moment précédant la mort et les suivants.

Ainsi deux autres bardos se trouvent souvent inclus *dans* le bardo de cette vie : le bardo du sommeil et des rêves, et le bardo de la méditation. La méditation est la pratique du jour, et le yoga du sommeil et des rêves, la pratique de la nuit. Dans la tradition à laquelle appartient le *Livre des Morts tibétain*, ces deux bardos sont ajoutés aux quatre bardos, formant ainsi une série de six bardos.

LA VIE ET LA MORT DANS LA PAUME DE LA MAIN

Il existe pour chaque bardo un ensemble spécifique d'instructions et de pratiques méditatives, qui correspond avec précision aux réalités et aux états d'esprit particuliers de ce bardo. C'est ainsi que les pratiques et l'entraînement spirituels élaborés pour chacun des états du bardo peuvent nous permettre d'utiliser au mieux ces états, ainsi que les occasions de libération qu'ils nous offrent. Au sujet des bardos, nous devons comprendre le point essentiel suivant : si nous suivons ces pratiques, *il est effectivement possible de réaliser ces états d'esprit tant que nous sommes en vie*. Nous pouvons bel et bien en faire l'expérience, ici et maintenant.

Il peut sembler difficile à un Occidental de concevoir une maîtrise si totale des différentes dimensions de l'esprit. Pourtant, elle n'est en aucune façon impossible à atteindre.

Kunu Lama Tenzin Gyaltsen était un maître accompli, originaire de la région himalayenne du nord de l'Inde. Dans sa jeunesse, il rencontra au Sikkim un lama qui lui conseilla de se rendre au Tibet afin d'y poursuivre son étude du bouddhisme. Il se rendit donc dans la province du Kham, au Tibet oriental, où il reçut les enseignements de quelques-uns des plus grands lamas, y compris de mon maître Jamyang Khyentsé. Sa connaissance du sanscrit lui gagna le respect de tous et lui ouvrit de nombreuses portes. Les maîtres étaient très désireux de lui donner leur enseignement, dans l'espoir qu'il le rapporterait en Inde et le transmettrait : ils savaient, en effet, que ces enseignements avaient presque totalement disparu du pays. Durant son séjour au Tibet, Kunu Lama acquit une érudition et une réalisation exceptionnelles.

Il retourna finalement en Inde et y vécut en véritable ascète. Lorsque mon maître et moi nous rendîmes en pèlerinage en Inde après avoir quitté le Tibet, nous le

cherchâmes dans tout Bénarès. Nous le trouvâmes finalement dans un temple hindou où il demeurait. Nul ne
savait qui il était, ni même qu'il était bouddhiste,
encore moins que c'était un maître. On le considérait
comme un doux et saint yogi, et on lui offrait de la
nourriture. Chaque fois que je pense à lui, je me dis :
« C'est ainsi que devait être saint François d'Assise. »

Lorsque les premiers moines et lamas tibétains arrivèrent en exil, Kunu Lama fut désigné pour leur enseigner la grammaire et le sanscrit dans une école fondée
par le Dalaï-Lama. Beaucoup de lamas très érudits
fréquentèrent cette école et étudièrent avec lui, et tous
le considéraient comme un excellent professeur de
langue. Et puis, un jour, il se trouva quelqu'un pour
lui poser une question concernant l'enseignement du
Bouddha. La réponse qu'il donna fut extrêmement profonde. Ils continuèrent alors à l'interroger et s'aperçurent qu'il connaissait la réponse à toutes les
questions qui lui étaient posées. Il pouvait, en fait,
donner l'enseignement qu'on lui demandait, quel qu'il
fût. Sa réputation s'étendit très loin, et il se retrouva
bientôt à enseigner aux membres des différentes écoles
leurs propres traditions spécifiques.

Sa Sainteté le Dalaï-Lama le choisit alors comme
guide spirituel. Il reconnut que Kunu Lama était l'inspiration de son enseignement et de sa pratique de la
compassion. A dire vrai, il était la compassion personnifiée. Pourtant, même quand il devint célèbre, il ne
changea en rien. Il continuait à porter les mêmes vieux
habits et vivait dans une seule petite pièce. Lorsque
quelqu'un venait le voir et lui offrait un présent, il en
faisait cadeau au visiteur suivant. Si on lui préparait un
repas, il mangeait ; sinon, il s'en passait.

Un jour, un maître que je connais bien rendit visite à Kunu Lama afin de lui poser quelques questions relatives aux bardos. Ce maître est un professeur extrêmement versé dans la tradition du *Livre des Morts tibétain* et possède une grande expérience des pratiques qui s'y rattachent. Il me raconta comment, après avoir posé ses questions, il en écouta les réponses, subjugué. De sa vie, jamais il n'avait rien entendu de semblable. Lorsque Kunu Lama parlait des bardos, sa description était si précise, si saisissante, qu'on aurait dit qu'il expliquait à quelqu'un comment se rendre à Kensington High Street, à Central Park ou aux Champs-Elysées. Il donnait l'impression de s'y trouver véritablement.

Kunu Lama décrivait directement les bardos à partir de sa propre expérience. Un pratiquant de son envergure a parcouru toutes les différentes dimensions de la réalité. Et si les états du bardo peuvent être révélés et libérés grâce aux pratiques qui lui sont rattachées, c'est parce qu'ils sont entièrement contenus au sein de notre esprit.

Les enseignements sur les bardos proviennent de l'esprit de sagesse des bouddhas, qui peuvent voir la vie et la mort aussi facilement que la paume de leur main.

Nous aussi sommes des bouddhas. Par conséquent, si nous pratiquons pendant le bardo de cette vie et explorons de plus en plus profondément la nature de notre esprit, nous pourrons pénétrer cette connaissance des bardos, et la vérité des enseignements se déploiera alors spontanément en nous. C'est pourquoi le bardo naturel de cette vie est d'une importance extrême. C'est ici et maintenant que s'effectue la préparation complète à tous les bardos. « La manière suprême de se préparer, est-il dit, a lieu maintenant : c'est d'atteindre l'éveil dans cette vie même. »

HUIT

Le bardo naturel de cette vie

Explorons à présent le premier des quatre bardos, le bardo naturel de cette vie, et ses diverses implications ; puis nous poursuivrons notre présentation des trois autres bardos au moment opportun, par ordre chronologique. Le bardo naturel de cette vie couvre la totalité de notre existence, de la naissance à la mort. Les enseignements qui s'y rapportent nous exposent clairement pourquoi il représente une occasion si précieuse, et ce que signifie réellement la condition humaine. Ils nous révèlent quelle est la chose la plus importante, et la seule vraiment essentielle, à faire de cette existence qui nous est donnée.

Les maîtres nous enseignent qu'il existe un aspect de notre esprit qui constitue sa base fondamentale, un état que l'on appelle « la base de l'esprit ordinaire ». Au XIVe siècle, un maître tibétain éminent, Longchenpa, le décrivait ainsi : « C'est un état non éveillé, neutre, appartenant à la catégorie de l'esprit et des activités mentales ; il est devenu le fondement de tous les karmas et de toutes les "traces" du samsara et du nirvana[1]. » Il fonctionne comme un entrepôt dans lequel toutes les empreintes de nos actions passées, causées par les émotions négatives, sont stockées comme des graines. Lorsque les conditions propices se présentent, elles germent et se manifestent comme circonstances et situations de notre vie.

Vous pouvez imaginer cette base de l'esprit ordinaire comme une banque dans laquelle le karma est déposé sous forme d'empreintes et de tendances habituelles. Si nous avons l'habitude de penser selon un schéma défini, qu'il soit positif ou négatif, ces tendances sont activées et déclenchées très facilement et elles se répètent sans cesse. En se reproduisant constamment, nos inclinations et nos habitudes deviennent de plus en plus profondément enracinées et continuent à croître et à accumuler de la force, même pendant notre sommeil. Elles en arrivent ainsi à déterminer notre vie, notre mort et notre renaissance.

Nous nous demandons souvent : « Comment serai-je quand je mourrai ? » L'état d'esprit dans lequel nous nous trouvons *maintenant*, le genre de personne que nous sommes *maintenant*, voilà ce que nous serons au moment de la mort si nous ne changeons pas. C'est pourquoi il est tellement important d'employer *cette vie-ci* à purifier le courant de notre esprit, et par là même notre caractère et notre être fondamentaux, tandis que nous le pouvons.

LA VISION KARMIQUE

Comment en venons-nous à naître en tant qu'être humain ? Tous les êtres dont le karma se ressemble ont une vision commune du monde qui les entoure, et cet ensemble de perceptions analogues est appelé « vision karmique ». Cette correspondance étroite entre notre karma et le « monde » dans lequel nous vivons explique également comment des formes différentes s'élèvent : vous et moi, par exemple, sommes des êtres humains parce que nous partageons un karma fondamental commun.

Cependant, même au sein du monde humain, nous avons tous notre propre karma individuel. Nous naissons dans des familles, des villes, des pays distincts ; notre éducation, notre instruction diffèrent, ainsi que nos croyances et les influences que nous subissons, et tout ce conditionnement fait partie de notre karma. Chacun de nous représente une somme complexe d'habitudes et d'actions passées ; c'est pourquoi nous ne pouvons que voir les choses de façon totalement unique et personnelle. Les êtres humains peuvent être semblables quant à leur apparence, mais chacun perçoit pourtant le monde de façon foncièrement différente. Chacun vit dans son propre monde individuel, exclusif et distinct.

Si cent personnes dorment et rêvent, disait Kalou Rinpoché, chacune d'elles fera, en songe, l'expérience d'un monde différent. On peut dire que chaque rêve est vrai, mais cela n'aurait aucun sens d'affirmer que le rêve d'une personne représente le monde réel et que tous les autres sont des illusions. Chaque être perçoit la vérité en fonction des schémas karmiques qui conditionnent ses perceptions[2].

LES SIX MONDES

Notre existence humaine n'est qu'une vision karmique parmi d'autres. Le bouddhisme distingue six mondes ou royaumes d'existence : le monde des dieux, des demi-dieux, des humains, des animaux, des esprits avides et des enfers. Chacun d'eux est le résultat de l'une des six émotions négatives prédominantes : l'orgueil, la jalousie, le désir, l'ignorance, l'avidité et la colère.

Ces mondes ont-ils vraiment une réalité intrinsèque ? Il se peut qu'ils existent, en fait, au-delà de la portée de notre vision karmique et de ses perceptions. Ne l'oublions jamais : *nous percevons ce que notre vision karmique nous permet de voir, et rien de plus.* De la même manière qu'un insecte peut prendre un de nos doigts pour un paysage entier, ainsi ne sommes-nous conscients, dans l'état actuel – non purifié et non évolué – de nos perceptions, que de cet univers. Notre arrogance est telle que, selon nous, nous ne pouvons croire que ce que nous voyons. Pourtant, les enseignements bouddhistes majeurs parlent de mondes innombrables dans différentes dimensions – il se pourrait même qu'il existe de multiples autres mondes ressemblant fort au nôtre, ou même identiques – et plusieurs astrophysiciens modernes ont élaboré des théories sur l'existence d'univers parallèles. Comment pouvons-nous affirmer catégoriquement ce qui existe ou n'existe pas au-delà des bornes de notre vision limitée ?

Si nous observons le monde qui nous entoure ou si nous regardons notre propre esprit, nous constatons que ces six mondes existent bel et bien. Ils existent dans la façon dont nous laissons inconsciemment nos émotions négatives projeter et cristalliser des univers entiers autour de nous, et définir le style, la forme, l'atmosphère et le contexte de notre vie dans ces mondes. Les six mondes existent aussi intérieurement, comme les graines et tendances des diverses émotions négatives au sein de notre système psychophysiologique, toujours prêtes à germer et à croître selon les influences qu'elles subissent et la manière dont nous choisissons de vivre.

Regardons autour de nous et observons comment certains de ces mondes sont projetés et cristallisés. Le monde des dieux est, par exemple, caractérisé avant tout par l'absence de souffrance : c'est le royaume de la beauté immuable et de l'extase sensuelle. Imaginez les dieux : de grands surfeurs blonds, allongés nonchalamment sur des plages ou se prélassant dans des jardins inondés de soleil tout en se délectant de leur musique préférée. Grisés par toutes sortes de stimulants, ils recherchent l'euphorie dans la méditation, le yoga, le travail sur le corps, les techniques d'expression corporelle et de développement personnel. Jamais ils ne réfléchissent vraiment, jamais ils ne font face à une situation douloureuse ou complexe, jamais ils ne prennent conscience de leur vraie nature. Ils sont tellement insensibilisés qu'ils ne réalisent à aucun moment quelle est leur condition véritable.

Si certaines parties de la Californie et de l'Australie viennent à l'esprit à l'évocation du monde des dieux, nous pouvons assister quotidiennement à la représentation du monde des demi-dieux, que ce soit au milieu des intrigues et des rivalités de la Bourse, ou dans l'effervescence des couloirs de l'Élysée ou de la Maison Blanche. Et qu'en est-il du monde des esprits avides ? Il existe partout où des individus, malgré leurs richesses immenses, demeurent continuellement insatisfaits : poussés par un désir insatiable, ils rachètent telle ou telle entreprise ou manifestent indéfiniment leur cupidité par d'innombrables procès. Allumez n'importe quelle chaîne de télévision : vous entrez immédiatement dans le monde des demi-dieux et des esprits avides.

La qualité de vie dans le monde des dieux peut paraître supérieure à la nôtre. Et pourtant, les maîtres nous disent que la vie humaine a infiniment plus de valeur. Pourquoi ? Précisément parce que nous sommes doués de conscience et d'intelligence, qui sont les matières premières de l'éveil, et que la souffrance même qui règne partout dans le monde humain est l'aiguillon de la transformation spirituelle. La douleur, le chagrin, la perte, les frustrations incessantes de toutes sortes sont là dans un but réel et crucial : nous réveiller, nous aider, et presque nous obliger à échapper au cycle du samsara et à libérer ainsi notre splendeur emprisonnée.

Toutes les traditions spirituelles ont insisté sur le fait que cette vie humaine est unique et présente un potentiel que, d'ordinaire, nous avons peine à seulement imaginer. Si nous ne saisissons pas l'occasion de transformation que nous offre cette vie, nous disent-elles, il se pourrait fort bien qu'un laps de temps extrêmement long ne s'écoule avant qu'une autre occasion ne se présente à nouveau. Imaginez une tortue aveugle errant dans les profondeurs d'un océan vaste comme l'univers. A la surface de l'eau flotte un cercle de bois, poussé çà et là par les vagues. Tous les cent ans, la tortue remonte, une seule fois, à la surface. Les bouddhistes disent qu'il est *plus* difficile pour nous de naître en tant qu'être humain, que pour la tortue de passer par hasard sa tête dans le cercle de bois. Même parmi ceux qui obtiennent une naissance humaine, rares sont ceux, dit-on, qui ont la bonne fortune d'entrer en contact avec les enseignements. Et ceux qui prennent véritablement ces enseignements à cœur et les concrétisent par leurs actes sont encore plus rares, aussi rares, en vérité, que « des étoiles en plein jour ».

LES PORTES DE LA PERCEPTION

Comme je l'ai dit précédemment, la façon dont nous percevons le monde dépend entièrement de notre vision karmique. Les maîtres donnent cet exemple classique : six êtres appartenant chacun à un monde différent se rencontrent sur la berge d'une rivière. Dans ce groupe, l'être humain percevra la rivière comme de l'eau, une substance qui lui permet de se laver ou de se désaltérer ; un animal comme le poisson y verra sa demeure ; pour le dieu, elle sera un nectar prodiguant la félicité ; pour le demi-dieu, une arme ; pour l'esprit avide, du pus et du sang putride ; et pour l'être des enfers, de la lave en fusion. La même eau sera perçue de façons totalement différentes, voire contradictoires.

Cette infinie variété de perceptions nous montre que toute vision karmique est une illusion. En effet, si une même substance peut être perçue sous des jours si différents, comment peut-il exister une seule chose qui possède une réalité inhérente, véritable ? Cela nous montre également pourquoi ce monde peut être perçu par certains comme un paradis, par d'autres comme un enfer.

Les enseignements nous disent qu'il existe essentiellement trois types de visions : « la vision karmique impure » des êtres ordinaires ; « la vision de l'expérience » qui s'ouvre aux pratiquants dans la méditation et qui est la voie ou le véhicule de la transcendance ; et « la vision pure » des êtres réalisés. Un être réalisé ou un bouddha perçoit ce monde comme spontanément parfait, un royaume d'une pureté éblouissante et absolue. Ayant purifié toutes les causes de la vision karmique, il perçoit directement toute chose dans sa nature sacrée, nue et primordiale.

Tout ce que nous voyons autour de nous est perçu ainsi parce que, vie après vie, nous avons continuellement, et toujours de la même manière, solidifié notre expérience des réalités intérieure et extérieure. Cela nous a conduits à la présomption erronée que ce que nous voyons est objectivement réel. En fait, à mesure que nous progressons sur le chemin spirituel, nous apprenons à travailler directement sur nos perceptions figées. Toutes nos vieilles conceptions du monde, de la matière ou de nous-mêmes sont purifiées et se dissolvent. Un champ de vision et de perception entièrement nouveau, que l'on pourrait appeler « céleste », se déploie. Blake écrivait :

Si les portes de la perception étaient purifiées,
Toute chose apparaîtrait... telle qu'elle est, infinie[3].

Je n'oublierai jamais comment Dudjom Rinpoché, dans un moment d'intimité, se pencha vers moi et me dit de sa voix douce et légèrement aiguë : « Tu sais, n'est-ce pas, qu'en vérité tout ce qui nous entoure disparaît, tout simplement… »

Cependant, pour la majorité d'entre nous, la faculté de percevoir notre nature intrinsèque et la nature de la réalité est obscurcie par le karma et par les émotions négatives. Nous nous raccrochons alors au bonheur et à la souffrance comme à une réalité et continuons, par nos actions maladroites et ignorantes, à semer les graines de notre prochaine naissance. Nos actes nous enchaînent au cycle ininterrompu des existences terrestres, à la ronde incessante des naissances et des morts. Par conséquent, tout se joue dans notre mode de vie présent, à ce moment même : la façon dont nous menons notre vie aujourd'hui peut nous coûter notre avenir entier.

Voilà pourquoi nous devons nous préparer sans plus attendre à affronter la mort avec sagesse et à transformer notre avenir karmique. Nous échapperons ainsi à la tragédie que constitue la chute continuelle dans l'illusion et le retour incessant dans la ronde douloureuse des naissances et des morts. Cette vie représente la seule occasion et le seul lieu qui nous soient donnés pour nous préparer, et nous ne pourrons véritablement le faire que par une pratique spirituelle. Tel est le message inéluctable du bardo naturel de cette vie. Comme le dit Padmasambhava :

Maintenant que le bardo de cette vie se lève pour moi,
J'abandonne la paresse, pour laquelle la vie n'a pas de temps,
J'aborde sans distraction le chemin de l'écoute et de l'entente,

De la réflexion et de la contemplation, et de la
méditation,
Faisant des perceptions et de l'esprit le chemin,
Je réalise « les trois kayas », l'esprit d'éveil[4].
Maintenant que j'ai obtenu un corps humain,
L'esprit n'a plus le temps d'errer sur le chemin.

LA SAGESSE QUI RÉALISE LE NON-EGO

Je me demande parfois comment une personne originaire d'un petit village du Tibet réagirait devant l'extraordinaire complexité de la technologie si elle se trouvait soudain transportée dans une grande métropole moderne. Sans doute penserait-elle qu'elle est déjà morte et qu'elle se trouve dans l'état du bardo. Incrédule, elle regarderait bouche bée les avions voler au-dessus de sa tête, ou quelqu'un téléphoner à une autre personne aux antipodes. Elle s'imaginerait assister à des miracles. Pourtant, tout ceci semble normal à quelqu'un vivant dans le monde moderne, car l'éducation occidentale lui en a fourni l'explication scientifique point par point.

De la même façon, il existe dans le bouddhisme tibétain une éducation spirituelle fondamentale, normale et élémentaire, un entraînement spirituel complet au bardo naturel de cette vie, qui nous fournit le vocabulaire essentiel, l'ABC de l'esprit. Les bases de cet entraînement constituent ce que l'on appelle « les trois outils de sagesse » : la sagesse de l'écoute et de l'entente, la sagesse de la contemplation et de la réflexion, et la sagesse de la méditation. Grâce à ces outils, nous sommes amenés à nous éveiller de nou-

veau à notre vraie nature et à découvrir, puis à person-
nifier, la joie et la liberté de notre être véritable – ce
que nous appelons « la sagesse qui réalise le non-ego ».

Imaginez une personne qui se réveille soudain à
l'hôpital après un accident de la route, pour s'apercevoir qu'elle souffre d'une amnésie totale. Extérieurement, elle est la même : son apparence physique, son
visage sont indemnes, ses sens et son esprit fonctionnent, mais elle n'a pas la moindre idée, ni le
moindre souvenir, de qui elle est réellement. De
même, nous ne pouvons nous rappeler notre véritable
identité, notre nature originelle. En proie à la frénésie
et à une réelle terreur, nous nous mettons en quête
d'une identité de remplacement ; nous nous en impro-
visons une, à laquelle nous nous accrochons avec tout
le désespoir d'une personne qui tomberait continuellement dans un abîme. Cette fausse identité, adoptée par
ignorance, est l'« ego ».

Ainsi, l'ego se définit par l'absence d'une connaissance véritable de ce que nous sommes réellement, et
par la conséquence même de cette ignorance : la tentative, vouée à l'échec, de nous raccrocher désespérément à une image de nous-mêmes fabriquée de toutes
pièces, une image de fortune, un moi inévitablement
charlatan et caméléon, contraint de changer sans cesse
pour garder vivante la fiction de son existence. En
tibétain, l'ego est appelé *dak dzin*, ce qui signifie
« s'accrocher à un moi ». L'ego est donc défini comme
les mouvements incessants d'attachement à une notion
illusoire du « je » et du « mien », du soi et de l'autre,
ainsi qu'à l'ensemble des concepts, idées, désirs et
activités qui entretiennent cette structure fictive. Un tel
attachement est vain dès le départ et nous condamne à

la frustration, car il ne repose sur aucune base ni aucune vérité, et ce que nous essayons de saisir est, de par sa nature même, insaisissable. Le fait que nous éprouvions le besoin de nous attacher ainsi aux choses, et que nous continuions à le faire avec une ténacité jamais démentie, indique que nous savons, au plus profond de nous, que le moi n'a pas d'existence intrinsèque. C'est ce savoir obscur et obsédant qui est à la source de toutes nos peurs et de notre insécurité fondamentale.

Tant que nous n'aurons pas démasqué l'ego, il continuera à nous berner, tel un politicien véreux claironnant sans fin de fausses promesses, un avocat inventant sans relâche stratagèmes et mensonges ingénieux, ou un animateur de show télévisé parlant sans cesse et entretenant un flot de bavardage mielleux et convaincant, mais vide de sens en réalité.

Des vies entières d'ignorance nous ont conduits à identifier la totalité de notre être à l'ego. Le plus grand triomphe de celui-ci est de nous avoir leurrés en nous convainquant que ses intérêts étaient les nôtres et en nous faisant même croire que notre survie allait de pair avec la sienne. L'ironie est cruelle, quand on considère que l'ego et sa soif de saisie sont à l'origine de toute notre souffrance ! L'ego est pourtant si convaincant, il nous a dupés depuis si longtemps, que la pensée qu'un jour nous pourrions vivre sans lui nous terrifie. Etre sans ego, nous susurre l'ego, serait perdre le charme merveilleux de notre condition humaine pour n'être réduits qu'à de tristes robots, à des zombies.

L'ego joue avec brio sur notre peur fondamentale de perdre le contrôle et sur notre crainte de l'inconnu. Nous pourrions par exemple nous dire : « Je devrais vraiment abandonner l'ego. Je souffre tant ! Mais alors, qu'adviendra-t-il de moi ? »

Et l'ego ajoutera, de sa voix douce : « Je sais que je te pose parfois des problèmes ; crois-moi, je comprends très bien que tu veuilles me quitter. Mais est-ce réellement là ce que tu souhaites ? Réfléchis bien : si je m'en vais, que va-t-il t'arriver ? Qui s'occupera de toi ? Qui te protégera, qui prendra soin de toi comme je le fais depuis tant d'années ? »

Même si nous pouvions démasquer les mensonges de l'ego, nos peurs nous interdiraient de l'abandonner. En effet, sans une connaissance réelle de la nature de l'esprit ou de notre véritable identité, nous ne voyons pas d'autre alternative. Nous nous soumettons continuellement à ses exigences, avec la même haine de soi morose qu'un alcoolique tendant la main vers la boisson, tout en sachant qu'elle est en train de le détruire, ou qu'un toxicomane cherchant sa drogue à tâtons, conscient qu'après une brève euphorie, il se trouvera à nouveau prostré et désespéré.

L'EGO SUR LE CHEMIN SPIRITUEL

C'est pour mettre un terme à cette singulière tyrannie de l'ego que nous nous engageons sur le chemin spirituel. Pourtant, les ressources de l'ego sont presque infinies et, à chaque étape de notre progrès, il peut venir saboter et pervertir notre désir de nous affranchir de lui. La vérité est simple et les enseignements extrêmement clairs, mais dès l'instant où ceux-ci commencent à nous toucher – je l'ai, hélas, souvent constaté avec tristesse ! – l'ego s'efforce de les compliquer car il sait qu'ils menacent le fondement même de son existence.

Quand, au début, nous sommes fascinés par la voie spirituelle et par toutes les possibilités qu'elle offre, l'ego peut même nous encourager : « C'est vraiment merveilleux, nous dira-t-il alors. Tout à fait ce qu'il te fallait ! Cet enseignement est parfaitement juste ! »

Puis, lorsque nous dirons que nous voulons essayer la pratique de la méditation ou faire une retraite, l'ego susurrera : « Quelle idée fantastique ! Je vais venir avec toi… Tous les deux, nous allons apprendre quelque chose ! » Pendant toute la période de lune de miel de notre développement spirituel, il n'aura de cesse de nous encourager : « C'est merveilleux… extraordinaire… tellement inspirant ! »

Mais dès que nous en arriverons à la partie plus « terre à terre » du chemin spirituel et que les enseignements commenceront à nous affecter en profondeur, nous serons inévitablement confrontés à la vérité de ce que nous sommes. A mesure que l'ego sera révélé, ses points sensibles seront touchés et toutes sortes de problèmes apparaîtront. C'est comme si l'on installait en face de nous un miroir dont nous ne pouvons nous détourner. Le miroir est parfaitement clair, mais un visage laid, qui nous regarde fixement d'un air mauvais, y apparaît et… c'est le nôtre ! Nous commençons à nous rebeller car nous haïssons ce reflet. Dans notre colère, nous en arrivons même parfois à frapper le miroir et à vouloir le détruire, avec pour seul résultat qu'il se brise en centaines de visages identiques et laids, qui nous regardent fixement.

C'est à ce moment que nous commencerons à enrager et à nous plaindre amèrement… et où se trouvera notre ego ? A nos côtés. Loyal, il nous exhortera : « Tu as tout à fait raison, c'est un scandale, c'est insupportable. Ne te laisse pas faire ! » Tandis que nous l'écouterons, subjugués, il continuera à susciter toutes sortes de doutes et d'émotions insensés et à jeter de l'huile sur le feu : « Tu vois bien que ce n'est pas un enseignement pour toi ! Je te l'avais bien dit ! Tu vois bien que ce n'est pas le maître qu'il te faut ! Après tout, tu es un Occidental, intelligent, moderne, cultivé… Le zen, le soufisme, la méditation, le bouddhisme tibétain, toutes ces pratiques exotiques appartiennent à des cultures étrangères, orientales. A quoi pourrait bien te servir une philosophie inventée dans l'Himalaya il y a un millier d'années ? »

L'ego, jubilant, nous regardera nous empêtrer de plus en plus dans sa toile. Il n'hésitera pas à rendre l'enseignement et même le maître responsables de toute la douleur, la solitude et les difficultés que nous rencontrerons à mesure que nous apprendrons à nous connaître : « De toute façon, ces gourous se moquent de tout ce que tu dois endurer. Tout ce qui les intéresse, c'est de t'exploiter. Ils n'utilisent les mots "compassion" et "dévotion" que dans le but de te maintenir sous leur coupe… »

L'ego est si rusé qu'il peut détourner les enseignements à son profit. Après tout, « le diable peut citer les Ecritures à ses propres fins ». L'arme ultime de l'ego est de montrer hypocritement du doigt le maître et ses disciples en disant : « Personne ici ne semble vivre en accord avec la vérité des enseignements ! » L'ego se pose alors en arbitre vertueux de toute conduite : voilà bien l'attitude ingénieuse entre toutes pour ébranler votre foi et miner la moindre dévotion, le moindre engagement que vous pouviez avoir envers une progression spirituelle.

Cependant, quelle que soit l'ardeur de l'ego pour tenter de saboter votre chemin spirituel, si vous n'abandonnez pas, si vous travaillez en profondeur avec la pratique de la méditation, vous réaliserez progressivement de quelle manière vous avez été berné par ses promesses, ses faux espoirs et ses fausses peurs. Vous commencerez à comprendre, lentement, que l'espoir et la peur sont ennemis de la paix de votre esprit. L'espoir vous trompe et vous laisse démuni et déçu ; la peur vous paralyse dans la cellule exiguë de votre fausse identité. Vous vous apercevrez aussi que l'emprise de l'ego s'étendait à votre esprit tout entier. Dans l'espace de liberté que vous aura ouvert la méditation, quand vous serez momentanément libéré de la saisie dualiste, vous entreverrez un bref instant l'immensité exaltante de votre vraie nature. Vous réaliserez que votre ego, en véritable maître escroc, vous a leurré pendant des années avec des plans, des projets et des promesses dépourvus de toute réalité, qui vous ont seulement conduit à une faillite intérieure. Lorsque vous percevrez cela dans la sérénité de la méditation, sans aucun réconfort ni désir de camoufler ce que vous avez découvert, alors tous les plans et les projets se révéleront inconsistants et commenceront à s'écrouler.

Ce processus n'est pas purement destructeur. En même temps qu'une réalisation extrêmement précise et parfois douloureuse du caractère frauduleux et virtuellement criminel de votre ego – ainsi que de l'ego de tous – se développeront en vous un sentiment d'expansion intérieure, une connaissance directe de l'interdépendance et du « non-ego » de toutes choses, ainsi que cet humour vif et généreux qui caractérise la liberté.

Quand, par la discipline, vous aurez appris à simplifier votre vie et réduit ainsi les occasions de séduction de l'ego, quand vous aurez pratiqué la vigilance de la méditation et relâché, grâce à elle, l'emprise qu'ont sur vous agressivité, possessivité et négativité, alors pourra s'élever lentement la sagesse de la vue profonde. Dans la clarté révélatrice de sa lumière, les rouages les plus subtils de votre esprit et la nature de la réalité vous seront dévoilés distinctement et sans détours.

LE GUIDE DE SAGESSE

Deux personnes ont cohabité en vous toute votre vie. L'une est l'ego, volubile, exigeant, hystérique et calculateur ; l'autre est l'être spirituel secret auquel vous n'avez guère prêté attention, dont vous avez rarement entendu la voix tranquille de sagesse. A mesure que vous écouterez les enseignements, les contemplerez et les intégrerez à votre vie, s'éveillera et s'affermira votre voix intérieure, votre sagesse de discernement innée – ce que, dans le bouddhisme, nous appelons « la conscience claire discriminante ». Vous commencerez alors à faire la distinction entre ses conseils et les diverses voix tapageuses et ensorcelantes de l'ego. Et la mémoire de votre vraie nature, de sa splendeur et de sa confiance, commencera à vous revenir peu à peu.

Vous vous apercevrez, en fait, que vous avez découvert en vous votre propre guide de sagesse. Comme ce guide vous connaît parfaitement, puisqu'il *est* vous, il peut vous aider à franchir tous les écueils de vos pensées et de vos émotions avec une clarté et un humour sans cesse accrus. Votre guide peut aussi être pour vous une présence fidèle, joyeuse, tendre, malicieuse parfois. Il sait toujours ce qui vous convient le mieux et, lorsque vous êtes obsédé par le caractère répétitif de vos réactions et par la confusion de vos émotions, il vous aidera à trouver toujours plus de moyens pour vous permettre de les dépasser. A mesure que la voix de votre conscience discriminante gagnera en assurance et en clarté, vous commencerez à faire la différence entre sa vérité et les mystifications diverses de l'ego, et vous serez capable de l'écouter avec discernement et confiance.

Plus vous prêterez l'oreille à ce guide de sagesse, plus il vous sera aisé de transformer vous-même vos états d'esprit négatifs, de les voir directement pour ce qu'ils sont et même d'en rire, constatant combien ces mélodrames étaient absurdes et ces illusions ridicules. Peu à peu, vous saurez vous libérer de plus en plus vite des émotions obscures qui gouvernaient votre vie. Pouvoir faire cela est le plus grand de tous les miracles. Le mystique tibétain Tertön Sogyal disait qu'il n'était pas réellement impressionné si quelqu'un pouvait transformer le plancher en plafond ou le feu en eau. Le véritable miracle, disait-il, a lieu lorsqu'une personne est capable de libérer ne serait-ce qu'une seule émotion négative.

A la place du bavardage discordant et décousu dont l'ego vous a nourri toute votre vie, vous vous apercevrez que votre esprit entend de plus en plus les instructions limpides des enseignements. Celles-ci vous inspireront, vous mettront en garde, vous guideront et vous dirigeront à tout instant ; plus vous les écouterez, plus vous serez guidé par elles. Si vous suivez la voix de votre guide de sagesse – la voix de votre conscience claire discriminante – et laissez l'ego en silence, vous ferez l'expérience de ce que vous êtes réellement : une présence de sagesse, de joie et de félicité. Une vie nouvelle naîtra en vous, foncièrement différente de celle que vous meniez quand vous preniez le déguisement de l'ego. Et quand la mort viendra, vous aurez déjà appris dans votre vie à contrôler ces émotions et ces pensées qui, sans cela, revêtiraient une réalité accablante durant les phases de la mort, les bardos.

Lorsque vous commencerez à guérir de cette amnésie concernant votre identité, vous réaliserez en fin de compte que ce *dak dzin* – l'attachement à un moi – est la cause originelle de toute votre souffrance. Le mal qu'il vous a fait, à vous et à autrui, vous apparaîtra enfin, et vous comprendrez que la conduite la plus noble et la plus sage est de chérir les autres au lieu de se chérir soi-même. Votre cœur et votre esprit trouveront par là même la guérison.

Il est important de toujours se rappeler ceci : le principe du non-ego ne signifie pas qu'un ego existait en premier lieu, et que les bouddhistes l'ont supprimé. Cela veut dire, au contraire, qu'il n'y a jamais eu d'ego à l'origine, que cet ego n'a jamais existé. Cette réalisation est appelée « le non-ego ».

LES TROIS OUTILS DE SAGESSE

Les maîtres nous donnent le conseil suivant : la voie qui permet de découvrir la liberté née de la sagesse du non-ego passe par le processus de l'écoute et de

« l'entente », de la contemplation et de la réflexion, et de la méditation. Ils nous recommandent de commencer par *écouter* fréquemment les enseignements spirituels. Lorsque nous les écoutons, ceux-ci ne cessent de nous rappeler notre nature secrète de sagesse. C'est comme si nous étions cette personne que je vous ai demandé d'imaginer, allongée sur son lit d'hôpital et souffrant d'amnésie : un de nos proches, qui prend soin de nous, nous murmure à l'oreille notre nom véritable ; il nous montre des photos de famille et de vieux amis, tâchant de faire revenir à notre mémoire notre identité perdue. Peu à peu, à mesure que nous écouterons les enseignements, certains passages, certains aperçus feront vibrer en nous une corde étrange. Des souvenirs de notre nature véritable commenceront à revenir par bribes et, lentement, s'éveillera en nous un sentiment profond de « chez soi », étrangement familier.

Ecouter est un processus bien plus difficile que la plupart des gens ne l'imaginent. Ecouter réellement, au sens où les maîtres le comprennent, signifie nous abandonner complètement, oublier toutes les connaissances, les concepts, idées et préjugés dont notre tête est remplie. Si vous écoutez réellement les enseignements, les concepts qui constituent notre véritable obstacle – cela même qui nous sépare de notre vraie nature – s'effaceront lentement et sûrement.

En m'appliquant à écouter réellement, j'ai souvent été inspiré par ces paroles du maître zen Suzuki roshi : « Si votre esprit est vide, il est toujours disponible ; il est ouvert à tout. L'esprit du débutant contient beaucoup de possibilités ; l'esprit de l'expert en contient peu[5]. » L'esprit du débutant est un esprit ouvert, un esprit vide, un esprit disponible. Si nous écoutons avec l'esprit du débutant, nous pouvons vraiment commencer à entendre. Car si nous écoutons avec un esprit silencieux, aussi libre que possible de la clameur des idées préconçues, la vérité des enseignements pourra nous pénétrer et le sens de la vie et de la mort deviendra alors, de façon saisissante, de plus en plus limpide. Mon maître Dilgo Khyentsé Rinpoché avait coutume de dire : « Plus vous écoutez, plus vous entendez ; plus vous entendez, plus votre compréhension s'approfondit. »

L'approfondissement de la compréhension vient donc de la *contemplation* et de la réflexion – le second outil de sagesse. La contemplation de ce que nous avons entendu imprègne progressivement le courant de notre esprit ainsi que l'expérience intérieure de notre vie. A mesure que la contemplation se déploie lentement, qu'elle enrichit notre compréhension intellectuelle et qu'elle la relie à notre cœur, les événements de la vie quotidienne commencent à refléter la vérité des enseignements et à les confirmer de façon toujours plus subtile et directe.

Le troisième outil de sagesse est la *méditation*. Après avoir écouté les enseignements et y avoir réfléchi, nous mettons en pratique les aperçus que nous avons obtenus et, par le processus de la méditation, nous les appliquons directement aux exigences de la vie quotidienne.

LES DOUTES SUR LE CHEMIN

Il fut, semble-t-il, une époque où un maître exceptionnel pouvait donner un seul enseignement à un disciple exceptionnel, et où le disciple pouvait atteindre la libération. Dudjom Rinpoché racontait souvent l'histoire d'un bandit très puissant qui sévissait en Inde. Après d'innombrables exactions, ce bandit prit conscience des souffrances terribles qu'il avait causées. Il désira ardemment trouver un moyen de se racheter et alla rendre visite à un maître célèbre. Il lui dit : « Je suis un pécheur, et cela me met au supplice. Comment m'en sortir ? Que puis-je faire ? »

Le maître regarda le bandit de la tête aux pieds et lui demanda ce qu'il savait faire.

« Rien, lui répondit celui-ci.

– Rien ? gronda le maître. Tu dois bien savoir faire quelque chose ! »

Le bandit resta silencieux un moment et finit par admettre : « C'est vrai, il y a bien quelque chose que je sais faire, c'est voler. »

Le maître eut un petit rire : « Très bien ; c'est exactement le talent dont tu vas avoir besoin maintenant. Rends-toi en un lieu tranquille et vole toutes les perceptions ; dérobe les étoiles et les planètes du ciel et dissous-les toutes dans le ventre de la vacuité, l'espace de la nature de l'esprit qui embrasse tout. »

Vingt et un jours plus tard, le bandit avait réalisé la nature de son esprit. Il fut, par la suite, considéré comme l'un des grands saints de l'Inde.

Il existait ainsi, dans les temps anciens, des maîtres extraordinaires et des étudiants aussi réceptifs et déterminés que ce bandit qui pouvaient, par le seul fait de pratiquer une seule et unique instruction avec une dévotion inébranlable, obtenir la libération. Mais, même de nos jours, si nous décidions de suivre une puissante et unique méthode de sagesse et de travailler directement avec elle, une réelle possibilité d'atteindre l'éveil s'offrirait à nous.

Notre esprit, cependant, est assailli de doutes qui le plongent dans la confusion. Il m'arrive de penser que, plus encore que le désir et l'attachement, c'est le doute qui constitue l'obstacle majeur à l'évolution humaine. Notre société encourage l'ingéniosité aux dépens de la sagesse et exalte les aspects de l'intelligence qui sont les plus superficiels, les plus âpres et les moins utiles. Nous sommes devenus si névrosés et si faussement sophistiqués que nous prenons le doute pour la vérité. Celui-ci est déifié comme le but et le fruit de la connaissance véritable, alors qu'il n'est rien de plus que la tentative désespérée de l'ego pour se défendre de la sagesse. Cette forme de doute borné est le piètre empereur du samsara. Il est servi par toute une troupe d'«experts» qui nous enseignent non pas le doute généreux et ouvert – indispensable, nous dit le Bouddha, si nous voulons examiner et mettre à l'épreuve la valeur des enseignements – mais une forme de doute destructrice, qui ne nous laisse aucune croyance, aucun espoir, aucune valeur pour guider notre vie.

L'éducation contemporaine fait l'apologie du doute et le glorifie. Elle a en fait créé ce que l'on pourrait appeler une religion – ou une théologie – du doute : si nous voulons paraître intelligents, nous nous devons de douter de tout et de constamment souligner l'aspect négatif de toute chose ; nous ne sommes guère incités à voir ce qui est bon ou juste, mais plutôt à dénigrer avec cynisme tous les idéaux spirituels et toutes les philosophies dont nous avons hérité, ainsi que toutes les actions accomplies simplement de bon cœur et en toute innocence.

Le Bouddha nous exhorte à un autre type de doute, comme « lorsqu'on analyse l'or en le chauffant, l'entaillant et le frottant afin d'en tester la pureté ». Mais nous ne possédons ni le discernement, ni le courage, ni l'entraînement nécessaires pour cette forme de doute qui, si nous la suivions jusqu'au bout, nous exposerait réellement à la vérité. Notre éducation nous a habitués à un esprit de contradiction si stérile que nous sommes incapables d'une ouverture réelle à une vérité plus vaste, susceptible de nous ennoblir.

Je vous demanderais de remplacer le doute nihiliste de notre époque par ce que j'appelle un « doute noble », cette sorte de doute qui fait partie intégrante du chemin vers l'éveil. Menacé d'extinction, notre monde ne peut se permettre de bannir la vérité immense des enseignements mystiques qui nous ont été transmis. Au lieu de mettre en doute *ces enseignements*, pourquoi ne pas prendre conscience de notre ignorance et douter de nous-mêmes, de notre conviction d'avoir déjà tout compris, de notre attachement et de nos faux-fuyants ? Pourquoi ne pas remettre en cause notre passion pour de prétendues explications de la réalité qui n'évoquent en rien la sagesse majestueuse et universelle que les maîtres, ces messagers de la Réalité, nous ont révélée ?

Cette forme noble du doute nous aiguillonne, nous inspire, nous met à l'épreuve et nous rend plus authentiques. Elle nous renforce et nous conduit toujours plus avant dans le champ d'énergie exaltant de la vérité. Quand je suis en présence de mes maîtres, je leur pose sans relâche les questions auxquelles je cherche des réponses. Parfois les réponses que je reçois ne sont pas claires, mais je ne les mets pas en doute, pas plus que la vérité des enseignements. Il m'arrive, par contre, de douter de ma propre maturité spirituelle ou de mon aptitude à entendre réellement la vérité de façon à la comprendre pleinement ; le plus souvent, je continue à poser mes questions jusqu'à ce que j'obtienne une réponse claire. Quand cette réponse vient, quand elle résonne, forte et pure, dans mon esprit et que mon cœur la reconnaît et s'emplit de gratitude, s'élève alors en moi une certitude que la dérision d'une foule de sceptiques ne saurait ébranler.

Je me souviens qu'un hiver, par une nuit de lune très claire, je m'étais rendu en voiture de Paris en Italie avec l'une de mes étudiantes. Elle était psychothérapeute et avait suivi des formations diverses. Elle avait réalisé, me disait-elle, que plus on acquiert de savoir, plus les doutes s'élèvent, et que les prétextes pour douter deviennent de plus en plus subtils à mesure que la vérité commence à nous toucher en profondeur. Elle me racontait qu'elle avait maintes fois essayé d'échapper aux enseignements, avant de se rendre compte, finalement, qu'elle ne pouvait se réfugier nulle part car c'était à elle-même qu'elle tentait ainsi d'échapper en réalité.

Je lui répondis que le doute n'est pas une maladie, mais seulement un symptôme de l'absence de ce que, dans notre tradition, nous appelons « la Vue » – c'est-à-dire la réalisation de la nature de l'esprit, et donc de la nature de la réalité. Lorsque cette Vue est totalement présente, il n'y a plus de place pour le moindre doute car nous regardons alors la réalité avec ses propres yeux. Mais tant que nous n'avons pas atteint l'éveil, il est inévitable de douter car le doute est une activité fondamentale de l'esprit non éveillé. La seule façon d'en venir à bout est de ne pas le réprimer ni l'encourager.

Cela exige de notre part une grande habileté. J'ai remarqué que très peu de gens savaient tirer parti des doutes et les mettre à profit. Telle est l'ironie d'une civilisation qui glorifie le pouvoir de la critique et du doute : il ne s'y trouve quasiment personne pour avoir le courage de critiquer les affirmations mêmes du doute, de faire ce que recommandait un maître hindou : lâcher les chiens du doute sur le doute lui-même, démasquer le cynisme et découvrir la peur, le désespoir et le conditionnement éculé qui lui ont donné naissance. Le doute, ensuite, ne sera plus un obstacle mais une voie d'accès à la réalisation, et le chercheur de vérité accueillera chaque manifestation du doute comme une occasion d'approfondir cette vérité.

J'aime beaucoup cette histoire d'un maître zen : il avait un étudiant fidèle mais très naïf qui le considérait comme un bouddha vivant. Un jour, le maître s'assit malencontreusement sur une aiguille. « Aïe ! » s'écria-t-il, faisant un bond. Sur-le-champ, l'étudiant perdit toute foi en son maître et le quitta, disant combien il était déçu d'avoir découvert que celui-ci n'était pas pleinement éveillé. S'il l'avait été, pensait-il, comment aurait-il pu bondir et crier de la sorte ? Le maître fut attristé en apprenant que son étudiant était parti : « Hélas, dit-il, le pauvre ! Si seulement il avait pu savoir qu'en réalité ni moi, ni l'aiguille, ni le cri n'existaient véritablement ! »

Ne soyons pas comme cet étudiant zen, ne commettons pas la même erreur impulsive. Ne prenons pas les doutes trop au sérieux. Ne les laissons pas prendre des proportions démesurées, ne devenons pas manichéens ou fanatiques à leur égard. Ce lien passionnel que notre culture nous a conditionnés à entretenir avec le doute, apprenons plutôt à le transformer peu à peu en une relation libre, pleine d'humour et de compassion. Cela signifie qu'il nous faut accorder du temps aux doutes et à nous-mêmes, afin de trouver à nos questions des réponses qui ne soient pas simplement intellectuelles ou « philosophiques » mais vivantes, réelles, authentiques et pratiques. Les doutes ne peuvent pas être résolus instantanément mais, si nous sommes patients, un espace apparaîtra en nous au sein duquel ils pourront être soigneusement et objectivement examinés, clarifiés, dissipés et apaisés. Ce qui nous manque, dans notre culture en particulier, c'est un environnement approprié, libre de distraction, riche et spacieux pour notre esprit. Il ne peut être créé que par une pratique assidue de la méditation, et c'est dans cette atmosphère que nos aperçus de la sagesse auront la possibilité de croître et d'arriver peu à peu à maturité.

Ne soyez pas trop pressé de résoudre la totalité de vos doutes et de vos problèmes. « Hâtez-vous lentement », disent les maîtres. Je conseille toujours à mes étudiants de ne pas avoir d'attentes excessives, car la croissance spirituelle exige du temps. Il faut des années pour apprendre à bien parler japonais ou pour devenir médecin. Pouvons-nous donc réellement nous attendre à trouver toutes les réponses – sans parler d'atteindre l'éveil – en quelques semaines ? Le voyage spirituel consiste en une purification et un apprentissage continuels. Lorsque vous comprenez ceci, vous devenez humble. Il existe un proverbe tibétain connu : « Ne confondez pas la compréhension avec la réalisation, et ne confondez pas la réalisation avec la libération. » Et

Milarépa disait : « Ne nourrissez pas d'espoirs de réalisation, mais pratiquez toute votre vie. » Une des choses que j'en suis venu à apprécier plus que tout dans ma propre tradition est son bon sens pragmatique et sa compréhension lucide que les accomplissements les plus élevés exigent la plus grande patience et le temps le plus long.

NEUF

Le chemin spirituel

Dans l'œuvre du maître soufi Rûmî *Propos de table*, on peut lire ce passage incisif et explicite :

Le maître a dit qu'en ce monde une seule chose ne devait jamais être oubliée. Si vous deviez oublier tout le reste et vous souvenir seulement de cela, vous n'auriez aucune raison de vous inquiéter. Par contre, si vous vous rappeliez, accomplissiez et réalisiez tout le reste mais perdiez la mémoire de cette chose, vous n'auriez en fait rien accompli du tout. C'est comme si un roi vous avait envoyé dans un pays pour exécuter une seule tâche bien précise. Si vous allez dans ce pays et menez à bien cent autres tâches, mais n'accomplissez pas celle pour laquelle vous avez été envoyé, cela reviendra à n'avoir rien réalisé du tout. Ainsi, l'homme est venu en ce monde pour une tâche bien précise, et telle est sa raison d'être. S'il ne l'accomplit pas, il n'aura rien fait.

Tous les guides spirituels de l'humanité nous ont transmis le même message, à savoir que le but de notre vie sur terre est de nous unir de nouveau à notre nature éveillée fondamentale. La «tâche» pour laquelle le «roi» nous a envoyés dans cette étrange et sombre contrée est de réaliser et d'incarner notre être véritable. Le seul moyen d'y parvenir est d'entreprendre le voyage spirituel avec toute l'ardeur, l'intelligence, le courage et la détermination que nous pouvons rassembler en vue d'une transformation. Comme le dit la Mort à Natchikétas dans la Katha Upanishad :

> *Il y a la voie de la Sagesse et la voie de l'Ignorance,*
> *Comme elles sont écartées, opposées, divergentes...*
> *Les insensés, demeurant au sein de l'Ignorance,*
> *Estiment être savants et sages.*
> *Dans leur égarement, ils errent de-ci de-là,*
> *Comme des aveugles que mènent d'autres aveugles.*
> *Ce qui est au-delà de la vie n'apparaît pas à l'esprit faible,*
> *A l'insouciant ou à celui que les richesses égarent.*

TROUVER LA VOIE

En d'autres temps et dans d'autres civilisations, le chemin de la transformation spirituelle était réservé à un nombre d'individus relativement restreint. De nos jours, cependant, une grande partie de l'humanité se doit de rechercher la voie de la sagesse si elle veut préserver le monde des dangers internes et externes qui le menacent. En cette époque de violence et de désagrégation, la perspective spirituelle n'est pas un luxe réservé à une élite, mais une nécessité absolue pour notre survie.

Suivre la voie de la sagesse n'a jamais été plus urgent ni plus difficile. Notre société est vouée presque exclusivement au culte de l'ego et à ses tristes fantasmes de réussite et de pouvoir ; elle célèbre les forces mêmes d'avidité et d'ignorance qui sont en train de détruire notre planète. Jamais il n'a été plus difficile d'entendre la voix peu flatteuse de la vérité ; jamais plus difficile non plus, une fois cette voix entendue, de la suivre. En effet, rien dans le monde qui nous entoure ne soutient notre choix, et l'ensemble de la société dans laquelle nous vivons semble nier toute notion de sacré, tout sens d'éternité. Au moment même où le genre humain est menacé des plus graves dangers et où son avenir est totalement remis en cause, il se trouve plongé dans le plus grand désarroi, pris au piège d'un cauchemar qu'il s'est lui-même créé.

Dans cette situation tragique, il existe pourtant une source d'espoir considérable : nous avons toujours à notre disposition les enseignements spirituels de toutes les grandes traditions mystiques. Malheureusement, les maîtres qui les incarnent sont très peu nombreux, et ceux qui cherchent la vérité sont presque totalement dénués de discernement. L'Occident est devenu le paradis des charlatans spirituels. Alors que l'authenticité d'un chercheur scientifique peut être vérifiée – d'autres chercheurs peuvent contrôler sa formation et confirmer ses découvertes –, il est quasiment impossible d'établir l'authenticité de prétendus « maîtres » car l'Occident ne possède aucun des repères et des critères propres à une « culture de sagesse » bien établie et florissante. N'importe qui, semble-t-il, peut se faire passer pour un maître et attirer à lui des adeptes.

Tel n'était pas le cas au Tibet, où le choix d'un maître et d'une voie à suivre comportait bien moins de risque ! Lors de leur premier contact avec le bouddhisme tibétain, beaucoup s'étonnent de l'importance accordée à la lignée – cette chaîne de transmission ininterrompue de maître à maître. La lignée assure, en fait, une protection capitale : elle maintient l'authenticité et la pureté de l'enseignement. On reconnaît un maître au maître qui fut *le* sien. Il ne s'agit pas de préserver un savoir fossilisé et ritualiste mais de transmettre, de cœur à cœur et d'esprit à esprit, une sagesse essentielle et vivante, ainsi que l'habileté et la puissance de ses méthodes.

Savoir reconnaître si un maître est authentique ou non constitue une entreprise délicate et exigeante. A une époque comme la nôtre, vouée aux distractions, aux réponses faciles et aux solutions rapides, les attributs de la maîtrise spirituelle, plus discrets et moins spectaculaires, peuvent très bien passer inaperçus. L'idée que nous nous faisons de la sainteté – pieuse, mièvre et soumise – peut nous rendre aveugles à la manifestation dynamique, parfois débordante de gaieté et d'humour, de l'esprit éveillé.

Ainsi que l'écrivait Patrul Rinpoché : « Les qualités extraordinaires des êtres remarquables qui dissimulent leur nature échappent aux personnes ordinaires telles que nous, en dépit de tous les efforts que nous faisons pour les détecter. En revanche, même des charlatans ordinaires sont experts à duper autrui en se comportant comme des saints. » Si Patrul Rinpoché pouvait écrire cela au Tibet au XIXᵉ siècle, combien est-ce encore plus vrai dans le chaos de notre supermarché spirituel contemporain !

Comment pouvons-nous aujourd'hui, à une époque marquée par une méfiance extrême, trouver la confiance indispensable à la poursuite de la voie spirituelle ? De quels critères disposons-nous pour déterminer l'authenticité d'un maître ?

Les maîtres véritables sont des êtres pleins de bonté et de *compassion*, infatigables dans leur désir de partager toute la sagesse qu'ils ont reçue de leurs propres maîtres. En aucune circonstance ils n'abusent ni ne manipulent leurs étudiants ; en aucune circonstance ils ne les abandonnent. Ils ne servent pas leurs intérêts propres mais la grandeur des enseignements, et demeurent toujours humbles. La vraie confiance ne peut – et ne doit – se développer qu'à l'égard d'une personne en qui vous reconnaissez, au fil du temps, toutes ces qualités. Vous découvrirez que cette confiance deviendra le fondement de votre vie et vous soutiendra dans toutes les difficultés de la vie et de la mort.

Dans le bouddhisme, afin d'établir l'authenticité d'un maître, nous examinons si les instructions qu'il donne sont en accord avec l'enseignement du Bouddha. On ne soulignera jamais assez que c'est *la vérité des enseignements* qui importe plus que tout, et en aucun cas la personnalité du maître. C'est pourquoi le Bouddha nous a rappelé, dans les « quatre objets de confiance » :

Fiez-vous au message du maître, non à sa personnalité ;
Fiez-vous au sens, non aux mots seuls ;
Fiez-vous au sens ultime, non au sens relatif ;
Fiez-vous à votre esprit de sagesse, non à votre esprit ordinaire qui juge.

Il est donc important de se rappeler que le maître véritable est, comme nous le verrons plus loin, le porte-parole de la vérité ; il en est la « manifestation de sagesse » pleine de compassion. Tous les bouddhas, tous les maîtres et les prophètes sont, en fait, des émanations de cette vérité, qui apparaissent sous d'innombrables aspects habiles et compatissants dans le dessein de nous ramener, par leur enseignement, à notre vraie nature. Il est donc tout d'abord plus important de découvrir et de suivre la vérité de l'enseignement que de découvrir le maître. En effet, c'est en développant un lien avec cette vérité que vous découvrirez votre lien vivant avec un maître.

COMMENT SUIVRE LE CHEMIN

Nous possédons tous le karma qui nous permet de croiser un chemin spirituel ou un autre, et c'est du fond du cœur que je vous encourage à suivre en toute sincérité le chemin qui vous inspire le plus.

Lisez les grandes œuvres spirituelles de toutes les traditions, essayez de comprendre ce que les maîtres entendent par libération et éveil et découvrez quelle approche de la réalité absolue vous attire réellement et vous convient le mieux. Dans votre quête, faites preuve d'autant de discernement que possible. Plus encore que toute autre discipline, en effet, le chemin spirituel exige de l'intelligence, une compréhension sobre et de subtiles facultés de discrimination car l'enjeu ici est la vérité la plus haute. Usez à chaque instant de bon sens. Soyez conscient, avec autant de lucidité et d'humour que possible, du bagage que vous emportez avec vous

sur le chemin : vos manques, vos fantasmes, vos faiblesses et vos projections. Joignez à une conscience
grandissante de ce que pourrait être votre vraie nature,
une humilité équilibrée et terre à terre, une évaluation
lucide de votre position sur le chemin spirituel et de ce
qu'il vous reste encore à comprendre et à accomplir.

Le plus important est de ne pas se laisser piéger par
une certaine « mentalité de consommateur » que
j'observe partout en Occident : on passe d'un maître à
un autre, d'un enseignement à un autre, sans continuité
aucune, sans jamais se consacrer sincèrement et résolument à une discipline en particulier. Dans toutes les
traditions, presque tous les grands maîtres spirituels
s'accordent sur le fait qu'il est essentiel de connaître à
fond une voie, un chemin de sagesse particuliers et de
suivre, de tout son cœur et de tout son esprit, une seule
tradition jusqu'au terme du voyage spirituel, tout en
demeurant ouvert et respectueux à l'égard des vérités
de toutes les autres. Nous avions coutume de dire, au
Tibet : « Connaître une voie, c'est les accomplir
toutes. » L'idée en vogue actuellement, selon laquelle
nous pouvons toujours conserver notre entière liberté
de choix et ne jamais nous engager dans quoi que ce
soit, est l'une des illusions les plus graves et les plus
dangereuses de notre civilisation, l'un des moyens les
plus efficaces de l'ego pour saboter notre quête
spirituelle.

Lorsque vous passez tout votre temps à chercher, la
recherche elle-même devient une obsession et vous
asservit. Vous devenez un touriste spirituel, vous affai-
rant sans cesse, sans jamais arriver nulle part. Comme
le disait Patrul Rinpoché : « vous laissez votre éléphant
à la maison et cherchez ses empreintes dans la forêt ».

Suivre un enseignement unique n'a pas pour but de vous limiter ou de vous accaparer jalousement. C'est un moyen habile et plein de compassion pour vous permettre de rester centré et de ne pas vous égarer hors du chemin, en dépit de tous les obstacles qui se présenteront inévitablement en vous-même et dans le monde.

Aussi, lorsque vous aurez exploré les diverses traditions mystiques, choisissez un maître – homme ou femme – et suivez-le. S'engager sur le chemin spirituel est une chose ; trouver la patience et l'endurance, la sagesse, le courage et l'humilité de le parcourir jusqu'au bout en est une autre. Il se peut que vous ayez le karma vous permettant de rencontrer un maître, mais vous devrez ensuite créer le karma grâce auquel vous pourrez le suivre. Fort peu d'entre nous, en effet, savent comment suivre véritablement un maître, ce qui est un art en soi. Si grand que soit l'enseignement ou le maître, l'essentiel est que vous trouviez en vous-même la perspicacité et l'habileté nécessaires pour apprendre à l'aimer et à le suivre.

Cela n'est pas facile. Les choses ne seront jamais parfaites. Comment pourraient-elles l'être ? Nous sommes toujours dans le samsara. Même lorsque vous aurez choisi votre maître et que vous suivrez les enseignements avec toute la sincérité dont vous êtes capable, vous rencontrerez souvent des difficultés et des frustrations, des contradictions et des imperfections. Ne succombez pas aux obstacles ou aux difficultés mineurs. Ils ne sont souvent que les émotions puériles de l'ego. Ne les laissez pas vous aveugler sur la valeur essentielle et stable de ce que vous avez choisi. Ne laissez pas l'impatience vous détourner de votre engagement envers la vérité. Combien de fois ai-je été attristé de voir le nombre de personnes qui, venues à un enseignement ou à un maître avec un enthousiasme prometteur, perdaient courage dès que des obstacles insignifiants et inévitables s'élevaient, pour rechuter dans le samsara et dans leurs vieilles habitudes, gaspillant ainsi des années, voire une vie entière.

Ainsi que l'a dit le Bouddha dans son premier enseignement, la racine de toute notre souffrance dans le samsara est l'*ignorance*. Tant que nous ne nous en sommes pas libérés, l'ignorance peut sembler sans fin et, même lorsque nous sommes engagés sur le chemin spirituel, notre quête demeure voilée par elle. Toutefois, si vous vous rappelez ceci et gardez les enseignements présents dans votre cœur, vous développerez progressivement le discernement nécessaire pour reconnaître les multiples confusions de l'ignorance, et ainsi ne jamais mettre en péril votre engagement ni perdre votre vision d'ensemble.

La vie, nous a enseigné le Bouddha, est aussi brève qu'un éclair dans le ciel. Pourtant, Wordsworth écrivait : « Le monde a trop d'emprise sur nous : nous acquérons et nous dépensons, galvaudant ainsi notre potentiel. » L'erreur la plus déchirante de l'humanité est peut-être ce gaspillage de notre potentiel, cette trahison de notre essence, cette négligence de l'opportunité miraculeuse que nous offre la vie – le bardo naturel – de connaître et d'incarner notre nature d'éveil. Les maîtres nous recommandent, en essence, de cesser de nous leurrer : qu'aurons-nous appris si, au moment de la mort, nous ne savons pas réellement qui nous sommes ? *Le Livre des Morts tibétain* nous dit :

Exécuter ces activités dépourvues de sens,
L'esprit absent, sans penser à la venue de la mort,
Et revenir les mains vides, serait maintenant confu-
sion totale.
Reconnaissance et enseignements spirituels sont
nécessité,
Alors pourquoi ne pas pratiquer le chemin de la
sagesse maintenant même ?
De la bouche des saints viennent ces mots :
Si tu ne gardes pas l'enseignement de ton maître
dans ton cœur,
Ne t'abuses-tu pas toi-même ?

LE MAÎTRE

Dans un tantra[1], le Bouddha dit : « De tous les bouddhas jamais parvenus à l'éveil, pas un seul ne l'a atteint
sans faire confiance à un maître ; et des mille bouddhas
qui apparaîtront dans cet éon, pas un seul n'atteindra
l'éveil sans faire confiance à un maître. »

En 1987, mon maître bien-aimé Dudjom Rinpoché
s'éteignit dans le sud-ouest de la France, où il avait
vécu. Lors d'un voyage de retour en train vers Paris,
des images défilaient dans mon esprit et je me remé-
morais ses innombrables actes de générosité, de tendresse et de compassion. Je me retrouvai en larmes,
me répétant sans cesse à moi-même : « Sans vous, comment aurais-je jamais pu comprendre ? »

Jamais je n'avais réalisé plus intimement, plus intensément, pourquoi l'on insiste tant dans notre tradition
sur le caractère sacré de la relation entre maître et

disciple, et combien elle est essentielle à une transmission vivante de la vérité, d'esprit à esprit et de cœur à cœur. Sans mes maîtres, jamais je n'aurais eu la possibilité de réaliser la vérité des enseignements ; je ne peux même pas imaginer que j'aurais été capable d'atteindre le modeste niveau de compréhension qui est le mien.

Beaucoup, en Occident, sont méfiants à l'égard des maîtres – souvent, hélas ! à juste titre. Il n'est pas nécessaire ici de dresser la liste des nombreux cas – terribles et décevants – d'égarement, de cupidité et de charlatanisme qui se sont produits dans le monde moderne depuis qu'il s'est ouvert à la sagesse orientale, dans les années 1950 et 1960. Pourtant, toutes les grandes traditions de sagesse, qu'elles soient chrétienne, soufie, bouddhiste ou hindoue, puisent leur force dans la relation de maître à disciple. Aussi le monde actuel a-t-il besoin, et de façon urgente, de parvenir à une compréhension aussi claire que possible de ce que sont un maître authentique, un étudiant ou un disciple authentique. Il est essentiel qu'il comprenne la vraie nature de la transformation qui s'opère au travers de la dévotion envers le maître, et que l'on pourrait appeler « l'alchimie du rapport maître à disciple ».

La description la plus émouvante et la plus juste que j'aie jamais entendue concernant la vraie nature du maître provient sans doute de mon maître Jamyang Khyentsé. Il disait que, bien que notre véritable nature soit le bouddha, elle a été obscurcie depuis des temps immémoriaux par un sombre nuage d'ignorance et de confusion. Cependant, cette nature véritable, notre nature de bouddha, ne s'est jamais complètement soumise à la tyrannie de l'ignorance; elle continue à se rebeller, d'une façon ou d'une autre, contre sa domination.

Notre nature de bouddha a donc un aspect actif, qui est notre « maître intérieur ». Dès l'instant même où notre nature a été obscurcie, ce maître intérieur a infatigablement œuvré pour nous, s'efforçant inlassablement de nous ramener au rayonnement et à l'espace de notre être véritable. Jamais, disait Jamyang Khyentsé, ce maître intérieur n'a désespéré de nous une seule seconde. Dans sa compassion infinie, ne faisant qu'une avec la compassion infinie de tous les bouddhas et de tous les êtres éveillés, il a travaillé sans relâche à notre évolution – non seulement dans cette vie-ci mais également dans toutes nos vies passées –, usant de toutes sortes de moyens habiles et de situations afin de nous instruire, nous éveiller et nous ramener à la vérité.

Lorsque nous avons prié, désiré, recherché ardemment la vérité durant de nombreuses vies, lorsque notre karma a été suffisamment purifié, se produit alors une sorte de miracle. Et ce miracle, si nous savons le comprendre et l'utiliser, peut mettre fin à jamais à l'ignorance : le maître intérieur, qui a toujours été avec nous, se manifeste sous la forme du « maître extérieur » que nous rencontrons alors, presque comme par magie, dans la réalité. Il n'est pas, dans une vie, de rencontre plus importante.

Qui est ce maître extérieur ? Il n'est autre que l'incarnation, la voix, le représentant de notre maître intérieur. Ce maître, dont la forme humaine, la voix humaine, la sagesse finiront par nous devenir plus chères que tout au monde, n'est autre que la manifestation extérieure de notre propre vérité intérieure et de son mystère. Comment expliquer autrement le lien si fort qui nous unit à lui ?

Au niveau le plus profond et le plus élevé, maître et disciple ne sont pas séparés et ne peuvent jamais l'être en aucune façon ; la tâche du maître est en effet de nous apprendre à recevoir sans le moindre voile le clair message de notre propre maître intérieur, et de nous amener à réaliser en nous la présence ininterrompue de ce maître ultime. Puisse chacun d'entre vous goûter, dans cette vie, la joie de cette amitié parfaite entre toutes.

Le maître est non seulement le porte-parole direct de votre propre maître intérieur, mais il ou elle détient, canalise et transmet également toutes les bénédictions de tous les êtres éveillés. C'est cela qui lui donne le pouvoir extraordinaire d'illuminer votre esprit et votre cœur. Le maître n'est rien de moins que la face humaine de l'absolu, le «téléphone» par l'intermédiaire duquel tous les bouddhas et tous les êtres éveillés peuvent entrer en communication avec vous. Il est la cristallisation de la sagesse de tous les bouddhas et l'incarnation de leur compassion, toujours dirigée vers vous : les rayons de leur lumière universelle sont ainsi orientés directement vers votre cœur et votre esprit afin de vous libérer.

Dans ma tradition, nous vénérons le maître pour sa bonté, qui est plus grande encore que celle des bouddhas eux-mêmes. Bien que la compassion et le pouvoir des bouddhas soient toujours présents, nos voiles nous empêchent de les rencontrer face à face. Par contre, nous *pouvons* rencontrer le maître. Il est là devant nous, vivant, respirant, parlant et agissant, afin de nous montrer, de toutes les manières possibles, le chemin des bouddhas : la voie de la libération. Mes maîtres ont été pour moi l'incarnation vivante de la vérité, le signe indéniable que l'éveil est possible dans ce corps, dans cette vie, dans ce monde, même ici et maintenant. Ils ont été l'inspiration suprême de ma pratique, de mon œuvre, de ma vie et de mon cheminement vers la libération. Mes maîtres personnifient pour moi l'engagement sacré de garder l'éveil au premier plan de mon esprit tant que je ne l'aurai pas effectivement atteint. C'est alors, et alors seulement – j'ai suffisamment appris pour réaliser ceci aujourd'hui – que je parviendrai à une compréhension totale de leur nature véritable, de l'immensité de leur générosité, de leur amour et de leur sagesse.

J'aimerais partager avec vous cette très belle prière de Jigmé Lingpa, que nous récitons au Tibet afin d'invoquer la présence du maître dans notre cœur :

Du lotus de la dévotion qui s'épanouit au centre de mon cœur,
Ô maître plein de compassion, mon seul refuge, élevez-vous !
Je suis tourmenté par mes actions passées et mes émotions turbulentes ;
Afin de me protéger dans cet état infortuné,
Demeurez, je vous prie, comme un joyau au sommet de ma tête, le chakra de la grande félicité,
Faites que s'élèvent en moi toute ma claire conscience et toute mon attention.

L'ALCHIMIE DE LA DÉVOTION

Selon le Bouddha, aucun bouddha n'est parvenu à l'éveil sans avoir fait confiance à un maître ; de même, il a dit : « C'est par la dévotion, et par la dévotion seule, que vous réaliserez la vérité absolue. » La vérité absolue ne peut pas être réalisée au sein de l'esprit ordinaire, et le chemin qui va au-delà de l'esprit ordinaire passe par le cœur, ainsi que nous l'ont enseigné toutes les grandes traditions de sagesse. Ce chemin du cœur est la dévotion.

Dilgo Khyentsé Rinpoché a écrit :

La seule façon d'atteindre la libération et d'obtenir l'omniscience de l'état éveillé est de suivre un maître spirituel authentique. Il est le guide qui vous aidera à traverser l'océan du samsara. De même que le soleil et la lune sont réfléchis instantanément dans une eau limpide et calme, ainsi les bénédictions de tous les bouddhas sont-elles toujours présentes pour ceux qui ont en eux une confiance absolue. Les rayons du soleil atteignent toute chose uniformément ; c'est seulement lorsqu'ils sont concentrés à travers une loupe qu'ils peuvent mettre le feu à l'herbe sèche. Lorsque les rayons de la compassion du Bouddha, qui pénètrent toute chose, sont concentrés à travers la loupe de votre foi et de votre dévotion, alors la flamme de leurs bénédictions embrase votre être.

Ainsi est-il essentiel de savoir ce qu'est la dévotion réelle. Il ne s'agit pas d'une adoration béate, ni d'une abdication de votre responsabilité envers vous-même, pas plus que d'une soumission aveugle à la personnalité ou aux lubies d'une autre personne. La dévotion véritable est une réceptivité ininterrompue à la vérité. La dévotion véritable est enracinée dans une gratitude emplie de respect et de vénération, mais qui n'en demeure pas moins lucide, fondée et intelligente.

Lorsque le maître parvient à toucher le plus profond de votre cœur et vous offre un aperçu indéniable de la nature de votre esprit, une vague de reconnaissance joyeuse monte en vous. Cette gratitude s'élève vers celui qui vous a aidé à voir, et vers la vérité que le maître incarne dans son être, ses enseignements et son esprit de sagesse. Ce sentiment spontané et authentique s'enracine toujours dans une expérience intérieure indubitable et répétée – la clarté renouvelée de la reconnaissance directe – et c'est cela, et cela seul, que nous appelons dévotion – *mö gü* en tibétain. *Mö gü* signifie « aspiration et respect » : un *respect* pour le maître qui s'approfondira à mesure que vous comprendrez mieux qui il est réellement, et une *aspiration* à ce qu'il peut faire naître en vous, parce que vous aurez compris que le maître est votre lien de cœur avec la vérité absolue, et la personnification de la vraie nature de votre esprit.

Dilgo Khyentsé Rinpoché nous dit :

Cette dévotion ne sera pas toujours, d'emblée, naturelle ou spontanée ; aussi aurons-nous recours à des techniques variées afin de la susciter en nous. Avant tout, nous devrons toujours nous rappeler les qualités incomparables du maître et, particulièrement, sa bonté envers nous. En générant constamment

confiance, appréciation et dévotion envers le maître,
un temps viendra où la simple mention de son nom,
le seul fait de penser à lui, interrompra toutes nos
perceptions ordinaires, et nous le verrons alors
identique au Bouddha lui-même[2].

Voir le maître non comme un être humain mais
comme le Bouddha lui-même, est une source de bénédiction suprême. Comme le disait Padmasambhava :
« Une dévotion totale apporte une bénédiction totale ;
l'absence de doute apporte un succès total. » Les Tibétains savent que, si vous considérez votre maître
comme un bouddha, vous recevrez la bénédiction d'un
bouddha. Si, par contre, vous le considérez comme un
être humain, vous recevrez seulement une bénédiction
d'être humain. Ainsi, pour recevoir la bénédiction de
son enseignement dans toute sa puissance transformatrice et pour permettre à cette bénédiction de se
déployer dans toute sa gloire, il vous faudra essayer de
susciter en vous la dévotion la plus féconde. Lorsque
vous verrez votre maître comme un bouddha, alors,
seulement, un enseignement de bouddha pourra parvenir de son esprit de sagesse jusqu'à vous. Si vous ne
pouvez reconnaître votre maître en tant que bouddha
mais voyez seulement en lui un être humain, sa bénédiction ne pourra jamais se manifester pleinement et
même l'enseignement le plus élevé vous laissera
quelque peu indifférent.

Plus je réfléchis à la dévotion, à sa place et à son
rôle dans la perspective générale des enseignements,
plus je réalise en profondeur qu'elle est essentiellement
un puissant moyen habile destiné à nous rendre plus
réceptifs à la vérité de l'enseignement du maître. Les

maîtres eux-mêmes n'ont pas besoin de notre adoration, mais le fait de voir en eux des bouddhas vivants
nous permettra d'écouter et d'entendre leur message, et
de suivre leurs instructions le plus fidèlement possible.
En un sens, la dévotion est donc la façon la plus pratique de garantir un respect total et, par conséquent,
une pleine réceptivité envers les enseignements tels
qu'ils sont personnifiés par le maître et transmis à travers lui. Plus vous avez de dévotion et plus vous êtes
ouvert aux enseignements, plus ceux-ci ont de chance
de pénétrer votre cœur et votre esprit, et d'entraîner
ainsi une transformation spirituelle complète.

C'est donc seulement lorsque vous verrez en votre
maître un bouddha vivant, que le processus de votre
propre transformation vers l'éveil complet pourra véritablement s'amorcer et s'accomplir. Lorsque votre
esprit et votre cœur – dans la joie, l'émerveillement, la
reconnaissance et la gratitude – seront pleinement
ouverts au mystère de la présence vivante de l'éveil
chez le maître, pourra alors s'opérer lentement, au fil
des années, une transmission entre le cœur et l'esprit de
sagesse du maître et le vôtre. Cette transmission vous
révélera toute la splendeur de votre propre nature de
bouddha et, partant, la parfaite splendeur de l'univers.

Cette relation très intime entre le disciple et le maître
devient un miroir, un modèle sur lequel se bâtit la
relation du disciple à la vie et au monde en général. Le
maître devient la figure centrale d'une pratique approfondie de « pure vision » qui culmine lorsque le disciple voit directement, et sans l'ombre d'un doute, le
maître comme un bouddha vivant, chacune de ses
paroles comme parole de bouddha, son esprit comme
esprit de sagesse de tous les bouddhas, chacun de ses

actes comme l'expression de l'activité de bouddha, le lieu où il vit comme le royaume de bouddha, et même son entourage comme une manifestation lumineuse de sa sagesse.

A mesure que ces perceptions deviennent plus stables et plus immédiates, le miracle intérieur auquel le disciple a aspiré durant de si nombreuses vies peut graduellement se produire : il commence à voir naturellement que lui-même, l'univers et tous les êtres sans exception, sont spontanément purs et parfaits. Il regarde enfin la réalité par ses yeux à elle. Le maître, donc, *est* le chemin, la pierre de touche magique qui va totalement transformer chacune des perceptions du disciple.

La dévotion devient le moyen le plus pur, le plus rapide et le plus simple pour réaliser la nature de notre esprit et de toutes choses. A mesure que cette dévotion grandit, se révèle en même temps la remarquable interdépendance de ce processus : de notre côté, nous essayons de générer continuellement la dévotion ; celle-ci, éveillée, génère à son tour des aperçus de la nature de l'esprit, et ces aperçus ne font que rehausser et approfondir notre dévotion envers le maître qui est notre inspiration. Ainsi, finalement, la dévotion jaillit de la sagesse : la dévotion et l'expérience vivante de la nature de l'esprit deviennent inséparables et s'inspirent mutuellement.

Le maître de Patrul Rinpoché s'appelait Jigmé Gyalwé Nyugu. Depuis de nombreuses années, il accomplissait une retraite solitaire dans une grotte de montagne. Un jour, sortant sous un soleil éclatant et levant les yeux vers le ciel, il vit un nuage se déplacer en direction de la demeure de son maître Jigmé Lingpa.

Une pensée s'éleva dans son esprit : « C'est là-bas que se trouve mon maître ! » Et cette pensée fit jaillir en lui un formidable sentiment d'aspiration et de dévotion. Ce sentiment fut si intense et si bouleversant que Jigmé Gyalwé Nyugu s'évanouit. Lorsqu'il revint à lui, la bénédiction de l'esprit de sagesse de son maître lui avait été transmise dans son intégralité, et il avait atteint le plus haut degré de réalisation, ce que nous appelons « l'épuisement de la réalité phénoménale ».

LE FLOT DE BÉNÉDICTIONS

De telles histoires, qui illustrent le pouvoir de la dévotion et la bénédiction du maître, n'appartiennent pas seulement au passé. Khandro Tséring Chödrön, le plus grand maître féminin de notre époque, fut l'épouse de mon maître Jamyang Khyentsé. En sa personne, on peut voir clairement à quel point des années de dévotion profonde et de pratique assidue peuvent transformer l'esprit humain. Tous les Tibétains rendent hommage à son humilité, à sa noblesse de cœur ainsi qu'à la simplicité radieuse, la modestie et la sagesse tendre et lucide de sa présence. Pourtant, elle-même s'est toujours efforcée autant que possible de demeurer à l'arrière-plan, ne se mettant jamais en avant et menant la vie retirée et austère des contemplatifs du passé.

Jamyang Khyentsé fut l'inspiration de la vie tout entière de Khandro. C'est son mariage spirituel avec lui qui fit de cette très belle jeune femme, légèrement rebelle, la *dakini*[3] radieuse que d'autres grands maîtres tiennent en la plus haute estime. Parmi eux, Dilgo

Khyentsé Rinpoché la considérait comme une « mère spirituelle » et disait toujours combien il se sentait privilégié qu'entre tous les lamas, ce fût lui qu'elle aimât et vénérât le plus profondément. Chaque fois qu'il voyait Khandro, il prenait sa main et la caressait tendrement, puis la plaçait doucement sur sa propre tête ; il savait que c'était la seule manière dont Khandro accepterait jamais de le bénir.

Jamyang Khyentsé donna tous les enseignements à Khandro ; il lui apprit à pratiquer et fut son inspiration. Elle lui adressait ses questions sous forme de chants et lui, en retour, composait d'autres chants sur un mode presque badin et malicieux. Khandro a manifesté la fidélité de sa dévotion envers son maître en continuant à habiter à l'endroit du Sikkim où il passa la fin de sa vie, où il mourut et où ses reliques sont conservées, enchâssées dans un *stupa*[4]. Elle continue là, près de lui, à mener sa vie limpide et indépendante, consacrée uniquement à la prière. Elle a lu la totalité de *La Parole du Bouddha*, et des centaines de volumes de commentaires, lentement, mot à mot. Dilgo Khyentsé Rinpoché disait qu'à chaque fois qu'il retournait auprès du stupa de Jamyang Khyentsé, il avait l'impression de rentrer chez lui tant la présence de Khandro rendait l'atmosphère merveilleusement riche et chaleureuse. A l'entendre, on avait l'impression que mon maître Jamyang Khyentsé était toujours là, toujours vivant, présent à travers la dévotion et l'être même de Khandro.

Maintes et maintes fois, j'ai entendu Khandro dire que, si notre lien avec le maître demeure totalement pur, tout ira bien dès lors dans notre vie. Sa propre existence en est l'exemple le plus émouvant et le plus précieux. C'est la dévotion qui lui a permis d'incarner le cœur des enseignements et de répandre leur chaleur autour d'elle. Khandro n'enseigne pas de façon formelle. En fait, elle parle peu, mais ses paroles sont souvent d'une clarté si pénétrante qu'elles en deviennent prophétiques. Ecouter ses chants emplis de ferveur et de félicité, ou pratiquer avec elle, c'est être inspiré au plus profond de soi. Le simple fait d'être assis près d'elle, de marcher ou même de faire des courses en sa compagnie, vous plonge dans le bonheur intense et serein de sa présence.

Parce qu'elle est si effacée et que c'est en étant ordinaire qu'elle manifeste sa grandeur, seuls ceux qui possèdent un réel discernement voient qui elle est véritablement. Nous vivons à une époque où les individus qui se mettent en valeur sont souvent ceux que l'on admire le plus, mais c'est dans les êtres humbles, comme Khandro, que la vérité est réellement vivante. Si Khandro devait un jour enseigner en Occident, elle serait un maître parfait, de la plus grande noblesse, incarnant dans une plénitude mystérieuse l'amour et la sagesse apaisante de Tara, la compassion éveillée sous sa forme féminine. Si j'étais sur le point de mourir et que Khandro soit à mes côtés, je me sentirais plus rassuré et plus serein que si tout autre maître se trouvait là près de moi.

Tout ce que j'ai réalisé, je l'ai réalisé grâce à la dévotion envers mes maîtres. A mesure que j'enseigne, je prends de plus en plus conscience, avec humilité, émerveillement et respect, de la façon dont leurs bénédictions commencent à agir à travers moi. Sans leurs bénédictions, je ne suis rien, mais s'il y a une chose que je puis faire, c'est être un pont entre eux et vous.

Lorsque j'évoque mes maîtres pendant mon enseignement, je ne cesse de constater que ma dévotion envers eux inspire en retour à ceux qui m'écoutent un sens de la dévotion. Dans la beauté de ces moments, je sens la présence de mes maîtres bénissant mes étudiants et ouvrant leur cœur à la vérité.

Je me souviens qu'au Sikkim, dans les années 1960, peu de temps après la mort de mon maître Jamyang Khyentsé, Dilgo Khyentsé Rinpoché donnait une longue série d'initiations : les enseignements visionnaires de Padmasambhava. Conférer ces initiations peut prendre plusieurs mois. De nombreux maîtres étaient présents dans ce monastère situé dans les collines à proximité de Gangtok, la capitale ; j'étais assis près de Khandro Tséring Chödrön et de Lama Chokden, l'assistant et maître de cérémonie de Jamyang Khyentsé.

Je fis alors personnellement l'expérience saisissante de cette vérité, à savoir comment un maître peut transmettre la bénédiction de son esprit de sagesse à un étudiant. Un jour, Dilgo Khyentsé Rinpoché donna un enseignement extraordinairement émouvant sur la dévotion et sur notre maître Jamyang Khyentsé : les mots coulaient de sa bouche en un torrent d'éloquence et de pure poésie spirituelle. A maintes reprises, tandis que je l'écoutais et le regardais, le souvenir de Jamyang Khyentsé lui-même s'imposa fort mystérieusement à mon esprit. Je me rappelai la facilité avec laquelle il pouvait parler et laisser jaillir, comme d'une source secrète et intarissable, les enseignements les plus inspirés. Emerveillé, je réalisai peu à peu ce qui s'était passé : la bénédiction de l'esprit de sagesse de Jamyang Khyentsé avait été transmise tout entière au fils de son cœur, Dilgo Khyentsé Rinpoché, et c'était elle qui s'exprimait maintenant, sans effort, à travers lui.

A la fin de l'enseignement, je me tournai vers Khandro et Chokden et m'aperçus qu'ils étaient en larmes. « Nous savions, me dirent-ils, que Dilgo Khyentsé était un grand maître, et nous savions qu'un maître est dit pouvoir transmettre la bénédiction tout entière de son esprit de sagesse au fils de son cœur. Mais c'est seulement maintenant, aujourd'hui même, ici même, que nous réalisons ce que cela signifie réellement. »

Lorsque je me souviens de ce jour merveilleux au Sikkim, ainsi que des grands maîtres que j'ai connus, me reviennent en mémoire ces vers d'un saint tibétain qui m'ont toujours inspiré : « Lorsque le soleil de la dévotion ardente brille sur la montagne enneigée qu'est le maître, le flot de ses bénédictions se met à couler. » Je me souviens également des paroles de Dilgo Khyentsé Rinpoché lui-même qui expriment, de façon peut-être plus éloquente encore qu'aucun autre passage que je connaisse, les vastes et nobles qualités du maître :

Le maître est semblable à un grand navire permet-
tant aux êtres de traverser l'océan périlleux de
l'existence, un capitaine infaillible qui les guide jus-
qu'à la terre ferme de la libération, une pluie qui
éteint le feu des passions, un soleil et une lune res-
plendissants qui dispersent les ténèbres de l'igno-
rance, un sol ferme qui peut porter le poids du mal
comme du bien, un arbre qui exauce tous les sou-

haits dispensant à la fois bonheur temporel et féli-
cité ultime, un trésor d'instructions vastes et pro-
fondes, un joyau qui exauce tous les souhaits
octroyant toutes les qualités de la réalisation, un
père et une mère donnant avec équanimité leur
amour à tous les êtres sensibles, un immense fleuve
de compassion, une montagne s'élevant au-dessus
des soucis de ce monde, inébranlable au milieu des
bourrasques des émotions, un énorme nuage lourd
de pluie pour apaiser les tourments des passions. En
bref, il est l'égal de tous les bouddhas. Etablir un
lien quelconque avec lui – que ce soit en le voyant,
en entendant sa voix, en nous souvenant de lui, ou
au contact de sa main – nous mènera vers la libéra-
tion. Avoir pleine confiance en lui est le moyen le
plus sûr de progresser vers l'éveil. La chaleur de sa
sagesse et de sa compassion fera fondre le minerai
de notre être pour libérer au-dedans de nous l'or de
notre nature de bouddha[5].

Je me suis rendu compte que les bénédictions de
mes maîtres me pénétraient de manière presque imper-
ceptible et qu'elles éclairaient mon esprit. Depuis la
mort de Dudjom Rinpoché, mes étudiants me disent
que mes enseignements sont devenus plus lumineux,
qu'ils coulent plus aisément. Récemment, après avoir
entendu Dilgo Khyentsé Rinpoché donner un enseignement particulièrement remarquable, je lui exprimai
ainsi ma profonde admiration : « L'aisance et la spontanéité avec lesquelles ces enseignements jaillissent de
votre esprit semblent presque miraculeuses. » Il se pencha vers moi affectueusement et me répondit, une lueur
malicieuse dans les yeux : « Puissent tes enseignements

en anglais jaillir exactement de la même manière. »
Depuis lors, j'ai senti que, sans aucun effort particulier
de ma part, je devenais capable d'exprimer les enseignements de plus en plus naturellement. Je considère
ce livre comme une manifestation de la bénédiction de
mes maîtres, transmise à partir de l'esprit de sagesse de
Padmasambhava, maître ultime et guide suprême. Cet
ouvrage, donc, vous est offert par eux.

C'est ma dévotion envers mes maîtres qui me donne
la force d'enseigner, ainsi que l'ouverture et la réceptivité pour apprendre et continuer à apprendre. Dilgo
Khyentsé Rinpoché lui-même ne cessa jamais de recevoir humblement les enseignements d'autres maîtres,
souvent même de ceux qui étaient ses propres disciples. Ainsi, la dévotion, qui procure l'inspiration
nécessaire pour enseigner, est aussi celle qui donne
l'humilité de continuer à apprendre. Gambopa, le plus
grand disciple de Milarépa, lui demanda au moment de
leur séparation : « Quand le temps sera-t-il venu pour
moi de commencer à guider des étudiants ? » Milarépa
lui répondit : « Lorsque tu seras différent de ce que tu
es maintenant, lorsque ta perception tout entière se sera
transformée et que tu seras capable de voir, réellement
voir, ce vieil homme devant toi comme rien de moins
que le Bouddha lui-même, lorsque la dévotion t'aura
amené à cet instant de reconnaissance, ce sera le signe
que le temps est venu pour toi d'enseigner. »

Ces enseignements qui ont franchi les siècles, qui
ont traversé plus d'un millier d'années, vous ont été
transmis à partir du cœur éveillé de Padmasambhava
par une lignée ininterrompue de maîtres. Chacun d'eux
n'est devenu maître que parce qu'il avait humblement
appris à être disciple et qu'au sens le plus profond il

était demeuré, toute sa vie, disciple de son propre maître. Même à l'âge de quatre-vingt-deux ans, Dilgo Khyentsé Rinpoché avait encore des larmes de gratitude et d'émotion lorsqu'il évoquait son maître Jamyang Khyentsé. Dans la dernière lettre qu'il m'écrivit avant de mourir, il signa « le pire des disciples ». Cela me montra non seulement combien la vraie dévotion est sans limites, mais également que la plus haute réalisation s'accompagne de la plus grande dévotion et d'une gratitude immense car infiniment humble.

LE GURU YOGA : SE FONDRE DANS L'ESPRIT
DE SAGESSE DU MAÎTRE

Tous les bouddhas, tous les bodhisattvas et les êtres éveillés sont présents à tout moment, prêts à nous venir en aide, et c'est à travers la présence du maître qu'ils dirigent directement leurs bénédictions vers nous. Ceux qui connaissent Padmasambhava savent que la promesse qu'il fit il y a plus de mille ans est une vérité toujours vivante : « Je ne suis jamais éloigné de ceux que la foi anime, ni même de ceux qui en sont dépourvus, bien qu'ils ne me voient pas. Mes enfants seront toujours, et à jamais, protégés par ma compassion. »

Pour recevoir une aide directe, il nous suffit de demander. Le Christ n'a-t-il pas dit, lui aussi : « Demandez, et il vous sera donné ; cherchez, et vous trouverez ; frappez, et l'on vous ouvrira. Car celui qui demande reçoit, et celui qui cherche trouve[6] » ? Cependant, demander est ce que nous trouvons le plus difficile. Beaucoup d'entre nous, me semble-t-il, savent à peine comment demander. Parfois, c'est parce que nous sommes arrogants, d'autres fois parce que nous nous refusons à chercher de l'aide, que nous sommes paresseux ou bien encore que notre esprit est tellement occupé par le questionnement, les distractions et la confusion, que la simplicité de l'acte de demander ne nous vient même pas à l'idée. Le moment décisif dans la guérison d'un alcoolique ou d'un drogué est celui où il reconnaît qu'il est malade et demande de l'aide. D'une façon ou d'une autre, nous sommes tous intoxiqués par le samsara ; dès le moment où nous admettrons notre dépendance et saurons simplement demander, nous pourrons recevoir de l'aide.

Ce dont la plupart d'entre nous avons besoin, sans doute plus que de toute autre chose, c'est du courage et de l'humilité nécessaires pour demander vraiment de l'aide, du fond du cœur : demander la compassion des êtres éveillés, demander la purification et la guérison, demander la capacité de comprendre le sens de notre souffrance et de la transformer ; demander, à un niveau *relatif*, que croissent dans notre vie clarté, paix et discernement, et demander la réalisation de la nature *absolue* de l'esprit qui provient de l'union de notre esprit à l'esprit de sagesse immortel du maître.

Il n'existe pas de pratique plus rapide, plus émouvante ou plus puissante, pour invoquer l'aide des êtres éveillés, susciter la dévotion et réaliser la nature de l'esprit, que celle du Guru Yoga. Dilgo Khyentsé Rinpoché écrit : « L'expression "Guru Yoga" signifie "union avec la nature du guru" et, dans cette pratique, nous disposons de méthodes qui nous permettent de fondre notre propre esprit dans l'esprit éveillé du maître[7]. » Souvenez-vous que le maître – le guru –

incarne et cristallise les bénédictions de tous les bouddhas, de tous les maîtres et êtres éveillés. Ainsi,
l'invoquer, c'est les invoquer tous ; unir votre esprit et
votre cœur à l'esprit de sagesse de votre maître, c'est
les unir à la vérité et à l'incarnation même de l'éveil.

Le maître extérieur vous introduit directement à la
vérité de votre maître intérieur. Plus cette vérité se
révélera à travers ses enseignements et son inspiration,
plus vous commencerez à réaliser que le maître intérieur et le maître extérieur ne font qu'un. Au fur et à
mesure que vous ferez l'expérience personnelle de
cette vérité, en l'invoquant sans cesse dans la pratique
du Guru Yoga, naîtront et s'épanouiront en vous une
confiance, une gratitude, une joie et une dévotion de
plus en plus profondes qui permettront à votre esprit et
à l'esprit de sagesse du maître de devenir réellement
indissociables. Dans une pratique de Guru Yoga qu'il
composa à ma demande, Dilgo Khyentsé Rinpoché a
écrit :

> *Cela qui accomplit la suprême pureté de perception,*
> *Est la dévotion, le rayonnement de Rigpa...*
> *Par la reconnaissance et le souvenir que mon*
> *propre Rigpa n'est autre que le maître,*
> *Par cela même, puissent votre esprit et le mien deve-*
> *nir un.*

C'est la raison pour laquelle toutes les traditions de
sagesse du Tibet ont accordé tant d'importance à la
pratique du Guru Yoga, et pourquoi tous les maîtres
tibétains les plus éminents l'ont chérie comme leur
pratique du cœur la plus secrète. Dudjom Rinpoché
écrit :

Il est vital de placer toute votre énergie dans le Guru Yoga, de le considérer comme la vie et le cœur de la pratique. Sans cela, votre méditation sera fort terne et, même si vous faites quelque progrès, des obstacles surgiront sans cesse et aucune réalisation véritable et authentique ne pourra naître dans votre esprit. Mais si vous priez avec ferveur et avec une dévotion sincère, après quelque temps, la bénédiction directe de l'esprit de sagesse du maître vous sera transmise, vous transférant ainsi le pouvoir d'une réalisation unique, au-delà des mots, née dans les profondeurs de votre esprit.

Je voudrais vous donner maintenant une pratique simple de Guru Yoga, accessible à chacun, quelle que soit sa religion ou sa tradition spirituelle.

Cette pratique merveilleuse est ma pratique principale ; elle est le cœur et l'inspiration de ma vie entière. Chaque fois que je pratique le Guru Yoga, c'est sur Padmasambhava que je concentre mon esprit. Lorsque le Bouddha fut sur le point de quitter ce monde, il prophétisa que Padmasambhava naîtrait peu de temps après sa mort afin de propager l'enseignement des tantras. Comme je l'ai mentionné plus haut, ce fut Padmasambhava qui établit le bouddhisme au Tibet au VIIIe siècle. Pour nous Tibétains, Padmasambhava – « Guru Rinpoché » – incarne un principe cosmique et intemporel ; il est le maître universel. Il apparut en d'innombrables occasions aux maîtres tibétains ; la date, le lieu, la manière dont ces rencontres et visions se produisirent, ainsi que les enseignements et les prophéties qu'il communiqua, furent enregistrés avec une extrême précision. Il laissa également des milliers d'enseignements visionnaires pour les temps à venir, lesquels furent révélés à maintes reprises par les grands maîtres qui ont été ses émanations ; l'un de ces trésors visionnaires, ou *termas*, est le *Livre des Morts tibétain*.

Dans les moments de difficulté et de crise, j'ai toujours invoqué Padmasambhava, et jamais ses bénédictions et son pouvoir ne m'ont fait défaut. Lorsque je pense à lui, tous mes maîtres sont incarnés en sa personne. Pour moi, il est totalement vivant à tout moment, et l'univers entier, à chaque instant, rayonne de sa beauté, de sa force et de sa présence.

> *Ô Guru Rinpoché, Précieux Maître,*
> *Vous êtes la personnification*
> *De la compassion et des bénédictions de tous les bouddhas,*
> *L'unique protecteur des êtres.*
> *Mon corps, mes possessions, mon cœur et mon âme,*
> *Sans hésitation, je vous les abandonne.*
> *A partir de cet instant, et jusqu'à ce que j'atteigne l'éveil,*
> *Dans le bonheur ou la peine, les circonstances bonnes ou mauvaises, les situations élevées ou basses,*
> *Je m'en remets complètement à vous, Ô Padmasambhava, vous qui me connaissez :*
> *Pensez à moi, inspirez-moi, guidez-moi, faites-moi un avec vous*[8] *!*

Je considère Padmasambhava comme l'incarnation de tous mes maîtres. Aussi, lorsque j'unis mon esprit au sien dans la pratique du Guru Yoga, tous mes maîtres sont présents en lui. Dans votre propre pratique, cependant, vous pouvez avoir recours à tout être éveillé, saint ou maître – vivant ou non –, pour lequel vous éprouvez de la dévotion, à quelque religion ou tradition mystique qu'il appartienne.

Cette pratique du Guru Yoga comporte quatre phases principales : l'invocation ; la fusion de votre esprit avec le maître au travers du mantra, l'essence de son cœur ; la réception des bénédictions, ou transmission de pouvoir ; et l'union de votre esprit au maître en demeurant dans la nature de Rigpa.

1. *L'Invocation.*

Asseyez-vous tranquillement. Du fond du cœur, invoquez, dans l'espace devant vous, l'incarnation de la vérité en la personne de votre maître, d'un saint ou d'un être éveillé.

Essayez de visualiser le maître, ou le bouddha, vivant et aussi rayonnant et transparent qu'un arc-en-ciel. Soyez pleinement convaincu et confiant que toutes les bénédictions et les qualités de sagesse, de compassion et de pouvoir de tous les bouddhas et êtres éveillés sont incarnées en lui.

Si vous éprouvez des difficultés à visualiser le maître, imaginez cette incarnation de la vérité simplement comme un être de lumière, ou bien essayez de ressentir sa présence parfaite – la présence de tous les bouddhas et de tous les maîtres – là, dans le ciel devant vous. Que l'inspiration, la joie et le respect sacré que vous éprouverez alors soient votre visualisation. Ayez confiance, simplement, dans le fait que la présence invoquée *est* réellement là. Le Bouddha lui-même a dit : « Quiconque pense à moi se trouve en ma présence. » Mon maître Dudjom Rinpoché avait coutume de dire que ce n'est pas important si, au début, vous ne parvenez pas à visualiser. Ce qui importe, c'est de ressentir la présence dans votre cœur et de savoir que cette présence personnifie les bénédictions, la compassion, l'énergie et la sagesse de tous les bouddhas.

Ensuite, tout en vous détendant et en vous imprégnant de la présence du maître, invoquez-le intensément, de tout votre cœur et de tout votre esprit. Avec une confiance totale, adressez-vous à lui intérieurement en ces termes : « Aidez-moi, inspirez-moi, afin que je purifie mon karma et mes émotions négatives et que je réalise la vraie nature de mon esprit ! »

Puis, avec une dévotion profonde, laissez votre esprit se fondre dans celui du maître et reposez-vous dans son esprit de sagesse. En même temps, abandonnez-vous complètement à lui, disant en votre for intérieur : « Aidez-moi, maintenant. Prenez soin de moi. Emplissez-moi de votre joie et de votre énergie, de votre sagesse et de votre compassion. Recueillez-moi dans l'amour de votre esprit de sagesse. Bénissez mon esprit ; inspirez ma compréhension. » « Alors, dit Dilgo Khyentsé Rinpoché, il ne fait *aucun doute* que les bénédictions entreront dans votre cœur. »

Entreprendre cette pratique est un moyen direct, habile et puissant de nous conduire au-delà de notre esprit ordinaire, dans le royaume pur de la sagesse de Rigpa. Là, nous découvrons et reconnaissons la présence de tous les bouddhas.

Ressentir la présence vivante de Bouddha, de Padmasambhava, de votre maître, et vous ouvrir simplement à la personnification de la vérité, a donc réellement pour effet de bénir et de transformer votre esprit. Lorsque vous invoquez le Bouddha, votre propre nature de bouddha est incitée à s'éveiller et à s'épanouir, aussi naturellement qu'une fleur aux rayons du soleil.

2. *Faire mûrir et approfondir la bénédiction.*

Lorsque j'arrive à cette phase de la pratique – unir mon esprit à celui du maître par le mantra – je récite OM AH HUM VAJRA GURU PADMA SIDDHI HUM (que les Tibétains prononcent Om Ah Houng Benza Gourou Péma Siddhi Houng). Je considère ce mantra comme *étant* véritablement Padmasambhava lui-même, comme la bénédiction de tous mes maîtres sous forme de son. J'imagine que mon être entier est empli de sa personne et je sens, en récitant ce mantra – l'essence de son cœur – qu'il vibre en moi et m'imprègne, comme si des centaines de petits Padmasambhava sous forme de son circulaient à l'intérieur de moi, transformant tout mon être.

En récitant ce mantra, offrez votre cœur et votre âme dans une dévotion fervente et concentrée, et laissez votre esprit s'immerger, se fondre dans l'esprit de Padmasambhava ou de votre maître. Progressivement, vous sentirez que vous vous rapprochez de Padmasambhava et que la distance qui vous sépare de son esprit de sagesse s'amenuise peu à peu. Lentement, grâce à la bénédiction et au pouvoir de cette pratique, vous ferez réellement l'expérience de la transformation de votre esprit en l'esprit de sagesse de Padmasambhava et du maître ; vous commencerez à reconnaître leur indivisibilité. De même que si vous mettez votre doigt dans l'eau il sera mouillé, ou si vous le mettez dans le feu il sera brûlé, de même si vous remettez votre esprit en l'esprit de sagesse des bouddhas, il sera transformé en leur nature de sagesse. En fait, votre esprit commence progressivement à être dans l'état de Rigpa, car la nature la plus profonde de l'esprit *n'est* autre que l'esprit de sagesse de tous les bouddhas. C'est comme si votre esprit ordinaire mourait et se dissolvait peu à peu, et que votre pure conscience claire, votre nature de bouddha, votre maître intérieur, étaient révélés. Voilà ce que le mot « bénédiction » signifie réellement : une transformation au cours de laquelle votre esprit transcende son état ordinaire pour atteindre l'absolu.

Cette « maturation des bénédictions » constitue le cœur, la partie principale de la pratique, et c'est à elle que vous devez consacrer le plus de temps lorsque vous accomplissez le Guru Yoga.

3. *La transmission de pouvoir.*

Imaginez à présent que des milliers de rayons de lumière éclatants émanent du maître et se dirigent vers vous ; ils vous pénètrent, vous purifient, vous guérissent, vous bénissent, vous transmettent le pouvoir et sèment en vous le germe de l'éveil.

Pour rendre la pratique aussi féconde et inspirante que possible, vous pouvez imaginer qu'elle se déroule en trois phases successives :

– Premièrement, une lumière éblouissante, blanche comme le cristal, jaillit du front du maître, pénètre dans le centre d'énergie de votre front et envahit votre corps tout entier. Cette lumière blanche représente la bénédiction du corps de tous les bouddhas : elle nettoie tout le karma négatif que vous avez accumulé par les actions négatives du corps ; elle purifie les canaux subtils de votre système psychophysiologique ; elle vous confère la bénédiction du corps des bouddhas ; elle vous transmet le pouvoir de la pratique de visualisation ; elle vous ouvre à la réalisation de l'énergie de compassion de Rigpa, la nature de l'esprit, qui se manifeste en toute chose.

– Deuxièmement, un flot de lumière rouge rubis émane de la gorge du maître, pénètre dans le centre d'énergie de votre gorge et envahit votre corps tout entier. Cette lumière rouge représente la bénédiction de la parole de tous les bouddhas : elle nettoie tout le karma négatif que vous avez accumulé au travers de paroles préjudiciables ; elle purifie l'air intérieur de votre système psychophysiologique ; elle vous confère la bénédiction de la parole des bouddhas ; elle vous transmet le pouvoir de la pratique du mantra ; elle vous ouvre à la réalisation du rayonnement de la nature de Rigpa.

– Troisièmement, un flot chatoyant de lumière bleue, de la couleur du lapis-lazuli, jaillit du cœur du maître, pénètre dans le centre d'énergie de votre cœur et envahit votre corps tout entier. Cette lumière bleue représente la bénédiction de l'esprit des bouddhas ; elle nettoie tout le karma négatif que vous avez accumulé par l'activité négative de votre esprit ; elle purifie l'essence créatrice, ou énergie, de votre système psychophysiologique ; elle vous confère la bénédiction de l'esprit des bouddhas ; elle vous transmet le pouvoir des pratiques avancées de yoga ; elle vous ouvre à la réalisation de la pureté primordiale de l'essence de Rigpa.

Sachez et ressentez que vous avez maintenant reçu, grâce aux bénédictions, la transmission de pouvoir du corps, de la parole et de l'esprit indestructibles de Padmasambhava et de tous les bouddhas.

4. *Demeurer en Rigpa.*

Laissez maintenant le maître se dissoudre en lumière et devenir un avec vous au sein de la nature de votre esprit. Reconnaissez, sans l'ombre d'un doute, que cette nature semblable au ciel de votre esprit est le maître absolu. Où donc demeureraient tous les êtres éveillés, sinon en Rigpa, la nature de votre esprit ?

Confiant dans cette réalisation, dans un état d'aise spacieux et libre de tout souci, demeurez dans la chaleur, la gloire et la bénédiction de votre nature absolue. Vous être parvenu à la base originelle : la pureté primordiale de la simplicité naturelle. Tout en demeurant dans cet état de Rigpa, vous reconnaissez la vérité des paroles de Padmasambhava : « L'esprit lui-même est Padmasambhava ; aucune pratique, aucune méditation n'existe en dehors de cela. »

J'ai décrit cette pratique du Guru Yoga ici, dans le cadre du bardo naturel de cette vie, parce qu'elle est la pratique la plus importante de la vie et donc la pratique la plus importante au moment de la mort. Le Guru Yoga, comme vous le verrez au chapitre 13,

« L'aide spirituelle aux mourants », constitue la base de la pratique du p'owa, le transfert de conscience au moment de la mort. Si en effet à ce moment vous êtes capable d'unir avec confiance votre esprit à l'esprit de sagesse du maître et de mourir dans cette paix, je vous promets et vous assure que tout ira bien.

La tâche de notre vie est donc de pratiquer aussi souvent que possible cette fusion avec l'esprit de sagesse du maître, afin qu'elle devienne si naturelle que toute activité – s'asseoir, marcher, manger, boire, dormir, rêver ou s'éveiller – commence à s'imprégner de plus en plus de la présence vivante du maître. Lentement, après des années de dévotion fervente, vous en viendrez à comprendre et à réaliser que toutes les apparences sont la manifestation de la sagesse du maître. Toutes les situations de la vie, même celles qui auparavant semblaient tragiques, absurdes ou terrifiantes, se révéleront être, de façon toujours plus évidente, l'enseignement et la bénédiction directs de votre maître, ainsi que du maître intérieur. Selon les paroles de Dilgo Khyentsé Rinpoché :

La dévotion est l'essence du chemin, et si nous n'avons rien d'autre à l'esprit que la présence du maître, et n'éprouvons rien d'autre qu'une dévotion fervente, tout ce qui se produit est perçu comme sa bénédiction. Pratiquer simplement, sans jamais se départir de cette dévotion, est la prière même.

Lorsque toutes nos pensées sont imprégnées de dévotion envers le maître, naît en nous une confiance naturelle que cette dévotion même saura résoudre toutes les situations. Toutes les formes sont

*le maître, tous les sons sont prière, et toutes les
pensées, grossières ou subtiles, s'élèvent en tant
que dévotion. Tout est spontanément libéré dans la
nature absolue, tels des nœuds dénoués dans le
ciel*[9].

DIX

L'essence la plus secrète

Personne ne peut mourir sans peur et en toute confiance s'il n'a véritablement réalisé la nature de l'esprit. Approfondie par des années de pratique assidue, seule cette réalisation est à même d'assurer la stabilité de l'esprit durant ce chaos tumultueux qu'est le processus de la mort. De tous les moyens que je connaisse pour aider une personne à réaliser la nature de l'esprit, la pratique du Dzogchen – le courant de sagesse le plus ancien et le plus direct du bouddhisme, et la source même des enseignements sur les bardos – est la plus claire, la plus efficace et la plus appropriée à l'environnement et aux besoins du monde contemporain.

Les origines du Dzogchen remontent à Samantabhadra, le Bouddha Primordial. A partir de lui, l'enseignement fut transmis par une succession de grands maîtres dont la lignée reste ininterrompue jusqu'à nos jours. Des centaines de milliers d'individus en Inde, dans les Himalayas et au Tibet ont atteint la réalisation et l'éveil grâce à la pratique du Dzogchen. Une merveilleuse prophétie annonce qu'« en cet âge sombre, l'essence du cœur de Samantabhadra s'embrasera comme un feu ». Ma vie, mes enseignements et ce livre sont consacrés à allumer cette flamme dans le cœur et l'esprit des hommes.

Mon soutien constant dans cette démarche, mon inspiration et mon guide, est le maître suprême Padmasambhava. Il *est* l'esprit essentiel du Dzogchen ; il en est le meilleur interprète et l'incarnation humaine, doté des qualités éclatantes de magnanimité, de pouvoir miraculeux, de vision prophétique, d'énergie éveillée et de compassion illimitée.

Au Tibet, le Dzogchen n'était pas enseigné de façon très ouverte et, pendant un certain temps, nombreux furent les grands maîtres qui ne l'enseignèrent pas au monde moderne. Pour quelle raison ai-je donc décidé de l'enseigner à présent ? Certains de mes maîtres m'ont affirmé que le temps *était* venu où le Dzogchen devait être divulgué, ce temps dont parle la prophétie. Je sens aussi que ne pas révéler l'existence d'une sagesse aussi remarquable serait manquer de compassion. Les êtres humains sont parvenus à un point critique de leur évolution, et cette époque d'extrême confusion exige un enseignement d'une puissance et d'une clarté tout aussi extrêmes. J'ai constaté par ailleurs que le monde contemporain est à la recherche d'une voie spirituelle dépouillée de tout dogme, intégrisme, sectarisme, métaphysique complexe et attirail exotique, une voie à la fois simple et profonde, une voie que l'on puisse intégrer à la vie ordinaire et suivre, non seulement dans un ashram ou un monastère, mais en tout lieu.

Qu'est-ce que le Dzogchen ? Le Dzogchen n'est pas seulement un enseignement, ou une autre philosophie, un autre système complexe, un ensemble séduisant de techniques diverses. Le Dzogchen est un *état*, l'état primordial même, l'état d'éveil total qui constitue l'essence du cœur de tous les bouddhas et de toutes les voies spirituelles ainsi que l'apogée de l'évolution spirituelle de tout individu. On traduit souvent Dzogchen par « Grande Perfection ». Je préfère personnellement ne pas le traduire, car « Grande Perfection » suggère l'idée d'une perfection que nous devrions nous efforcer d'atteindre, l'idée d'un état auquel nous ne parviendrions qu'au terme d'un voyage long et pénible. Rien n'est plus éloigné du sens véritable du Dzogchen : l'état *déjà* parfait en lui-même de notre nature primordiale, qui n'a nullement besoin d'être « perfectionnée » car elle est parfaite depuis l'origine, comme le ciel.

Les enseignements bouddhistes dans leur ensemble sont décrits en termes de « Base, Chemin, et Fruit ». La Base du Dzogchen est cet état fondamental, primordial – notre nature absolue, qui est déjà parfaite et toujours présente. « Ne la cherchez pas à l'extérieur de vous, dit Patrul Rinpoché ; ne croyez pas, non plus, que vous ne la possédiez pas déjà et qu'elle doive naître maintenant dans votre esprit. » Du point de vue de la Base, de l'absolu, notre nature est donc identique à celle des bouddhas. Il n'est pas question à ce niveau – « pas même l'épaisseur d'un cheveu », disent les maîtres – d'enseignement à suivre ou de pratique à faire.

Il nous faut cependant comprendre que les bouddhas ont pris un chemin et que nous en avons suivi un autre. Les bouddhas reconnaissent leur nature originelle et atteignent l'éveil ; nous ne reconnaissons pas cette nature et nous nous égarons ainsi dans la confusion. Dans les enseignements, cet état de fait est appelé : « Une base, deux chemins. » Notre condition relative est telle que notre nature intrinsèque *est* voilée. Nous devons donc suivre des enseignements et observer une pratique qui nous ramènent à la vérité. C'est le Chemin du Dzogchen. Réaliser notre nature originelle, c'est finalement atteindre la libération totale et devenir un bouddha. Cela, c'est le Fruit du Dzogchen, dont la réalisation est vraiment possible en l'espace d'une vie pour le pratiquant qui s'y consacre de tout son cœur et de tout son esprit.

Les maîtres Dzogchen ont une conscience aiguë des dangers qui résultent d'une confusion entre le relatif et l'absolu. Une personne qui ne comprend pas le rapport entre les deux peut négliger, voire dédaigner les aspects relatifs de la pratique spirituelle et la loi karmique de cause à effet. En revanche, ceux qui saisissent la vraie signification du Dzogchen voient inévitablement leur respect pour le karma s'approfondir et ressentent de manière plus aiguë et urgente la nécessité d'une purification et d'une pratique spirituelles. C'est parce qu'ils comprennent l'ampleur de ce qui, en eux, a été obscurci, qu'ils s'efforcent alors, avec d'autant plus de ferveur et une discipline toujours vivante et naturelle, d'écarter ce qui les sépare de leur nature véritable.

Les enseignements Dzogchen sont comme un miroir qui reflète la Base de notre nature originelle avec une pureté si aérienne et libératrice, une clarté si limpide que nous sommes protégés par là même de la prison que représente toute forme de compréhension conceptuelle et fabriquée, aussi subtile, aussi convaincante, aussi séduisante soit elle.

En quoi consiste pour moi le miracle du Dzogchen ? Tous les enseignements mènent à l'éveil, mais le caractère unique du Dzogchen est que, même au niveau relatif des enseignements, son langage n'altère jamais l'absolu par des concepts ; il le laisse intact, dans sa simplicité majestueuse, nue et dynamique. En même temps, à tous ceux qui ont un esprit ouvert, il parle de l'absolu en termes si visuels, si saisissants que, même avant d'avoir atteint l'éveil, nous avons déjà reçu la grâce d'un aperçu extrêmement puissant de la splendeur de l'état éveillé.

LA VUE

L'entraînement pratique qu'est le chemin du Dzogchen est traditionnellement – et très simplement – décrit en termes de Vue, Méditation et Action. La Vue consiste à percevoir directement l'état absolu, la Base de notre être. La Méditation est le moyen de stabiliser cette Vue et d'en faire une expérience ininterrompue. L'Action est l'intégration de la Vue dans notre réalité et notre vie tout entières.

Qu'est-ce que la Vue ? Ce n'est ni plus ni moins que *voir* les choses telles qu'elles sont ; savoir que la nature véritable de l'esprit est la nature véritable de toute chose et *réaliser* que la nature véritable de notre esprit est la vérité absolue. Dudjom Rinpoché disait : « La Vue est l'intelligence de la conscience nue au sein de laquelle tout est contenu : perceptions sensorielles et existence phénoménale, samsara et nirvana. Cette conscience claire a deux aspects : la vacuité en est l'aspect absolu, et les apparences ou les perceptions, l'aspect relatif. »

Cela signifie que toutes les apparences possibles, tous les phénomènes possibles, à tous les différents niveaux de réalité – samsara et nirvana – ont, sans exception, toujours été parfaits et complets et le demeureront à jamais, au sein de l'étendue vaste et sans limite de la nature de l'esprit. Mais si l'essence de toute chose est vide et « pure depuis le commencement », sa nature est riche de nobles qualités et de possibilités infinies ; c'est le champ illimité, toujours spontané et parfait, d'une créativité dynamique et incessante.

Si réaliser la Vue équivaut à réaliser la nature de l'esprit, vous pourriez alors vous demander : « Mais à quoi donc ressemble cette nature de l'esprit ? » Imaginez un ciel, vide, spacieux, et pur depuis l'origine : telle est son *essence*. Imaginez un soleil, lumineux, sans voile et spontanément présent : telle est sa *nature*. Imaginez que ce soleil brille impartialement sur tout être et toute chose, rayonnant dans toutes les directions ; telle est son *énergie*, manifestation de la compassion. Rien ne peut l'entraver, et elle pénètre toute chose.

Vous pouvez également vous représenter la nature de l'esprit comme un miroir doté de cinq pouvoirs ou « sagesses ». Son ouverture et son immensité sont « la sagesse de l'espace qui embrasse tout », le sein de la compassion. Sa capacité à réfléchir avec précision tout ce qui se présente à lui est « la sagesse semblable au miroir ». Son absence fondamentale de parti pris vis-à-vis de toutes les impressions est « la sagesse de l'égalité ». Son aptitude à distinguer clairement, sans les confondre, les différents phénomènes qui se manifestent, est « la sagesse du discernement ». Enfin, son potentiel à inclure toute chose dans son état déjà parfait et achevé, spontanément présent, est « la sagesse qui accomplit tout ».

Dans le Dzogchen, la Vue est introduite directement à l'étudiant par le maître. C'est l'aspect direct de cette introduction qui caractérise le Dzogchen et le rend unique.

Ce qui est transmis à l'étudiant au moment de l'introduction est l'expérience directe de l'esprit de sagesse des bouddhas. Cette transmission s'effectue par la grâce d'un maître qui en incarne la réalisation complète. Pour être capable de recevoir cette introduction, l'étudiant doit être parvenu – c'est le résultat de ses aspirations passées et de la purification de son karma – au point où il possède à la fois l'ouverture d'esprit et la dévotion qui le rendront réceptif à la véritable signification du Dzogchen.

Comment est-il possible que l'étudiant soit introduit à l'esprit de sagesse des bouddhas ? Imaginez la nature de l'esprit semblable à votre propre visage ; il ne vous quitte jamais, mais sans aide extérieure vous ne pouvez le voir. Supposez maintenant que vous n'ayez jamais vu de miroir. Soudain, on vous en tend un dans lequel vous voyez, pour la première fois, le reflet de votre visage : telle est l'introduction accomplie par le maître. De même que votre visage, la pure conscience de Rigpa n'est pas quelque chose de « nouveau » que vous ne possédiez pas auparavant et que le maître vous donne. Ce n'est pas non plus quelque chose que vous puissiez trouver en dehors de vous. Cette conscience a toujours été vôtre, elle a toujours été présente en vous mais, jusqu'à cet instant saisissant, vous ne l'aviez jamais vue directement, face à face.

Patrul Rinpoché explique : « Selon la tradition particulière des grands maîtres de notre lignée de pratique, la nature de l'esprit – le visage de Rigpa – est introduite à l'instant même où l'esprit conceptuel se dissout. » A ce moment précis, le maître tranche l'esprit conceptuel, dévoilant Rigpa dans toute sa nudité et révélant explicitement sa nature véritable.

En cet instant puissant se produit une fusion des esprits et des cœurs, et l'étudiant a une expérience, un aperçu indéniable de la nature de Rigpa. Le maître l'introduit à cette nature, et simultanément l'étudiant la reconnaît. De la sagesse de Rigpa, le maître dirige sa bénédiction au cœur du Rigpa de l'étudiant. Par là même, il lui montre directement le visage originel de la nature de l'esprit.

Cependant, pour que l'introduction effectuée par le maître soit pleinement efficace, il faut d'abord créer l'environnement adéquat, les conditions propices. Dans l'histoire de l'humanité, seuls quelques individus exceptionnels ont pu, grâce à leur karma purifié, à la fois reconnaître leur nature et atteindre l'éveil instantanément. C'est pourquoi l'introduction doit toujours être précédée des préliminaires suivants ; ce sont eux qui purifient et dissolvent l'esprit ordinaire en lui ôtant ses voiles successifs, et nous amènent à un état où notre Rigpa peut nous être révélé.

Premièrement, la méditation, antidote suprême à la distraction, ramène l'esprit en lui-même et lui permet de s'établir dans l'état naturel qui est le sien.

Deuxièmement, des pratiques de purification profonde, ainsi que l'accumulation de mérite et de sagesse renforçant le karma positif, commencent à user, puis à dissoudre les voiles émotionnels et intellectuels qui obscurcissent la nature de l'esprit. Ainsi que l'écrivait mon maître Jamyang Khyentsé : « Si les obscurcissements sont dissipés, la sagesse de Rigpa rayonnera naturellement. » Ces pratiques de purification, appelées *Ngöndro* en tibétain, ont été habilement conçues pour opérer une transformation intérieure complète. Elles impliquent l'être tout entier – corps, parole et esprit – et commencent par une série de contemplations profondes concernant :

– le caractère unique de l'existence humaine ;
– la présence inéluctable de l'impermanence et de la mort ;
– la loi infaillible de cause à effet qui s'applique à nos actes ;
– le cercle vicieux de frustration et de souffrance qui constitue le samsara.

Ces réflexions inspirent un sentiment profond de « renoncement » ainsi qu'un désir impérieux d'émerger du samsara et de suivre le chemin de la libération, qui constituent le fondement des pratiques spécifiques suivantes :
– prendre refuge dans le Bouddha, la vérité de son enseignement et l'exemple de ceux qui le pratiquent, éveillant ainsi l'assurance et la confiance en notre propre nature de bouddha ;
– engendrer la compassion – la *Bodhichitta*, le cœur de l'esprit d'éveil, dont je parlerai en détail au chapitre 12 – et entraîner l'esprit à travailler avec soi-même et les autres, et avec les difficultés de la vie ;

– écarter les obscurcissements et les « souillures » par la pratique de visualisation et de récitation de mantras destinée à purifier et à guérir ;

– accumuler mérite et sagesse en développant une attitude de générosité universelle et en créant des circonstances favorables[1].

Toutes ces pratiques culminent dans celle du Guru Yoga, pratique centrale qui est aussi la plus décisive, la plus émouvante et la plus puissante de toutes, indispensable pour ouvrir le cœur et l'esprit à la réalisation de l'état du Dzogchen[2].

Troisièmement, une investigation méditative spécifique de la nature de l'esprit et des phénomènes épuise la faim insatiable de raisonnement et d'interrogation qui occupe notre esprit ; elle le dégage de l'emprise des conceptualisations, analyses et références sans fin ; elle éveille en nous une réalisation personnelle de la nature de la vacuité.

Je ne soulignerai jamais assez l'extrême importance de ces préliminaires ; ils doivent opérer ensemble, de façon systématique, afin d'inspirer l'étudiant à éveiller en lui-même la nature de l'esprit, et de lui permettre d'être tout à fait prêt quand vient le moment choisi par le maître pour lui révéler le visage originel de Rigpa.

Nyoshul Lungtok, qui devait devenir l'un des plus grands maîtres Dzogchen de notre époque, suivit son maître, Patrul Rinpoché, pendant environ dix-huit années. Durant tout ce temps, ils furent presque inséparables. Nyoshul Lungtok étudia et pratiqua avec tant de zèle qu'il accumula purification, mérite et pratique en abondance ; il était prêt à reconnaître Rigpa, mais son maître ne lui en avait pas encore donné l'introduction finale. Un soir mémorable, Patrul Rinpoché la lui donna enfin. Ils séjournaient à ce moment-là dans un ermitage situé très haut dans les montagnes, au-dessus du Monastère Dzogchen[3]. C'était une nuit splendide. Le ciel était clair, d'un bleu profond et les étoiles brillaient intensément. L'aboiement lointain, en contrebas, d'un chien du monastère rehaussait le silence de leur solitude.

Patrul Rinpoché, allongé sur le sol, accomplissait une pratique Dzogchen particulière. Il appela Nyoshul Lungtok auprès de lui et lui demanda : « As-tu dit que tu ne connaissais pas l'essence de l'esprit ? »

Au ton de sa voix, Nyoshul Lungtok devina que le moment était exceptionnel et, le cœur plein d'attente, il fit un signe d'assentiment.

« En fait, il n'y a là rien d'extraordinaire », dit Patrul Rinpoché négligemment. Puis il ajouta : « Mon fils, viens t'allonger ici : sois comme ton vieux père. » Nyoshul Lungtok s'étendit à ses côtés.

Patrul Rinpoché lui demanda alors :

« Vois-tu les étoiles là-haut, dans le ciel ?

– Oui.

– Entends-tu les chiens aboyer au Monastère Dzogchen ?

– Oui.

– Entends-tu ce que je suis en train de te dire ?

– Oui.

– Eh bien ! c'est cela la nature du Dzogchen – simplement cela. »

Nyoshul Lungtok raconte ce qui se produisit alors : « En cet instant, la certitude de la réalisation naquit au plus profond de moi. J'avais été libéré des chaînes de "ce qui est" et "ce qui n'est pas". J'avais réalisé la sagesse primordiale, l'union sans voile de la vacuité et de la conscience claire intrinsèque. Ce fut la grâce de mon maître qui me permit de parvenir à cette réalisation. » Comme l'a dit le grand maître indien Saraha :

Celui dont le cœur a été pénétré par les paroles du maître
Voit la vérité comme un trésor dans la paume de sa main[4].

En cet instant, pour Nyoshul Lungtok, tout devint limpide ; les longues années d'étude, de purification et de pratique avaient porté leur fruit. Il atteignit la réalisation de la nature de l'esprit. Les paroles de Patrul Rinpoché n'avaient rien d'extraordinaire, d'ésotérique ou de mystique ; elles étaient au contraire tout à fait ordinaires. Mais, au-delà des mots, autre chose était transmis. Ce que Patrul Rinpoché révélait était la nature intrinsèque de toute chose – et c'est cela la signification véritable du Dzogchen. A ce moment précis, Patrul Rinpoché avait déjà amené Nyoshul Lungtok directement à cet état par la puissance et la grâce de sa propre réalisation.

Mais chaque maître est différent et dispose d'une grande variété de moyens habiles pour provoquer ce retournement de la conscience. Patrul Rinpoché lui-même fut introduit à la nature de l'esprit de manière très différente par un maître fort excentrique appelé Do Khyentsé. Voici cette histoire, telle qu'elle m'est parvenue à travers la tradition orale.

Patrul Rinpoché accomplissait depuis un certain temps une pratique avancée de yoga et de visualisation mais il ne progressait plus, aucun des mandalas des déités ne lui apparaissaient clairement à l'esprit[5]. Un jour, il rencontra Do Khyentsé assis devant un feu qu'il avait allumé en plein air, en train de boire du thé. Il est d'usage, au Tibet, de se prosterner en signe de respect dès que l'on aperçoit un maître pour lequel on éprouve une grande dévotion. Comme Patrul Rinpoché commençait à se prosterner de loin, Do Khyentsé l'aperçut et grogna d'une voix menaçante : « Hé, vieux chien, approche un peu par ici si tu l'oses ! » Do Khyentsé était un maître très impressionnant. Avec ses longs cheveux, sa tenue extravagante et sa passion pour les chevaux pur-sang, il ressemblait à un samouraï. Comme Patrul Rinpoché continuait de se prosterner en s'approchant, Do Khyentsé, tout en l'injuriant copieusement, se mit à lui jeter des cailloux, puis bientôt des pierres de plus en plus grosses. Quand il l'eut à sa portée, il le frappa si violemment qu'il en perdit connaissance.

Lorsque Patrul Rinpoché revint à lui, il se trouvait dans un état de conscience complètement modifié. Les mandalas qu'il s'était tant efforcé de visualiser se manifestaient spontanément devant lui. Chacune des injures et des insultes de Do Khyentsé avait détruit les derniers vestiges de son esprit conceptuel, et chaque pierre qui l'avait frappé avait ouvert les centres d'énergie et les canaux subtils de son corps. Pendant deux semaines merveilleuses, les visions des mandalas ne le quittèrent pas.

Je vais maintenant essayer d'évoquer pour vous ce qu'est la Vue et ce que l'on ressent au moment où Rigpa est directement révélé, bien qu'aucun mot, aucun terme conceptuel ne puisse en fait le décrire.

« A ce moment-là, dit Dudjom Rinpoché, c'est comme si l'on ôtait une cagoule de votre tête. Quel espace illimité, quel soulagement ! Telle est la vision suprême : voir ce qui n'avait pas été vu auparavant. » Quand vous voyez « ce qui n'avait pas été vu auparavant », tout s'ouvre et s'élargit, tout devient vif, clair, débordant de vie, pétillant d'allégresse et de fraîcheur. C'est comme si le toit de votre esprit s'était envolé ou qu'une nuée d'oiseaux avait soudain jailli d'un nid obscur. Toutes les limitations se dissolvent et disparaissent comme si, disent les Tibétains, un sceau avait été brisé.

Imaginez que vous viviez dans une maison construite au sommet d'une montagne, elle-même située au sommet du monde. Soudain, toute la structure de la maison, qui limitait votre vision, disparaît, et vous voyez tout autour de vous, aussi bien à l'extérieur qu'à l'intérieur. Seulement, il n'y a aucun « objet » à voir ; ce qui se produit est dénué de toute référence ordinaire. C'est une vision totale, intégrale, sans précédent, parfaite.

Dudjom Rinpoché dit : « Vos pires ennemis, ceux qui vous ont maintenu enchaîné au samsara tout au long de vies innombrables, depuis des temps sans commencement jusqu'à ce jour, sont la saisie et l'objet de la saisie. » Quand le maître donne l'introduction et que vous « reconnaissez », « tous deux sont entièrement consumés sans que demeure la moindre trace, telles des plumes dans une flamme ». Saisie et objet saisi, ce qui est saisi et celui qui saisit sont totalement libérés de leur fondement même. Les racines de l'ignorance et de la souffrance sont tranchées complètement. Tout apparaît alors comme un reflet dans un miroir : transparent, chatoyant, illusoire, semblable au rêve.

Lorsque, inspiré par la Vue, vous parvenez naturellement à cet état de méditation, vous pouvez y demeurer longtemps sans distraction ni effort particulier. Il n'existe alors aucune « méditation » à protéger ou à maintenir, car vous êtes dans le flux naturel de la sagesse de Rigpa. Dans cet état, vous réalisez qu'il en est ainsi, qu'il en a toujours été ainsi. Lorsque rayonne la sagesse de Rigpa, nul doute ne peut subsister, et une compréhension profonde et complète s'élève aussitôt, sans effort.

Toutes les images que je vous ai proposées, toutes les métaphores que j'ai tenté d'employer se fondent, vous le verrez, en une expérience unique de vérité qui embrasse tout. Dans cet état se trouve la dévotion, dans cet état se trouve la compassion, ainsi que toutes les sagesses, la béatitude, la clarté, l'absence de pensées, non distinctes les unes des autres mais intégrées et liées inextricablement en une seule saveur. Cet instant est l'instant de l'éveil. Un profond sens de l'humour se fait jour en vous et vous souriez avec amusement en voyant à quel point vos concepts et vos idées sur la nature de l'esprit étaient inadéquats.

Il s'élève alors un sentiment grandissant de certitude inébranlable que « c'est cela ». Il ne reste plus rien à chercher, plus rien à attendre. C'est cette certitude de la Vue qu'il vous faudra approfondir par des aperçus successifs de la nature de l'esprit, et stabiliser par la discipline constante de la méditation.

LA MÉDITATION

Qu'est-ce que la méditation dans le Dzogchen ? C'est simplement demeurer non distrait dans la Vue, une fois que celle-ci a été introduite. Dudjom Rinpoché la décrit ainsi : « La méditation consiste à rester attentif à cet état de Rigpa, libre de toute construction mentale, tout en demeurant pleinement détendu, sans distraction ni saisie aucune. Car il est dit : "La méditation n'est pas un effort, mais une assimilation naturelle et progressive." »

Tout le but de la pratique de méditation dans le Dzogchen est de renforcer et de stabiliser Rigpa, et de lui permettre d'atteindre sa pleine maturité. L'esprit ordinaire, avec ses habitudes et ses projections, est extrêmement puissant. Il revient à la charge constamment et reprend aisément ses droits sur nous dans les moments d'inattention ou de distraction. Dudjom Rinpoché avait coutume de dire : « A présent, notre Rigpa est comme un nouveau-né abandonné sur le champ de bataille des pensées tumultueuses. » J'aime à dire qu'il nous faut commencer par « baby-sitter » notre Rigpa dans l'environnement sécurisant de la méditation.

Si la méditation consiste simplement à demeurer dans le flux de Rigpa après l'introduction à la nature de l'esprit, comment savoir si nous sommes, ou non, dans Rigpa ? J'ai posé cette question à Dilgo Khyentsé Rinpoché qui m'a répondu avec sa simplicité coutumière : « Si vous êtes dans un état inaltéré, c'est Rigpa. » Si nous n'altérons ni ne manipulons l'esprit en aucune façon, mais demeurons simplement dans un état inchangé de pure conscience originelle, c'est *cela* Rigpa. Mais s'il y a de notre part quelque construction, manipulation ou saisie, ce n'est pas Rigpa. Rigpa est un état dans lequel aucun doute ne subsiste. Il n'y a plus vraiment d'esprit pour douter : vous voyez directement. Dans cet état, en même temps que Rigpa,

jaillissent une certitude et une confiance totales et naturelles : c'est cela qui vous permet de savoir[6].

La tradition du Dzogchen est d'une précision
extrême, car plus vous allez en profondeur, plus les
pièges qui peuvent surgir sont subtils, et l'enjeu ici
n'est rien de moins que la connaissance de la réalité
absolue. Même après l'introduction, les maîtres clari-
fient en détail les états qui ne sont pas la méditation
Dzogchen et qui ne doivent pas être confondus avec
elle. Dans l'un de ces états, vous dérivez dans un no
man's land de l'esprit, sans pensées ni souvenirs ; c'est
un état sombre, morne, indifférent, où vous êtes
immergé dans la base même de l'esprit ordinaire. Dans
un second état règnent une certaine quiétude et une
légère clarté, mais il s'agit là d'un état de calme sta-
gnant, encore enfoui dans l'esprit ordinaire. Dans un
troisième, vous faites l'expérience de l'absence de pensées, mais vous « planez » dans un vague état
d'hébétude. Dans un quatrième enfin, votre esprit
s'égare à la poursuite de pensées et de projections.
Aucun de ces états n'est la méditation véritable et le
pratiquant doit faire preuve de vigilance et d'habileté
s'il ne veut pas tomber dans l'un de ces pièges.

L'essence de la pratique de la méditation dans le
Dzogchen est condensée dans ces quatre points :

– Lorsqu'une pensée passée a pris fin et que la suivante ne s'est pas encore élevée, dans cette ouverture,
cet espace, n'y a-t-il pas une conscience du moment
présent fraîche, originelle, inaltérée par la moindre
trace de concept, une conscience lumineuse et nue ?
Voilà ce qu'est Rigpa.

– Mais cet état ne dure pas éternellement : soudain, une autre pensée s'élève, n'est-il pas vrai ?

C'est le rayonnement naturel de Rigpa.

– Cependant, si vous ne reconnaissez pas cette pensée pour ce qu'elle est réellement, à l'instant même où elle s'élève, elle deviendra, comme auparavant, une autre pensée ordinaire.

C'est ce que l'on appelle « la chaîne de l'illusion », et c'est la racine même du samsara.

– Si vous êtes capable de reconnaître la vraie nature d'une pensée aussitôt qu'elle s'élève et de la laisser telle quelle, sans la suivre aucunement, alors toutes les pensées retournent automatiquement se fondre dans la vaste étendue de Rigpa et sont libérées.

Il est évident qu'il faut toute une vie de pratique pour pleinement comprendre et réaliser la richesse et la noblesse de ces quatre points, profonds et pourtant simples. Je ne peux vous donner ici qu'un avant-goût de l'immensité de la méditation dans le Dzogchen.

Le point sans doute le plus important est que la méditation Dzogchen en vient à devenir un flux continu de Rigpa, coulant nuit et jour, sans interruption. Ceci est bien sûr l'état idéal, car demeurer sans distraction dans la Vue, une fois que celle-ci a été introduite et reconnue, est la récompense de nombreuses années de pratique assidue.

La méditation Dzogchen offre une perspective unique sur les manifestations de l'esprit, et travaille avec elle d'une manière à la fois subtile et puissante. Tout ce qui s'élève est vu dans sa vraie nature, non pas distinct de Rigpa, ni en opposition à lui, mais, en fait – et cela est très important – comme n'étant autre que son rayonnement naturel, l'expression de sa propre énergie.

Supposez que vous vous trouviez dans un état de profonde tranquillité. Sans doute ne durera-t-il pas longtemps et, telle une vague dans l'océan, une pensée, un mouvement finiront par s'élever. Ne rejetez pas le mouvement, n'adoptez pas non plus particulièrement la tranquillité ; maintenez plutôt le flux de votre pure présence. L'atmosphère vaste et paisible de votre méditation est Rigpa, et tout ce qui s'élève n'est autre que le rayonnement naturel de Rigpa. Ceci est le cœur et le principe fondamental de la pratique Dzogchen. Pour le comprendre, imaginez par exemple que vous chevauchez les rayons du soleil jusqu'à leur source : vous remontez instantanément à l'origine même de toute manifestation, c'est-à-dire à la base que constitue Rigpa. Lorsque vous incarnez la stabilité inébranlable de la Vue, ce qui s'élève ne peut plus vous tromper ni vous distraire, et l'illusion n'a plus de prise sur vous.

Bien sûr, les vagues de l'océan ne sont pas toujours paisibles ; elles peuvent aussi être déchaînées. De même s'élèveront des émotions violentes telles que la colère, le désir, la jalousie. Un vrai pratiquant ne les considérera pas comme une perturbation ou un obstacle, mais les reconnaîtra, au contraire, comme une grande opportunité. Le fait que vous réagissiez à de telles émotions selon vos tendances habituelles d'attirance et de répulsion montre non seulement que vous êtes distrait, mais que vous ne savez pas les reconnaître et que vous vous êtes éloigné de la base de Rigpa. Réagir ainsi leur donne du pouvoir et resserre autour de vous les chaînes de l'illusion. Le grand secret du Dzogchen est de voir directement les émotions pour ce qu'elles sont à l'instant précis où elles s'élèvent : la manifestation vibrante et saisissante de l'énergie même de Rigpa. Au fur et à mesure que vous y parvenez, même les émotions les plus violentes n'ont plus la moindre prise sur vous et elles s'évanouissent, telles de grandes vagues qui se creusent, se dressent avec furie, puis retombent dans le calme de l'océan.

Le pratiquant découvre alors – et c'est là une Vue révolutionnaire dont la finesse et la puissance ne peuvent être surestimées – que non seulement ses émotions violentes ne l'emportent plus inexorablement, ne l'entraînent plus dans le tourbillon de ses névroses, mais qu'il peut même les utiliser réellement pour approfondir, enhardir, vivifier et renforcer Rigpa. L'énergie tumultueuse devient le matériau brut de l'énergie éveillée de Rigpa. Plus l'émotion est forte et ardente, plus Rigpa est renforcé. A mon sens, cette méthode spécifique au Dzogchen a le pouvoir extraordinaire de dénouer les blocages émotionnels et psychologiques les plus profondément enracinés et les plus opiniâtres.

Laissez-moi vous donner à présent une explication aussi simple et précise que possible de la façon dont ce processus fonctionne. Cette explication se révélera d'une valeur inestimable lorsque nous examinerons, ultérieurement, ce qui se passe au moment de la mort.

Dans le Dzogchen, la nature fondamentale et intrinsèque de toute chose est appelée « Luminosité fondamentale » ou « Luminosité mère ». Elle imprègne notre expérience tout entière et constitue donc également, bien que nous ne la reconnaissions pas, la nature inhérente des pensées et des émotions qui se manifestent dans notre esprit. Quand le maître nous introduit à la nature véritable de l'esprit, l'état de Rigpa, c'est comme s'il nous donnait une clé passe-partout. Cette clé qui nous ouvrira la porte de la connaissance totale, nous l'appelons dans le Dzogchen « Luminosité du chemin » ou « Luminosité fille ». La Luminosité fondamentale et la Luminosité du chemin sont, bien sûr, essentiellement identiques ; on les distingue simplement pour faciliter l'explication et la pratique. Mais une fois que nous possédons la clé de la Luminosité du chemin grâce à l'introduction accomplie par le maître, nous pouvons l'utiliser à volonté pour ouvrir la porte de la nature innée de la réalité. L'ouverture de cette porte dans la pratique du Dzogchen est appelée « rencontre de la Luminosité fondamentale et de la Luminosité du chemin » ou « rencontre des Luminosités mère et fille ». Voici une autre façon de l'exprimer : dès qu'une pensée ou une émotion s'élève, la Luminosité du chemin – Rigpa – la reconnaît immédiatement pour ce qu'elle est ; elle en reconnaît la nature inhérente, qui est la Luminosité fondamentale. A cet instant, les deux luminosités fusionnent, et les pensées et les émotions sont libérées à leur source même.

Il est essentiel de parfaire pendant la vie cette pratique de la fusion des deux luminosités et de l'auto-libération de ce qui s'élève. Au moment de la mort en effet, la Luminosité fondamentale se révèle à chacun de nous dans toute sa splendeur, offrant la possibilité d'une libération totale – mais à la seule condition que vous ayez appris à la reconnaître.

Peut-être vous apparaîtra-t-il clairement, à présent, que cette fusion des luminosités et cette autolibération des pensées et des émotions représentent la méditation à son niveau ultime. En fait, le terme « méditation » n'est pas réellement approprié pour la pratique Dzogchen car il suggère finalement l'idée de « quelque chose » sur quoi méditer, alors que dans le Dzogchen tout est uniquement et à jamais Rigpa. Il ne peut donc être question d'une méditation autre que de demeurer simplement dans la pure présence de Rigpa.

Le seul terme adéquat serait celui de « non-méditation ». Dans cet état, disent les maîtres, même si vous cherchiez l'illusion, elle n'existerait plus. Même si vous vous mettiez en quête de galets ordinaires sur une île d'or et de joyaux, vous n'auriez aucune chance d'en trouver. Quand la Vue est constante, le flux de Rigpa incessant et la fusion des deux luminosités continuelle et spontanée, toute illusion possible est libérée à sa racine même et votre perception tout entière s'élève, sans interruption, en tant que Rigpa.

Pour stabiliser la Vue dans la méditation, les maîtres insistent sur la nécessité d'effectuer tout d'abord cette pratique dans l'*environnement spécial* d'une retraite où toutes les conditions propices sont réunies. Au milieu des distractions et de l'effervescence du monde moderne, l'expérience véritable ne naîtra pas dans votre esprit, quel que soit le temps que vous passiez à méditer. Deuxièmement, bien que le Dzogchen ne fasse aucune différence entre la méditation et la vie de tous les jours, tant que vous n'aurez pas trouvé de réelle stabilité par des *sessions régulières* de pratique formelle, vous ne serez pas capable d'intégrer la sagesse de la méditation dans l'expérience de votre vie quotidienne. Troisièmement, même si, pendant la pratique, vous pouvez maintenir le flux constant de Rigpa avec la confiance de la Vue, si vous n'êtes pas capable de demeurer dans cet état *en tout temps et dans toute situation* et de mêler votre pratique à la vie de tous les jours, la pratique ne vous sera d'aucun secours lorsque des circonstances défavorables surgiront, et vos pensées et vos émotions vous égareront alors dans l'illusion.

Voici à ce propos l'histoire savoureuse d'un yogi Dzogchen qui vivait sans ostentation, entouré cependant de nombreux disciples. Un certain moine, qui avait une très haute idée de son savoir et de son érudition, était jaloux du yogi qu'il savait être peu cultivé. Il pensait : « Comment lui, un simple être ordinaire, ose-t-il enseigner ? Comment peut-il avoir la prétention d'être un maître ? Je vais mettre son savoir à l'épreuve, dévoiler son imposture et l'humilier devant ses disciples ; alors, ils le quitteront, et c'est moi qu'ils suivront. »

Il alla donc rendre visite au yogi et lui dit d'un ton méprisant : « Vous autres, gens du Dzogchen, que savez-vous faire *à part* méditer ? »

La réponse du yogi le prit complètement par surprise :

« Sur quoi pourrait-on bien méditer ?

– Alors, vous ne méditez même pas ! braīlla l'érudit, triomphant.

– Mais suis-je jamais distrait ? » demanda le yogi.

L'ACTION

A mesure que demeurer dans le flux de Rigpa devient réalité pour le pratiquant, sa vie et ses actions quotidiennes commencent à s'en imprégner, donnant naissance à une stabilité et à une confiance profondes.

L'action, dit Dudjom Rinpoché, *consiste à être véritablement attentif à vos pensées, bonnes ou mauvaises, à examiner la nature véritable de toute pensée qui s'élève, sans remonter au passé ni solliciter le futur, sans vous permettre de vous attacher à des expériences de joie ni d'être abattu par des situations tristes. Par là même, vous essayez d'atteindre l'état de grand équilibre et d'y demeurer ; là, bien et mal, paix et détresse, sont dénués d'identité véritable.*

La réalisation de la Vue transforme, subtilement mais radicalement, votre vision de toute chose. Il m'apparaît de plus en plus évident que les pensées et les concepts sont, tout simplement, ce qui nous empêche de demeurer constamment dans l'absolu. Maintenant, je comprends clairement pourquoi les maîtres disent si souvent : « Efforcez-vous de ne pas engendrer trop d'espoir ni de peur. » Cela ne fait qu'encourager le bavardage mental. Lorsque la Vue est présente, les pensées sont perçues pour ce qu'elles sont véritablement : fugaces, transparentes, et seulement relatives. Vous voyez directement à travers toute chose, comme si vos yeux étaient des rayons X. Vous ne vous attachez plus aux pensées ni aux émotions, vous ne les rejetez pas non plus. Vous les accueillez toutes au sein de la vaste étendue de Rigpa. Ce que vous preniez tellement au sérieux jusqu'alors – ambitions, projets, espoirs, doutes et passions –, tout cela n'a plus sur vous d'emprise profonde et angoissante, car la Vue vous a aidé à en percevoir la futilité et la vanité, et a suscité en vous un esprit de renoncement authentique.

Demeurer dans la clarté et la confiance de Rigpa permet à toutes vos pensées et vos émotions de se libérer naturellement et sans effort au sein de sa vaste étendue, comme si vous écriviez sur l'eau ou peigniez dans le ciel. Si vous vous appliquez à parfaire cette pratique, le karma n'aura plus aucune occasion de s'accumuler. Dans cet état d'abandon dénué d'ambition et d'inquiétude, et décrit par Dudjom Rinpoché comme « un état d'aise nu, sans inhibition », la loi karmique de cause à effet ne pourra plus vous enchaîner en aucune manière.

Ne vous attendez pas, surtout, à ce que ce soit – ou puisse être – facile. Il est extrêmement difficile de demeurer ne serait-ce qu'un instant sans distraction dans la nature de l'esprit, à plus forte raison d'auto-libérer une seule pensée ou émotion dès qu'elle s'élève. Nous présumons souvent que le simple fait de comprendre – ou de croire comprendre – quelque chose intellectuellement, revient à l'avoir réalisé. C'est là une grave erreur. Seules des années d'écoute, de contemplation, de réflexion, de méditation et de pratique assidue peuvent nous amener à la maturité nécessaire. De plus, on ne saurait trop répéter que la pratique Dzogchen nécessite toujours la direction et les instructions d'un maître qualifié.

Sinon, il existe un grave danger que l'on appelle, dans la tradition, « perdre l'Action dans la Vue ». Un enseignement aussi élevé et aussi puissant que le

Dzogchen comporte un risque extrême. Si vous vous imaginez libérer vos pensées et vos émotions alors qu'en réalité vous en êtes très loin, si vous croyez agir avec la spontanéité d'un vrai yogi Dzogchen, vous ne faites qu'accumuler de vastes quantités de karma négatif. Padmasambhava disait – et ce devrait être aussi notre attitude :

Bien que ma Vue soit aussi vaste que le ciel,
Mes actions et mon respect pour la loi de cause à
effet sont aussi fins que des grains de farine.

Les maîtres de la tradition Dzogchen ont toujours souligné que, faute d'une connaissance complète et approfondie « de l'essence et de la méthode d'autolibération », acquise au prix d'une longue pratique, la méditation ne fait que « vous enfoncer davantage dans l'illusion ». Cela peut sembler brutal mais c'est, pourtant, la vérité. En effet, seule la constante autolibération des pensées peut mettre réellement fin au règne de l'illusion et vous éviter d'être plongé à nouveau dans la souffrance et la névrose. Sans la méthode de l'auto-libération, vous n'aurez pas la force de faire face aux malheurs et aux circonstances néfastes qui se présenteront et, même si vous méditez, vous vous apercevrez que des émotions telles que la colère et le désir sont toujours aussi fréquentes. Le danger d'autres formes de méditation ne comportant pas cette méthode est qu'elles ne deviennent semblables à une « méditation des dieux » : le pratiquant se perd aisément dans un somptueux état d'auto-absorption, ou bien dans une quelconque transe ou absence passive. Aucun de ces états n'attaque ni ne dissout l'illusion à sa racine.

Le grand maître Dzogchen Vimalamitra a décrit avec une grande précision les degrés croissants de naturel de cette libération. Lorsque vous commencez à maîtriser la pratique, la libération se produit dès que les pensées apparaissent, comme lorsqu'on reconnaît un vieil ami dans une foule. A mesure que vous parachevez et approfondissez la pratique, la libération survient au moment où la pensée ou l'émotion s'élève, comme un serpent qui se déroule en défaisant ses propres nœuds. Enfin, au stade final de maîtrise de la pratique, la libération est comme un voleur pénétrant dans une maison vide : ce qui se manifeste ne peut plus affecter, en bien ou en mal, le véritable yogi du Dzogchen.

Même chez le plus grand yogi, le chagrin et la joie s'élèvent tout comme auparavant. Ce qui distingue un yogi d'une personne ordinaire est la façon dont il envisage ses émotions et y réagit. Un être ordinaire les accepte ou les rejette instinctivement, suscitant l'attachement ou la répulsion, ce qui entraîne une accumulation de karma négatif. Par contre, un yogi perçoit tout ce qui se manifeste dans son état naturel et originel, sans permettre à l'attachement d'infiltrer sa perception.

Dilgo Khyentsé Rinpoché décrit un yogi flânant dans un jardin. Il est pleinement sensible à la magnificence des fleurs ; leurs couleurs, leurs formes et leurs parfums le réjouissent. Mais il n'y a nulle trace dans son esprit d'une quelconque saisie ou d'un quelconque commentaire mental. Comme le dit Dudjom Rinpoché :

Quelles que soient les perceptions qui s'élèvent, soyez comme un petit enfant qui entre dans un temple magnifiquement décoré : il regarde, mais sa perception est dénuée de toute saisie. Ainsi, laissez

toute chose intacte dans sa fraîcheur, son naturel,
son éclat et sa nature immaculés. Quand vous la
laissez dans son état originel, sa forme ne change
pas, sa couleur ne s'affadit pas et son éclat ne se
ternit pas. Ce qui apparaît n'est souillé d'aucun
attachement; ainsi, tout ce que vous percevrez
s'élève comme la sagesse nue de Rigpa, l'union
indivisible de la luminosité et de la vacuité.

L'assurance, le contentement, la sérénité spacieuse,
la force, l'humour profond et la certitude nés de la
réalisation directe de la Vue de Rigpa constituent le
plus grand trésor de la vie, le bonheur ultime que rien,
une fois atteint, ne peut détruire – pas même la mort.
Dilgo Khyentsé Rinpoché disait:

Une fois que vous aurez réalisé la Vue, bien que les
perceptions trompeuses du samsara puissent encore
s'élever dans votre esprit, vous serez semblable au
ciel : quand un arc-en-ciel apparaît, le ciel n'est pas
particulièrement flatté, et lorsque des nuages sur-
viennent, il n'est pas particulièrement déçu. Vous
éprouverez un profond sentiment de contentement.
Vous exulterez en votre for intérieur en voyant que
le samsara et le nirvana ne sont qu'une façade ; la
Vue inspirera constamment gaieté et humour, et un
léger sourire intérieur pétillera toujours en vous.

Dudjom Rinpoché déclarait: «La grande illusion,
l'obscurité du cœur, étant purifiée, la lumière radieuse
du soleil sans voile brille continuellement. »

Quiconque prend à cœur les instructions de ce livre sur le Dzogchen et son message sur la mort y puisera, je l'espère, l'inspiration pour chercher, trouver et suivre un maître qualifié, et s'engager dans un entraînement complet. Deux pratiques constituent le cœur de l'entraînement Dzogchen, *Trekchö* et *Tögal*, toutes deux indispensables à une compréhension profonde de ce qui se passe pendant les bardos. Je ne peux en donner ici qu'une introduction extrêmement brève car l'explication complète n'est transmise que de maître à disciple, après que ce dernier s'est engagé de tout son être à suivre les enseignements et qu'il a atteint un certain stade de développement spirituel. Ce que j'ai expliqué dans le présent chapitre, « L'essence la plus secrète », est le cœur de la pratique de Trekchö.

Trekchö signifie pourfendre l'illusion avec une rigueur implacable et directe. Essentiellement, c'est la force irrésistible de la Vue de Rigpa qui tranche cette illusion, tel un couteau coupant une motte de beurre ou un expert en karaté brisant une pile de briques. Tout l'édifice fantasmatique de l'illusion s'écroule, comme si la clé de voûte en avait été soufflée. L'illusion est tranchée net ; la pureté primordiale et la simplicité originelle de la nature de l'esprit sont mises à nu.

Tant qu'il n'aura pas vérifié au préalable que les bases de votre pratique de Trekchö sont parfaitement établies, le maître ne vous présentera pas la pratique avancée de Tögal. Le pratiquant de Tögal travaille directement avec la Claire Lumière, qui réside de façon inhérente et « spontanément présente » au sein de tout phénomène. Il utilise des exercices spécifiques et exceptionnellement puissants afin de la révéler en lui-même.

Tögal se caractérise par sa qualité d'instantanéité, de réalisation immédiate. Plutôt que de parcourir toute une chaîne de montagnes afin de parvenir à un lointain sommet, l'approche de Tögal consisterait à atteindre ce sommet d'un seul bond. Tögal permet au pratiquant d'actualiser en lui-même tous les aspects de l'éveil en l'espace d'une seule vie[7]. Tögal est, par conséquent, considéré comme la méthode unique et extraordinaire du Dzogchen. Alors que Trekchö représente sa sagesse, Tögal en est le moyen habile. Tögal requiert une discipline à toute épreuve, et est généralement pratiqué dans le cadre d'une retraite.

On n'insistera jamais assez sur le fait que la voie du Dzogchen doit impérativement être suivie sous la direction personnelle d'un maître qualifié. Comme le dit le Dalaï-Lama : « Vous devez garder présent à l'esprit que les pratiques Dzogchen telles que Trekchö et Tögal ne peuvent être accomplies que sous la conduite d'un maître expérimenté, et grâce à l'inspiration et la bénédiction d'une personne vivante qui possède elle-même cette réalisation[8]. »

LE CORPS D'ARC-EN-CIEL

Grâce à ces pratiques avancées du Dzogchen, le pratiquant accompli peut terminer sa vie d'une façon extraordinaire et triomphante. A sa mort, il laisse son corps se résorber dans l'essence lumineuse des éléments qui l'ont créé et, par conséquent, son corps physique se fond en lumière et finit par disparaître complètement. Ce processus est connu sous le nom de « corps d'arc-en-ciel » ou « corps de lumière » car la résorption s'accompagne souvent de manifestations lumineuses spontanées et d'arcs-en-ciel. Les anciens tantras du Dzogchen et les écrits des grands maîtres en distinguent différentes catégories. Il fut une époque, en effet, où cet étonnant phénomène était sinon commun, du moins relativement fréquent.

Habituellement, une personne qui se sait être sur le point d'atteindre le corps d'arc-en-ciel demandera qu'on la laisse seule, sans la déranger, dans une pièce ou une tente pendant sept jours. Le huitième jour, seuls demeurent les cheveux et les ongles, éléments impurs du corps.

Cela peut nous sembler bien difficile à croire, mais l'histoire de la lignée Dzogchen est émaillée d'exemples d'individus ayant atteint le corps d'arc-en-ciel. Ainsi que le soulignait souvent Dudjom Rinpoché, ceci n'est pas uniquement le fait du passé. Parmi les nombreux exemples, j'aimerais vous décrire un cas récent avec lequel j'ai un lien personnel. En 1952, au Tibet oriental, se produisit un cas célèbre de corps d'arc-en-ciel dont de nombreuses personnes furent témoins. L'homme qui l'atteignit, Sönam Namgyal, était le père de mon tuteur et le frère de Lama Tseten, dont j'ai décrit la mort au début de ce livre.

C'était une personne simple et humble qui gagnait sa vie comme graveur de pierre itinérant, gravant des mantras et des textes sacrés. Au dire de certains, il aurait été chasseur dans sa jeunesse et aurait reçu l'enseignement d'un grand maître. Qu'il fût un pratiquant n'était connu de personne ; c'était un authentique « yogi secret ». Quelque temps avant sa mort, il prit l'habitude d'aller dans la montagne ; on pouvait voir sa silhouette se détacher sur le ciel, tandis qu'il demeu-

rait assis, immobile, portant son regard droit dans
l'espace. Au lieu des invocations et des chants traditionnels, il chantait ceux qu'il avait lui-même compo-
sés. Nul n'avait la moindre idée de ce qu'il faisait. Puis
un jour il tomba malade, ou en donna les apparences ;
mais il semblait, étrangement, de plus en plus heureux.
Lorsque sa maladie empira, sa famille appela auprès de
lui maîtres et médecins. Son fils lui recommanda de se
remémorer tous les enseignements qu'il avait entendus.
Il sourit et répondit : « J'ai tout oublié et, de toute
façon, il n'y a rien à se rappeler. Tout est illusion,
mais j'ai confiance que tout est bien. »

Juste avant son départ – il était alors âgé de
soixante-dix-neuf ans – il déclara : « Tout ce que je
vous demande, après ma mort, c'est de ne pas déplacer
mon corps pendant une semaine. » Lorsqu'il mourut, sa
famille enveloppa sa dépouille et invita lamas et
moines à venir pratiquer à son intention. Ils placèrent
le corps dans une petite pièce de la maison et, ce faisant, ne purent s'empêcher de constater qu'ils n'avaient
aucune difficulté à l'y faire entrer, bien qu'il eût été de
grande taille – comme s'il avait rapetissé. En même
temps, des manifestations extraordinaires de lumière
d'arc-en-ciel furent observées tout autour de la maison.
Quand, le sixième jour, ils regardèrent dans la pièce, ils
virent que le corps s'amenuisait de plus en plus. Le
huitième jour après sa mort, au matin des funérailles,
ceux qui étaient chargés de le transporter ne trouvèrent,
en dégageant le linceul, que ses cheveux et ses ongles.

Mon maître Jamyang Khyentsé demanda que ceux-
ci lui fussent apportés, et attesta qu'il s'agissait bien là
d'un cas de corps d'arc-en-ciel.

DEUXIÈME PARTIE

Mourir

ONZE

Conseils du cœur sur l'aide aux mourants

Dans un centre de soins palliatifs que je connais, Emily, une femme de près de soixante-dix ans, mourait d'un cancer du sein. Sa fille venait la voir chaque jour et il semblait y avoir entre les deux femmes une relation heureuse. Pourtant, après le départ de sa fille, Emily allait presque toujours s'asseoir à l'écart et pleurait. On finit par en découvrir la raison : la fille refusait complètement d'accepter l'aspect inéluctable de la mort de sa mère, et passait même son temps à l'encourager à «penser positivement», espérant qu'ainsi son cancer guérirait. Devant cette attitude, Emily n'avait d'autre recours que de garder pour elle ses pensées, ses peurs profondes, sa terreur et son chagrin ; elle n'avait personne avec qui les partager, personne pour l'aider à les examiner, à comprendre sa vie et à trouver dans sa mort une signification apaisante.

L'essentiel dans la vie est de parvenir à établir avec autrui une communication sincère et exempte de peur. Et, comme me le montra Emily, cela est d'autant plus important que la mort approche.

Lors d'une première visite, il arrive souvent que la personne en fin de vie, ne connaissant pas vos intentions à son égard, ressente de l'insécurité et garde une certaine réserve. Ne vous attendez donc pas à ce que quelque chose d'extraordinaire se produise, contentez-vous de rester naturel et détendu, soyez vous-même. Souvent, les mourants n'expriment pas clairement leurs désirs ou leurs pensées, et les proches ne savent que dire ni que faire. Il est difficile de découvrir ce qu'ils voudraient essayer de dire – ou parfois de cacher. Eux-mêmes d'ailleurs ne le savent pas toujours. C'est pourquoi la première chose à faire est de décharger l'atmosphère de toute tension, avec autant de naturel et de simplicité que possible.

Une fois la confiance établie, l'atmosphère se détendra ; la personne mourante pourra alors évoquer ce qui lui tient vraiment à cœur. Encouragez-la chaleureusement à exprimer, en toute liberté, les pensées, les peurs et les émotions qu'elle ressent à propos de l'imminence de sa mort. Pouvoir exposer ses émotions, honnêtement et sans dérobade, est crucial à toute possibilité de transformation – si l'on veut se mettre en accord avec sa vie et mourir en paix. Vous devez lui donner une totale liberté, lui accorder votre entière permission de dire tout ce qu'elle désire exprimer.

Lorsqu'elle parvient à partager avec vous ses sentiments les plus intimes, faites en sorte de ne pas l'interrompre, la contredire ou minimiser ce qu'elle dit. Les malades en phase terminale ou les mourants n'ont jamais, de toute leur vie, été aussi vulnérables et vous devrez faire appel à tout votre tact, à toutes vos ressources de sensibilité, de chaleur et d'amour compatissant si vous voulez qu'ils puissent se confier. Apprenez à écouter, apprenez à recevoir en silence, dans ce silence calme et ouvert qui leur permettra de se sentir acceptés. Restez aussi détendu que possible, soyez à l'aise ; demeurez ainsi auprès de votre ami ou de votre parent, comme si vous n'aviez rien de plus important ni de plus agréable à faire.

J'ai découvert que, comme dans toutes les situations graves de la vie, deux qualités sont extrêmement utiles : le bon sens et l'humour. L'humour possède le remarquable pouvoir d'alléger l'atmosphère ; il permet de replacer le processus de la mort dans sa véritable perspective universelle, et de briser l'intensité et le caractère par trop solennel de la situation. Utilisez-le donc avec toute l'habileté et la délicatesse dont vous êtes capable.

Ma propre expérience m'a également permis de découvrir qu'il est essentiel de ne pas prendre les choses trop personnellement. Alors que vous vous y attendez le moins, une personne à l'approche de la mort peut faire de vous la cible de toute sa colère et de tous ses reproches. Comme le dit Elisabeth Kübler-Ross, colère et griefs « peuvent être envoyés dans toutes les directions et projetés sur l'entourage, parfois presque au hasard[1] ». Ne vous imaginez pas que la fureur ainsi exprimée vous soit personnellement destinée. Comprenez qu'elle est surtout provoquée par la peur et le chagrin ; vous éviterez ainsi d'y réagir d'une manière qui pourrait s'avérer préjudiciable à la relation.

Parfois, vous pouvez être tenté de prêcher votre propre foi ou de proposer au mourant votre idéologie spirituelle. Ecartez absolument cette tentation, surtout si vous avez le sentiment que ce n'est pas ce qu'il veut ! Nul ne souhaite être « sauvé » par la croyance de quelqu'un d'autre. Rappelez-vous que votre tâche n'est pas de convertir qui que ce soit à quoi que ce soit, mais d'aider la personne en face de vous à découvrir en elle sa force, sa confiance, sa foi et sa spiritualité propres, quelles qu'elles soient. Bien sûr, si elle est réellement ouverte aux questions d'ordre spirituel et souhaite vraiment connaître votre point de vue, ne le lui cachez pas non plus.

N'exigez pas trop de vous-même, ne vous attendez pas à faire des miracles ou à « sauver » la personne mourante. Cela ne vous vaudra que des déceptions. Les gens meurent comme ils ont vécu, fidèles à eux-mêmes. Si vous désirez qu'une communication réelle s'établisse, vous devez faire un effort conscient pour accepter la personne sans réserve, pour la voir en fonction de sa vie, de son caractère, de son passé et de son histoire. Ne vous désolez pas non plus si votre aide semble avoir très peu d'effet et reste sans réponse. Nous ne pouvons connaître les conséquences profondes du soutien que nous apportons.

TÉMOIGNER D'UN AMOUR INCONDITIONNEL

Ce dont une personne au seuil de la mort a besoin, c'est qu'on lui manifeste un amour inconditionnel et libéré de toute attente. Ne pensez pas qu'il vous faille en aucune façon être un expert. Soyez naturel, soyez vous-même, soyez un ami véritable ; la personne sera réconfortée en vous sachant ainsi totalement proche, communiquant avec elle sur un pied d'égalité, d'être humain à être humain, en toute simplicité.

Je vous ai dit : « Témoignez au mourant un amour inconditionnel. » Mais dans certaines situations, cela est loin d'être facile. Peut-être y a-t-il entre la personne et nous tout un passé de souffrance ; la façon dont nous avons agi envers elle autrefois peut nous avoir laissé un sentiment de culpabilité à son égard, ou bien nous éprouvons du ressentiment et de la colère en raison de sa conduite envers nous.

J'aimerais vous présenter ici deux moyens très simples qui vous permettront de libérer votre amour pour la personne en fin de vie. Mes étudiants qui assistent les mourants, et moi-même, en avons vérifié toute l'efficacité. Tout d'abord, considérez cette personne qui est là devant vous comme s'il s'agissait de vous-même : elle a les mêmes besoins, le même désir fondamental de connaître le bonheur et d'éviter la souffrance, la même solitude, la même peur de l'inconnu, les mêmes zones secrètes de tristesse, les mêmes sentiments d'impuissance à peine avoués. Si vous faites réellement cela, vous verrez votre cœur s'ouvrir à l'autre et l'amour sera présent entre vous.

Le deuxième moyen, que je trouve encore plus efficace, est de vous mettre directement et résolument à sa place. Imaginez-vous vous-même sur ce lit, confronté à votre propre mort. Imaginez que vous êtes là, seul, et que vous souffrez. Posez-vous alors vraiment ces questions : de quoi aurais-je le plus besoin ? Qu'est-ce qui me ferait le plus plaisir, qu'aimerais-je vraiment recevoir de l'ami en face de moi ?

Si vous faites ces deux pratiques, vous découvrirez sans doute que ce que la personne mourante désire est ce que *vous-même* désireriez le plus : être réellement aimé et accepté.

J'ai souvent remarqué aussi que les malades graves éprouvent un grand désir d'être touchés, d'être traités comme des personnes à part entière, et non comme des individus en mauvaise santé. Vous pouvez leur procurer beaucoup de réconfort en leur prenant simplement la main, en les regardant dans les yeux, en les massant doucement, en les tenant dans vos bras ou bien en respirant doucement au même rythme qu'elles. Le corps a sa manière propre d'exprimer l'amour. Utilisez sans crainte son langage : vous apporterez aux mourants apaisement et réconfort.

Nous oublions souvent que le mourant est en train de perdre la totalité de son univers : son foyer, son travail, ses relations, son corps et son esprit. Il perd tout à la fois. Toutes les pertes que nous pourrions subir tout au long de notre vie sont réunies, au moment de la mort, en une seule perte accablante. Aussi comment un mourant pourrait-il ne pas éprouver tantôt tristesse, tantôt effroi ou colère ? Elisabeth Kübler-Ross distingue cinq stades dans le processus d'acceptation de sa propre mort : le refus, la colère, le marchandage, la dépression et l'acceptation. Bien sûr, tout le monde ne passe pas par tous ces stades, ni nécessairement dans cet ordre. Pour certains, la route de l'acceptation peut être extrêmement longue et pleine d'embûches ; pour d'autres, elle n'aboutira jamais. Notre culture ne nous offre guère de véritable perspective sur nos pensées, nos émotions et nos expériences. Aussi, nombreux sont ceux qui, face à la mort et à son défi ultime, se sentent trahis du fait de leur propre ignorance. Ils en éprouvent une frustration et une colère intenses, d'autant que personne ne semble vouloir vraiment les comprendre, ni comprendre leurs besoins les plus profonds. Cicely Saunders, grande pionnière du mouvement des soins palliatifs en Grande-Bretagne, écrit : « Un jour, j'ai demandé à un homme qui se savait mourant ce qu'il attendait avant tout de ceux qui prenaient soin de lui. Il me répondit : "Que quelqu'un ait l'air d'essayer de me comprendre !" Certes, comprendre pleinement autrui est impossible ; mais je n'oublierai jamais que cet homme ne demandait même pas que quelqu'un y parvînt, mais seulement se sente suffisamment concerné pour essayer[2]. »

Il est essentiel de nous sentir « suffisamment concernés pour essayer », et de savoir réconforter la personne en lui assurant que tout ce qu'elle peut éprouver – frustration ou colère – est normal. A l'approche de la mort resurgissent bien des émotions réprimées jusque-là : tristesse, insensibilité, culpabilité ou même jalousie envers ceux qui sont encore bien portants. Aidez la personne à ne pas réprimer ces émotions lorsqu'elles surviennent. Soyez avec elle lorsque s'élèvent les vagues de douleur et de chagrin. Avec le temps, l'acceptation et une compréhension patiente, ces émotions s'apaiseront progressivement, laissant place à un état fondamental de sérénité, de calme et d'équilibre qui est profondément et véritablement le sien.

N'essayez pas de faire preuve de trop de sagesse ; ne soyez pas constamment en quête de quelque parole profonde. Vous n'avez pas à *faire* ou à dire quoi que ce soit pour améliorer la situation. Soyez simplement aussi présent que possible. Et si vous ressentez une angoisse ou une peur intenses et ne savez que faire, reconnaissez-le ouvertement en en parlant à la personne et en lui demandant son aide. Cette franchise vous rapprochera et permettra une communication plus libre entre vous. Les mourants savent parfois beaucoup mieux que nous ce que nous pouvons faire pour les aider. Apprenons donc à bénéficier de leur sagesse et permettons-leur de partager avec nous ce qu'ils savent. Rappelons-nous, recommande Cicely Saunders, que lorsque nous accompagnons les mourants, nous ne sommes pas les seuls à donner. « Tôt ou tard, tous ceux qui assistent les mourants découvrent, face à leur endurance, à leur courage et souvent même à leur humour, qu'ils reçoivent plus qu'ils ne donnent. Cela, nous devons le leur dire [3]... » En effet, faire savoir au mourant que nous reconnaissons son courage peut souvent être pour lui une source d'inspiration.

J'ai également découvert combien cela m'aide de me souvenir que la personne au seuil de la mort possède toujours en elle, quelque part, une bonté inhérente. Quelle que soit la fureur, l'émotion qui s'élève – et même si vous êtes momentanément choqué ou horrifié –, le fait de vous centrer sur cette bonté intérieure vous donnera le contrôle et le recul nécessaires pour apporter tout le soutien possible. Lorsque vous vous querellez avec un ami qui vous est cher, vous n'oubliez pas ses bons côtés ; faites de même avec le mourant : ne le jugez pas d'après les émotions qu'il manifeste. Votre acceptation lui donnera toute latitude de s'exprimer autant qu'il le souhaite. Traitez les mourants comme s'ils étaient toujours ce qu'ils sont capables d'être parfois : ouverts, aimants et généreux.

Sur le plan plus profond de la spiritualité, il m'est toujours d'un grand secours de me souvenir que le mourant, qu'il en soit conscient ou non, possède la vraie nature de bouddha et le potentiel d'un éveil total. A mesure que la mort approche, cette possibilité s'accroît de bien des façons. Aussi les mourants méritent-ils d'autant plus attention et respect.

DIRE LA VÉRITÉ

On me demande souvent s'il faut révéler à la personne qu'elle est mourante. Je réponds toujours : « Oui. En y mettant toute la douceur, la bonté, la sensibilité et le tact possibles. » Après toutes ces années passées auprès des malades et des mourants, je partage l'avis d'Elisabeth Kübler-Ross : « La plupart des patients, sinon tous, le savent de toute façon. Ils le sentent par l'attention différente qu'on leur porte, par le comportement nouveau des gens à leur égard, par des voix qui chuchotent ou des bruits qu'on étouffe, par le visage en larmes d'un proche ou l'expression sombre et grave d'un membre de la famille qui ne peut dissimuler ce qu'il ressent[4]. »

Je me suis aperçu que, dans bien des cas, le malade sait instinctivement qu'il va mourir mais compte sur les autres – son médecin ou ceux qu'il aime – pour le lui confirmer. S'ils ne le font pas, il pourra croire que les membres de sa famille sont incapables d'affronter cette réalité. Par conséquent, lui non plus n'abordera pas le sujet. Devant le manque de franchise de ses proches, il se sentira encore plus seul et angoissé. J'estime indispensable de dire la vérité au mourant : il mérite au moins cela. Sinon, comment peut-il se préparer à la mort ? Comment peut-il mener à leur terme les relations qui ont tissé sa vie ? Comment peut-il régler les nombreux points pratiques qui lui restent à résoudre ? Comment peut-il aider ceux qui lui survivront à affronter son départ ?

En tant que pratiquant spirituel, je crois que la mort offre à chacun de nous une magnifique occasion de se réconcilier avec sa vie entière. J'ai vu un très grand nombre de personnes saisir cette opportunité, de façon extrêmement inspirante, pour se transformer et se rapprocher de leur vérité intérieure la plus profonde. Par conséquent, révéler le plus tôt possible à quelqu'un, avec bonté et sensibilité, qu'il est sur le point de mourir, c'est lui donner réellement la possibilité de se préparer, de trouver la source de sa propre force et le sens de sa vie.

J'aimerais vous raconter ici une histoire que je tiens de Sœur Brigid, une infirmière catholique travaillant dans un centre de soins palliatifs en Irlande. M. Murphy avait environ soixante ans lorsque le médecin lui annonça, ainsi qu'à sa femme, qu'il ne lui restait plus longtemps à vivre. Le lendemain, Mme Murphy se rendit auprès de son mari et ils passèrent la journée à parler et à pleurer. Sœur Brigid, observant le vieux couple, constata qu'ils continuaient à parler et que tous deux fondaient souvent en larmes. Rien n'ayant changé dans leur comportement au bout de trois jours, elle se demanda si elle devait intervenir. C'est alors que, le jour suivant, les Murphy apparurent soudain très paisibles et détendus ; ils se tenaient par la main et se manifestaient beaucoup de tendresse.

Sœur Brigid retint Mme Murphy dans le couloir et lui demanda ce qui s'était passé entre eux pour expliquer un tel changement d'attitude. Mme Murphy lui confia que, lorsqu'ils avaient appris la mort imminente du mari, ils avaient évoqué toutes les années passées ensemble et de nombreux souvenirs leur étaient revenus en mémoire. Ils étaient mariés depuis presque quarante ans et, bien naturellement, éprouvaient énormément de chagrin à l'évocation de tout ce que, jamais plus, ils ne feraient ensemble. M. Murphy avait alors rédigé son testament et adressé des messages d'adieu à ses enfants devenus grands. Tout ceci était terriblement triste, tant il leur était difficile d'accepter ce départ, mais ils persévérèrent car M. Murphy tenait à faire tout ce qu'il fallait pour bien terminer sa vie.

Sœur Brigid me raconta que, pendant les trois dernières semaines de la vie de M. Murphy, le couple rayonna de paix et d'un amour simple et radieux. Même après la mort de son mari, Mme Murphy continua à rendre visite aux malades du centre de soins, leur apportant à tous un grand réconfort.

A travers cette histoire, je compris à la fois l'importance de révéler la vérité aux mourants dès que possible, et le grand avantage que l'on trouve à affronter honnêtement la douleur de la perte. Les Murphy savaient tout ce qu'ils allaient perdre ; pourtant, en y faisant face avec courage et en portant le deuil ensemble, ils trouvèrent ce que rien ne pouvait leur ravir, un amour profond qui les unissait et qui survivrait à la mort de M. Murphy.

LES PEURS LIÉES À LA MORT

Je suis persuadé que l'une des choses qui aidèrent Mme Murphy à soutenir son mari fut d'avoir affronté en elle-même sa propre crainte de la mort. Vous ne pourrez aider un mourant que lorsque vous aurez reconnu que sa peur de mourir vous perturbe et réveille en vous des peurs très dérangeantes. Assister les mourants, c'est comme se retrouver face au miroir fidèle et implacable de votre propre réalité. Vous y voyez, mis à nu, le visage de votre propre épouvante et de votre propre terreur de la douleur. Si vous ne regardez pas ce visage, si vous n'acceptez pas l'existence de cette épouvante et de cette terreur, comment serez-vous capable d'en supporter la vision chez la personne mourante ? S'il vous arrive d'assister les mourants, il vous faudra examiner chacune de vos réactions ; en effet, elles se refléteront dans les leurs et auront une grande incidence, qu'elle soit positive ou négative.

Regarder vos peurs avec honnêteté vous aidera également dans votre propre cheminement vers la maturité. Je pense parfois qu'assister les mourants est peut-être l'une des manières les plus efficaces d'accélérer notre croissance en tant qu'êtres humains. Assister les mourants est en soi une contemplation et une réflexion profondes sur notre propre mort. C'est une manière de la regarder en face et de travailler avec elle. Lorsque vous accompagnez des personnes en fin de vie, vous pouvez parvenir à une sorte de résolution, une compréhension claire de ce qu'est le point essentiel de l'existence. Apprendre réellement à aider ceux qui vont mourir, c'est commencer à nous libérer de nos craintes et à devenir responsables de notre propre mort. C'est également trouver en nous le germe d'une compassion sans limite que nous n'avions peut-être jamais soupçonnée.

Prendre conscience de nos propres peurs devant la mort nous sera d'un grand secours pour percevoir celles du mourant. Imaginez simplement, profondément, ce que ces peurs pourraient être : peur d'une souffrance physique grandissante et incontrôlable, peur de la souffrance morale, peur de la déchéance, peur de la dépendance, peur d'avoir vécu en vain, peur d'être séparé de ceux que nous aimons, peur de perdre le contrôle de soi et peur de perdre le respect d'autrui. Peut-être notre plus grande peur est-elle la peur de la peur elle-même, dont l'emprise grandit à mesure que nous essayons de lui échapper.

Eprouver de la peur, c'est souvent se sentir seul, abandonné, oublié de tous. Par contre, si quelqu'un vient vous tenir compagnie et vous exprime ses propres craintes, vous réalisez que la peur est un sentiment partagé par tous les êtres humains. Alors, le caractère aigu de la souffrance individuelle s'estompe. Les peurs reprennent leur dimension humaine et universelle. Vous êtes désormais capable de plus de compréhension et de compassion, et pouvez envisager vos propres peurs d'une façon bien plus positive et inspirante.

A mesure que vous affronterez vos propres craintes et parviendrez à les accepter, vous serez de plus en plus sensibilisé à celles de la personne en face de vous. Vous verrez alors grandir en vous l'intelligence et l'intuition qui vous permettront de l'aider à exprimer librement ces craintes, à les affronter puis à commencer à les dissiper habilement. Car le fait d'avoir affronté vos peurs vous rendra plus compatissant, courageux et lucide, mais également plus habile. Cette habileté vous permettra de découvrir toutes sortes de manières d'aider les mourants à se comprendre et à faire face à eux-mêmes.

Nous éprouvons tous de l'angoisse à l'idée d'avoir à supporter une douleur accablante durant le processus de la mort. C'est pourtant l'une des craintes que l'on peut aujourd'hui dissiper le plus aisément. J'aimerais que chacun dans le monde sache que cette anxiété est désormais inutile. La douleur physique devrait être réduite à son minimum : la mort comporte en effet suffisamment de souffrance sans cela. Je connais bien le centre de soins palliatifs de Saint Christopher's à Londres, où certains de mes étudiants ont terminé leur existence. Une étude y fut menée et montra que quatre-vingt-dix-huit pour cent des patients peuvent connaître une mort paisible s'ils reçoivent les soins appropriés. Le mouvement des soins palliatifs a développé une grande diversité de moyens pour apaiser la douleur, en combinant différentes médications qui ne sont pas uniquement des produits narcotiques. Les maîtres bouddhistes parlent de la nécessité de mourir consciemment, dans une maîtrise totale, et l'esprit aussi lucide, clair et serein que possible. La condition préalable pour y parvenir est de réduire la douleur à son minimum sans pour autant embrumer la conscience du mourant. Ceci est actuellement possible et chacun devrait être en droit de recevoir ce soutien élémentaire, lors de ce moment de transition éprouvant entre tous.

LES AFFAIRES NON RÉGLÉES

La personne en fin de vie éprouve souvent une autre angoisse, celle de laisser derrière elle des « affaires non réglées ». Les maîtres nous disent que nous devrions mourir paisiblement, « sans saisie, désir ou attachement ». Cela n'est pas pleinement réalisable tant que les affaires en cours de la vie présente ne sont pas, dans la mesure du possible, réglées. Vous découvrirez parfois que, si les gens s'accrochent à la vie, redoutent de lâcher prise et de mourir, c'est parce qu'ils ne se sont pas réconciliés avec ce qu'ils ont été, ni avec ce qu'ils ont fait. Et lorsque quelqu'un meurt en entretenant une culpabilité ou un ressentiment envers autrui, le chagrin de ceux qui lui survivent n'en est que plus profond.

On me demande parfois : « N'est-il pas trop tard pour guérir les douleurs du passé ? N'y a-t-il pas eu trop de souffrance entre mon ami – ou parent – au seuil de la mort et moi-même pour qu'une réconciliation soit possible ? » Je suis persuadé, pour en avoir fait l'expérience, qu'il n'est jamais trop tard ; même après avoir connu d'innombrables souffrances et querelles, il est toujours possible de trouver une manière de se pardonner mutuellement. Le moment de la mort, par sa grandeur, sa solennité et sa finalité, offre à chacun l'occasion de réexaminer toutes ses attitudes et d'être plus ouvert et plus enclin au pardon, ce qui auparavant n'eût pas été envisageable. Jusqu'aux derniers instants de la vie, les erreurs de l'existence peuvent être réparées.

Il existe une méthode pour aider à régler les conflits non résolus, que mes étudiants assistant les mourants et moi-même trouvons très efficace. Issue à la fois de la pratique bouddhiste qui consiste à se mettre à la place d'autrui, et de la technique Gestalt, cette méthode a été élaborée par l'une de mes premières étudiantes, Christine Longaker, qui s'est intéressée au domaine de la mort et de l'aide aux mourants à la suite du décès de son mari, emporté par une leucémie[5]. Habituellement, un conflit non résolu est le résultat d'un blocage dans la communication entre deux personnes. Lorsque nous avons été blessés, nous restons souvent sur la défensive et nous nous enfermons dans notre certitude d'avoir raison, refusant aveuglément de considérer le point de vue de l'autre. C'est là non seulement une attitude stérile, mais qui exclut en outre toute possibilité d'un échange réel. Aussi, lorsque vous faites l'exercice suivant, débutez-le avec la ferme détermination de faire émerger toutes vos pensées et émotions négatives afin d'essayer de les comprendre, de travailler avec elles et de les résoudre pour pouvoir, enfin, les abandonner.

Visualisez en face de vous la personne avec laquelle vous êtes en conflit. Voyez-la, en esprit, exactement semblable à ce qu'elle a toujours été.

Considérez maintenant qu'un réel changement est intervenu et que la personne est beaucoup plus ouverte et prête à entendre ce que vous avez à lui dire. Considérez qu'elle est plus que jamais disposée à regarder honnêtement les choses et à résoudre le conflit qui vous sépare. Visualisez-la avec précision dans ce nouvel état de réceptivité. Cela vous aidera également à sentir vis-à-vis d'elle une plus grande ouverture. Puis, du fond du cœur, ressentez vraiment ce que vous avez le plus besoin de lui dire. Exposez-lui votre problème, exprimez-lui tous vos sentiments, vos difficultés, vos blessures, vos regrets. Partagez avec elle tout ce que vous n'aviez pu, par manque de confiance ou par gêne, lui dire jusque-là.

Puis prenez une feuille de papier et écrivez ce que vous lui diriez, sans rien omettre. Une fois cela terminé, commencez aussitôt à noter ce que la personne pourrait vous exprimer en retour. Ne vous arrêtez pas pour réfléchir à ce qu'elle avait coutume de dire : souvenez-vous que, maintenant, telle que vous l'avez visualisée, elle vous a réellement entendu et est plus ouverte. Contentez-vous d'écrire, voyez ce qui vient spontanément ; autorisez mentalement la personne à exprimer, elle aussi, complètement son point de vue sur la question.

Regardez en vous-même, voyez s'il subsiste encore autre chose que vous aimeriez partager avec elle – d'autres blessures ou regrets du passé que vous avez tus ou que vous n'avez pas su formuler. De nouveau, chaque fois que vous avez exprimé vos sentiments, écrivez la réponse de l'autre en notant simplement tout ce qui vous vient à l'esprit. Continuez ce dialogue jusqu'à ce que vous sentiez réellement que vous ne gardez plus rien en vous, que rien de plus n'a besoin d'être dit.

Afin de vérifier si vous êtes vraiment prêt à conclure cet échange, demandez-vous sincèrement si vous vous sentez maintenant capable de renoncer de tout cœur au passé. Satisfait par la compréhension et l'apaisement que ce dialogue écrit vous a apportés, êtes-vous réellement capable de pardonner ou de sentir que l'on vous pardonne ? Lorsque vous avez le sentiment d'y être parvenu, n'oubliez pas d'exprimer tout sentiment d'amour ou d'estime que vous auriez pu retenir jusque-là, puis dites adieu. Visualisez maintenant que la personne se détourne de vous et s'éloigne. Et, bien qu'il vous faille la laisser partir, souvenez-vous que vous pouvez garder à jamais dans votre cœur son amour, ainsi que les souvenirs chaleureux des meilleurs aspects de votre relation.

Pour que cette réconciliation avec le passé soit encore plus totale, trouvez un ami à qui vous puissiez lire le texte de votre dialogue, ou bien, seul chez vous, relisez-le à voix haute. Lorsque vous l'aurez ainsi lu, vous serez surpris de remarquer un changement en vous, comme si votre communication avec la personne avait eu lieu *en réalité* et que vous aviez *réellement* résolu vos conflits avec elle. Par la suite, vous verrez qu'il vous sera beaucoup plus facile de vous ouvrir et de parler à l'autre sans détours de vos difficultés. Et, une fois que vous aurez réellement lâché prise, un changement subtil se produira dans la nature du lien qui vous unit à l'autre. Il n'est pas rare de voir ainsi se dissoudre des tensions installées de longue date. Parfois, chose étonnante, vous pouvez même devenir les meilleurs amis. N'oubliez jamais, comme le disait jadis le célèbre maître tibétain Tsongkhapa, qu'« un ami peut devenir un ennemi, et qu'un ennemi peut par conséquent devenir un ami ».

DIRE ADIEU

Vous ne devez pas seulement apprendre à vous défaire des tensions, mais aussi à vous détacher de la personne qui est en train de mourir. Si vous restez attaché, si vous vous raccrochez à elle, cela peut lui causer bien des chagrins inutiles, l'empêcher de se laisser aller et de mourir en paix.

Parfois, la personne peut se maintenir en vie plusieurs semaines ou même plusieurs mois après la date prévue par les médecins, et les douleurs physiques peuvent devenir insupportables. Christine Longaker a découvert que, pour être capable d'abandonner tout attachement et de partir en paix, le mourant a besoin d'être tranquillisé sur deux points, en termes explicites, par ceux qui l'aiment. Il doit tout d'abord recevoir d'eux l'autorisation de mourir et, ensuite, être assuré qu'ils iront bien après son départ et qu'il n'y a pas lieu de s'inquiéter pour eux.

Comment peut-on autoriser quelqu'un à mourir ? Lorsqu'on me pose cette question, je conseille de s'imaginer qu'on est au chevet de l'être cher et qu'on lui dit avec la plus profonde et la plus sincère tendresse : « Je suis ici avec toi et je t'aime. Tu es en train de mourir. Ce qui t'arrive est tout à fait naturel et c'est le sort de chacun d'entre nous. J'aimerais que tu puisses rester ici avec moi, mais je ne veux pas que tu souffres plus longtemps. Le temps que nous avons passé ensemble touche à sa fin et je le garderai toujours au plus profond de mon cœur. Maintenant, je t'en prie, ne t'accroche plus à la vie. Laisse-la aller. Je te donne, de tout mon être, la permission de mourir. Tu n'es pas seul à présent et tu ne le seras jamais. Tout mon amour est avec toi. »

L'une de mes étudiantes qui travaille dans un centre de soins palliatifs m'a raconté l'histoire de Maggie, une Ecossaise déjà âgée à qui elle avait rendu visite après que son mari fut entré dans le coma. Maggie ressentait une tristesse inconsolable car elle n'avait jamais exprimé son amour à son mari, elle ne lui avait pas dit adieu et elle sentait maintenant qu'il était trop tard. Mon étudiante la réconforta en lui disant que, bien que son mari ne semblât plus réagir, peut-être pouvait-il encore l'entendre. Elle avait lu que souvent, bien qu'apparemment inconscients, bien des gens percevaient, en fait, ce qui se passait autour d'eux. Elle conseilla vivement à Maggie de rester auprès de son mari et de lui exprimer tout ce qu'elle souhaitait lui dire. D'elle-même, Maggie n'aurait pas pris cette initiative, mais elle retourna tout de même auprès de son mari et lui rappela les bons moments qu'ils avaient partagés, lui disant combien il lui manquerait et combien elle l'aimait. Pour finir, après lui avoir dit adieu, elle ajouta : « Cela m'est difficile de vivre sans toi, mais je ne veux pas que tu continues à souffrir. Si tu veux t'en aller, c'est bien. » Lorsqu'elle eut terminé, son mari exhala un long soupir et, paisiblement, mourut.

Ce n'est pas seulement celui qui meurt qui doit abandonner tout attachement, mais également sa famille. Chacun des membres de la famille peut se trouver à un stade différent du processus d'acceptation de la mort et il faut en tenir compte. L'un des résultats les plus intéressants obtenus par le mouvement des soins palliatifs est d'avoir mis en évidence combien il est important d'aider la famille entière à affronter sa douleur et son inquiétude devant l'avenir. Certaines familles se refusent à laisser partir l'être cher sous prétexte que ce serait le trahir et témoigner à son égard de bien peu d'amour. Christine Longaker suggère à ces familles de se mettre à la place du mourant. « Imaginez, leur conseille-t-elle, que vous êtes sur le pont d'un paquebot prêt à appareiller. Sur le quai, vous apercevez toute votre famille et tous vos amis qui agitent la main en signe d'adieu. Vous n'avez pas le choix, vous devez partir ; le paquebot commence déjà à s'éloigner. Quel genre d'adieu, en cet instant, souhaiteriez-vous recevoir de la part de ceux que vous avez aimés ? Qu'est-ce qui vous aiderait le mieux à partir ? »

Même un exercice aussi simple que celui-ci peut aider considérablement les membres d'une famille à trouver, chacun à sa manière, comment faire face à la tristesse des adieux.

On me demande parfois comment annoncer à un enfant la mort d'un parent proche. Ma réponse est qu'il faut faire preuve de sensibilité mais lui dire la vérité. Ne laissez pas l'enfant avec l'idée que la mort est quelque chose d'étrange ou de terrifiant. Laissez-le participer, autant que possible, à la vie du mourant et répondez franchement à toutes ses questions. La spontanéité et l'innocence de l'enfant peuvent véritablement apporter une douceur, une légèreté, parfois même une certaine note d'humour, dans la douleur qui accompagne la mort. Encouragez l'enfant à prier pour la personne qui va mourir. Il sentira, ainsi, que lui aussi peut être utile. Ensuite, la mort passée, prenez soin d'entourer l'enfant d'une attention et d'une affection particulières.

VERS UNE MORT PAISIBLE

Lorsque je repense au Tibet et à toutes les morts dont j'ai été le témoin, je suis frappé par le calme et l'harmonie qui les entouraient. Cette atmosphère, hélas, fait bien souvent défaut en Occident. Pourtant, l'expérience que j'ai acquise au cours de ces vingt dernières années m'a montré qu'avec de l'imagination, il est possible de créer un environnement comparable. A mon sens, il serait souhaitable que chacun de nous, autant que possible, puisse mourir chez soi : c'est, en effet, à la maison que la plupart d'entre nous se sentiront le plus à l'aise. La mort paisible préconisée par les maîtres bouddhistes se produira plus facilement dans un environnement familier. Mais si quelqu'un doit mourir à l'hôpital, vous, ses proches, pouvez faire beaucoup pour que sa mort soit aussi douce et inspirante que possible. Apportez-lui des plantes, des fleurs, des reproductions, des photos de ceux qui lui sont chers, des dessins faits par ses enfants ou ses petits-enfants, un magnétophone et des cassettes ou même, si c'est possible, des repas préparés à la maison. Peut-être pourrez-vous même obtenir l'autorisation que les enfants lui rendent visite ou que les proches passent la nuit à ses côtés.

Si la personne mourante est bouddhiste ou si elle a d'autres croyances, ses amis peuvent installer dans sa chambre un petit autel, garni d'images ou de photos inspirantes. Je me souviens de la mort d'un de mes étudiants, Reiner, dans un hôpital de Munich. On avait disposé près de lui un autel avec des photos de ses maîtres. J'en fus très ému et je compris que l'atmosphère ainsi créée aidait profondément Reiner. Les enseignements bouddhistes nous recommandent de préparer un autel avec des offrandes lorsqu'une personne arrive au terme de sa vie. La dévotion et la paix de l'esprit que je constatai chez Reiner me firent réaliser à quel point ce moyen est efficace et combien il peut inspirer le mourant à faire de sa mort un processus sacré.

Lorsque la personne vit ses derniers instants, je vous suggère de demander au personnel de l'hôpital d'éviter de la déranger trop souvent et de cesser tout examen. On me demande fréquemment ce que je pense de la mort dans une unité de soins intensifs. Je dois dire qu'une mort paisible y est très difficile et qu'une pratique spirituelle à ce moment-là s'avère à peine possible. Lors du processus de la mort, le patient ne dispose d'aucune intimité : il est branché à des moniteurs et, dès qu'il cesse de respirer ou que son cœur s'arrête de battre, on s'efforce de le réanimer. Il s'avère également impossible de ne pas déranger le corps pendant un certain temps après le décès, ainsi que le préconisent les maîtres.

Si vous le pouvez, essayez de prendre avec le médecin les dispositions nécessaires afin qu'il vous prévienne lorsque tout espoir de rétablissement aura disparu. Demandez alors, si la personne le souhaite, qu'on la transporte dans une chambre privée et qu'on débranche les moniteurs. Assurez-vous que le personnel de l'hôpital connaît et respecte les vœux du patient, particulièrement si celui-ci ne souhaite pas être réanimé. Assurez-vous également qu'on ne déplacera pas le corps après la mort pendant une période de temps aussi longue que possible. Dans un hôpital moderne, il est évidemment impossible de ne pas bouger le corps durant les trois jours qui suivent le décès, comme c'était la coutume au Tibet. Cependant, tout ce que l'on peut préserver de silence et de paix devrait être offert au défunt afin de l'aider à entreprendre son voyage au-delà.

Essayez également d'obtenir l'assurance que, lorsque la personne entrera vraiment en phase terminale, on interrompra toutes les injections et tous les traitements agressifs de quelque nature qu'ils soient. Ceux-ci peuvent, en effet, provoquer chez le mourant colère, irritation et douleur. Il est absolument crucial, comme je l'expliquerai en détail ultérieurement, que son esprit soit aussi calme que possible dans les instants qui précèdent la mort.

La plupart des gens meurent dans un état d'inconscience. Un fait que l'expérience de proximité de la mort nous a appris est que les patients qui sont entrés dans le coma ou qui abordent le processus de la mort demeurent bien plus conscients de ce qui se passe autour d'eux que nous ne l'imaginons habituellement. Nombreux sont ceux qui, ayant vécu une expérience de proximité de la mort, ont relaté des sorties « hors du corps » ; ils ont pu donner des descriptions remarquablement exactes et précises de leur environnement immédiat et même, dans certains cas, d'autres salles du même hôpital. Cela indique clairement à quel point il est important de parler fréquemment et de façon positive à une personne mourante ou dans le coma. Des soins dévoués, attentifs et diligents doivent lui être prodigués jusqu'aux derniers instants de sa vie et même au-delà, ainsi que je l'expliquerai plus loin.

L'un des espoirs que je forme avec la publication de ce livre est que, partout dans le monde, les médecins prennent *extrêmement au sérieux* la nécessité de permettre à toute personne arrivée en fin de vie de partir dans le silence et la paix. J'en appelle à la bonne volonté du corps médical et espère ainsi l'encourager à trouver les moyens de rendre cette transition extrêmement difficile de la mort aussi aisée, indolore et paisible que possible. Mourir dans la paix est réellement le droit de l'homme le plus fondamental, peut-être plus essentiel encore que le droit de vote ou le droit à la justice. Toutes les traditions religieuses l'affirment : le bien-être et l'avenir spirituel de celui qui meurt dépendent en grande partie de ce droit à mourir dans la paix.

Il n'est pas de plus grande œuvre de charité que d'aider quelqu'un à bien mourir.

DOUZE

La compassion :
le joyau qui exauce tous les souhaits

Assister les mourants nous fait prendre conscience, de façon poignante, non seulement de leur condition mortelle, mais aussi de la nôtre. Tant de voiles et d'illusions nous séparent de la connaissance abrupte de l'imminence de notre propre mort. Lorsque, enfin, nous réalisons que nous sommes en train de mourir et qu'il en est de même pour tous les êtres sensibles, nous commençons à éprouver le sentiment aigu, presque déchirant, de la fragilité et de la valeur inestimable que revêtent chaque moment et chaque être. Cette réalisation peut engendrer une compassion profonde, lucide et illimitée pour tous les êtres. J'ai entendu dire que Sir Thomas More écrivit ces mots quelques instants avant d'être décapité : « Nous sommes tous dans la même charrette en route vers l'exécution ; comment pourrais-je haïr quiconque ou lui souhaiter du mal ? » Ressentir pleinement votre condition mortelle, ouvrir entièrement votre cœur à ce sentiment, c'est permettre que grandisse en vous une compassion courageuse et universelle, véritable force motrice dans la vie de toute personne réellement désireuse d'aider les autres.

Ainsi, tout ce que j'ai dit jusqu'ici concernant l'aide aux mourants pourrait peut-être se résumer en ces deux mots : amour et compassion. Qu'est-ce que la compassion ? Elle ne consiste pas seulement à ressentir sympathie et intérêt envers la personne qui souffre, ni à éprouver un sentiment chaleureux à son égard ou à reconnaître clairement et précisément ses besoins et sa douleur. Elle implique également une détermination ferme et concrète de faire tout ce qui est possible et nécessaire afin d'aider au soulagement de sa souffrance.

La compassion n'est pas authentique si elle n'est pas active. Dans l'iconographie tibétaine, Avalokiteshvara, le Bouddha de la Compassion, est souvent représenté avec mille yeux qui perçoivent la souffrance dans tous les recoins de l'univers et mille bras qui se déploient vers chacun de ces recoins pour apporter partout son aide.

LA LOGIQUE DE LA COMPASSION

Nous ressentons et reconnaissons tous d'une certaine manière les bienfaits de la compassion, mais la force spécifique des enseignements bouddhistes est de nous démontrer clairement l'existence d'une « logique » de la compassion. Une fois comprise, cette logique rend votre pratique de la compassion plus impérative et plus universelle, plus stable et mieux établie, parce qu'elle se fonde sur la clarté d'un raisonnement dont la vérité vous apparaîtra toujours plus évidente à mesure que vous l'approfondirez et le mettrez à l'épreuve.

Nous pouvons dire, et même être à demi convaincus, que la compassion est merveilleuse mais, dans les faits, elle demeure profondément absente de nos actions, qui causent, à nous-mêmes comme à autrui, presque uniquement frustration et détresse au lieu du bonheur dont nous sommes tous en quête.

N'est-il pas absurde par conséquent que nous souhaitions tous le bonheur, mais que la majorité de nos actions et de nos émotions nous en écarte directement ? N'est-ce pas la preuve même que notre conception du vrai bonheur et de la façon de l'atteindre est radicalement erronée ?

Quelle est notre idée du bonheur ? Un égoïsme rusé, narcissique, ingénieux, un protectionnisme de l'ego qui peuvent parfois, nous le savons tous, nous rendre extrêmement durs. En fait, c'est exactement l'opposé qui est vrai : examinés attentivement, fixation égocentrique et amour de soi immodéré se révèlent être la racine même de tout le mal que nous infligeons, tant aux autres qu'à nous-mêmes[1].

Toute pensée ou tout acte négatif de notre vie résulte ultimement de notre attachement à un moi erroné et du culte que nous vouons à ce moi, faisant de lui l'élément préféré et privilégié de notre existence. Toutes les pensées, émotions, désirs et actions néfastes qui sont à l'origine de notre karma négatif sont engendrés par cette fixation égocentrique et cet amour de soi immodéré. Ceux-ci agissent comme un aimant sombre et puissant qui attire sur nous, vie après vie, tous les obstacles, malheurs, angoisses et désastres, et ils sont la cause racine de toutes les souffrances du samsara.

Lorsque nous avons réellement appréhendé la loi du karma dans toute sa force inexorable et ses répercussions complexes au cours de vies innombrables ; lorsque nous avons compris comment une fixation égo-

centrique et un amour de soi immodéré nous ont pris à
maintes reprises, vie après vie, dans un filet d'ignorance qui semble se resserrer toujours davantage sur
nous ; lorsque nous avons réellement compris que les
calculs de l'esprit égocentrique, de par leur nature
même, nous mettent en danger et sont voués à
l'échec ; lorsque nous avons véritablement déjoué ses
stratagèmes jusque dans leurs recoins les plus subtils ;
lorsque, enfin, nous avons compris à quel point nos
actions et notre esprit ordinaires sont déterminés,
limités et obscurcis par cette fixation, comment celle-
ci nous interdit presque de découvrir en nous le cœur
de l'amour inconditionnel et comment elle a bloqué
toutes les sources d'amour et de compassion véritables,
alors vient un moment où nous comprenons, dans un
éclair de lucidité intense et poignante, ces paroles de
Shantideva :

> *Si tous les maux,*
> *Les peurs et les souffrances du monde*
> *Naissent de l'attachement à soi-même,*
> *Qu'ai-je besoin de cet esprit malin ?*

C'est ainsi que s'éveille en nous la détermination de
détruire cet « esprit malin », notre plus grand ennemi.
Lorsque celui-ci meurt, la cause de toute notre souffrance est supprimée et notre vraie nature peut rayonner dans toute son ampleur et sa générosité dynamique.

Dans cette guerre contre votre plus grand ennemi – la
fixation égocentrique et l'amour de soi immodéré –,
vous ne pourrez trouver de meilleure alliée que la pratique de la compassion. C'est la compassion, le fait de
se dédier aux autres et de prendre sur soi leur souf-

france au lieu de se chérir soi-même qui, unie à la sagesse du non-ego, détruit le plus efficacement et le plus complètement cet ancien attachement à un soi erroné, cause de notre errance sans fin dans le samsara. Voilà pourquoi, dans notre tradition, nous considérons la compassion comme la source et l'essence de l'éveil, comme le cœur de l'action éveillée. Shantideva disait :

Est-il besoin d'en dire plus ?
Les naïfs œuvrent à leur propre bien,
Les bouddhas œuvrent au bien d'autrui :
Voyez la différence qui les sépare.

Si je n'échange pas mon bonheur
Contre la souffrance d'autrui,
Je n'atteindrai pas l'état de bouddha
Et, même dans le samsara, ne connaîtrai aucune joie véritable[2].

Réaliser ce que j'appelle la sagesse de la compassion, c'est voir avec une totale lucidité ses bienfaits, mais c'est voir aussi le tort que nous a causé son contraire. Il nous faut distinguer très exactement quel est *l'intérêt de l'ego* et quel est *notre intérêt ultime* ; c'est de la confusion entre les deux que naît toute notre souffrance. Nous nous entêtons à croire que la meilleure protection dans la vie est cet amour de soi immodéré, mais c'est le contraire qui est vrai. La fixation égocentrique conduit à chérir sa propre personne, ce qui en retour crée une aversion invétérée envers le malheur et la souffrance. Cependant, malheur et souffrance n'ont pas d'existence objective ; c'est uniquement notre aversion à leur égard qui leur donne existence et pouvoir. Lorsque vous comprendrez ceci, vous réaliserez que c'est en fait notre aversion qui attire sur nous toute l'adversité et les obstacles dont nous pouvons faire l'expérience et qui emplit notre vie d'anxiété nerveuse, d'attentes et de peurs. Epuisez cette aversion en épuisant l'esprit égocentrique et son attachement à un soi non existant ; vous épuiserez ainsi toute l'emprise que peuvent avoir sur vous obstacles et adversité. Comment peut-on, en effet, attaquer quelqu'un ou quelque chose qui n'est tout simplement pas là ?

La compassion constitue par conséquent la meilleure des protections. Elle est aussi, comme les grands maîtres du passé l'ont toujours su, la source de toute guérison. Supposez que vous soyez atteint d'une maladie telle que le cancer ou le sida. Si, en plus de votre propre douleur, et l'esprit empli de compassion, vous prenez sur vous la souffrance de ceux qui partagent le même sort, vous purifierez – sans aucun doute possible – le karma négatif du passé, cause de la continuation de votre souffrance dans le présent et dans l'avenir.

Je me rappelle avoir entendu parler au Tibet de nombreux cas extraordinaires de personnes qui, ayant appris qu'elles étaient atteintes d'une maladie incurable, abandonnaient tous leurs biens et partaient au cimetière pour y mourir. Là, elles se consacraient à cette pratique qui consiste à prendre sur soi la souffrance d'autrui. Et ce qui est remarquable, c'est qu'au lieu de mourir, ces personnes revenaient chez elles entièrement guéries.

J'ai réalisé à maintes reprises qu'assister les mourants offre une occasion directe de pratiquer la compassion dans l'action, et dans la situation où cette compassion est sans aucun doute la plus profondément nécessaire.

Votre compassion pourra peut-être offrir au mourant trois bienfaits essentiels. D'abord, parce que votre cœur s'est ouvert, il vous sera plus facile de lui témoigner cet amour inconditionnel dont il a tant besoin et que j'ai évoqué plus haut. Ensuite, au plan plus profond de la spiritualité, j'ai remarqué maintes fois que, si vous laissez la compassion s'incarner en vous et motiver toutes vos actions, l'atmosphère ainsi créée pourra suggérer à la personne l'existence d'une dimension spirituelle et peut-être même l'inciter à s'engager dans une pratique. Enfin, au niveau le plus profond, si vous pratiquez constamment la compassion pour le mourant et l'inspirez en retour à faire de même, il se peut que vous l'aidiez ainsi à guérir non seulement spirituellement mais aussi physiquement. Avec émerveillement, vous découvrirez alors par vous-même ce que tous les maîtres spirituels savent : *le pouvoir de la compassion ne connaît pas de limites.*

Asanga, l'un des saints bouddhistes les plus célèbres, vivait en Inde au IVe siècle. Il partit dans les montagnes pour y faire une retraite solitaire, concentrant toute sa pratique de méditation sur le Bouddha Maitreya, avec le fervent espoir d'être béni par une vision de celui-ci, et de recevoir de lui des enseignements.

Pendant six années, Asanga médita dans une austérité extrême, sans recevoir l'ombre d'un rêve favorable. Découragé, il pensa que son ardent désir de rencontrer

le Bouddha Maitreya ne serait jamais exaucé. Il interrompit sa retraite et quitta son ermitage. Il n'était pas
allé bien loin sur la route lorsqu'il aperçut un homme
occupé à frotter une énorme barre de fer avec un morceau de soie. Asanga alla lui demander ce qu'il faisait.
« Je n'ai pas d'aiguille, lui répondit l'homme, aussi j'en
fabrique une à partir de cette barre de fer. » Abasourdi,
Asanga le regarda fixement. Même si l'homme devait
parvenir à son but dans cent ans, pensa-t-il, quel intérêt ? Il se dit en lui-même : « Vois le mal que se
donnent les gens pour des choses complètement
absurdes. Et toi, qui es engagé dans une pratique spirituelle, une démarche d'une valeur incontestable, tu es
loin d'être aussi motivé. » Il rebroussa chemin et rega-
gna sa retraite.

Trois années passèrent et toujours aucun signe du
Bouddha Maitreya. « Désormais, pensa Asanga, je suis
certain que je ne réussirai jamais. » Il partit donc à
nouveau et parvint bientôt à un tournant de la route où
se trouvait un rocher énorme, si haut qu'il semblait
toucher le ciel. Un homme, au pied de ce rocher, était
fort occupé à le frotter avec une plume imbibée d'eau.
« Que fais-tu ? » lui demanda Asanga.

« Ce rocher est si haut qu'il empêche le soleil de
briller sur ma maison, aussi j'essaie de m'en débarrasser. » Sidéré par l'énergie infatigable de cet homme,
Asanga retourna à sa retraite, honteux de son propre
manque de dévotion.

Trois années de plus s'écoulèrent, et il n'avait même
pas fait un seul rêve de bon augure. Il décida, une fois
pour toutes, que tout cela était sans espoir et il quitta
définitivement sa retraite. La journée avançait et, dans
l'après-midi, il rencontra en chemin un chien couché

sur le bord de la route. Il ne lui restait plus que les pattes avant ; tout son arrière-train était putréfié et infesté de vers. Malgré son état pitoyable, le chien grognait après les passants et essayait pathétiquement de les mordre, en se traînant sur le sol au moyen de ses deux pattes valides.

Asanga fut submergé par un sentiment de compassion déchirant et insoutenable. Il coupa un morceau de sa propre chair et le donna à manger au chien. Puis il se pencha pour le débarrasser des vers qui le dévoraient. Mais il s'avisa soudain qu'il allait peut-être leur faire mal en les prenant entre ses doigts et comprit que la seule façon de les retirer était d'utiliser sa langue. Asanga s'agenouilla sur le sol et, devant l'horrible amas grouillant et suppurant, il ferma les yeux. Il s'approcha davantage, sortit sa langue… et réalisa soudain qu'elle touchait le sol. Il ouvrit les yeux, releva la tête. Le chien avait disparu ; à sa place se tenait le Bouddha Maitreya, auréolé d'une lumière radieuse.

« Enfin ! dit Asanga. Pourquoi ne m'es-tu jamais apparu auparavant ?

– Il n'est pas vrai, répondit Maitreya avec douceur, que je ne te sois jamais apparu avant ce jour. En réalité, j'ai toujours été à tes côtés, mais ton karma négatif et les voiles de ton esprit t'empêchaient de me voir. Tes douze années de pratique les ont légèrement dissipés, c'est pourquoi tu as enfin pu voir le chien. A ce moment là, grâce à la sincérité et à l'authenticité de ta compassion, tous les voiles qui obscurcissaient ton esprit ont été complètement balayés et, maintenant, tu peux me voir devant toi de tes propres yeux. Si tu ne crois pas que cela s'est passé ainsi, prends-moi sur ton épaule et vérifie si quelqu'un d'autre peut me voir. »

Asanga mit Maitreya sur son épaule droite et s'en alla sur la place du marché. Là, il demanda à tous ceux qu'il rencontrait : « Que voyez-vous sur mon épaule ? » « Rien », lui répondirent la plupart des gens, sans s'arrêter. Seule une vieille femme, dont le karma avait été légèrement purifié, lui dit : « Il y a sur ton épaule le cadavre pourri d'un vieux chien, voilà tout. » Asanga comprit enfin le pouvoir sans limites de la compassion qui avait purifié et transformé son karma, faisant de lui un réceptacle digne de recevoir la vision et l'enseignement de Maitreya. Le Bouddha Maitreya, dont le nom signifie « amour-tendresse », conduisit alors Asanga vers un royaume céleste où il lui conféra des enseignements nombreux et sublimes, qui comptent parmi les plus importants de tout le bouddhisme.

L'HISTOIRE DE TONGLEN
ET LE POUVOIR DE LA COMPASSION

Mes étudiants viennent souvent à moi avec cette question : « La souffrance de mon ami – ou de mon parent – me perturbe beaucoup ; je souhaiterais réellement l'aider, mais je me rends compte que je n'éprouve pas assez d'amour pour en être vraiment capable. Je voudrais exprimer de la compassion, mais celle-ci est bloquée. Que puis-je faire ? » N'avons-nous pas tous connu la tristesse et la frustration de ne pouvoir trouver dans notre cœur assez d'amour et de compassion envers ceux qui souffrent autour de nous, ni assez de force pour les aider ?

L'une des grandes qualités de la tradition bouddhiste est d'avoir élaboré tout un ensemble de pratiques qui peuvent véritablement vous aider dans de telles situations. Ces pratiques peuvent réellement vous nourrir et vous remplir d'une force, d'une créativité joyeuse et d'un enthousiasme qui vous permettront de purifier votre esprit et d'ouvrir votre cœur. Ainsi, les énergies apaisantes de la sagesse et de la compassion pourront influer sur la situation dans laquelle vous vous trouvez et la transformer.

De toutes les pratiques que je connais, celle de *tonglen* – qui signifie en tibétain « donner et recevoir » – s'avère l'une des plus utiles et des plus puissantes. Si vous vous sentez emprisonné en vous-même, tonglen vous ouvre à la vérité de la souffrance de l'autre. Si votre cœur est fermé, cette pratique détruit les résistances qui l'empêchent de s'ouvrir. Et si vous vous sentez étranger en présence de la personne souffrante, en proie à l'amertume ou au désespoir, tonglen vous aide à trouver en vous, puis à manifester, le rayonnement vaste et plein d'amour de votre nature véritable. Je ne connais pas de pratique plus efficace pour détruire la fixation égocentrique, l'amour de soi immodéré et l'auto-absorption de l'ego, qui sont la racine de toute notre souffrance et de toute notre dureté de cœur.

L'un des plus grands maîtres de tonglen au Tibet était Géshé Chekhawa, qui vécut au XIIe siècle. C'était un grand érudit et un maître accompli dans de nombreuses formes de méditation. Un jour qu'il se trouvait dans la chambre de son maître, il vit un livre ouvert sur ces deux lignes :

Tout profit et tout avantage, offre-les à autrui.
Toute perte et toute défaite, prends-les à ton compte.

La compassion immense, presque inimaginable, de ces vers le frappa vivement, et il se mit en quête du maître qui les avait écrits. Au cours de son voyage, il rencontra un lépreux qui lui dit que ce maître était mort. Mais Géshé Chekhawa persévéra et ses efforts soutenus furent récompensés lorsqu'il rencontra le disciple principal du maître défunt. Il lui demanda : « Quelle importance accordez-vous vraiment à l'enseignement contenu dans ces deux vers ? » Le disciple répondit : « Que cela vous plaise ou non, vous devrez pratiquer cet enseignement si vous voulez réellement atteindre l'état de bouddha. »

Géshé Chekhawa fut presque aussi stupéfait de cette réponse qu'il l'avait été lorsqu'il avait découvert les deux vers. Il demeura douze années avec le disciple afin d'étudier cet enseignement et de prendre à cœur la pratique de tonglen qui en est l'application concrète. Pendant ce temps, il dut affronter toutes sortes d'épreuves : difficultés, critiques, privations et mauvais traitements en tous genres. L'enseignement fut si efficace et sa persévérance dans la pratique si intense qu'après six années, il avait totalement éliminé toute trace de fixation égocentrique et d'amour de soi immodéré. La pratique de tonglen avait fait de lui un maître de la compassion.

Au début, Géshé Chekhawa n'enseigna tonglen qu'à un nombre restreint de proches disciples, pensant que cette pratique n'aurait d'effet que sur ceux qui avaient une grande foi en elle. Puis il commença à l'enseigner à un groupe de lépreux. La lèpre était, en ce temps-là, très répandue au Tibet et les médecins ordinaires ne savaient ni la traiter ni la guérir. Pourtant, beaucoup des lépreux qui pratiquèrent tonglen furent guéris. La nouvelle s'en répandit rapidement et d'autres lépreux accoururent jusqu'à la maison du Géshé, qui commença à ressembler à un hôpital.

Mais Géshé Chekhawa n'enseignait toujours pas tonglen à un large public. Ce fut seulement lorsqu'il en constata l'effet sur son frère qu'il commença à dispenser son enseignement ouvertement. Le frère de Géshé Chekhawa était un sceptique invétéré qui tournait en dérision toute forme de pratique spirituelle. Pourtant, quand il vit ce qui se produisait chez les lépreux qui pratiquaient tonglen, il ne put s'empêcher d'être impressionné et intrigué. Un jour, il se cacha derrière une porte et écouta son frère enseigner tonglen puis, en secret, il entreprit la pratique, seul, de son côté. Lorsque Géshé Chekhawa remarqua que le caractère difficile de son frère commençait à s'adoucir, il devina ce qui s'était passé.

« Si cette pratique a pu être efficace même sur mon frère, pensa t il, si elle a pu le transformer, alors elle devrait être efficace et transformer tout être humain. » Ceci convainquit Géshé Chekhawa du bien-fondé d'enseigner tonglen plus largement. Lui-même ne cessa jamais de le pratiquer. Vers la fin de sa vie, il confia à ses étudiants que, pendant longtemps, il avait prié avec ferveur afin de renaître dans les royaumes infernaux pour pouvoir venir en aide à tous les êtres qui y souffraient. Malheureusement, ajouta-t-il, il avait eu récemment plusieurs rêves très clairs lui indiquant qu'il allait renaître dans l'un des royaumes des bouddhas. Il était amèrement déçu et supplia ses étudiants, les larmes aux yeux, de prier les bouddhas pour que cela n'ait pas lieu et pour que son vœu ardent d'aider les êtres des enfers soit exaucé.

COMMENT ÉVEILLER AMOUR ET COMPASSION

Avant de pouvoir réellement pratiquer tonglen, vous devez être capable d'éveiller en vous la compassion. Ce n'est pas aussi aisé que nous pourrions le croire car la source de notre amour et de notre compassion nous est souvent cachée et il se peut que nous ne sachions pas comment l'atteindre directement. Heureusement, dans le bouddhisme, plusieurs techniques spécifiques connues sous le nom d'« entraînement de l'esprit à la compassion » ont été élaborées pour nous aider à éveiller l'amour caché en nous. Parmi l'extrême diversité des méthodes existantes, j'ai choisi celles qui suivent et les ai ordonnées de façon à les rendre aussi efficaces que possible pour nos contemporains.

1. *L'amour-tendresse : faire jaillir la source.*

Si nous croyons ne pas avoir suffisamment d'amour en nous, il existe une méthode permettant de le découvrir et de l'éveiller. Revenez mentalement au passé, peut-être à votre enfance et recréez, visualisez presque, l'amour qu'une personne vous a donné et qui vous a réellement touché. Traditionnellement, on vous enseigne à penser à votre mère et au dévouement qu'elle a eu pour vous sa vie durant mais, si cela vous pose problème, vous pouvez penser à votre grand-mère, votre grand-père ou toute personne vous ayant réellement témoigné de la bonté dans votre vie. Souvenez-vous d'un moment particulier où ils vous ont véritablement manifesté leur amour, et où celui-ci vous a profondément touché.

Laissez maintenant ce sentiment revivre dans votre cœur et vous emplir de gratitude. Ce faisant, vous ressentirez naturellement de l'amour pour la personne qui l'avait éveillé en vous. Vous vous souviendrez que, même si vous n'avez pas toujours l'impression d'avoir été assez aimé, quelqu'un – au moins une fois – vous a témoigné un amour authentique. Dès lors, sachant cela, vous retrouverez le sentiment que vous avait fait éprouver cette personne, celui d'être digne d'amour, réellement « aimable ».

Laissez à présent votre cœur s'ouvrir et l'amour rayonner, puis dirigez celui-ci vers tous les êtres. Commencez par vos proches, étendez ensuite cet amour à vos amis et à vos connaissances, à vos voisins et à des étrangers, puis à des personnes que vous n'aimez pas ou avec qui vous avez des difficultés, même à ceux que vous pourriez considérer comme vos « ennemis » et, finalement, à l'univers entier. Que cet amour devienne de plus en plus vaste, illimité. L'équanimité est l'un des quatre aspects fondamentaux – avec l'amour-tendresse, la compassion et la joie – qui constituent, selon les enseignements, l'aspiration totale à la compassion. La vue de l'équanimité, dénuée de parti pris et incluant toute chose, est réellement le point de départ et la base du chemin de la compassion.

Vous découvrirez que cette pratique fait naître en vous une source d'amour, et que votre propre amour-tendresse ainsi libéré éveille la compassion. Ainsi que le disait Maitreya dans l'un de ses enseignements à Asanga : « L'eau de la compassion court par le canal de l'amour-tendresse. »

2. *La compassion : se considérer comme identique à autrui.*

Un moyen puissant d'éveiller la compassion, comme je l'ai décrit au chapitre précédent, est de considérer l'autre comme étant en tout point identique à soi-même. « Après tout, explique le Dalaï-Lama, tous les êtres humains sont semblables, faits de chair, de sang et d'os. Nous voulons tous le bonheur et voulons éviter la souffrance. De plus, nous avons tous un droit égal au bonheur. En d'autres termes, il est important de réaliser qu'en tant qu'êtres humains, nous sommes tous semblables[3]. »

Supposez, par exemple, que vous ayez des difficultés avec un proche, père ou mère, mari ou femme, amant ou ami. Voyez combien il peut être utile et révélateur de ne pas considérer la personne dans son « rôle » de mère, de père, de mari, et ainsi de suite, mais simplement comme un autre « vous », un autre être humain avec les mêmes sentiments que vous, le même désir d'être heureux, la même peur de souffrir. Penser à cette personne comme à une personne réelle, en tout point identique à vous-même, ouvrira votre cœur à son égard et vous éclairera sur la façon de l'aider.

Si vous considérez les autres comme en tout point identiques à vous-même, cela vous aidera à élargir vos relations et leur donnera une signification nouvelle et plus riche. Imaginez que les sociétés et les nations commencent à se considérer mutuellement ainsi. N'aurions-nous pas là enfin l'amorce d'une base solide pour la paix mondiale et pour la coexistence heureuse de tous les peuples ?

3. *La compassion : se mettre à la place d'autrui.*

Lorsqu'une personne souffre et que vous ne savez absolument pas comment l'aider, mettez-vous sans hésiter à sa place. Imaginez aussi précisément que possible ce que vous ressentiriez si vous subissiez la même souffrance. Demandez-vous : « Comment me sentirais-je ? Quelle attitude voudrais-je que mes amis aient envers moi ? Qu'attendrais-je d'eux, par-dessus tout ? »

Lorsque vous vous mettez ainsi à la place d'autrui, vous transférez directement l'objet habituel de vos préoccupations – vous-même – sur un autre être. Vous mettre à la place de l'autre est un moyen très puissant de desserrer l'emprise qu'ont sur vous fixation égocentrique et amour de soi immodéré, et de libérer ainsi le cœur de votre compassion.

4. *Recourir à un ami pour générer la compassion.*

Une autre technique inspirante pour éveiller la compassion envers une personne souffrante est d'imaginer l'un de vos amis les plus chers, ou quelqu'un que vous aimez sincèrement, à la place de cette personne.

Imaginez votre frère, votre fille, un de vos parents ou votre meilleur ami dans la même situation doulou-reuse. Tout naturellement, votre cœur s'ouvrira et la compassion naîtra en vous : que pourriez-vous souhaiter d'autre que de les voir libérés de leur tourment ?

Dirigez à présent la compassion ainsi éveillée dans votre cœur vers la personne qui a besoin de votre aide : vous découvrirez que cette aide vous vient plus naturellement et qu'il vous est plus aisé de la diriger.

On me demande parfois : « Cette pratique ne risque-t-elle pas de nuire à l'ami ou au parent que j'imagine dans la souffrance ? » Au contraire, penser à cette personne avec autant d'amour et de compassion ne peut que l'aider ; cela contribuera même à la guérison de toutes les souffrances ou douleurs qu'elle a pu endurer dans le passé, qu'elle endure actuellement ou endurera à l'avenir.

Le fait qu'elle soit l'instrument de l'éveil de votre compassion – même si ce n'est que pour un instant – apportera à cette personne des mérites et des bienfaits considérables. Parce qu'elle a été en partie responsable de l'ouverture de votre cœur et qu'elle vous a permis, par votre compassion, de venir en aide à une personne malade ou mourante, le mérite de cette action lui reviendra ainsi tout naturellement.

Vous pouvez aussi dédier mentalement ce mérite à l'ami ou au parent qui vous a aidé à ouvrir votre cœur. Vous pouvez lui souhaiter du bien et prier pour qu'à l'avenir il soit libre de la souffrance. Vous éprouverez de la gratitude envers votre ami, et lui aussi pourra se sentir inspiré et reconnaissant si vous lui révélez qu'il vous a aidé à éveiller votre compassion.

Par conséquent, demander : « Cela nuira-t-il à mon ami ou parent de l'imaginer à la place de la personne malade ou mourante ? » montre que nous n'avons pas réellement compris à quel point le mécanisme de la compassion est puissant et miraculeux. Il bénit et guérit tous ceux qui y participent : la personne qui génère la compassion, celle qui l'inspire et celle vers laquelle elle est dirigée. Ainsi que le dit Portia dans *Le Marchand de Venise* de Shakespeare :

La clémence ne s'obtient pas par contrainte,
Elle tombe du ciel telle une pluie douce
Sur le lieu qu'elle domine ; doublement bénie,
Elle bénit celui qui donne et celui qui reçoit.

La compassion est le « joyau qui exauce tous les souhaits ». Sa lumière apaisante rayonne dans toutes les directions.

Une très belle histoire que j'aime beaucoup illustre ceci. Un jour, le Bouddha raconta l'une de ses vies passées, avant qu'il n'atteigne l'éveil. Un grand empereur avait trois fils et Bouddha – le plus jeune d'entre eux – se prénommait alors Mahasattva. Mahasattva était par nature un petit garçon empli d'amour et de compassion qui considérait tous les êtres vivants comme ses enfants.

Un jour, l'empereur et sa cour se rendirent à un pique-nique en forêt et les princes allèrent jouer sous les arbres. Au bout d'un moment, ils rencontrèrent en chemin une tigresse qui venait de mettre bas. Elle était si affaiblie par la faim qu'elle s'apprêtait à dévorer ses petits. Mahasattva demanda à ses frères : « Quelle nourriture pourrait bien redonner ses forces à la tigresse ?

– Uniquement de la viande fraîche ou du sang, répondirent-ils.

– Qui voudrait donner sa propre chair et son propre sang afin de la nourrir et de sauver ainsi sa vie et celle de ses petits ? demanda-t-il.

– Oui, qui, en effet ? » répondirent les princes.

Mahasattva fut profondément ému par la condition désespérée de la tigresse et de ses petits, et pensa : « Il y a si longtemps que j'erre sans but dans le samsara, vie après vie. A cause de mon désir, de ma colère et de mon ignorance, j'ai accompli bien peu pour aider les autres. Voici enfin une grande occasion de le faire. »

Les jeunes princes s'en retournaient vers leur famille lorsque Mahasattva leur dit : « Vous deux, partez devant, je vous rejoindrai plus tard ! » Revenant discrètement vers la tigresse, il s'approcha et s'allongea sur le sol devant elle, s'offrant en pâture. La tigresse le regarda, mais elle était si faible qu'elle ne pouvait pas même ouvrir la gueule. Le prince trouva alors un bâton pointu et entailla profondément sa chair. Le sang jaillit, la tigresse le lécha et retrouva assez de force pour ouvrir ses mâchoires et le dévorer.

Mahasattva avait offert son corps à la tigresse afin de sauver ses petits. Le mérite immense de cette compassion le fit renaître dans un royaume supérieur, et progresser vers l'éveil et sa renaissance en tant que Bouddha. Mais cette action ne profita pas qu'à lui-même : le pouvoir de sa compassion avait aussi purifié la tigresse et ses petits de leur karma, et même de toute dette karmique qu'ils auraient pu avoir envers lui pour leur avoir ainsi sauvé la vie. Parce qu'il était tellement puissant, son acte de compassion avait créé entre eux un lien karmique qui devait se perpétuer longtemps dans le futur. La tigresse et sa progéniture, qui avaient reçu la chair du corps de Mahasattva, se réincarnèrent, dit-on, en les cinq premiers disciples du Bouddha, les tout premiers à recevoir son enseignement après son illumination. Quelle perspective cette histoire nous offre-t-elle sur l'immensité et le mystère que possède véritablement le pouvoir de la compassion !

5. *Comment méditer sur la compassion.*

Cependant, ainsi que je l'ai dit, éveiller en nous ce pouvoir de compassion n'est pas toujours chose facile. Je trouve que les moyens les plus simples sont les meilleurs et les plus directs. Chaque jour, la vie vous offre d'innombrables occasions d'ouvrir votre cœur : c'est à vous de les saisir. Une vieille femme passe près de vous, l'air triste et solitaire, les jambes couvertes de varices, avec deux lourds sacs en plastique chargés de provisions qu'elle peut à peine porter. Un vieil homme pauvrement vêtu avance devant vous d'un pas traînant dans la file d'attente de la poste. Un garçonnet sur des béquilles, l'air anxieux, s'efforce de traverser la rue dans la circulation intense de l'après-midi. Un chien, renversé au milieu de la rue, perd son sang et va mourir. Une jeune fille, assise dans le métro, seule, sanglote violemment. Allumez la télévision : les informations vous montreront peut-être une mère, à Beyrouth, agenouillée auprès du corps de son fils assassiné ; ou une grand-mère à Moscou montrant du doigt la soupe qui sera sa seule nourriture de la journée, ignorant même si elle en aura autant le lendemain ; ou encore l'un de ces enfants atteints du sida en Roumanie, qui vous fixe d'un regard vide de toute expression.

Chacun de ces spectacles pourrait vous ouvrir le cœur à l'immense souffrance régnant partout dans le monde. Que votre cœur s'ouvre, que l'amour et la douleur ainsi éveillés vous enrichissent. Lorsque vous sentez la compassion monter en vous, ne la repoussez pas, ne l'écartez pas d'un haussement d'épaules en essayant aussitôt de revenir à la « normale ». Ne soyez ni effrayé ni gêné par votre émotion, ne vous en laissez pas distraire, ne la laissez pas non plus se transformer en apathie. Soyez vulnérable : mettez à profit ce mouvement de compassion vif et soudain. Concentrez-vous sur lui, recueillez-vous profondément et méditez sur lui, développez-le, intensifiez-le, établissez-le en vous. Ce faisant, vous réaliserez combien vous avez été aveugle à la souffrance, et combien la douleur dont vous faites maintenant l'expérience n'est en fait qu'une infime partie de la douleur du monde. Tous les êtres souffrent, partout. Laissez votre cœur aller vers eux avec une compassion spontanée et infinie, et dirigez cette compassion, ainsi que la bénédiction de tous les bouddhas, vers le soulagement de la souffrance universelle.

La compassion est un sentiment beaucoup plus grand et noble que la pitié. La pitié prend ses racines dans la peur et comporte un sentiment d'arrogance et de condescendance, voire une certaine suffisance : « Heureusement, je ne suis pas à sa place. » Comme le dit Stephen Levine : « Lorsque votre peur rencontre la douleur d'autrui, elle devient pitié ; lorsque c'est votre amour qui rencontre cette douleur, il devient compassion[4]. » S'entraîner à la compassion, c'est donc se souvenir que tous les êtres humains sont semblables et souffrent de la même façon. C'est honorer tous ceux qui souffrent et savoir que vous n'êtes ni distinct d'eux, ni supérieur à eux.

Ainsi, votre réaction immédiate à la souffrance de l'autre devient non pas simple pitié, mais profonde compassion. Vous éprouvez du respect et même de la gratitude envers cette personne, car vous savez désormais que quiconque, par sa souffrance, vous incite à développer votre compassion, vous fait en réalité le plus beau des cadeaux. Il vous aide, en effet, à développer la qualité dont vous aurez le plus besoin dans votre progression vers l'éveil. C'est pourquoi nous disons au Tibet que le mendiant qui vous demande de l'argent ou la vieille femme malade qui vous brise le cœur sont peut-être des bouddhas déguisés, se manifestant sur votre route afin de vous aider à développer votre compassion et à progresser ainsi vers la bouddhéité.

6. *Comment diriger votre compassion.*

Lorsque vous aurez médité sur la compassion avec suffisamment de profondeur, naîtront en vous une forte détermination à soulager la souffrance de tous les êtres et un sens aigu de votre responsabilité à l'égard de ce noble but. Il existe alors deux façons de diriger mentalement cette compassion et de la rendre active.

La première est de prier tous les bouddhas et êtres éveillés du plus profond de votre cœur afin que tout ce que vous faites, toutes vos pensées, paroles et actions, ne soient que source de bienfaits et de bonheur pour les êtres. C'est ce qu'exprime cette très belle prière : « Bénissez-moi afin que je sois utile. » Priez pour que vous fassiez du bien à tous ceux qui entreront en contact avec vous et que vous les aidiez à transformer leur souffrance et leur vie.

La seconde, qui est universelle, consiste à diriger votre compassion – quelle qu'elle soit – vers tous les êtres en dédiant toutes vos actions positives et toute votre pratique spirituelle à leur bien-être et plus particulièrement à leur éveil. Car lorsque vous méditez profondément sur la compassion, vous en venez à réaliser que la seule façon pour vous d'aider *totalement* les autres est d'atteindre l'éveil. Alors naît en vous un sentiment puissant de détermination et de responsabilité universelle, en même temps que le souhait plein de compassion d'atteindre l'éveil pour le bien de tous les êtres.

Ce souhait plein de compassion est appelé Bodhichitta en sanscrit : *bodhi* signifie notre essence éveillée et *chitta* signifie le cœur. Nous pourrions ainsi le traduire par « le cœur de notre esprit éveillé ». Réveiller et développer le cœur de notre esprit éveillé, c'est faire mûrir continuellement la graine de notre nature de bouddha ; cette graine qui, ultimement, lorsque notre pratique de la compassion sera devenue parfaite et universelle, s'épanouira majestueusement en la fleur de la bouddhéité. Ainsi la Bodhichitta est-elle l'origine, la source et la racine du chemin spirituel tout entier. C'est pourquoi Shantideva louait la Bodhichitta avec tant de joie :

Elle est l'élixir suprême
Qui abolit la souveraineté de la mort.
Elle est le trésor inépuisable
Qui élimine la misère du monde.
Elle est le remède incomparable
Qui guérit les maladies du monde.
Elle est l'arbre qui abrite tous les êtres
Las d'errer sur les chemins de l'existence conditionnée.
Elle est le pont universel

Qui mène à la libération des existences douloureuses.
Elle est la lune de l'esprit qui se lève
Et apaise la brûlure des passions du monde.
Elle est le grand soleil qui finalement dissipe
Les brumes de l'ignorance du monde[5].

Et c'est la raison pour laquelle, dans notre tradition, nous prions avec tant de ferveur :

Bodhichitta, précieuse et sublime,
Puisse-t-elle s'élever chez ceux en qui elle ne s'est pas élevée ;
Puisse-t-elle ne jamais décliner là où elle s'est élevée,
Mais croître toujours davantage !

Patrul Rinpoché utilisait ces quatre lignes pour synthétiser l'entraînement à la Bodhichitta tout entier, « le souhait » – comme Maitreya le décrivait – « d'atteindre l'éveil parfait pour le bien d'autrui ». Qu'il me soit permis ici d'exposer brièvement cet entraînement. Il commence par le développement dans notre esprit de l'amour-tendresse, de la compassion, de la joie et de l'équanimité envers les êtres vivants en nombre illimité[6]. Par une pratique de contemplation profonde, vous cultivez ces quatre qualités à un tel degré qu'elles deviennent illimitées, incommensurables. Ainsi, la Bodhichitta « s'élève là où elle ne s'est pas élevée ». En effet, ceci vous a amené à un point où un sentiment d'urgence poignant vous pousse à prendre la responsabilité d'autrui ; il vous conduit à prendre le vœu de faire naître le cœur de l'esprit d'éveil grâce à l'entraînement à la « Bodhichitta d'aspi-

370 Le Livre tibétain de la Vie et de la Mort

ration » et à la « Bodhichitta en action »[7]. La première consiste à s'entraîner à se considérer comme semblable à autrui, puis à s'échanger avec autrui – ce qui inclut la pratique de Tonglen – ct finalement à considérer les autres comme plus importants que soi-même. La seconde vise à développer à la perfection la générosité, la discipline, la patience ou l'endurance, la diligence, la concentration et la sagesse, toutes ces qualités étant imprégnées de la vue pénétrante de la nature de la réalité elle-même. Ainsi, la Bodhichitta « ne décline jamais là où elle s'est élevée » et continue à « croître toujours davantage ». Ceci est le chemin des bodhisatt-vas, la pratique du cœur compatissant de l'esprit éveillé qui, parce qu'elle est entreprise pour le bien de tous les êtres, mène directement à l'état de bouddha.

LES ÉTAPES DE TONGLEN

Maintenant que je vous ai présenté les diverses méthodes permettant d'éveiller la compassion et démontré l'importance et le pouvoir de celle-ci, je peux partager avec vous de façon plus efficace la noble pratique de tonglen. Vous possédez en effet à présent la motivation, la compréhension et les moyens d'effectuer cette pratique pour votre plus grand bien et le plus grand bicn d'autrui. Tonglen est une pratique bouddhiste mais je suis fermement convaincu que tout le monde, sans exception, peut le pratiquer. Même si vous n'avez aucune foi religieuse, je vous encourage, tout simplement, à l'essayer. J'ai découvert que l'aide apportée par tonglen était précieuse entre toutes.

Pour l'expliquer très simplement, la pratique de tonglen – donner et recevoir – consiste à prendre sur soi la douleur et la souffrance des autres, et à leur donner votre bonheur, votre bien-être et la paix de votre esprit. Tout comme l'une des méthodes de méditation décrites plus haut, tonglen utilise le support de la respiration. Géshé Chekhawa écrivait : « Donner et recevoir doivent être pratiqués alternativement. Cette alternance doit être placée sur le support de la respiration. »

De par ma propre expérience, je sais combien il est difficile d'imaginer que l'on prend sur soi la souffrance des autres, et particulièrement celle des malades ou des mourants, sans avoir au préalable établi en soi la force et l'assurance de la compassion. Ce sont cette force et cette assurance qui donneront à votre pratique le pouvoir de transmuter leur souffrance.

C'est pourquoi je recommande toujours de pratiquer tonglen pour vous avant de le pratiquer pour autrui. Avant de diriger vers les autres votre amour et votre compassion, découvrez-les, approfondissez-les, créez-les et renforcez-les en vous-même. Guérissez-vous de toute réticence, détresse, colère ou peur qui pourraient vous empêcher de pratiquer tonglen de tout votre cœur.

Au cours des années, une façon d'enseigner tonglen s'est développée que beaucoup de mes étudiants ont trouvée extrêmement bénéfique et d'un grand pouvoir thérapeutique. Elle se déroule en quatre étapes.

LA PRATIQUE PRÉLIMINAIRE DE TONGLEN

La meilleure façon de faire cette pratique, ainsi que toute pratique de tonglen, est de commencer par éveil-

ler en vous la nature de l'esprit et d'y demeurer.
Lorsque vous demeurez dans la nature de l'esprit et
percevez toute chose directement comme « vide », illusoire et semblable au rêve, vous demeurez dans l'état
que l'on appelle la « Bodhichitta absolue » ou
« ultime », le cœur véritable de l'esprit d'éveil. Les
enseignements comparent la Bodhichitta absolue à un
trésor inépuisable de générosité. La compassion, comprise dans son sens le plus profond, est reconnue et
perçue comme le rayonnement naturel de la nature de
l'esprit, le moyen habile qui s'élève du cœur de la
sagesse.

Commencez par vous asseoir et par ramener l'esprit
en lui-même. Laissez toutes vos pensées s'apaiser, sans
les solliciter ni les suivre. Fermez les yeux si vous le
désirez. Lorsque vous vous sentez tout à fait calme et
centré, éveillez légèrement votre vigilance et commencez la pratique.

1. *Tonglen pratiqué sur l'environnement.*

Nous savons tous combien nos humeurs et nos états
d'âme ont d'emprise sur nous. Asseyez-vous et prenez
conscience de votre humeur et de votre état d'esprit. Si
vous êtes anxieux, si l'atmosphère est lourde, absorbez
alors mentalement – en inspirant – tout ce qui est insa-
lubre et – en expirant – répandez autour de vous calme,
clarté et joie, purifiant et assainissant ainsi l'atmosphère et l'environnement de votre esprit. Voilà pourquoi j'appelle cette première étape « tonglen pratiqué
sur l'environnement ».

2. *Tonglen pratiqué sur soi-même.*

Pour accomplir cet exercice, divisez-vous en deux aspects, *A* et *B*. A est l'aspect de vous qui est sain, empli de compassion, chaleureux et aimant, tel un ami véritable, réellement désireux d'être là pour vous, à votre écoute et ouvert à ce que vous êtes, sans jamais vous juger, quels que soient vos défauts ou vos faiblesses.

B est l'aspect de vous qui a été blessé, celui qui se sent incompris et frustré, amer ou en colère. Il a peut-être été injustement traité – ou même maltraité – dans l'enfance. Il a souffert dans ses relations personnelles ou a été victime d'injustice sociale.

En inspirant, imaginez que A ouvre complètement son cœur, accueille et embrasse avec chaleur et compassion toutes les souffrances, négativités, douleurs et blessures de B. Emu, B ouvre lui aussi son cœur et toutes ses douleurs et souffrances disparaissent dans cette étreinte emplie de compassion.

En expirant, imaginez que A envoie à B tout le pouvoir réparateur de son amour, toute sa chaleur, sa confiance, son bien-être, son assurance, son bonheur et sa joie.

3. *Tonglen pratiqué dans une situation vivante.*

Représentez-vous avec précision une circonstance au cours de laquelle vous avez mal agi, dont le souvenir vous emplit de culpabilité et dont la seule évocation vous fait frémir.

Puis, en inspirant, acceptez la totale responsabilité de vos actes lors de cette circonstance particulière, sans essayer en aucune façon de justifier votre conduite. Reconnaissez précisément ce que vous avez fait de mal et demandez pardon de tout votre cœur. En expirant à présent, dispensez la réconciliation, le pardon, la guérison et la compréhension.

Ainsi, vous inspirez la faute et expirez la réparation du mal causé, vous inspirez la responsabilité de vos actes et expirez la guérison, le pardon et la réconciliation.

Cet exercice est particulièrement puissant. Il peut vous donner le courage d'aller voir la personne à qui vous avez fait du tort, ainsi que la force et la détermination de lui parler sans détours, et de réellement lui demander pardon du plus profond de votre cœur.

4. *Tonglen pratiqué pour les autres.*

Pensez à quelqu'un dont vous vous sentez très proche, en particulier une personne qui est dans la douleur. En inspirant, imaginez que vous prenez sur vous avec compassion toute sa souffrance et sa douleur et, en expirant, dirigez vers elle chaleur, amour, joie, bonheur et guérison.

Maintenant, tout comme dans la pratique de l'amour-tendresse, élargissez graduellement le cercle de votre compassion pour inclure d'abord d'autres personnes dont vous vous sentez très proche, puis celles qui vous sont indifférentes, celles qui vous déplaisent ou avec lesquelles vous êtes en conflit et, enfin, celles qui sont à vos yeux cruelles ou monstrueuses. Laissez votre compassion devenir universelle et accueillir dans son étreinte tous les êtres sensibles, sans aucune exception :

Les êtres sensibles sont aussi illimités que l'espace ;
Puissent-ils tous réaliser sans peine la nature de leur esprit,
Puisse chacun des êtres sensibles des six mondes, qui ont tous été,
Dans l'une ou l'autre de mes vies passées, mon père ou ma mère,
Atteindre tous ensemble la base de la perfection primordiale.

Ce que j'ai présenté jusqu'ici constitue les préliminaires complets de la pratique principale de tonglen. Celle-ci comprend, ainsi que nous le verrons plus loin, un processus de visualisation plus riche encore. Cette pratique préliminaire travaille sur votre disposition d'esprit et de cœur. Elle vous prépare, vous ouvre et vous inspire. Non seulement elle vous permet, par elle-même, de purifier l'atmosphère de votre esprit, votre propre souffrance et la douleur du passé, et de commencer à aider tous les êtres sensibles par votre compassion, mais elle établit aussi – tout en vous familiarisant avec lui – le processus qui trouve sa pleine expression dans la pratique principale de tonglen : donner et recevoir.

LA PRATIQUE PRINCIPALE DE TONGLEN

Dans la pratique de tonglen – donner et recevoir – nous *prenons sur nous, par la compassion*, toutes les souffrances diverses, mentales et physiques, de tous les êtres – leurs peur, frustration, douleur, colère, culpabilité, amertume, doute et agressivité – et leur *donnons, par notre amour*, tout notre bonheur, bien-être, sérénité, apaisement et plénitude.

1. Avant de commencer cette pratique, asseyez-vous tranquillement et ramenez l'esprit en lui-même. Puis, parmi les méthodes et les exercices que je vous ai décrits, choisissez celui qui vous inspire le plus et que vous trouvez personnellement efficace, et méditez profondément sur la compassion. Invoquez la présence de tous les bouddhas, bodhisattvas et êtres éveillés, demandez leur aide afin que, par leur grâce et leur inspiration, la compassion puisse naître dans votre cœur.

2. Imaginez en face de vous, de façon aussi vivante et émouvante que possible, une personne qui vous est chère dans une situation de souffrance. Essayez d'imaginer tous les aspects de sa douleur et de sa détresse. Puis, lorsque vous sentez que la compassion envers cette personne ouvre votre cœur, imaginez que toutes ses souffrances se manifestent et se rassemblent sous la forme d'un épais nuage de fumée chaude, noirâtre et sale.

3. Ensuite, en inspirant, visualisez que ce nuage de fumée noire se dissout avec votre inspiration au centre même de la fixation égocentrique, situé au niveau de votre cœur. Il détruit complètement en vous toute trace d'amour de soi immodéré, et purifie ainsi tout votre karma négatif.

4. Imaginez, une fois la fixation égocentrique détruite, que le cœur de votre esprit d'éveil – votre Bodhichitta – se révèle dans sa plénitude totale. Puis, en expirant, imaginez que vous envoyez à votre ami dans la douleur la lumière radieuse et rafraîchissante de paix, de joie, de bonheur et d'ultime bien-être de votre esprit d'éveil, et que ses rayons purifient entièrement son karma négatif.

A ce point, il me semble inspirant d'imaginer, comme le suggère Shantideva, que la Bodhichitta a transformé votre cœur – ou même votre corps et votre être tout entiers – en une pierre précieuse étincelante, un joyau qui peut exaucer les souhaits et les désirs de chacun et leur procurer exactement ce à quoi ils aspirent et ce dont ils ont besoin. La compassion authentique est ce joyau qui exauce tous les souhaits, parce qu'elle a le pouvoir intrinsèque de procurer à chaque être précisément ce qui lui manque le plus, et de soulager ainsi sa souffrance en lui apportant la plénitude véritable.

5. Ainsi, au moment où la lumière de votre Bodhichitta jaillit et atteint votre ami dans la douleur, il est essentiel que vous soyez fermement convaincu que tout son karma négatif *a été réellement* purifié, et que vous ressentiez la joie profonde et durable de le savoir entièrement libéré de sa souffrance.

Poursuivez alors régulièrement cette pratique au rythme normal de votre respiration.

Pratiquer tonglen pour un ami dans la douleur vous aide à amorcer le processus d'élargissement graduel du cercle de la compassion qui vous permettra de prendre sur vous la souffrance de tous les êtres, de purifier leur karma et de leur offrir votre joie, votre bien-être et votre sérénité. Tel est l'objectif merveilleux de la pratique de tonglen et, plus généralement, celui de la voie de la compassion tout entière.

PRATIQUER TONGLEN
POUR UNE PERSONNE MOURANTE

Je pense que vous commencez sans doute à comprendre, à présent, comment tonglen pourrait être dirigé de façon spécifique vers l'aide aux mourants, quelle force et quelle confiance cette pratique pourrait vous donner lorsque vous les assistez, et quelle aide véritable elle pourrait offrir pour transformer leur souffrance.

Je vous ai exposé la pratique principale de tonglen. Imaginez à présent la personne mourante à la place de votre ami dans la douleur. Parcourez exactement les mêmes étapes que dans la pratique principale. Dans la visualisation de la troisième étape, imaginez que tous les aspects de souffrance et de peur de la personne mourante se rassemblent en un gros nuage de fumée chaude, noirâtre et sale que vous inspirez. Considérez également qu'en agissant de la sorte, vous détruisez comme auparavant fixation égocentrique et amour de soi immodéré, et purifiez la totalité de votre karma négatif.

Imaginez à présent qu'en expirant, la lumière émanant du cœur de votre esprit d'éveil emplit la personne mourante de sa paix et de son bien-être et purifie tout son karma négatif.

A chaque instant de notre vie, nous avons besoin de compassion, mais quel moment plus pressant pourrait-il y avoir que celui de l'approche de la mort ? Quel cadeau plus merveilleux et plus réconfortant pourriez-vous offrir au mourant que de lui donner l'assurance que vous priez pour lui et qu'en pratiquant à son intention, vous prenez sur vous sa souffrance et purifiez son karma négatif ?

Même s'il ne sait pas que vous pratiquez pour lui, vous l'aidez et lui vous aide en retour. Il vous aide *activement* à développer votre compassion, et ainsi à vous purifier et à vous guérir. A mes yeux, chaque personne mourante est un maître, offrant à tous ceux qui l'aident l'opportunité de se transformer en développant leur compassion[8].

LE GRAND SECRET

Vous pourriez vous demander : « Si je prends sur moi la souffrance et la douleur de l'autre, est-ce que je ne cours pas le risque de me faire du mal ? » Si vous vous sentez un tant soit peu hésitant et pensez que vous ne possédez pas encore en vous la force et le courage de la compassion pour accomplir de tout cœur la pratique de tonglen, ne vous inquiétez pas. Simplement, *imaginez* que vous effectuez cette pratique en vous disant : « En inspirant, je prends sur moi la souffrance de mon ami ou celle des autres ; en expirant, je leur procure le bonheur et la paix. » Faire simplement ceci pourrait créer dans votre esprit un climat inspirant, susceptible de vous inciter à vous engager dans la pratique directe de tonglen.

Si vous êtes quelque peu réticent ou incapable de faire la pratique complète, vous pouvez également effectuer celle-ci sous la forme d'une simple *prière* inspirée par le désir profond d'aider les êtres. Vous pourriez par exemple dire la prière suivante : « Puissé-je être capable de prendre sur moi la souffrance des autres. Puissé-je leur offrir mon bien-être et mon bonheur. » Cette prière créera des conditions favorables pour que s'éveille, à l'avenir, votre capacité de pratiquer tonglen.

Ce dont vous pouvez avoir la certitude, c'est que la seule chose que tonglen soit *susceptible* de blesser est celle qui jusqu'à présent vous a fait le plus mal : votre propre ego, votre fixation égocentrique et votre amour de soi immodéré, qui sont la racine même de la souffrance. Si, en effet, vous pratiquez tonglen aussi fréquemment que possible, cet esprit égocentrique s'affaiblira toujours davantage et votre véritable nature – la compassion – aura l'occasion d'émerger avec de plus en plus de vigueur. Plus grande et plus forte sera votre compassion, plus grands et plus forts seront votre courage et votre assurance. Ainsi, la compassion se révèle être, une fois encore, votre plus grande richesse et votre meilleure protection. Selon les paroles de Shantideva :

> *Qui veut promptement sauver*
> *Et soi-même et les autres,*
> *Doit pratiquer le grand secret :*
> *L'échange de soi et d'autrui*[9].

Ce grand secret de la pratique de tonglen est connu des maîtres spirituels et des saints de toutes les traditions. Le vivre et l'incarner, dans l'abandon et la ferveur d'une sagesse et d'une compassion véritables, est ce qui emplit de joie leur existence. Une figure contemporaine qui a consacré sa vie au service des malades et des mourants et qui rayonne cette joie de « donner et recevoir » est Mère Teresa. Je ne connais pas de déclaration plus inspirante à propos de l'essence spirituelle de tonglen que ses paroles :

> *Nous avons tous l'ardent désir d'être avec Dieu dans son royaume, mais il est en notre pouvoir d'être dans son royaume avec Lui en cet instant. Cependant, être heureux avec Lui, maintenant, signifie :*
>
> *Aimer comme Il aime,*
> *Aider comme Il aide,*
> *Donner comme Il donne,*
> *Servir comme Il sert,*
> *Sauver comme Il sauve,*
> *Etre avec Lui chaque heure et chaque seconde,*
> *Le rejoindre là où Il a pris les apparences de la détresse.*

Un amour aussi universel que celui-ci a guéri les lépreux de Géshé Chekhawa. Il pourrait peut-être également nous guérir d'une maladie plus dangereuse encore : celle de l'ignorance qui, vie après vie, nous a empêchés de réaliser la nature de notre esprit et, par conséquent, d'atteindre la libération.

TREIZE

L'aide spirituelle aux mourants

Je suis arrivé pour la première fois en Occident au début des années 1970 et ce qui m'a profondément perturbé, et me perturbe toujours aujourd'hui, est l'absence presque totale, dans cette culture moderne, d'une aide spirituelle à l'intention des mourants. Au Tibet, ainsi que je l'ai montré, chacun possédait une certaine connaissance des vérités les plus élevées du bouddhisme et entretenait une relation plus ou moins suivie avec un maître. Personne ne mourait sans que la communauté ait pris soin de lui, tant à un niveau superficiel qu'à un niveau plus profond. En Occident, par contre, j'ai maintes fois entendu parler de personnes mourant seules, désabusées, dans une grande détresse et sans aucune aide spirituelle. Une de mes motivations principales, en écrivant ce livre, est de rendre accessibles à tous la sagesse et le pouvoir de guérison de la culture dans laquelle j'ai grandi. Chacun d'entre nous n'a-t-il pas le droit, en fin de vie, de voir traiter avec respect non seulement son corps, mais aussi son âme ? Et n'est-ce pas là le plus important ? L'un des droits essentiels de toute société civilisée ne devrait-il pas être, pour chaque citoyen sans exception, de mourir accompagné des meilleurs soins spirituels ? Pouvons-nous réellement nous appeler une « civilisation » tant que ce droit n'est pas devenu une norme admise ? Que signifie, en vérité, une technologie qui permet d'envoyer l'homme sur la lune, si nous ne savons pas comment aider nos semblables à mourir dans l'espérance et la dignité ?

L'aide spirituelle n'est pas un luxe réservé à une minorité ; c'est *le* droit fondamental de tout être humain, au même titre que la liberté politique, l'assistance médicale et l'égalité des chances. Un idéal démocratique véritable devrait inclure, parmi ses principes fondamentaux, une assistance spirituelle éclairée pour chacun.

Où que j'aille en Occident, je suis frappé par la grande détresse psychique que provoque la peur – avouée ou non – de mourir. Comme il serait rassurant de savoir que, sur notre lit de mort, nous serons entourés d'amour et de compréhension ! Dans la réalité, cependant, notre culture est si impitoyable dans la poursuite de ses propres intérêts et dans sa négation de toute valeur spirituelle authentique, que les personnes confrontées à une maladie incurable se sentent terrifiées à l'idée d'être simplement mises au rebut, tels des objets devenus inutiles. Au Tibet, la réaction naturelle était de prier pour les mourants et de les entourer d'une aide spirituelle ; en Occident, la seule attention de cet ordre que la majorité des gens leur accorde est d'assister à leur enterrement.

C'est ainsi qu'au moment où ils sont le plus vulnérables, nos contemporains sont abandonnés à eux-mêmes et laissés presque totalement démunis de tout soutien ou de toute possibilité de compréhension. C'est là une situation tragique et humiliante à laquelle il convient de remédier. Toutes les prétentions du monde moderne au pouvoir et au succès seront vaines tant que chacun n'aura pas la possibilité de mourir dans une paix réelle et qu'un minimum d'efforts ne sera pas fait en ce sens.

AU CHEVET DES MOURANTS

L'une de mes amies, fraîchement diplômée d'une célèbre faculté de médecine, commençait à exercer dans l'un des plus grands hôpitaux de Londres. Le jour même où elle prit son service, quatre ou cinq patients moururent. Ce fut pour elle un choc terrible, rien dans ses études ne lui ayant donné les compétences nécessaires pour faire face à ce genre d'événement. N'est-ce pas stupéfiant, compte tenu du fait qu'elle avait été formée en tant que médecin ? Un vieil homme était allongé sur son lit, le regard rivé au mur. Seul, sans famille et sans ami, il ne recevait aucune visite, et il se désespérait de n'avoir personne à qui parler. Elle alla le voir. La voix tremblante, les yeux remplis de larmes, il lui posa la dernière question à laquelle elle se serait attendue : « Pensez-vous que Dieu me pardonnera jamais mes péchés ? » Mon amie n'avait aucune idée de la réponse à lui faire, ses études ne l'ayant en rien préparée à affronter des questions d'ordre spirituel. Elle ne savait que dire – elle ne pouvait que se retrancher derrière son statut professionnel de médecin. Aucun aumônier ne se trouvait à proximité. Elle resta figée près du lit de son patient, paralysée devant son désespoir, incapable de répondre à son appel au secours et de le rassurer sur le sens de sa vie.

Bouleversée, désemparée, elle me demanda : « Qu'auriez-vous fait ? » Je lui répondis que je me serais assis auprès de lui et, lui prenant la main, l'aurais écouté. Combien de fois ai-je constaté avec surprise que, si vous laissez parler quelqu'un en lui accordant votre attention et votre compassion tout entière, il vous dira des choses d'une profondeur étonnante, même s'il pense n'avoir aucune croyance spirituelle. Chacun possède sa propre sagesse de l'existence et, en laissant une personne s'exprimer, vous permettez à cette sagesse d'émerger. J'ai souvent été très ému de voir combien on peut aider les autres *à s'aider eux-mêmes* en leur permettant de découvrir leur vérité propre ; une vérité dont ils n'avaient jamais peut-être soupçonné la richesse, la douceur et la profondeur. Les sources de la guérison et de la conscience claire résident au plus profond de nous ; votre tâche est de permettre à chacun de les découvrir en lui-même, et jamais, en aucune circonstance, d'imposer vos propres croyances.

Lorsque vous êtes assis au chevet d'un mourant, sachez que vous êtes en présence d'une personne qui possède le véritable potentiel pour atteindre l'état de bouddha. Imaginez que sa nature de bouddha est un miroir éclatant et sans tache, sur lequel toute sa douleur et toute son angoisse forment une légère buée grisâtre qui peut se dissiper aisément. Cela vous aidera à considérer la personne comme étant digne d'amour et de pardon, et permettra à l'amour inconditionnel qui est en vous de se manifester. Vous vous apercevrez que cette attitude encouragera la personne mourante à s'ouvrir à vous de façon étonnante.

Mon maître Dudjom Rinpoché avait coutume de dire qu'assister un mourant est comme tendre la main à une personne sur le point de tomber, pour la relever. Par la force, la paix et l'attention profondément compatissante de votre présence, vous l'aiderez à éveiller sa propre force. La qualité de votre *présence* à ce moment d'extrême vulnérabilité est d'une importance cruciale. Comme l'écrivait Cicely Saunders : « Les mourants sont d'autant plus ouverts et sensibles qu'ils ont abandonné les masques et les banalités de la vie quotidienne. Toute fausseté leur est immédiatement perceptible. Je me souviens d'un homme qui disait : "Non, je ne veux pas de lecture. Donnez-moi uniquement ce qui est dans votre esprit et dans votre cœur[1]." »

Je ne me rends jamais au chevet d'une personne mourante sans avoir pratiqué au préalable, sans m'être imprégné de l'atmosphère sacrée de la nature de l'esprit. Ainsi n'ai-je pas à faire d'effort pour trouver en moi compassion et authenticité ; elles seront présentes et rayonneront naturellement.

Souvenez-vous qu'il vous est impossible d'inspirer autrui si vous n'avez auparavant trouvé en vous-même votre propre inspiration. Aussi, lorsque vous vous sentez désemparé et peu capable d'offrir une aide quelconque, priez et méditez, ou invoquez le Bouddha ou toute autre figure dont vous croyez au pouvoir sacré. Lorsque je suis face à une personne qui endure des souffrances terribles, j'implore avec ferveur l'aide de tous les bouddhas et de tous les êtres éveillés ; mon cœur est totalement ouvert à la personne mourante, et la compassion devant sa douleur emplit mon être. J'invoque avec toute l'intensité dont je suis capable la présence de mes maîtres, des bouddhas, des êtres éveillés avec qui j'ai un lien particulier. Rassemblant toutes mes forces de dévotion et de foi, je les vois dans leur gloire, au-dessus de la personne mourante, la contemplant avec amour et l'inondant de lumière et de bénédictions, la purifiant de tout son karma passé et de sa souffrance présente. Tout en faisant cela, je prie sans relâche pour que lui soient épargnées de plus grandes souffrances, et qu'elle trouve la paix et la libération.

Je fais cette invocation avec une concentration et une ardeur profondes, puis je m'efforce de demeurer dans la nature de l'esprit et de laisser sa paix et son rayonnement imprégner l'atmosphère de la pièce. A de très nombreuses reprises, j'ai été impressionné par le sentiment de présence sacrée qui s'établissait alors tout naturellement et qui, en retour, inspirait la personne mourante.

Je vais maintenant vous dire quelque chose qui pourra vous surprendre : *la mort peut être une grande source d'inspiration.* Au cours de mes expériences d'accompagnement des mourants, j'ai souvent été le premier étonné de voir à quel point ma prière et mon invocation transformaient l'atmosphère ; j'ai moi-même vu ma foi se renforcer devant l'efficacité de cette invocation, de cette prière et de la présence des bouddhas. J'ai découvert qu'être présent au chevet de personnes arrivées au terme de leur vie avait rendu ma pratique spirituelle bien plus puissante.

Parfois, je remarque que la personne mourante ressent elle aussi cette atmosphère d'inspiration profonde. Elle est alors reconnaissante d'avoir ainsi fourni l'occasion d'atteindre, ensemble, un moment de réelle ferveur et de transformation.

DONNER L'ESPOIR ET TROUVER LE PARDON

J'aimerais mettre en relief l'importance de deux points relatifs à l'accompagnement spirituel des mourants : donner l'espoir et trouver le pardon.

Lorsque vous êtes au chevet d'une personne mourante, insistez toujours sur ce qu'elle a accompli et réussi. Aidez-la à se sentir aussi positive et aussi satisfaite de sa vie que possible. Mettez l'accent sur ses qualités et non sur ses faiblesses. Une personne qui approche de la mort est souvent extrêmement vulnérable à la culpabilité, au regret et à la dépression. Permettez-lui de les exprimer librement, écoutez-la et faites-lui sentir que vous êtes sensible à ses paroles. En même temps, au moment opportun, ne manquez pas de lui rappeler qu'elle possède la nature de bouddha, et encouragez-la à essayer de demeurer dans la nature de l'esprit par la pratique de la méditation. En particulier, rappelez-lui qu'elle n'est pas uniquement faite de douleur et de souffrance. Trouvez la façon la plus adroite et la plus sensible de l'inspirer et de lui donner de l'espoir. Ainsi, plutôt que de s'appesantir sur ses erreurs, la personne pourra mourir dans un état d'esprit apaisé.

A l'homme qui s'était écrié : « Pensez-vous que Dieu me pardonnera jamais mes péchés ? » je répondrais ceci : « Le pardon existe déjà dans la nature de Dieu ; il est déjà là ; Dieu vous a déjà pardonné car Dieu est pardon. "L'erreur est humaine, et le pardon, divin." Mais pouvez-vous véritablement vous pardonner à vous-même ? Voilà la vraie question.

« Votre sentiment de ne pas être pardonné, ni pardonnable, est ce qui vous fait tant souffrir. Or il n'existe nulle part ailleurs que dans votre cœur et votre esprit. N'avez-vous pas lu que, dans certaines expériences de proximité de la mort, apparaît une présence majestueuse, toute de lumière dorée, qui n'est que pardon ? Et, comme il est dit très souvent, c'est *nous* qui sommes, en définitive, notre propre juge.

« Afin de vous défaire de votre culpabilité, demandez la purification du plus profond de votre cœur. Si vous la demandez très sincèrement et vous y engagez totalement, le pardon viendra. Dieu vous pardonnera, tout comme le père pardonne au fils prodigue dans la belle parabole de l'Evangile. Pour vous encourager à vous pardonner à vous-même, souvenez-vous des bonnes actions que vous avez accomplies, pardonnez à tous ceux qui ont fait partie de votre vie, et demandez le pardon de tous ceux à qui vous avez pu faire du tort. »

Tout le monde ne croit pas en une religion formelle, mais je pense que nous croyons presque tous au pardon. Vous pourrez être d'un secours inestimable à une personne arrivée au terme de sa vie, si vous lui permettez d'envisager l'approche de la mort comme le temps de la réconciliation et du bilan.

Encouragez-le à se réconcilier avec ses amis et parents, et à purifier son cœur de la moindre trace de haine ou de ressentiment. S'il ne peut rencontrer la personne avec laquelle il est brouillé, suggérez-lui de téléphoner, de laisser un message enregistré ou une lettre, demandant à être pardonné. Si le mourant a le sentiment que la personne dont il veut obtenir le pardon ne peut le lui accorder, il n'est pas sage de l'encou-

rager à une confrontation directe ; une réaction négative ne ferait qu'accroître sa détresse, déjà suffisamment grande. Et, parfois, il faut du temps pour
pardonner. Qu'il laisse un message – sous une forme
ou une autre – demandant le pardon ; ainsi, il quittera
au moins ce monde avec l'assurance d'avoir fait de son
mieux. Il aura éliminé de son cœur conflit ou colère.
Maintes et maintes fois, j'ai vu des gens, dont le cœur
avait été endurci par la haine de soi et la culpabilité,
trouver en eux, par le simple fait de demander pardon,
une force et une paix jusque-là insoupçonnées.

Toutes les religions mettent l'accent sur le pouvoir
du pardon. A aucun moment ce pouvoir ne s'avère plus
nécessaire, ni n'est plus profondément ressenti, que
lorsqu'une personne est sur le point de mourir. En
pardonnant et en recevant le pardon, nous nous purifions de l'obscurité de nos actes et nous nous préparons le plus complètement possible à notre voyage à
travers la mort.

TROUVER UNE PRATIQUE SPIRITUELLE

Si votre ami ou parent mourant est familier avec une
certaine pratique de méditation, encouragez-le à y
demeurer autant que possible et méditez avec lui à
mesure que la mort approche. Si la personne est
quelque peu ouverte à l'idée d'une pratique spirituelle,
aidez-la à en trouver une qui lui convienne et soit
simple ; faites cette pratique avec elle aussi fréquemment que possible et rappelez-la-lui doucement lors de
ses derniers instants.

Soyez ingénieux et créatif dans l'aide que vous apporterez à ce moment crucial, car beaucoup en dépend : toute l'atmosphère peut en effet être transformée si la personne découvre une pratique qu'elle peut accomplir de tout son cœur avant et pendant le processus de la mort. La pratique spirituelle revêt tant d'aspects différents qu'il vous faudra user de finesse et de sensibilité afin de trouver celle qui lui correspondra le mieux : ce pourrait être le pardon, la purification, l'acte de dédier[*] ou le fait de ressentir la présence de lumière et d'amour. Lorsque vous aidez la personne en fin de vie à entreprendre une pratique, priez du plus profond de votre cœur pour le succès de cette pratique. Priez pour que lui soient données toute l'énergie et la foi nécessaires pour suivre la voie qu'elle a choisie. J'ai connu des personnes qui, même aux derniers stades précédant la mort, ont accompli des progrès spirituels tout à fait surprenants, grâce à une seule prière, un seul mantra, une seule visualisation avec lesquels elles avaient réellement établi un lien de cœur.

Stephen Levine raconte l'histoire d'une patiente, mourant d'un cancer, dont il était le conseiller[2]. Elle se sentait perdue car, bien qu'elle eût une dévotion naturelle envers Jésus-Christ, elle avait quitté l'Eglise. Ensemble, ils examinèrent ce qu'elle pouvait faire afin de renforcer sa foi et sa dévotion. Elle en vint à réaliser que ce qui l'aiderait à renouer son lien avec le Christ et à trouver une certaine confiance et assurance durant le processus de la mort serait de répéter continuellement

---

[*] Voir chapitre 5, paragraphes intitulés « Bon au début, bon au milieu, bon à la fin », p. 127-128, pour la signification de l'acte de dédier.

cette prière : « Seigneur Jésus, ayez pitié de moi. » Par
cette récitation, son cœur s'ouvrit en effet et elle commença à ressentir la présence du Christ auprès d'elle à
chaque instant.

LA PRATIQUE ESSENTIELLE DU P'OWA

La pratique que j'estime être la plus précieuse et la
plus puissante de toutes pour l'accompagnement des
mourants, et que j'ai vu adopter avec enthousiasme
par un nombre étonnant de personnes, est une pratique
de la tradition tibétaine appelée *p'owa*, et qui signifie
« transfert de la conscience ».

Cette pratique du p'owa pour les personnes mourantes a été accomplie par des amis, parents ou
maîtres, très simplement et très naturellement, partout
dans le monde moderne – en Australie, aux Etats-Unis
et en Europe. Grâce à son pouvoir, des milliers de
personnes ont eu la chance de mourir sereinement. Je
ressens une grande joie à partager aujourd'hui le *cœur*
de la pratique du p'owa avec tous ceux qui souhaitent
l'utiliser.

Je voudrais insister sur le fait que cette pratique est
à la portée de tous. Bien que simple, c'est également la
pratique la plus essentielle que nous puissions faire
pour nous préparer à notre propre mort, et c'est la
pratique principale que j'enseigne à mes étudiants
pour aider leurs amis et parents au moment de la
mort, ainsi que ceux de leurs proches qui sont déjà
décédés.

Première pratique.

Assurez-vous d'abord que vous êtes confortablement installé, puis prenez la posture de méditation. Si vous faites cette pratique alors que vous approchez de la mort, asseyez-vous simplement le mieux possible, ou pratiquez allongé.

Ramenez ensuite votre esprit en lui-même, relâchez-vous et détendez-vous complètement.

1. Dans le ciel devant vous, invoquez la personnification de la vérité en laquelle vous croyez – quelle qu'elle soit – sous la forme d'une lumière rayonnante. Choisissez un être divin ou un saint dont vous vous sentez proche. Si vous êtes bouddhiste, invoquez un bouddha avec lequel vous ressentez un lien particulièrement étroit. Si vous êtes chrétien pratiquant, ressentez de tout votre cœur la présence vibrante et immanente de Dieu, de l'Esprit Saint, de Jésus ou de la Vierge Marie. Si vous n'avez d'affinité avec aucune figure spirituelle en particulier, imaginez simplement, dans le ciel devant vous, une forme toute de lumière dorée. Le point important ici est de considérer que l'être que vous visualisez ou dont vous ressentez la présence *est* la personnification de la vérité, de la sagesse et de la compassion de tous les bouddhas, saints, maîtres et êtres éveillés. Ne vous inquiétez pas si vous ne parvenez pas à les visualiser très clairement, emplissez simplement votre cœur de leur présence et ayez la certitude qu'ils sont là près de vous.

2. Concentrez maintenant votre esprit, votre cœur et votre âme sur la présence que vous avez invoquée et priez :

Par votre bénédiction, votre grâce, votre aide et par le pouvoir de la lumière émanant de vous,
Puissent tout mon karma négatif, mes émotions destructrices, mes obscurcissements et mes blocages être purifiés et éliminés,
Puissé-je me savoir pardonné pour tout le mal que j'ai pu penser et commettre,
Puissé-je accomplir la profonde pratique du p'owa et mourir dans la dignité et la paix,
Et, par le triomphe de ma mort, puissé-je être source de bienfaits pour tous les êtres, vivants ou morts.

3. Imaginez maintenant que la présence de lumière invoquée est si émue de la sincérité et de la ferveur de votre prière qu'elle répond par un sourire bienveillant et dirige vers vous son amour et sa compassion sous la forme d'un flot de rayons lumineux jaillissant de son cœur. Lorsqu'ils vous touchent et vous pénètrent, ces rayons nettoient et purifient tout votre karma négatif, vos émotions destructrices et les obscurcissements qui sont les causes de la souffrance. Vous voyez et ressentez à présent que vous êtes totalement immergé dans la lumière.

4. Vous êtes maintenant complètement purifié et totalement guéri par cette lumière émanant de la présence. Considérez ensuite que votre corps, lui-même créé par le karma, se dissout entièrement en lumière.

5. Le corps de lumière qui est le vôtre maintenant s'élance vers le ciel et se fond, indissolublement, dans cette présence de lumière et de félicité.

6. Demeurez dans cet état d'unité aussi longtemps que possible.

Seconde pratique.

1. Afin d'effectuer encore plus simplement cette pratique, commencez, comme précédemment, par demeurer tranquillement, puis invoquez la présence de la personnification de la vérité.

2. Imaginez que votre conscience est une sphère de lumière au niveau de votre cœur, qui jaillit hors de vous telle une étoile filante et pénètre dans le cœur de la présence en face de vous.

3. Cette sphère se dissout et se fond dans la présence.

Par cette pratique, vous placez votre esprit dans l'esprit de sagesse du Bouddha ou d'un être éveillé, ce qui revient au même qu'abandonner votre âme à la nature de Dieu. Dilgo Khyentsé Rinpoché compare cela au fait de jeter un galet dans un lac : voyez comme il coule à pic et s'enfonce toujours plus profondément dans l'eau. Imaginez que, par la bénédiction, votre esprit se transforme en l'esprit de sagesse de cette présence éveillée.

Troisième pratique.

Voici la façon la plus essentielle de faire cette pratique : mêlez simplement votre esprit à l'esprit de sagesse de la pure présence. Dites-vous : « Mon esprit et l'esprit du Bouddha sont un. »

Choisissez, parmi ces versions du p'owa, celle avec laquelle vous vous sentez le plus à l'aise ou celle qui vous attire le plus à un moment donné. Parfois, les pratiques les plus puissantes peuvent être les plus simples. Mais, quelle que soit celle que vous choisissez, souvenez-vous qu'il est essentiel de prendre désormais le temps de vous familiariser avec elle. Sinon, comment auriez-vous la confiance nécessaire pour l'accomplir pour vous-même ou pour autrui au moment de la mort ? Mon maître Jamyang Khyentsé écrivait : « Si vous méditez et pratiquez ainsi continuellement, au moment de la mort la pratique vous reviendra plus aisément[3]. »

En fait, la pratique du p'owa devrait vous être tellement familière qu'elle en devienne un réflexe, votre seconde nature. Si vous avez vu le film *Gandhi*, vous vous souvenez sans doute que lorsque ce dernier est assassiné, sa réponse immédiate est d'appeler « Ram... Ram ! », qui est le nom sacré de Dieu dans la tradition hindoue. Rappelez-vous que nous ignorons de quelle manière nous mourrons, ou si même nous aurons le temps de nous souvenir d'une quelconque pratique. De combien de temps disposerons-nous, par exemple, si notre voiture percute un camion sur l'autoroute à 160 km/h ? Nous n'aurons alors pas une seule seconde pour réfléchir à la façon dont on fait le p'owa – ou pour vérifier les instructions dans ce livre. Soit le p'owa nous est familier, soit il ne l'est pas. Voici une façon simple d'en juger : observez vos réactions lorsque vous vous trouvez dans une situation critique ou dans un moment de crise, par exemple un tremblement de terre ou un cauchemar. Répondez-vous, ou non, par la pratique ? Et si oui, à quel point votre pratique est-elle stable et sûre ?

Une de mes étudiantes, aux Etats-Unis, sortit un jour à cheval. Elle fut désarçonnée et traînée à terre, son pied étant resté prisonnier dans l'étrier. Son esprit était totalement vide. Elle essaya désespérément de se rappeler une pratique quelconque, mais rien ne vint. Elle était en proie à une terreur grandissante. Cette terreur eut cependant ceci de bon de lui faire réaliser que la pratique devait devenir une seconde nature. Telle était la leçon qu'elle devait apprendre, telle est, en fait, la leçon que nous devons tous apprendre. Faites la pratique du p'owa aussi intensément que vous le pouvez, jusqu'à ce que vous obteniez la certitude qu'il sera votre réaction devant toute situation imprévue. Ceci garantira qu'au moment où la mort viendra, vous serez aussi préparé qu'il est possible de l'être.

LA PRATIQUE ESSENTIELLE DU P'OWA POUR AIDER LES MOURANTS

Comment pouvons-nous utiliser cette pratique pour aider une personne au moment de la mort ?

Le principe et l'ordre de la pratique sont exactement les mêmes, la seule différence étant que vous visualisez le Bouddha ou la présence spirituelle au-dessus de la tête du mourant.

Imaginez que les rayons de lumière ruissellent sur lui, purifiant son être tout entier, et qu'il se dissout alors en lumière et se fond dans cette présence spirituelle.

Effectuez cette pratique pendant toute la durée de la maladie de la personne qui vous est chère, et particulièrement – c'est le plus important – au moment de son dernier soupir, ou dès que possible après l'arrêt de la respiration et avant que le corps ne soit touché ou dérangé d'une quelconque façon. Si le mourant sait que vous allez accomplir cette pratique à son intention et comprend ce qu'elle représente, cela peut être pour lui une source d'inspiration et de réconfort immenses.

Asseyez-vous tranquillement auprès de la personne mourante et allumez, en signe d'offrande, une bougie ou une lumière devant une image ou statuette du Bouddha, du Christ ou de la Vierge Marie. Ensuite, faites la pratique à l'intention de la personne. Vous pouvez l'accomplir silencieusement, sans que cette dernière le sache nécessairement ; par contre, si elle se montre réceptive – comme le sont parfois les personnes au moment de la mort – partagez la pratique avec elle et expliquez-lui comment la faire.

On me demande souvent : « Si mon parent – ou ami – mourant est chrétien pratiquant et que je suis bouddhiste, n'y a-t-il pas là un conflit ? » Je réponds : « Comment pourrait-il y en avoir un ? Vous invoquez la vérité, et le Christ et Bouddha sont tous deux des manifestations de la vérité, apparues par compassion sous des formes différentes afin d'aider les êtres. »

Je suggère instamment aux médecins et aux infirmières d'effectuer eux aussi le p'owa à l'intention de leurs patients mourants. Imaginez le changement extraordinaire que cela apporterait à l'atmosphère d'un hôpital si ceux qui donnent les soins aux mourants accomplissaient également cette pratique. Je me rappelle la mort de Samten lorsque j'étais enfant, alors que mon maître et les moines pratiquaient tous pour lui. Quelle puissance et quelle inspiration se dégageaient de ces moments ! Ma plus ardente prière serait que chacun puisse mourir dans la même grâce et la même paix que lui.

J'ai spécialement élaboré cette pratique essentielle du p'owa à partir de la pratique tibétaine traditionnelle pour le moment de la mort ; elle en intègre tous les principes les plus importants. Aussi n'est-ce pas seulement une pratique destinée au moment de la mort, mais également une pratique que l'on peut utiliser pour la purification et la guérison. Elle est importante pour les vivants, comme elle l'est pour les malades. Si une personne doit guérir, cette pratique favorisera sa guérison ; si elle est mourante, elle la soutiendra et apaisera son esprit dans la mort ; si elle est déjà décédée, la pratique continuera à la purifier.

Lorsque vous ne savez pas avec certitude si une personne gravement malade va se rétablir ou mourir, vous pouvez accomplir la pratique du p'owa pour elle à chacune de vos visites. Une fois rentré chez vous, effectuez la pratique à nouveau. Plus vous la ferez, plus votre ami souffrant sera purifié. Vous ne pouvez savoir si vous reverrez cet ami ou si vous serez présent au moment de sa mort. Ainsi, en guise de préparation, scellez chacune de vos visites par cette pratique et continuez à la faire chaque fois que vous aurez un moment de liberté[4].

DÉDIER NOTRE MORT

Extrait du *Livre des Morts tibétain* :

Ô fils, fille d'une lignée d'êtres éveillés[5], ce que l'on appelle « mort » est maintenant arrivé, adopte cette attitude : « Me voici arrivé au moment de ma mort. Maintenant, au moyen de cette mort, je vais adopter uniquement l'attitude de l'esprit illuminé, celle de l'amour et de la compassion. J'atteindrai l'illumination parfaite pour le bien de tous les êtres conscients qui sont aussi illimités que l'espace... »

L'une de mes étudiantes me confiait récemment : « Mon ami n'a que vingt-cinq ans. Il est en train de mourir de leucémie, et il souffre. Il est déjà terriblement amer et j'ai très peur qu'il ne sombre totalement dans cette amertume. Il ne cesse de me demander : "Que puis-je faire de toute cette souffrance inutile et horrible ?" »

J'ai été profondément touché par ce qu'elle me disait d'elle et de son ami. Peut-être n'y a-t-il rien de plus douloureux que de croire que toutes les souffrances ainsi endurées sont vaines. J'ai répondu à mon étudiante qu'il existait pour son ami une façon de transformer sa mort, même à ce stade et au milieu des douleurs terribles qu'il traversait ; c'était de dédier, de tout son cœur, la souffrance de sa mort et sa mort elle-même au bien et au bonheur ultime d'autrui.

Je lui ai conseillé de dire à son ami : « Je sais combien tu souffres. Maintenant, pense à tous ceux qui dans le monde souffrent comme toi, ou même bien davantage encore. Que ton cœur s'emplisse de compassion envers eux. Adresse une prière à quiconque t'inspire la foi et demande que ta souffrance contribue à soulager la leur. Dédie encore et encore ta propre souffrance au soulagement de leur souffrance. Bientôt tu découvriras en toi une source nouvelle de force, une compassion que tu peux à peine imaginer à présent et une certitude absolue que ta souffrance non seulement n'est pas vaine, mais a pris désormais une signification merveilleuse. »

Ce que je décrivais ainsi à mon étudiante n'est autre que la pratique de tonglen, que j'ai déjà partagée avec vous mais qui revêt une importance toute particulière lorsque quelqu'un est atteint d'une maladie incurable, ou est en train de mourir.

Si vous êtes atteint d'une maladie telle que le cancer ou le sida, efforcez-vous – avec toute l'intensité possible – d'imaginer tous ceux qui, de par le monde, souffrent de la même maladie que vous.

Dites-vous avec une compassion profonde : « Puissé-je prendre sur moi la souffrance de tous les êtres atteints de cette terrible maladie. Puissent-ils être libérés de cette affliction et de toutes leurs souffrances. »

Puis imaginez que maladie et tumeurs quittent leur corps sous la forme d'une fumée qui se dissout dans votre propre maladie, vos propres tumeurs. Lorsque vous inspirez, vous inhalez toute leur souffrance et, lorsque vous expirez, vous exhalez une guérison et un bien-être complets. Chaque fois que vous accomplissez cette pratique, ayez la ferme conviction que ceux pour qui vous la faites sont désormais guéris.

Alors que vous vous approchez de la mort, pensez continuellement en vous-même : « Puissé-je prendre sur moi la souffrance, la peur et la solitude de tous ceux qui, de par le monde, sont mourants ou vont bientôt mourir. Puissent-ils tous être libérés de la douleur et de la confusion. Puissent-ils tous trouver le réconfort et la paix de l'esprit. Puisse toute la souffrance que j'endure à présent et endurerai à l'avenir les aider à obtenir une renaissance heureuse et l'éveil ultime. »

J'ai connu un artiste à New York qui mourait du sida. Il avait un tempérament très cynique et haïssait les religions établies ; pourtant, certains d'entre nous soupçonnaient qu'en son for intérieur il avait à l'égard des questions spirituelles davantage de curiosité qu'il ne voulait l'admettre. Ses amis le persuadèrent d'aller voir un maître tibétain. Celui-ci comprit immédiatement que la source principale de sa frustration et de sa douleur était qu'il ressentait l'inutilité, pour lui et les autres, de sa souffrance. Il lui enseigna donc une seule et unique chose, la pratique de tonglen. Malgré un certain scepticisme initial, l'artiste fit cette pratique ; tous ses amis observèrent alors en lui une métamorphose extraordinaire. Il confia à plusieurs d'entre eux que la souffrance qui, auparavant, lui semblait absurde et horrible, revêtait – grâce à tonglen – un sens presque glorieux. Tous ceux qui le connaissaient purent constater par eux-mêmes combien cette signification nouvelle avait transformé le processus de sa mort. Il mourut en paix, réconcilié avec lui-même et avec sa souffrance.

Si la pratique de prendre sur soi la souffrance d'autrui peut transformer une personne qui n'avait qu'une faible habitude de la pratique, imaginez alors le pouvoir qu'elle peut avoir chez un grand maître. Lorsque Gyalwang Karmapa mourut à Chicago en 1981, l'un de ses disciples tibétains écrivit :

Lorsque je le vis, Sa Sainteté avait déjà subi de nombreuses opérations chirurgicales, telles que l'ablation de certaines parties de son corps et l'implantation d'autres éléments. Il avait eu une transfusion sanguine et d'autres interventions. Chaque jour, les médecins découvraient les symptômes d'une nouvelle maladie, qui disparaissaient le lendemain pour être remplacés par ceux d'une autre, comme si toutes les maladies du monde trouvaient asile en sa chair. Il n'avait pris aucune nourriture solide depuis deux mois et, finalement, ses médecins abandonnèrent tout espoir. Il était impossible qu'il survécût et le corps médical considéra que tous les appareils qui le maintenaient artificiellement en vie devaient être débranchés.

Mais le Karmapa déclara : « Non, je vais vivre ; laissez-les en place. » Et il survécut, à la stupéfaction des médecins ; il semblait apparemment à l'aise dans cette situation, plein d'humour, malicieux, souriant, comme s'il se réjouissait de tout ce que son corps endurait. Je pensai alors, j'en eus même la certitude absolue, que le Karmapa s'était soumis à toutes ces interventions chirurgicales, à la manifestation de toutes ces maladies dans son corps, à l'absence de nourriture, avec une volonté tout à fait délibérée. Il subissait résolument toutes ces maladies pour alléger les souffrances à venir de la guerre, de la maladie et de la famine et œuvrait ainsi intentionnellement pour détourner la terrible souffrance de cet âge sombre. Pour ceux de nous qui étaient présents, sa mort fut une inspiration inoubliable. Elle révéla l'efficacité profonde du Dharma[6], et attesta du fait qu'il est réellement possible d'atteindre l'éveil pour le bien d'autrui[7].

Je sais, et crois fermement, qu'il n'est nécessaire pour personne sur terre de mourir dans le ressentiment et l'amertume. Aucune souffrance, si intense soit-elle, n'est – ni ne peut être – dépourvue de sens si elle est dédiée au soulagement de la douleur d'autrui.

Nous avons devant nous les exemples nobles et exaltants des maîtres suprêmes de la compassion qui, dit-on, vivent et meurent dans la pratique de tonglen, prenant sur eux la souffrance de tous les êtres sensibles à chaque inspiration, et étendant la guérison au monde entier à chaque expiration, durant leur vie entière et jusqu'à leur tout dernier souffle. Leur compassion, nous disent les enseignements, est si puissante et si vaste qu'au moment de leur mort, elle les conduit immédiatement à renaître dans l'un des royaumes des bouddhas.

Combien le monde et l'expérience que nous en avons seraient transformés si chacun d'entre nous, durant sa vie et à l'heure de sa mort, pouvait, avec Shantideva et tous les maîtres de la compassion, dire cette prière :

Puissé-je être le protecteur des abandonnés,
Le guide de ceux qui cheminent,
Et pour ceux qui aspirent à l'autre rive,
Etre une barque, un pont, un gué.

Puissé-je être pour tous les êtres
Celui qui calme la douleur.
Puissé-je être médecin et remède,
Puissé-je être celui qui soigne
Jusqu'à la guérison complète
Tous ceux qui souffrent en ce monde.

De même que l'espace,
La terre et les éléments,
Puissé-je toujours soutenir la vie
Des êtres en nombre illimité.

Et tant qu'elles ne seront pas libérées de la
souffrance,
Puissé-je aussi être source de vie
Pour les créatures innombrables
Qui peuplent l'espace infini[8].

QUATORZE

Pratiques pour le moment de la mort

Je me souviens que les gens venaient souvent voir mon maître Jamyang Khyentsé dans le simple but de lui demander des instructions pour le moment de la mort. Il était si aimé et si vénéré dans tout le Tibet, et plus particulièrement dans la province orientale du Kham, que certains voyageaient plusieurs mois d'affilée pour le rencontrer et recevoir sa bénédiction, ne serait-ce qu'une fois avant de mourir. Ainsi que tous mes maîtres, il donnait le conseil suivant, qui est l'essence de ce dont vous aurez besoin au terme de votre vie : « Soyez libre de l'attachement et de l'aversion. Gardez votre esprit pur. Et unissez-le au Bouddha. »

Toute l'attitude bouddhiste au moment de la mort peut être résumée par ces vers de Padmasambhava, extraits du cycle du *Livre des Morts tibétain* :

Maintenant que le bardo du moment précédant la mort se lève sur moi,
J'abandonne toute envie, désir et attachement,
J'entre non distrait dans le clair éveil de l'enseignement

Et éjecte ma conscience dans l'espace de Rigpa non-né.
A l'heure où je quitte ce corps fait de chair et de sang,
En lui je reconnais une illusion transitoire.

A ce moment crucial, deux choses comptent : ce que nous avons fait dans notre vie, et l'état d'esprit dans lequel nous nous trouvons. Même lorsque nous avons accumulé un karma négatif important, si nous parvenons vraiment à modifier notre attitude en profondeur lors de nos derniers instants, cela peut influer de façon décisive sur notre avenir et transformer notre karma. Le moment de la mort, en effet, offre une occasion exceptionnellement puissante de purifier ce karma.

LE MOMENT DE LA MORT

Souvenez-vous que toutes les habitudes et tendances accumulées dans la base de notre esprit ordinaire sont prêtes à être activées par n'importe quelle influence. Même à présent, nous savons que la moindre provocation suffit à faire émerger nos réactions instinctives habituelles. Cela est particulièrement vrai quand vient la mort. Comme l'explique le Dalaï-Lama :

Au moment de la mort, ce sont en général les vieilles attitudes familières qui prévalent et déterminent la renaissance. Pour cette même raison, un fort attachement au soi est généré, puisque l'on craint que celui-ci ne soit précisément en train de disparaître. Cet attachement sert de trait d'union à l'état intermédiaire entre deux vies; le désir d'un corps agit à son tour comme la cause qui va déterminer le corps de l'être intermédiaire (du bardo)[1].

Par conséquent, notre état d'esprit à ce moment est d'une importance capitale. Si nous mourons dans des dispositions d'esprit positives, nous pourrons améliorer notre prochaine naissance, en dépit d'un karma négatif. Si, par contre, nous sommes irrités ou affligés, cela pourra avoir un effet préjudiciable, même si nous avons bien employé notre vie. Cela signifie que *notre dernière pensée, notre dernière émotion avant de mourir aura un effet déterminant extrêmement puissant sur notre avenir immédiat*. De la même manière que l'esprit d'une personne dérangée est entièrement accaparé par une seule obsession qui l'assaille sans relâche, ainsi notre esprit – au moment de la mort – est-il totalement vulnérable et exposé à toutes les pensées qui nous préoccupent à cet instant. Notre dernière pensée ou émotion peut être amplifiée de façon démesurée et submerger notre perception tout entière. C'est pourquoi les maîtres soulignent que la qualité de l'atmosphère qui nous entoure à l'heure de notre mort est capitale. En présence de nos amis ou de nos proches, nous devrions faire tout ce qui est en notre pouvoir pour leur inspirer des émotions positives et des sentiments sacrés – tels l'amour, la compassion et la dévotion – et pour les aider à « abandonner toute envie, désir et attachement ».

ABANDONNER L'ATTACHEMENT

La condition idéale pour mourir est d'avoir tout abandonné, intérieurement et extérieurement, afin qu'il y ait – à ce moment essentiel – le moins possible d'envie, de désir et d'attachement auquel l'esprit puisse se raccrocher. C'est pourquoi, avant de mourir, nous devrions nous efforcer de nous libérer de l'attachement à tous nos biens, amis et famille. Nous ne pouvons rien emporter avec nous, aussi devrions-nous organiser au préalable la distribution de nos biens, que ce soit sous forme de cadeaux ou de dons à des œuvres de charité.

Au Tibet, les maîtres indiquaient, avant de quitter leur corps, ce qu'ils désiraient offrir aux autres maîtres. Parfois, un maître qui avait l'intention de se réincarner dans l'avenir sélectionnait un certain nombre d'objets particuliers destinés à sa prochaine incarnation. Il donnait alors des instructions précises sur ce qu'il voulait laisser. Je suis convaincu que nous devrions également désigner avec précision les personnes qui recevront nos possessions ou notre argent. Ces volontés devraient être exprimées aussi clairement que possible. Si cela n'a pas été fait, alors, après votre mort – lorsque vous vous trouverez dans le bardo du devenir – vous verrez vos proches se quereller à propos de vos possessions ou mal employer votre argent, et vous en serez perturbé. Précisez exactement quelle somme devrait être attribuée à des organisations charitables, à divers objectifs spirituels, ou bien à chacun des membres de votre famille. Le fait d'avoir tout clarifié jusque dans les moindres détails vous rassurera et vous permettra véritablement d'abandonner tout attachement.

Comme je l'ai dit précédemment, il est essentiel que l'atmosphère qui nous entoure lorsque nous mourons soit aussi paisible que possible. C'est pourquoi les maîtres tibétains conseillent que parents et amis affligés ne soient pas présents au chevet du mourant, car ils risqueraient de provoquer des émotions perturbatrices à l'instant de la mort. Le personnel des unités de soins palliatifs m'a confié que les mourants demandent parfois à leurs proches de ne pas être auprès d'eux à l'instant même de leur départ, de peur que cela ne provoque en eux des sentiments douloureux et un attachement intense. Parfois, ceci peut être extrêmement difficile à comprendre pour les familles ; elles peuvent avoir le sentiment de ne plus être aimées du mourant. Cependant, elles doivent se souvenir que la simple présence d'êtres chers peut provoquer chez la personne arrivée au terme de sa vie de forts sentiments d'attachement, rendant par là même son départ plus difficile encore.

Il est extrêmement difficile de ne pas pleurer au chevet d'un être cher qui vit ses derniers instants. Je vous conseille de faire tout votre possible, avant que la mort ne survienne, pour épuiser avec lui tout votre attachement et votre chagrin mutuels : pleurez ensemble, exprimez votre amour et dites adieu, mais essayez de conclure ce processus avant l'événement même de la mort. Dans la mesure du possible, il est préférable que les amis proches et la famille ne manifestent pas un chagrin excessif à l'instant de la mort, car la conscience de la personne mourante est alors exceptionnellement vulnérable. Selon le *Livre des Morts tibétain*, elle perçoit vos sanglots et vos larmes à son chevet comme des bruits de tonnerre et de grêle.

Mais ne vous inquiétez pas si vous avez pleuré auprès du lit de mort d'un être cher ; on ne peut rien y changer, et vous n'avez pas à en ressentir de regret ou de culpabilité.

Une de mes grand-tantes, Ani Pélu, était une pratiquante spirituelle exceptionnelle. Elle avait étudié avec quelques-uns des maîtres légendaires de son temps ; en particulier avec Jamyang Khyentsé qui lui avait fait la grâce d'écrire un « conseil du cœur » spécialement à son intention. Robuste et bien en chair, c'était elle, en fait, qui gouvernait notre maison. Elle avait un beau visage empreint de noblesse et le tempérament sans inhibition – voire fantasque – d'un yogi. Elle donnait l'impression d'être une femme à l'esprit très pratique et avait directement pris en charge l'administration des affaires de la famille. Un mois avant sa mort, cependant, une transformation complète s'opéra en elle de façon très émouvante. Elle qui avait été si affairée, abandonna soudain toute activité avec un détachement calme et insouciant. Elle semblait vivre dans un état de méditation ininterrompu, chantant continuellement ses passages préférés des écrits de Longchenpa, le saint Dzogchen. Bien qu'auparavant elle eût aimé la viande, elle refusa d'y toucher très peu de temps avant sa mort. Elle avait régné sur sa maison, et rares étaient ceux qui l'avaient considérée comme une *yogini**. Par la façon dont elle mourut, elle révéla qui elle était réellement. Je n'oublierai jamais la paix profonde qui émanait d'elle à cette époque.

* Féminin de *yogi*.

412   *Le Livre tibétain de la Vie et de la Mort*

Ani Pélu fut, de bien des façons, mon ange gardien ; je crois qu'elle m'aimait particulièrement car elle-même n'avait pas d'enfant. Mon père, en tant qu'administrateur de Jamyang Khyentsé, était toujours très occupé, et ma mère l'était aussi avec la charge de son immense maisonnée ; elle ne pensait pas à certaines choses qu'Ani Pélu, elle, n'oubliait jamais. Ani Pélu demandait souvent à mon maître : « Qu'adviendra-t-il de cet enfant lorsqu'il sera grand ? Est-ce que tout ira bien pour lui ? Rencontrera-t-il des obstacles ? » Parfois, mon maître, dans ses réponses, révélait certaines choses sur mon avenir qu'il n'aurait jamais dites si elle n'avait pas été là à le harceler.

A la fin de sa vie, Ani Pélu était d'une grande sérénité et avait acquis dans sa pratique une stabilité tout à fait remarquable. Pourtant, lorsqu'elle fut sur le point de mourir, elle me fit la requête que je ne sois pas présent, afin d'éviter que son amour pour moi suscitât un instant d'attachement. Cela montre à quel point elle prit au sérieux le « conseil du cœur » de Jamyang Khyentsé, son maître bien-aimé : « Au moment de la mort, abandonnez toute pensée d'attachement et d'aversion. »

ENTRER DANS LA CLAIRE CONSCIENCE

Sa sœur, Ani Rilu, avait également passé sa vie entière à pratiquer et rencontré les mêmes grands maîtres. Elle possédait un épais volume de prières et, toute la journée, elle les récitait et pratiquait. Elle s'assoupissait de temps à autre et, lorsqu'elle s'éveillait à nouveau, elle reprenait sa pratique là où elle l'avait laissée. Jour et nuit, elle faisait de même, si bien qu'elle passait rarement une nuit entière à dormir et qu'elle finissait souvent par faire le soir sa pratique du matin et le matin sa pratique du soir. Sa sœur aînée, Pélu, était une personne beaucoup plus décidée et méthodique et, vers la fin de sa vie, elle ne supportait plus cette perturbation continuelle de la routine journalière. Elle lui disait : « Ne peux-tu faire le matin ta pratique du matin, le soir ta pratique du soir, puis éteindre la lumière et aller te coucher, comme tout le monde ? » « Oui, oui… », murmurait Ani Rilu, tout en continuant comme à l'accoutumée.

A cette époque-là, j'aurais plutôt été de l'avis d'Ani Pélu mais je peux aujourd'hui comprendre toute la sagesse de l'attitude d'Ani Rilu. Elle s'immergeait dans un flux de pratique spirituelle, et toute sa vie et son être devenaient peu à peu un flot continu de prière. En fait, je crois que sa pratique était si bien établie qu'elle continuait à prier même dans ses rêves. Toute personne parvenant à cela a de très grandes chances d'être libérée dans les bardos.

La mort d'Ani Rilu eut le même caractère paisible et passif que sa vie. Elle était malade depuis quelque temps déjà lorsqu'un matin d'hiver, vers neuf heures, l'épouse de mon maître pressentit que la mort était imminente. Bien qu'Ani Rilu ne fût alors plus capable de parler, son esprit demeurait alerte. Quelqu'un fut immédiatement envoyé à la recherche de Dodrupchen Rinpoché – un maître éminent habitant non loin de là – pour lui demander de venir donner les instructions ultimes et d'effectuer le p'owa – la pratique du transfert de conscience à l'instant de la mort.

Il y avait dans notre famille un vieil homme appelé Apé Dorjé qui mourut en 1989 à l'âge de quatre-vingt-cinq ans. Il avait connu cinq générations de ma famille. Sa sagesse, qui était celle d'un grand-père, son bon sens, sa force morale et son bon cœur exceptionnels, ainsi que son don d'apaiser les querelles, en faisaient à mes yeux l'image même de tout ce qu'il y a de bon dans le caractère tibétain : c'était un personnage robuste, ordinaire et terre à terre, vivant spontanément selon l'esprit des enseignements[2]. Il m'apprit beaucoup lorsque j'étais enfant, m'enseignant plus particulièrement l'importance d'être bon envers autrui et de ne jamais nourrir de pensées négatives, même lorsque quelqu'un vous fait du mal. Il possédait un talent naturel pour transmettre des valeurs spirituelles en toute simplicité. Avec lui, on était, comme par magie, transporté au meilleur de soi-même. Apé Dorjé était un conteur-né ; enfant, j'étais captivé par ses contes de fées, par les épisodes de l'épopée de Guésar de Ling ou par les récits des combats dans les provinces orientales quand la Chine envahit le Tibet au début des années 1950. Où qu'il allât, il apportait une légèreté, une joie et un humour qui semblaient rendre toute situation difficile moins compliquée. Je me souviens que, même à l'approche de ses quatre-vingts ans, il demeurait alerte et actif et allait faire les courses tous les jours, presque jusqu'à sa mort.

Apé Dorjé partait faire ses achats chaque matin vers neuf heures. Ayant appris qu'Ani Rilu était sur le point de mourir, il se rendit dans sa chambre. Il avait coutume de parler assez fort, de crier presque. « Ani Rilu », lui dit-il à haute voix ; elle ouvrit les yeux ; « ma chère enfant, dit-il tendrement, le visage épanoui en un sourire rayonnant, le moment est venu de montrer de quoi tu es capable. Ne faiblis pas, n'hésite pas. Tu as eu l'immense bénédiction de rencontrer tant de maîtres merveilleux et de recevoir leurs enseignements. Non seulement cela, mais tu as eu aussi l'occasion inestimable de pratiquer. Que pourrais-tu demander de plus ? Tout ce qu'il te reste à faire maintenant est de garder dans ton cœur l'essence des enseignements, particulièrement les instructions pour le moment de la mort que tes maîtres t'ont données. Aie cela présent à l'esprit et ne te laisse pas distraire.

« Ne t'inquiète pas pour nous, tout ira bien. Je vais faire les courses maintenant, et peut-être qu'à mon retour je ne te reverrai pas. Alors, adieu. » Il prononça ces mots avec un grand sourire. Ani Rilu était encore consciente et elle lui répondit en retour par un sourire d'acquiescement et un léger hochement de tête.

Apé Dorjé savait qu'il est vital – lorsque nous approchons de la mort – de condenser notre pratique spirituelle tout entière en une seule « pratique du cœur » incluant tout. Ce qu'il dit à Ani Rilu exprime l'essence du troisième vers de Padmasambhava qui nous conseille, au moment de la mort, « d'entrer sans distraction dans la claire conscience de l'enseignement ».

Pour celui qui a reconnu la nature de l'esprit et stabilisé cette reconnaissance dans sa pratique, cela signifie demeurer dans l'état de Rigpa. Si vous n'avez pas acquis cette stabilité, rappelez-vous, au plus profond de votre cœur, l'essence de l'enseignement de votre maître, particulièrement les instructions fondamentales pour le moment de la mort. *Gardez les dans votre esprit et votre cœur, pensez à votre maître et unissez votre esprit à lui en mourant.*

LES INSTRUCTIONS POUR LE MOMENT DE LA MORT

Une image souvent employée pour décrire le bardo du moment précédant la mort est celle d'une très belle actrice assise devant son miroir. Elle s'apprête à donner sa dernière représentation ; elle se maquille et vérifie son apparence pour la dernière fois avant d'entrer en scène. De la même manière, au moment de la mort, le maître nous réintroduit à la vérité essentielle des enseignements – dans le miroir de la nature de l'esprit – et nous indique directement le cœur de notre pratique. Si notre maître n'est pas présent, des amis spirituels qui ont avec nous un bon lien karmique devraient être là pour nous aider à nous remémorer la pratique.

Il est dit que le meilleur moment pour cette introduction se situe après que la respiration extérieure s'est arrêtée et avant que le « souffle intérieur » n'ait cessé, bien qu'il s'avère plus sûr de la débuter durant le processus de dissolution, avant que les perceptions ne se soient totalement éteintes. Si vous savez que vous n'aurez pas l'opportunité de voir votre maître juste avant de mourir, il vous faudra recevoir ses instructions et vous familiariser avec elles longtemps à l'avance.

Si le maître est présent à notre chevet, il ou elle procède – dans notre tradition – de la façon suivante. Il prononce d'abord des paroles telles que : « Ô fils, fille d'une lignée d'êtres éveillés, écoute sans te laisser distraire… » puis il nous guide à travers les phases successives du processus de dissolution, l'une après l'autre. Avec puissance et clarté, il condense ensuite l'essence de l'introduction en quelques mots marquants afin de créer dans notre courant de conscience une forte impression, puis il nous demande de demeurer dans la nature de l'esprit. Si c'est au-delà de nos capacités, le maître nous rappelle la pratique du p'owa – si toutefois elle nous est familière ; sinon, il l'effectue à notre place. Puis, en guise de précaution supplémentaire, le maître peut également expliquer la nature des expériences des bardos après la mort – comment elles sont toutes, sans exception, les projections de notre propre esprit – et nous inspirer la confiance qui nous permettra de les reconnaître à chaque instant pour ce qu'elles sont. « Ô fils, fille d'une lignée d'êtres éveillés, aussi terrifiantes que puissent être tes visions, reconnais-les comme tes propres projections ; reconnais en elles la luminosité, le rayonnement naturel de ton esprit[3]. » Enfin, le maître nous recommande de nous rappeler les purs royaumes des bouddhas, d'engendrer la dévotion et de prier pour renaître dans l'un de ces royaumes. Le maître répète trois fois les paroles de l'introduction et, demeurant dans l'état de Rigpa, il dirige sa bénédiction vers le disciple mourant.

LES PRATIQUES POUR LE MOMENT DE LA MORT

Il existe trois pratiques essentielles pour le moment de la mort :

– La meilleure consiste à demeurer dans la nature de l'esprit, ou à évoquer l'essence du cœur de notre pratique.

– Ensuite vient la pratique du p'owa, le transfert de la conscience.

– Enfin, la dernière consiste à nous en remettre au pouvoir de la prière, de la dévotion, de l'aspiration et des bénédictions des êtres éveillés.

Les pratiquants suprêmes du Dzogchen, comme je l'ai dit, ont totalement réalisé la nature de l'esprit durant leur vie. Aussi, au moment de mourir, leur suffit-il de continuer à demeurer dans l'état de Rigpa tandis qu'ils passent par la transition de la mort. Ils n'ont nul besoin de transférer leur conscience dans un bouddha ou dans un royaume d'éveil, car l'esprit de sagesse des bouddhas est déjà devenu une réalité en eux-mêmes. La mort est pour eux le moment de la libération ultime – le couronnement de leur réalisation et l'apogée de leur pratique. A un pratiquant de cet ordre, le *Livre des Morts tibétain* n'a que ces quelques paroles à rappeler : « Noble Seigneur, l'aube de la lumière fondamentale va se lever pour toi. Reconnais-la comme telle, et demeure dans la pratique. »

Il est dit que ceux qui ont entièrement accompli la pratique du Dzogchen meurent « *comme un nouveau-né* », libres de toute inquiétude et de tout souci quant à la mort. Ils n'ont nul besoin de se préoccuper de l'heure et du lieu de celle-ci, ni de recevoir une quelconque forme d'enseignements, instructions ou rappels.

« Les pratiquants moyens dotés des meilleures capacités » meurent « *comme des mendiants dans la rue* ». Nul ne les remarque et rien ne les dérange. Grâce à la stabilité de leur pratique, ils ne sont absolument pas affectés par ce qui les entoure. Ils seraient aussi à l'aise pour mourir dans un hôpital affairé que chez eux, au milieu d'une famille bruyante et querelleuse.

Jamais je n'oublierai ce vieux yogi que j'ai connu au Tibet. Il était, tel le joueur de flûte du conte, toujours entouré d'une troupe d'enfants qui le suivaient partout. Où qu'il allât, il psalmodiait et chantait, attirant autour de lui toute la communauté et répétant à chacun de pratiquer et de réciter « OM MANI PADME HUM », le mantra du Bouddha de la Compassion[4]. Il possédait un grand moulin à prière et, chaque fois que quelqu'un lui donnait quelque chose, il le cousait sur ses vêtements. Si bien qu'à la fin il finissait par ressembler lui-même – lorsqu'il se retournait – à un moulin à prière. Je me souviens également qu'il avait un chien qui le suivait partout. Il traitait ce chien comme un être humain, mangeant la même nourriture que lui dans le même bol et dormant près de lui. Il le considérait comme son meilleur ami et lui parlait même fréquemment.

Peu de gens le prenaient au sérieux – certains l'appelaient le « yogi fou » – mais de nombreux lamas disaient beaucoup de bien de lui et nous recommandaient de ne pas le mépriser. Mon grand-père et toute ma famille le traitaient toujours avec respect, ils l'invitaient dans le temple et lui offraient du thé et du pain. Or c'était la coutume au Tibet de ne jamais rendre visite à quelqu'un les mains vides et un jour, tandis qu'il buvait son thé, il s'interrompit brusquement : « Oh ! Je suis désolé, j'ai failli oublier... voici mon présent pour vous ! » Il prit dans sa main le pain et l'écharpe blanche que mon grand-père venait de lui offrir et les lui rendit, comme s'il s'agissait d'un cadeau.

Il dormait souvent dehors, à la belle étoile. Un jour, non loin du Monastère Dzogchen, il mourut en pleine

rue au beau milieu d'un tas d'ordures, son chien à ses
côtés. Nul ne s'attendait à ce qui se produisit alors,
mais de nombreuses personnes en furent les témoins.
Tout autour de son corps apparut une sphère étincelante de lumière d'arc-en-ciel.

Il est dit que les pratiquants moyens dotés de capacités moyennes meurent « *comme des animaux sauvages ou des lions sur des montagnes enneigées, dans
des grottes de montagne ou des vallées désertes* ». Ils
se suffisent complètement à eux-mêmes et préfèrent se
rendre en des lieux déserts pour y mourir tranquillement, sans être dérangés ni faire l'objet d'attentions
excessives de la part de leurs amis ou famille.

A des pratiquants accomplis tels que ceux-ci, les
maîtres rappellent les pratiques qu'ils devront utiliser à
l'approche de la mort. En voici deux exemples qui
appartiennent à la tradition Dzogchen. Dans le premier,
l'on conseille au pratiquant de s'allonger dans la
« position du lion couché ». On lui dit ensuite de placer
sa conscience dans ses yeux et de fixer son regard dans
le ciel devant lui. Laissant simplement son esprit inaltéré, le pratiquant demeure dans cet état, permettant à
son Rigpa de se mêler à l'espace primordial de la
vérité. Lorsque s'élève la Luminosité fondamentale de
la mort, il se fond en elle tout naturellement et atteint
l'éveil.

Toutefois, cela n'est possible que si la personne a
déjà stabilisé, par la pratique, sa réalisation de la nature
de l'esprit. Pour ceux qui n'ont pas atteint ce niveau de
perfection et ont besoin d'une méthode plus formelle
sur laquelle se concentrer, il existe une autre pratique :
visualiser leur conscience sous la forme d'une syllabe
« AH » blanche et l'éjecter par le canal central : celle-ci

traverse alors le sommet du crâne et rejoint les royaumes de bouddha. Ceci est une pratique de p'owa, le transfert de la conscience, et c'est la méthode que Lama Tseten utilisa, avec l'aide de mon maître, au moment de sa mort.

Il est dit que les personnes qui accomplissent avec succès l'une ou l'autre de ces pratiques subiront malgré tout les processus physiques de la mort mais ne traverseront pas les états ultérieurs du bardo.

LE P'OWA : LE TRANSFERT DE LA CONSCIENCE

Maintenant que le bardo du moment précédant la mort se lève sur moi,
J'abandonne toute envie, désir ou attachement,
J'entre non distrait dans le clair éveil de l'enseignement,
Et éjecte ma conscience dans l'espace de Rigpa non-né ;
A l'heure où je quitte ce corps fait de chair et de sang,
En lui je reconnais une illusion transitoire.

« Ejecter sa conscience dans l'espace de Rigpa non-né » fait référence au transfert de la conscience – la pratique du p'owa – qui est la pratique la plus communément utilisée pour le moment de la mort ainsi que l'instruction spécifique associée à ce bardo. Le p'owa est une pratique de yoga et de méditation utilisée depuis des siècles pour aider les mourants et pour se préparer à la mort. Le principe en est qu'au moment de la mort le pratiquant éjecte sa conscience et l'unit à l'esprit de sagesse du Bouddha, dans ce que Padma-sambhava appelle « l'espace de Rigpa non-né ». Cette pratique peut être effectuée par la personne elle-même, ou par un maître qualifié ou un bon pratiquant qui l'accompliront en son nom.

Il existe de nombreuses catégories de p'owa qui correspondent aux différentes capacités, expérience et entraînement des individus. Mais la pratique du p'owa la plus couramment utilisée est celle du « p'owa des trois reconnaissances » : *reconnaissance de notre canal central[5] en tant que voie ; reconnaissance de notre conscience en tant que voyageur ; et reconnaissance de l'environnement d'un royaume de bouddha en tant que destination.*

Les Tibétains ordinaires, assumant les responsabilités de leur travail et de leur famille, ne peuvent consacrer leur vie entière à l'étude et à la pratique ; pourtant, ils ont une foi et une confiance inébranlables dans les enseignements. Lorsque leurs enfants sont grands et qu'eux-mêmes approchent de la fin de leur vie – ce qu'en Occident nous appellerions la « retraite » – les Tibétains partent souvent en pèlerinage ou vont rencontrer des maîtres afin de se consacrer à la pratique spirituelle. Fréquemment ils entreprennent un entraînement à la pratique du p'owa pour se préparer à la mort. Les enseignements font souvent référence au p'owa comme à une méthode permettant d'atteindre l'éveil sans pour autant avoir à posséder l'expérience d'une vie entière de méditation.

Dans la pratique du p'owa, la présence centrale invoquée est celle du Bouddha Amitabha, le Bouddha de la Lumière infinie. Amitabha jouit d'une popularité considérable auprès du peuple en Chine et au Japon, ainsi qu'au Tibet et dans les Himalayas. Il est le Bouddha Primordial de la famille du Lotus, ou Padma, famille de Bouddha à laquelle appartiennent les êtres humains. Il représente notre vraie nature et symbolise la transmutation du désir, émotion prédominante du monde humain. Plus intrinsèquement, Amitabha est la nature illimitée et lumineuse de notre esprit. A la mort, la nature véritable de l'esprit se manifeste au moment où s'élève la Luminosité fondamentale, mais nous ne sommes pas tous assez familiarisés avec elle pour la reconnaître. Quelle habileté et quelle compassion ont montrées les bouddhas en nous transmettant une méthode pour invoquer la personnification même de la luminosité en la radieuse présence d'Amitabha !

Il serait ici inopportun d'expliquer en détail la pratique *traditionnelle* du p'owa car celle-ci doit toujours, et en toutes circonstances, être accomplie selon les directives d'un maître qualifié. N'essayez jamais de faire cette pratique par vous-même, sans être guidé de manière appropriée.

Les enseignements expliquent qu'à la mort, notre conscience, qui utilise le support d'un « souffle » et a donc besoin d'une ouverture par laquelle quitter le corps, peut le faire par neuf orifices différents. L'itinéraire qu'elle empruntera déterminera précisément le monde d'existence dans lequel nous renaîtrons. Si elle sort par l'ouverture de la fontanelle située au sommet du crâne, il est dit que nous renaîtrons dans une terre pure où nous pourrons graduellement poursuivre notre progression vers l'éveil[6].

Cette pratique – je me dois d'insister – ne peut être effectuée que sous la direction d'un maître qualifié, lui-même détenteur des bénédictions lui permettant de donner la transmission appropriée. Accomplir le p'owa avec succès ne requiert ni connaissance intellectuelle étendue ni réalisation profonde, mais seulement la dévotion, la compassion, une visualisation bien centrée et le sentiment profond de la présence du Bouddha Amitabha. L'étudiant reçoit les instructions, puis s'y exerce jusqu'à ce que les signes d'accomplissement apparaissent : il peut se produire une démangeaison au sommet du crâne, des maux de tête, l'apparition d'un liquide clair, un gonflement ou un ramollissement autour de la région de la fontanelle, ou même l'appa-rition d'une petite ouverture à cet endroit, dans laquelle, traditionnellement, l'on insérait l'extrémité d'un brin d'herbe spéciale afin de tester ou de mesurer le succès de la pratique.

Récemment, un groupe de laïcs tibétains âgés et éta-blis en Suisse s'entraîna sous la direction d'un maître renommé de la pratique du p'owa. Leurs enfants, qui avaient été élevés dans ce pays, étaient plutôt scep-tiques quant à l'efficacité de cette pratique mais ils furent stupéfaits de constater à quel point leurs parents s'en trouvaient transformés. Ceux-ci manifestaient en effet, à l'issue d'une retraite de p'owa de dix jours, certains des signes d'accomplissement mentionnés plus haut.

Des recherches sur les effets psychophysiologiques du p'owa ont été menées par un chercheur japonais, le docteur Hiroshi Motoyama. On constata que, durant la pratique du p'owa, des modifications physiologiques précises se produisaient dans les systèmes nerveux et métabolique ainsi que dans le réseau des méridiens d'acupuncture[7]. L'une des découvertes du docteur Motoyama fut que, chez le maître du p'owa qui était l'objet de son étude, le mode de circulation des énergies au travers des méridiens du corps ressemblait fort à celui observé chez les médiums possédant de grands pouvoirs de perception extra-sensorielle. Il constata également, d'après le tracé des électro-encéphalogrammes, que les ondes du cerveau durant la pratique du p'owa étaient très différentes de celles enregistrées chez des yogis pratiquant d'autres formes de méditation. Ces mesures montraient que le p'owa entraîne la stimulation d'une partie spécifique du cerveau, l'hypothalamus, ainsi que la cessation de l'activité mentale ordinaire de la conscience, permettant ainsi l'expérience d'un état de méditation profond.

Il arrive parfois que, grâce à la bénédiction du p'owa, des personnes ordinaires fassent l'expérience de visions intenses. Elles peuvent connaître des aperçus de la paix et de la lumière du royaume des bouddhas ou avoir des visions d'Amitabha, qui rappellent certains aspects de l'expérience de proximité de la mort. Autre similarité, une pratique de p'owa réussie génère confiance et absence de crainte face au moment de la mort.

La pratique *essentielle* du p'owa que j'ai décrite au chapitre précédent est autant une pratique de guérison pour les vivants qu'une pratique destinée à ceux qui vivent leurs derniers instants. Elle peut être effectuée *en tout temps et sans danger*. Cependant, le moment choisi pour accomplir la pratique *traditionnelle* du p'owa est d'une extrême importance. Il est dit par exemple que si une personne réussissait à transférer sa conscience avant l'heure de sa mort naturelle, cela équivaudrait à un suicide. L'instant précis pour effectuer le p'owa se situe lorsque la respiration externe a cessé et que le souffle interne est encore actif ; mais il est peut-être plus sûr de commencer la pratique durant le processus de dissolution – décrit au chapitre suivant – et de la répéter plusieurs fois.

Ainsi, lorsqu'un maître ayant perfectionné la pratique traditionnelle du p'owa l'effectue à l'intention d'un mourant en visualisant la conscience de la personne et en l'éjectant à travers la fontanelle, il est essentiel que cela soit accompli au moment opportun, et non trop tôt. Cependant, un pratiquant avancé qui possède la connaissance du processus de la mort peut vérifier des détails tels que les canaux subtils, le mouvement des souffles et la chaleur du corps afin de déterminer si le moment du p'owa est venu. Si l'on demande à un maître d'accomplir le transfert pour une personne mourante, celui-ci devra être contacté dès que possible car – même à distance – le p'owa peut malgré tout être effectué.

Un certain nombre d'écueils à la réussite du p'owa peuvent se présenter. Etant donné qu'un état d'esprit négatif, ou même le plus infime désir de possession, est un obstacle au moment de la mort, vous devriez vous efforcer de ne pas vous laisser dominer par la moindre pensée négative ou envie. Au Tibet, on croyait que le p'owa serait très difficile à accomplir si des objets confectionnés en peaux de bêtes ou en fourrure se trouvaient dans la même pièce que le mourant. Enfin, le fait de fumer – ou l'utilisation de tout type de drogue –, qui a pour effet de bloquer le canal central, rend également le p'owa plus difficile à effectuer.

« Même un grand pécheur », est-il dit, peut être libéré au moment de la mort si un maître puissant et ayant atteint la réalisation transfère la conscience de cette personne dans un royaume de bouddha. Et même si la personne mourante manque de mérite et de pratique et que le maître ne réussit pas pleinement à accomplir le p'owa, celui-ci peut néanmoins influer sur l'avenir du mourant, et la pratique faite à son intention peut l'aider à renaître dans un royaume plus élevé. Cependant, pour que le p'owa réussisse, les conditions doivent être parfaites. Le p'owa peut aider une personne ayant un puissant karma négatif, mais à condition que cette dernière ait avec le maître qui l'effectue un lien étroit et pur, qu'elle ait foi dans les enseignements et ait véritablement demandé, du fond du cœur, à être purifiée.

Au Tibet, dans une situation idéale, les membres de la famille invitaient généralement de nombreux lamas à venir effectuer le p'owa à plusieurs reprises, jusqu'à l'apparition des signes d'accomplissement. Ils pouvaient répéter la pratique des heures durant, des centaines de fois, voire une journée entière. Certains mourants manifestaient un signe après seulement une ou deux séances de p'owa alors que, pour d'autres, une journée entière ne suffisait pas. Ceci, faut-il le préciser, dépend pour une large part du karma de la personne.

Certains pratiquants au Tibet, sans être renommés pour leur pratique, possédaient toutefois un pouvoir particulier pour effectuer le p'owa, et les signes apparaissaient alors promptement. Chez le mourant, différents signes attestent que la pratique du p'owa a été accomplie avec succès par un pratiquant. Parfois, une mèche de cheveux tombe de la région de la fontanelle ou bien l'on voit – ou l'on sent – une chaleur ou une vapeur s'élever du sommet du crâne. Dans certains cas exceptionnels, les maîtres ou les pratiquants manifestaient une telle puissance qu'à l'instant où ils prononçaient la syllabe opérant le transfert, toutes les personnes présentes dans la pièce s'évanouissaient, ou qu'un fragment d'os se détachait brusquement du crâne de la personne décédée, tandis que la conscience était propulsée hors du corps avec une force extraordinaire[8].

LA GRÂCE DE LA PRIÈRE AU MOMENT DE LA MORT

Toutes les traditions religieuses considèrent que le fait de mourir en état de prière est extrêmement puissant. Aussi j'espère qu'au moment de votre mort, vous aurez la possibilité d'invoquer de tout votre cœur les bouddhas et votre maître. Priez pour que – par le regret des actions négatives commises dans cette vie et les vies passées – celles-ci soient purifiées et que vous puissiez mourir consciemment et en paix, obtenir une bonne renaissance et, ultimement, parvenir à la libération.

Aspirez de tout votre être à renaître soit dans un royaume pur soit en tant qu'être humain, mais dans le seul but de protéger, nourrir et aider autrui. Dans la tradition tibétaine, l'on dit que mourir en gardant présents en son cœur, jusqu'au dernier souffle, un tel amour et une telle compassion pleine de tendresse, est une autre forme de p'owa et que cela garantira l'obtention, au moins une fois encore, d'un précieux corps humain.

Avant la mort, il s'avère essentiel de créer l'empreinte la plus positive possible dans le courant de l'esprit. Pour cela, une pratique particulièrement efficace est celle du Guru Yoga, dans laquelle la personne mourante unit son esprit à l'esprit de sagesse du maître, du Bouddha ou de tout autre être éveillé. Même si vous ne pouvez visualiser votre maître à ce moment-là, efforcez-vous au moins de vous souvenir de lui – que sa pensée emplisse votre cœur – et mourez dans cet état de dévotion. Quand votre conscience s'éveillera à nouveau après la mort, cette empreinte de la présence du maître s'éveillera en même temps et vous serez libéré. Si vous mourez en vous souvenant de lui, ce que pourra accomplir sa bénédiction sera alors sans limites. Les manifestations de sons, de lumières et de couleurs dans le bardo de la dharmata pourront même s'élever comme les bénédictions du maître, comme le rayonnement de sa nature de sagesse.

Si le maître est présent au chevet du mourant, il s'assurera que l'esprit de ce dernier est empreint de sa présence. Afin de le soustraire à d'autres distractions, il pourra faire une remarque frappante et significative. Il pourra dire d'une voix forte : « Souviens-toi de moi ! » Il fera tout ce qui est nécessaire pour attirer l'attention de la personne et créer chez elle une impression indélébile qui, dans l'état du bardo, resurgira en tant que souvenir du maître. Au moment où la mère d'un maître bien connu était sur le point de mourir et glissait dans le coma, Dilgo Khyentsé Rinpoché, qui était à son chevet, fit quelque chose de tout à fait inhabituel : il lui donna une claque sur la jambe. Si elle fut capable de ne pas oublier Dilgo Khyentsé Rinpoché en entrant dans la mort, ce fut assurément pour elle une grande bénédiction.

Dans notre tradition, les pratiquants ordinaires prient également le bouddha pour lequel ils éprouvent une dévotion particulière et avec lequel ils ressentent un lien karmique. S'il s'agit de Padmasambhava, ils prieront afin de renaître dans son pur royaume de gloire, le Palais de la Lumière de Lotus sur la Montagne Couleur de Cuivre. Si c'est Amitabha qu'ils aiment et qu'ils révèrent, ils prieront pour renaître dans son royaume de « Félicité », la merveilleuse Terre Pure de Dewachen[9].

CRÉER UNE ATMOSPHÈRE FAVORABLE

Comment aider avec la plus grande sensibilité un pratiquant ordinaire lors de ses derniers instants ? Nous aurons tous besoin de l'amour et de l'attention qui accompagnent le soutien affectif et matériel. Mais, dans le cas d'un pratiquant, l'atmosphère, l'intensité et la dimension de l'aide spirituelle apportée revêtent une signification particulière. La présence du maître à ce moment constituerait une grande bénédiction ; ce serait la situation idéale. Mais si cela n'est pas possible, ses amis spirituels pourront lui être d'un grand secours en lui rappelant l'essence des enseignements et la pratique qui fut la plus proche de son cœur durant sa vie. Pour un pratiquant qui est en train de mourir, l'inspiration spirituelle et l'atmosphère de confiance, de foi et de dévotion qui s'en élèvent naturellement, sont essentielles. La présence aimante et infatigable du maître ou des amis pratiquants, l'aide des enseignements et la force de sa propre pratique, tout cela concourt à entretenir cette inspiration, presque aussi précieuse, dans les dernières semaines et les derniers jours, que le souffle lui-même.

L'une de mes étudiantes qui m'était très chère mourait d'un cancer. Elle me demanda quelle était la meilleure façon de pratiquer à l'approche de la mort, en particulier au moment où elle n'aurait plus la force de se concentrer sur une pratique formelle.

« Souvenez-vous, lui dis-je, de la chance que vous avez eue d'avoir rencontré tant de maîtres, reçu tant d'enseignements et d'avoir eu le temps et la possibilité de pratiquer. Je vous promets que les bienfaits qui en découlent ne vous abandonneront jamais. Le bon karma que vous avez ainsi créé demeurera avec vous et vous aidera. Entendre l'enseignement, ne serait-ce qu'une fois, ou rencontrer un maître tel que Dilgo Khyentsé Rinpoché et établir avec un lui un lien fort comme vous l'avez fait, cela est en soi-même porteur de libération. Ne l'oubliez jamais. N'oubliez pas non plus combien de personnes, dans la même situation que vous, n'ont pas eu cette chance extraordinaire.

« Si, à un moment donné, vous ne pouvez plus continuer à pratiquer de façon active, la seule chose vraiment importante pour vous sera alors de vous détendre aussi profondément que possible dans la confiance de la Vue et de demeurer dans la nature de l'esprit. Peu importe si votre corps ou votre cerveau fonctionnent encore ou non : la nature de votre esprit est toujours présente, semblable au ciel, radieuse, bienheureuse, illimitée et immuable... Sachez-le avec une confiance absolue, et que cela vous donne la force de dire à votre souffrance – aussi intense soit-elle – et avec un abandon libre de tout souci : "Va t'en maintenant et laisse moi tranquille." Si, pour une raison quelconque, quelque chose vous irrite ou vous met mal à l'aise, ne gaspillez pas votre temps à essayer de le changer, mais retournez constamment à la Vue.

« Ayez confiance – une confiance profonde – dans la nature de votre esprit, et détendez-vous complètement. Vous n'avez rien de nouveau à apprendre, à acquérir ou à comprendre. Laissez simplement ce qui vous a déjà été donné s'épanouir en vous et s'ouvrir toujours plus profondément.

« Reposez-vous sur la pratique qui, entre toutes, vous inspire le plus. S'il vous est difficile de visualiser ou d'effectuer une pratique formelle, souvenez-vous de ce que Dudjom Rinpoché disait toujours : ressentir la présence importe davantage que percevoir clairement les détails de la visualisation. Le temps est maintenant venu pour vous de ressentir aussi intensément que possible – et de tout votre être – la présence de vos maîtres, de Padmasambhava et des bouddhas. Quoi qu'il puisse arriver à votre corps, souvenez-vous que votre cœur n'est jamais infirme ni atteint par la maladie.

« Vous avez aimé Dilgo Khyentsé Rinpoché. Ressentez sa présence et implorez réellement son aide et la purification. Remettez-vous entièrement entre ses mains : cœur et esprit, corps et âme. La simplicité d'une confiance absolue est l'une des forces les plus puissantes au monde.

« Vous ai-je jamais raconté la belle histoire de Ben de Kongpo ? C'était un homme très simple, animé d'une foi immense et originaire du Kongpo, une province du sud-est du Tibet. Il avait beaucoup entendu parler de Jowo Rinpoché – le "Précieux Seigneur" –, cette statue magnifique qui représente le Bouddha alors qu'il était un prince âgé de douze ans et qui est conservée dans le temple central de Lhassa. On dit qu'elle fut édifiée du temple du Bouddha et c'est la statue la plus sacrée de tout le Tibet. Ben ne parvenait pas à déterminer s'il s'agissait d'un bouddha ou d'un être humain. Il décida donc d'aller rendre visite à Jowo Rinpoché afin d'en avoir le cœur net. Il enfila ses bottes et se mit en route, marchant plusieurs semaines d'affilée pour gagner Lhassa, au Tibet central.

« Lorsqu'il arriva, il avait faim. Entrant dans le temple, il vit la splendide statue de Bouddha et, devant elle, une rangée de lampes à beurre et de gâteaux spécialement confectionnés comme offrandes pour l'autel. Il présuma aussitôt que ces gâteaux constituaient la nourriture de Jowo Rinpoché. "Je suppose, se dit-il, qu'il doit tremper ces gâteaux dans l'huile des lampes, et que l'on doit garder les lampes allumées afin que le beurre ne durcisse pas. Il vaut mieux que je fasse comme Jowo Rinpoché." Il trempa donc un gâteau dans le beurre et le mangea, tout en regardant la statue qui semblait lui sourire avec bienveillance.

« "Quel gentil lama vous êtes ! dit-il. Les chiens viennent voler la nourriture qu'on vous offre, et votre seule réaction est de sourire. Le vent éteint les lampes, et vous continuez à sourire… Bon, je vais faire le tour du temple en priant, en signe de respect. Est-ce que ça vous ennuierait de surveiller mes chaussures jusqu'à mon retour ?" Enlevant ses vieilles bottes toutes sales, il les déposa sur l'autel devant la statue et s'éloigna.

« Tandis que Ben faisait le tour de l'immense temple, le gardien revint et constata avec horreur que quelqu'un avait mangé les offrandes et laissé une paire de bottes crasseuses sur l'autel. Indigné, il saisit les bottes avec fureur pour les jeter dehors, lorsqu'une voix sortant de la statue lui dit : "Arrête ! Remets ces bottes là où tu les as prises. Je les surveille pour Ben de Kongpo."

« Ben revint bientôt chercher ses bottes et contempla le visage de la statue qui lui souriait toujours calmement. "Vous êtes vraiment ce que j'appelle un bon lama. Pourquoi ne viendriez-vous pas nous voir l'année prochaine ? Je ferai rôtir un cochon et mettrai de la bière à fermenter…" Jowo Rinpoché parla pour la seconde fois, promettant à Ben qu'il lui rendrait visite.

« Ben rentra chez lui au Kongpo, raconta à sa femme tout ce qui s'était passé et lui recommanda de surveiller l'arrivée de Jowo Rinpoché car il ne savait pas exactement quand il viendrait. L'année s'écoula et un jour sa femme accourut à la maison pour lui dire qu'elle avait vu, sous la surface de l'eau de la rivière, quelque chose qui flamboyait comme un soleil. Ben lui dit de mettre la bouilloire sur le feu pour le thé et se précipita vers la rivière. Il vit Jowo Rinpoché scintiller dans l'eau et pensa aussitôt qu'il avait dû tomber et était en train de se noyer. Il sauta dans la rivière, se saisit de lui et le ramena sur la berge.

« Tandis qu'ils retournaient à la maison de Ben tout en bavardant, ils parvinrent à une énorme paroi rocheuse. Jowo Rinpoché déclara alors : "Malheureusement, je crains de ne pouvoir entrer dans ta maison" et, à ces mots, s'évanouit dans le rocher. Aujourd'hui encore, il existe au Kongpo deux célèbres lieux de pèlerinage : l'un est le Rocher Jowo, la paroi rocheuse où l'on peut distinguer une forme de Bouddha, l'autre est la Rivière Jowo où l'on peut voir dans l'eau la silhouette de Bouddha. On dit que la bénédiction et le pouvoir de guérison de ces deux endroits sont identiques à ceux de Jowo Rinpoché à Lhassa. Et tout ceci est arrivé grâce à la foi immense et à la confiance toute simple de Ben.

« Je voudrais que vous éprouviez la même confiance pure que Ben. Que votre cœur s'emplisse de dévotion pour Padmasambhava et pour Dilgo Khyentsé Rinpoché. Ressentez simplement que vous êtes en présence de ce dernier et qu'il est l'espace tout entier autour de vous. Puis invoquez-le et rappelez-vous chaque moment que vous avez passé auprès de lui. Unissez votre esprit au sien et dites du fond du cœur, avec vos propres mots : "Voyez combien je suis impuissante, je ne peux plus pratiquer de façon intensive. Je dois maintenant m'en remettre complètement à vous. Ma confiance en vous est totale. Prenez soin de moi. Faites que je sois un avec vous." Accomplissez la pratique du Guru Yoga. Imaginez avec une intensité particulière que des rayons de lumière jaillissent de votre maître et vous purifient, brûlant votre maladie et toutes vos impuretés, et qu'ils vous apportent la guérison. Votre corps se dissout alors en lumière et, finalement, votre esprit se fond dans son esprit de sagesse avec une confiance totale.

« Ne vous inquiétez pas si la pratique ne se déroule pas aisément. Ayez simplement confiance et ressentez-la dans votre cœur. Tout dépend à présent de l'inspiration car elle seule peut apaiser votre angoisse et dissiper votre agitation. Ayez devant vous une très belle photographie de Dilgo Khyentsé Rinpoché ou de Padmasambhava. Concentrez-vous doucement sur elle au début de votre pratique, puis détendez-vous dans sa lumière. Imaginez que vous êtes dehors, au soleil, et que vous pouvez ôter tous vos vêtements et vous baigner dans cette chaleur. Débarrassez-vous de vos résistances et, lorsque vous ressentez réellement les bénédictions, reposez-vous dans leur rayonnement chaleureux. Et profondément, très profondément, laissez-vous complètement aller.

« Ne vous inquiétez de rien. Même si votre attention vagabonde, il n'existe aucune "chose" particulière à laquelle vous deviez vous raccrocher. Lâchez prise, simplement, et laissez-vous aller dans la présence de la bénédiction. Ne vous laissez pas distraire par des questions insignifiantes, telles que : "Est-ce bien Rigpa, oui ou non ?" Soyez, simplement, de plus en plus naturelle. Souvenez-vous que Rigpa est toujours présent dans la nature de votre esprit. Rappelez-vous les paroles de Dilgo Khyentsé Rinpoché : "Si votre esprit est inaltéré, vous êtes dans l'état de Rigpa." Puisque vous avez reçu les enseignements, vous avez aussi reçu l'introduction à la nature de l'esprit. Détendez-vous donc simplement au sein de Rigpa, sans laisser de place au doute.

« Vous avez la chance d'avoir à vos côtés des amis spirituels dévoués. Encouragez-les à créer autour de vous une atmosphère de pratique et à poursuivre celle-ci jusqu'à votre mort, et au-delà. Demandez-leur de vous lire un poème que vous aimez, des conseils de votre maître, un enseignement qui vous inspire, ou bien priez-les de vous faire entendre une cassette de Dilgo Khyentsé Rinpoché, un chant de la pratique ou un morceau de musique qui vous touche. Je prie pour que tous vos instants se fondent avec la bénédiction de la pratique, dans une atmosphère d'inspiration vivante et lumineuse.

« Tandis que la musique ou la cassette de l'enseignement se déroulent, laissez-vous aller au sommeil, éveillez-vous, somnolez, mangez... dans cette atmosphère de pratique. Que celle-ci imprègne les derniers moments de votre vie, comme ce fut le cas pour ma tante Ani Rilu. Ne faites rien d'autre hormis la pratique, qu'elle finisse même par se prolonger jusque dans vos rêves. Et comme pour Ani Rilu, que la pratique soit votre dernier et plus puissant souvenir, l'influence la plus forte dans le courant de votre conscience, remplaçant les habitudes ordinaires de toute une vie.

« Et lorsque vous sentirez que votre fin approche, que la pensée de Dilgo Khyentsé Rinpoché emplisse votre esprit ; qu'il accompagne chaque respiration et chaque battement de votre cœur. Souvenez-vous que la pensée avec laquelle vous mourrez – quelle qu'elle soit – est celle qui reviendra avec le plus de force lorsque vous vous éveillerez à nouveau dans les bardos après la mort. »

QUITTER LE CORPS

Maintenant que le bardo du moment précédant la mort se lève sur moi,
J'abandonne toute envie, désir et attachement,
J'entre non distrait dans le clair éveil de l'enseignement
Et éjecte ma conscience dans l'espace de Rigpa non-né.
A l'heure où je quitte ce corps fait de chair et de sang,
En lui je reconnais une illusion transitoire.

A présent, notre corps est sans doute pour nous le centre de l'univers. Nous l'identifions, sans réfléchir, à notre moi et à notre ego, et cette identification fausse et inconsidérée renforce continuellement l'illusion qui est la nôtre de leur existence concrète et indissociable. Parce que l'existence de notre corps semble si convaincante, notre « je » semble exister, et « vous » semblez exister, et le monde dualiste et entièrement illusoire que nous ne cessons de projeter autour de nous finit par paraître vraiment solide et réel. Au moment de la mort, cette construction composite s'écroule de manière dramatique.

Ce qui se produit alors, pour l'exprimer très simplement, c'est que la conscience, à son niveau le plus subtil, continue son voyage sans le corps et traverse une série d'états appelés « bardos ». Les enseignements nous disent que c'est précisément parce que nous ne possédons plus de corps dans les bardos que nous n'avons aucune raison ultime de craindre les expériences – aussi terrifiantes soient-elles – que nous pouvons traverser après la mort. Après tout, quel mal peut-il advenir à une « non-personne » ? Le problème cependant est que, dans les bardos, la plupart des individus continuent à s'accrocher à l'idée erronée d'un « moi », avec sa saisie fantomatique d'une réalité matérielle. La continuité de cette illusion, source de toute souffrance dans la vie, les expose à une souffrance accrue dans la mort, particulièrement au cours du « bardo du devenir ».

Il est essentiel – comme vous pouvez le constater – de réaliser à présent, alors que nous sommes encore en vie et possédons un corps, que la solidité apparente et extrêmement convaincante de ce dernier n'est que pure illusion. Le moyen le plus puissant de réaliser cela est d'apprendre à devenir, après la méditation, « un enfant de l'illusion », en s'abstenant de solidifier – comme nous sommes toujours tentés de le faire – nos perceptions de nous-mêmes et du monde ; et en continuant, tel « l'enfant de l'illusion », à voir directement – comme nous le faisons en méditation – la nature illusoire et chimérique de tous les phénomènes. Cette réalisation de la nature illusoire du corps, renforcée par une telle attitude, est extrêmement profonde et inspirante pour nous aider à laisser aller tout attachement.

Inspirés et fortifiés par cette réalisation, lorsqu'au moment de la mort nous serons confrontés au *fait* que notre corps est une illusion, nous pourrons reconnaître sans peur sa nature illusoire, nous libérer calmement de tout attachement à ce corps et le laisser derrière nous volontiers, voire avec gratitude et joie, car nous en connaîtrons alors la vraie nature. En fait, pourrait-on dire, nous serons capables, réellement et complètement, de *mourir quand nous mourrons* et d'atteindre ainsi la liberté ultime.

Imaginez alors le moment de la mort comme une étrange zone frontière de l'esprit, un no man's land au sein duquel nous pouvons soit ne pas comprendre la nature illusoire de notre corps et subir par conséquent un traumatisme émotionnel considérable en le perdant, soit découvrir la possibilité d'une liberté illimitée, une liberté qui trouve précisément sa source dans l'absence même de ce corps.

Lorsque nous sommes enfin libérés du corps qui a défini et déterminé la compréhension que nous avons eue de nous-mêmes durant si longtemps, la vision karmique de cette vie est totalement épuisée, mais tout le

karma qui pourrait être créé à l'avenir n'a pas encore
commencé à se cristalliser. Il existe donc dans l'événement de la mort un « intervalle », ou espace, riche de
vastes possibilités. C'est un moment d'une puissance et
d'une richesse considérables, où la seule chose qui
importe – ou pourrait importer – est l'*état* dans lequel
se trouve précisément notre esprit. Allégé du corps
physique, l'esprit est révélé de façon saisissante dans
sa nudité pour ce qu'il a toujours été : l'architecte de
notre réalité.

Si donc nous possédons déjà, au moment de la mort,
une réalisation stable de la nature de l'esprit, nous
pourrons en un instant purifier la totalité de notre
karma. Et si nous prolongeons la reconnaissance
constante de cette nature, nous serons réellement
capables de mettre un terme définitif à notre karma, en
pénétrant dans l'espace de pureté primordiale de la
nature de l'esprit et en atteignant la libération. Padmasambhava l'expliquait ainsi :

*Vous pourriez vous demander pourquoi, dans l'état
du bardo, il vous suffit de reconnaître la nature de
l'esprit pendant un seul instant pour trouver la stabilité ? En voici la raison : à présent, notre esprit est
enserré dans un filet, celui du « vent du karma ». Et
le « vent du karma » est lui-même enserré dans un
autre filet, celui de notre corps physique. Le résultat
est que nous n'avons ni indépendance ni liberté.
Mais dès que notre corps s'est divisé en esprit et
matière, et dans l'intervalle existant avant qu'un
corps futur ne l'ait enserré à nouveau dans son
filet, l'esprit[10] et son déploiement magique n'ont
plus de support matériel et concret. Aussi longtemps*

qu'une telle base matérielle leur fait défaut, nous sommes indépendants – et avons la possibilité de reconnaître.

Ce pouvoir d'atteindre la stabilité par la seule reconnaissance de la nature de l'esprit est semblable à un flambeau qui, en un instant, peut dissiper les ténèbres de temps infinis. *Ainsi, s'il nous est possible de reconnaître la nature de l'esprit dans le bardo de la même manière que nous sommes capables de le faire à présent, lorsqu'elle est introduite par le maître, il n'y a pas le moindre doute que nous atteindrons l'éveil. C'est pourquoi, dès ce moment même et grâce à la pratique, nous devons nous familiariser avec la nature de l'esprit*[11].

QUINZE

Le processus de la mort

Selon les paroles de Padmasambhava :

La mort à laquelle les êtres humains sont confrontés peut avoir deux causes : une mort prématurée ou une mort due à l'épuisement de la durée naturelle de la vie. La mort prématurée peut être évitée grâce aux méthodes que l'on enseigne pour prolonger l'existence. Cependant, lorsque la cause de la mort résulte de l'épuisement de la durée naturelle de la vie, l'être humain est semblable à une lampe à huile qui aurait consumé toute sa réserve. Il n'y a alors plus aucun moyen de tricher pour se dérober à la mort. Il faut se préparer à partir.

Examinons à présent les deux causes pouvant entraîner la mort : l'épuisement de la durée naturelle de la vie, et le cas où un obstacle ou un accident met prématurément fin à notre existence.

L'ÉPUISEMENT DE LA DURÉE DE LA VIE

De par notre karma, nous disposons d'une certaine durée de vie. Lorsque celle-ci est arrivée à son terme, il est extrêmement difficile de la prolonger. Cependant, une personne qui a totalement maîtrisé les pratiques avancées de yoga peut dépasser même cette limite. Il existe une tradition selon laquelle les maîtres apprennent parfois leur durée de vie de la bouche de leurs propres maîtres. Ils savent toutefois que par la force de leur pratique personnelle, la pureté du lien qui les unit à leurs étudiants et la pratique de ces derniers, ainsi que par les bienfaits de leur travail, ils pourront vivre plus longtemps. Mon maître avait dit à Dilgo Khyentsé Rinpoché qu'il vivrait jusqu'à quatre-vingts ans, mais que dépasser cet âge dépendait de sa propre pratique : il atteignit sa quatre-vingt-deuxième année. On avait prédit à Dudjom Rinpoché que sa durée de vie serait de soixante-treize ans, il vécut pourtant jusqu'à l'âge de quatre-vingt-deux ans.

LA MORT PRÉMATURÉE

Il est dit, d'autre part, que si la menace de mort prématurée est seulement due à un obstacle quelconque, elle peut être évitée plus aisément – à condition, bien sûr, que nous en ayons une connaissance préalable. Dans les enseignements sur les bardos et dans les textes médicaux tibétains, on peut trouver la description des signes annonciateurs d'une mort prochaine : certains prédisent la mort en termes d'années ou de mois, d'autres en termes de semaines ou de jours. Ces signes comprennent des signes physiques, certains types spécifiques de rêves ainsi que des études particulières portant sur l'ombre de l'individu[1]. Malheureusement, seule une personne très expérimentée sera capable de les interpréter. Ils ont pour but d'avertir l'individu que sa vie est en danger et de lui faire prendre conscience de la nécessité d'effectuer des pratiques destinées à prolonger l'existence, avant que ces obstacles ne surgissent.

Du fait qu'elle accumule du « mérite », toute pratique spirituelle que nous effectuons nous aide à prolonger notre vie et à jouir d'une bonne santé. Grâce à l'inspiration et au pouvoir de sa pratique, un bon pratiquant en vient à se sentir « sain » sur les plans psychologique, émotionnel et spirituel, ce qui constitue à la fois la plus grande source de guérison et la protection la plus puissante contre la maladie.

Il existe également des « pratiques de longue vie » spécifiques qui font appel aux énergies vitales des éléments et de l'univers par le pouvoir de la méditation et de la visualisation. Lorsque notre énergie est faible et déséquilibrée, ces pratiques de longévité la fortifient et l'harmonisent et cela a pour effet de prolonger l'existence. Il y a encore bien d'autres pratiques pour accroître la durée de la vie. L'une d'elles consiste à sauver des animaux sur le point d'être abattus, en les achetant et en leur rendant la liberté. Cette pratique est populaire au Tibet et dans les régions himalayennes où il est par exemple fréquent que les gens se rendent au marché afin d'acheter des poissons vivants pour les relâcher ensuite. Cette pratique est fondée sur la loi karmique naturelle selon laquelle prendre la vie d'autrui ou lui faire du tort écourtera votre existence, tandis que lui sauver la vie la prolongera.

LE BARDO « DOULOUREUX »
DU MOMENT PRÉCÉDANT LA MORT

Le bardo du moment précédant la mort se situe entre le moment où nous contractons une maladie incurable ou entrons dans un état physique qui s'achèvera par la mort, et la cessation du « souffle interne ». On le qualifie de « douloureux » car, si nous ne sommes pas préparés à ce qui nous arrivera au moment de la mort, nous ferons peut-être l'expérience d'une souffrance extrême.

Même dans le cas d'un pratiquant, il est possible que tout le processus de la mort soit douloureux, car perdre son corps et sa vie peut s'avérer une expérience très difficile. Pourtant, si nous avons reçu des instructions sur la signification de la mort, nous savons qu'il existe un espoir immense lorsque l'aube de la Luminosité fondamentale se lève à ce moment ultime. Il n'est pas certain, toutefois, que nous sachions alors la reconnaître. C'est pourquoi il est si important de stabiliser la reconnaissance de la nature de l'esprit par la pratique tant que nous sommes encore en vie.

Beaucoup d'entre nous, il est vrai, n'ont pas eu la chance de rencontrer les enseignements et n'ont aucune idée de ce qu'est réellement la mort. Prendre soudain conscience que notre vie entière, notre réalité entière, est en train de disparaître, est une chose terrifiante. Nous ne savons ni ce qui nous arrive ni où nous allons. Rien de ce que nous avons vécu précédemment ne nous a préparés à cela. Comme le savent tous ceux qui ont assisté les mourants, notre angoisse intensifie encore l'expérience de la douleur physique. Si nous avons mal employé notre vie, si nos actions ont été nuisibles ou négatives, nous éprouverons regret, culpabilité et peur. Aussi le simple fait d'avoir une certaine connaissance des enseignements sur les bardos nous apportera-t-il réconfort, inspiration et espoir, même si nous n'avons jamais pratiqué ni réalisé ces enseignements auparavant.

Pour de bons pratiquants qui savent exactement ce qui est en train de se passer, la mort non seulement est moins douloureuse et terrifiante, mais représente le moment même qu'ils ont tant attendu. Ils l'accueillent avec équanimité, voire avec joie. Je me souviens d'une histoire que Dudjom Rinpoché racontait souvent, celle de la mort d'un yogi parvenu à la réalisation. Ce dernier était malade depuis quelques jours déjà lorsque le docteur venu prendre son pouls décela les signes de la mort. Hésitant à le lui dire, le visage assombri, le médecin restait debout près du lit, l'air grave et solennel. Pourtant le yogi, avec un enthousiasme presque enfantin, insistait pour qu'on lui annonce le pire. Le docteur finit par céder, tout en s'efforçant de lui parler comme s'il cherchait à le consoler. Il lui dit gravement : « Faites attention, le moment est venu. » A sa stupéfaction, le yogi fut enchanté, se montrant aussi excité qu'un petit enfant sur le point d'ouvrir son cadeau de Noël. « Est-ce bien vrai ? demanda-t-il. Que ces paroles sont douces ! Quelle bonne nouvelle ! » Il dirigea son regard vers le ciel et expira immédiatement dans un état de profonde méditation.

Chacun savait au Tibet que mourir d'une mort spectaculaire était un moyen d'accéder à la notoriété, si l'on n'y était pas déjà parvenu au cours de sa vie. J'ai entendu parler d'un homme qui était ainsi décidé à mourir de façon miraculeuse et grandiose. Il savait que les maîtres annoncent souvent la date de leur mort et rassemblent leurs disciples afin qu'ils soient présents à ce moment particulier. L'homme en question réunit donc tous ses amis pour un grand festin autour de son lit de mort. Il s'assit en posture de méditation, attendant sa fin – mais rien ne se passa. Au bout de quelques heures, ses invités commencèrent à se lasser d'attendre et se dirent l'un à l'autre : « Commençons plutôt à manger ! » Emplissant leurs assiettes, ils regardaient du côté du futur cadavre en se disant : « Lui est en train de mourir, il n'a pas besoin de manger ! » Mais le temps passait et il n'y avait toujours aucun signe d'agonie. Le « mourant » commença alors à avoir lui-même très faim et l'idée qu'il ne resterait bientôt plus rien à manger l'inquiéta. Il descendit donc de son lit de mort pour se joindre au festin. Ainsi, sa grande scène finale s'était transformée en un fiasco humiliant.

Un bon pratiquant saura prendre soin de lui-même au moment de la mort. Quant au pratiquant ordinaire, il aura besoin de la présence du maître à son chevet, si cela est possible ; sinon, de celle d'un ami spirituel qui pourra lui rappeler l'essence de la pratique et susciter en lui l'inspiration de la Vue.

Qui que nous soyons, être familiarisés avec le processus de la mort peut nous être d'un grand secours. Si nous en comprenons les différentes étapes, nous savons que toutes les expériences étranges et déroutantes que nous traversons alors font partie d'un processus naturel. Le début de ce processus annonce l'imminence de la mort et nous rappelle à la vigilance. Pour un pratiquant, chacune des étapes est comme un signal destiné à lui rappeler ce qui est en train de se passer et quelle pratique il doit faire à ce moment précis.

LE PROCESSUS DE LA MORT

Le processus de la mort est expliqué en grand détail dans les différents enseignements tibétains. Il consiste essentiellement en deux phases de dissolution : une dissolution externe des sens et des éléments, et une dissolution interne des états de pensée et des émotions, à leurs niveaux grossier et subtil. Mais il est nécessaire que nous comprenions au préalable la nature des composants du corps et de l'esprit qui se désagrègent au moment de la mort.

Notre existence entière est déterminée par les éléments terre, eau, feu, air et espace, qui forment notre corps et le maintiennent en vie. Lorsqu'ils se dissolvent, nous mourons. Nous sommes familiarisés avec les éléments externes qui conditionnent notre mode de vie, mais il est intéressant de voir de quelle façon ces éléments sont en interaction avec les éléments internes au sein de notre corps physique. Par ailleurs, le potentiel et les qualités de ces cinq éléments existent également dans notre esprit. L'aptitude de l'esprit à servir de support à toutes les expériences est la qualité de la terre ; sa continuité et sa faculté d'adaptation sont celles de l'eau ; sa clarté et sa capacité de percevoir celles du feu ; son mouvement continuel celle de l'air, et sa vacuité sans limites celle de l'espace.

Voici l'explication, selon un ancien texte médical tibétain, de la façon dont se forme notre corps physique :

Les consciences sensorielles naissent de l'esprit. La chair, les os, l'organe de l'odorat et les odeurs sont formés à partir de l'élément terre. Le sang, l'organe du goût, les saveurs et les liquides du corps naissent de l'élément eau. La chaleur, la coloration claire, l'organe de la vue et la forme naissent de l'élément feu. Le souffle, l'organe du toucher et les sensations physiques sont formés à partir de l'élément air. Les cavités du corps, l'organe de l'ouïe et les sons sont formés à partir de l'élément espace[2].

« En bref, écrit Kalou Rinpoché, c'est à partir de l'esprit réunissant les cinq qualités élémentaires que se développe le corps physique. Le corps physique est lui-même imprégné de ces qualités, et c'est grâce à ce complexe esprit-corps que nous percevons le monde extérieur. Celui-ci est, en retour, composé des cinq qualités élémentaires de la terre, de l'eau, du feu, de l'air et de l'espace[3]. »

L'explication du corps que nous propose la tradition du bouddhisme tantrique du Tibet est très différente de celle dont la plupart d'entre nous ont l'habitude. Il s'agit d'un système psychophysique consistant en un réseau dynamique de canaux subtils, de « souffles » – ou air intérieur – et d'essences. Ils sont appelés respectivement *nadi*, *prana* et *bindu* en sanscrit ; *tsa*, *lung* et *tiglé* en tibétain. La médecine et l'acupuncture chinoises, qui nous sont plus familières, présentent un système quelque peu similaire avec les méridiens et l'énergie du *ki*.

Les maîtres comparent le corps humain à une cité, les canaux à des routes, les souffles à un cheval et l'esprit à un cavalier. Il existe dans le corps 72 000 canaux subtils, dont trois principaux : le canal central qui est parallèle à la colonne vertébrale, et les canaux droit et gauche qui se trouvent de chaque côté de celle-ci. Les canaux droit et gauche s'enroulent autour du canal central en certains points pour former une série de « nœuds ». Le long du canal central se situent plusieurs « roues » – les *chakras* ou centres d'énergie – à partir desquelles se ramifient d'autres canaux, comme les baleines d'un parapluie.

Les souffles, ou air intérieur, circulent à travers ces canaux. Il existe cinq souffles principaux et cinq souffles secondaires. Chaque souffle principal est le support d'un élément et il est responsable d'une fonction du corps humain. Les souffles secondaires permettent aux sens d'opérer. Les souffles qui circulent dans tous les canaux, à l'exception du canal central, sont dits être impurs et activer des schémas de pensée négatifs et dualistes. Ceux du canal central sont appelés « souffles de sagesse[4] ».

Les « essences » sont contenues à l'intérieur des canaux. Il existe une essence rouge et une essence blanche. Le siège principal de l'essence blanche est le sommet du crâne, celui de l'essence rouge, le nombril.

Dans la pratique avancée du yoga, ce système est visualisé très précisément par le pratiquant. En faisant pénétrer et se dissoudre les souffles dans le canal central par la force de sa méditation, le yogi peut obtenir une réalisation directe de la luminosité – la Claire

Lumière – de la nature de l'esprit. Ceci est rendu possible par le fait que la conscience chevauche le souffle. Ainsi, en dirigeant son esprit vers un point particulier du corps, un pratiquant peut y amener les souffles. Le yogi imite, de cette façon, ce qui se produit au moment de la mort : lorsque les nœuds des canaux se défont, les souffles pénètrent dans le canal central et une expérience momentanée d'éveil a lieu.

Dilgo Khyentsé Rinpoché raconte l'histoire d'un maître de retraite proche de son frère aîné, qui vivait dans un monastère du Kham. Le maître avait parfait la pratique yogique des canaux, souffles et essences. Il déclara un jour à son serviteur : « Le moment est venu pour moi de mourir. Pourrais-tu chercher une date favorable dans le calendrier ? » Le serviteur fut abasourdi, mais n'osa contredire son maître. Il consulta le calendrier et répondit que, le lundi suivant, tous les astres étaient favorables. Le maître dit alors : « Il reste trois jours jusqu'à lundi ; bon, je pense que je pourrai y parvenir. » Quand le serviteur revint dans la pièce quelques instants plus tard, il trouva son maître assis, droit, en posture de méditation yogique. Il était si immobile qu'il paraissait mort. Il ne respirait pas, mais son pouls était légèrement perceptible. Le serviteur décida de ne rien faire et d'attendre. A midi, il entendit soudain une profonde expiration et le maître revint à son état normal, parla joyeusement au serviteur et demanda son déjeuner qu'il mangea avec appétit. Il avait retenu son souffle pendant toute la session de méditation du matin. Voici la raison de son attitude : notre vie compte un nombre limité de respirations et le maître, sachant qu'il était presque arrivé à leur terme, les avait retenues pour que leur nombre final ne soit pas atteint avant le jour favorable. Aussitôt après le déjeuner, il prit à nouveau une profonde inspiration et retint sa respiration jusqu'au soir. Il fit de même le lendemain et le surlendemain. Lorsque le lundi arriva, il demanda : « Est-ce bien aujourd'hui le jour favorable ? – Oui, lui répondit le serviteur. – Très bien, je vais donc m'en aller aujourd'hui », conclut le maître. Ce jour-là, sans présenter aucun signe de maladie ni aucun trouble, le maître expira durant sa méditation.

Dès que nous avons un corps physique, nous possédons également ce que l'on appelle les cinq *skandhas* – les agrégats qui composent la totalité de notre existence mentale et physique. Ils sont les constituants de notre expérience, le support de la saisie de l'ego et également la base de la souffrance du samsara. Ces skandhas sont la forme, la sensation, la perception ou reconnaissance, l'intellect ou formations mentales, et la conscience ; on les décrit aussi en termes de forme, sensation, reconnaissance, formation mentale et conscience. « Les cinq skandhas représentent la structure constante de la psychologie humaine, ainsi que son schéma d'évolution et le schéma d'évolution du monde. Ils sont également liés aux différents types de blocages spirituels, physiques et affectifs[5]. » Ils font l'objet d'une étude approfondie dans la psychologie bouddhiste.

Tous ces composants se dissolvent quand nous mourons. La mort est un processus complexe et interdépendant au cours duquel des ensembles d'aspects reliés entre eux de notre corps et de notre esprit se désagrègent simultanément. Lorsque les souffles disparaissent, nos fonctions corporelles et nos sens nous abandonnent. Les centres d'énergie s'effondrent et, privés des souffles qui leur servaient de support, les

éléments se dissolvent l'un après l'autre, du plus grossier au plus subtil. En conséquence, chaque étape de la
dissolution a des répercussions physiques et psychologiques sur la personne mourante et se manifeste tant
par des signes extérieurs et physiques que par des
expériences intérieures.

Des amis me demandent parfois : « Des gens comme
nous peuvent-ils reconnaître ces signes extérieurs chez
un ami ou un proche sur le point de mourir ? » Ceux de
mes étudiants qui assistent les mourants m'ont dit que
certains des signes physiques décrits plus loin peuvent
être observés dans les hôpitaux et les centres de soins
palliatifs. Cependant, les étapes de la dissolution
externe peuvent se produire très rapidement et ne pas
être très évidentes, et le personnel soignant qui
s'occupe des mourants dans notre monde moderne ne
cherche généralement pas à les détecter. Les infirmières, dans les grands hôpitaux, se fient souvent à
leur intuition et à de nombreux autres facteurs tels que
le comportement des médecins ou celui des membres
de la famille, ou encore l'état d'esprit du mourant, pour
prédire l'imminence de la mort. Elles observent également, bien que cela ne soit pas systématique, certains
signes physiques comme un changement de coloration
de la peau, une certaine odeur qu'elles discernent parfois et une modification notable de la respiration. Il est
très possible, cependant, que la médication moderne
masque les signes décrits dans les enseignements tibétains. Il est surprenant de constater le peu de recherches
menées jusqu'à présent en Occident sur ce sujet capital. Cela ne montre-t-il pas combien le processus de la
mort est peu compris, combien il est peu respecté ?

LA POSITION POUR MOURIR

La tradition recommande généralement de s'allonger sur le côté droit pour mourir, dans la position du «lion couché». C'est la posture dans laquelle le Bouddha expira. La main gauche repose sur la cuisse gauche ; la main droite est placée sous le menton, fermant la narine droite. Les jambes sont étendues et très légèrement repliées. Sur le côté droit du corps se trouvent certains canaux subtils qui encouragent le «souffle karmique» de l'illusion. Le fait d'être allongé sur eux dans la position du lion couché et de fermer la narine droite bloque ces canaux et permet à la personne de reconnaître plus aisément la luminosité lorsqu'elle apparaît au moment de la mort. Cela aide également la conscience à quitter le corps par l'ouverture située au sommet du crâne, puisque tous les autres orifices par lesquels elle pourrait s'échapper sont bloqués.

LA DISSOLUTION EXTERNE :
LES SENS ET LES ÉLÉMENTS

La dissolution externe est la dissolution des sens et des éléments. Quelle en sera précisément notre expérience au moment de la mort ?

En premier lieu, nous prendrons sans doute conscience que nos sens cessent progressivement de fonctionner. Si des gens parlent autour de notre lit, un moment viendra où nous entendrons le son de leur voix mais où nous ne serons plus capables de comprendre le sens de leurs paroles. Cela signifie que la conscience de l'ouïe aura cessé de fonctionner. Si nous regardons un objet placé en face de nous, nous pourrons seulement en percevoir le contour, non les détails. Cela signifie que la conscience de la vue aura commencé à s'affaiblir. De même pour notre sens de l'odorat, celui du goût et celui du toucher. Le moment où l'expérience de nos sens commence à nous abandonner marque la première phase du processus de dissolution.

Les quatre phases suivantes accompagnent la dissolution des éléments :

L'élément terre.

Nos forces physiques commencent à décliner. Nous sommes vidés de toute énergie. Nous sommes incapables de nous lever, de nous tenir droits ou de garder un objet en main. Notre tête a besoin d'être soutenue. Nous avons l'impression de tomber, de nous enfoncer dans le sol ou d'être écrasés par un grand poids, comme si, selon certains textes traditionnels, une énorme montagne pesait sur nous de toute sa masse. Nous nous sentons lourds et ne trouvons de confort dans aucune position. Nous pouvons demander à être relevés, à ce que l'on remonte nos oreillers ou enlève nos couvertures. Notre teint pâlit et nous devenons blêmes. Nos joues se creusent et des taches sombres apparaissent sur nos dents. Il nous devient plus difficile d'ouvrir et de fermer les yeux. À mesure que l'agrégat de la forme se dissout, nous devenons faibles et fragiles. Notre esprit est agité, nous délirons puis sombrons dans la somnolence.

Ce sont les signes que l'élément *terre* se résorbe dans l'élément eau. Cela signifie que le souffle lié à l'élément terre est de moins en moins capable de fournir un support à la conscience et que le pouvoir de l'élément eau devient plus manifeste. Le « signe secret » qui apparaît alors à l'esprit est la vision d'un mirage chatoyant.

L'élément eau.

Nous commençons à perdre le contrôle des fluides de notre corps, qui se mettent à couler de notre nez, de notre bouche, parfois également de nos yeux. Il se peut que nous devenions incontinents. Nous ne pouvons plus remuer la langue et éprouvons une sensation de sécheresse au niveau des orbites. Nos lèvres sont crispées et exsangues, notre bouche et notre gorge sèches et obstruées. Nos narines se pincent et nous commençons à avoir très soif. Nous tremblons et sommes agités de mouvements convulsifs. L'odeur de la mort commence à planer autour de nous. A mesure que l'agrégat des sensations se dissout, les sensations corporelles diminuent, alternant de la douleur au plaisir, de la chaleur au froid. Notre esprit s'embrume, devient impatient, irritable et fébrile. Selon certains textes, nous avons l'impression de nous noyer dans un océan, ou bien d'être emportés par un fleuve immense.

L'élément *eau* se dissout dans le feu, qui devient l'élément de support prédominant de la conscience. Le « signe secret » est alors une vision de brume d'où s'élèvent des volutes de fumée tourbillonnantes.

L'élément feu.

Notre bouche et notre nez se dessèchent complètement. Toute la chaleur de notre corps nous quitte peu à peu, refluant habituellement des mains et des pieds vers le cœur. Une vapeur chaude peut s'élever du sommet du crâne. Notre souffle est froid quand il passe par le nez et la bouche. Nous ne pouvons plus boire ni digérer quoi que ce soit. L'agrégat de la perception se dissout et notre esprit alterne entre clarté et confusion. Nous ne parvenons pas à nous souvenir du nom de nos proches ou de nos amis, ni même à les reconnaître. Nous percevons de plus en plus difficilement ce qui nous est extérieur, car sons et visions deviennent confus.

Kalou Rinpoché écrit : « L'expérience intérieure du mourant est d'être consumé dans des flammes, de se retrouver au cœur d'un brasier rugissant ; peut-être même aura-t-il l'impression que le monde entier se consume en un holocauste. »

L'élément *feu* se dissout dans l'air ; il est moins capable de servir de base à la conscience, tandis que l'aptitude de l'élément air à jouer ce rôle devient plus manifeste. Le « signe secret » est alors la vision d'étincelles rouges scintillantes qui dansent au-dessus d'un feu telles des lucioles.

L'élément air.

Il nous devient de plus en plus difficile de respirer. L'air semble s'échapper de notre gorge. Notre respiration se fait rauque et haletante. Nos inspirations sont courtes et laborieuses, nos expirations plus longues. Nos yeux se révulsent et nous ne pouvons plus bouger. A mesure que l'agrégat de l'intellect se dissout, notre esprit est désorienté et nous n'avons plus conscience du monde extérieur. Tout devient indistinct. Les dernières sensations de contact avec l'environnement physique disparaissent.

Nous commençons à avoir des hallucinations et des visions. Si notre vie a été fortement marquée par la négativité, nous verrons peut-être des formes terrifiantes. Nous voyons défiler devant nous des moments terribles et obsédants de notre passé, et nous essayons parfois même de crier de terreur. Si nous avons mené une vie pleine de bonté et de compassion, peut-être ferons-nous l'expérience de visions célestes et bienheureuses, et « rencontrerons-nous » des amis chers à notre cœur ou des êtres éveillés. Celui qui a mené une vie juste trouve dans la mort la paix, et non la peur.

Kalou Rinpoché écrit : « L'expérience intérieure du mourant est celle d'un grand vent balayant le monde entier, lui-même y compris, celle d'un formidable tourbillon consumant l'univers dans sa totalité[6]. »

Ce qui se produit est la dissolution de l'élément air dans la conscience. Tous les souffles se sont unis au « souffle soutenant la vie », situé dans le cœur. Le « signe secret » est la vision d'une torche enflammée ou d'une lampe émettant une lueur rouge.

Nos inspirations sont de plus en plus superficielles, nos expirations de plus en plus longues. A ce stade, le sang se rassemble et pénètre dans le « canal de vie » situé au centre du cœur. Trois gouttes de sang s'y réunissent, l'une après l'autre, provoquant trois longues et ultimes expirations, puis nous cessons soudain de respirer.

Seule une légère chaleur persiste au niveau du cœur. Tous les signes vitaux ont disparu et c'est le moment où, dans le contexte médical actuel, la « mort clinique » est déclarée. Mais, selon les maîtres tibétains, un processus interne se poursuit. L'intervalle qui se situe entre la fin de la respiration et la cessation du « souffle interne » est dit « durer approximativement le temps d'un repas », soit à peu près vingt minutes. Mais cela n'est pas certain et l'ensemble du processus a parfois lieu très rapidement.

LA DISSOLUTION INTERNE

Durant le processus de dissolution interne, au cours duquel se dissolvent les émotions et les états de pensée grossiers et subtils, on rencontre quatre niveaux de conscience, eux-mêmes de plus en plus subtils.

A ce stade, le processus de la mort reproduit à l'inverse celui de la conception. Lorsque le spermatozoïde et l'ovule de nos parents s'unissent, notre conscience, poussée par le karma, est aspirée à cet endroit. Durant le développement du fœtus, l'essence du père, un noyau que l'on dit être « blanc et empli de félicité », repose dans le chakra situé au sommet de notre crâne, au-dessus du canal central. L'essence de la mère, un noyau « rouge et chaud », demeure dans le chakra que l'on situe quatre doigts au-dessous du nombril. C'est à partir de ces deux essences que vont se développer les phases suivantes de la dissolution. Le souffle qui l'y maintenait disparaissant, l'essence blanche héritée de notre père descend par le canal central en direction du cœur. Le signe externe est une expérience de « blancheur », comme « un ciel pur inondé de lune ». Le signe interne est que notre conscience devient extrêmement claire et que tous les états de pensée résultant de la colère, qui sont au nombre de trente-trois, prennent fin. Cette phase est connue sous le nom d'« apparition ».

Ensuite, avec la disparition du souffle qui la maintenait en place, l'essence de la mère commence à s'élever par le canal central. Le signe externe est une expérience de « rougeoiement », comme un soleil resplendissant dans un ciel pur. Le signe interne est l'émergence d'une expérience d'intense félicité, tandis que tous les états de pensée résultant du désir, quarante au total, cessent de fonctionner. Cette phase est connue sous le nom d'« accroissement » [7].

Quand les essences rouge et blanche se rencontrent au niveau du cœur, la conscience se trouve emprisonnée entre les deux. Un maître éminent qui vivait au Népal, Tulku Urgyen Rinpoché, nous dit : « Cette expérience est semblable à la rencontre du ciel et de la terre. » Le signe extérieur est une expérience d'« obscurité », comme un ciel vide plongé dans les ténèbres. Le signe interne est l'expérience d'un état d'esprit libre de pensées. Les sept états de pensée résultant de l'ignorance et de l'illusion prennent fin. C'est ce que l'on appelle le « plein accomplissement » [8].

Puis, alors que nous reprenons quelque peu conscience, l'aube de la Luminosité fondamentale se lève, tel un ciel immaculé, dégagé de tout nuage, brouillard ou brume. On l'appelle parfois « l'esprit de Claire Lumière de la mort ». Sa Sainteté le Dalaï-Lama en dit : « Cette conscience est l'esprit subtil le plus profond. Nous l'appelons nature de bouddha, source véritable de toute conscience. Le continuum de cet esprit se perpétue même dans l'état de bouddha[9]. »

LA MORT DES « POISONS »

Que se passe-t-il donc réellement quand nous mourons ? C'est comme si nous revenions à notre état originel ; tout se dissout à mesure que corps et esprit se désagrègent. Les trois « poisons » – colère, désir et ignorance – meurent, ce qui signifie que toutes les émotions négatives, racines du samsara, cessent effectivement. Alors apparaît un intervalle.

Où ce processus nous mène-t-il ? A la base primordiale de la nature de l'esprit, dans toute sa pureté et sa simplicité naturelle. Tout ce qui l'obscurcissait est maintenant écarté, et notre nature véritable est révélée.

Ainsi que je l'ai expliqué au chapitre « Ramener l'esprit en lui-même », une dissolution analogue peut avoir lieu lorsque nous pratiquons la méditation et connaissons des expériences de béatitude, de clarté ou d'absence de pensées. Celles-ci attestent à leur tour de la disparition momentanée du désir, de la colère et de l'ignorance.

A mesure que meurent la colère, le désir et l'ignorance, nous devenons de plus en plus purs. Certains maîtres expliquent que les phases d'apparition, d'accroissement et d'accomplissement sont, pour un pratiquant Dzogchen, les signes de la manifestation graduelle de Rigpa. Tandis que tout ce qui voile la nature de l'esprit disparaît, la clarté de Rigpa commence lentement à se manifester et à s'accroître. Tout le processus devient un déploiement de l'état de luminosité, lié à la reconnaissance de la clarté de Rigpa par le pratiquant.

Dans le Tantra, l'approche de la pratique durant le processus de dissolution est différente. Dans la pratique yogique des canaux, souffles et essences, le pratiquant tantrique se prépare au cours de la vie au processus de la mort, en simulant les modifications de conscience du processus de dissolution qui trouvent leur apogée dans l'expérience de luminosité ou « Claire Lumière ». Le pratiquant s'efforce également de rester conscient de ces changements quand il s'endort. Il est important en effet de se souvenir que la succession de ces états de conscience de plus en plus profonds ne se produit pas seulement à la mort. Elle a lieu également, la plupart du temps à notre insu, lorsque nous nous endormons ou quand nous passons des plans les plus grossiers de la conscience aux niveaux les plus subtils. Certains maîtres ont même montré qu'elle se produit aussi au cours des processus psychologiques de notre état de veille quotidien[10].

La description détaillée du processus de dissolution peut sembler compliquée. Pourtant, nous familiariser avec lui en profondeur pourra nous être très bénéfique. Les pratiquants ont à leur disposition un choix de pratiques spécifiques à effectuer à chaque stade de la dissolution. On peut, par exemple, transformer le processus de sa mort en une pratique de Guru Yoga : à chaque étape de la dissolution externe, on engendre la dévotion et on prie le maître en le visualisant dans les différents centres d'énergie. Lorsque l'élément terre se dissout et que le signe de mirage apparaît, on le visualise au centre du cœur. Lorsque l'élément eau se dissout et que le signe de fumée se manifeste, on le visualise au centre du nombril. Lorsque l'élément feu se dissout et que le signe des lucioles apparaît, on le visualise au centre du front. Et lorsque l'élément air se dissout et que le signe de la torche devient visible, on se concentre entièrement sur le transfert de la conscience dans l'esprit de sagesse du maître.

On trouve de nombreuses descriptions des étapes de la mort, qui diffèrent sur d'infimes détails et dans leur ordre. J'ai exposé ici le schéma général, mais le tempérament de l'individu peut en modifier le déroulement. Quand Samten, le serviteur de mon maître, vivait ses derniers instants, je me souviens que la succession des différentes phases était très marquée. Cependant, des variations peuvent se produire, dues aux effets de la maladie particulière du mourant et à l'état de ses canaux, souffles et essences. Les maîtres disent que tous les êtres vivants, jusqu'aux insectes les plus infimes, traversent ce processus. Celui-ci a même lieu dans le cas d'une mort soudaine ou d'un accident, mais son déroulement est alors extrêmement rapide.

J'ai découvert que la manière la plus simple de comprendre ce qui se passe pendant le processus de la mort, avec ses dissolutions externe et interne, est de l'envisager comme *un développement graduel, une apparition de niveaux de conscience de plus en plus subtils*. Ceux-ci émergent parallèlement aux phases successives de dissolution des composants du corps et de l'esprit, tandis que le processus tend graduellement vers la révélation du niveau de conscience subtil entre tous : la Luminosité fondamentale, ou Claire Lumière.

TROISIÈME PARTIE

Mort et renaissance

SEIZE

La base

On entend souvent dire : « La mort est le moment de vérité » ou : « La mort est le moment où l'on est finalement confronté à soi-même. » Nous avons vu que les personnes ayant vécu une expérience de proximité de la mort relatent parfois que des questions leur étaient posées, tandis que le panorama de leur vie passée se déroulait devant elles : « Qu'as-tu fait de ta vie ? » « Qu'as-tu fait pour les autres ? » Cela met en lumière une chose : à la mort, nous ne pouvons échapper à ce que nous sommes réellement. Que cela nous plaise ou non, notre vraie nature est dévoilée. Mais il est important de savoir que le moment de la mort révèle deux aspects de nous-mêmes : notre nature absolue, et notre nature relative – ce que nous sommes et ce que nous avons été dans cette vie.

Comme je l'ai expliqué, tous les constituants de notre corps et de notre esprit se défont et se désagrègent au moment de la mort. Tandis que la vie quitte le corps, les sens et les éléments subtils se dissolvent. Il s'ensuit la mort de l'aspect ordinaire de notre esprit, avec toutes ses émotions négatives de colère, de désir et d'ignorance. Finalement, rien ne subsiste pour obscurcir notre nature véritable car tout ce qui, dans la vie, voilait l'esprit d'éveil s'est évanoui. Ce qui est révélé est la base primordiale de notre nature absolue, semblable à un ciel pur et sans nuage.

C'est ce qu'on appelle l'aube de la Luminosité fondamentale – ou « Claire Lumière » – où la conscience elle-même se dissout dans l'espace de vérité qui embrasse tout. Le *Livre des Morts tibétain* dit de ce moment :

> *La nature de toute chose est ouverte, vide et nue comme le ciel.*
> *Vacuité lumineuse, dénuée de centre ou de circonférence : Rigpa, pur et sans voile, se lève.*

Et Padmasambhava décrit la luminosité en ces termes :

> *La Claire Lumière, qui a sa source en elle-même et qui depuis l'origine n'est jamais née,*
> *Est l'enfant de Rigpa, lui-même sans parents – ô prodige !*
> *Cette sagesse, qui a sa source en elle-même, n'a été créée par personne – ô prodige !*
> *Elle n'a jamais connu la naissance et il n'est rien en elle qui puisse causer sa mort – ô prodige !*
> *Bien qu'elle soit parfaitement visible, nul pourtant ne la voit – ô prodige !*
> *Bien qu'elle ait erré dans le samsara, nul mal ne lui est advenu – ô prodige !*
> *Bien qu'elle ait vu la bouddhéité même, nul bien ne lui est advenu – ô prodige !*

Bien qu'elle existe en chacun et partout, nul ne l'a reconnue – ô prodige !
Et vous continuez cependant à espérer atteindre ailleurs quelque autre fruit – ô prodige !
Bien qu'elle soit la plus essentiellement vôtre, vous la cherchez ailleurs – ô prodige !

Pourquoi cet état est-il appelé « luminosité » ou Claire Lumière ? Les maîtres en proposent plusieurs explications. Certains disent que ces expressions décrivent la clarté rayonnante de la nature de l'esprit et le fait qu'elle est totalement libre d'obscurité ou de voiles : « libre de l'obscurité de la non-connaissance et douée de faculté cognitive ». Un autre maître décrit la luminosité ou Claire Lumière comme un « état de distraction minimale » car tous les éléments, sens et objets des sens ont été dissous. Il est important de ne pas la confondre avec la lumière physique que nous connaissons, ni avec les expériences de lumière qui se dérouleront par la suite dans le prochain bardo. La luminosité qui s'élève à la mort est le rayonnement naturel de la sagesse de notre propre Rigpa, « la nature non composée présente dans l'ensemble du samsara et du nirvana ».

L'aube de la Luminosité fondamentale – ou Claire Lumière – au moment de la mort représente l'occasion de libération *par excellence*. Il est toutefois essentiel de comprendre à quelles conditions cette opportunité nous est offerte. Certains auteurs modernes et certains chercheurs travaillant sur la mort ont sous-estimé la portée profonde de ce moment. Parce qu'ils ont lu et interprété le *Livre des Morts tibétain* sans bénéficier des instructions orales et de l'entraînement qui en expliquent pleinement la signification sacrée, ils l'ont simplifiée à l'extrême et en ont tiré des conclusions hâtives. L'une de leurs suppositions est que l'aube de la Luminosité fondamentale *est* l'éveil. Sans doute sommes-nous tentés d'assimiler la mort au paradis ou à l'éveil. Mais, plutôt que de prendre nos désirs pour des réalités, sachons que le moment de la mort nous offrira une réelle opportunité de libération à la seule condition d'avoir, au préalable, été introduits à la nature de notre esprit – Rigpa –, de l'avoir établie et stabilisée par la méditation, et intégrée à notre vie.

Bien que nous fassions tous l'expérience spontanée de la Luminosité fondamentale, la plupart d'entre nous ne sont absolument pas préparés à son immensité immaculée, à la profondeur vaste et subtile de sa simplicité nue. La majorité d'entre nous n'auront tout simplement aucun moyen de la reconnaître au moment de la mort car ils ne se seront pas familiarisés avec les méthodes permettant de la reconnaître dans la vie. Ce qui se produira alors est que nous aurons tendance à réagir de façon instinctive, avec toutes nos peurs, nos habitudes et notre conditionnement passés, avec tous nos anciens réflexes. Même si les émotions négatives peuvent avoir disparu lorsque la luminosité apparaît, les habitudes acquises au cours de notre vie passée persistent toujours, enfouies à l'arrière-plan de notre esprit ordinaire. Bien qu'à la mort toute notre confusion disparaisse, notre peur et notre ignorance nous font nous rétracter et nous raccrocher instinctivement à notre saisie dualiste, au lieu de nous abandonner à la luminosité et de nous ouvrir à elle.

C'est cela qui nous entrave et nous empêche de profiter vraiment de l'occasion de libération que nous offre ce moment crucial. Selon les paroles de Padma-sambhava : « Tous les êtres ont vécu, sont morts et sont nés à nouveau un nombre incalculable de fois. Ils ont fait, maintes et maintes fois, l'expérience de l'indicible Claire Lumière. Mais parce que l'obscurité de l'ignorance voile leur esprit, ils errent sans fin dans un samsara sans limites. »

LA BASE DE L'ESPRIT ORDINAIRE

Toutes ces tendances habituelles qui résultent de notre karma négatif et prennent leur source dans l'obscurité de l'ignorance sont emmagasinées dans la base de l'esprit ordinaire. J'ai longtemps cherché un bon exemple pour aider à décrire cette base. On pourrait la comparer à une bulle de verre transparente, à une très mince pellicule élastique, à une barrière presque invisible ou à un voile qui obscurcit la totalité de notre esprit. Toutefois, l'image la plus utile qui me vienne à l'esprit est peut-être celle d'une porte de verre. Imaginez-vous assis devant une porte de verre menant à votre jardin ; vous regardez à travers elle et vous contemplez l'espace. Parce que vous ne pouvez voir la surface du verre, il vous semble qu'il n'y a rien entre le ciel et vous. Vous pourriez même vous cogner contre elle si vous vous leviez pour essayer de la franchir, pensant qu'elle n'existe pas. Mais si vous la touchez, vous verrez immédiatement qu'il y a là quelque chose qui garde l'empreinte de vos doigts, quelque chose qui se trouve entre vous et l'espace extérieur.

De la même façon, la base de notre esprit ordinaire nous empêche d'accéder à la nature semblable au ciel de notre esprit, même si, pourtant, nous pouvons avoir des aperçus de cette nature. Comme je l'ai déjà dit, les maîtres expliquent qu'il existe un danger pour ceux qui pratiquent la méditation, celui de prendre l'expérience de la base de l'esprit ordinaire pour la vraie nature de l'esprit. Lorsqu'ils reposent dans un état de très grand calme et d'immobilité, peut-être ne font-ils en réalité rien d'autre que demeurer dans la base de l'esprit ordinaire. La différence est la même qu'entre regarder le ciel de l'intérieur d'un dôme de verre et se trouver à l'extérieur, à l'air libre. Nous devons nous échapper complètement de la base de l'esprit ordinaire pour découvrir et laisser entrer l'air frais de Rigpa.

Par conséquent, le but de toute notre pratique spirituelle – et le moyen de nous préparer réellement au moment de la mort – est de purifier cette barrière subtile, de l'affaiblir progressivement et de la briser. Lorsque vous l'aurez complètement détruite, rien ne pourra s'interposer entre vous et l'état d'omniscience.

L'introduction à la nature de l'esprit par le maître opère une percée à travers la base de l'esprit ordinaire ; c'est en effet par cette dissolution de l'esprit conceptuel que l'esprit d'éveil est explicitement révélé. Ensuite, chaque fois que nous demeurons dans la nature de l'esprit, la base de l'esprit ordinaire s'affaiblit. Nous nous apercevrons, cependant, que la durée pendant laquelle nous serons capables de demeurer dans la nature de l'esprit dépendra entièrement de la stabilité de notre pratique. Malheureusement, « les vieilles habitudes ont la vie dure », et la base de l'esprit ordinaire se réinstalle. Notre esprit est comme un alcoolique qui peut renoncer pendant un temps à ses mauvaises habitudes, mais rechute dès qu'il est sollicité ou déprimé.

De même que la porte de verre conserve toutes les empreintes de nos mains, la base de l'esprit ordinaire recueille et emmagasine tout notre karma et toutes nos habitudes. C'est pourquoi il nous faut sans cesse nettoyer cette vitre, purifier sans relâche cette base. Peu à peu le verre vient à s'user, s'amincissant graduellement ; de petites ouvertures apparaissent alors et il commence à se dissoudre.

Par notre pratique, nous stabilisons progressivement et de plus en plus la nature de l'esprit, si bien que non seulement elle demeure notre nature absolue, mais devient notre réalité de tous les jours. Au cours de ce processus, plus nos habitudes se dissolvent et moins il y a de différence entre méditation et vie quotidienne. Peu à peu, nous devenons semblables à une personne qui pourrait accéder directement à son jardin à travers la porte de verre, celle-ci ne lui faisant plus obstacle. Le signe que la base de l'esprit ordinaire s'affaiblit est que nous parvenons, sans effort et toujours davantage, à demeurer dans la nature de l'esprit.

Lorsque l'aube de la Luminosité fondamentale se lève, la question cruciale est alors la suivante : dans quelle mesure avons-nous été capables de demeurer dans la nature de l'esprit, d'unir notre nature absolue à notre vie quotidienne et de purifier notre condition ordinaire en l'état de pureté primordiale ?

LA RENCONTRE DES LUMINOSITÉS MÈRE ET FILLE

Il existe une manière de nous préparer parfaitement à reconnaître l'aube de la Luminosité fondamentale au moment de la mort. Ainsi que je l'ai expliqué au chapitre 10 : « L'essence la plus secrète », il s'agit d'accomplir le niveau suprême de méditation, fruit ultime de la pratique du Dzogchen. On appelle cet état « union des deux luminosités » ou encore « fusion des Luminosités mère et fille ».

La Luminosité mère est le nom que nous donnons à la Luminosité fondamentale. Elle est la nature essentielle et intrinsèque de toute chose ; elle est sous-jacente à la totalité de notre expérience et se manifeste dans toute sa splendeur au moment de la mort.

La Luminosité fille, également appelée Luminosité du chemin, est la nature de notre esprit. Cette luminosité, une fois introduite par le maître et reconnue par nous, peut alors être graduellement stabilisée par notre méditation et intégrée toujours davantage dans nos actions. Quand l'intégration est totale, la reconnaissance est totale et nous atteignons la réalisation.

Bien que la Luminosité fondamentale soit notre nature intrinsèque et la nature de toute chose, nous ne la reconnaissons pas et elle demeure pour nous cachée. J'aime penser à la Luminosité fille comme à une clé que le maître nous donne pour nous aider, lorsque l'occasion s'en présentera, à ouvrir la porte menant à la reconnaissance de la Luminosité fondamentale.

Imaginez que vous deviez accueillir une personne à l'aéroport. Si vous ne savez absolument pas à quoi elle ressemble, elle pourra passer juste à côté de vous pendant que vous l'attendez… et vous la manquerez. Par

contre, si vous possédez d'elle une bonne photo et en
avez à l'esprit une image fidèle, vous la reconnaîtrez
dès qu'elle s'approchera de vous.

Une fois que la nature de l'esprit a été introduite et
que vous l'avez reconnue, vous possédez la clé qui
vous permettra de la reconnaître à nouveau. Mais, de
même qu'il vous faut garder sur vous la photo et la
regarder très souvent pour être sûr de reconnaître la
personne que vous allez rencontrer à l'aéroport, ainsi
vous faut-il continuer à approfondir et à stabiliser votre
reconnaissance de la nature de l'esprit par une pratique
régulière. La reconnaissance devient alors si profondément enracinée, elle devient à ce point partie intégrante
de vous-même que vous n'aurez plus besoin de photo.
Lorsque vous rencontrerez la personne, la reconnaissance sera spontanée et immédiate. Ainsi, après avoir
pratiqué assidûment la reconnaissance de la nature de
l'esprit, vous serez capable de reconnaître l'aube de la
Luminosité fondamentale et de vous fondre en elle
lorsqu'elle se lèvera au moment de la mort – aussi
instinctivement, disaient les maîtres du passé, qu'un
petit enfant se précipitant dans les bras de sa mère, de
vieux amis se rencontrant, ou une rivière se jetant dans
la mer.

Ceci s'avère toutefois extrêmement difficile. La
seule manière d'assurer cette reconnaissance est de stabiliser et de parfaire dès à présent la pratique de la
fusion des deux luminosités, alors que nous sommes
en vie. Seuls l'entraînement et l'effort de toute une vie
rendront cette reconnaissance possible. Comme le
disait mon maître Dudjom Rinpoché, si nous ne pratiquons pas dès maintenant la fusion des deux lumino-

sités, rien ne permet d'affirmer que la reconnaissance aura lieu spontanément au moment de la mort.

De quelle manière, précisément, la fusion des deux luminosités sc produit-elle ? C'est une pratique extrêmement profonde et avancée, et il n'est pas lieu de la décrire ici. Mais l'on peut en dire ceci : quand le maître nous introduit à la nature de l'esprit, c'est comme si nous recouvrions la vue après avoir été aveugles à la Luminosité fondamentale inhérente à toute chose. L'introduction faite par le maître éveille en nous un « œil de sagesse » qui nous permet de percevoir clairement la véritable nature de tout ce qui se manifeste, la nature de luminosité – de Claire Lumière – de toutes nos pensées et émotions. Imaginez, une fois la pratique stabilisée et perfectionnée, que notre reconnaissance de la nature de l'esprit devient semblable à un soleil qui flamboie continuellement. Des pensées, des émotions continuent à se manifester, telles des vagues d'obscurité. Mais chaque fois que ces vagues déferlent et rencontrent la lumière, elles se dissolvent immédiatement.

A mesure que nous la développons, cette faculté de reconnaissance devient partie intégrante de notre vision quotidienne. Quand nous serons capables d'intégrer la réalisation de notre nature absolue dans notre expérience de tous les jours, nous aurons davantage de chances de reconnaître réellement la Luminosité fondamentale au moment de la mort.

La preuve que nous détenons ou non cette clé est la manière dont nous regardons nos pensées et nos émotions lorsqu'elles s'élèvent : sommes-nous capables de les pénétrer directement au moyen de la Vue et de reconnaître leur nature de luminosité intrinsèque, ou bien obscurcissons-nous cette nature inhérente par nos réactions instinctives habituelles ?

Quand la base de notre esprit ordinaire est totalement purifiée, c'est comme si nous avions détruit l'entrepôt de notre karma et vidé ainsi la réserve karmique de naissances futures. Toutefois, si nous ne sommes pas parvenus à complètement purifier notre esprit, des vestiges d'habitudes passées et de tendances karmiques demeureront dans cet entrepôt du karma. Ils se manifesteront quand des conditions propices se présenteront, nous projetant dans de nouvelles renaissances.

LA DURÉE DE LA LUMINOSITÉ FONDAMENTALE

L'aube de la Luminosité fondamentale se lève. Pour un pratiquant, elle durera aussi longtemps qu'il pourra demeurer, non distrait, dans l'état de la nature de l'esprit. Pour la plupart des gens cependant, elle ne dure que le temps d'un claquement de doigts et pour certains, disent les maîtres, « le temps d'un repas ». La grande majorité d'entre nous ne la reconnaissent nullement et plongent dans un état d'inconscience qui peut durer jusqu'à trois jours et demi. C'est à ce moment-là que la conscience quitte finalement le corps.

Voilà pourquoi, au Tibet, on a coutume de s'assurer que le corps n'est ni touché ni dérangé durant les trois jours qui suivent la mort. Ceci est particulièrement important dans le cas d'un pratiquant qui peut s'être unifié à la Luminosité fondamentale et reposer alors dans la nature de l'esprit. Je me souviens que chacun prenait grand soin de maintenir une atmosphère silencieuse et paisible autour du corps, surtout quand il s'agissait d'un grand maître ou d'un grand pratiquant, dans le but d'éviter la moindre cause de perturbation.

Mais, même en ce qui concerne une personne ordinaire, le corps n'est habituellement pas déplacé avant un laps de temps de trois jours, car on ne peut jamais savoir si elle a atteint ou non la réalisation, ni à quel moment la conscience a quitté le corps. On dit que si le corps est touché en un endroit quelconque – si l'on fait par exemple une piqûre – la conscience peut être attirée en cet endroit précis. Il se peut qu'elle quitte alors la personne décédée par l'orifice le plus proche au lieu de sortir par la fontanelle, ce qui lui vaudra une renaissance défavorable[*].

Certains maîtres insistent plus que d'autres sur la nécessité de respecter ce délai de trois jours. A strictement parler, il est donc préférable de procéder aux autopsies et aux crémations après ce délai. Toutefois, à notre époque, puisqu'il est souvent difficile, voire impossible, de garder le corps aussi longtemps sans le déplacer, la pratique du p'owa devrait pouvoir être effectuée avant qu'il ne soit touché ou dérangé en aucune façon.

LA MORT D'UN MAÎTRE

Un pratiquant qui a atteint la réalisation continue, au moment de la mort, à reposer dans la reconnaissance de la nature de l'esprit, et s'éveille dans la Luminosité fondamentale lorsque celle-ci se manifeste. Il peut

---

[*] Pour cette raison, il est particulièrement conseillé de ne pas toucher la partie inférieure du corps, ce qui pourrait entraîner une renaissance dans un royaume inférieur.

même demeurer dans cet état pendant plusieurs jours. Certains maîtres et pratiquants meurent dans la position de méditation assise, d'autres adoptent la « posture du lion couché ». Outre leur maintien parfait, d'autres signes indiquent qu'ils reposent dans l'état de la Luminosité fondamentale : leur visage conserve une certaine couleur et un certain éclat, leurs narines ne sont pas pincées, leur peau demeure douce et souple, leur corps ne devient pas rigide, leurs yeux conservent, dit-on, une lueur de douceur et de compassion et l'on sent encore une certaine chaleur au niveau du cœur. On prend grand soin que le corps du maître ne soit pas touché, et le silence est maintenu tant qu'il – ou elle – n'a pas quitté cet état de méditation.

Le grand maître Gyalwang Karmapa, chef de l'une des quatre écoles principales du bouddhisme tibétain, mourut en 1981 dans un hôpital aux Etats-Unis. Sa bonne humeur et sa compassion constantes faisaient de lui une source d'inspiration extraordinaire pour tous ceux qui l'entouraient. Le chirurgien responsable du service, le Dr Ranulfo Sanchez, déclara :

Personnellement, je ressentais que Sa Sainteté n'était pas un homme ordinaire. Quand il vous regardait, c'était comme s'il vous scrutait à l'intérieur, comme s'il pouvait voir à travers vous. Je fus extrêmement frappé par la façon dont il me regardait et semblait comprendre tout ce qui se passait. Presque tous ceux qui, à l'hôpital, eurent un contact avec lui ont été impressionnés par Sa Sainteté. A de nombreuses reprises, alors que nous croyions sa mort imminente, il nous souriait et nous disait que nous nous trompions, et son état s'améliorait...

Sa Sainteté ne prit jamais aucun médicament contre la douleur. Nous, les médecins, le regardions et comprenions qu'il devait endurer de grandes souffrances. Nous lui demandions alors : « Souffrez-vous beaucoup aujourd'hui ? » Il répondait : « Non. » Vers la fin, nous savions qu'il percevait notre anxiété et cela devenait un sujet de plaisanterie. Nous lui demandions : « Souffrez-vous ? » et lui répondait, avec son sourire empreint d'une grande bonté : « Non ! »

Toutes ses fonctions vitales étaient très faibles. Je lui fis une piqûre... afin qu'il puisse communiquer dans ses derniers moments. Je quittai la chambre pendant quelques minutes alors qu'il conversait avec les tulkus et leur donnait l'assurance qu'il n'avait pas l'intention de mourir ce jour-là. Quand je revins cinq minutes plus tard, il était assis bien droit, les yeux grands ouverts, et il dit d'une voix claire : « Bonjour ! Comment allez-vous ? »

Toutes ses fonctions vitales étaient revenues et, une demi-heure plus tard, il était assis dans son lit, parlant et riant. D'un point de vue médical, ceci est sans précédent. Les infirmières étaient blêmes. L'une d'elles releva sa manche pour me montrer son bras : elle avait la chair de poule.

Le personnel infirmier remarqua qu'après sa mort, le corps du Karmapa ne subissait pas le processus habituel de rigidité et de décomposition caractéristique, mais semblait demeurer dans l'état exact où il se trouvait au moment de sa mort. Après quelque temps, on se rendit compte que la région du cœur conservait une certaine chaleur. Le Dr Sanchez raconte :

Je me rendis dans sa chambre trente-six heures environ après son décès. Je tâtai la région du cœur : elle était plus chaude que le reste du corps. Il n'y a à cela aucune explication médicale[1].

Certains maîtres expirent dans la posture de méditation assise, le corps se soutenant de lui-même. Kalou Rinpoché mourut en 1989 dans son monastère de l'Himalaya, entouré de plusieurs maîtres, d'un médecin et d'une infirmière. Son disciple le plus proche écrivit :

Rinpoché essaya de s'asseoir de lui-même, mais il eut de la peine à le faire. Lama Gyaltsen, sentant que le moment était peut-être venu et que ne pas être assis pouvait éventuellement créer un obstacle à Rinpoché, soutint son dos pour qu'il puisse s'asseoir. Rinpoché me tendit la main et je l'aidai aussi. Il voulait s'asseoir absolument droit, et il le dit et l'exprima par un geste de la main. Le médecin et l'infirmière en furent très contrariés. Aussi Rinpoché relâcha-t-il quelque peu son attitude. Il demeura néanmoins en position de méditation... Plaçant ses mains dans la posture, Rinpoché entra en méditation, les yeux ouverts et le regard tourné vers l'extérieur ; ses lèvres remuaient doucement. Un profond sentiment de paix et de bonheur s'établit alors en nous tous et pénétra nos esprits. Tous ceux d'entre nous alors présents sentirent que ce bonheur indescriptible qui les envahissait n'était que le pâle reflet de ce qui emplissait l'esprit de Rinpoché. Lentement, son regard et ses paupières s'abaissèrent, et sa respiration cessa[2].

Je me souviendrai toujours de la mort de mon maître bien-aimé, Jamyang Khyentsé Chökyi Lodrö, durant l'été 1959. Pendant la dernière partie de sa vie, il essaya de quitter son monastère aussi peu que possible. Des maîtres de toutes les traditions accouraient à lui pour recevoir ses enseignements, et les détenteurs de toutes les lignées venaient lui demander des instructions, car il était la source de leur transmission. Le monastère de Dzongsar, où il vivait, devint alors l'un des centres d'activité spirituelle les plus vibrants du Tibet, rythmé par les arrivées et les départs de tous les grands lamas. Dans la région, la parole de Jamyang Khyentsé faisait loi. Il était un si grand maître que presque tous les habitants étaient ses disciples, à tel point qu'il avait le pouvoir de mettre fin aux guerres civiles simplement en menaçant de retirer sa protection spirituelle aux combattants des deux camps.

Malheureusement, l'étau de l'envahisseur chinois se resserrait et la situation dans la province du Kham se détériorait rapidement. Malgré mon jeune âge, je pressentis l'imminence du danger. En 1955, mon maître reçut certains signes lui indiquant qu'il fallait quitter le Tibet. Il se rendit d'abord en pèlerinage aux sites sacrés du centre et du sud du pays puis, afin de réaliser un souhait profond de son propre maître, effectua un pèlerinage aux lieux sacrés de l'Inde, où je l'accompagnai. Nous espérions tous que la situation dans le Tibet oriental s'améliorerait durant notre absence. Mais, ainsi que je le compris plus tard, la décision de partir de mon maître fut interprétée, tant par de nombreux lamas que par des personnes du commun, comme le signe que le Tibet était perdu. Et cela leur permit de s'échapper à temps.

Mon maître avait reçu une invitation de longue date à se rendre au Sikkim, petite contrée himalayenne et l'une des terres sacrées de Padmasambhava. Etant donné que Jamyang Khyentsé était l'incarnation du plus grand saint du Sikkim, le roi de ce pays l'avait prié d'y venir enseigner et, par sa présence, de bénir le pays. Quand ils apprirent que Jamyang Khyentsé s'y trouvait, de nombreux maîtres vinrent du Tibet afin de recevoir ses enseignements, emportant avec eux des écritures et des textes rares qui, sinon, n'auraient peut-être pas été sauvés. Jamyang Khyentsé était le maître des maîtres, et le temple du palais où il résidait redevint un centre spirituel important. A mesure que la situation au Tibet devenait de plus en plus désastreuse, un nombre grandissant de lamas se rassemblait autour de lui.

On dit parfois que les grands maîtres qui enseignent beaucoup ne vivent pas très longtemps, presque comme s'ils attiraient sur eux tous les obstacles à l'enseignement spirituel. Il existait des prophéties indiquant que, si mon maître avait renoncé à enseigner et s'il avait voyagé anonymement en ermite dans les endroits reculés du pays, il aurait vécu beaucoup plus longtemps. En fait, c'est ce qu'il essaya de faire : lorsque nous quittâmes le Kham pour la dernière fois, il laissa derrière lui toutes ses possessions et partit en grand secret, dans l'intention de faire un pèlerinage et de ne pas enseigner. Mais les gens, où qu'il allât, le priaient de donner des enseignements et des initiations dès qu'ils découvraient son identité. Sa compassion était si grande que, tout en sachant ce qu'il risquait, il sacrifia sa propre vie pour continuer à enseigner.

Ce fut donc au Sikkim que Jamyang Khyentsé tomba malade, au moment même où nous apprenions la terrible nouvelle de la chute finale du Tibet. Tous les plus grands lamas, les plus importants détenteurs des lignées, arrivèrent l'un après l'autre pour lui rendre hommage. Prières et rituels de longue vie furent effectués nuit et jour. Tous y prirent part. Nous le suppliâmes de continuer à vivre, car un maître de son envergure détient le pouvoir de décider du moment de quitter son corps. Allongé sur son lit, il se contenta d'accepter toutes nos offrandes en riant, et déclara avec un sourire entendu : « D'accord, juste pour que ce soit de bon augure, je vais dire que je vivrai. »

Le premier indice que nous eûmes de sa mort prochaine nous fut donné par Gyalwang Karmapa. Mon maître avait dit au Karmapa que l'œuvre de sa vie était achevée et qu'il avait décidé de quitter ce monde. L'un des assistants proches de Jamyang Khyentsé fondit en larmes quand le Karmapa le lui révéla, et c'est ainsi que nous en fûmes informés. Sa mort survint finalement juste après que nous fut parvenue la nouvelle de l'occupation par les Chinois des trois monastères les plus importants du Tibet, Sera, Drepung et Ganden. Que ce grand être, l'incarnation du bouddhisme tibétain, parte au moment même où le Tibet s'effondrait, apparut comme un symbole tragique.

Jamyang Khyentsé Chökyi Lodrö nous quitta à trois heures du matin, le sixième jour du cinquième mois de l'année tibétaine. Dix jours auparavant, alors que nous faisions toute une nuit de pratique pour prolonger sa vie, un violent tremblement de terre avait soudain ébranlé le sol. Selon les sutras bouddhistes, c'est là un signe indiquant la mort imminente d'un être éveillé[3].

Pendant les trois jours qui suivirent, le secret absolu fut gardé et l'on ne permit à personne de savoir que Khyentsé était mort. On me dit simplement que son état avait empiré et on me demanda d'aller dormir dans une autre chambre, plutôt que dans la sienne comme j'en avais l'habitude. Lama Chokden, son plus proche serviteur et maître de cérémonie, avait été à ses côtés depuis plus longtemps que tout autre parmi nous. C'était un homme taciturne et sérieux, un ascète. Il avait les yeux perçants et les joues creuses, et son maintien était à la fois digne, élégant et humble. Il était réputé pour son intégrité foncière, son humanité profonde et droite, sa courtoisie de cœur et sa mémoire extraordinaire. Il semblait se rappeler chaque parole de mon maître, chaque histoire qu'il avait racontée, et connaissait les moindres détails des rituels les plus complexes, ainsi que leur signification. C'était également un pratiquant exemplaire et un maître lui aussi. Nous regardions Lama Chokden continuer à porter les repas de mon maître dans sa chambre, mais l'expression de son visage était sombre. Nous lui demandions sans cesse comment allait Khyentsé et recevions pour seule réponse : « Pas de changement. » Certaines traditions insistent sur l'importance, après la mort d'un maître, de garder le secret tant que celui-ci demeure en méditation. Comme je l'ai dit, nous apprîmes donc seulement trois jours plus tard qu'il avait expiré.

Le gouvernement indien envoya alors un télégramme à Pékin. De là, le message fut transmis au monastère de mon maître au Tibet, où de nombreux moines étaient en larmes car ils savaient déjà – l'on ne sait comment – que celui-ci vivait ses derniers instants.

Juste avant notre départ du monastère, Jamyang Khyentsé avait fait la promesse mystérieuse de revenir une fois avant de mourir. Et c'est ce qu'il fit. Le Jour de l'An de cette année-là, six mois environ avant sa mort, pendant une danse rituelle, une vision de lui était apparue dans le ciel à plusieurs des moines les plus âgés, vision semblable en tout point à ce qu'il avait été. Mon maître avait fondé au monastère un collège d'étude, renommé pour avoir formé certains des plus grands érudits de notre époque. Dans le temple principal se trouvait une immense statue de Maitreya, le Bouddha à venir. Un matin de bonne heure, peu de temps après le Jour de l'An où la vision était apparue dans le ciel, le gardien du temple avait ouvert la porte : Jamyang Khyentsé était assis là, dans le giron du Bouddha Maitreya.

Mon maître expira dans la « posture du lion couché ». Tous les signes attestaient qu'il était toujours en état de méditation, aussi personne ne toucha le corps pendant trois jours entiers. Je n'oublierai jamais l'instant où il sortit de sa méditation : ses narines s'affaissèrent, toute couleur quitta son visage et sa tête tomba légèrement sur le côté. Jusqu'à cet instant, son corps avait conservé un certain maintien, une certaine force et une certaine vie.

Le soir était tombé quand nous lavâmes le corps, l'habillâmes et le transportâmes de la chambre au temple principal du palais. Une foule de gens s'y trouvait déjà, défilant autour du temple en signe de respect.

Un événement extraordinaire se produisit alors. Une lumière incandescente et laiteuse, semblable à un léger brouillard lumineux, apparut et se répandit partout peu à peu. A l'extérieur du temple du palais se trouvaient quatre puissantes lumières électriques. D'habitude, à ce moment de la journée, elles brillaient fortement car il faisait déjà sombre à sept heures du soir. Elles furent cependant éclipsées par cette lumière mystérieuse. Apa Pant, qui était alors en mission diplomatique au Sikkim, fut le premier à téléphoner pour demander ce que cela pouvait bien être. Par la suite, il y eut de nombreux autres appels : cette étrange lumière surnaturelle fut observée par des centaines de personnes. Un des maîtres présents nous dit alors qu'une telle manifestation de lumière indique, d'après les tantras, qu'un être entre dans la Bouddhéité.

Il avait été prévu, au départ, que le corps de Jamyang Khyentsé serait conservé dans le temple du palais pendant une semaine. Mais, très vite, des télégrammes de ses disciples commencèrent à arriver. Nous étions en 1959 et bon nombre d'entre eux, parmi lesquels Dilgo Khyentsé Rinpoché, venaient d'arriver en exil après un long et dangereux périple pour fuir le Tibet. Tous demandèrent instamment que le corps soit gardé plus longtemps afin qu'ils aient la possibilité de le revoir. Nous le gardâmes donc deux semaines de plus. Il y avait chaque jour quatre sessions différentes de prières auxquelles participaient des centaines de moines ; elles étaient conduites par des lamas de toutes les écoles et souvent présidées par les détenteurs des lignées. Des centaines de milliers de lampes à beurre furent offertes. Comme le corps ne dégageait aucune odeur et n'entrait toujours pas dans sa phase de décomposition, nous le gardâmes une semaine encore. Bien qu'en Inde la chaleur soit écrasante en été, les semaines s'écoulaient et le corps continuait à ne présenter aucun signe de dégradation. Finalement, nous gardâmes le corps de Jamyang Khyentsé pendant six mois. Toute une atmosphère d'enseignement et de pratique se développa alors en sa présence sacrée : des instructions que Jamyang Khyentsé avait commencé à donner et qui étaient restées incomplètes à sa mort furent achevées par ses plus anciens disciples et un très grand nombre de moines reçurent l'ordination.

Nous conduisîmes finalement le corps au lieu choisi par Jamyang Khyentsé pour sa crémation, Tashiding. Situé au sommet d'une colline, c'est l'un des sites les plus sacrés du Sikkim. Tous les disciples s'y rendirent et, bien que la coutume en Inde veuille que les travaux manuels pénibles soient exécutés par des travailleurs salariés, nous construisîmes nous-mêmes le stupa qui devait abriter ses reliques. Chacun d'entre nous, jeune ou vieux, depuis un maître tel que Dilgo Khyentsé Rinpoché jusqu'à la personne la plus ordinaire, porta des pierres au sommet de la colline et participa de ses mains nues à la construction de l'édifice. C'était le plus grand témoignage de la dévotion qu'il inspirait.

Les mots ne parviendront jamais à exprimer la perte que fut la mort de Jamyang Khyentsé. En quittant le Tibet, ma famille et moi avions perdu toutes nos terres et tous nos biens, mais j'étais trop jeune pour y être attaché. La mort de Jamyang Khyentsé, par contre, fut une perte si immense que je la pleure encore aujourd'hui, après tant d'années. J'avais vécu toute mon enfance dans la clarté lumineuse de sa présence. J'avais dormi dans un petit lit au pied du sien et, durant de nombreuses années, je m'étais éveillé au murmure de ses prières matinales et au cliquetis de son mala –

son rosaire bouddhique. Ses paroles, ses enseignements, le rayonnement intense et paisible de sa présence, son sourire, sont pour moi des souvenirs inoubliables. Il est l'inspiration de ma vie et c'est sa présence, ainsi que celle de Padmasambhava, que j'invoque chaque fois que je me trouve en difficulté ou que j'enseigne. Sa mort fut une perte incalculable pour le monde et pour le Tibet. Il était l'âme du bouddhisme. Il me donnait le sentiment – tout comme Dilgo Khyentsé Rinpoché – que si le bouddhisme devait être détruit, il en assurerait à lui seul la pérennité. Avec la disparition de Jamyang Khyentsé, ce fut toute une époque qui disparut – et parfois, me semble-t-il, toute une dimension de connaissance et de pouvoir spirituels.

Jamyang Khyentsé n'avait que soixante-sept ans lorsqu'il mourut. Je me demande souvent en quoi l'avenir entier du bouddhisme tibétain aurait été différent s'il avait vécu pour en inspirer le développement – en exil comme en Occident – avec la même autorité et le même respect infini pour toutes les traditions et toutes les lignées, qui l'avaient fait tant aimer de tous au Tibet. Parce qu'il était le maître des maîtres et que les détenteurs des lignées de toutes les traditions avaient reçu de lui initiations et instructions et le vénéraient comme leur « maître-racine », il parvenait très naturellement à les rassembler tous dans un esprit fervent d'harmonie et de coopération.

Et cependant, un grand maître ne meurt jamais. Jamyang Khyentsé est ici ; il m'inspire alors que j'écris ces lignes. Il est la force, l'âme de ce livre et de tous mes enseignements. Il est le fondement, la base et l'esprit de tout ce que je fais. C'est lui qui continue, au

plus profond de moi, à me montrer le chemin. Sa bénédiction et la confiance qu'elle me donne sont toujours
avec moi, me guidant à travers toutes les difficultés que
je rencontre tandis que j'essaie, de mon mieux, de
représenter la tradition dont il était un représentant si
sublime. Son noble visage est encore plus présent pour
moi aujourd'hui que le visage de tout être vivant, et je
vois toujours dans ses yeux cette lumière de sagesse et
de compassion transcendantes qu'aucun pouvoir, sur
terre ou dans les cieux, ne saurait éclipser.

Vous tous qui lisez ce livre, puissiez-vous en venir à
le connaître quelque peu comme je le connais moi-
même, puissiez-vous être inspirés comme je l'ai été
par le dévouement de sa vie et par la splendeur de sa
mort, puissiez-vous trouver dans son exemple de total
dévouement au bien des êtres, le courage et la sagesse
qui vous seront nécessaires afin d'œuvrer à la vérité en
cet âge !

DIX-SEPT

Le rayonnement intrinsèque

Quand l'aube de la Luminosité fondamentale se
lèvera au moment de la mort, un pratiquant expérimenté saura maintenir une pleine conscience et se
fondre en elle, atteignant par là même la libération. Si
toutefois nous ne reconnaissons pas la Luminosité fondamentale, nous entrerons alors dans le bardo suivant,
le bardo lumineux de la dharmata.

L'enseignement sur le bardo de la dharmata est une
instruction très particulière, spécifique à la pratique
Dzogchen et conservée précieusement au cœur des
enseignements Dzogchen au cours des siècles. J'ai
tout d'abord éprouvé quelque réticence à rendre public
cet enseignement sacré entre tous ; en vérité, s'il
n'existait pas de précédent, je ne l'aurais peut-être pas
fait. Cependant, le *Livre des Morts tibétain* et un certain nombre d'autres ouvrages qui font référence au
bardo de la dharmata ont déjà été publiés, donnant
parfois lieu à des conclusions naïves. Il me semble
extrêmement important et tout à fait opportun de fournir des éclaircissements simples et directs sur ce bardo,
en le replaçant dans son contexte authentique. Je veux
insister sur le fait que je n'ai pas présenté en détail les

pratiques avancées qui en font partie : en effet, aucune de ces pratiques ne peut, en aucune circonstance, être accomplie utilement si l'on ne bénéficie pas des instructions et des conseils d'un maître qualifié et si l'on ne maintient pas envers lui un engagement et un lien totalement purs.

Je me suis référé à de nombreuses sources différentes afin que ce chapitre, que je considère comme l'un des plus importants de ce livre, soit aussi limpide que possible. J'espère qu'il permettra à certains d'entre vous d'établir un lien avec cet enseignement extraordinaire, qu'il vous incitera à approfondir votre recherche et à entreprendre vous-même une pratique.

LES QUATRE PHASES DE LA DHARMATA

Le mot sanscrit *dharmata*, *chö nyi* en tibétain, signifie la nature intrinsèque de toute chose, l'essence des choses en tant que telles. La dharmata est la vérité nue, non conditionnée, la nature de la réalité, la vraie nature de l'existence phénoménale. Le propos de ce chapitre est fondamental pour une compréhension totale de la nature de l'esprit et de la nature de toute chose.

La fin du processus de dissolution et l'aube de la Luminosité fondamentale ont ouvert une dimension entièrement nouvelle qui commence maintenant à se déployer. Il me semble utile, pour la compréhension, de comparer cela à la manière dont la nuit fait peu à peu place au jour. Le stade final du processus de dissolution au moment de la mort est caractérisé par l'expérience de ténèbres marquant la phase du « plein accomplissement ». Elle est décrite comme « un ciel plongé dans l'obscurité ». L'aube de la Luminosité fondamentale est semblable à la clarté d'un ciel dégagé, juste avant l'aurore. Puis le soleil de la dharmata se lève peu à peu dans toute sa splendeur, illuminant les contours du paysage dans toutes les directions. Le rayonnement naturel de Rigpa se manifeste spontanément dans un embrasement d'énergie et de lumière.

De même que le soleil s'élève dans le ciel clair et vide, toutes les apparitions lumineuses du bardo de la dharmata s'élèvent à partir de l'espace omnipénétrant de la Luminosité fondamentale. Nous appelons « présence spontanée » ce déploiement de sons, de lumières et de couleurs, car il est toujours intrinsèquement présent au sein de l'étendue de la « pureté primordiale », qui constitue sa base.

Nous assistons ici à un processus de déploiement au sein duquel l'esprit et sa nature fondamentale se révèlent, graduellement, de plus en plus. Le bardo de la dharmata est une étape de ce processus. En effet, l'esprit, depuis son état le plus pur – la Luminosité fondamentale – se déploie maintenant dans cette dimension de lumière et d'énergie, avant de se manifester en tant que forme dans le bardo suivant, celui du devenir.

Il me semble extrêmement significatif que, selon la physique moderne, la matière s'avère, à l'examen, un océan d'énergie et de lumière. « Aussi la matière est-elle, pour ainsi dire, de la lumière condensée ou figée... aussi toute matière est-elle une condensation de lumière en des schèmes se déplaçant d'avant en arrière à des vitesses moyennes inférieures à celle de la lumière », note David Bohm. La physique moderne envisage également la lumière sous plusieurs aspects.

« Elle est énergie et elle est aussi information – contenu, forme et structure. Elle est le potentiel de tout[1]. »

Le bardo de la dharmata comprend quatre phases qui offrent chacune une opportunité de libération. Si l'occasion n'est pas saisie lors d'une phase, la suivante se déploiera. L'explication que je donne ici de ce bardo trouve son origine dans les tantras du Dzogchen ; il y est enseigné que seul Tögal, la pratique avancée de la luminosité, permet de comprendre pleinement la signification véritable du bardo de la dharmata. Par conséquent, dans les autres cycles d'enseignement sur la mort que l'on peut trouver dans la tradition tibétaine, ce bardo n'occupe pas une place aussi importante. Même dans le *Livre des Morts tibétain*, qui fait lui aussi partie des enseignements Dzogchen, la succession de ces quatre phases n'est qu'implicite, comme si elle était légèrement occultée, et elle n'apparaît pas selon un plan aussi clair et systématique.

Je dois souligner, cependant, que les mots ne pourront jamais donner autre chose qu'une représentation conceptuelle de ce qui peut se produire dans le bardo de la dharmata. Ce qui apparaît lors de ce bardo demeurera une image conceptuelle tant que le pratiquant n'aura pas perfectionné sa pratique de Tögal ; alors, chaque détail de ce que je m'apprête à décrire deviendra une expérience personnelle indubitable. Ce que je voudrais ici, tout en parachevant ma description de l'ensemble des bardos, c'est vous laisser entrevoir qu'une dimension aussi étonnante et merveilleuse pourrait fort bien exister en réalité. J'espère aussi profondément que cet exposé complet pourra, en quelque sorte, être pour vous un rappel au moment où vous traverserez le processus de la mort.

1. *La Luminosité – le paysage de lumière.*

Dans le bardo de la dharmata, vous prenez un corps de lumière. La première phase de ce bardo a lieu lorsque « l'espace se dissout en luminosité ».

Vous devenez soudain conscient d'un monde fluide et vibrant de sons, de lumières et de couleurs. Toutes les caractéristiques ordinaires de votre environnement familier se fondent en un paysage de lumière qui embrasse tout. Il est étincelant de clarté et de splendeur, transparent et multicolore, sans aucune limite de dimension ou de direction, chatoyant et perpétuellement en mouvement. Le *Livre des Morts tibétain* le décrit comme « semblable à un mirage au-dessus d'une plaine, dans la chaleur de l'été ». Ses couleurs sont l'expression naturelle des qualités élémentales intrinsèques de l'esprit : l'espace est perçu comme lumière bleue, l'eau comme lumière blanche, la terre comme lumière jaune, le feu comme lumière rouge et le vent comme lumière verte.

La stabilité de ces apparitions lumineuses éblouissantes dans le bardo de la dharmata dépendra entièrement de la stabilité que vous aurez réussi à acquérir dans votre pratique de Tögal. Seule une réelle maîtrise de cette pratique vous permettra de stabiliser l'expérience et de l'utiliser pour atteindre la libération. Sinon, le bardo de la dharmata passera comme un éclair et vous ne saurez même pas qu'il a eu lieu. Permettez-moi de souligner à nouveau que seul un pratiquant de Tögal sera capable de parvenir à cette reconnaissance importante entre toutes, à savoir que les manifestations rayonnantes de la lumière n'ont pas d'existence distincte de la nature de l'esprit.

2. *L'Union : les déités.*

Si vous ne parvenez pas à reconnaître ceci comme le déploiement spontané de Rigpa, les rayons et les couleurs simples commencent à se regrouper et à fusionner en points ou sphères de lumière de différentes tailles, appelés *tiglés*. Parmi eux apparaissent les « mandalas des déités paisibles et courroucées », sous l'aspect d'immenses concentrations sphériques de lumière qui semblent occuper la totalité de l'espace.

Ceci constitue la deuxième phase, que l'on appelle « la dissolution de la luminosité dans l'union » ; la luminosité se manifeste alors sous forme de bouddhas ou de déités de tailles, couleurs et formes diverses, tenant à la main différents attributs. La lumière éclatante qui en émane est éblouissante et aveuglante, le son est formidable et semblable au grondement de mille tonnerres, et les rayons et faisceaux de lumière sont pareils à des rayons laser, transperçant toute chose.

Telles sont les « quarante-deux déités paisibles et les cinquante-huit déités courroucées » décrites dans *Le Livre des Morts tibétain*. Leur apparition se déploie sur un certain nombre de « jours », et elles s'assemblent selon la structure caractéristique de leur mandala, par groupes de cinq. Cette vision emplit la totalité de votre perception avec une telle intensité que, si vous êtes incapable de la reconnaître pour ce qu'elle est, elle vous apparaît sous un jour terrifiant et menaçant. Vous pouvez être dévoré par une peur indicible et une terreur aveugle, et vous évanouir.

Des rais de lumière très fins jaillissent de vous-même et des déités, unissant leur cœur au vôtre. D'innombrables sphères lumineuses apparaissent dans ces rayons ; elles s'accroissent puis « s'enroulent vers le haut » tandis que toutes les déités se dissolvent en vous.

3. *La Sagesse.*

Si, cette fois encore, vous ne réussissez pas à « reconnaître » et à acquérir la stabilité, se déploie alors la phase suivante, appelée « dissolution de l'union dans la sagesse ».

Un mince rai de lumière jaillit à nouveau de votre cœur et donne naissance à une vision immense dont chaque détail, cependant, est distinct et précis. Ceci est le déploiement des divers aspects de la sagesse qui apparaissent ensemble en une manifestation de tapis de lumière déroulés et de tiglés sphériques, lumineux et resplendissants.

Tout d'abord, sur un tapis de lumière d'un bleu profond, apparaissent par groupes de cinq des tiglés chatoyants de couleur bleu saphir. Au-dessus, sur un tapis de lumière blanche, surgissent des tiglés éclatants, d'une blancheur cristalline. Au-dessus encore, sur un tapis de lumière jaune, apparaissent des tiglés dorés et toujours au-dessus, un tapis de lumière rouge porte des tiglés rouge rubis. Ils sont couronnés par une sphère resplendissante, semblable à un dais déployé fait de plumes de paon.

Ce déploiement éclatant de lumière est la manifestation des cinq sagesses : la sagesse de l'espace qui embrasse tout, la sagesse semblable au miroir, la sagesse de l'égalité, la sagesse du discernement et la sagesse qui accomplit tout. Mais puisque cette dernière atteint sa perfection *seulement* au moment de l'éveil, elle n'apparaît pas encore, d'où l'absence de tapis de lumière et de tiglés verts ; ils sont cependant contenus en puissance dans les autres couleurs. Ce qui se manifeste ici est notre potentiel d'éveil ; quant à la sagesse qui accomplit tout, elle apparaîtra seulement au moment où nous atteindrons l'état de bouddha.

Si vous ne parvenez pas alors à la libération, en demeurant sans distraction dans la nature de l'esprit, les tapis de lumière, les tiglés et votre Rigpa se dissolvent tous dans la sphère de lumière resplendissante semblable à un dais de plumes de paon.

4. *La Présence spontanée.*

Ceci annonce la phase finale du bardo de la dharmata, « la dissolution de la sagesse dans la présence spontanée ». Maintenant, la totalité de la réalité se présente en un seul déploiement extraordinaire. Tout d'abord, l'état de pureté primordiale se lève comme un ciel limpide. Puis les déités paisibles et courroucées apparaissent, suivies par les purs royaumes des bouddhas et, au-dessous d'eux, les six mondes de l'existence samsarique.

L'immensité de cette vision dépasse totalement notre imagination ordinaire. Chaque possibilité est présente, de la sagesse à la confusion et de la libération à la renaissance. A ce moment précis, vous ferez l'expérience d'être investi de pouvoirs de perception et de mémoire extraordinaires. Dans une clairvoyance totale, sans que rien ne vienne limiter vos perceptions sensorielles, vous connaîtrez par exemple vos vies passées et futures, vous lirez dans l'esprit d'autrui et aurez connaissance des six mondes d'existence. En un éclair, vous vous souviendrez avec précision de tous les enseignements que vous avez pu entendre, et certains enseignements que vous n'avez jamais entendus s'éveilleront même dans votre esprit.

Puis la vision entière se dissoudra à nouveau dans son essence originelle, « comme une tente qui s'affaisse une fois coupées les cordes qui la maintenaient en place ».

Si vous possédez la stabilité qui vous permettra de reconnaître ces manifestations comme le « rayonnement intrinsèque » de votre propre Rigpa, vous serez libéré. Mais, sans l'expérience de la pratique de Tögal, vous serez incapable de soutenir les visions des déités, « aussi éblouissantes que le soleil ». Au contraire, à cause des tendances habituelles de vos vies passées, votre regard sera attiré plus bas, vers les six mondes. Ce sont eux que vous reconnaîtrez et qui vous attireront à nouveau dans le piège de l'illusion.

Dans le *Livre des Morts tibétain*, des périodes comptées en un certain nombre de jours sont attribuées aux expériences du bardo de la dharmata. Il ne s'agit pas de jours solaires de vingt-quatre heures, car dans le domaine de la dharmata, de telles limites de temps et

d'espace sont totalement transcendées. Ce sont des
« jours de méditation » et ils se réfèrent au temps que
nous avons pu passer, sans distraction, dans la nature
de l'esprit, ou dans un même état d'esprit. Si nous
n'avons pas acquis de stabilité dans notre pratique de
la méditation, ces jours pourront être extrêmement
courts, et l'apparition des déités paisibles et courroucées si fugace que nous ne nous rendrons peut-être
même pas compte qu'elle a eu lieu.

COMPRENDRE LA DHARMATA

*Maintenant que le bardo de la dharmata se lève sur
moi,*
J'abandonne toute peur et toute terreur,
*Je reconnais dans tout ce qui apparaît le déploie-
ment de mon propre Rigpa,*
*Et sais qu'il s'agit d'une apparition naturelle de ce
bardo ;*
Maintenant que j'ai atteint ce point crucial,
*Je ne crains ni les déités paisibles ni les courrou-
cées, qui s'élèvent de la nature de mon propre
esprit.*

Savoir que toutes les expériences qui s'élèvent dans
ce bardo sont le rayonnement naturel de la nature de
notre esprit est la clé qui nous permet de le comprendre. Nous assistons ici à la libération des différents
aspects de son énergie d'éveil. De même que les arcs-
en-ciel dansants réfractés par un cristal sont la manifestation naturelle du cristal, ainsi les apparitions éblouissantes de la dharmata ne peuvent être dissociées de la

nature de l'esprit. *Elles en sont l'expression spontanée.* Ainsi, quelque terrifiantes que puissent être ces apparitions, nous dit le *Livre des Morts tibétain*, elles n'ont pas plus de raison de vous effrayer qu'un lion empaillé.

A strictement parler, cependant, il serait erroné d'appeler ces apparitions « visions », ou même « expériences » ; en effet, visions et expériences reposent sur une relation dualiste entre un esprit qui perçoit et un objet perçu. Si nous pouvons reconnaître les apparitions du bardo de la dharmata comme l'énergie de sagesse de notre propre esprit, il n'y a pas de différence entre celui qui perçoit et l'objet perçu, et nous faisons alors une expérience de non-dualité. Pénétrer complètement dans cette expérience, c'est atteindre la libération. Kalou Rinpoché dit en effet : « Dans l'état qui suit la mort, la libération se produit au moment où la conscience parvient à reconnaître que ses expériences ne sont autres que l'esprit lui-même[2]. »

Toutefois, dès lors que nous ne sommes plus maintenus et protégés par un corps physique et un monde matériel, les énergies de la nature de l'esprit libérées dans l'état du bardo peuvent revêtir à nos yeux une accablante réalité et paraître avoir une existence objective. Elles semblent occuper le monde extérieur qui nous entoure. Et sans la stabilité de la pratique, nous n'avons aucune connaissance d'une réalité non duelle, non dépendante de notre propre perception. Dès que nous commettons l'erreur de considérer les apparitions comme distinctes de nous, comme des « visions extérieures », nous y réagissons par la peur ou l'espoir, ce qui nous conduit dans l'illusion.

La reconnaissance, qui était la clé de la libération lors de l'aube de la Luminosité fondamentale, l'est également dans le bardo de la dharmata. Mais ici, c'est la reconnaissance du *rayonnement intrinsèque de Rigpa* – l'énergie manifestée de la nature de l'esprit – qui sera déterminante quant à notre libération ou à la poursuite du cycle incontrôlé des renaissances. Prenons, par exemple, l'apparition des cent déités paisibles et courroucées, qui se produit lors de la deuxième phase de ce bardo. Elle est constituée des bouddhas des cinq familles, de leurs parèdres, des bodhisattvas masculins et féminins, des bouddhas des six mondes, ainsi que d'un certain nombre de déités courroucées et protectrices. Tous apparaissent au milieu de l'éclatante lumière des cinq sagesses.

Comment devons-nous comprendre ces bouddhas et ces déités ? « Chacune de ces formes pures est la manifestation, vue à partir de la perspective de l'éveil, d'une partie de notre expérience impure[3]. » Les cinq bouddhas masculins sont l'aspect pur des cinq agrégats de l'ego. Leurs cinq sagesses sont l'aspect pur des cinq émotions négatives. Les cinq bouddhas féminins sont les pures qualités élémentales de l'esprit, que nous connaissons comme les éléments impurs de notre corps et de notre environnement physiques. Les huit bodhisattvas masculins sont l'aspect pur des différents types de conscience, et les huit bodhisattvas féminins l'objet de ces consciences.

Que ce soit la vision pure des familles de bouddhas et de leurs sagesses qui se manifeste, ou bien la vision impure des agrégats et des émotions négatives, ces visions sont toutes deux intrinsèquement identiques dans leur nature fondamentale. Ce qui les distingue est *la façon dont nous les reconnaissons* : réalisons-nous, ou non, qu'elles surgissent du fondement même de la nature de l'esprit, en tant qu'expression de son énergie d'éveil ?

Prenons par exemple ce qui se manifeste dans notre esprit ordinaire comme une pensée de *désir* : si nous reconnaissons sa vraie nature, elle s'élève, exempte de tout attachement, en tant que « sagesse du discernement ». La haine et la *colère*, lorsqu'elles sont réellement reconnues, se manifestent en tant que clarté adamantine libre d'attachement ; c'est la « sagesse semblable au miroir ». Quand l'*ignorance* est reconnue, elle se manifeste en tant que clarté vaste et naturelle, dénuée de concepts : c'est la « sagesse de l'espace qui embrasse tout ». L'*orgueil*, lorsqu'il est reconnu, est perçu comme non-dualité et égalité : c'est la « sagesse de l'égalité ». La *jalousie*, une fois reconnue, est libérée de sa partialité et de son caractère possessif, et s'élève comme « la sagesse qui accomplit tout ». Ainsi, les cinq émotions négatives se manifestent comme le résultat direct de notre non-reconnaissance de leur nature véritable. Lorsqu'elles sont réellement reconnues, elles sont purifiées et libérées et se révèlent n'être autres que le déploiement des cinq sagesses.

Si vous ne réussissez pas à reconnaître les lumières éclatantes de ces sagesses dans le bardo de la dharmata, la saisie dualiste infiltrera alors votre « perception », de même – dit un maître – qu'une personne gravement malade, souffrant d'une forte fièvre, sera en proie au délire et à toutes sortes d'hallucinations. Si, par exemple, vous ne reconnaissez pas la lumière rouge rubis de la sagesse du discernement, elle vous apparaîtra comme du feu, car elle est l'essence pure de l'élément feu ; si vous ne reconnaissez pas la vraie nature du rayonnement doré de la sagesse de l'égalité, elle s'élèvera comme l'élément terre, car elle est l'essence pure de cet élément, et ainsi de suite.

Ainsi, lorsque la saisie dualiste s'immisce dans notre « perception » des apparitions du bardo de la dharmata, celles-ci sont transformées – l'on pourrait presque dire solidifiées – et elles deviennent alors les diverses bases de l'illusion du samsara.

Un maître Dzogchen utilise l'exemple de la glace et de l'eau pour montrer comment se manifestent l'absence de reconnaissance et la saisie dualiste : l'eau se présente habituellement comme un élément liquide, doté de qualités merveilleuses, qui purifie et étanche la soif. Mais lorsqu'elle gèle, elle se solidifie en glace. De façon similaire, chaque fois que la saisie dualiste entre en jeu, elle solidifie à la fois notre expérience intérieure et la manière dont nous percevons le monde qui nous entoure. Toutefois, de même qu'à la chaleur du soleil la glace fond et redevient eau, ainsi notre nature de sagesse illimitée est-elle révélée à la lumière de la reconnaissance.

L'aube de la Luminosité fondamentale et le bardo de la dharmata nous étant apparus, nous pouvons à présent voir avec précision comment l'émergence du samsara est en fait le résultat de nos deux échecs successifs quant à reconnaître la nature essentielle de l'esprit. La première fois, la Luminosité fondamentale, fondement de la nature de l'esprit, n'a pas été reconnue ; si elle l'avait été, la libération se serait ensuivie. La seconde fois, c'est l'énergie de la nature de l'esprit qui se manifeste. Une seconde chance de libération se présente alors ; si cette énergie n'est pas reconnue, les émotions négatives qui s'élèvent commencent à se figer en diverses perceptions erronées. Celles-ci vont créer les mondes illusoires que nous appelons samsara et qui nous emprisonnent dans le cycle des naissances et des morts. L'ensemble de la pratique spirituelle est donc consacré à inverser directement ce que j'appellerais « la progression » de l'ignorance et, ainsi, à dé-créer, dé-solidifier ces fausses perceptions étroitement liées et interdépendantes, qui nous ont fait tomber dans le piège d'une réalité illusoire que nous avons créée de toutes pièces.

Pas plus qu'au moment de la mort, lors de l'apparition de la Luminosité fondamentale, la libération ne peut être considérée comme acquise dans le bardo de la dharmata. Car lorsque la lumière éclatante de la sagesse resplendit, elle s'accompagne d'une manifestation de lumières et de sons simples, agréables et rassurants, tandis que la lumière de la sagesse est trop intense et impressionnante. Ces lumières plus faibles – gris fumée, jaune, verte, bleue, rouge et blanche – sont nos tendances habituelles accumulées par la colère, l'avidité, l'ignorance, le désir, la jalousie et l'orgueil. Ce sont ces émotions qui créent les six mondes d'existence du samsara – les mondes des enfers, des esprits avides, des animaux, des humains, des demi-dieux et des dieux, respectivement.

Si nous n'avons pas reconnu et stabilisé pendant la vie la nature de dharmata de notre esprit, nous serons instinctivement attirés par les lueurs plus douces des six mondes, tandis que notre tendance fondamentale à l'attachement, développée au cours de l'existence, commencera à s'agiter et à s'éveiller. L'esprit, menacé par l'éclat dynamique de la sagesse, battra en retraite. Nous serons séduits par les lumières rassurantes – l'attrait de nos tendances habituelles ; celles-ci nous entraîneront vers une renaissance qui sera déterminée par l'émotion négative prédominante dans notre karma et dans le courant de notre esprit.

Pour illustrer l'ensemble de ce processus, voici, extrait du *Livre des Morts tibétain*, un exemple de l'apparition d'un des bouddhas paisibles. Le maître ou l'ami spirituel s'adresse en ces termes à la conscience de la personne décédée :

Ô fils, fille d'une lignée d'êtres éveillés, écoute sans te laisser distraire !
Le troisième jour, une lumière jaune, la forme puri-fiée de l'élément terre, brillera. Simultanément, le Bouddha Ratnasambhava apparaîtra devant toi, venant du royaume jaune du Sud, appelé « le Glo-rieux ». Son corps est jaune. Il tient dans sa main un joyau qui exauce tous les souhaits. Il siège sur un trône porté par des chevaux et enlace Mamaki, la suprême parèdre*. Il est accompagné de deux bod-hisattvas masculins, Akasagarbha et Samantabha-dra[4], et de deux bodhisattvas féminins, Mala et Dhupa. Six formes de bouddha apparaissent ainsi, sorties de la profondeur de la lumière d'arc-en-ciel. La pureté fondamentale du skandha de la sensation, qui est la sagesse de l'égalité, d'un jaune éblouis-sant, enrichie de tiglés de lumière, radieuse et claire, insupportable aux yeux, jaillira vers toi du cœur de Ratnasambhava et de sa parèdre. Elle te

---

* Le terme « parèdre » désigne le bouddha féminin qui accompagne parfois les bouddhas masculins.

pénétrera le cœur de façon si intense que tes yeux ne pourront en supporter la vue.

Exactement en même temps que la lumière de la sagesse, la douce lumière bleue du monde humain se dirigera vers toi et te pénétrera le cœur. Alors, sous l'influence de ton orgueil et en proie à la terreur, tu fuiras l'intensité de la lumière jaune, tu te complairas dans cette douce lumière bleue des êtres humains et t'y attacheras.

A ce moment-là, n'aie pas peur de la lumière jaune, lumineuse et claire, perçante et brillante. Reconnais en elle la sagesse. Laisse ton Rigpa reposer en elle, détendu, dans un état libre de toute activité. Eprouve confiance et dévotion à son égard, désire-la avec ferveur. Si tu reconnais en elle le rayonnement naturel de ton propre Rigpa, même sans dévotion et sans avoir récité la prière d'inspiration, alors toutes les formes, lumières et rayons (de la sagesse) s'uniront inséparablement à toi, et tu atteindras l'éveil.

Si tu ne reconnais pas en elle le rayonnement naturel de ton propre Rigpa, prie-la avec dévotion en pensant : « C'est la lumière de l'énergie de compassion du Bouddha Ratnasambhava, je prends refuge en elle. » Puisqu'elle est en fait Ratnasambhava venant te guider au milieu des terreurs du bardo, et puisqu'elle est le crochet de lumière de son énergie de compassion, emplis ton cœur de dévotion envers elle.

Ne te complais pas en la douce lumière bleue des êtres humains. Il s'agit là du chemin séduisant des tendances habituelles accumulées par ton orgueil intense. Si tu t'attaches à elle, tu tomberas dans le

*monde humain, où tu expérimenteras la souffrance
de la naissance, de la vieillesse, de la maladie et de
la mort, et tu laisseras passer l'occasion d'émerger
du marais boueux du samsara. Cette douce lumière
bleue est un obstacle bloquant le chemin de la libération. Ne la regarde donc pas, mais abandonne
l'orgueil. Abandonne ses tendances habituelles.
N'éprouve aucune attirance envers elle, ne languis
pas pour elle. Empli de ferveur, aspire à la lumière
jaune éblouissante et concentre-toi sur le Bouddha
Ratnasambhava avec une attention totale, tout en
disant cette prière :*

*Hélas !
Alors que sous l'effet d'un orgueil intense, j'erre
dans le samsara,
Puisse le Bouddha Ratnasambhava me précéder
Sur cette voie lumineuse, la sagesse de l'égalité ;
Puisse la suprême parèdre Mamaki me suivre ;
Puissent-ils m'aider à traverser le chemin périlleux
du bardo,
Et me conduire à l'état parfait de bouddha.
Celui qui récite cette prière d'inspiration avec une
dévotion profonde se dissoudra en une lumière
d'arc-en-ciel dans le cœur du Bouddha Ratnasamb-
hava et de sa parèdre. Il deviendra un bouddha du
Sambhogakaya[5] dans le Royaume du Sud appelé
« le Glorieux ».*

Cette description de l'apparition du Bouddha Ratnasambhava se termine en expliquant que, lorsque le
maître ou l'ami spirituel guide ainsi le mourant, cela
garantit sa libération, même s'il n'est doté que de très

faibles capacités. Cependant, dit le *Livre des Morts tibétain*, même après avoir été guidés plusieurs fois, certains, en raison de leur karma négatif, ne parviendront pas à la reconnaissance et n'atteindront pas la libération. Perturbés par le désir et les voiles qui obscurcissent leur esprit, terrifiés par les lumières et les sons divers, ils s'enfuiront. Alors, le « lendemain », le bouddha suivant, Amitabha, Bouddha de la Lumière infinie, apparaîtra, accompagné de son mandala de déités, dans toute la splendeur de sa lumière rouge étincelante. En même temps se manifestera le chemin de la douce et séduisante lumière jaune du monde des esprits avides, né du désir et de l'avarice. Le *Livre des Morts tibétain* présente ainsi, tour à tour et de façon similaire, l'apparition successive de chacune des déités paisibles et courroucées.

On me demande souvent : « Les déités apparaîtront-elles à un Occidental ? Et prendront-elles, dans ce cas, des formes familières à notre culture ? »

Les apparitions du bardo de la dharmata sont dites « spontanément présentes », ce qui signifie qu'elles sont inhérentes et non conditionnées, et qu'elles existent en chacun de nous. Leur manifestation ne dépend pas de notre degré de réalisation spirituelle ; seule en dépend notre capacité à les reconnaître. Elles ne sont pas l'apanage des Tibétains, mais une expérience universelle et fondamentale ; par contre, la façon dont nous les percevons dépend de notre conditionnement. Puisqu'elles sont de par leur nature illimitées, elles peuvent se manifester sous n'importe quel aspect, en toute liberté.

Par conséquent, les déités peuvent revêtir les formes qui, dans notre vie, nous sont les plus familières. Pour des pratiquants chrétiens, les déités peuvent par exemple prendre l'apparence du Christ ou de la Vierge Marie. D'une façon générale, la manifestation éveillée des bouddhas ayant pour seul dessein de nous aider, ceux-ci peuvent donc assumer la forme qui sera la plus appropriée et la plus bénéfique pour nous. Mais quel que soit l'aspect sous lequel les déités apparaissent, il est important de reconnaître qu'il n'existe absolument aucune différence quant à leur nature fondamentale.

LA RECONNAISSANCE

Il est expliqué dans le Dzogchen que, de même qu'une personne ne reconnaîtra pas la Luminosité fondamentale si elle n'a au préalable acquis une réalisation véritable de la nature de l'esprit et une expérience stable dans sa pratique de Trekchö, de même, sans la stabilité de Togäl, personne ou presque ne saura reconnaître le bardo de la dharmata. Un pratiquant accompli de Tögal qui a parachevé sa pratique et stabilisé la luminosité de la nature de l'esprit est déjà parvenu, dans sa vie, à une connaissance directe des manifestations mêmes qui surgiront pendant le bardo de la dharmata. Cette énergie et cette lumière se trouvent donc en nous, bien qu'à présent elles nous soient cachées. Mais quand le corps et les niveaux les plus grossiers de l'esprit meurent, elles sont naturellement libérées et les sons, couleurs et lumières de notre vraie nature éclatent soudain dans toute leur splendeur.

Tögal, cependant, n'est pas l'unique moyen d'utiliser ce bardo comme une occasion de libération. Dans le bouddhisme, les pratiquants du Tantra relient les apparitions du bardo de la dharmata à leur propre pratique. Dans le Tantra, le principe des déités est un moyen de communiquer ; il est en effet difficile d'établir un contact avec la présence d'énergies d'éveil si celles-ci ne possèdent aucune forme ou base permettant une communication personnelle. Les déités doivent être comprises comme des métaphores qui personnalisent et captent les énergies et les qualités infinies de l'esprit de sagesse des bouddhas. En les personnifiant sous la forme de déités, le pratiquant peut les reconnaître et établir un rapport avec elles. En s'entraînant, dans la pratique de la visualisation, à les créer et à les résorber, il comprend que l'esprit qui perçoit les déités et les déités elles-mêmes sont indissociables.

Dans le bouddhisme tibétain, les pratiquants tantriques ont un *yidam*, c'est-à-dire une déité ou un bouddha particulier avec lequel ils ont un fort lien karmique ; ce yidam représente pour eux la personnification de la vérité, et l'invoquer est au cœur de leur pratique. Au lieu de percevoir les apparitions de la dharmata comme des phénomènes extérieurs, ils les relient à leur pratique du yidam, et se fondent en elles. Puisque, dans leur pratique, ils ont reconnu le yidam comme le rayonnement naturel de l'esprit d'éveil, ils ont la capacité d'appréhender ce qui apparaît à la lumière de cette reconnaissance, et de le laisser s'élever en tant qu'expression de la déité. Grâce à cette perception pure, ils reconnaissent tout ce qui surgit dans le bardo comme n'étant autre que la manifestation du yidam. Alors, par le pouvoir de leur pratique et la bénédiction de la déité, ils obtiendront la libération dans le bardo de la dharmata.

C'est pourquoi, dans la tradition tibétaine, on recommande aux laïcs et aux pratiquants ordinaires non familiarisés avec la pratique du yidam de considérer immédiatement toute apparition comme n'étant, fondamentalement, autre qu'Avalokiteshvara, le Bouddha de la Compassion, ou Padmasambhava, ou Amitabha, selon que l'un ou l'autre leur est plus familier. En bref, la méthode que vous utiliserez pour tenter de reconnaître les apparitions dans le bardo de la dharmata sera exactement la même que celle que vous aurez pratiquée dans votre vie.

Une autre façon révélatrice d'appréhender le bardo de la dharmata est de le voir comme la dualité exprimée sous sa forme la plus pure. Les moyens de nous libérer nous sont présentés ; pourtant, simultanément, nous sommes séduits par l'attrait de nos habitudes et de nos instincts. Nous expérimentons l'énergie pure de l'esprit et sa propre confusion, au même instant. C'est presque comme si l'on nous poussait à prendre une décision, à choisir entre l'une et l'autre. Il va sans dire, cependant, que le fait même d'avoir ce choix dépend du degré et de la perfection de notre pratique spirituelle pendant la vie.

DIX-HUIT

Le bardo du devenir

L'expérience de la mort, pour la plupart des gens, consistera simplement à passer par un état d'inconscience à la fin de ce processus. Les trois phases de la dissolution interne peuvent être aussi rapides que trois claquements de doigts, dit-on parfois. L'essence blanche du père et l'essence rouge de la mère se rencontrent au niveau du cœur, et il se produit alors l'expérience de ténèbres appelée «plein accomplissement». L'aube de la Luminosité fondamentale se lève, mais nous ne parvenons pas à la reconnaître et sombrons dans l'inconscience.

Comme je l'ai dit, nous échouons donc une première fois devant la possibilité de reconnaissance, et c'est la première manifestation de l'ignorance, appelée en tibétain *Ma Rigpa* – l'opposé de Rigpa. Cela signifie que débute en nous un nouveau cycle du samsara qui, l'espace d'un instant, avait été interrompu au moment de la mort. Le bardo de la dharmata se produit alors, mais il passe en un éclair sans être reconnu. En matière de reconnaissance, cela constitue notre deuxième échec, la seconde manifestation de l'ignorance – Ma Rigpa.

Notre première impression consciente est que « le ciel et la terre semblent se séparer à nouveau », et nous nous éveillons soudain dans l'état intermédiaire qui sépare la mort de la renaissance. On l'appelle le bardo du devenir, ou *sipa bardo*, et il constitue le troisième bardo de la mort.

Parce que nous n'avons reconnu ni la Luminosité fondamentale ni le bardo de la dharmata, les germes de toutes nos tendances habituelles sont activés et réveillés. Le bardo du devenir commence à cet instant et s'achève au moment où nous entrons dans la matrice de notre prochaine existence.

Le mot *sipa*, traduit par « devenir », signifie également « possibilité » et « existence ». Dans le sipa bardo, l'esprit n'étant plus ni limité ni entravé par le corps physique de ce monde, il existe d'infinies « possibilités » de « devenir » né à nouveau dans des mondes différents. Et ce bardo possède l'« existence » extérieure du corps mental et l'« existence » intérieure de l'esprit.

La principale caractéristique du bardo du devenir est que le rôle principal y est joué par l'*esprit*, alors que le bardo de la dharmata se déroulait au sein du royaume de Rigpa. Nous possédons ainsi un corps de lumière dans le bardo de la dharmata, et un corps mental dans le bardo du devenir.

Dans ce bardo, notre esprit est doué d'une immense clarté et d'une mobilité illimitée ; la direction dans laquelle il se déplace, pourtant, est déterminée uniquement par les tendances habituelles de notre karma passé. Ainsi l'appelle-t-on le bardo « karmique » du devenir parce que, comme le dit Kalou Rinpoché : « Il est le résultat entièrement automatique ou aveugle de nos actes passés – notre karma –, et rien de ce qui se produit alors n'est une décision consciente de l'être qui en fait l'expérience ; nous sommes simplement ballottés par la force du karma[1]. »

Ici, dans son processus de déploiement graduel, l'esprit est parvenu au stade suivant : parti de son état le plus pur – la Luminosité fondamentale – en passant par son état de lumière et d'énergie – les apparitions du bardo de la dharmata – il parvient maintenant, dans le bardo du devenir, à la manifestation plus grossière encore d'une forme mentale. A ce stade, c'est l'inverse du processus de dissolution qui a lieu : les souffles réapparaissent, accompagnés des états de pensée liés à l'ignorance, au désir et à la colère. Alors, comme le souvenir de notre corps karmique antérieur est encore frais dans notre esprit, nous prenons un « corps mental ».

LE CORPS MENTAL

Dans le bardo du devenir, notre corps mental possède un certain nombre de caractéristiques particulières. Il est doté de tous ses sens. Il est extrêmement léger, lucide et mobile, et sa conscience est, dit-on, sept fois plus claire que dans la vie. Il est également doué d'une sorte de clairvoyance rudimentaire qu'il ne contrôle pas consciemment mais qui lui donne la capacité de lire dans les pensées d'autrui.

Au début, ce corps mental aura une forme identique à celle qu'avait le corps dans la vie qui vient de s'achever, mais il sera toutefois sans aucune imperfection et dans la fleur de l'âge. Même si, dans cette vie, vous étiez handicapé ou malade, vous serez en possession d'un corps mental parfait dans le bardo du devenir.

L'un des anciens enseignements du Dzogchen nous dit que le corps mental a environ la taille d'un enfant de huit à dix ans.

La force de la pensée conceptuelle, appelée aussi « vent karmique », empêche le corps mental de rester en place, ne serait-ce qu'un instant. Il est continuellement en mouvement. Il peut se mouvoir partout où il le désire sans entraves, simplement par la pensée. Parce qu'il n'a pas de base physique, il peut passer à travers des obstacles solides tels qu'un mur ou une montagne[2].

Notre corps mental peut voir à travers les objets à trois dimensions. Cependant, puisque les essences du père et de la mère du corps physique nous font défaut, nous ne jouissons plus de la lumière du soleil ou de la lune ; seule, une lueur terne éclaire l'espace situé immédiatement devant nous. Nous pouvons voir les autres êtres du bardo, mais les êtres vivants, eux, ne peuvent nous voir, à l'exception de ceux qui possèdent la clairvoyance acquise par une profonde expérience de la méditation[3]. Nous pouvons ainsi rencontrer beaucoup d'autres voyageurs du monde du bardo qui sont morts avant nous, et converser brièvement avec eux.

En raison de la présence des cinq éléments dans la composition du corps mental, il nous semble que celui-ci possède une certaine densité, et nous ressentons parfois les tiraillements de la faim. Les enseignements sur le bardo nous disent que le corps mental se nourrit d'odeurs et tire sa subsistance des fumées des offrandes brûlées, ceci toutefois seulement dans le cas où ces offrandes sont faites spécifiquement en son nom.

Dans cet état, l'activité mentale est très rapide ; les pensées se succèdent très vite et nous pouvons faire beaucoup de choses en même temps. L'esprit ne cesse de perpétuer ses habitudes et ses schémas établis, notamment sa tendance à s'attacher aux expériences et à croire qu'elles sont bien réelles.

LES EXPÉRIENCES DU BARDO

Pendant les premières semaines de ce bardo, nous avons le sentiment d'être un homme ou une femme comme dans notre vie passée. Nous ne réalisons pas que nous sommes morts. Nous retournons chez nous pour être auprès de notre famille et de nos proches. Nous essayons de leur parler, de leur toucher l'épaule. Mais ils ne répondent pas, ils ne montrent même pas qu'ils sont conscients de notre présence. Quels que soient nos efforts pour attirer leur attention, rien n'y fait. Impuissants, nous les voyons pleurer, effondrés par notre mort, le cœur brisé. C'est en vain que nous essayons de nous servir de nos objets personnels. On ne met plus notre couvert à table, et des mesures sont prises pour disposer de ce qui nous appartenait. Nous nous sentons irrités, blessés et frustrés, « tel un poisson qui se tord sur le sable chaud », dit le *Livre des Morts tibétain*.

Si nous sommes très attachés à notre corps, peut-être essaierons-nous même en vain de le réintégrer ou bien rôderons-nous autour de lui. Dans certains cas extrêmes, le corps mental peut s'attarder auprès de ses possessions ou de son corps pendant des semaines, voire des années. Il se peut que nous ne réalisions toujours pas que nous sommes morts. Ce n'est que lorsque nous remarquons que nous ne projetons pas d'ombre, que le miroir ne nous renvoie pas notre image et que nous ne laissons pas l'empreinte de nos pas sur le sol que nous le comprenons enfin. Et le choc même de cette prise de conscience peut être tel qu'il nous fait perdre connaissance.

Dans le bardo du devenir, nous revivons toutes les expériences de notre vie écoulée ; nous passons en revue d'infimes détails, depuis longtemps sortis de notre mémoire, et retournons à des endroits où, nous disent les maîtres, « nous ne fîmes que cracher par terre ». Tous les sept jours, nous sommes contraints de subir à nouveau l'épreuve de la mort, avec toute la souffrance qui l'accompagne. Si notre mort a été paisible, nous connaissons à nouveau cet état d'esprit paisible ; mais si elle a été tourmentée, c'est le tourment qui se reproduit. Rappelez-vous que la conscience est à ce moment sept fois plus intense que dans la vie, et que, dans cette période fugitive du bardo du devenir, la totalité du karma négatif de nos vies passées réapparaît d'une manière terriblement aiguë et déroutante.

Notre errance agitée et solitaire dans le monde du bardo est aussi fiévreuse qu'un cauchemar et, comme en rêve, nous croyons posséder un corps et exister réellement. Pourtant, dans ce bardo, c'est de notre esprit seul que naissent ces expériences, créées par le karma et le retour de nos habitudes.

Les souffles des éléments réapparaissent et, dit Tulku Urgyen Rinpoché : « Des bruits violents causés par les quatre éléments de la terre, de l'eau, du feu et de l'air se font entendre. Retentissent alors le fracas d'une avalanche s'écroulant continuellement derrière soi, le vacarme d'un grand fleuve tumultueux, le crépitement d'une énorme masse de feu, semblable à un volcan, et le déchaînement d'une grande tempête[4].» Tandis que nous essayons de leur échapper au milieu de ténèbres terrifiantes, il est dit que trois abîmes différents, «profonds et redoutables», l'un blanc, l'autre rouge et le troisième noir, s'ouvrent devant nous. Ce sont, nous dit le *Livre des Morts tibétain*, nos propres colère, désir et ignorance. Nous sommes assaillis par des averses torrentielles et glacées, par des grêles de pus et de sang ; nous sommes hantés par des cris désincarnés et menaçants, traqués par des démons dévoreurs de chair et des animaux carnassiers.

Implacablement balayés par le vent du karma, nous ne parvenons à nous agripper nulle part. «A ce moment-là, dit le *Livre des Morts tibétain*, la grande tornade du karma, terrifiante, insupportable, tourbillonnant avec fureur, te poussera par-derrière.» Dévorés par la peur, emportés çà et là comme des graines de pissenlit dans le vent, nous errons, impuissants, à travers l'obscurité du bardo. Tourmentés par la faim et la soif, nous cherchons un refuge ici ou là. Les perceptions de notre esprit changent à chaque instant, nous projetant tour à tour, «comme une catapulte», dit le *Livre des Morts tibétain*, dans des états de douleur et de joie. La nostalgie d'un corps physique s'éveille en notre esprit, et le fait que nous ne puissions en trouver nous plonge dans des souffrances accrues.

Le paysage entier et l'environnement sont ici façonnés par notre karma, de même que le monde du bardo peut être peuplé par les images de cauchemar nées de nos propres fantasmes. Si notre conduite habituelle dans la vie a été positive, notre perception et notre expérience dans ce bardo seront teintées de félicité et de bonheur. Mais si notre vie a été négative ou si elle a causé la souffrance d'autrui, nous expérimenterons la douleur, le chagrin et la peur. Ainsi, disait-on au Tibet, pêcheurs, bouchers et chasseurs sont-ils attaqués par des formes monstrueuses de leurs victimes passées.

Certaines personnes qui ont étudié en détail l'expérience de proximité de la mort, et plus particulièrement la « revue panoramique de la vie » qui est l'une de ses caractéristiques, se sont posé la question suivante : comment imaginer l'horreur de l'expérience du bardo pour un baron de la drogue, un dictateur ou un tortionnaire nazi ? La « revue panoramique de la vie » semble suggérer que nous pouvons, après la mort, faire l'expérience de *toute* la souffrance dont nous sommes, directement et indirectement, responsables.

LA DURÉE DU BARDO DU DEVENIR

L'ensemble du bardo du devenir dure en moyenne quarante-neuf jours et au minimum une semaine. Mais ce laps de temps est variable, de même qu'en ce monde certaines personnes vivent jusqu'à cent ans et d'autres meurent en bas âge. Certains peuvent même rester bloqués dans le bardo et devenir des esprits ou des fantômes. Dudjom Rinpoché avait coutume d'expliquer que l'on continue, durant les vingt et un premiers jours du bardo, à être fortement marqué par sa vie passée ; aussi, c'est en cette période cruciale que les vivants peuvent apporter la plus grande aide au défunt. Passé ce temps, sa vie future commencera à prendre forme et deviendra pour lui l'influence prédominante.

Nous devons attendre, dans le bardo, le moment où nous pourrons établir un contact karmique avec nos futurs parents. J'imagine parfois le bardo comme une sorte de salle de transit où l'on peut attendre jusqu'à quarante-neuf jours avant d'être transféré dans la prochaine vie. Pourtant, il existe deux cas particuliers où l'individu n'a pas à attendre dans l'état intermédiaire, car l'intensité du pouvoir de son karma le précipite immédiatement dans la renaissance suivante. Le premier cas est celui d'êtres ayant mené une vie extrêmement bénéfique et positive et dont l'esprit a été si bien entraîné par la pratique spirituelle que la force de leur réalisation les amène directement à une bonne renaissance ; le deuxième concerne les personnes dont la vie a été négative et préjudiciable à autrui ; celles-là descendent promptement vers le lieu de leur prochaine naissance, quel qu'il soit.

LE JUGEMENT

Certains exposés du bardo décrivent une scène de jugement, une sorte de bilan de la vie, comparable au jugement des morts que l'on retrouve dans bon nombre de cultures. Votre bonne conscience – un ange gardien blanc – joue le rôle de la défense, rappelant vos bonnes actions, tandis que votre mauvaise conscience – un démon noir – vous accuse. Le bien et le mal sont comptabilisés sous la forme de cailloux blancs et noirs. Le « Seigneur de la Mort », qui préside le tribunal, consulte alors le miroir du karma et rend son jugement[5].

Je pense qu'on peut établir un parallèle intéressant entre cette scène du jugement et la revue panoramique de la vie telle qu'elle est vécue dans l'expérience de proximité de la mort. *En fin de compte, le jugement tout entier se déroule au sein de notre propre esprit. Nous sommes à la fois le juge et la personne jugée.* « Il est intéressant de noter, dit Raymond Moody, que le jugement, dans les cas que j'ai étudiés, ne provenait pas de l'être de lumière, qui semblait aimer et accepter ces personnes de toute façon, mais plutôt de l'individu lui-même[6]. »

Une femme qui fit une expérience de proximité de la mort déclara à Kenneth Ring : « On vous montre votre vie, et c'est vous qui jugez... Vous êtes votre propre juge. Tous vos péchés ont été absous ; mais êtes-vous capable de vous pardonner vous-même de ne pas avoir agi comme vous l'auriez dû, et de vous pardonner les éventuelles petites tricheries de votre vie ? Pouvez-vous vous pardonner ? Voilà en quoi consiste le jugement[7]. »

La scène du jugement souligne également qu'en définitive, c'est la motivation animant chacun de nos actes qui compte réellement ; elle montre aussi que nous ne pouvons échapper ni aux conséquences de nos actions, pensées et paroles passées, ni aux empreintes et aux habitudes que ces dernières ont gravées en nous. Cela signifie que notre responsabilité s'étend non seulement à cette vie, mais aussi à nos vies futures.

LE POUVOIR DE L'ESPRIT

Dans le bardo, notre esprit est si léger, si mobile et si vulnérable que toutes nos pensées, bonnes ou mauvaises, ont un pouvoir et une influence énormes. Du fait que nous n'avons pas le support d'un corps physique, nos pensées deviennent réalité. Imaginez la peine et la colère aiguës que nous pourrions éprouver en constatant que la cérémonie funèbre conduite à notre intention est célébrée avec négligence, que des proches cupides se disputent nos biens, ou que des amis que nous aimions profondément et dont nous pensions être aimés parlent de nous en termes sarcastiques, blessants ou même simplement condescendants. Une situation de ce genre peut être très dangereuse car notre réaction, par sa violence, pourrait nous conduire directement à une renaissance malheureuse.

La toute-puissance de la pensée est donc *la* caractéristique essentielle du bardo du devenir. En ce moment crucial, vous vous trouvez complètement exposé à toutes les habitudes et tendances que vous avez laissées croître et dominer votre vie. Si vous n'y prenez pas garde dès à présent, dans cette vie même, si vous ne les empêchez pas de s'emparer de votre esprit, vous serez, dans ce bardo, leur victime impuissante, ballottée çà et là sous l'effet de leur intensité. La plus légère irritation, par exemple, peut avoir à ce moment un effet dévastateur ; c'est pourquoi, traditionnellement, la personne qui lisait le *Livre des Morts tibétain* devait avoir été en bons termes avec le défunt. Dans le cas contraire, le son même de sa voix était susceptible de mettre celui-ci en fureur, entraînant par là même des conséquences tout à fait désastreuses.

Les enseignements nous donnent de nombreuses descriptions faisant état de cette sensibilité exacerbée de l'esprit dans le bardo du devenir. La plus frappante compare l'esprit à une barre de fer chauffée au rouge qui peut être tordue à volonté jusqu'à ce qu'elle commence à refroidir, durcissant alors rapidement dans la forme où elle se trouve. De la même manière, est-il dit, une seule pensée positive dans ce bardo peut vous mener directement à l'éveil, tandis qu'une seule réaction négative peut vous plonger dans la souffrance la plus extrême et la plus durable. Le *Livre des Morts tibétain* ne saurait nous mettre plus fermement en garde :

> *Voici le moment où se dessine la frontière entre l'ascension et la chute. Voici le moment où, parce que tu auras glissé dans la paresse, ne serait-ce qu'un instant, tu souffriras continuellement ; voici le moment où, parce que tu te seras concentré intensément, ne serait-ce qu'un instant, tu seras heureux continuellement. Concentre ton esprit ; efforce-toi de prolonger les résultats du bon karma.*

Le *Livre des Morts tibétain* essaie d'éveiller le lien, si ténu soit-il, que le défunt a pu avoir avec la pratique spirituelle, et il l'encourage à abandonner son attachement aux personnes et aux biens, à cesser de souhaiter un corps, à ne céder ni au désir ni à la colère, à cultiver la bonté plutôt que l'hostilité, et à ne pas même envisager de commettre des actions négatives. Il lui rappelle qu'il n'y a rien à craindre : d'une part, les figures terrifiantes du bardo ne sont que ses propres projections illusoires, vides par nature ; d'autre part, lui-même ne possède qu'un « corps mental fait de tendances habituelles », et est donc également vide. « Le vide, par conséquent, ne peut faire de mal au vide. »

La nature changeante et précaire du bardo du devenir peut aussi être la source de nombreuses opportunités de libération, et la grande sensibilité de l'esprit peut y être utilisée à notre avantage, à condition de nous rappeler ne serait-ce qu'une seule instruction ou de permettre ne serait-ce qu'à une seule pensée positive de naître en notre esprit. Si nous pouvons simplement nous souvenir d'un seul enseignement qui a inspiré en nous la nature de l'esprit, si nous avons la moindre inclination positive envers la pratique, ou un lien profond avec une pratique spirituelle, cela pourra suffire à nous libérer.

Dans le bardo du devenir, les royaumes des bouddhas n'apparaissent pas spontanément comme dans le bardo de la dharmata. Pourtant, le simple fait de vous souvenir d'eux vous permettra de vous y rendre directement, par le pouvoir de l'esprit, et de progresser vers l'éveil. Si vous pouvez invoquer un bouddha, il apparaîtra, dit-on, immédiatement devant vous. Mais n'oubliez pas que, même si les possibilités sont infinies, nous devons dans ce bardo posséder au moins un certain contrôle de notre esprit, à défaut d'en avoir la maîtrise totale. Cela est extrêmement difficile, car l'esprit est alors fort vulnérable, très fragmenté et très agité.

Aussi, chaque fois que vous avez soudain la possibilité de recouvrer votre conscience claire dans ce bardo, fût-ce pour un instant, souvenez-vous immédiatement de votre lien avec la pratique spirituelle, rappelez-vous votre maître ou un bouddha, et invoquez-le de toutes vos forces. Si vous avez, pendant la vie, développé le réflexe naturel de prier dès que vous vous trouvez dans une situation difficile, critique ou échappant à votre contrôle, vous serez alors instantanément en mesure d'invoquer ou de vous rappeler un être éveillé tel que le Bouddha ou Padmasambhava, Tara ou Avalokiteshvara, le Christ ou la Vierge Marie. Si vous pouvez les invoquer de tout votre cœur avec une dévotion fervente et concentrée, votre esprit sera, de par le pouvoir de leur bénédiction, libéré dans l'espace de leur esprit de sagesse. Bien que, dans cette vie, la prière puisse parfois sembler peu efficace, elle possède dans le bardo un pouvoir sans précédent.

La description que je vous ai faite de ce bardo montre cependant combien il est difficile de concentrer son esprit à ce moment critique si l'on n'a pas eu un entraînement préalable. Songez combien il est presque impossible de se souvenir d'un semblant de prière au beau milieu d'un rêve ou d'un cauchemar, combien l'on se sent alors impuissant. Or il est tout aussi difficile, voire plus difficile encore, de rassembler ses esprits dans le bardo du devenir. C'est pourquoi le *Livre des Morts tibétain* répète inlassablement ce « mot d'ordre » : « Ne te laisse pas distraire. » Il nous indique :

> *Voici la frontière séparant les bouddhas des êtres sensibles...*
> « *En un instant, ils sont séparés,*
> *En un instant, complètement éveillés.* »

LA RENAISSANCE

A mesure que, dans le bardo du devenir, s'approche le moment de renaître, le désir du support d'un corps matériel s'accroît de plus en plus, et vous en cherchez un, n'importe lequel, qui soit disponible pour accueillir votre renaissance. Divers signes, qui vous avertiront du monde dans lequel vous renaîtrez vraisemblablement, commenceront alors à apparaître. Des lumières de couleurs différentes brilleront en provenance des six mondes d'existence et, selon l'émotion négative prédominante dans votre esprit, vous serez attiré par l'une ou l'autre d'entre elles. Une fois que vous aurez été attiré vers l'une de ces lumières, il vous sera très difficile de faire demi-tour.

Des images et des visions liées aux différents mondes se manifesteront ensuite. A mesure que vous vous familiariserez avec les enseignements, vous saisirez mieux leur sens véritable. Selon les enseignements, les signes varient légèrement. Certains disent que si vous devez renaître en tant que dieu, vous vous verrez pénétrer dans un palais céleste aux nombreux étages. Si vous devez renaître en tant que demi-dieu, vous aurez l'impression d'être entouré d'armes semblables à des cercles de feu tournoyants, ou d'aller sur un champ de bataille. Si c'est en tant qu'animal que vous devez renaître, vous vous retrouverez dans une grotte, une cavité creusée dans le sol ou un nid fait de paille. Si vous avez la vision d'une souche d'arbre, d'une forêt profonde ou d'un matériau tissé, vous êtes destiné à renaître en tant qu'esprit avide. Enfin, si vous devez renaître en enfer, vous vous sentirez entraîné, impuissant, dans un puits noir, vers le bas d'une route noire, dans une contrée sombre bâtie de maisons noires ou rouges, ou vers une cité de fer.

Il existe de nombreux autres signes ; ainsi, la direction de votre regard ou de vos mouvements indiquet-elle le monde dans lequel vous vous rendez. Si vous devez renaître dans un monde divin ou humain, votre regard sera dirigé vers le haut ; si c'est dans un monde animal, vous regarderez droit devant vous, comme les oiseaux ; si c'est dans le monde des esprits avides ou des enfers, vous serez tourné vers le bas, comme si vous vous apprêtiez à plonger.

Si l'un de ces signes apparaît, vous devrez prendre garde de ne pas tomber dans une de ces renaissances malheureuses.

Vous éprouverez en même temps un désir et une nostalgie intenses pour certains mondes, et serez attiré instinctivement vers eux. Les enseignements nous avertissent qu'un grand danger existe à ce stade : vous serez en effet si impatient et avide de renaître que vous vous précipiterez vers n'importe quel lieu semblant vous offrir un peu de sécurité. Si vous êtes frustré dans votre désir, la colère qui en résultera mettra brutalement fin à ce bardo, tandis que le flot de cette émotion négative vous emportera vers votre prochaine naissance. Votre renaissance future, vous le voyez, sera donc directement déterminée par le désir, la colère et l'ignorance.

Imaginez que vous courez vers un refuge, simplement pour échapper aux assauts des expériences du bardo. Puis, terrifié à l'idée de le quitter, vous vous y attacherez peut-être et vous prendrez une nouvelle naissance – où que ce soit – dans le seul but d'en trouver une. Il se pourrait même, explique le *Livre des Morts tibétain*, que votre confusion vous fasse considérer un bon lieu de naissance comme mauvais, et vice versa. Il est également possible que vous entendiez la voix de vos proches vous appeler, ou un chant vous séduire, et qu'en vous dirigeant vers eux, vous vous trouviez ainsi attiré dans le piège des mondes inférieurs.

Vous devez faire très attention de ne pas pénétrer aveuglément dans l'un de ces mondes indésirables. Ce qui est toutefois merveilleux, c'est que, dès l'instant où vous prenez conscience de ce qui vous arrive, vous pouvez réellement commencer à influer sur votre destinée et à la transformer.

Emporté par le vent du karma, vous arriverez alors en un lieu où vos futurs parents sont engagés dans l'acte sexuel. En les voyant, vous vous sentirez impliqué émotionnellement. En raison de liens karmiques antérieurs, vous ressentirez spontanément un fort attachement ou une forte aversion. Attirance et désir pour la mère et aversion et jalousie envers le père vous feront renaître en tant qu'enfant du sexe masculin, et l'inverse, en tant qu'enfant du sexe féminin[8]. Mais si vous succombez à la force de telles passions, non seulement cela vous fera renaître, mais cette émotion elle-même pourra provoquer votre renaissance dans un monde inférieur.

Pouvons-nous, à ce stade, faire quelque chose pour éviter de renaître ou pour orienter notre prochaine naissance ? Les enseignements sur les bardos donnent deux catégories distinctes d'instructions : les méthodes permettant d'éviter une renaissance et, en cas d'échec, celles permettant de choisir une naissance favorable. Nous trouvons tout d'abord les conseils destinés à *fermer l'entrée d'une nouvelle naissance* :

La meilleure méthode est d'abandonner les émotions telles que le désir, la colère ou la jalousie, et de reconnaître que ces expériences du bardo n'ont aucune réalité ultime. Si vous réussissez à comprendre cela, et à laisser l'esprit reposer dans sa vraie nature de vacuité, la renaissance sera par là même évitée. Le *Livre des Morts tibétain* nous avertit en ces termes :

Hélas ! Le père et la mère, le grand orage, la trombe, le tonnerre, les projections terrifiantes, tous les phénomènes apparents sont, dans leur vraie nature, illusoires. De quelque façon qu'ils apparaissent, ils ne sont pas réels. Toutes les substances sont fausses et irréelles. Elles sont comme un mirage, impermanentes et changeantes. A quoi bon le désir ? A quoi bon la peur ? C'est considérer le non-existant comme existant...

Puis il poursuit en nous donnant ces conseils :
« Toutes les substances sont mon propre esprit, et cet esprit est vacuité, sans provenance et sans obstacle. » *En pensant cela, garde un esprit naturel et pur, contenu dans sa propre nature comme l'eau versée dans l'eau, simplement tel qu'il est, relâché, ouvert et détendu. En le laissant reposer naturellement et sans tension, tu fermeras sûrement l'entrée de la matrice conduisant à toutes les sortes de naissance*[9].

La meilleure méthode qui, après celle-ci, permet d'empêcher la renaissance est de considérer vos parents potentiels comme le Bouddha, votre maître ou votre déité yidam. A tout le moins, vous devriez essayer de susciter en vous un sens de renoncement quant aux sentiments de désir qui vous attirent, et penser aux purs royaumes des bouddhas. Cela évitera une renaissance dans l'un des six mondes et vous permettra peut-être de naître dans l'un de ces royaumes.

Si vous n'êtes pas capable de stabiliser suffisamment votre esprit pour faire simplement une pratique de cet ordre, il vous reste les méthodes permettant de *choisir une renaissance*. Celles-ci sont en relation avec les points de repère et les signes des différents mondes. Si vous devez renaître, ou si votre intention est de revenir à l'existence afin de poursuivre votre chemin spirituel et d'aider autrui, vous ne devriez pénétrer dans aucun monde à l'exception du monde humain. Seul ce dernier, en effet, garantit des conditions propices au progrès spirituel. Si vous êtes sur le point de renaître dans une situation favorable du monde humain, nous disent les enseignements, votre impression sera d'arriver dans une demeure magnifique et somptueuse, ou dans une ville, ou encore au milieu d'une foule de gens, ou bien vous aurez la vision de couples en union sexuelle.

Mais, généralement, nous n'avons aucun choix. Nous sommes attirés vers le lieu de notre naissance «aussi inexorablement qu'un oiseau pris au piège d'une cage, que de l'herbe sèche prenant feu ou qu'un animal s'enfonçant dans un marécage». Le *Livre des Morts tibétain* nous dit : «Ô fils, fille d'une lignée d'êtres éveillés, même si tu souhaites ne pas aller de l'avant, tu n'as aucun pouvoir par toi-même. Impuissant, tu es contraint d'y aller.»

Toutefois, comme les enseignements nous le rappellent sans cesse de façon si inspirante, l'espoir est toujours là : *maintenant* est venu le temps de la prière.

Grâce à une aspiration et à une concentration intenses, vous pouvez, même à ce moment, renaître dans un des royaumes des bouddhas, ou bien susciter en vous le souhait profond de revenir à l'existence dans une famille humaine où vous rencontrerez la voie spirituelle et continuerez ainsi le chemin menant à la libération. Si votre karma est puissant et vous pousse vers un monde déterminé, il se peut que vous n'ayez pas le choix ; toutefois, vos aspirations et vos prières passées pourront vous aider à remodeler votre destinée afin de renaître dans une vie qui vous conduira un jour à la libération.

Même lorsque vous pénétrez dans la matrice, vous pouvez continuer à prier pour qu'il en soit ainsi. Même à ce moment, vous pouvez vous visualiser sous la forme d'un être éveillé – comme Vajrasattva, disent les maîtres traditionnellement[10] –, bénir la matrice dans laquelle vous entrez en la considérant comme un environnement sacré, un « palais des dieux », et continuer à pratiquer.

Maintenant que le bardo du devenir se lève sur moi,
Je concentre mon esprit recueilli,
Et m'efforce de prolonger les résultats du bon karma ;
Je ferme l'entrée de la renaissance et tente d'éviter de renaître.
Voici le temps où persévérance et perception pure sont nécessité ;
J'abandonne les émotions négatives et médite sur le maître.

En définitive, c'est le désir intense de l'esprit d'habiter dans un monde particulier qui nous pousse à nous réincarner, et c'est sa tendance à solidifier et à s'attacher qui trouve son expression ultime dans une renaissance physique. Ceci est le stade suivant du processus de manifestation que nous avons vu se dérouler tout au long des bardos.

Si vous réussissez à diriger votre esprit vers une naissance humaine, vous aurez bouclé la boucle. Vous serez prêt à naître à nouveau dans le bardo naturel de cette vie. Quand vous verrez votre père et votre mère en union sexuelle, votre esprit, inéluctablement attiré, pénétrera dans la matrice. Ceci marquera la fin du bardo du devenir, tandis que votre esprit fera encore une fois rapidement l'expérience des signes correspondant aux phases de dissolution, et celle de l'aube de la Luminosité fondamentale. Puis l'expérience de ténèbres du plein accomplissement s'élèvera à nouveau et, à cet instant même, la jonction avec la nouvelle matrice sera faite.

Ainsi la vie commence-t-elle, comme elle se termine, par la Luminosité fondamentale.

DIX-NEUF

Aider après la mort

Dans le monde contemporain, il est très fréquent qu'à la mort d'une personne, l'une des sources les plus profondes d'angoisse pour les proches en deuil soit la certitude qu'ils ne peuvent maintenant plus rien pour aider l'être cher qui les a quittés – ce qui ne peut qu'aggraver et assombrir la solitude de leur chagrin. Mais la vérité est autre. Il existe bien des façons d'apporter notre soutien aux défunts et de nous aider par là même à survivre à leur absence. L'une des caractéristiques uniques du bouddhisme, qui révèle l'habileté et la compassion omniscientes des bouddhas, est de proposer de nombreuses pratiques spécifiques permettant de venir en aide à la personne défunte et donc, également, de réconforter ceux qui portent le deuil. La perspective du bouddhisme tibétain sur la vie et la mort est une vision totale ; elle nous montre clairement qu'il est possible d'aider les autres dans toutes les situations imaginables, puisqu'il n'existe pas la moindre barrière entre ce que nous appelons « la vie » et ce que nous appelons « la mort ». Un cœur empli de compassion peut étendre la puissance de son rayonnement chaleureux à toutes les situations et à tous les mondes pour y apporter son aide.

QUAND POUVONS-NOUS AIDER ?

Le bardo du devenir, tel qu'il a déjà été décrit, peut nous apparaître comme une période de trouble et de chaos. Pourtant, il est porteur d'un grand espoir. Les caractéristiques du corps mental, qui le rendent si vulnérable dans ce bardo – sa clarté, sa mobilité, sa sensibilité et sa clairvoyance – *le rendent aussi particulièrement réceptif à un soutien venu des vivants*. L'absence de forme, de base matérielle, le rend très facile à guider. Le *Livre des Morts tibétain* compare le corps mental à un cheval que l'on contrôle aisément au moyen d'une bride, ou à un énorme tronc d'arbre presque impossible à déplacer au sol, mais que l'on peut, une fois mis à l'eau, diriger à souhait sans effort.

Les quarante-neuf jours du bardo du devenir – et plus particulièrement les vingt et un premiers – sont la meilleure période pour accomplir une pratique spirituelle à l'intention du défunt. C'est en effet durant les trois premières semaines que le lien de la personne décédée avec *cette vie* est le plus fort, ce qui la rend plus réceptive à notre aide. C'est donc pendant cette période que la pratique spirituelle peut influer au maximum sur son avenir et sur ses chances de libération – ou, du moins, de renaissance meilleure. Nous devrions user de tous les moyens dont nous disposons pour lui venir en aide à ce moment-là, car lorsque la forme physique de sa prochaine existence commence à se déterminer peu à peu – cela est dit se produire entre le vingt et unième et le quarante-neuvième jour après la mort – les chances d'une réelle transformation sont alors beaucoup plus restreintes.

Le soutien au défunt, cependant, n'est pas limité aux quarante-neuf jours qui suivent la mort. *Il n'est jamais trop tard pour venir en aide à une personne, même si elle est décédée depuis très longtemps.* Peu importe que l'être que vous désirez aider soit mort depuis cent ans : la pratique que vous effectuerez pour lui sera néanmoins bénéfique. Dudjom Rinpoché disait souvent que, même si une personne a atteint l'éveil et est devenue bouddha, elle aura encore besoin de tout le soutien que nous pourrons lui apporter dans son œuvre pour le bien des êtres.

COMMENT POUVONS-NOUS AIDER ?

La meilleure manière, et la plus simple, de venir en aide à une personne défunte est d'effectuer, dès l'annonce de sa mort, la pratique essentielle du p'owa telle que je l'ai enseignée au chapitre 13 : « L'aide spirituelle aux mourants ».

De même que la nature du feu est de brûler et la nature de l'eau d'étancher la soif, ainsi la nature des bouddhas, disons-nous au Tibet, est-elle d'être présents dès qu'on les invoque, tant leur compassion est vaste, et leur désir de venir en aide à tous les êtres sensibles infini. N'imaginez pas un seul instant que *votre* invocation de la vérité pour aider votre ami disparu est moins efficace que la prière d'un « saint homme » faite à son intention. Parce que vous étiez proche du défunt, l'intensité de votre amour et la profondeur de votre lien donneront à cette invocation un pouvoir accru. Les

maîtres nous l'ont affirmé : si nous appelons les bouddhas, ils nous répondront.

Khandro Tséring Chödrön, l'épouse spirituelle de
Jamyang Khyentsé, dit souvent que si votre prière
pour une personne part d'un cœur bienveillant et
d'une intention pure, elle sera très efficace. Si, par
conséquent, vous priez avec un amour et une sincérité
authentiques pour un être disparu qui vous était cher,
ayez la certitude que votre *prière* aura alors un pouvoir
exceptionnel.

Le moment le meilleur et le plus efficace pour effectuer le p'owa se situe avant que le corps ne soit aucunement touché ou dérangé. Si cela s'avère impossible,
essayez alors de l'accomplir à l'endroit où la personne
est décédée ; sinon, représentez-vous intensément ce
lieu en esprit. Il existe un lien très puissant entre la
personne décédée et le lieu et l'heure de son décès,
particulièrement dans le cas d'une mort traumatisante.

Dans le bardo du devenir, comme je l'ai dit, la
conscience du défunt revit à nouveau chaque semaine
l'expérience de la mort, le même jour exactement.
Aussi, bien que n'importe lequel des quarante-neuf
jours convienne pour effectuer le p'owa ou toute autre
pratique spirituelle choisie par vous, c'est le jour de la
semaine où la personne est morte qui devrait être
privilégié.

Chaque fois que la pensée de votre parent ou ami
décédé vous vient à l'esprit, chaque fois que vous
entendez prononcer son nom, adressez-lui votre
amour, puis concentrez-vous sur le p'owa et effectuez-
le aussi longtemps et autant de fois que vous le
souhaitez.

Chaque fois que vous pensez à une personne disparue, vous pouvez également réciter immédiatement un mantra, par exemple OM MANI PADME HUM (que les Tibétains prononcent Om Mani Pémé Houng), le mantra du Bouddha de la Compassion qui purifie chacune des émotions négatives causant la renaissance[1] ; ou bien OM AMI DEWA HRIH, qui est le mantra d'Amitabha, le Bouddha de la Lumière infinie. Vous pouvez faire ensuite à nouveau la pratique du p'owa.

Toutefois, que vous effectuiez ou non l'une de ces pratiques pour aider un proche qui vient de mourir, n'oubliez pas que la conscience, durant le bardo, est d'une clairvoyance aiguë ; le simple fait de diriger des pensées positives vers le défunt lui sera du plus grand secours.

Lorsque vous priez pour une personne qui vous était chère, vous pouvez, si vous le désirez, étendre votre compassion et vos prières à d'autres disparus : les victimes d'atrocités, de guerres, de catastrophes, de famines, ou ceux qui sont morts et meurent en ce moment même dans des camps de concentration, comme ceux de la Chine et du Tibet. Vous pouvez même prier pour des personnes qui sont décédées depuis des années, comme vos grands-parents, des membres de votre famille disparus depuis longtemps, ou les victimes des guerres, par exemple des guerres mondiales. Imaginez que vos prières s'en vont tout spécialement vers ceux dont la vie s'est terminée dans une angoisse, une passion ou une colère extrêmes.

Ceux qui ont subi une *mort violente* ou *soudaine* ont un besoin d'aide particulièrement urgent. Les victimes d'un meurtre, d'un suicide, d'un accident ou d'une guerre peuvent facilement se trouver piégées dans leur souffrance, leur angoisse et leur peur, ou emprisonnées dans l'expérience même de la mort, empêchant ainsi le déroulement du processus de la renaissance. Lorsque vous pratiquez le p'owa à leur intention, faites-le avec plus de force et de ferveur que vous ne l'aviez jamais fait auparavant :

Imaginez que d'intenses rayons de lumière émanant des bouddhas ou des êtres divins répandent leur compassion et leurs bénédictions. Considérez que cette lumière inonde le défunt, le purifie totalement, le libère de la confusion et de la souffrance de sa mort et lui octroie ainsi une paix profonde et durable. Imaginez alors, avec toute l'intensité possible, que la personne se dissout en lumière et que sa conscience, guérie à présent et libérée de toute souffrance, s'élève pour se fondre indissociablement et à jamais en l'esprit de sagesse des bouddhas.

Des Occidentaux récemment en visite au Tibet m'ont raconté un événement dont ils furent les témoins. Un jour, un Tibétain marchant sur le bord d'une route fut renversé par un camion chinois et tué sur le coup. Un moine qui passait par là se dirigea promptement vers l'homme allongé sur le sol et s'assit auprès de lui. Ils le virent se pencher sur le corps et réciter quelque chose, une pratique peut-être, tout près de son oreille ; soudain, à leur stupéfaction, le mort revint à la vie. Le moine effectua alors une pratique qu'ils reconnurent comme étant celle du transfert de la conscience, puis il le guida calmement dans son retour à la mort. Que s'était-il passé ? Le moine, à l'évidence, s'était aperçu que le choc violent de sa mort avait laissé l'homme terriblement désorienté ; c'est pourquoi il avait agi avec célérité, tout d'abord pour libérer l'esprit du défunt de sa détresse puis, par l'intermédiaire du p'owa, pour le transférer dans un royaume de bouddha ou vers une renaissance favorable. Le moine, aux yeux des Occidentaux qui avaient assisté à la scène, semblait être une personne ordinaire, mais cette histoire remarquable prouve qu'il était en fait un pratiquant au pouvoir considérable.

Les pratiques de méditation et les prières ne sont pas les seules façons de venir en aide aux personnes décédées. Nous pouvons faire en leur nom des dons à des œuvres charitables, afin d'assister les malades et les déshérités ; nous pouvons distribuer leurs biens aux pauvres ; nous pouvons contribuer, de leur part, à des entreprises humanitaires ou spirituelles telles que des hôpitaux, des projets d'entraide, des unités de soins palliatifs ou des monastères.

Nous pouvons également parrainer des retraites faites par de bons pratiquants spirituels, ou des réunions de prière conduites par de grands maîtres en des lieux sacrés, à Bodhgaya par exemple. Nous pouvons faire des offrandes de lumière à l'intention du défunt, ou subventionner des œuvres d'art en rapport avec la pratique spirituelle. Un autre moyen de venir en aide aux morts, particulièrement en faveur au Tibet et dans les Himalayas, est de sauver des animaux destinés à l'abattoir et de leur rendre la liberté.

Il est important de dédier au défunt, et en fait à toutes les personnes décédées, le mérite et le bonheur qui découlent de tels actes de bonté et de générosité, afin que tous puissent obtenir une meilleure renais-

sance et des circonstances favorables dans leur prochaine vie.

LA CLAIRVOYANCE DU DÉFUNT

Rappelez-vous que, dans le bardo du devenir, la
conscience de la personne décédée est clairvoyante et
sept fois plus lucide que dans la vie. Cela peut être
cause *soit de grande souffrance, soit de grand bienfait*.

Il est donc essentiel, après le décès d'un être cher,
que vous soyez aussi vigilant que possible dans votre
comportement, afin de ne pas perturber ou blesser le
défunt. En effet, quand celui-ci retourne vers ceux qu'il
a quittés, ou vers ceux que l'on a invités à pratiquer à
son intention, il est capable, dans son nouvel état
d'existence, non seulement de voir ce qui se passe
mais également de lire directement dans les pensées.
Si les proches ne font qu'intriguer ou se quereller à
propos du partage de l'héritage, ou si leurs paroles et
leurs pensées, dénuées d'amour sincère pour la personne décédée, ne manifestent qu'attachement et aversion, celle-ci pourra en éprouver une colère, une
souffrance ou une déception intenses ; ces émotions
tumultueuses l'attireront alors dans une renaissance
défavorable.

Imaginez, par exemple, que le disparu voie des pratiquants spirituels, censés pratiquer à son intention, s'y
employer sans se soucier réellement de son intérêt,
l'esprit ailleurs, préoccupés par des distractions tri-
viales. Peut-être perdra-t-il alors toute la foi qu'il aurait
jamais pu avoir. Ou bien imaginez qu'il observe sa
famille éperdue, accablée par le chagrin ; cela pourra

le plonger lui-même dans une profonde douleur. Et s'il découvre, par exemple, que ses proches ont seulement fait semblant de l'aimer à cause de son argent, il pourra être si douloureusement désenchanté qu'il reviendra en tant qu'esprit hanter l'héritier de sa fortune. Vous pouvez voir ainsi que vos actes, vos pensées et votre comportement après la mort d'une personne peuvent revêtir une importance cruciale et avoir sur son avenir un impact infiniment plus grand que vous n'auriez pu l'imaginer[2].

Vous comprenez sans doute maintenant pourquoi il est absolument essentiel, pour la paix de l'esprit du défunt, que l'harmonie règne parmi ceux qu'il a quittés. C'est la raison pour laquelle, au Tibet, lorsque ses parents et amis se réunissaient, ils étaient encouragés à pratiquer ensemble et à réciter aussi souvent que possible un mantra, tel que OM MANI PADME HUM. Tous les Tibétains en étaient capables et ils savaient avec certitude que cela aiderait la personne décédée ; aussi étaient-ils inspirés à mener avec ferveur une action de prière commune.

La clairvoyance du défunt dans le bardo du devenir explique également pourquoi la pratique effectuée à son intention par un maître ou un pratiquant spirituel expérimenté est une source de bienfaits aussi exceptionnelle.

Que fait le maître ? Il demeure dans l'état primordial de Rigpa, la nature de l'esprit, et invoque le corps mental qui erre dans le bardo du devenir. Lorsque le corps mental vient en présence du maître, celui-ci, par le pouvoir de sa méditation, peut lui montrer la nature essentielle de Rigpa. Grâce à son pouvoir de clair-voyance, l'être du bardo peut voir directement l'esprit de sagesse du maître ; il est alors introduit sur-le-champ à la nature de l'esprit, et atteint la libération.

Pour la même raison, toute pratique effectuée par un pratiquant ordinaire à l'intention d'un ami décédé qui lui était cher peut être pour lui d'un grand secours. On peut, par exemple, accomplir la pratique des cent déités paisibles et courroucées associée au *Livre des Morts tibétain*, ou simplement reposer dans un état stable de compassion ; le bienfait en sera immense, surtout si l'on invoque le défunt et l'invite au cœur de sa pratique.

Chaque fois qu'un pratiquant bouddhiste meurt, nous en informons son maître ainsi que tous ses guides et amis spirituels, afin qu'ils commencent immédiate-ment à pratiquer pour lui. Je recueille habituellement les noms des personnes décédées et les envoie aux grands maîtres que je connais, en Inde et dans les Himalayas. Toutes les deux ou trois semaines, ils les incluent dans une pratique de purification et, une fois par an, dans une pratique intensive commune de dix jours conduite dans les monastères[3].

LES PRATIQUES POUR LES MORTS
DANS LE BOUDDHISME TIBÉTAIN

1. *Le « Livre des Morts tibétain ».*

Au Tibet, une fois que la pratique du p'owa a été accomplie pour la personne mourante, on lit à maintes reprises le *Livre des Morts tibétain* et on effectue les pratiques qui lui sont associées. Au Tibet oriental, nous lisions traditionnellement le *Livre des Morts tibétain* pendant toute la période des quarante-neuf jours qui suivait la mort. Par l'intermédiaire de la lecture, on indique ainsi au défunt à quel stade du processus il se trouve et on lui donne l'inspiration et les instructions dont il a besoin.

Les Occidentaux me demandent souvent : Comment une personne décédée peut-elle entendre le *Livre des Morts tibétain* ?

La réponse est simplement que la conscience du défunt, quand elle est invoquée par le pouvoir de la prière, est capable de lire dans notre esprit et de percevoir exactement ce que nous pensons ou ce sur quoi nous méditons. C'est pourquoi rien n'empêche la personne de comprendre le *Livre des Morts tibétain* ou les pratiques effectuées à son intention, même si elles sont récitées en tibétain. Il n'existe pas de barrière de langage pour le défunt, car son esprit peut saisir pleinement et d'emblée la *signification* essentielle du texte.

Il est donc crucial que le pratiquant soit aussi concentré et attentif que possible lorsqu'il accomplit la pratique, et ne se contente pas de la faire juste machinalement. En outre, puisque la personne décédée est en train de vivre réellement les expériences dont il est question, son aptitude à comprendre la vérité contenue dans le *Livre des Morts tibétain* est peut-être bien plus grande que la nôtre !

On me demande parfois ce qu'il advient si la conscience s'est déjà évanouie au moment de la mort. Puisque nous ne savons pas combien de temps la personne décédée va demeurer dans cet état d'inconscience, ni à quel moment elle fera son entrée dans le bardo du devenir, le *Livre des Morts tibétain* est lu et pratiqué à maintes reprises afin de couvrir toutes les éventualités.

Mais qu'en est-il de ceux qui ne sont pas familiarisés avec les enseignements ou avec le *Livre des Morts tibétain* ? Devons-nous le leur lire ? Le Dalaï-Lama a donné des instructions très claires à ce sujet :

> *Que vous ayez ou non foi en une religion, il est très important que votre esprit soit paisible au moment de la mort... Que le mourant y croie ou non, la renaissance, du point de vue bouddhiste, est une réalité, et un état d'esprit paisible – ou même neutre – est donc important au moment de la mort. Si la personne ne partage pas cette croyance, la lecture du* Livre des Morts tibétain *pourrait perturber son esprit... susciter de l'aversion et donc lui nuire au lieu de l'aider. S'il s'agit par contre d'une personne qui lui est réceptive, les mantras ou les noms des bouddhas pourront l'aider à créer un lien, et être ainsi utiles. Il est important de prendre en compte, avant toute chose, l'attitude de la personne mourante*[4].

2. Le « Né Dren » et le « Chang Chok ».

La pratique du *Né Dren*, le rituel pour guider les morts, ou du *Chang Chok*, le rituel de purification par lequel un maître guide la conscience du défunt vers une meilleure renaissance, va de pair avec la lecture du *Livre des Morts tibétain*.

Dans une situation idéale, le Né Dren et le Chang Chok devraient être effectués immédiatement après le décès ou, du moins, avant la fin des quarante-neuf jours. Si le corps n'est pas présent, la conscience du disparu est invitée à entrer dans une effigie ou une image le représentant et portant son nom – voire une photo – appelée *tsenjang*. Le Né Dren et le Chang Chok tirent leur pouvoir du fait que, durant la période qui suit immédiatement la mort, le défunt ressent fortement l'impression d'être encore en possession du corps de sa vie passée.

Par le pouvoir de la méditation du maître, la conscience de la personne décédée errant sans but dans le bardo est appelée dans le tsenjang, qui représente son identité. La conscience est alors purifiée ; les graines karmiques des six mondes sont nettoyées ; un enseignement est donné, exactement comme dans la vie, et la personne est introduite à la nature de l'esprit. Le p'owa est finalement effectué, et la conscience est dirigée vers l'un des royaumes des bouddhas. Le tsenjang, qui représente son ancienne identité – à présent abandonnée – est alors brûlé, et le karma du défunt purifié.

3. *La purification des six mondes.*

Mon maître Dilgo Khyentsé Rinpoché disait souvent que la pratique appelée « purification des six mondes » est sans conteste la meilleure des pratiques de purification pour un pratiquant décédé.

La purification des six mondes est une pratique utilisée dans la vie ; elle emploie la visualisation et la méditation pour purifier le corps, tout à la fois des six principales émotions négatives et des mondes d'existence auxquels ces émotions donnent naissance. Elle peut aussi être utilisée de manière très efficace pour les morts ; elle est particulièrement puissante car elle purifie la racine de leur karma, et donc de leur lien avec le samsara. Ceci est fondamental ; si ces émotions négatives ne sont pas purifiées, ce sont elles qui imposeront le monde spécifique du samsara dans lequel la personne décédée devra renaître.

Selon les tantras du Dzogchen, les émotions négatives s'accumulent dans le système psychophysique des canaux subtils, de l'air intérieur et de l'énergie, et se rassemblent en des centres d'énergie spécifiques du corps. Ainsi, le germe du monde infernal et sa cause, la colère, sont-ils situés au niveau de la plante des pieds ; le monde des esprits avides et sa cause, l'avarice, se trouvent à la base du tronc ; le monde animal et sa cause, l'ignorance, se situent au niveau du nombril ; le monde humain et sa cause, le doute, sont placés au cœur ; le monde des demi-dieux et sa cause, la jalousie, sont logés dans la gorge ; et le monde des dieux et sa cause, l'orgueil, se situent au sommet de la tête.

Dans cette pratique, lorsque chaque monde et l'émotion négative correspondante sont purifiés, le pratiquant imagine que tout le karma créé par cette émotion particulière est épuisé et que la partie spécifique du corps associée au karma de cette émotion se dissout entièrement en lumière. Aussi, quand vous effectuez cette pratique à l'intention d'une personne décédée, imaginez avec toute l'intensité possible que, lorsqu'elle est achevée, la totalité du karma du défunt est purifiée et que son corps et son être tout entier se dissolvent en une lumière resplendissante[5].

4. *La pratique des cent déités paisibles et courroucées.*

Un autre moyen d'aider un défunt est d'accomplir la pratique des cent déités paisibles et courroucées. Le pratiquant considère la totalité de son propre corps comme étant le mandala de ces cent déités (celles-ci sont décrites au chapitre 17, « Le rayonnement intrinsèque »). Les déités paisibles sont visualisées dans le centre d'énergie du cœur et les déités courroucées dans le cerveau. Le pratiquant imagine alors que d'innombrables rayons de lumière émanant des déités inondent le défunt et le purifient de tout son karma négatif.

Le mantra de purification récité par le pratiquant est le mantra de Vajrasattva, déité qui préside à tous les mandalas tantriques et qui est la déité centrale du mandala des cent déités paisibles et courroucées. Son pouvoir est spécialement invoqué pour la purification et la guérison. Ce « mantra des cent syllabes » comprend la « syllabe-germe » de chacune des cent déités paisibles et courroucées[6].

Vous pouvez utiliser une version plus courte du mantra de Vajrasattva, à six syllabes : OM VAJRA SATTVA HUM, que les Tibétains prononcent Om Benza Satto Houng. La signification essentielle de ce mantra est : « Ô Vajrasattva ! Puisses-tu, par ton pouvoir, apporter la purification, la guérison et la transformation. » Je recommande vivement ce mantra pour la guérison et la purification.

Un autre mantra important, qui apparaît dans les tantras du Dzogchen et les pratiques associées au *Livre des Morts tibétain*, est 'A A HA SHA SA MA. Les six syllabes de ce mantra ont le pouvoir de « fermer les entrées » des six mondes du samsara.

5. *La crémation.*

Dans de nombreuses traditions orientales, le corps est habituellement soumis à *la crémation*. Dans le bouddhisme tibétain, il existe aussi des pratiques spécifiques pour la crémation. Le crématorium ou le bûcher funéraire est visualisé comme le mandala de Vajrasattva ou des cent déités paisibles et courroucées ; on visualise intensément les déités, et on invoque leur présence. Le corps est considéré comme la représentation réelle de tout le karma négatif du défunt et des voiles qui obscurcissent son esprit. Ceux-ci sont consommés en un grand festin par les déités qui, tandis que le cadavre se consume, les transmutent en leur nature de sagesse. On imagine que des rayons de lumière jaillissent des déités et que le corps se fond entièrement en lumière, tandis que toutes les impuretés du défunt sont purifiées dans le brasier de la sagesse. En visualisant ceci, vous pouvez réciter le mantra des cent syllabes ou le mantra des six syllabes de Vajrasattva. Cette pratique simple pour la crémation fut transmise et inspirée par Dudjom Rinpoché et Dilgo Khyentsé Rinpoché.

Les cendres du corps et du tsenjang peuvent être mélangées à de l'argile pour former des figurines appelées *tsatsa*. Elles sont bénies et consacrées au nom de la personne décédée, créant ainsi des conditions favorables pour une bonne renaissance future.

6. *Les pratiques hebdomadaires.*

Chez les Tibétains, des pratiques et des rituels sont effectués régulièrement tous les sept jours après la mort ou, si la famille peut se le permettre, chacun des quarante-neuf jours. Des moines sont invités à venir pratiquer, particulièrement les lamas proches de la famille qui avaient un lien avec le défunt. Des bougies sont allumées et offertes et des prières récitées continuellement, plus particulièrement jusqu'à l'enlèvement du corps. On fait des offrandes aux maîtres et aux autels, et l'on distribue des aumônes aux pauvres au nom de la personne décédée.

Ces pratiques « hebdomadaires » à l'intention du défunt sont considérées comme essentielles puisque, dans le bardo du devenir, le corps mental subit à nouveau l'épreuve de la mort, le même jour de chaque semaine. Si le défunt a accumulé suffisamment de mérite en conséquence de ses actions positives passées, le bienfait de ces pratiques peut lui donner l'élan nécessaire pour aller dans un royaume pur. Pour être plus précis, si une personne est décédée un mercredi avant midi, le premier jour de la pratique hebdomadaire tombera le mardi suivant ; si elle est décédée l'après-midi, ce jour sera le mercredi suivant.

Les Tibétains considèrent que la quatrième semaine après la mort revêt une importance particulière ; certains disent, en effet, que la plupart des êtres ordinaires ne demeurent pas plus longtemps dans le bardo. La septième semaine est également considérée comme une période critique, car on enseigne que le séjour dans le bardo ne peut généralement pas excéder cette durée. Aussi les maîtres et les pratiquants sont-ils invités dans la maison du défunt en ces occasions, et les pratiques, offrandes et dons aux indigents sont alors accomplis à plus grande échelle.

Une autre cérémonie d'offrande et un festin ont lieu un an après le décès, pour marquer la renaissance de la personne. La plupart des familles tibétaines célébraient des cérémonies annuelles pour l'anniversaire de la mort de leurs maîtres, de leurs parents, de leur mari ou de leur femme, de leurs frères et sœurs, et distribuaient ces jours-là des aumônes aux pauvres.

L'AIDE AUX PERSONNES EN DEUIL

Chez les Tibétains, lorsque quelqu'un meurt, il est normal que famille et amis se rassemblent chez le défunt et chacun, à sa manière, trouve toujours une façon d'aider. Toute la communauté apporte un soutien considérable sur les plans spirituel, affectif et matériel, et ne laisse jamais la famille du disparu impuissante, désorientée ou désemparée. Chacun, dans la société tibétaine, sait que l'on fait pour la personne disparue tout ce qu'il est possible de faire, et cette certitude donne aux survivants la force de supporter la mort de l'être aimé, de l'accepter et de continuer à vivre.

Quelle différence dans notre société moderne, où un tel soutien de la communauté a presque entièrement disparu ! Je pense souvent qu'une aide de cet ordre contribuerait pour une large part à éviter que le chagrin du deuil ne se prolonge et ne soit inutilement éprouvant, comme cela est si souvent le cas.

Mes étudiants qui assistent les proches en deuil dans des centres de soins palliatifs m'ont rapporté qu'une des sources de tourment les plus cruelles pour celui qui a subi la perte d'un être cher est la conviction que ni lui ni personne ne peut plus rien pour le défunt. Mais, comme je l'ai montré, il y a au contraire beaucoup de choses que tout un chacun peut faire pour aider la personne disparue.

Une manière de réconforter ceux qui portent le deuil est de les encourager à agir en faveur de l'être aimé qui les a quittés : vivre encore plus intensément, en son nom, après son décès, pratiquer pour lui et donner ainsi à sa mort une signification plus profonde. Au Tibet, les parents du défunt peuvent même aller en pèlerinage à son intention ; à certains moments particuliers, lorsqu'ils seront en des lieux saints, ils penseront à leur proche décédé et pratiqueront pour lui. Les Tibétains n'oublient jamais leurs morts : ils font, en leur nom, des offrandes sur les autels, subventionnent de grands rassemblements de prière et continuent à faire des dons au profit d'œuvres spirituelles ; et quand ils rencontrent des maîtres, ils leur demandent des prières qui leur sont spécialement destinées. Il n'est pas de plus grande consolation pour un Tibétain que de savoir qu'un maître effectue une pratique à l'intention d'un membre de sa famille qui n'est plus.

Ne nous laissons donc pas mourir à demi en même temps que celui qui nous est cher. Essayons de vivre, après qu'il nous a quittés, avec une ferveur accrue. Tentons, pour le moins, de satisfaire ses vœux et ses aspirations d'une façon ou d'une autre, en distribuant par exemple une partie de ses biens à des œuvres de charité ou en participant en son nom au financement d'un projet qui lui tenait particulièrement à cœur.

Les Tibétains écrivent souvent à leurs amis en deuil des lettres de condoléances qui pourraient être rédigées en ces termes :

Toutes choses sont impermanentes, et toutes choses périssent, tu le sais. Il était naturel que ta mère meure à ce moment-là ; il est dans l'ordre des choses que l'ancienne génération disparaisse la première. Ta mère était âgée et souffrante, et elle ne regrettera pas d'avoir dû quitter son corps. Et puisque tu peux maintenant l'aider en organisant des pratiques et en accomplissant de bonnes actions en son nom, elle en sera heureuse et soulagée. Alors, je t'en prie, ne sois pas triste.

Si notre ami a perdu un enfant ou un proche qui semblait trop jeune pour mourir, nous lui écrivons :

Maintenant que ton petit garçon est mort, l'univers tout entier semble s'être effondré pour toi. Cela semble, je le sais, si cruel et aberrant. Je ne peux pas expliquer la mort de ton fils, mais je sais qu'elle doit être la conséquence naturelle de son karma, et je crois et j'ai la certitude que sa mort a purifié une dette karmique que ni toi ni moi ne pouvons connaître. Ta douleur est aussi la mienne. Mais prends courage car maintenant nous pouvons, toi et moi, lui venir en aide par notre pratique, nos bonnes actions et notre amour ; nous pouvons lui prendre la main et marcher à ses côtés, même maintenant, même après sa mort, et l'aider à trouver une nou-

velle naissance et une vie plus longue la prochaine fois.

Dans d'autres cas, nous pourrions écrire ceci :

Je connais l'immensité de ta douleur mais, quand tu es tenté de sombrer dans le désespoir, rappelle-toi simplement quelle chance a ton amie d'avoir des maîtres qui pratiquent pour elle. Pense aussi qu'en d'autres temps et d'autres lieux, ceux qui sont morts n'ont pas reçu une telle aide spirituelle. Pense, lorsque tu te souviens de la mort de ton amie, à tous ceux qui aujourd'hui, de par le monde, meurent seuls, oubliés, abandonnés, sans le secours d'une perspective spirituelle. Songe à ceux qui sont morts pendant les années atroces, inhumaines, de la Révolution culturelle au Tibet, alors que toute pratique spirituelle, quelle qu'elle fût, était interdite.
Souviens-toi également, quand le désespoir menace, que t'y abandonner ne ferait que troubler la défunte. Ton chagrin pourrait même la détourner du chemin qu'elle est peut-être en train de prendre vers une renaissance heureuse. Si tu te laisses dévorer par la douleur, tu te rendras toi-même incapable de l'aider. Plus tu seras calme et demeureras dans un état d'esprit positif, plus tu lui apporteras de réconfort et lui donneras la possibilité de se libérer.
Quand tu es triste, aie le courage de te dire : « Quels que soient mes sentiments en ce moment, ils passeront ; même s'ils reviennent, ils ne peuvent pas durer. » A condition de ne pas essayer de les prolonger, tous tes sentiments de perte et de douleur en

*viendront naturellement à se dissiper et à
s'évanouir.*

Mais dans notre monde, où nous ne savons même
pas qu'il est possible d'aider les défunts et où nous
n'avons absolument pas affronté la réalité de la mort,
une réflexion aussi sereine et sage peut ne pas être
aisée. Une personne qui subit l'épreuve du deuil pour
la première fois peut tout simplement être brisée par
l'avalanche d'émotions perturbatrices, par la tristesse,
la colère, le refus, le repli sur soi et la culpabilité
intenses qui la bouleversent intérieurement. Apporter
votre aide à ceux qui viennent de subir la perte d'un
proche requerra toute votre patience et toute votre sensibilité. Vous devrez passer du temps avec eux, les
laisser parler, les écouter silencieusement sans les
juger pendant qu'ils évoquent leurs souvenirs les plus
intimes et reviennent sans fin sur les détails de la mort.
Par-dessus tout, il vous faudra simplement être présent
tandis qu'ils font l'expérience de ce qui est sans doute
la tristesse et la douleur les plus cruelles de toute leur
vie. Assurez-vous que vous êtes entièrement à leur
disposition, même quand ils ne semblent pas avoir
besoin de vous. Lorsqu'une veuve, Carole, fut interro-
gée pour un programme vidéo portant sur la mort, un
an après le décès de son mari, on lui demanda : « Si
vous considérez l'année écoulée, qui, à votre avis, vous
a le plus aidée ? » Elle répondit : « Les personnes qui
ont continué à téléphoner et à venir me voir, malgré
mes refus. »

Ceux qui sont en deuil passent par une sorte de mort.
Tout comme un mourant, ils ont besoin de savoir que
les émotions perturbatrices qu'ils éprouvent sont natu-

relles, et que le deuil est un processus long et souvent tortueux où la souffrance revient, encore et encore, par cycles. Leur état de choc, leur hébétude et leur sentiment d'incrédulité s'estomperont et seront remplacés par une conscience profonde et, par moments, désespérée, de l'immensité de leur perte ; cela aussi finira par s'atténuer, se transformant en un état d'apaisement et d'équilibre. Dites-leur que ce cycle se répétera plusieurs fois, mois après mois, et que toutes ces émotions insoutenables sont naturelles, de même que leur peur de ne plus pouvoir revenir à une vie normale. Dites-leur que leur douleur parviendra à son terme et se transformera en acceptation, c'est une certitude, même si cela peut demander un an ou deux.

Comme le dit Judy Tatelbaum :

Le chagrin est une blessure qui demande de l'attention pour guérir. Afin d'aller jusqu'au bout de notre chagrin et de l'épuiser, nous devons affronter nos émotions dans un esprit d'ouverture et d'honnêteté, les exprimer, les libérer totalement et les accepter, quel que soit le temps que prendra notre blessure pour guérir. Nous craignons que le chagrin ne nous submerge si nous le reconnaissons. La vérité est que le chagrin dont on fait l'expérience se dissipe. Un chagrin non exprimé est un chagrin qui dure indéfiniment[7].

Mais trop souvent, et de façon tragique, les amis et la famille de la personne endeuillée s'attendent à ce que celle-ci « revienne à la normale » après quelques mois. Cela ne fait qu'augmenter sa confusion et son isolement car son chagrin persiste et, parfois même, s'intensifie.

Au Tibet, comme je l'ai dit, la communauté tout entière, les amis et les membres de la famille venaient offrir leur aide pendant toute la période des quarante-neuf jours suivant la mort, et chacun participait pleinement à l'aide spirituelle apportée au défunt, ce qui impliquait une multitude de choses à faire. La famille du disparu s'affligeait et versait des larmes, comme il est naturel. Puis, quand tout le monde était parti, la maison semblait bien vide. Pourtant, subtilement, l'affairement et le soutien de ces quarante-neuf jours les avaient réconfortés et aidés à traverser une grande partie du processus de deuil.

Dans notre société, affronter seul la perte d'un être cher est une chose bien différente. Et toutes les émotions habituelles de chagrin sont grandement intensifiées dans le cas d'une mort soudaine ou d'un suicide. Chez la personne en deuil, le sentiment d'impuissance à venir en aide au défunt est par là même accru. Il est très important que ceux qui survivent au décès soudain d'un proche se rendent auprès du corps ; s'ils ne le font pas, en effet, il pourra leur être difficile de réaliser que la mort a vraiment eu lieu. Si c'est possible, les personnes devraient s'asseoir tranquillement près du corps et dire ce qu'elles ont besoin de dire, exprimer leur amour et commencer à dire adieu.

Si cela n'est pas possible, procurez-vous une photo de la personne qui vient de mourir et entamez le processus de l'adieu, de l'achèvement de la relation et du lâcher prise. Encouragez ceux qui souffrent de la mort soudaine d'un être cher à faire de même ; l'acceptation de cette nouvelle et déchirante réalité de la mort leur en sera facilitée. Parlez-leur également des moyens que j'ai décrits plus haut et qui permettent de venir en aide au défunt : ce sont des méthodes simples qu'ils peuvent eux-mêmes employer au lieu de rester assis, envahis par une culpabilité et une frustration muettes, à ressasser désespérément l'épisode de la mort.

Dans le cas d'une mort soudaine, les survivants éprouvent souvent des sentiments violents et inhabituels de *colère* envers ce qu'ils considèrent être la cause de la mort. Aidez-les à exprimer cette émotion car, s'ils la répriment, ils se trouveront tôt ou tard plongés dans une dépression chronique. Aidez-les à abandonner leur colère et à découvrir la profondeur de la souffrance qui se cache derrière elle. Ils peuvent alors commencer le processus de lâcher prise, tâche douloureuse mais qui les amènera progressivement à la guérison complète.

Il arrive souvent qu'après la mort d'un être cher, un individu se trouve accablé par un intense sentiment de *culpabilité* ; il ressasse les erreurs de la relation passée ou se torture à la pensée de ce qu'il aurait pu faire pour empêcher la mort. Encouragez-le à parler de son sentiment de culpabilité, quelque déraisonnable et aberrant qu'il puisse paraître. Il s'atténuera ainsi lentement et la personne finira par se pardonner elle-même et par reprendre le cours normal de sa vie.

UNE PRATIQUE DU CŒUR

Je voudrais vous présenter maintenant une pratique qui pourra vous être d'un grand secours si vous êtes accablé par un chagrin ou une douleur profonde. Mon maître Jamyang Khyentsé avait coutume de proposer cette pratique aux personnes qui passaient par des tourments émotionnels, une profonde angoisse ou une dépression. Je sais, de par ma propre expérience, qu'elle peut procurer un soulagement et un réconfort immenses. La vie d'une personne qui enseigne dans un monde comme le nôtre n'est pas facile. Lorsque j'étais plus jeune, j'ai connu bien des périodes de crise et de difficultés ; dans ces moments-là, j'invoquais toujours Padmasambhava, en le considérant comme identique à tous mes maîtres — ce que je n'ai jamais cessé de faire depuis. J'ai ainsi personnellement découvert le pouvoir transformateur de cette pratique, et j'ai compris pourquoi tous mes maîtres déclaraient souvent que la pratique de Padmasambhava était la plus efficace pour aider un individu à traverser une période tourmentée. Elle possède, en effet, le pouvoir requis pour faire face et survivre à la confusion chaotique de notre temps.

Par conséquent, chaque fois que vous vous sentez désespéré, angoissé ou déprimé, que vous avez l'impression de n'en plus pouvoir, que votre cœur se brise, je vous conseille de faire cette pratique. La seule condition pour qu'elle soit efficace est que vous l'accomplissiez de toutes vos forces et demandiez, *réellement*, de l'aide.

Même si vous pratiquez la méditation, vous connaîtrez des difficultés et des souffrances émotionnelles ; beaucoup de faits de vos vies passées et de votre existence présente peuvent émerger et être difficiles à affronter. Vous vous apercevrez peut-être que vous ne possédez pas la sagesse, ou la stabilité dans la méditation, qui vous permettraient de les résoudre, et que votre méditation par elle-même ne suffit pas. Ce dont vous avez besoin est ce que j'appelle une «pratique du cœur». Cela m'attriste toujours que les gens n'aient pas à leur disposition une pratique de ce genre pour les aider dans leurs moments de désespoir profond. Si vous avez une telle pratique, vous vous apercevrez que vous possédez là un bien inestimable qui deviendra également pour vous une source de transformation et de force renouvelée.

1. *L'invocation.*

Invoquez dans le ciel devant vous la présence de l'être éveillé qui vous procure la plus grande inspiration et considérez qu'il est la personnification de tous les bouddhas, de tous les bodhisattvas et de tous les maîtres. Pour moi, comme je l'ai dit, cette personnification est Padmasambhava. Mais si vous ne pouvez visualiser en esprit une forme définie, contentez-vous de ressentir fortement sa présence et invoquez sa compassion, sa bénédiction et son pouvoir infinis.

2. *L'appel.*

Ouvrez votre cœur et invoquez cet être avec toute la douleur et la souffrance que vous ressentez. S'il vous prend l'envie de pleurer, ne vous retenez pas : laissez couler vos larmes et demandez sincèrement de l'aide. Sachez que quelqu'un *est là*, totalement présent pour vous, qu'il vous écoute et vous comprend avec amour et compassion, sans jamais vous juger ; il est votre ami suprême. Appelez-le des profondeurs de votre souffrance, en récitant le mantra OM AH HUM VAJRA GURU PADMA SIDDHI HUM, ce mantra qui, utilisé par des centaines de milliers d'individus au cours des siècles, a été pour eux une source apaisante de purification et de protection.

3. *Emplir votre cœur de félicité.*

Considérez avec une totale conviction que le bouddha ainsi invoqué répond avec tout son amour, toute sa compassion et sa sagesse, tout son pouvoir. Des rayons de lumière d'un éclat extraordinaire émanent de lui et vous inondent. Considérez cette lumière comme un nectar qui emplit entièrement votre cœur et transforme votre souffrance en félicité.

Dans une de ses manifestations, Padmasambhava est assis simplement en posture de méditation, enveloppé de sa cape et de ses robes. Il émane de lui une impression merveilleuse de bien-être chaleureux et confortable, et son visage sourit avec amour. Dans cette émanation, on l'appelle «Padmasambhava de Grande Félicité». Dans ses mains posées tranquillement en son sein, il tient une coupe faite d'une calotte crânienne emplie du nectar bouillonnant et étincelant de la «Grande Félicité», source de toute guérison. Il est sereinement assis sur une fleur de lotus, entouré d'un halo de lumière scintillante.

Voyez-le comme infiniment chaleureux et aimant, tel un soleil de félicité, de réconfort, de paix et de guérison. Ouvrez votre cœur, laissez s'exprimer toute votre souffrance; implorez de l'aide. Et récitez son mantra: OM AH HUM VAJRA GURU PADMA SIDDHI HUM.

Imaginez maintenant que d'innombrables rayons de lumière jaillissent de son être ou de son cœur, et que le nectar de Grande Félicité, emplissant la coupe crânienne qu'il tient dans ses mains, déborde de joie et se répand sur vous en un flot continu de lumière liquide, dorée et apaisante. Il coule dans votre cœur, le remplit et transforme votre souffrance en béatitude.

Ce flot de nectar venu de Padmasambhava de la Grande Félicité est la pratique merveilleuse que mon maître enseignait ; elle n'a jamais manqué de m'aider et de m'inspirer considérablement aux moments où j'en avais un réel besoin.

4. *Venir en aide aux personnes décédées.*

En faisant inlassablement cette pratique, en récitant le mantra et en emplissant votre cœur de félicité, votre souffrance se dissipera lentement dans la paix confiante de la nature de l'esprit. Pénétré de joie et de bonheur, vous comprendrez que les bouddhas ne se trouvent pas en dehors de vous mais résident toujours en vous-même, indissociables de la nature de votre esprit ; et vous réaliserez que, par leur bénédiction, ils vous ont transmis le pouvoir et la richesse de la confiance en votre bouddha intérieur.

A présent, en utilisant tout le pouvoir et la confiance que vous avez reçus de cette pratique, imaginez que vous dirigez cette bénédiction — la lumière de compassion apaisante des êtres éveillés – vers l'être cher disparu. Ceci est particulièrement important dans le cas d'un individu qui a subi une mort violente, car sa souffrance en est transformée et il reçoit la paix et la félicité. Dans le passé, vous vous êtes peut-être trouvé anéanti par votre chagrin, impuissant à aider votre ami décédé, mais maintenant, par cette pratique, vous pouvez vous sentir réconforté et encouragé, et vous découvrir le pouvoir de lui venir en aide.

GARDER L'OUVERTURE DU CŒUR

Ne vous attendez pas à des résultats immédiats ou à un miracle. Ce ne sera peut-être qu'un peu plus tard – ou beaucoup plus tard, au moment où vous vous y attendrez le moins – que votre souffrance commencera à se dissiper. Ne vous attendez pas à ce que la pratique « marche » et mette un terme définitif à votre souffrance. Soyez ouverts à votre chagrin comme vous l'êtes envers les êtres éveillés et les bouddhas dans votre pratique.

Il se pourrait même que vous en veniez à ressentir une mystérieuse gratitude envers votre douleur, car elle vous offre une réelle opportunité de la regarder de près et de la transformer. Sans elle, vous n'auriez jamais pu découvrir le trésor de félicité caché dans la nature et les profondeurs de la souffrance. Les circonstances où vous souffrez le plus peuvent être celles où vous êtes le plus ouvert, et votre point de plus grande vulnérabilité peut être, en réalité, le lieu de votre plus grande force.

Dites-vous par conséquent : « Je ne vais pas essayer de me dérober à cette souffrance. Je vais l'employer de la manière la meilleure et la plus féconde possible, afin de grandir en compassion et de devenir plus utile à autrui. » Car, après tout, la souffrance peut nous enseigner la compassion. Si vous souffrez, vous saurez ce qu'éprouvent les autres quand ils souffrent, et si votre rôle est d'assister autrui, c'est votre souffrance qui vous fera trouver la compréhension et la compassion nécessaires.

Dès lors, quoi que vous fassiez, ne vous coupez pas de votre douleur ; acceptez-la et demeurez vulnérable. Si désespéré que vous vous sentiez, acceptez votre douleur comme elle est, car elle essaie, en réalité, de vous transmettre un présent inestimable : l'occasion de découvrir, grâce à la pratique spirituelle, ce qui se trouve au-delà du chagrin. « Le chagrin, écrivait Rûmî, peut être le jardin de la compassion. » Si vous êtes capables de garder l'ouverture du cœur en dépit de tout ce que vous endurez, votre souffrance pourra devenir la meilleure des alliées dans la quête de votre vie pour l'amour et la sagesse.

Et ne savons-nous pas parfaitement qu'il est vain d'essayer de nous protéger de la souffrance et que, lorsque nous essayons de nous y soustraire, nous ne faisons que souffrir davantage et ne tirons pas de l'expérience la leçon qu'elle pourrait nous offrir ? Comme l'écrivait Rilke, le cœur protégé, qui n'a « jamais été exposé à la perte, naïf et confiant, ne peut connaître la tendresse ; seul un cœur mis à nu peut accéder au contentement ; libre, à travers tout ce à quoi il a renoncé, de jouir de sa maîtrise[8] ».

METTRE UN TERME AU CHAGRIN ET EN TIRER UN ENSEIGNEMENT

Quand vous êtes submergé par la souffrance, efforcez-vous de trouver l'inspiration, grâce à l'une des nombreuses méthodes mentionnées au sujet de la méditation au chapitre 5, « Ramener l'esprit en lui-même ». L'une des plus puissantes que j'aie trouvées pour apaiser et dissiper le chagrin consiste à aller dans la nature. Rendez-vous par exemple près d'une cascade et contemplez-la, laissant vos larmes et votre chagrin couler au rythme de l'eau et vous purifier. Vous pourriez aussi lire un texte émouvant sur l'impermanence ou la souffrance, et laisser sa sagesse vous réconforter.

Accepter le chagrin et y mettre un terme est réellement possible. Beaucoup ont employé avec profit une variante de la méthode que j'ai décrite pour terminer les « affaires non réglées ». Même si l'être qui vous était cher est mort depuis longtemps, vous vous apercevrez que cette méthode est très efficace.

Visualisez tous les bouddhas et les êtres éveillés dans le ciel au-dessus et tout autour de vous. La lumière de leur compassion vous illumine de ses rayons ; ils vous apportent leur soutien et leur bénédiction. En leur présence, exprimez votre affliction et confiez à l'être aimé disparu ce que vous ressentez profondément au fond de vous.

Visualisez-le vous regardant avec une compréhension et un amour plus grands que ceux qu'il eut jamais de son vivant. Soyez convaincu de son désir de vous faire comprendre qu'il vous aime et vous pardonne quoi que vous ayez pu faire, et qu'il veut demander et recevoir *votre* pardon.

Laissez votre cœur s'ouvrir, laissez vos paroles exprimer tout sentiment de colère ou toute blessure que vous avez pu retenir en vous ; abandonnez-les complètement. De tout cœur, dirigez votre pardon vers le défunt. Dites-lui que vous lui pardonnez et exprimez-lui le regret que vous éprouvez pour le mal que vous avez pu lui causer.

Maintenant, ressentez de tout votre être que son pardon et son amour vous inondent. Ayez l'intime conviction que vous êtes digne d'être aimé et pardonné, et sentez votre chagrin se dissiper.

A la fin de la pratique, demandez-vous si vous pouvez maintenant véritablement dire adieu à la personne et vous séparer d'elle. Imaginez-la qui se détourne et s'en va, puis terminez en effectuant le p'owa ou une autre pratique à l'intention des personnes décédées.

Cette pratique vous donnera l'occasion d'exprimer encore une fois votre amour, de faire quelque chose pour le défunt, et de résoudre et purifier la relation au plus profond de vous.

Vous pouvez tant apprendre, si vous le voulez, du chagrin et du sentiment de perte causés par le deuil ! Ils peuvent vous obliger à considérer votre vie sans détours et à y discerner un sens là où il ne s'en trouvait peut-être pas auparavant. Quand soudain vous vous trouvez seul, après la mort d'un être cher, vous pouvez sentir qu'une vie nouvelle vous est donnée et que l'on vous demande : « Que vas-tu faire de cette vie ? Pourquoi désires-tu continuer à vivre ? »

La perte et le deuil peuvent également constituer un rappel sévère de ce qui peut arriver si, dans la vie, vous n'exprimez pas votre amour et votre estime, ou si vous ne demandez pas le pardon. Vous pourrez ainsi devenir plus sensible à ceux de vos proches qui sont en vie. Elisabeth Kübler-Ross soulignait : « Ce que j'essaie d'enseigner aux gens, c'est comment vivre de telle sorte qu'ils soient capables de dire ces choses pendant que l'autre peut encore les entendre[9]. » Raymond Moddy, après une vie consacrée à la recherche sur l'expérience de proximité de la mort, écrivait : « J'ai commencé à comprendre combien nous sommes tous proches de la mort dans notre vie quotidienne. Plus que jamais, maintenant, je prends soin que chaque personne que j'aime connaisse mes sentiments à son égard[10]. »

Par conséquent, le conseil que je donnerais du fond du cœur à ceux qui sont submergés par le chagrin et le désespoir après la perte d'un être cher, c'est de prier pour recevoir l'aide, la force et la grâce. Priez que vous puissiez survivre et découvrir, dans toute sa richesse, le sens de la vie nouvelle qui vous échoit maintenant. Soyez vulnérable et réceptif, soyez courageux, et soyez patient. Plus que tout, examinez votre vie pour découvrir comment manifester désormais plus profondément votre amour pour autrui.

VINGT

L'expérience de proximité de la mort :
un escalier qui mène au ciel ?

L'Occident est aujourd'hui familiarisé avec l'expérience de proximité de la mort. Cette expression désigne l'ensemble des expériences rapportées par ceux qui ont approché la mort ou qui ont survécu à une mort clinique. Tout au long de l'histoire, toutes les traditions mystiques et chamaniques, ainsi que des écrivains et des philosophes d'horizons aussi divers que Platon, le pape Grégoire le Grand, certains grands maîtres soufis, Tolstoï et Jung, ont relaté des cas d'expériences de proximité de la mort. Dans l'histoire, l'exemple que je préfère est celui que raconte un grand historien anglais, le moine Bède, au VIIIe siècle :

En ce temps-là, un miracle digne d'attention, pareil à ceux des temps anciens, eut lieu en Grande-Bretagne. Car, afin que les vivants s'éveillent de leur mort spirituelle, un homme déjà mort revint à la vie corporelle et rapporta maints faits notables qu'il avait vus, dont certains m'ont semblé dignes d'être mentionnés brièvement ici. Il y avait un chef de famille qui vivait à Cunningham en Northumbrie, où il menait une vie pieuse au milieu des siens. Il tomba malade et, son état ayant empiré peu à peu jusqu'à atteindre un point critique, aux premières heures de la nuit, il mourut. A l'aube, cependant, il revint à la vie et se redressa soudain, au grand effroi de ceux qui, réunis autour de son corps, le pleuraient. Tous se sauvèrent à l'exception de sa femme qui l'aimait tendrement et qui, tremblante et terrorisée, demeura à ses côtés. L'homme la rassura et lui dit : « Ne crains rien car, en vérité, c'est de l'étreinte de la mort que je me relève et il m'est accordé de vivre à nouveau parmi les hommes. Désormais je ne dois pas continuer comme par le passé, mais adopter une manière de vivre très différente. »... Peu après, il abandonna toutes ses responsabilités mondaines et entra au monastère de Melrose...

Bède continue ainsi :

Voici le récit qu'il fit de son expérience : « Un homme de belle allure, vêtu d'une robe éclatante, me servait de guide et nous allions en silence en direction de ce qui me semblait être le nord-est. Continuant notre marche, nous arrivâmes à une vallée très large et très profonde, d'une longueur infinie... Bientôt, il me fit sortir de l'obscurité et m'amena dans une atmosphère de lumineuse clarté ; comme il me guidait à travers une lumière très brillante, je vis devant nous un mur immense qui semblait, dans toutes les directions, d'une longueur et d'une hauteur infinies. Comme je ne voyais ni porte, ni fenêtre, ni entrée, je commençai à me demander pourquoi nous nous en rapprochions. Mais, au moment où nous l'atteignîmes, nous nous retrouvâmes sur son faîte, je ne sais par quel moyen. De l'autre côté s'étendait une vaste prairie d'aspect plaisant... Ce lieu était inondé d'une lumière qui me sembla plus éblouissante que celle du jour ou que les rayons du soleil à midi...

« (Le guide dit) : "Tu dois maintenant retourner à ton corps et vivre à nouveau parmi les hommes, mais si tu pèses tes actions avec plus de soin et veilles à ce que tes paroles et ta conduite demeurent vertueuses et simples, tu auras mérité, quand tu mourras, d'avoir toi aussi ta place parmi ces esprits heureux que tu vois. Car, lorsque je t'ai quitté un bref instant, c'était afin de découvrir quel avenir serait le tien." Quand il m'eut dit cela, je me sentis peu enclin à retourner à mon corps, car j'étais enchanté par l'agrément et la beauté du lieu et de ses habitants. Mais je n'osai interroger mon guide et, dans l'intervalle, je ne sais comment, je me retrouvai soudain à nouveau vivant parmi les hommes. »

Bède conclut son récit par ces mots :

Cet homme de Dieu n'acceptait pas de discuter de ces choses, ni d'autres qu'il avait vues, avec des personnes indifférentes ou vivant dans l'insouciance, mais seulement avec celles qui... désiraient prendre ses paroles à cœur et grandir en sainteté[1].

Les moyens de la technologie médicale moderne ont ajouté une dimension nouvelle et passionnante à l'expérience de proximité de la mort ; de nos jours, un grand nombre de personnes sont « revenues de la mort », par exemple à la suite d'accidents, de crises cardiaques, de maladies graves, au cours d'opérations chirurgicales ou de combats. La proximité de la mort a fait l'objet de nombreuses études scientifiques et spéculations philosophiques. D'après un sondage Gallup de 1982 faisant autorité, un nombre étonnant d'Américains – près de huit millions, soit un habitant sur vingt – ont vécu une expérience de proximité de la mort au moins une fois[2].

Bien que deux personnes ne vivent jamais exactement la même chose – de même qu'il ne saurait y avoir deux expériences identiques des bardos –, l'on peut dégager, des différentes phases de l'expérience de proximité de la mort, un schéma commun, une « expérience type » :

1. Les personnes se trouvent dans un état altéré de perceptions, de paix et de bien-être, exempt de douleur, de sensations corporelles ou de peur.

2. Elles perçoivent parfois un son semblable à un bourdonnement ou à un mugissement du vent, et se retrouvent séparées de leur corps. C'est ce que l'on a appelé « l'expérience hors du corps » : elles voient souvent leur corps à partir d'un point situé quelque part au-dessus de lui ; leurs sens de la vue et de l'ouïe sont plus aiguisés ; leur conscience est lucide et extrêmement alerte, et il leur arrive même de passer à travers les murs.

3. Elles sont conscientes d'une autre réalité et elles ont l'impression de pénétrer dans l'obscurité, de flotter

dans un espace sans dimension, puis de se déplacer rapidement dans un tunnel.

4. Elles voient une lumière, d'abord comme un point éloigné, et elles se sentent attirées par elle comme par un aimant, puis enveloppées de lumière et d'amour. Elles décrivent cette lumière comme étant d'une grande beauté, aveuglante sans être blessante pour les yeux. Certaines racontent qu'elles ont rencontré un « être de lumière », une présence lumineuse, apparemment omnisciente, pleine de compassion et d'amour, que quelques-unes nomment Dieu ou le Christ. Parfois, en sa présence, elles voient défiler toute leur vie, tous leurs actes, bons et mauvais. Elles communiquent par télépathie avec cet être de lumière et se trouvent dans une dimension intemporelle, qui est en général bienheureuse et au sein de laquelle tous les concepts ordinaires, comme ceux de temps et d'espace, ont perdu toute signification. Même si l'expérience ne dure qu'une ou deux minutes au sens ordinaire, elle peut être extrêmement élaborée et d'une grande richesse.

5. Certaines personnes voient un monde intérieur d'une beauté surnaturelle, des paysages et des édifices paradisiaques, et entendent une musique céleste ; elles éprouvent une impression d'unité. Très peu d'entre elles, semble-t-il, rapportent des visions terrifiantes de mondes infernaux.

6. Elles atteignent parfois une limite qu'elles ne peuvent franchir ; certaines retrouvent des parents et des amis décédés, et leur parlent. Elles décident, souvent à contrecœur – ou bien on leur dit – de retourner à leur corps et à leur vie, chargées parfois d'une mission

ou d'un service, ou dans le but de protéger leur famille et de veiller sur elle, ou encore d'accomplir la raison d'être de leur existence.

Ainsi que le rapportent la plupart des témoignages, l'aspect le plus important de l'expérience de proximité de la mort est la transformation complète qu'elle opère souvent dans la vie, l'attitude, la carrière et les relations de ceux qui l'ont vécue. Leur crainte de souffrir et leur peur de mourir ne les quittent pas pour autant, mais ils perdent la peur de la mort en tant que telle ; ils deviennent plus tolérants et plus aimants ; ils commencent à s'intéresser aux valeurs spirituelles, au « chemin de la sagesse » et, généralement, à une spiritualité universelle plutôt qu'au dogme d'une seule religion.

Comment interpréter cette expérience de proximité de la mort ? Certains auteurs occidentaux, ayant lu le *Livre des Morts tibétain*, l'assimilent aux expériences des bardos enseignés dans la tradition tibétaine. A première vue, il semble extrêmement tentant d'établir des parallèles entre les deux, mais comment, précisément, peut-on rattacher les détails de l'expérience de proximité de la mort aux enseignements des bardos ? A mon avis, cela demanderait une étude approfondie qui dépasse les limites de ce livre. Toutefois, il est possible de constater un certain nombre de similitudes et de différences

L'OBSCURITÉ ET LE TUNNEL

Vous vous souvenez que, dans le bardo du moment précédant la mort, la dernière phase du processus de dissolution a lieu quand l'expérience d'obscurité du « plein accomplissement » se lève « comme un ciel vide plongé dans les ténèbres ». A cet instant particulier, les enseignements parlent d'un sentiment de félicité et de joie. Une des caractéristiques les plus importantes de l'expérience de proximité de la mort est l'impression de se déplacer « à une vitesse vertigineuse », avec une « sensation de ne plus rien peser », à travers un espace obscur, « une obscurité totale, paisible et merveilleuse », à l'intérieur d'un « long tunnel sombre ».

Une femme déclara à Kenneth Ring : « C'est tout à fait comme le vide, le néant, et c'est si paisible, si agréable qu'on ne voudrait pas que cela s'arrête. L'obscurité est totale, on n'a plus ni sensation, ni émotion... une espèce de tunnel obscur. Je flottais. C'était comme se trouver en plein ciel[3]. »

Une autre femme lui dit :

La première chose dont je me souvienne, c'est d'un formidable grondement, un formidable... il est difficile de trouver les termes exacts pour le décrire. La comparaison la plus proche qui me vienne à l'esprit serait peut-être le mugissement d'une tornade, un vent soufflant si fort qu'il m'aspirait presque. Il m'entraîna vers une espèce de goulet qui allait se rétrécissant[4].

Une femme raconta à Margot Grey :

Il me semblait être dans l'espace. Il faisait totalement noir et j'avais l'impression d'être entraînée vers une ouverture, comme vers la sortie d'un tunnel. Je le savais parce que, tout au bout, j'apercevais une lumière ; c'était cela qui me l'indiquait. J'étais en position verticale, entraînée vers l'ouverture. Je savais que ce n'était pas un rêve, les rêves ne se présentent pas ainsi. Jamais je n'ai pensé qu'il s'agissait d'un rêve[5].

LA LUMIÈRE

Au moment de la mort, l'aube de la Luminosité fondamentale ou Claire Lumière se lève dans toute sa splendeur. Le *Livre des Morts tibétain* dit : « Ô fils, fille d'une lignée d'êtres éveillés… ton Rigpa est luminosité et vacuité inséparables ; il est telle une vaste étendue de lumière, au-delà de la naissance et de la mort ; en réalité, il est le Bouddha de la Lumière immuable. »

Melvin Morse, spécialiste des expériences de proximité de la mort chez les enfants, fait remarquer : « Presque toutes les expériences vécues par les enfants – et environ un quart pour les adultes – comportent un élément de lumière. Tous rapportent que la lumière apparaît aux derniers stades de l'expérience, après qu'ils sont sortis de leur corps ou ont parcouru le tunnel[6]. »

L'une des meilleures descriptions de l'approche de la lumière est celle qui fut faite à Margot Grey :

Peu à peu, on réalise que très loin, à une grande distance, une distance incommensurable, on va peut-être parvenir au bout du tunnel, car on aperçoit une lumière blanche ; mais elle est si éloignée que je ne peux la comparer qu'à une unique étoile que l'on verrait très haut, très loin dans le ciel ; pourtant, il faut se souvenir qu'on regarde à travers un tunnel, et que cette lumière emplit le bout du tunnel. On se concentre sur ce point de lumière car, étant propulsé vers l'avant, on s'attend à le rejoindre.

Graduellement, tandis qu'on se dirige à une vitesse vertigineuse vers la lumière, celle-ci devient de plus en plus grande. En y réfléchissant maintenant, je dirais que tout s'est passé en une minute environ. Et comme on approche de cette lumière extrêmement brillante, on n'a pas l'impression que le tunnel prend fin brusquement, mais plutôt qu'on se fond dans la lumière. A présent, le tunnel est derrière soi et, devant, se trouve cette merveilleuse lumière d'un splendide blanc bleuté. Elle est d'un éclat extraordinaire, un éclat qui devrait être aveuglant ; pourtant, elle ne fait absolument pas mal aux yeux[7].

Beaucoup de personnes qui ont fait l'expérience de proximité de la mort décrivent la lumière en ces termes :

Pour la décrire, je dirais... eh bien ! ce n'était pas de la lumière, mais une absence, totale et complète, d'obscurité... On pense à la lumière comme à un grand luminaire qui éclaire tout, faisant des ombres et ainsi de suite. Celle dont je parle était en réalité une absence d'obscurité. On n'est pas habitué à cette idée parce que la lumière génère toujours de l'ombre, à moins qu'elle ne nous environne complètement. Mais celle-ci était si totale, si complète qu'on ne la regardait pas, on était dedans[8].

Quelqu'un dit à Kenneth Ring : « Ce n'était pas une lumière vive. Elle semblait être diffusée par un abat-jour. Mais il ne s'agissait pas d'une lumière comme celle qui vient d'une lampe. Vous savez à quoi cela ressemblait ? C'était comme si on avait placé un écran devant le soleil. Je me sentais devenir très, très paisible. Je n'avais plus peur. Tout allait bien se passer[9]. »

Une femme déclara à Margot Grey : « La lumière est plus éclatante que tout ce qu'on pourrait imaginer. Il n'y a pas de mots pour la décrire. J'étais si heureuse, c'est impossible à expliquer. Il y avait un tel sentiment de sérénité, c'était une sensation merveilleuse. La lumière est si vive que, normalement, on devrait en être aveuglé ; pourtant, elle ne blesse nullement les yeux. »

D'autres personnes rapportent que non seulement elles perçoivent la lumière, mais pénètrent directement en elle. Elles décrivent ainsi ce qu'elles éprouvent : « Je n'avais pas du tout l'impression d'avoir une identité séparée. J'étais la lumière, et je ne faisais qu'un avec elle[10]. »

Une femme qui venait de subir deux opérations importantes en deux jours raconta à Margot Grey : « Je ne ressentais plus que mon essence. Le temps ne comptait plus et l'espace était empli de félicité. Je baignais dans une lumière radieuse et j'étais immergée dans une aura d'arc-en-ciel. Tout avait fusionné. Les sons étaient d'un autre ordre, harmonieux et ineffables – aujourd'hui, je les appelle musique[11]. »

Un homme qui était parvenu à ce stade d'entrée dans la lumière en fit la description suivante :

Les événements qui vont suivre se sont produits simultanément mais, pour les décrire, il faut que je les prenne un par un. On éprouve la sensation de se trouver en présence d'un être, ou plutôt d'une sorte d'énergie, non pas une personne dans le sens d'une autre personne, mais une intelligence avec laquelle il est possible de communiquer. Pour parler de sa taille, je dirais qu'elle occupe tout l'espace devant soi. Elle embrasse absolument tout, on se sent enveloppé par elle.

La lumière communique immédiatement avec vous et, dans une télékinésie instantanée, vos ondes de pensées sont lues, indépendamment du langage. Recevoir un message ambigu serait impossible. Le premier message que je reçus fut : « Détends-toi, tout est parfait, tout va bien, tu n'as rien à craindre. » J'ai été tout de suite mis complètement à l'aise. Dans le passé, si quelqu'un, un médecin par exemple, disait : « Tout va bien, vous n'avez rien à craindre, ça ne fera pas mal », ça faisait généralement mal et l'on ne pouvait pas lui faire confiance. Mais là, c'était la sensation la plus merveilleuse que j'aie jamais éprouvée, une sensation d'amour absolument pur. Chaque émotion, chaque sentiment est tout simplement parfait. On a chaud, mais cela n'a rien à voir avec la température qu'il fait. Là, tout est absolument vif et clair. Ce que la lumière vous communique est une sensation d'amour véritable et pur. Jamais auparavant je n'avais ressenti cela. Cela ne peut se comparer ni à l'amour d'une épouse, ni à celui de ses enfants, ni non plus à l'amour sexuel. Même si tous ces aspects de l'amour se combinaient, cela ne saurait se comparer à la sensation que cette lumière fait naître en vous[12].

Un homme qui avait failli se noyer à l'âge de quatorze ans raconta :

Comme j'atteignais la source de la lumière, je pus voir à l'intérieur. Les mots du langage humain ne peuvent décrire ce que j'éprouvai devant ce que je vis. C'était un monde immense et infini de calme, d'amour, d'énergie et de beauté. En comparaison, la vie humaine était insignifiante. Et pourtant, l'importance de la vie était soulignée et, en même temps, la mort présentée comme un moyen d'accéder à une existence différente et meilleure. C'était l'être même, la beauté même, le sens même de toute existence. C'était toute l'énergie de l'univers, rassemblée à jamais en un seul lieu[13].

Melvin Morse a décrit de façon émouvante des expériences de proximité de la mort vécues par des enfants. Il raconte comment, avec leurs mots tout simples, ils décrivent la lumière :

« J'ai un beau secret à te dire. J'ai monté un escalier qui allait jusqu'au ciel.

« Tout ce que je voulais, c'était arriver jusqu'à cette lumière. Mon corps m'était égal, tout m'était égal ; tout ce que je voulais, c'était arriver à cette lumière.

« Il y avait une lumière magnifique qui contenait tout ce qu'il y a de bon. Pendant près d'une semaine, je pouvais voir partout des étincelles de cette lumière.

« Quand je suis sorti du coma, à l'hôpital, j'ai ouvert les yeux et j'ai vu partout des morceaux de cette lumière. Je pouvais voir comment tout se tient dans le monde[14]. »

SIMILITUDES AVEC LE BARDO DU DEVENIR

Dans l'expérience de proximité de la mort, l'esprit, momentanément affranchi du corps, connaît un certain nombre d'expériences qui rappellent celles du corps mental dans le bardo du devenir.

1. *L'expérience hors du corps.*

L'expérience de proximité de la mort débute souvent par une expérience de sortie hors du corps : les personnes peuvent voir leur propre corps ainsi que tout ce qui les entoure. Cela correspond à ce qui a déjà été dit à propos du *Livre des Morts tibétain* :

« Je me souviens m'être réveillé de l'anesthésie, puis avoir dérivé et m'être retrouvé flottant au-dessus du lit, hors de mon corps, en train de le contempler. J'avais conscience de n'être plus qu'un cerveau et des yeux, je ne me rappelais plus que j'avais un corps[15]. »

Un homme qui avait été victime d'une crise cardiaque dit à Kenneth Ring : « Il me semblait que j'étais en l'air, dans l'espace, et que seul mon esprit était actif. Je n'avais plus aucune sensation de mon corps ; c'était comme si, seul, mon cerveau était là, suspendu dans l'espace. Je n'étais plus qu'un esprit. Je ne pesais plus rien – j'étais seulement esprit[16]. »

2. *Observer ses proches avec impuissance.*

J'ai décrit comment, dans le bardo du devenir, le défunt est capable de voir et d'entendre ses proches sans pour autant pouvoir communiquer avec eux, ce qui est parfois frustrant. Une Américaine vivant en Floride a raconté à Michael Sabom comment elle regardait en bas sa mère alors qu'elle-même se trouvait quelque part près du plafond : « Le plus important, dans ce que je me rappelle, c'est combien j'étais triste de ne pouvoir lui faire savoir, d'une façon ou d'une autre, que j'allais bien. Je savais que tout se passait bien pour moi, mais je ne savais pas comment le lui dire[17]... »

« Je me souviens les avoir vus, dans le couloir... ma femme, mon fils et ma fille aînés, le médecin... Je ne comprenais pas pourquoi ils pleuraient[18]. »

Une autre femme raconta à Michael Sabom : « J'étais assise tout là-haut et je me voyais moi, prise de convulsions, ma mère et ma servante poussant des cris et des hurlements parce qu'elles me croyaient morte. Je ressentis pour elles une telle pitié... rien qu'une profonde, une très profonde tristesse. Mais là-haut, je sentais que j'étais libre et qu'il n'y avait aucune raison de souffrir[19]. »

3. *Forme, mobilité et clairvoyance parfaites.*

Le *Livre des Morts tibétain* décrit le corps mental, dans le bardo du devenir, comme un « corps de l'âge d'or », doué d'une mobilité et d'une clairvoyance presque surnaturelles. Ceux qui ont fait une expérience de proximité de la mort ont, eux aussi, découvert que la forme qui est la leur à ce moment est intacte et dans la force de l'âge.

« Je flottais dans l'air et j'étais beaucoup plus jeune… J'avais l'impression, en quelque sorte, de pouvoir me voir comme dans un miroir et d'avoir vingt ans de moins[20]. »

Ils découvrent également qu'ils peuvent se déplacer dans l'instant par le seul pouvoir de la pensée. Un vétéran de la guerre du Vietnam raconta à Michael Sabom :

« Je sentais que je pouvais, par la pensée, me retrouver instantanément là où je le désirais… Je me sentais grisé par cette impression de puissance. Je pouvais faire ce que je voulais… En fait, c'est plus réel qu'ici[21]. »

« Je me souviens que, tout à coup, je me suis retrouvé sur le champ de bataille où j'avais perdu la vie… C'était presque comme si l'on se matérialisait là-bas et que, soudain, l'instant d'après, l'on se retrouvait ici. Et tout ceci en l'espace d'un clin d'œil[22]. »

De nombreuses personnes relatent que, grâce à un sens particulier de clairvoyance, elles disposent pendant l'expérience de proximité de la mort d'une connaissance totale, allant « de l'origine jusqu'à la fin des temps[23] ». Une femme confia à Raymond Moody : « Soudain, j'eus une connaissance totale de tout ce qui existe depuis les origines, de tout ce qui se perpétuera indéfiniment – l'espace d'une seconde, je connus les secrets de tous les âges, toute la signification de l'univers, des étoiles, de la lune – de tout[24]. »

« Pendant un instant, au cours de cette expérience – mais c'est indescriptible — ce fut comme si j'avais la connaissance de toutes choses... Là, en cet instant, la communication ne me semblait plus nécessaire. Je pensais alors que tout ce que je désirais connaître, je pouvais le connaître[25]. »

« Tandis que j'étais là-bas, je me sentais au centre de tout. Je me sentais en état d'éveil, purifié. Je sentais que je pouvais percevoir la raison d'être de toute chose. Tout se tenait, tout avait un sens, même les moments les plus sombres. Il me semblait presque aussi que toutes les pièces du puzzle s'ajustaient[26]. »

4. *La rencontre avec d'autres êtres.*

Selon les enseignements tibétains, dans le bardo du devenir, le corps mental rencontre d'autres êtres du bardo. D'une façon similaire, une personne qui connaît une expérience de proximité de la mort a souvent la possibilité de converser avec d'autres personnes décédées. Le vétéran de la guerre du Vietnam interrogé par Michael Sabom raconta que, tandis qu'il était étendu, inconscient, sur le champ de bataille et contemplait son propre corps, il vécut l'expérience suivante :

Les treize gars qui avaient été tués la veille et dont j'avais mis les corps dans des sacs en plastique étaient là avec moi. Ma compagnie, au cours de ce mois de mai, avait perdu quarante-deux hommes, et le plus étonnant c'est que les quarante-deux au grand complet étaient là. Ils n'avaient pas la forme sous laquelle on perçoit d'habitude le corps humain... Mais je savais que c'étaient eux. Je ressentais leur présence. Nous communiquions sans avoir besoin de parler[27].

Une femme, victime d'un arrêt cardiaque alors qu'elle se trouvait sous anesthésie pour l'extraction d'une dent, raconta :

Puis je me suis retrouvée dans un paysage magnifique. Là, l'herbe est plus verte que tout ce que l'on peut voir sur terre : elle brille d'une lumière, d'un éclat particuliers. Les couleurs sont au-delà de toute description ; ici, en comparaison, elles sont vraiment ternes... Dans ce lieu, j'ai vu des personnes dont je savais qu'elles étaient mortes. Aucun mot n'était prononcé, mais c'était comme si je savais ce qu'elles pensaient, et savais qu'elles savaient ce que je pensais[28].

5. Des mondes différents.

Dans le bardo du devenir, en même temps que toutes sortes d'autres visions, le corps mental percevra des visions et des signes d'autres mondes. Un petit pourcentage de ceux qui sont revenus d'une expérience de proximité de la mort rapporte des visions de mondes intérieurs, de paradis et de cités de lumière leur apparaissant au son d'une musique divine.

Une femme dit à Raymond Moody :

Dans le lointain, je pouvais voir une cité. Il y avait des édifices – des édifices séparés. Ils étaient brillants et étincelaient. Les gens y étaient heureux. Il y avait de l'eau scintillante, des fontaines... Je suppose qu'on pourrait appeler cela une cité de lumière... C'était merveilleux. On entendait une très belle musique. Tout était resplendissant, magnifique... Mais si j'y étais entrée, je pense que je n'en serais pas ressortie. On me dit que, si je m'y rendais, je ne pourrais pas revenir... que la décision m'appartenait[29].

Une autre personne raconta à Margot Grey :

J'eus l'impression de me trouver dans ce qui semblait être une sorte de structure ou de construction, mais je ne me souviens pas qu'il y eût des murs. Il y avait seulement cette belle lumière dorée qui enveloppait tout... Je remarquai autour de moi beaucoup de gens qui semblaient se diriger quelque part, ou bien aller de-ci, de-là ; ils ne marchaient pas vraiment, ils semblaient plutôt glisser. Je ne me sentais nullement séparé d'eux ; l'une des impressions qui m'ont le plus marqué à leur sujet était ce sentiment d'unité, de faire totalement partie de tout ce qui m'entourait[30].

6. *Visions infernales.*

Cependant, comme on peut s'y attendre après ce que l'on a vu dans les enseignements tibétains, les descriptions se rapportant aux expériences de proximité de la mort ne sont pas toutes positives. Certaines personnes rapportent des expériences terrifiantes de peur, de panique, de solitude, de désolation et d'abattement, qui évoquent de façon saisissante les descriptions du bardo du devenir. Margot Grey cite le cas d'une personne ayant été aspirée « par un immense vortex noir semblable à un tourbillon », et ceux qui vivent une expérience négative – de même que ceux qui, dans le bardo du devenir, s'apprêtent à renaître dans des mondes inférieurs — ont souvent l'impression qu'au lieu de se mouvoir vers le haut, ils se dirigent vers le bas.

J'étais entraîné par un flot sonore – une rumeur constante faite de bruits humains... Je sentais que je m'enfonçais dans le courant, que j'en faisais peu à peu partie et que, lentement, j'étais submergé. Une peur intense m'envahit, car je savais confusément que, si je succombais à cette masse sonore qui ne cessait de s'amplifier, je serais perdu [31].

Je regardais au fond d'un grand puits rempli d'un tourbillon de brume grise, et il y avait toutes ces mains et ces bras qui essayaient de s'emparer de moi et de m'attirer vers le bas. On entendait un bruit terrible de lamentations, plein de désespoir [32].

Certains ont même fait l'expérience de ce que l'on ne peut qu'appeler des visions infernales. Ils ont ressenti un froid intense ou une chaleur intolérable, et ont entendu des gémissements déchirants ou des bruits ressemblant à ceux de bêtes sauvages. Margot Grey nous cite le cas de cette femme :

> *Je me trouvais dans un lieu enveloppé de brume. J'avais l'impression d'être en enfer. De la vapeur sortait d'un grand puits et il y avait des mains et des bras qui se tendaient pour essayer d'attraper les miens... J'avais horriblement peur que ces mains ne parviennent à s'agripper à moi et à m'attirer au fond du puits avec elles... Un lion énorme bondit soudain vers moi depuis l'autre côté, et je poussai un cri. Je n'avais pas peur du lion, mais je sentais qu'il pouvait me faire perdre l'équilibre et me précipiter dans ce trou horrible... Il faisait extrêmement chaud au fond, la vapeur qui en sortait était brûlante[33].*

Un homme victime d'un arrêt cardiaque raconte : « Je m'enfonçais toujours plus profondément sous terre. La colère régnait, et je ressentais une peur affreuse. Tout était gris. On entendait des bruits effrayants, semblables à des rugissements de bêtes féroces enragées, grinçant des dents[34]. »

Raymond Moody écrit que plusieurs personnes prétendent avoir vu des êtres qui semblaient pris au piège de leur incapacité à abandonner leur attachement au monde physique – qu'il s'agisse de biens, de personnes ou d'habitudes. Une femme dit de ces « êtres égarés » :

> *Ce que l'on pouvait prendre pour leur tête était penché vers le sol ; ils avaient des regards tristes,*

abattus ; ils semblaient traîner les pieds comme des forçats enchaînés... Ils avaient un air vide, terne, gris. On aurait dit qu'ils passaient ainsi leur temps à traîner les pieds et à bouger, ignorant où aller, qui suivre ou que chercher. Quand je suis passée près d'eux, ils n'ont même pas levé la tête pour voir ce qui se passait. Ils avaient l'air de penser : « De toute façon, tout est perdu. Que suis-je en train de faire ? De quoi s'agit-il ? » Partout régnait cette attitude accablée et désespérée de gens qui ne savaient plus ni que faire, ni où aller, ni qui ils étaient, qui n'avaient plus aucune notion de quoi que ce soit. Ils ne restaient pas assis ; ils donnaient plutôt l'impression de ne jamais s'arrêter d'aller et venir, mais sans direction précise. Ils partaient droit devant eux, puis tournaient à gauche, faisaient quelques pas et tournaient à droite. Ils n'avaient absolument rien à faire. Ils semblaient être à la recherche de quelque chose, mais de quoi, je n'en sais rien[35].

Comme nous le lisons dans les récits de proximité de la mort, il arrive que la personne perçoive une frontière ou une limite ; un point de non-retour est atteint. Parvenue à cette frontière, elle choisit de retourner à la vie ou bien en reçoit l'ordre, parfois de la présence de lumière. Il n'existe bien évidemment aucun équivalent de ceci dans les enseignements sur les bardos, puisqu'ils décrivent ce qu'il advient d'une personne qui meurt réellement. Il existait cependant au Tibet une catégorie de personnes, appelées *déloks*, qui faisaient une expérience ressemblant à celle de la proximité de la mort. Ce qu'ils racontent présente des similitudes étonnantes.

LE DÉLOK : UNE EXPÉRIENCE TIBÉTAINE
DE PROXIMITÉ DE LA MORT

Le délok est un phénomène curieux, familier aux Tibétains mais peu connu en Occident. En tibétain, *dé lok* signifie « qui est revenu de la mort » et, traditionnellement, les déloks sont des personnes qui, à la suite d'une maladie, semblent « mourir » et se retrouvent voyageant dans le bardo. Ils se rendent dans les mondes infernaux, y assistent au jugement des morts et sont témoins des souffrances de l'enfer ; ils visitent aussi parfois des paradis ou des royaumes de bouddhas. Il arrive qu'une divinité les accompagne pour les protéger et leur expliquer ce qui se passe. Au bout d'une semaine, le délok est renvoyé à son corps, chargé par le Seigneur de la Mort d'un message pour les vivants les exhortant à la pratique spirituelle et les invitant à un mode de vie bénéfique. Les déloks éprouvent souvent beaucoup de difficultés à faire admettre leur récit. Ils passent ensuite le reste de leur vie à raconter aux autres leur expérience, afin de les inciter à suivre le chemin de la sagesse. Les biographies de quelques-uns des plus célèbres déloks ont été mises par écrit. Elles sont chantées dans tout le Tibet par des ménestrels itinérants.

Sous certains aspects, l'expérience des déloks correspond non seulement, comme on pouvait s'y attendre, aux enseignements sur les bardos tels que ceux du *Livre des Morts tibétain*, mais également aux expériences de proximité de la mort.

Lingza Chökyi était une célèbre délok vivant au XVIe siècle, originaire de la même région du Tibet que moi. Dans sa biographie, elle raconte comment, ne s'étant pas aperçue qu'elle était en train de mourir et se retrouvant hors de son corps, elle avait vu, allongé sur son propre lit, un cochon mort habillé de ses vêtements. Ayant tenté désespérément, mais en vain, de communiquer avec les membres de sa famille occupés à préparer à son intention les pratiques pour les morts, elle entra dans une grande fureur quand elle constata qu'ils ne faisaient aucune attention à elle et ne lui servaient pas son repas. Quand ses enfants se mirent à pleurer, elle sentit tomber « une grêle de pus et de sang » qui lui causa une vive douleur. Elle raconte qu'elle ressentait de la joie chaque fois qu'on accomplissait des pratiques, et qu'elle éprouva un bonheur infini quand, se trouvant enfin en présence du maître qui pratiquait pour elle et demeurait dans la nature de l'esprit, son propre esprit et celui du maître ne firent qu'un.

Au bout d'un certain temps, elle entendit une voix qui l'appelait et, croyant reconnaître celle de son père, elle la suivit. Elle parvint ainsi dans le royaume du bardo, qui lui apparut comme une contrée. De là, raconte-t-elle, partait un pont qui conduisait aux mondes infernaux et au lieu où le Seigneur de la Mort comptabilisait les bonnes et les mauvaises actions des morts. Dans ce royaume, elle rencontra diverses personnes qui lui racontèrent leur histoire, puis elle vit un grand yogi qui s'était rendu dans les mondes infernaux dans le dessein de libérer les êtres qui s'y trouvaient.

Finalement, Lingza Chökyi fut renvoyée dans le monde car une erreur s'était glissée dans son nom et celui de sa famille, et son temps n'était pas encore venu de mourir. Chargée du message pour les vivants que lui avait confié le Seigneur de la Mort, elle revint à son corps, recouvra la santé et passa le reste de sa vie à faire le récit de ce qu'elle avait appris.

Le phénomène des déloks n'appartient pas seulement au passé; il s'est perpétué au Tibet jusqu'à une époque très récente. Il pouvait arriver qu'un délok quitte son corps pendant près d'une semaine et rencontre des personnes décédées, parfois totalement inconnues de lui, qui le chargent de messages destinés à des membres de leur famille encore en vie, leur demandant d'effectuer certaines pratiques à leur intention. Le délok retourne alors à son corps et transmet les messages. C'était, au Tibet, un fait admis et l'on avait élaboré des méthodes ingénieuses pour vérifier que les déloks n'étaient pas des imposteurs. La fille de Dilgo Khyentsé Rinpoché a raconté à Françoise Pommaret, auteur d'un livre sur les déloks, qu'au Tibet, tandis que le délok se trouvait dans cet état particulier, on bouchait les orifices de son corps avec du beurre et on recouvrait son visage d'une pâte confectionnée avec de la farine d'orge[36]. Si le beurre ne fondait pas et si le masque ne se fissurait pas, le délok était reconnu comme authentique.

La tradition des déloks se perpétue aujourd'hui dans les régions himalayennes du Tibet. Ce sont des individus tout à fait ordinaires, souvent des femmes, qui sont animés d'une dévotion et d'une foi ferventes. Ils « meurent », à certaines dates spéciales du calendrier bouddhiste, pendant un certain nombre d'heures; ils ont pour fonction principale de servir de messagers entre les vivants et les morts.

LE MESSAGE DE L'EXPÉRIENCE
DE PROXIMITÉ DE LA MORT

Comme nous l'avons vu, l'expérience de proximité de la mort et les enseignements sur les bardos présentent des similitudes significatives ; on peut également constater des différences importantes. La différence majeure, évidemment, est que ceux qui font l'expérience de proximité de la mort *ne meurent pas*, alors que les enseignements sur les bardos décrivent ce qui advient des personnes au moment de la mort, après la mort du corps physique et lorsqu'elles prennent une nouvelle naissance. Le fait que ceux qui vivent une expérience de proximité de la mort ne poussent pas plus avant leur voyage dans la mort – qui, pour certains, ne dépasse pas une minute – peut expliquer pour le moins l'existence éventuelle de disparités entre les deux descriptions.

Certains auteurs ont avancé l'idée que l'expérience de proximité de la mort était l'expression des phases du processus de dissolution qui a lieu pendant le bardo du moment précédant la mort. Il est, à mon sens, prématuré de vouloir établir un rapport trop précis entre l'expérience de proximité de la mort et les descriptions du bardo, car la personne qui a survécu à cette expérience n'a fait, littéralement, qu'approcher la mort. Lorsque j'ai décrit à mon maître Dilgo Khyentsé Rinpoché la nature de l'expérience de proximité de la mort, il l'a définie comme un phénomène appartenant au bardo naturel de *cette vie* ; en effet, la conscience ne fait que quitter le corps de la personne « morte » pour errer temporairement dans divers royaumes.

Dilgo Khyentsé Rinpoché suggérait que les personnes qui vivent une expérience de proximité de la mort font en réalité l'expérience de leur mort clinique dans le cadre du bardo naturel de cette vie. Peut-être se sont-elles tenues sur le seuil des bardos, mais elles n'y ont pas véritablement pénétré pour en revenir ensuite. Quelle que soit leur expérience, celle-ci se situe toujours dans le cadre du bardo naturel de cette vie. Leur expérience de la lumière est-elle comparable à l'aube de la Luminosité fondamentale ? Est-il possible que, juste avant que ne se lève son vaste soleil, elles aient clairement entrevu les premiers rayons de l'aurore ?

Quel que soit le sens ultime donné aux différents récits de l'expérience de proximité de la mort, les nombreuses explications que j'ai lues ou entendues à ce propos m'ont profondément touché. J'ai été tout particulièrement frappé par certaines des attitudes que ces expériences faisaient naître, car elles reflètent fort bien le point de vue bouddhiste sur la vie. J'en ai déjà mentionné deux : d'une part, la transformation profonde et l'éveil spirituel s'opérant chez ceux qui ont vécu cette expérience et, d'autre part, ce que cela implique pour chacun de voir sa vie défiler devant soi. Ce dernier phénomène se rencontre fréquemment dans l'expérience de proximité de la mort. Il démontre clairement l'inéluctabilité du karma et la portée considérable de toutes nos actions, paroles et pensées. Le message essentiel que rapportent, à leur retour, ceux qui ont fait l'expérience d'une rencontre avec la mort, ou avec la présence – l'« être de lumière » –, est exactement le même que celui que nous délivrent le Bouddha et les enseignements sur les bardos : les qualités essentielles dans la vie sont l'amour et la connaissance, la compassion et la sagesse.

Sans doute ces personnes commencent-elles à discerner ce que nous disent les enseignements sur les bardos, à savoir que la vie et la mort existent seulement au sein de l'esprit. La confiance que semblent posséder un grand nombre de ceux qui ont vécu une telle expérience reflète cette compréhension plus profonde de l'esprit.

L'expérience de proximité de la mort et les conséquences qui en résultent présentent également des similitudes indéniables et fascinantes avec les états mystiques et les états altérés de conscience. Ceux qui ont fait cette expérience ont, par exemple, fait état d'un certain nombre de phénomènes paranormaux. Certains ont des visions prémonitoires ou prophétiques à l'échelle planétaire, ou voient leur propre avenir de façon étonnamment exacte ; d'autres, après une expérience de proximité de la mort, relatent des expériences qui évoquent l'énergie de la *kundalini*[37] ; d'autres encore se découvrent des pouvoirs réels et impressionnants de voyance, ou de guérison physique ou psychique.

Nombre de ceux qui ont approché la mort ont trouvé des termes très personnels, d'une éloquence rare, pour décrire la beauté, l'amour, la paix, la félicité et la sagesse qu'ils ont connus. A les entendre, il me semble qu'ils ont peut-être entrevu le rayonnement de la nature de l'esprit ; il n'est pas étonnant que de tels aperçus aient entraîné, fort souvent, une véritable transformation spirituelle. Cependant, comme le fait remarquer Margot Grey, « point n'est besoin d'être aux portes de la mort pour faire l'expérience d'une réalité spirituelle plus élevée[38] ». Cette réalité spirituelle plus élevée existe ici et maintenant, dans la vie même, pour peu que nous sachions la découvrir et y pénétrer.

J'aimerais vous mettre en garde sur ce point essentiel : ne vous laissez pas bercer par ces récits d'expériences de proximité de la mort et par tout ce qu'ils peuvent inspirer, et n'allez pas croire à tort qu'il suffit de mourir pour reposer dans de tels états de paix et de béatitude. Les choses ne sont pas — et ne sauraient être – aussi simples.

Quand on éprouve une douleur et une peine intenses, on a parfois l'impression d'avoir atteint la limite du supportable. Ces récits de proximité de la mort pourraient faire naître – cela est concevable – la tentation de mettre fin à ses jours pour en terminer avec toute sa souffrance. Cela peut apparaître comme une solution simple, mais ce serait oublier que ce que nous endurons fait partie de la vie. Il est impossible de fuir. Si nous fuyons, nous serons confrontés plus tard à cette souffrance sous une forme bien pire encore.

En outre, bien que les récits des expériences recueillis aient été, pour la plupart, positifs, on s'interroge toujours pour savoir si cela reflète réellement la rareté des expériences négatives ou terrifiantes, ou bien si cela indique plutôt une difficulté à s'en souvenir. Il est bien possible que l'on n'ait pas envie de se rappeler les expériences plus sombres ou plus effrayantes, ou que, consciemment, on n'en soit pas capable. De plus, ceux qui ont vécu une expérience de proximité de la mort soulignent qu'ils ont retenu, avant tout, l'importance de transformer notre existence *maintenant*, alors que nous sommes encore en vie ; car, disent-ils, « c'est *ici* que nous avons une mission plus importante à remplir[39] ».

Transformer notre vie dès maintenant est donc essentiel et urgent. Ne serait-il pas tragique que le message central que nous livre l'expérience de proximité de la mort – à savoir que la vie est fondamentalement sacrée et qu'elle doit être vécue avec une intensité et une détermination pareillement sacrées — soit obscurci et perdu à cause d'une approche simpliste et romantique de la mort ? Et ne serait-il pas plus tragique encore que cet optimisme facile ait seulement pour effet de renforcer notre insouciance à l'égard de nos vraies responsabilités, envers nous-mêmes et le monde, insouciance qui met en péril la survie de la planète ?

LE SENS DE L'EXPÉRIENCE
DE PROXIMITÉ DE LA MORT

Certains se sont efforcés de démontrer – cela est inévitable – que les événements se produisant au cours de l'expérience de proximité de la mort constituaient autre chose qu'une expérience spirituelle ; des scientifiques réductionnistes ont ainsi tenté d'en rendre compte simplement en termes d'effets physiologiques, neurologiques, chimiques ou psychologiques. Cependant, les chercheurs qui ont étudié cette question, eux-mêmes médecins et hommes de science, ont clairement réfuté ces objections, une à une, et insisté sur le fait qu'elles ne peuvent pas expliquer cette expérience dans sa totalité. Comme l'écrit Melvin Morse à la fin de son très beau livre, *Des enfants dans la lumière de l'au-delà* :

Les expériences de proximité de la mort se présentent à nous comme un ensemble d'événements, et ce n'est pas par l'étude de ses diverses composantes que l'on peut comprendre le tout. Ce n'est pas l'étude des diverses fréquences du son à l'origine des notes qui permet de comprendre la musique; il n'est pas nécessaire non plus de posséder une compréhension profonde de la physique acoustique pour apprécier Mozart. L'expérience de proximité de la mort demeure un mystère[40].

Melvin Morse écrit aussi :

Je pense que le fait même de comprendre le sens des expériences de proximité de la mort va constituer un premier pas en vue de combler le fossé considérable entre science et religion, qui s'est creusé il y a presque trois siècles avec Isaac Newton. Informer les médecins, les infirmières, nous informer nous-mêmes sur ce que les personnes vivent en ces heures dernières, détruira les préjugés qui marquent notre façon d'appréhender la médecine et la vie[41].

En d'autres termes, les progrès mêmes de la technologie médicale lui fournissent les moyens de faire sa propre révolution. Melvin Morse déclare :

N'y a-t-il pas une certaine ironie dans le fait que ce soit notre technologie médicale qui ait conduit à cette pléthore d'expériences de proximité de la mort ?... Il y en eut tout au long des siècles passés, mais ce n'est qu'au cours de ces vingt dernières années que nous avons vu la technologie ressusciter

*des malades. Aujourd'hui, ils nous racontent leurs
expériences : écoutons-les. C'est, à mon avis, un défi
lancé à notre société... Je pense que les expériences
de proximité de la mort sont un processus psychologique naturel associé au moment de la mort. Je me
risquerai à prédire que si nous sommes capables de
réintégrer cette connaissance dans notre société, ce
sera une aide non seulement pour les malades en
fin de vie, mais pour la société tout entière. Je
constate que la médecine d'aujourd'hui est totalement dénuée de spiritualité... Il n'y a aucune raison
pour que technologie et spiritualité ne puissent
coexister*[42].

En écrivant ce livre, j'ai voulu montrer, entre autres,
que je crois possible ce que déclare Melvin Morse : la
technologie et la spiritualité peuvent et doivent coexister si nous voulons que se développe, dans toute son
ampleur, notre potentiel humain. Une science de
l'homme totale, et totalement utile, n'aurait-elle pas le
courage d'embrasser et d'explorer les faits de l'expérience mystique, ainsi que les faits de la mort et du
processus de la mort tels qu'ils se révèlent dans l'expérience de proximité de la mort et tels que je les décris
dans ce livre ?

Bruce Greyson, une des figures marquantes de la
recherche sur l'expérience de proximité de la mort,
écrit :

*La science doit s'efforcer d'expliquer l'expérience
de proximité de la mort, parce que c'est en elle
qu'elle trouvera la clé de sa propre croissance...
L'histoire nous montre que la science ne développe*

de nouvelles méthodes que lorsqu'elle tente d'expliquer des phénomènes qui, sur le moment, restent hors de portée. Je crois que l'expérience de proximité de la mort constitue une de ces énigmes qui pourraient précisément contraindre les hommes de science à développer une nouvelle méthode scientifique, une méthode qui intégrerait toutes les sources du savoir, qui ne ferait pas seulement appel à la déduction logique de l'intellect et à l'observation empirique du monde matériel, mais aussi à l'expérience mystique directe[43].

Bruce Greyson a également émis l'opinion que ces expériences se produisaient pour une raison précise : « Après avoir étudié les expériences de proximité de la mort pendant plusieurs années, j'en suis venu à penser qu'elles nous étaient proposées dans le but de nous apprendre à aider les autres. »

Kenneth Ring voit cependant, dans l'expérience de proximité de la mort, une autre possibilité et une autre signification extraordinaire. Il se demande pourquoi, *précisément* à notre époque, tant de gens vivent ces expériences et s'en trouvent transformés spirituellement. Après avoir été, pendant de nombreuses années, un pionnier audacieux dans le domaine de la recherche sur l'expérience de proximité de la mort, il en est arrivé à voir, en ceux qui avaient fait cette expérience et en étaient revenus, des « messagers de l'espoir », qui nous parlent d'une réalité spirituelle plus élevée et plus noble et nous invitent à changer sans plus attendre tous les aspects de notre mode de vie actuel, à mettre fin à toutes les guerres, à toutes les divisions entre religions et peuples, et à protéger et sauvegarder l'environnement :

> *Je crois... que l'ensemble de l'humanité lutte collectivement pour s'éveiller à un mode de conscience nouveau et plus élevé... et que l'on peut voir, dans l'expérience de proximité de la mort, un procédé évolutionniste destiné à provoquer cette transformation, sur une période couvrant un certain nombre d'années, chez des millions de personnes*[44].

Peut-être dépend-il de nous tous que cela devienne, ou non, réalité : aurons-nous véritablement le courage de faire face à tout ce qu'impliquent l'expérience de proximité de la mort et les enseignements sur les bardos ? Oserons-nous, en nous transformant, transformer le monde qui nous entoure et ainsi, peu à peu, modifier l'avenir de l'humanité tout entière ?

QUATRIÈME PARTIE

Conclusion

VINGT ET UN

Le processus universel

Quarante ans après l'occupation du Tibet par la Chine, le monde ignore encore ce qui s'est passé, l'ampleur de la terreur, de la destruction et du génocide systématique que le peuple tibétain a subis et continue de subir. Sur une population de six millions d'habitants, plus d'un million a trouvé la mort du fait des Chinois ; les vastes forêts du Tibet, aussi indispensables à l'écologie mondiale que celles de l'Amazonie, ont été abattues ; sa faune a été presque entièrement massacrée ; ses plateaux et ses rivières ont été pollués par des déchets nucléaires ; la grande majorité de ses six mille cinq cents monastères a été pillée ou détruite ; le peuple tibétain est menacé d'extinction et ce qui faisait la gloire de sa culture a été presque totalement détruit dans sa propre patrie.

Dès le début de l'occupation du Tibet par la Chine, dans les années 1950, un grand nombre d'atrocités ont été commises. Les maîtres spirituels, les moines et les nonnes ont été les premières cibles des communistes chinois. Ceux-ci, en effet, désiraient avant tout briser l'esprit même de la population en effaçant toute trace de vie religieuse. Au cours des années, d'innombrables

récits me sont parvenus qui racontent ces morts boule-
versantes et extraordinaires, survenues dans les pires
circonstances. Elles portent témoignage de la splendeur
de cette vérité que les Chinois s'acharnaient à détruire,
et lui rendent un ultime hommage.

Dans la partie du Tibet dont je suis originaire, la
province du Kham, vivait un vieux *khenpo*, un abbé,
qui avait passé de nombreuses années en retraite dans
les montagnes. Les Chinois avaient annoncé qu'ils
allaient le « punir » et chacun savait que cela signifiait
la torture et la mort. Ils envoyèrent donc, à son ermitage, un détachement de soldats chargés de l'arrêter. Le
khenpo étant trop âgé pour faire à pied son dernier
voyage, les Chinois lui trouvèrent un vieux cheval ché-
tif ; ils l'assirent sur l'animal et l'y attachèrent. Tandis
qu'ils conduisaient le cheval sur le chemin qui reliait
l'ermitage au camp militaire, le khenpo se mit à chanter. Les Chinois ne pouvaient comprendre le sens de
ses paroles mais les moines qui avaient été arrêtés avec
lui racontèrent, plus tard, qu'il chantait des « chants
d'expérience », c'est-à-dire des chants d'une grande
beauté jaillissant spontanément de la profondeur et de
la joie de sa réalisation. Lentement, le groupe descendait en serpentant sur le flanc de la montagne ; les
soldats gardaient un silence pesant ; les moines étaient
pour la plupart en pleurs ; seul, le khenpo chantait tout
au long du chemin.

Peu avant d'arriver au camp militaire, il cessa de
chanter et ferma les yeux. Le groupe, alors, continua
d'avancer en silence. Comme ils franchissaient l'entrée
du camp, ils s'aperçurent que le khenpo avait expiré.
Discrètement, il avait quitté son corps.

Que savait-il qui le rendît si serein, même face à la mort ? Qu'est-ce qui lui donnait, jusque dans ces moments ultimes, la joie intrépide de chanter ? Peut-être son chant ressemblait-il à ces vers de « La lumière immaculée », testament ultime de Longchenpa, ce maître Dzogchen du XIVᵉ siècle :

Dans un ciel nocturne et sans nuage, la pleine lune,
« Reine des Etoiles », va se lever...
Le visage de mon seigneur compatissant, Padma-
sambhava,
M'attire vers lui, rayonnant d'une tendre bienvenue.

Je me réjouis de la mort bien davantage encore
Que ne se réjouissent les navigateurs à amasser
d'immenses fortunes sur les mers,
Ou que les seigneurs des dieux qui se vantent de
leurs victoires aux combats ;
Ou encore que ces sages qui sont entrés dans le
ravissement de l'absorption parfaite.
C'est pourquoi, tel un voyageur qui se met en route
quand le temps est venu de partir,
Je ne m'attarderai pas plus longtemps en ce monde ;
Mais irai demeurer dans la citadelle de la grande
béatitude de l'immortalité.

Finie est cette vie qui fut la mienne, épuisé est mon
karma et taris sont les bienfaits qu'apportaient les
prières,
J'en ai fini de toutes les choses du monde, le spec-
tacle de cette vie est terminé.
Dans un instant, je reconnaîtrai l'essence même de
la manifestation de mon être

Dans les mondes purs et vastes des états du bardo ;
Je suis, maintenant, sur le point de prendre ma
place dans le champ de la perfection primordiale.

Les richesses que j'ai trouvées en moi ont procuré le
bonheur à l'esprit d'autrui,`
J'ai utilisé la grâce de cette vie pour réaliser tous
les bienfaits de l'île de libération ;
Ayant été tout ce temps avec vous, mes nobles
disciples,
La joie de partager la vérité m'a empli et m'a
nourri.

A présent prend fin tout ce qui nous liait en cette vie,
Je suis un mendiant sans but qui va mourir comme
bon lui semble,
Ne vous attristez point à mon sujet, mais ne cessez
jamais de prier.
C'est mon cœur qui, par ces mots, parle afin de vous
venir en aide ;
Voyez-les comme un nuage de fleurs de lotus,
Et vous, mes nobles disciples emplis de dévotion,
Comme des abeilles y butinant le nectar de la joie
transcendante.

Par l'immense bienfait de ces paroles,
Puissent les êtres de tous les mondes du samsara,
Dans le champ de la perfection primordiale,
atteindre le Nirvana.

L'auteur de ces vers est, sans conteste, un être qui a
atteint la réalisation la plus haute et en a reçu cette joie,
cette intrépidité, cette liberté et cette compréhension

qui sont le but des enseignements et de toute vie humaine. Lorsque je pense à des maîtres comme Longchenpa, à mes propres maîtres, Jamyang Khyentsé, Dudjom Rinpoché, Dilgo Khyentsé Rinpoché, j'imagine les êtres, qui, comme eux, possèdent cette profondeur de réalisation, semblables à de superbes aigles des montagnes, s'élevant au-dessus de la vie et de la mort et les percevant toutes deux pour ce qu'elles sont, dans leur mystérieuse et complexe interrelation.

Avoir le regard de l'aigle des montagnes – la Vue de la réalisation –, c'est voir au-dessous de soi un paysage où les frontières que nous imaginions exister entre la vic et la mort se confondent et se dissipent. Le physicien David Bohm a décrit la réalité comme « une plénitude indivise en mouvement de flux ». Ce que les maîtres voient, ce qu'ils perçoivent de façon directe et avec une compréhension totale, est donc ce mouvement de flux et cette plénitude indivise. Ce que, dans notre ignorance, nous appelons « vie » et ce que, dans notre ignorance, nous appelons « mort » ne sont que les aspects différents de cette plénitude et de ce mouvement. Telle est la vision, vaste et transformatrice, à laquelle nous ouvrent les enseignements des bardos et qui s'incarne en la personne des maîtres suprêmes.

CE QUE RÉVÈLENT LES BARDOS

Voir la mort par les yeux d'un être réalisé est donc voir la mort dans le contexte de cette plénitude et comme faisant partie, mais partie seulement, de ce mouvement sans commencement ni fin. Ce qui fait le caractère unique et la puissance des enseignements des bardos, c'est qu'en faisant la pleine lumière sur le véritable processus de la mort, ils nous révèlent, par là même, le véritable processus de la vie.

A présent, regardons à nouveau ce qu'il advient de celui qui meurt, à chacun des trois stades cruciaux qu'il traverse :

1. Au point culminant du processus de la mort, après la dissolution des éléments, des sens et des états de pensée, la nature ultime de l'esprit, ou Luminosité fondamentale, est dévoilée l'espace d'un instant.

2. Puis le rayonnement de la nature de l'esprit se déploie et resplendit fugitivement, en revêtant les apparences de sons, de couleurs et de lumières.

3. Enfin, la conscience de la personne décédée s'éveille et pénètre dans le bardo du devenir ; son esprit ordinaire reparaît et se manifeste sous une forme – celle du corps mental – soumise aux lois des habitudes et du karma passés. Ceux-ci conduisent l'esprit ordinaire à s'attacher aux expériences illusoires du bardo comme à des réalités tangibles.

Que nous apprennent donc les enseignements des bardos sur la mort ? Qu'elle n'est autre que les trois phases d'un processus de manifestation graduelle de l'esprit : partant de son état le plus pur – celui de la nature essentielle de l'esprit –, en passant par la lumière et l'énergie – le rayonnement de la nature de l'esprit – pour arriver, par une cristallisation progressive, à une forme mentale. Ce qui se révèle avec une telle clarté dans le bardo du moment précédant la mort, dans le bardo de la dharmata et celui du devenir, nous montrent les enseignements, est un processus triple : tout d'abord, une dissolution qui conduit à un dévoilement ; ensuite, un rayonnement spontané ; enfin, une cristallisation et une manifestation.

Les enseignements nous invitent à aller plus loin. Ce qu'ils nous montrent en réalité – et c'est là, à mon sens, une vision véritablement révolutionnaire qui, une fois comprise, change totalement notre façon de voir les choses – est que ce triple schéma ne se déploie pas seulement au seuil de la mort et dans la mort. Il se déploie maintenant, *en ce moment même et à chaque instant*, au sein de notre esprit, dans nos pensées et dans nos émotions, et à tous les niveaux, sans exception, de notre expérience consciente.

Les enseignements nous proposent une autre manière de comprendre ce processus en observant *ce qui est révélé* à chacune des phases de la mort. Ils parlent de trois niveaux d'être auxquels on donne, en sanscrit, le nom de *kayas*. Le mot *kaya* signifie littéralement « corps », mais il prend ici le sens de dimension, de champ ou de base.

Examinons donc maintenant le triple processus à partir de ce point de vue :

1. La nature absolue, dévoilée au moment de la mort dans la Luminosité fondamentale, est appelée Dharmakaya ; c'est la dimension de la vérité « vide », non conditionnée, dans laquelle ni l'illusion, ni l'ignorance, ni le moindre concept n'ont jamais pénétré.

2. Le rayonnement intrinsèque de l'énergie et de la lumière qui se déploie spontanément dans le bardo de la dharmata est appelé Sambhogakaya ; c'est la dimension d'une complète félicité, le champ d'une

plénitude et d'une richesse totales, au-delà de toutes les limitations dualistes, au-delà de l'espace et du temps.

3. La sphère dans laquelle s'opère la cristallisation en une forme et que révèle le bardo du devenir est appelée Nirmanakaya ; c'est la dimension de la manifestation incessante.

Rappelez-vous à présent que, lorsque nous avons examiné la nature de l'esprit, nous avons vu qu'elle comportait ces trois mêmes aspects : son *essence* vide et semblable au ciel, sa *nature* rayonnante et lumineuse, et son *énergie* de compassion que rien n'entrave et qui imprègne toute chose. Ces trois aspects sont simultanément présents et s'interpénètrent, ne faisant qu'un au sein de Rigpa. Voici la description qu'en fait Padmasambhava :

> *Au sein de Rigpa, les trois kayas sont inséparables et pleinement présents en tant qu'un :*
> *Puisqu'il est vide et incréé en quelque lieu que ce soit, il est le Dharmakaya.*
> *Puisque sa clarté lumineuse représente le rayonnement transparent inhérent de la vacuité, il est le Sambhogakaya.*
> *Puisque sa manifestation n'est nulle part entravée ou interrompue, il est le Nirmanakaya.*
> *Ces trois kayas, complets et pleinement présents en tant qu'un, sont son essence même*[1].

Les trois kayas font donc référence à ces trois aspects intrinsèques de notre esprit d'éveil ; ils se réfèrent également, bien entendu, à nos différentes capacités de perception. La plupart d'entre nous ont une vision limitée et ne perçoivent que la dimension de la forme et de la manifestation – la dimension du Nirmanakaya. C'est la raison pour laquelle le moment de la mort est généralement un état d'absence et d'oubli ; nous n'avons, en effet, rencontré ou développé aucun moyen de reconnaître la réalité du Dharmakaya lorsqu'elle s'élève en tant que Luminosité fondamentale. Nul espoir non plus pour nous de reconnaître les champs du Sambhogakaya lorsqu'ils apparaissent dans le bardo de la dharmata. Notre vie tout entière s'étant déroulée dans le domaine des perceptions impures de la manifestation du Nirmanakaya, nous sommes, au moment de la mort, ramenés d'emblée à cette dimension. Nous nous éveillons, affolés et éperdus, dans le corps mental du bardo du devenir, prenant pour réelles et substantielles les expériences illusoires, tout comme nous l'avions fait dans notre vie précédente. Alors, sous la poussée du karma passé, nous basculons, impuissants, vers une renaissance.

Cependant, les êtres ayant atteint une haute réalisation ont éveillé en eux une perception totalement différente de la nôtre. Leur perception est à ce point purifiée, évoluée et affinée que, tout en demeurant encore dans un corps humain, ils perçoivent en fait la réalité sous une forme totalement épurée, qui leur apparaît transparente dans toute sa dimension infinie. Pour eux, ainsi que nous l'avons vu, l'expérience de la mort ne renferme aucune peur, aucune surprise ; elle est accueillie, en fait, comme l'occasion de la libération ultime.

LE PROCESSUS PENDANT LE SOMMEIL

Les trois phases du processus que nous voyons se déployer dans les états du bardo, à la mort, peuvent également être perçues à d'autres niveaux de conscience durant la vie. Considérons-les à la lumière de ce qui se produit pendant le sommeil et les rêves :

1. Quand nous nous endormons, les sens et les voiles les plus grossiers de la conscience se dissolvent et, graduellement, la nature absolue de l'esprit – nous pourrions dire la Luminosité fondamentale – est brièvement révélée.

2. Se manifeste ensuite une dimension de la conscience comparable au bardo de la dharmata ; elle est si subtile que nous sommes normalement totalement inconscients de son existence même. Combien d'entre nous, finalement, sont conscients de ce moment du sommeil qui précède le début des rêves ?

3. La plupart d'entre nous, cependant, ne sont conscients que du stade suivant, où l'esprit redevient actif ; nous nous trouvons alors dans un monde onirique semblable au bardo du devenir. Nous revêtons à ce moment un « corps de rêve » et vivons diverses expériences oniriques qui, dans une large mesure, sont influencées et façonnées par les habitudes et les activités de notre état de veille. Tout cela nous semble solide et bien réel, et nous ne réalisons jamais que nous sommes en train de rêver.

LE PROCESSUS DANS LES PENSÉES
ET LES ÉMOTIONS

On peut observer un processus strictement identique dans le fonctionnement des pensées et des émotions, et dans la manière dont elles s'élèvent :

1. La Luminosité fondamentale – la nature absolue de l'esprit – est l'état primordial de Rigpa existant avant toute pensée ou émotion.

2. Au sein de cet espace non conditionné s'éveille une énergie fondamentale, le rayonnement spontané de Rigpa, qui commence à se manifester en tant que base, potentiel et combustible de l'émotion à l'état brut.

3. Cette énergie peut alors prendre la forme d'émotions et de pensées qui nous pousseront finalement à agir et, en conséquence, nous feront accumuler du karma.

C'est seulement lorsque nous nous sommes intimement familiarisés avec la pratique de la méditation que nous pouvons voir ce processus avec une clarté infaillible :

1. Tandis que pensées et émotions se font peu à peu silencieuses, meurent et se dissolvent dans la nature de l'esprit, nous pouvons entrevoir momentanément cette nature de l'esprit, Rigpa lui-même, l'état primordial.

2. Nous prenons ensuite conscience qu'à partir du calme et de la tranquillité de la nature de l'esprit, se déploie un mouvement, une énergie à l'état brut, qui est son propre rayonnement intrinsèque.

3. Si un quelconque attachement s'infiltre dans la manifestation de cette énergie, celle-ci se cristallise inévitablement en « formes-pensées » qui, à leur tour, nous ramènent à l'activité conceptuelle et mentale.

LE PROCESSUS DANS LA VIE QUOTIDIENNE

Maintenant que nous avons examiné comment ce processus se reproduit dans le sommeil et dans les rêves, ainsi que dans la formation même des pensées et des émotions, voyons-le à l'œuvre, jour après jour, dans notre expérience quotidienne.

Le meilleur moyen d'y parvenir est d'examiner attentivement un mouvement de joie ou de colère : nous découvrons qu'il existe toujours un espace, ou intervalle, avant qu'une émotion ne commence à s'élever. Ce moment riche de potentialités, existant avant que l'énergie de l'émotion n'ait l'occasion de s'élever, est un moment de pure conscience originelle, qui nous offrirait, si nous nous y abandonnions, un aperçu de la nature véritable de l'esprit. Pendant un bref instant, le sortilège de l'ignorance est rompu ; nous sommes complètement libérés de tout besoin et de toute possibilité de saisie, et la notion même d'« attachement » devient ridicule et superflue. Mais au lieu d'accueillir la « vacuité » de cet intervalle, dans lequel nous pourrions connaître la félicité d'être libres et débarrassés de toute idée, référence ou concept, nous nous accrochons, poussés par nos tendances habituelles profondes, à la sécurité trompeuse que nous procure le spectacle familier et réconfortant de nos émotions. Et c'est ainsi qu'une énergie fondamentalement non conditionnée, s'élevant de la nature de l'esprit, est cristallisée sous la forme d'une émotion et que sa pureté inhérente est ensuite teintée et déformée par notre vision samsarique, devenant pour nous une source continue de distractions et d'illusions quotidiennes.

Si nous examinons vraiment, comme je l'ai montré, chaque aspect de notre vie, nous nous rendrons compte que nous faisons sans cesse, dans le sommeil et les rêves, dans les pensées et les émotions, l'expérience de ce même processus des bardos. Les enseignements nous révèlent que c'est le fait même que nous expérimentions encore et encore ce processus, dans la vie comme dans la mort et à tous les différents niveaux de conscience, qui précisément nous fournit d'innombrables occasions de libération, aussi bien maintenant qu'au moment de la mort. Ils nous montrent que, par son caractère, sa forme et son unicité mêmes, ce processus nous offre soit l'opportunité de nous libérer, soit le potentiel de demeurer dans la confusion. Car chaque aspect de l'ensemble du processus nous propose au même moment la possibilité de libération et la possibilité de confusion.

Les enseignements des bardos nous ouvrent une porte et nous montrent comment sortir du cycle incontrôlé de la mort et de la renaissance, cette morne routine qui, vie après vie, a pour cause l'ignorance. Tout au long de ce processus des bardos de la vie et de la mort, nous disent-ils, chaque fois que nous savons reconnaître et maintenir une conscience stable de Rigpa, la nature de l'esprit, ou même quand nous parvenons à contrôler l'esprit un tant soit peu, nous pouvons franchir la porte qui mène à la libération. Selon la phase des bardos à laquelle elle s'applique, selon notre familiarité avec la Vue de la nature de l'esprit, selon la profondeur de notre compréhension de l'esprit, de ses pensées et de ses émotions, cette reconnaissance sera différente.

Mais ces enseignements nous disent également que ce qui se produit dans notre esprit à présent, dans la vie, est *exactement* ce qui se produira dans les états des bardos de la mort, puisqu'en essence aucune différence n'existe ; la vie et la mort sont un, en « plénitude indivise » et en « mouvement de flux ». C'est pourquoi l'un des maîtres tibétains les plus accomplis du XVIIe siècle, Tsélé Natsok Rangdrol, expliquait le cœur des pratiques de chacun des bardos – ceux de la vie, du moment précédant la mort, de la dharmata et du devenir – en termes de l'état actuel de notre compréhension de la nature des pensées et des émotions, ainsi que de l'esprit et de ses perceptions :

> *Reconnaissez cette infinie diversité d'apparences comme un rêve,*
> *Comme n'étant rien d'autre que les projections illusoires et irréelles de votre esprit.*
> *Sans vous attacher à quoi que ce soit, reposez dans la sagesse de votre Rigpa, qui transcende tous les concepts :*
> *Tel est le cœur de la pratique pour le bardo de cette vie.*

Bientôt vous devrez mourir, et rien alors ne pourra réellement vous être utile.
Ce dont vous faites l'expérience dans la mort n'est que votre propre penser conceptuel ;
Ne forgez pas de pensées, mais laissez-les toutes mourir dans la vaste étendue de la conscience intrinsèque de votre Rigpa :
Tel est le cœur de la pratique pour le bardo du moment précédant la mort.

Cela qui s'attache à l'apparition ou à la disparition comme étant bonne ou mauvaise est votre esprit.
Et cet esprit lui-même est le rayonnement inhérent du Dharmakaya, quoi qu'il s'élève.
Ne pas s'attacher à ce qui s'élève, ne pas le conceptualiser, ne pas l'accepter ni le rejeter :
Tel est le cœur de la pratique pour le bardo de la dharmata.

Le samsara est votre esprit, et le nirvana est aussi votre esprit,
Tout plaisir et toute douleur, ainsi que toute illusion, n'existent nulle part ailleurs que dans votre esprit ;
Acquérir la maîtrise de votre propre esprit :
Tel est le cœur de la pratique pour le bardo du devenir.

Nous voici prêts maintenant à examiner un bardo en particulier, à voir comment notre pratique de la méditation, notre compréhension des émotions et des pensées, et nos expériences dans ce bardo sont toutes inextricablement reliées ; à voir aussi comment ces expériences se reflètent dans notre vie ordinaire. Le bardo dont l'étude nous est la plus utile est peut-être celui de la dharmata. C'est dans ce bardo, en effet, que l'énergie pure, qui va devenir émotion, commence spontanément à émerger en tant que rayonnement intrinsèque de la nature de l'esprit ; et je sais la place importante, pour ne pas dire obsessionnelle, que tiennent les émotions dans les préoccupations du monde moderne. Comprendre véritablement la nature de l'émotion, c'est faire un grand pas sur le chemin de la libération.

Le but le plus profond de la méditation est de demeurer, sans distraction, dans l'état de Rigpa et, grâce à cette Vue, de réaliser que tout ce qui s'élève dans l'esprit n'est jamais que le déploiement de votre propre Rigpa, de même que le soleil et ses innombrables rayons sont un et indivisibles. Comme le dit Tsélé Natsok Rangdrol dans ses vers sur le bardo de la dharmata : « Cela qui s'attache à l'apparition ou à la disparition comme étant bonne ou mauvaise est votre esprit. Et cet esprit lui-même est le rayonnement inhérent du Dharmakaya... »

Ainsi, si vous êtes dans l'état de Rigpa et que pensées ou émotions s'élèvent, vous les reconnaissez exactement pour ce qu'elles sont et réalisez leur origine ; tout ce qui s'élève devient alors le rayonnement intrinsèque de la sagesse. Si, en revanche, vous perdez la présence de cette conscience pure et originelle de Rigpa et ne parvenez pas à reconnaître ce qui s'élève, cette manifestation devient alors distincte de vous. Elle en viendra à former ce que nous appelons une « pensée », ou une émotion, et c'est ainsi que se crée la dualité. Afin d'éviter ceci et les conséquences qui en résultent, Tsélé Natsok Rangdrol nous dit : « Ne pas s'attacher à ce qui s'élève, ne pas le conceptualiser, ne pas l'accepter ni le rejeter : tel est le cœur de la pratique pour le bardo de la dharmata. »

Cette séparation existant entre vous et les manifestations de votre esprit, et la dualité ainsi engendrée, sont amplifiées de façon spectaculaire après la mort. Cela explique pourquoi, sans la reconnaissance essentielle de la véritable nature de ce qui s'élève au sein de l'esprit, les sons, les lumières et les rayons qui se manifestent dans le bardo de la dharmata peuvent apparaître comme des phénomènes externes bouleversants, qui *vous* adviennent et semblent posséder une réalité objective. Que pourriez-vous donc faire, dans ces conditions, sinon fuir le rayonnement éblouissant des divinités paisibles et courroucées, et courir vers les pâles lumières des six mondes, attirantes et familières ? La reconnaissance cruciale, dans le bardo de la dharmata, est donc que c'est l'énergie de sagesse de votre esprit qui commence à poindre. Les bouddhas et les lumières de sagesse ne sont en aucune façon distincts de vous, ils sont votre propre énergie de sagesse. Réaliser cela est faire l'expérience de la non-dualité ; y pénétrer est parvenir à la libération.

Ce qui se produit dans le bardo de la dharmata à la mort et ce qui advient, dans la vie, chaque fois qu'une émotion commence à s'élever dans notre esprit, sont l'expression du même processus naturel. La vraie question est donc de savoir si nous reconnaissons, ou non, la véritable nature de ce qui s'élève. Si nous sommes capables de reconnaître la manifestation d'une émotion pour ce qu'elle est réellement – l'énergie spontanée de la nature de notre esprit –, nous avons alors le pouvoir de nous libérer des effets négatifs ou des dangers éventuels de cette émotion, et de la laisser se dissoudre à nouveau dans la pureté primordiale de la vaste étendue de Rigpa.

Cette reconnaissance et la liberté qui en découle ne peuvent résulter que de très longues années d'une pratique fort disciplinée de la méditation, car elle requiert de s'être longuement familiarisé avec Rigpa – la nature de l'esprit – et de l'avoir stabilisée en soi. Seule une telle reconnaissance saura, en nous affranchissant de nos propres tendances habituelles et de nos émotions conflictuelles, nous apporter la liberté paisible et heureuse à laquelle nous aspirons tous. Les enseignements peuvent nous dire que cette liberté est difficile à gagner, mais le fait même que cette possibilité existe réellement est une source extraordinaire d'espoir et d'inspiration. Il *existe* un moyen de comprendre pleinement la pensée et l'émotion, l'esprit et sa nature, la vie et la mort : ce moyen, c'est de parvenir à la réalisation. Comme je l'ai déjà dit, en effet, les êtres éveillés voient la vie et la mort aussi facilement que la paume de leur main car ils savent, ainsi que l'écrivait Tsélé Natsok Rangdrol, que : « Le samsara est votre esprit, et le nirvana est aussi votre esprit ; tout plaisir et toute douleur, ainsi que toute illusion, n'existent nulle part ailleurs que dans votre esprit. » Cette connaissance claire qu'ils ont stabilisée par une longue pratique et intégrée à chaque mouvement, chaque pensée et chaque émotion de leur réalité relative, les a libérés. Dudjom Rinpoché disait : « Ayant purifié la grande illusion, l'obscurité du cœur, la lumière radieuse du soleil sans voile brille continuellement. »

L'ÉNERGIE DE LA JOIE

Ce que Dudjom Rinpoché écrivait me revient souvent à l'esprit : « La nature de l'esprit est la nature de toute chose. » Je me demande si ce triple processus révélé par les bardos et qui s'applique, comme nous l'avons découvert, à tous les différents niveaux et à toutes les diverses expériences de la conscience, dans la vie comme dans la mort, ne pourrait pas s'appliquer également à la nature même de l'univers.

Plus j'approfondis ma réflexion concernant les trois kayas et le triple processus des bardos, plus j'y découvre des parallèles féconds et intrigants avec ce qui est au cœur de la vision d'autres traditions spirituelles, ainsi qu'avec de nombreux champs d'activités humaines, apparemment très différents. Je pense à la conception chrétienne de la nature et de l'activité de Dieu telle qu'elle est représentée par la Trinité : le Christ, incarnation qui se manifeste comme une forme issue du Père – la base – par le biais subtil de l'Esprit Saint. Ne serait-il pas pour le moins enrichissant de concevoir le Christ comme semblable au Nirmanakaya, l'Esprit Saint apparenté au Sambhogakaya, et la base absolue de l'un et de l'autre analogue au Dharmakaya ? Dans la tradition bouddhiste tibétaine, le mot *tulku* – incarnation – signifie en fait Nirmanakaya, c'est-à-dire la personnification et l'activité, réapparaissant sans cesse, de l'énergie de la compassion et de l'éveil. Cette compréhension n'est-elle pas fort semblable à la notion chrétienne d'incarnation ?

Je pense aussi à la conception triple de l'essence de Dieu chez les Hindous, appelée en sanscrit *sat-citananda* (sat-chit-ananda), que l'on peut traduire approximativement par « manifestation, conscience et béatitude ». Pour les Hindous, Dieu est l'explosion simultanée et extatique de ces forces et puissances réunies. Là encore, d'étonnants parallèles pourraient être établis avec la vision des trois kayas : le Sambhogakaya pourrait être comparé à *ananda* – l'énergie de béatitude de la nature de Dieu –, le Nirmanakaya à *sat*, et le Dharmakaya à *cit*. Quiconque a contemplé la grandiose sculpture de Shiva dans les grottes d'Eléphanta en Inde, avec ses trois visages représentant les trois visages de l'absolu, aura une certaine idée de la splendeur et de la majesté de cette vision du divin.

Ces deux visions mystiques de l'essence, de la nature et de l'action de la dimension divine montrent une compréhension qui, tout en étant distincte, présente cependant des similitudes suggestives avec la perspective bouddhiste des différents niveaux d'être s'interpénétrant. Le fait qu'un processus triple de cette nature soit observé au cœur même de ces différentes traditions mystiques, bien que chacune d'entre elles envisage la réalité à partir de son propre point de vue, cela ne nous donne-t-il pas pour le moins à réfléchir ?

En m'interrogeant sur ce que pourrait être la nature de la manifestation, et sur les approches visant à la comprendre – qui, bien que différentes, présentent des points communs –, j'ai été tout naturellement conduit à m'interroger sur la nature de la créativité humaine, manifestation en tant que forme du monde intérieur de l'humanité. Au fil des années, je me suis souvent demandé comment la perspective offerte par le déploiement des trois kayas et des bardos pourrait apporter quelque lumière sur le processus de l'expression artistique dans son ensemble, et laisser entrevoir ainsi sa véritable nature et son but secret. Tout acte, toute manifestation individuelle de créativité, que ce soit en musique, en peinture, en poésie, ou même dans les grands moments de percée et de découverte scientifique – ainsi qu'en ont témoigné de nombreux hommes de science –, jaillit d'une source mystérieuse d'inspiration et est converti en forme par l'intermédiaire d'une énergie dont le rôle est de traduire et de communiquer. Sommes-nous ici en présence d'une autre illustration de ce processus triple et en interrelation que nous avons vu à l'œuvre dans les bardos ? Est-ce la raison pour laquelle certaines œuvres musicales et poétiques, et certaines découvertes scientifiques, semblent revêtir une signification et une portée presque infinies ? Cela expliquerait-il le pouvoir qu'elles ont de nous transporter dans un état de contemplation et de joie où se révèle certain secret essentiel de notre nature et de la nature de la réalité ? A quelle source Blake a-t-il puisé ces vers ?

Voir un monde dans un grain de sable,
Et un ciel dans une fleur des champs,
Tenir l'infini dans le creux de sa main
Et l'éternité dans une heure[2].

Dans le bouddhisme tibétain, le Nirmanakaya est considéré comme la manifestation de l'éveil apparaissant, dans le monde physique, sous une infinie variété de formes. Traditionnellement, il est défini de trois façons. La première est la forme manifestée du bouddha pleinement réalisé, tel Gautama Siddhartha, qui naît dans le monde et y enseigne ; la deuxième, celle d'un être apparemment ordinaire, béni d'une capacité particulière d'être bénéfique à autrui : un tulku ; la troisième, enfin, celle d'un être au travers duquel un certain degré d'éveil est à l'œuvre, pour inspirer et faire du bien aux autres par le biais de divers arts, moyens d'expression et sciences. Dans ce dernier cas, cette impulsion éveillée est, comme le dit Kalou Rinpoché, « une expression spontanée, tout comme la lumière rayonne naturellement du soleil sans que celui-ci ait à en donner l'ordre ou à y accorder la moindre pensée consciente. Le soleil est, et il rayonne[3] ». Ainsi, une explication du pouvoir et de la nature du génie artistique ne pourrait-elle être que celui-ci puise son inspiration ultime dans la dimension de la Vérité ?

Cela ne permet aucunement d'affirmer que les grands artistes sont des êtres éveillés ; leur vie montre qu'à l'évidence il n'en est rien. Néanmoins, il est clair également qu'ils peuvent, à certaines périodes cruciales et dans certaines circonstances exceptionnelles, jouer le rôle d'instruments et de vecteurs de l'énergie d'éveil. Qui pourrait nier, en prêtant réellement l'oreille aux grands chefs-d'œuvre de Beethoven ou de Mozart, qu'à certains moments une autre dimension semble se manifester dans leurs œuvres ? Et qui pourrait, devant les grandes cathédrales de l'Europe médiévale telles que Chartres, devant les mosquées d'Ispahan, les sculptures d'Angkor, ou devant la beauté et la splendeur des temples hindous d'Ellora, ne pas voir que les artistes créateurs de ces œuvres étaient directement inspirés par une énergie jaillie de la base et de la source mêmes de toute chose ?

Je pense qu'une grande œuvre d'art est semblable à la lune brillant dans un ciel nocturne ; elle éclaire le monde mais la lumière qu'elle répand n'est pas sienne, c'est celle que lui prête le soleil caché de l'absolu. Pour beaucoup, l'art a été une aide qui leur a permis d'entrevoir la nature de la spiritualité. Cependant, les limites d'une grande partie de l'art moderne ne sont-elles pas dues à la perte de cette connaissance des origines et du but sacrés de l'art : donner à l'homme une vision de sa vraie nature et de sa place dans l'univers, et lui restituer, constamment renouvelés, la valeur et le sens de la vie, ainsi que ses possibilités infinies ? La véritable signification de l'expression artistique inspirée ne réside-t-elle pas dans le fait qu'elle est apparentée au champ du Sambhogakaya, cette dimension d'énergie incessante, lumineuse et bienheureuse, que Rilke appelle « l'énergie ailée de la joie », ce rayonnement qui transmet, traduit et communique la pureté et le sens infini de l'absolu à ce qui est fini et relatif – qui, en d'autres termes, conduit du Dharmakaya au Nirmanakaya ?

DÉPLOIEMENT D'UNE VISION DE PLÉNITUDE

J'ai été inspiré de bien des façons par l'exemple de Sa Sainteté le Dalaï-Lama, et en particulier par son inépuisable curiosité et sa constante ouverture d'esprit à l'égard des multiples facettes de la science moderne et de ses découvertes[4]. D'ailleurs, ne dit-on pas souvent du bouddhisme qu'il est « la science de l'esprit » ? Quand je contemple les enseignements des bardos, leur précision et leur vaste et sobre clarté suscitent toujours en moi un sentiment de profond respect et de gratitude. Si le bouddhisme est la science de l'esprit, le Dzogchen et les enseignements des bardos représentent pour moi l'essence de cette science, son germe visionnaire et pragmatique le plus secret. Cette graine a donné naissance à un arbre immense où se sont épanouies d'innombrables réalisations étroitement liées les unes aux autres ; à mesure que l'humanité poursuit son évolution, cet arbre continuera de s'épanouir en des fleurs que nous ne pouvons imaginer à présent.

J'ai été amené, au cours des années, à rencontrer à maintes reprises des hommes de sciences appartenant à toutes les disciplines, et je suis de plus en plus frappé par la richesse des parallèles qui existent entre les enseignements du Bouddha et les découvertes de la physique moderne. Il est heureux que les plus éminents pionniers de la philosophie et des sciences en Occident aient eux aussi, pour la plupart, pris conscience de ces parallèles et les explorent avec toute la sensibilité et la vivacité de leur esprit, pressentant qu'une nouvelle vision de l'univers et de notre responsabilité à son égard pourrait bien émerger du dialogue entre la mystique – la science de l'esprit et de la conscience – et les diverses sciences de la matière. Je suis de plus en plus convaincu que les enseignements des bardos, et le triple processus de déploiement qu'ils proposent, ont eux-mêmes à apporter une contribution unique à ce dialogue.

Parmi toutes les alternatives possibles, j'aimerais mettre l'accent ici sur une perspective scientifique en particulier, sur laquelle je me suis tout spécialement penché, celle du physicien David Bohm. Bohm a imaginé une nouvelle approche de la réalité qui, tout en étant controversée, a suscité une réaction très favorable chez des chercheurs appartenant à toutes sortes de disciplines – physique, médecine, biologie, mathématiques, neurologie et psychiatrie – et également chez des artistes et philosophes. David Bohm a conçu une nouvelle approche scientifique de la réalité fondée, comme le sont les enseignements des bardos, sur la compréhension de la totalité et de l'unité de l'existence en tant que plénitude indivise et sans ruptures.

L'ordre dynamique et multidimensionnel qu'il voit à l'œuvre dans l'univers comporte essentiellement trois aspects. L'aspect le plus évident est notre monde tridimensionnel d'objets, d'espace et de temps, qu'il appelle l'ordre *explicite* ou *déplié*. A partir de quoi, selon lui, cet ordre se déploie-t-il ? A partir d'un champ universel, indivis, «une base au-delà du temps» – l'ordre *implicite* ou *implié* comme il l'appelle – et qui est l'arrière-plan universel de la totalité de notre expérience. Il voit la relation entre ces deux ordres comme un processus continu où ce qui se déploie dans l'ordre explicite se replie ensuite à nouveau dans l'ordre implicite. Comme source organisatrice de ce processus en diverses structures, il «propose» – mot dont il aime se servir car sa philosophie est que les idées devraient naître du libre flot du dialogue et comporter toujours un point de vulnérabilité – l'*ordre super-implicite*, une dimension encore plus subtile et potentiellement infinie.

N'y aurait-il pas là un parallèle frappant à établir entre ces trois ordres, les trois kayas, et le processus des bardos ? Comme le dit David Bohm : «Toute la notion de l'ordre implicite est, d'abord, une façon de discuter de l'origine de la forme à partir du sans-forme, par l'intermédiaire du processus d'explicitation ou dépliement[5].»

Ce qui m'inspire également chez David Bohm, c'est la manière qu'il a imaginée d'étendre cette compréhension de la matière, issue de la physique quantique, à la conscience elle-même – un bond qui, à mon avis, apparaîtra de plus en plus nécessaire à mesure que la science s'ouvrira et évoluera. « L'esprit, dit-il, peut avoir une structure similaire à celle de l'univers et dans le mouvement sous-jacent que nous nommons espace vide il y a en vérité une énergie prodigieuse, un mouvement. Les formes particulières qui apparaissent dans l'esprit peuvent être analogues aux particules, et la base même de l'esprit peut être comparée à la lumière[6]. »

David Bohm a imaginé, de pair avec cette notion d'ordre implicite et d'ordre explicite, une façon de considérer la relation entre le mental et le physique, entre l'esprit et la matière, qu'il nomme *soma-signification*. Il écrit : « La notion de soma-signification implique que le soma (qui est physique) et sa signification (qui est mentale) ne sont en aucune façon séparément existants, mais plutôt qu'ils sont les deux aspects d'une seule réalité globale[7]. »

Pour David Bohm, l'univers manifeste trois aspects mutuellement impliqués : la matière, l'énergie et le sens[*].

Du point de vue de l'ordre implicite, l'énergie et la matière sont imprégnées d'une certaine sorte de signification qui donne forme à leur activité globale et à la matière qui s'élève dans cette activité.

[*] Comprendre ici « signification ».

> *L'énergie de l'esprit et celle de la substance maté-*
> *rielle du cerveau sont également imprégnées d'une*
> *sorte de signification qui donne forme à leur activité*
> *globale. Donc, de façon tout à fait générale,*
> *l'énergie implique la matière et le sens, tandis que*
> *la matière implique l'énergie et le sens... Mais, éga-*
> *lement, le sens implique à la fois la matière et*
> *l'énergie... Ainsi, chacune de ces notions de base*
> *implique-t-elle les deux autres*[8].

Simplifiant cette approche exceptionnellement subtile et raffinée de David Bohm, nous pourrions dire
qu'il accorde au sens une importance spéciale et d'une
grande portée. Il dit : « Ceci implique, contrairement
aux vues habituelles, que le sens est une partie inhérente et essentielle de notre réalité globale, et non pas
seulement une qualité purement abstraite et éthérée,
n'ayant d'existence que dans l'esprit. Ou bien, pour le
dire autrement, dans la vie humaine et de façon très
générale : signifier, *c'est* être... » Dans l'acte même
d'interpréter l'univers, nous créons l'univers : « D'une
certaine façon, nous pourrions dire que nous sommes
la totalité de nos significations[9]. »

Ne serait-il pas enrichissant de commencer à imaginer des parallèles entre ces trois aspects de la notion de
l'univers telle que la conçoit David Bohm, et les trois
kayas ? Une exploration plus approfondie des idées de
David Bohm montrerait peut-être que sens, énergie et
matière ont entre eux un rapport similaire à celui qui
existe entre les trois kayas. Cela ne pourrait-il suggérer
que le rôle du *sens*, tel qu'il le décrit, montre quelque
analogie avec le Dharmakaya, cette totalité incondi-
tionnée et d'une fécondité incessante d'où s'élèvent

toutes choses ? Le fonctionnement de l'*énergie*, par l'intermédiaire de laquelle sens et matière sont en inter-action, a une certaine affinité avec le Sambhogakaya, jaillissement spontané et constant ayant pour origine la base de la vacuité ; et la création de la *matière*, selon la vision de David Bohm, présente des ressemblances avec le Nirmanakaya, cristallisation continue de cette énergie en forme et en manifestation.

Lorsque je pense à la remarquable explication de la réalité que propose David Bohm, je suis tenté de m'interroger sur ce que pourrait découvrir un grand savant qui serait en même temps un pratiquant spirituel réellement accompli, formé par un grand maître. Qu'est-ce qu'un savant et un sage, Longchenpa et Einstein tout à la fois, aurait à nous dire sur la nature de la réalité ? L'une des fleurs à éclore sur le grand arbre des ensei-gnements des bardos sera-t-elle un dialogue entre science et mystique, un dialogue à peine imaginable encore, mais au seuil duquel nous semblons bien être parvenus ? Et quelle en serait la portée pour l'humanité ?

Le parallèle le plus significatif entre les idées de David Bohm et les enseignements des bardos est qu'ils s'élèvent, l'un comme l'autre, d'une vision de totalité. Si cette vision pouvait inspirer à chaque indi-vidu la force de transformer sa conscience et, par là même, d'influer sur la société, elle restituerait à notre monde les notions vivantes d'interrelation et de sens qui lui font si désespérément défaut.

Ce que je propose ici est que la façon générale que l'homme a de penser à la totalité, c'est-à-dire sa vue générale du monde, est cruciale pour l'ordre d'ensemble de l'esprit humain lui-même. S'il pense à

*la totalité comme constituée de fragments indépen-
dants, alors ce sera la façon dont son esprit tendra à
fonctionner ; mais s'il peut inclure tout de façon cohé-
rente et harmonieuse dans un tout d'ensemble qui est
indivis, entier et sans frontières (car toute frontière
est une division ou un arrêt), alors son esprit tendra à
se mouvoir d'une façon semblable, et à partir de là
découlera une action ordonnée à l'intérieur du tout*[10].

Tous les grands maîtres seraient pleinement
d'accord avec David Bohm quand il écrit :

*Un changement de signification est nécessaire pour
changer ce monde politiquement, économiquement
et socialement. Mais ce changement-là doit commencer par l'individu ; pour lui, il faut que cela
change... Si le sens est une composante-clé de la
réalité, alors une fois que la société, l'individu et
les liens relationnels prennent un sens différent, un
changement fondamental a eu lieu*[11].

En définitive, la vision des enseignements des bardos et la compréhension la plus profonde, à la fois de
l'art et de la science, conduisent au même constat :
nous sommes responsables de nous-mêmes et envers
nous-mêmes, et il est nécessaire que, sans plus
attendre, nous fassions usage de cette responsabilité le
plus largement possible, afin de nous transformer, de
transformer le sens de notre vie et, par là même, le
monde qui nous entoure.

Ainsi que le disait le Bouddha : « Je vous ai montré
la voie de la libération ; à vous, maintenant, de la
suivre. »

VINGT-DEUX

Serviteurs de la paix

Récemment, l'un de mes plus anciens étudiants, ayant suivi l'élaboration de ce livre au cours des années, me demanda : « Au plus profond de votre cœur, qu'attendez-vous de la publication de cet ouvrage ? » L'image qui surgit immédiatement dans mon esprit fut celle de Lama Tseten que j'avais vu mourir lorsque j'étais enfant. Je me souvins de sa dignité paisible et discrète dans la mort et je m'entendis répondre : « Je voudrais qu'aucun être humain n'ait peur de la mort ni de la vie ; je voudrais que chacun puisse mourir en paix, entouré des soins les plus avisés, les plus diligents et les plus tendres, et trouve le bonheur ultime qui ne peut résulter que d'une compréhension de la nature de l'esprit et de la réalité. »

Thomas Merton écrivait : « A quoi bon aller sur la Lune si nous sommes incapables de franchir l'abîme qui nous sépare de nous-mêmes ? Voilà le plus important de tous les voyages d'exploration et, sans lui, tous les autres sont non seulement vains, mais causes de désastre[1]. » Chaque minute, nous dépensons des millions de dollars pour entraîner des gens à tuer et à détruire et pour fabriquer des bombes, des avions et des missiles. En comparaison, nous ne dépensons pratiquement rien pour enseigner aux êtres humains la nature de la vie et de la mort et pour les aider, quand ils sont sur le point de mourir, à faire face à ce qui leur arrive et à le comprendre. Quelle situation terrifiante et attristante, et combien révélatrice de notre ignorance et de notre absence d'amour véritable pour nous-mêmes et pour notre prochain ! Plus que tout, je prie pour que le présent ouvrage contribue, un tant soit peu, à changer cette situation dans le monde, qu'il aide à éveiller un maximum de personnes à l'urgente nécessité de se transformer spirituellement et d'assumer leur responsabilité envers elles-mêmes et autrui. Nous sommes tous des bouddhas potentiels ; c'est notre désir à tous de vivre en paix et de mourir en paix. Le jour viendra-t-il où l'humanité, s'étant pénétrée de cette vérité, saura créer une société qui reflète, dans tous ses aspects et toutes ses activités, cette compréhension simple et sacrée ? Sans cela, que vaut la vie ? Sans cela, comment serons-nous capables de bien mourir ?

Il est crucial aujourd'hui qu'une perspective éclairée de la mort et de son processus soit proposée dans tous les pays du monde, à tous les niveaux de l'éducation. Les enfants ne devraient pas être « protégés » de la mort mais introduits, dès leurs plus jeunes années, à sa vraie nature et à ce qu'elle peut leur apprendre. Pourquoi ne pas proposer cette perspective, sous ses formes les plus simples, à tous les groupes d'âge ? Tous les niveaux de la société devraient avoir accès au savoir concernant la mort, l'aide aux mourants et la nature spirituelle de la mort. Ce savoir devrait être enseigné en profondeur, et en faisant preuve d'une réelle imagination, dans l'ensemble des écoles, des lycées et des universités. Il devrait avant tout être proposé dans les centres hospitaliers universitaires, aux infirmières et aux médecins qui prodiguent les soins aux mourants et ont envers eux tant de responsabilité.

Comment pouvez-vous être un médecin réellement efficace si vous n'avez pas au moins quelque compréhension de la vérité sur la mort, ou quelque notion de la façon dont vous pouvez réellement apporter une aide spirituelle à votre patient qui vit ses derniers instants ? Comment pouvez-vous être une infirmière réellement efficace si vous n'avez pas entrepris de regarder en face votre propre peur de la mort et si vous n'avez rien à répondre aux personnes en fin de vie quand elles sollicitent de vous conseils et sagesse ? Je connais beaucoup de médecins et d'infirmières de bonne volonté, très sincèrement ouverts aux approches et aux idées nouvelles. Je prie pour que ce livre leur apporte le courage et la force dont ils auront besoin pour aider leurs établissements à intégrer les leçons des enseignements exposés et à s'y adapter. Le temps n'est-il pas venu pour la profession médicale de comprendre que la quête de la vérité sur la vie et la mort est indissociable de la pratique thérapeutique ? Ce que j'espère de ce livre, c'est qu'il aidera partout à ouvrir un débat sur ce qui peut être fait, de façon précise, pour les mourants, et sur les meilleures conditions pour y parvenir. Enfin, il existe un besoin urgent que se produise une révolution spirituelle et pratique dans la formation des médecins et des infirmières, dans l'approche des soins hospitaliers et dans l'accompagnement des personnes en fin de vie ; j'espère que ce livre y apportera sa modeste contribution.

J'ai exprimé à maintes reprises mon admiration pour le travail d'avant-garde accompli par le Mouvement des soins palliatifs. Enfin, nous voyons prodiguer aux mourants le respect qui leur est dû. J'adresse un appel fervent à tous les gouvernements du monde pour qu'ils encouragent la création d'unités de soins palliatifs et qu'ils leur octroient des subventions aussi généreuses que possible.

J'envisage d'utiliser ce livre comme base de plusieurs programmes de formation. Ces programmes s'adresseraient à un public de toutes origines et de toutes professions, et plus particulièrement à ceux qui sont concernés par les soins aux mourants : familles, médecins, infirmières, clergés de toutes confessions, conseillers, psychiatres et psychologues.

Le bouddhisme tibétain comprend une connaissance médicale complète, très riche et pourtant fort méconnue, ainsi que des prophéties de Padmasambhava qui traitent en détail des maladies sévissant à notre époque. Je souhaite profondément que des fonds soient versés pour financer une étude sérieuse de ces enseignements extraordinaires. Qui peut dire si cela n'amènerait pas à la découverte de thérapeutiques nouvelles permettant de soulager les tourments de maladies comme le cancer ou le sida, voire d'autres maladies qui ne se sont pas encore manifestées ?

Quelle est donc mon attente par rapport à ce livre ? Qu'il inspire une révolution tranquille dans notre manière d'envisager la mort et les soins apportés aux mourants et, par là même, dans notre manière d'envisager la vie et l'attention accordée aux vivants.

Pendant l'élaboration de ce livre, le vendredi 27 septembre 1991, mon maître Dilgo Khyentsé Rinpoché quitta son corps à Thimphou, au Bhoutan. Il était âgé de quatre-vingt-deux ans et avait consacré la totalité de sa vie au service de tous les êtres. Qui, de ceux qui l'ont vu, pourra jamais l'oublier ? Cet homme à l'imposante stature était semblable à une montagne rayonnante, et sa majesté eût été écrasante s'il n'avait émané de lui le calme le plus profond, une douceur, un humour généreux et naturel, ainsi que cette paix et cette félicité qui sont le signe de la réalisation ultime. Pour moi et pour beaucoup d'autres, c'était un maître dont l'accomplissement, l'importance et la grandeur étaient ceux de Milarépa, de Longchenpa, de Padmasambhava ou du Bouddha lui-même. Quand il mourut, il nous sembla que le soleil avait quitté le ciel, laissant le monde dans les ténèbres, et que toute une époque glorieuse de la spiritualité tibétaine avait pris fin. Quoi que l'avenir puisse nous réserver, je suis persuadé qu'aucun de nous ne contemplera jamais plus un être de son envergure. Je crois qu'il suffit de l'avoir vu, ne serait-ce qu'une seule fois et pendant un instant, pour qu'une graine de libération ait été semée en nous, que rien ne pourra jamais détruire et qui, un jour, s'épanouira pleinement.

Maints signes extraordinaires se manifestèrent avant et après la mort de Dilgo Khyentsé Rinpoché, témoignant de sa grandeur ; celui qui, toutefois, me frappa et m'émut le plus se produisit à plus de six mille kilomètres de là, dans le sud de la France, près de Montpellier, en un lieu appelé Lérab Ling, destiné à la création d'un centre de retraite placé sous sa bénédiction. Laissons l'un de mes étudiants qui vit et travaille dans ce centre raconter ce qui se passa :

Ce matin-là, le ciel demeura obscur plus longtemps qu'à l'ordinaire, et le premier signe de l'aurore fut, dans le lointain, une ligne pourpre sur l'horizon. Nous nous rendions en ville; comme nous approchions du point le plus élevé de notre route, nous pûmes discerner sur notre droite, au sommet de la colline, la tente abritant l'autel, dressée sur le site du futur temple. Soudain, un vif rayon de soleil perça la pénombre et toucha directement la tente blanche du temple, la faisant briller d'un éclat intense dans le petit matin. Nous poursuivîmes notre chemin et, comme nous arrivions au croisement de la route qui mène à la ville, une impulsion soudaine nous fit jeter un regard derrière nous vers la tente. Nous fûmes stupéfaits. Le jour était maintenant levé et un arc-en-ciel étincelant s'étendait d'un côté à l'autre de la vallée; ses couleurs étaient si brillantes, si vives qu'on avait l'impression de pouvoir le toucher en tendant la main. S'élevant de l'horizon sur notre gauche, son arc traversait le ciel. Ce qu'il y avait d'étrange, c'est qu'on ne voyait aucune trace de pluie mais seulement l'arc-en-ciel, vibrant et resplendissant sur le fond de l'immense ciel dégagé. Ce n'est que le soir suivant que nous apprîmes que Dilgo Khyentsé Rinpoché était décédé ce jour-là au Bhoutan. Nous fûmes tous convaincus que l'arc-en-ciel était un signe de sa bénédiction descendant sur nous tous et sur Lérab Ling.

Lorsque le Bouddha, entouré de cinq cents de ses disciples, était étendu au seuil de la mort dans un bois à Kushinagara, il leur dit dans son dernier souffle : « Il est dans la nature de toute chose qui a pris forme de se dissoudre à nouveau. Efforcez-vous de tout votre être d'atteindre la perfection. » Ces paroles me sont souvent venues à l'esprit depuis le décès de Dilgo Khyentsé Rinpoché. Existe-t-il une leçon d'impermanence plus poignante que celle de la mort d'un maître suprême ? Tous ceux d'entre nous qui le connaissions et étions ses disciples nous sentîmes alors bien seuls, renvoyés à nous-mêmes. C'est à nous tous, à présent, qu'il incombe de perpétuer et de représenter, du mieux que nous le pouvons, la tradition qu'il a si noblement incarnée. C'est à nous qu'il incombe de faire ce que firent les disciples du Bouddha quand ils furent abandonnés à eux-mêmes dans le monde, privés de son rayonnement : « Nous efforcer de tout notre être d'atteindre la perfection. »

L'arc-en-ciel qui se déploya dans le ciel matinal de France au-dessus de la vallée près de Lérab Ling est, je crois, le signe que Dilgo Khyentsé Rinpoché bénit le monde entier et continuera de le bénir. Libéré de son corps, il vit maintenant dans la splendeur non conditionnée et éternelle du Dharmakaya, doué du pouvoir que possèdent tous ceux qui ont atteint l'éveil d'apporter leur aide par-delà toute limitation de temps et d'espace. Soyez convaincus du haut niveau de sa réalisation et invoquez-le de tout votre cœur : vous vous apercevrez qu'il sera immédiatement près de vous. Comment pourrait-il nous abandonner jamais, lui qui aimait les êtres d'un amour si parfait ? Où pourrait-il bien aller, lui qui est devenu *un* avec toute chose ?

Quelle chance fut la nôtre qu'un maître tel que lui, incarnant tout ce que fut la tradition tibétaine, ait été parmi nous pendant les trente années qui ont suivi la

chute du Tibet et qu'il ait enseigné dans l'Himalaya, en
Inde, en Europe, en Asie et aux Etats-Unis. Quelle
chance de posséder des centaines d'heures d'enregis-
trement de sa voix et de ses enseignements, de nombreuses vidéos qui communiquent quelque peu la
majesté de sa présence, des traductions, en anglais et
en d'autres langues, d'enseignements où son esprit de
sagesse se manifestait avec tant de richesse. Je pense
en particulier aux enseignements qu'il donna dans le
sud-est de la France, près de Grenoble, pendant la
dernière année de sa vie ; le regard dirigé vers le lointain, vers la vallée et les montagnes, dans un cadre
d'une majesté presque tibétaine, il conféra la transmission des enseignements Dzogchen les plus importants à
1 500 étudiants, dont beaucoup, ce qui me remplit de
joie, étaient mes propres élèves venus de tous les coins
du monde. Bon nombre des maîtres présents eurent le
sentiment que Dilgo Khyentsé Rinpoché, à travers ce
geste accompli durant la dernière année de sa vie,
apposait définitivement son sceau sur la venue de ces
enseignements en Occident et que, par le pouvoir
acquis grâce à des vies entières consacrées à la méditation, il y bénissait leur implantation. Empli d'une gratitude émerveillée, je ressentis pour ma part qu'il
donnait également sa bénédiction à tout ce que j'avais
tenté d'accomplir au fil des années pour faire connaître
les enseignements en Occident.

Penser à Dilgo Khyentsé Rinpoché et à ce qu'il a
réalisé pour l'humanité, c'est contempler, rassemblée
et manifestée en une seule personne, toute la grandeur
du don que le Tibet offre au monde.

Il m'a toujours semblé qu'il y avait plus qu'une
simple coïncidence dans le fait que la chute finale du

Tibet se produisît en 1959, à l'époque même où l'Occident s'apprêtait à s'ouvrir aux traditions de la sagesse orientale. Ainsi, au moment précis où l'Occident devenait réceptif, certains des enseignements les plus profonds de cette tradition, qui avaient été préservés dans la pure solitude des montagnes du Tibet, pouvaient être transmis à l'humanité. Il est vital aujourd'hui de maintenir à tout prix cette tradition vivante de sagesse, pour laquelle les Tibétains ont souffert si intensément afin que nous en disposions. Gardons le peuple tibétain à jamais présent dans notre cœur et œuvrons également tous ensemble pour que son pays et ses traditions lui soient rendus. Les précieux enseignements que j'ai partagés avec vous ne peuvent pas être pratiqués ouvertement par ceux-là mêmes qui ont veillé sur eux pendant si longtemps. Puissions-nous bientôt voir le jour où les monastères et les couvents du Tibet renaîtront de leurs ruines et où ses vastes espaces seront à nouveau dédiés à la paix et à la poursuite de l'éveil.

Il se pourrait que l'avenir de l'humanité dépende en grande partie du rétablissement d'un Tibet libre, un Tibet qui servirait de sanctuaire à ceux qui poursuivent une recherche, quelle que soit leur origine ou leur foi, et qui serait le cœur de sagesse d'un monde en évolution, un laboratoire où les plus hautes intuitions et les technologies sacrées pourraient être éprouvées, affinées et appliquées à nouveau – comme elles le furent pendant tant de siècles – afin de servir d'inspiration et de soutien aux hommes et aux femmes d'aujourd'hui, dans les heures dangereuses qu'ils traversent. Il est difficile, dans un monde comme le nôtre, de trouver l'environnement parfait pour mettre en pratique cette sagesse. Un Tibet restauré, purifié par la tragédie et animé d'une détermination nouvelle due à toutes les souffrances traversées, pourrait constituer cet environnement et être ainsi d'une importance vitale pour l'évolution de l'humanité.

J'aimerais dédier ce livre aux centaines de milliers de personnes qui trouvèrent la mort pendant la terreur au Tibet, témoignant jusqu'à la fin de leur foi et de la vision extraordinaire des enseignements du Bouddha, et à ceux qui sont morts au siècle dernier dans des conditions tout aussi effroyables – les Juifs, les Cambodgiens, les Russes, les victimes des deux guerres mondiales, tous ceux qui sont morts abandonnés et oubliés et tous ceux qui ne cessent d'être privés de la liberté de pratiquer leur tradition spirituelle.

De nombreux maîtres pensent que les enseignements tibétains entrent aujourd'hui dans une ère nouvelle. Plusieurs prophéties de Padmasambhava et d'autres maîtres visionnaires ont prédit leur venue en Occident. Maintenant que ce moment est arrivé, je sais que les enseignements vont aborder une vie nouvelle. Certes, cela nécessitera des changements, mais je crois que toute adaptation devra naître d'une compréhension en profondeur, afin d'éviter que ne soient trahis la pureté de la tradition, son pouvoir ou le caractère éternel de sa vérité. Si cette compréhension profonde de la tradition s'allie à une conscience réelle des problèmes et des défis de la vie contemporaine, les adaptations qui en naîtront ne feront que fortifier, élargir et enrichir la tradition, révélant des niveaux toujours plus profonds des enseignements eux-mêmes, et rendant ceux-ci d'autant plus aptes à résoudre les difficultés de notre temps.

Parmi les grands maîtres tibétains qui se sont rendus en Occident au cours des trente dernières années, beaucoup maintenant sont décédés. Je suis certain qu'ils sont morts en priant que les enseignements profitent non seulement aux Tibétains, non seulement aux bouddhistes, mais au monde entier. Je pense qu'ils savaient précisément à quel point les enseignements seraient précieux et révélateurs quand le monde moderne serait prêt à les accueillir. Je pense plus particulièrement à Dudjom Rinpoché et au Karmapa qui choisirent de mourir en Occident, comme pour bénir nos pays par le pouvoir de leur éveil. Puissent leurs prières pour la transformation du monde et l'éveil de tous les êtres humains être exaucées ! Et puissions-nous, nous qui avons reçu leurs enseignements, nous en montrer responsables et nous efforcer de les incarner !

Le plus grand défi que les enseignements spirituels tels que le bouddhisme ont à affronter lors de cette transition entre leurs racines traditionnelles et leur implantation en Occident est la nécessité pour ceux qui les suivent de trouver, dans un monde d'agitation, de précipitation et d'effervescence, des moyens de les pratiquer avec le calme et la régularité assidue indispensables pour en réaliser la vérité. L'entraînement spirituel est, après tout, la forme d'éducation la plus haute et, d'une certaine façon, la plus exigeante ; il doit être poursuivi avec le même engagement et la même application systématique que n'importe quel autre entraînement sérieux. Comment pouvons-nous admettre qu'il faille des années d'études et de pratique pour devenir médecin, et nous contenter pour notre chemin spirituel de recevoir des bénédictions et des initiations fortuites, et de rencontrer occasionnellement différents maîtres ? Dans le passé, un individu demeurait dans un même lieu et suivait toute sa vie l'enseignement du même maître. Songez à Milarépa, qui fut au service de Marpa des années durant, avant d'acquérir suffisamment de maturité spirituelle pour le quitter et pratiquer seul. L'entraînement spirituel requiert une transmission continue, il exige de travailler et d'apprendre avec le maître, tout en le suivant avec ardeur et avec une habileté subtile. La principale question qui se pose pour l'avenir des enseignements dans le monde moderne est de savoir comment ceux qui les étudient peuvent recevoir l'aide et l'inspiration nécessaires pour découvrir l'environnement intérieur et extérieur approprié, un environnement qui leur permette de les pratiquer pleinement, de les mener à leur terme et de parvenir à en réaliser et en incarner l'essence.

Dans toutes les voies mystiques du monde, les enseignements attestent clairement l'existence en nous d'une immense réserve de pouvoir, le pouvoir de la sagesse et de la compassion, le pouvoir de ce que le Christ appelait le Royaume des Cieux. Si nous apprenons comment l'utiliser – c'est le but de la recherche de l'éveil –, ce pouvoir peut non seulement nous transformer, mais transformer le monde qui nous entoure. Y a-t-il jamais eu une époque où l'utilisation lucide de ce pouvoir sacré a été plus essentielle et plus urgente ? Y a-t-il jamais eu une époque où comprendre la nature de ce pur pouvoir, apprendre à le canaliser et à l'utiliser pour le bien du monde, a été plus vital ? Je souhaite ardemment que vous tous qui lisez ce livre puissiez en venir à connaître le pouvoir de l'éveil et à croire en lui, et parveniez à reconnaître la nature de votre esprit.

Reconnaître la nature de l'esprit, en effet, c'est susciter dans le fondement même de votre être une compréhension qui transformera votre vision du monde et vous aidera à découvrir et à développer, naturellement et spontanément, le désir plein de compassion de venir en aide à tous les êtres, en même temps qu'une connaissance directe de la façon dont vous pouvez le mieux y parvenir – avec l'habileté et l'aptitude qui sont les vôtres – et quelles que soient les circonstances dans lesquelles vous vous trouvez.

Ainsi que l'exprime Nyoshul Khenpo :

Une compassion sans effort peut s'élever pour tous les êtres qui n'ont pas réalisé leur vraie nature. Cette compassion est si illimitée que si les larmes pouvaient l'exprimer, on pleurerait sans fin. Non seulement la compassion, mais d'extraordinaires moyens habiles peuvent naître lorsqu'on réalise la nature de l'esprit. On est aussi libéré naturellement de toute souffrance et de toute peur, comme les peurs de la naissance, de la mort et de l'état intermédiaire. Pour décrire la félicité et la joie qui s'élèvent de cette réalisation, les bouddhas disent que si l'on devait recueillir et rassembler toute la gloire, le plaisir et le bonheur de ce monde, cela n'approcherait pas la plus infime partie de la félicité que l'on éprouve quand on réalise la nature de l'esprit.

Mettre au service du monde cette union dynamique de la sagesse et de la compassion serait participer de la façon la plus efficace à la préservation de la planète. Les maîtres de toutes les traditions religieuses du

monde comprennent aujourd'hui qu'une formation spirituelle est *essentielle* non seulement aux moines et aux
religieuses, mais à tous, quel que soit leur mode de vie
ou leur foi. Ce que j'ai essayé de montrer dans ce livre
est la nature profondément pragmatique, active et efficace du développement spirituel. Comme le dit un
enseignement tibétain célèbre : « Quand le mal emplit
le monde, toutes les vicissitudes devraient être transformées en voie d'éveil. » Le danger qui nous menace
tous collectivement nous oblige maintenant à ne plus
considérer le développement spirituel comme un luxe,
mais comme un facteur indispensable à notre survie.

Osons imaginer à présent à quoi ressemblerait la vie
dans un monde où un grand nombre d'individus saisi-
raient l'opportunité offerte par les enseignements de
consacrer une partie de leur existence à une pratique
spirituelle sérieuse, de reconnaître la nature de leur
esprit et de mettre ainsi à profit l'opportunité que représente leur mort, pour s'approcher de la bouddhéité et
renaître dans l'unique but de servir les autres et de leur
être bénéfique.

Ce livre vous propose une technologie sacrée grâce à
laquelle vous pouvez transformer non seulement votre
vie présente, non seulement votre mort, mais également vos vies futures et ainsi l'avenir de l'humanité.
Ce que mes maîtres et moi-même espérons inspirer
ici, c'est un grand bond en avant vers l'évolution
consciente de l'humanité. Apprendre à mourir, c'est
apprendre à vivre ; apprendre à vivre, c'est apprendre à
agir, non seulement dans cette existence, mais dans
celles à venir. Se transformer réellement soi-même et
apprendre à renaître transformé pour venir en aide à

autrui constituent, en fait, la façon la plus puissante d'aider le monde.

La plus noble contribution qu'a apportée ma tradition à la sagesse spirituelle de l'humanité, l'expression la plus généreuse de sa compassion, résident dans sa compréhension et sa mise en pratique continuelle de l'idéal du bodhisattva. Le bodhisattva prend sur lui la souffrance de tous les autres êtres sensibles, entreprend le voyage vers la libération non pour son seul bien mais afin de venir en aide à autrui et, finalement, après avoir atteint l'éveil, ne se dissout pas dans l'absolu ni ne fuit le tourment du samsara, mais choisit de revenir maintes et maintes fois pour mettre sa sagesse et sa compassion au service du monde entier. Ce dont le monde a besoin plus que tout, c'est de ces serviteurs actifs de la paix que sont les bodhisattvas, « revêtus, dit Longchenpa, de l'armure de la persévérance », dévoués à leur vision altruiste et à la diffusion de la sagesse dans tous les domaines de notre expérience. Nous avons besoin de bodhisattvas hommes de loi, de bodhisattvas artistes et politiciens, de bodhisattvas médecins et économistes, de bodhisattvas enseignants et scientifiques, de bodhisattvas techniciens et ingénieurs, de bodhisattvas en tous lieux, œuvrant consciemment en tant que vecteurs de la compassion et de la sagesse, à tous les niveaux et dans toutes les classes de la société, œuvrant pour transformer leur esprit et leurs actions ainsi que ceux de leur prochain, œuvrant inlassablement – assurés du soutien des bouddhas et des êtres éveillés – pour la préservation de notre planète et pour un avenir plus clément. Comme l'a dit Teilhard de Chardin : « Un jour, quand nous aurons maîtrisé les vents, les vagues, les marées et la pesanteur… nous exploiterons… l'énergie de l'amour. Alors, pour la deuxième fois dans l'histoire du monde, l'homme aura découvert le feu. » Et Rûmî, dans sa magnifique prière, disait :

Ô amour, ô amour pur et profond, sois ici, sois maintenant,
Sois tout ; les mondes se dissolvent dans ta splendeur immaculée et infinie,
Tu fais briller de frêles feuilles vivantes d'un éclat plus grand que les froides étoiles :
Fais de moi ton serviteur, ton souffle, ton âme.

L'un de mes espoirs les plus chers est que ce livre devienne, pour quiconque s'engage à devenir un bodhisattva, un compagnon indéfectible ; qu'il soit un guide et une source d'inspiration pour ceux qui affrontent réellement le défi de notre temps et, par compassion pour tous les êtres, entreprennent le voyage vers l'éveil. Puissent-ils ne jamais ressentir lassitude, déception ou désillusion ; puissent-ils ne jamais perdre espoir, quels que soient les terreurs, les difficultés et les obstacles qui les assaillent. Puissent ces obstacles ne leur inspirer que plus de détermination encore. Puissent-ils avoir foi dans l'amour et le pouvoir éternels de tous les êtres éveillés qui ont béni, et bénissent encore, la terre de leur présence ; puissent-ils être encouragés, comme je l'ai été moi-même constamment, par l'exemple vivant des grands maîtres – des hommes et des femmes comme nous qui, avec un courage infini, ont pris à cœur les paroles prononcées par le Bouddha sur son lit de mort, et s'efforcent de tout leur être d'atteindre la perfection. Puisse la vision par-

tagée par tant de maîtres mystiques de toutes les traditions — celle d'un monde futur libéré de la cruauté et
de l'horreur, et où l'humanité pourrait vivre dans le
bonheur ultime de la nature de l'esprit – au travers de
nos efforts à tous, devenir réalité. Prions tous ensemble
pour l'avènement de ce monde meilleur avec
Shantideva :

> *Tant qu'existeront l'espace*
> *Et les êtres sensibles,*
> *Puissé-je moi aussi demeurer*
> *Pour abolir la misère du monde.*

… puis avec saint François :

> *Seigneur,*
> *Fais de moi un instrument de ta paix ;*
> *Là où est la haine, que je répande l'amour,*
> *Là où est l'offense, que je répande le pardon,*
> *Là où est le doute, que je répande la foi,*
> *Là où est le désespoir, que je répande l'espoir,*
> *Là où sont les ténèbres, que je répande la lumière,*
> *Et là où est la tristesse, que je répande la joie.*
> *Ô Divin Maître,*
> *Fais que je ne cherche pas tant*
> *A être consolé qu'à consoler,*
> *A être compris qu'à comprendre,*
> *A être aimé qu'à aimer ;*
> *Car c'est en donnant que l'on reçoit,*
> *C'est en pardonnant que l'on est pardonné,*
> *Et c'est en mourant que l'on naît à la vie éternelle.*

Je dédie ce livre à tous mes maîtres : puissent les aspirations de ceux d'entre eux qui nous ont quittés se réaliser ; quant à ceux qui sont encore parmi nous, puisse leur vie être longue, puisse leur œuvre noble et sacrée rencontrer un succès toujours plus éclatant et leurs enseignements inspirer, encourager et réconforter tous les êtres. Je prie de tout mon cœur pour que les réincarnations de Dudjom Rinpoché et Dilgo Khyentsé Rinpoché grandissent en devenant aussi puissantes et aussi pleinement éveillées que possible, afin qu'elles nous aident à traverser les dangers de cet âge.

Je dédie également ce livre à tous ceux dont le nom y est mentionné et qui ne sont plus de ce monde : Lama Tseten, Lama Chokden, Samten, Ani Pélu, Ani Rilu et Apé Dorjé. Souvenez-vous d'eux dans vos prières, ainsi que mes élèves aujourd'hui morts ou proches de la mort, et dont la dévotion et le courage sont pour moi une profonde source d'inspiration.

Je dédie ce livre à tous les êtres, vivants, mourants ou morts. Que ceux qui, en ce moment, traversent le processus de la mort connaissent une mort paisible, sans douleur ni peur. Puissent tous ceux sur le point de naître et ceux qui luttent dans cette vie être soutenus par les bénédictions des bouddhas ; puissent-ils entrer en contact avec les enseignements et suivre le chemin de la sagesse. Puisse leur vie être heureuse, féconde et libre d'affliction. Puissent tous ceux qui liront ce livre en retirer un bienfait profond et inépuisable ; puissent ces enseignements transformer leur cœur et leur esprit. Telle est ma prière.

Puissent tous les êtres des six royaumes atteindre tous ensemble la base de la perfection primordiale.

Annexes

ANNEXE I

Mes maîtres

Jamyang Khyentsé Chökyi Lodrö (1893-1959) était le maître tibétain le plus remarquable de ce siècle. Faisant autorité dans toutes les traditions, détenteur de toutes les lignées, il était le cœur du mouvement « non sectaire » au Tibet.

Jamyang Khyentsé Chökyi Lodrö et Sogyal Rinpoché.

Dudjom Rinpoché (1904-1987), l'un des plus éminents yogis, érudits et maîtres de méditation du Tibet. Considéré comme le représentant vivant de Padmasambhava, il fut un écrivain prolifique et révéla les « trésors » cachés par Padmasambhava. (Photo de Peri Eagleton)

Dudjom Rinpoché donnant un enseignement, traduit par Sogyal Rinpoché. Londres, 1979. (Photo de Giles Oliver)

Dilgo Khyentsé Rinpoché (1910-1991) était reconnu comme un maître incomparable des enseignements Dzogchen et comme un découvreur des trésors spirituels de Padmasambhava. Il était le plus grand disciple de Jamyang Khyentsé Chökyi Lodrö et le maître de plusieurs lamas importants, dont Sa Sainteté le Dalaï-Lama. (Photo de Werner Novotny)

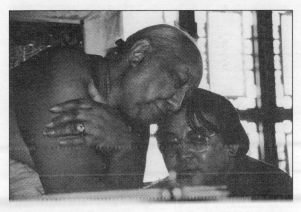

Dilgo Khyentsé Rinpoché et Sogyal Rinpoché. (Photo de Haeko Rah)

Nyoshul Khen Rinpoché (1932-1999) fut un maître du Dzogchen tellement accompli que ses disciples le considéraient comme le grand maître Longchenpa en personne. Il était le maître de nombreux lamas de la génération récente, ainsi que d'un bon nombre d'enseignants bouddhistes occidentaux. (Photo de Peter Fry)

Nyoshul Khenpo et Sogyal Rinpoché à la retraite Rigpa du Pays de Galles en 1986. (Photo de Ruth Seehausen)

Khandro Tséring Chödrön était l'épouse spirituelle de Jamyang Khyentsé Chökyi Lodrö ; elle est considérée comme le plus éminent maître féminin du bouddhisme tibétain. (Photo de Graham Price)

Khandro Tséring Chödrön et Sogyal Rinpoché au centre Rigpa de Londres en 1996. (Photo de Graham Price)

ANNEXE II

Questions relatives à la mort

Les compétences de la science médicale et les progrès de la technologie ont permis de sauver un nombre incalculable de vies et de soulager des souffrances indescriptibles. Mais en même temps, ils posent aux mourants, à leurs familles et à leurs médecins bon nombre de dilemmes éthiques et moraux complexes, parfois angoissants et difficiles à résoudre. Devons-nous, par exemple, autoriser le branchement – ou l'arrêt – des appareils de maintien en survie artificielle pour notre parent ou notre ami mourant ? Pour épargner à la personne mourante une agonie prolongée, un médecin doit-il détenir le pouvoir de mettre fin à la vie ? Quant à ceux qui se sentent condamnés à une fin lente et douloureuse, doit-on les encourager, voire les aider, à se donner la mort ? Des questions de ce type, portant sur la mort et sur les circonstances qui l'entourent, me sont souvent posées ; j'aimerais, ici, en examiner quelques-unes.

RESTER EN VIE

Il y a seulement quarante ans, la plupart des gens s'éteignaient chez eux ; aujourd'hui, la majorité meurent dans des hôpitaux et des maisons de retraite. La perspective d'être maintenu en vie par une machine est réelle et terrifiante. Les gens s'interrogent de plus en plus sur ce qu'ils peuvent faire pour s'assurer une mort humaine et digne et éviter que leur vie ne soit inutilement prolongée. Cette question est devenue extrêmement complexe. Comment déterminer, par exemple, s'il faut mettre en place les appareils de réanimation pour une victime d'accident grave ? Qu'en est-il si la personne est dans le coma, incapable de parler, ou si elle a perdu ses facultés mentales à la suite d'une maladie de dégénérescence ? Et s'il s'agit d'un nouveau-né qui souffre de malformations graves et dont le cerveau est atteint ?

Il n'existe pas de réponses toutes faites à de telles questions, mais certains principes de base peuvent nous guider. Selon l'enseignement du Bouddha, toute existence est sacrée ; tous les êtres possèdent la nature de bouddha et, comme nous l'avons vu précédemment, la vie leur offre l'opportunité de l'éveil. Eviter de détruire la vie est donc considéré comme l'un des premiers principes de la conduite humaine. Néanmoins, le Bouddha recommandait très vivement de se méfier de tout dogmatisme et nous ne pouvons, à mon avis, nous en tenir à des idées arrêtées ou à une position « officielle » sur de telles questions, ni établir de règles. Nous pouvons seulement agir avec la sagesse qui est la nôtre, en fonction de chaque situation. Et tout dépend, comme toujours, de notre motivation et de la compassion qui l'anime.

Cela a-t-il un sens de maintenir artificiellement en vie des personnes qui, autrement, mourraient ? Le Dalaï-Lama a mis en évidence un facteur essentiel, l'état d'esprit du mourant : « Du point de vue bouddhiste, si la personne est en mesure d'avoir des pensées positives et vertueuses, il est important qu'elle continue à vivre, ne serait-ce que quelques minutes de plus, et il y a une raison à cela. » Il souligne la position très difficile de la famille qui se trouve dans une telle situation : « S'il n'y a aucune chance que des pensées positives se manifestent, et si en outre des sommes considérables sont dépensées par les proches dans le seul but de maintenir la personne en vie, cela semble ne pas avoir de sens. Mais chaque cas doit être traité de façon individuelle et il est très difficile de généraliser[1]. »

Les techniques de maintien en survie artificielle, ainsi que la réanimation, peuvent être cause de perturbation, d'irritation ou de distraction au moment critique de la mort. Tant les enseignements bouddhistes que les témoignages des expériences de proximité de la mort nous ont appris que, même dans le coma, l'on peut être parfaitement conscient de ce qui se passe autour de soi. ce qui se produit immédiatement avant la mort, au moment de la mort, et jusqu'à la séparation finale du corps et de la conscience, revêt une importance extrême pour tous, et d'autant plus pour un pratiquant spirituel qui désire pratiquer ou demeurer dans la nature de l'esprit.

Il existe en général un danger : l'acharnement thérapeutique, qui ne fait que prolonger l'agonie, peut susciter inutilement chez la personne mourante attachement, colère et frustration, surtout si tel n'était pas son souhait initial. Les proches qui se trouvent confrontés à des décisions difficiles et submergés par la responsabilité de laisser mourir l'être cher devraient considérer, s'il n'y a aucun espoir réel de guérison, que la qualité des derniers jours ou des dernières heures de sa vie importe peut-être davantage qu'un simple sursis. En outre, puisqu'on ne sait jamais avec certitude si la conscience réside toujours dans le corps, il se pourrait même que la personne soit ainsi condamnée à l'emprisonnement dans un corps devenu inutile.

Dilgo Khyentsé Rinpoché dit :

Avoir recours à des appareils de maintien en survie artificielle si le malade n'a aucune chance de guérison ne rime à rien. Il est bien préférable de lui permettre une mort naturelle dans une atmosphère paisible et d'accomplir des actions positives à son intention. Quand ces appareils sont en place mais qu'il n'y a plus aucun espoir, ce n'est pas un crime que de les débrancher, puisque, de toute façon, la personne ne survivra pas et que sa vie n'est maintenue qu'artificiellement.

Les essais de réanimation sont parfois inutiles et représentent une perturbation supplémentaire pour le mourant. Un médecin écrit :

Le personnel hospitalier déploie soudain une activité frénétique. Des dizaines de personnes se précipitent au chevet du mourant et tentent d'ultimes efforts de réanimation : le patient cliniquement mort

est gavé de drogues et de médicaments, lardé de
douzaines d'aiguilles, secoué par des électrochocs.
Nos derniers instants sont mesurés avec précision en
termes de rythme cardiaque, de taux d'oxygène
contenu dans le sang, d'activité cérébrale, et ainsi
de suite. Cette hystérie technologique ne s'inter-
rompt que lorsque le dernier médecin resté sur
place en a assez de s'agiter en vain[2].

Vous pouvez souhaiter ne pas être maintenu en vie
artificielle ou réanimé et désirer qu'après la mort
clinique, votre corps ne soit pas dérangé pendant un
certain temps. Mais comment vous assurer que l'environnement paisible préconisé par les maîtres au
moment de la mort sera garanti ?

Même si vous avez clairement exprimé votre volonté
de refuser ou d'accepter certains types de traitement à
l'hôpital, votre requête peut ne pas être respectée. Si
votre famille n'est pas d'accord avec ce que vous souhaitez, elle peut demander l'application de certaines
mesures thérapeutiques alors même que vous êtes
encore conscient et capable de vous exprimer. Il n'est
pas rare, hélas ! que les médecins se conforment aux
désirs de la famille plutôt qu'à ceux du mourant. De
toute évidence, mourir chez soi est le meilleur moyen
d'exercer quelque contrôle sur ses propres soins médicaux lorsque vient la fin.

Dans certains pays, il existe des documents appelés
« Testaments de Vie », où une personne exprime ses
volontés quant aux soins qu'elle souhaite recevoir
dans le cas où elle ne serait plus capable de décider de
son sort. Ils constituent une précaution raisonnable et
peuvent aider les médecins s'ils sont confrontés à un

dilemme ; cependant, ils n'ont aucune valeur juridique et ne peuvent pas prendre en compte les complications éventuelles de la maladie. Aux Etats-Unis, on peut rédiger en compagnie d'un homme de loi ce que l'on appelle un « mandat permanent officiel pour les soins médicaux ». C'est la manière la plus efficace de faire connaître ses choix et d'assurer qu'ils seront, dans la mesure du possible, respectés. Dans ce document, vous nommez un représentant, un porte-parole officiel qui comprend votre attitude et vos désirs, peut agir en fonction de l'évolution particulière de la maladie et prendre en votre nom les décisions cruciales.

Je vous recommande donc – comme je l'ai indiqué au chapitre 11 : « Conseils du cœur sur l'aide aux mourants » – de vous renseigner sur l'attitude de votre médecin : accepte-t-il volontiers de respecter vos volontés, notamment si vous ne souhaitez pas d'acharnement thérapeutique au moment de la mort ni de réanimation en cas d'arrêt cardiaque ? Assurez-vous que votre médecin a averti le personnel de l'hôpital et que vos volontés sont inscrites dans le dossier médical. Abordez avec vos proches la question de votre mort. Priez votre famille ou vos amis de demander au personnel médical de débrancher tous les moniteurs, d'interrompre les perfusions dès que le processus de la mort a commencé et, si cela est réalisable, de vous transférer de l'unité de soins intensifs à une chambre individuelle. Voyez comment créer autour de vous une atmosphère aussi silencieuse, aussi paisible et exempte de panique que possible.

PERMETTRE À LA MORT DE SE PRODUIRE

En 1986, le corps médical américain déclara qu'il était conforme à la déontologie de débrancher les appareils de survie artificielle, y compris ceux dispensant la nourriture et l'eau, dans le cas de patients en phase terminale sur le point de mourir, ou demeurant dans un état de coma dépassé. Quatre ans plus tard, un sondage Gallup montrait que quatre-vingt-quatre pour cent des Américains préféraient que les appareils soient débranchés, et donc le traitement interrompu, s'il n'y avait aucun espoir de guérison[3].

On appelle parfois « euthanasie passive » la décision de limiter ou de supprimer les soins destinés à prolonger la vie. On permet à la mort de se produire naturellement en s'abstenant de toute intervention médicale ou de mesures extrêmes qui ne feraient que prolonger la vie du patient de quelques jours ou de quelques heures, alors que son état est incurable. Cela signifie également que tous les traitements et thérapies agressifs destinés à guérir le malade sont interrompus, que l'on refuse les appareils de maintien en survie artificielle et de perfusion ou qu'on les débranche, et que l'on s'abstient de toute réanimation cardiaque. Cette forme passive d'euthanasie intervient également quand la famille et le médecin décident de ne pas traiter une affection secondaire qui entraînera la mort. Par exemple, un mourant au stade terminal d'un cancer des os peut contracter une pneumonie qui, si elle n'est pas soignée, sera susceptible d'entraîner une mort plus paisible, moins douloureuse et moins longue.

Qu'en est-il des malades en phase terminale qui décident eux-mêmes de débrancher les appareils qui

les maintiennent en vie ? En mettant fin à leur existence, commettent-ils une action négative ? Kalou Rinpoché a répondu très précisément à cette question :

La personne qui décide qu'elle a assez souffert et
désire qu'on la laisse mourir se trouve dans une
situation que nous ne pouvons appeler ni vertueuse
ni non vertueuse. Assurément, nous ne pouvons blâ-
mer la personne qui prend cette décision. Du point
de vue karmique, ce n'est pas un acte négatif mais
simplement le désir d'échapper à la souffrance, ce
qui est le désir fondamental de tout être vivant. D'un
autre côté, ce n'est pas non plus un acte particuliè-
rement vertueux... Ce n'est pas tant le désir de
mettre fin à sa vie que celui de mettre fin à la souf-
france. C'est donc un acte neutre du point de vue
karmique.

Que faire si la personne mourante dont nous nous
occupons nous demande de débrancher les appareils de
maintien en survie artificielle ? Kalou Rinpoché dit :

Nous ne serons peut-être pas capables de sauver la
vie de ce patient, ni de soulager sa souffrance. Mais
nous faisons de notre mieux, notre motivation est
aussi pure que possible. L'action que nous entrepre-
nons, quelle qu'elle soit et même si elle est finale-
ment vaine, ne pourra jamais être considérée
comme préjudiciable ou négative d'un point de vue
karmique.
Quand un patient demande à un soignant d'arrêter
les appareils de maintien en survie artificielle, celui-
ci se trouve dans une position délicate, car son

réflexe sera peut-être de se dire : « Si cette personne reste reliée aux appareils, elle vivra ; si je les lui supprime, elle mourra. » Les conséquences karmiques dépendront de l'intention du soignant car son action, indépendamment du fait que c'est la personne qui lui en fait la requête, privera celle-ci du moyen de rester en vie. Si le soignant a toujours été essentiellement motivé par le désir d'apporter son aide et son réconfort à la personne et de soulager sa souffrance, il semble alors qu'à partir de cet état d'esprit un karma négatif ne puisse pas se développer[4].

CHOISIR DE MOURIR

Selon le même sondage Gallup cité plus haut, soixante-six pour cent des Américains interrogés considèrent qu'un malade traversant de grandes souffrances, sans « espoir d'amélioration », a moralement le droit de mettre fin à sa vie. Dans un pays comme les Pays-Bas, on dit que, chaque année, dix mille personnes choisissent l'euthanasie. Le médecin qui les aide à mourir doit prouver que le patient est consentant, qu'il a discuté avec lui en détail des alternatives et qu'il a sollicité l'opinion d'un collègue. Aux Etats-Unis, les choses en sont arrivées à un point tel qu'un livre destiné aux personnes atteintes de maladie terminale et décrivant explicitement des méthodes de suicide est devenu un best-seller ; on assiste également à la naissance de mouvements visant à légaliser « l'euthanasie active » ou « l'aide à la mort ».

Que se passerait-il si l'euthanasie était légalisée ? Beaucoup craignent que des patients déclarés en phase terminale – et notamment ceux qui endurent de grandes souffrances – ne choisissent de mourir, bien qu'il soit possible d'atténuer leur douleur et de prolonger leur vie. D'autres redoutent que des personnes âgées ne ressentent qu'il est leur devoir de disparaître ou ne choisissent le suicide, dans le simple but de ménager la vie et les finances de leur famille.

Parmi les personnes qui accompagnent les mourants, un grand nombre considèrent que des soins palliatifs répondant à des critères plus élevés sont la réponse aux demandes d'euthanasie. Lorsqu'on questionna Elisabeth Kübler-Ross sur la proposition de loi concernant l'euthanasie, elle répondit : « Que nous ayons besoin de lois sur de tels sujets me désole. Je pense que nous devrions nous fier à notre jugement humain et affronter notre propre peur de la mort. Nous pourrions alors respecter les besoins des patients et les écouter, et nous n'aurions pas de problèmes de ce genre[5]. »

Les gens craignent que leur agonie ne soit insoutenable, ils redoutent d'être terrassés par une maladie qui les immobilisera, voire leur fera perdre la raison, et d'être accablés par une souffrance intolérable et vaine. Les enseignements bouddhistes nous proposent une attitude différente envers la souffrance, une attitude qui lui donne un sens. Le Dalaï-Lama fait remarquer :

Votre souffrance est due à votre propre karma, et il vous faudra de toute façon, dans cette vie ou dans une autre, subir les conséquences de ce karma, à moins que vous ne trouviez un moyen de le purifier. Dans ce cas, il est considéré comme préférable de

*faire l'expérience du karma dans cette vie humaine
où vous pouvez le supporter mieux que, par
exemple, un animal qui est impuissant et peut par là
même souffrir davantage encore.*

Selon les enseignements bouddhistes, nous devrions
faire tout ce qui est en notre pouvoir pour aider les
mourants à faire face à leur déchéance, à leur douleur
et à leur peur, et leur offrir le soutien bienveillant qui
donnera un sens à la fin de leur existence. Mme Cicely
Saunders, fondatrice du Saint Christopher's Hospice de
Londres, disait : « Si l'un de nos patients réclame
l'euthanasie, cela signifie que nous ne faisons pas
notre travail. » Elle se déclare contre la légalisation de
l'euthanasie et affirme :

*Notre société n'est pas si démunie que nous ne puis-
sions consacrer du temps, des efforts et de l'argent à
aider les gens à vivre, et ce jusqu'à leur mort. Nous le
devons à tous ceux que la souffrance emprisonne dans
la peur et l'amertume, alors que nous aurions les
moyens de supprimer cette souffrance. Pour cela, nul
besoin de les supprimer, eux... Légaliser l'euthanasie
(active) volontaire serait un acte irresponsable qui
entraverait l'aide, ferait pression sur ceux qui sont
vulnérables, abolissant notre respect pour les faibles
et les personnes âgées, les handicapés et les mourants
et faisant fi de notre véritable responsabilité envers
eux[6].*

AUTRES QUESTIONS

– Qu'arrive-t-il à la conscience d'un bébé lors d'un avortement ou lorsqu'il meurt en bas âge ? Que peuvent faire ses parents pour l'aider ?

Dilgo Khyentsé Rinpoché explique :

La conscience de ceux qui meurent avant la naissance, lors de la naissance ou en bas âge traversera à nouveau les états du bardo et prendra une nouvelle existence. On peut accomplir pour eux les mêmes pratiques et actions méritoires que celles qu'on effectue habituellement pour les morts : la pratique de purification et la récitation du mantra de Vajrasattva, l'offrande de lampes, la purification des cendres, etc.

Dans le cas d'un avortement, si les parents éprouvent des remords, le fait de reconnaître leur acte, de demander le pardon et d'accomplir avec ferveur la pratique de purification de Vajrasattva sera d'un grand secours. Ils peuvent également offrir des lampes votives, sauver des vies, aider leur prochain ou parrainer un projet humanitaire ou spirituel, et dédier cela au bien-être et à l'éveil futur de la conscience du bébé.

– Qu'advient-il de la conscience d'une personne qui se suicide ?

Dilgo Khyentsé Rinpoché dit :

Quand une personne se suicide, la conscience ne peut que subir son karma négatif et il est très possible qu'un esprit nuisible s'empare de sa force vitale et l'accapare. En cas de suicide, un maître puissant doit accomplir des pratiques spéciales, telles que des cérémonies du feu et autres rituels, afin de libérer la conscience du défunt.

– Est-il recommandé de faire don de ses organes au moment de la mort ? Que se passe-t-il s'ils doivent être prélevés alors que le sang circule encore ou avant que le processus de la mort ne soit achevé ? Cela ne risque-t-il pas de perturber la conscience ou de lui nuire au moment de la mort ?

Les maîtres auxquels j'ai posé cette question s'accordent à penser que le don d'organes est une action extrêmement positive, puisqu'elle a sa source dans un désir authentiquement bienveillant d'aider les autres. Par conséquent, si tel est réellement le vœu du mourant, la conscience qui quitte le corps n'en sera nullement affectée. Au contraire, cet acte ultime de générosité accumulera du karma positif. Un autre maître a déclaré que toute souffrance ou douleur endurée par la personne pendant le don d'organes, tout moment de distraction, se transforment en karma positif.

Dilgo Khyentsé Rinpoché explique : « S'il est certain que la personne est sur le point de mourir, qu'elle a exprimé le vœu de donner ses organes et que son esprit est empli de compassion, on peut alors les prélever avant même que le cœur n'ait cessé de battre. »

– Que penser de la cryogénisation, où le corps d'une personne, ou seulement sa tête, est conservé à très basse température en attendant que la science médicale ait progressé au point qu'on puisse la réanimer ?

Selon Dilgo Khyentsé Rinpoché, c'est une entreprise totalement dénuée de sens. La conscience d'un individu ne peut pas pénétrer à nouveau dans son corps après que la mort a eu lieu. Croire que son cadavre est conservé pour revenir à la vie dans le futur peut manifestement piéger la conscience dans un attachement au corps tragiquement accru, et ainsi aggraver considérablement sa souffrance et bloquer le processus de la renaissance. Un maître compare la cryogénisation au passage direct dans un enfer glacé, sans même traverser les états du bardo.

– Que pouvons-nous faire pour un parent vieillissant, un père par exemple, qui est devenu sénile ou a perdu la raison ?

Arrivé à ce point, il est sans doute inutile d'essayer d'expliquer les enseignements, mais le fait de pratiquer tranquillement ou de réciter des mantras ou les noms des bouddhas en sa présence sera certainement d'une grande aide. Kalou Rinpoché explique :

Vous planterez des graines. Vos propres aspirations et votre sollicitude à son égard sont très importantes. Lorsque vous offrez ce soutien à votre père dans sa pénible situation, vous devez le faire avec les intentions les plus pures, nées d'un réel souci pour son bien-être et son bonheur. C'est un facteur très important de votre relation avec lui dans ces moments-là... Le lien karmique entre parents et enfants est très fort. Ce lien peut nous permettre d'agir de façon très bénéfique à des niveaux subtils, si nous traitons nos parents avec compassion et bienveillance et si notre engagement dans la pratique spirituelle n'est pas seulement guidé par notre intérêt propre mais également par celui des autres êtres et, en particulier dans ce cas, celui de nos parents[7].

ANNEXE III

Deux témoignages

Mes élèves et amis occidentaux m'ont cité de nombreux exemples de personnes de leur connaissance qui, sur le point de mourir, ont trouvé un soutien dans les enseignements du Bouddha. J'aimerais vous raconter ici l'histoire de deux de mes étudiants, et la façon dont ils affrontèrent leur mort.

DOROTHY

Dorothy mourut d'un cancer au centre de soins palliatifs de Saint Christopher à Londres. Elle avait été une artiste de grand talent, brodeuse, historienne d'art et guide conférencière, et avait également pratiqué une thérapie basée sur les couleurs. Son père était un thérapeute de renom et elle tenait en grande estime toutes les religions et traditions spirituelles. Ce fut vers la fin de sa vie qu'elle découvrit le bouddhisme qui, dit-elle, la passionna. Elle avait constaté que c'étaient les enseignements bouddhistes qui lui donnaient la perspective la plus convaincante et la plus complète de la nature de la réalité. Je laisse la parole à quelques-uns de ses amis spirituels qui l'accompagnèrent pendant ses derniers moments, afin qu'ils vous racontent, avec leurs propres mots, comment Dorothy trouva un soutien dans les enseignements, lorsque le temps fut venu pour elle de mourir :

La mort de Dorothy fut une inspiration pour nous tous. Elle quitta cette vie avec une grâce et une dignité remarquables, et tous ceux qui furent en contact avec elle ressentirent sa force : médecins, infirmières, aides-soignants et patients du centre, mais surtout les amis spirituels qui eurent la chance d'être à ses côtés durant les dernières semaines de son existence.

Quand nous rendions visite à Dorothy chez elle, avant son départ pour le centre de soins palliatifs, il était évident que son cancer était dans une phase très active et que ses organes commençaient à faiblir. Elle prenait de la morphine depuis un an et pouvait à présent à peine s'alimenter ou même boire. Mais elle ne se plaignait jamais et l'on ne pouvait soupçonner l'étendue de sa souffrance. Elle avait terriblement maigri et montrait par moments des signes d'épuisement. Pourtant, quand elle recevait des visiteurs, elle les accueillait et s'entretenait avec eux, animée d'une énergie et d'une joie extraordinaires, et toujours sereine et prévenante. L'une de ses occupations préférées était d'écouter, allongée sur le sofa, des enseignements enregistrés de Sogyal Rinpoché. Elle fut enchantée lorsqu'il lui envoya de Paris des cassettes, lui disant qu'elles auraient pour elle un sens particulier.

Dorothy se prépara à la mort et prit ses dispositions, ne laissant aucun détail au hasard. Elle ne voulait pas laisser à la charge d'autrui des affaires non réglées et passa ainsi plusieurs mois à résoudre toutes les questions pratiques. Elle semblait ne pas avoir peur, mais voulait s'assurer qu'elle avait fait tout ce qui était à faire et qu'elle pouvait maintenant aborder sa mort sans distraction. Savoir qu'elle n'avait causé dans sa vie de tort grave à personne et qu'elle avait reçu et pratiqué les enseignements, était pour elle une grande source de réconfort. « J'ai fait ce que j'avais à faire », disait-elle.

Quand le temps fut venu pour elle de quitter définitivement son appartement – un lieu rempli de merveilleux trésors accumulés au fil des années – pour se rendre au centre de soins palliatifs, elle partit en emportant seulement un petit sac, sans même jeter un regard en arrière. Elle avait déjà distribué la plupart de ses biens, mais elle prit une photo de Rinpoché qu'elle gardait toujours auprès d'elle, ainsi que son petit livre sur la méditation. Elle avait mis l'essentiel de sa vie dans ce petit sac ; elle appelait cela « voyager léger ». Dorothy ne fit pas d'embarras au moment de partir, et l'on aurait pu penser qu'elle descendait juste faire ses courses. Elle dit seulement : « Adieu, appartement », fit un signe de la main puis franchit la porte.

Au centre de soins, sa chambre devint un lieu très spécial. Une bougie était toujours allumée sur sa table de chevet devant la photo de Rinpoché et, quand un jour quelqu'un lui demanda si elle désirait lui parler, elle sourit, jeta un coup d'œil à la photo et dit : « Non, ce n'est pas la peine, il est toujours présent ! » Elle parlait souvent des recommandations de Rinpoché sur la nécessité de créer « l'environnement approprié » et demanda qu'on installât un très beau tableau représentant un arc-en-ciel sur le mur qui lui faisait face. Il y avait partout des fleurs apportées par ses visiteurs.

Jusqu'à la fin, Dorothy garda le contrôle de la situation, et sa confiance dans les enseignements ne parut jamais vaciller, fût-ce une seconde. Nous avions l'impression que ce n'était pas nous qui l'aidions mais elle qui nous aidait ! Elle était constamment joyeuse et confiante, et ne se départait jamais de son sens de l'humour. Nous voyions que la dignité qui émanait de sa personne trouvait sa source dans son courage et sa confiance en elle. La joie avec laquelle elle nous accueillait invariablement nous aida à comprendre en notre for intérieur que la mort n'est en rien sombre ou terrifiante. Voici ce qu'elle nous offrit, et ce fut pour nous un honneur et un privilège que d'être à ses côtés.

Nous en étions presque venus à dépendre de la force de Dorothy, et nous ressentîmes de l'humilité quand nous comprîmes qu'elle aussi avait besoin de notre force et de notre soutien. Tandis qu'elle réglait les derniers détails de ses funérailles, nous réalisâmes soudain qu'après s'être tant souciée des autres, il lui fallait maintenant oublier tous ces détails et tourner son attention vers elle-même. Et elle avait besoin que nous lui en donnions la permission.

Ce fut une mort difficile et douloureuse, et Dorothy se comporta comme un guerrier. Elle essaya autant que possible de se suffire à elle-même afin de ne pas causer aux infirmières un surcroît de travail – jusqu'au moment où son corps refusa de la porter. Un jour, alors qu'elle était encore capable de quitter son lit, l'infirmière lui demanda très discrètement si elle désirait utiliser la chaise percée. Dorothy se leva avec difficulté, puis dit en riant : « Regardez-moi ça ! », montrant son corps presque réduit à l'état de squelette. Toutefois, parce que celui-ci se détériorait, son esprit semblait rayonner et prendre son envol. Elle semblait reconnaître que son corps avait achevé son travail : il n'était plus vraiment « elle », mais une chose qu'elle avait habitée et à laquelle elle était maintenant prête à renoncer.

Malgré toute la lumière et la joie qui entouraient Dorothy, il était clair que sa mort n'était en rien facile. C'était, en fait, un dur labeur. Il y eut des moments sombres et extrêmement pénibles mais elle les traversa avec une grâce et une force d'âme exemplaires. Après une nuit particulièrement douloureuse où elle était tombée du lit, elle prit peur à l'idée que sa mort ne survienne brusquement alors qu'elle se trouvait seule, et elle demanda que l'un ou l'autre d'entre nous demeure constamment à ses côtés. Nous veillâmes donc sur elle à tour de rôle, jour et nuit.

Dorothy pratiquait quotidiennement ; la purification de Vajrasattva était sa pratique préférée. Rinpoché lui conseilla de lire des enseignements sur la mort qui comprenaient une pratique essentielle du p'owa. Parfois, nous nous asseyions à ses côtés et lui lisions des passages à voix haute ; d'autres fois, nous chantions le mantra de Padmasambhava, ou bien nous demeurions simplement en silence pendant quelque temps. Nous trouvâmes ainsi un rythme confortable et souple où alternaient pratique et repos. De temps à autre, Dorothy somnolait, puis s'écriait à son réveil : « Oh ! C'est merveilleux ! » Quand elle paraissait plus alerte et plus énergique, nous lui lisions, si elle le désirait, des passages des enseignements sur les bardos afin de lui permettre d'identifier les phases qu'elle traversait. Nous étions tous étonnés de la voir si gaie et si vive, mais elle voulait cependant que sa pratique reste très simple, essentielle. Lorsque nous arrivions pour « prendre la relève », nous étions chaque fois frappés par l'atmosphère paisible de la pièce : Dorothy était allongée les yeux grands ouverts, regardant dans l'espace, même pendant son sommeil, et la personne qui lui tenait compagnie était tranquillement assise en méditation ou récitait doucement des mantras.

Rinpoché téléphonait souvent pour prendre de ses nouvelles et, ensemble, tous deux discutaient sans détours de sa mort prochaine. Dorothy parlait très prosaïquement, disant par exemple : « Plus que quelques jours, Rinpoché. » Un jour, les infirmières apportèrent le téléphone dans la chambre, annonçant « un appel d'Amsterdam ». Le visage de Dorothy s'éclaira immédiatement et rayonna de plaisir tandis qu'elle prenait l'appel de Rinpoché. Après avoir raccroché, elle nous dit avec un sourire épanoui qu'il lui avait conseillé de ne plus se concentrer sur la lecture des textes ; le temps était venu de « demeurer dans la nature de l'esprit, demeurer dans la luminosité ». Peu de temps avant sa mort, Rinpoché lui téléphona pour la toute dernière fois et elle nous rapporta ses paroles : « Ne nous oublie pas ; fais-nous signe de temps à autre ! »

Un jour que le docteur était venu s'enquérir de son état de santé et ajuster les doses de médicaments, Dorothy lui expliqua avec une simplicité et une franchise désarmantes : « Voyez-vous, je suis bouddhiste et nous croyons que, lorsque nous mourons, nous voyons un grand nombre de lumières. Il me semble que j'ai déjà commencé à percevoir quelques éclairs, mais je ne crois pas avoir complètement vu la lumière. » Les médecins étaient stupéfaits de sa clarté d'esprit et de sa vivacité. Vu l'état avancé de sa maladie, nous dirent-ils, ils se seraient attendus à ce que Dorothy soit inconsciente.

Comme la mort devenait imminente, la distinction entre le jour et la nuit sembla s'estomper et Dorothy se retira de plus en plus profondément en elle-même. Son visage changea de couleur et les moments de conscience se firent plus rares. Nous avions l'impression de pouvoir détecter les signes qui indiquaient la dissolution des éléments. Dorothy était prête à mourir mais son corps n'était pas disposé à l'abandonner car son cœur était solide. Chaque nuit devint pour elle une épreuve, et chaque matin la trouvait surprise d'avoir surmonté la nuit. Bien qu'elle ne se plaignît jamais, nous pouvions voir à quel point elle souffrait. Nous faisions tout notre possible pour assurer son bien-être et, lorsqu'elle ne fut plus capable de boire, nous humectâmes ses lèvres. Jusqu'aux dernières trente-six heures, elle refusa poliment toute médication qui risquait d'interférer avec sa vigilance.

Juste avant sa mort, les infirmières la changèrent de position. Elle était recroquevillée dans la position du fœtus ; son corps était maintenant décharné à l'extrême, elle ne pouvait ni bouger ni parler ; néanmoins, ses yeux étaient toujours ouverts et vifs, regardant par la fenêtre, droit dans le ciel. Un instant avant de mourir, elle remua presque imperceptiblement, regarda Debbie dans les yeux et lui communiqua très fortement quelque chose – c'était un regard de reconnaissance exprimant que le moment était venu, comme pour nous dire, avec l'ombre d'un sourire : « Ça y est, nous y voilà ! » Puis elle dirigea à nouveau ses yeux vers le ciel, respira une ou deux fois, et expira. Debbie lâcha doucement sa main afin de lui permettre de continuer, sans être dérangée, le processus de dissolution interne.

Le personnel du centre de soins palliatifs déclara qu'il n'avait jamais vu quelqu'un être aussi bien préparé à la mort que Dorothy. Un an plus tard, de nombreuses personnes du centre de soins se souvenaient encore de sa présence et de l'inspiration qu'elle avait suscitée.

RICK

Rick vivait en Orégon ; il était atteint du sida. Il avait quarante-cinq ans et exerçait auparavant le métier d'informaticien. Il y a quelques années, il vint au séminaire d'été que je dirige chaque année aux Etats-Unis, et nous expliqua ce que la mort, la vie et sa maladie représentaient pour lui. Je fus très étonné de constater combien Rick avait pris à cœur les enseignements bouddhistes, alors qu'il ne les avait étudiés avec moi que deux ans. Durant cette brève période, il avait trouvé sa manière personnelle d'appréhender l'essence des enseignements – la dévotion, la compassion et la Vue de la nature de l'esprit – et de les intégrer dans sa vie. Rick, assis dans son fauteuil, nous faisant face, nous dit ce qu'il ressentait devant sa mort prochaine. Les extraits qui vont suivre vous donneront, je l'espère, une idée de l'atmosphère qui régnait pendant ce moment émouvant :

Il y a deux ans, lorsque j'ai pensé que j'étais en train de mourir, j'ai eu une réaction naturelle : j'ai supplié, et on m'a répondu. Cela m'a permis de traverser plusieurs semaines de fièvre horrible pendant lesquelles je pensais que j'allais disparaître au beau milieu de la nuit… Avoir de la dévotion, supplier… Quand il n'y a plus rien d'autre à faire, la promesse que nous a faite Padmasambhava demeure, celle d'être là. Et il ne ment pas ; il me l'a prouvé à maintes reprises.

Sans Padmasambhava, dont Rinpoché nous enseigne qu'il est la nature de notre esprit, notre propre nature de bouddha, sans cette glorieuse et rayonnante présence, je ne pourrais supporter ce que j'endure – je sais que je ne le pourrais pas.

La première chose que j'ai comprise est qu'on doit assumer la responsabilité de sa propre existence. Je suis en train de mourir parce que je suis atteint du sida. C'est ma responsabilité ; personne d'autre n'est à blâmer. En fait, il n'y a personne à accuser, pas même moi. Mais j'en accepte la responsabilité.

Avant d'adhérer au bouddhisme, j'avais fait le vœu envers moi-même et envers les dieux, quels qu'ils soient, d'être tout simplement heureux. Après avoir pris cette décision… je m'y suis tenu. Et cela est très important quand on pratique une forme d'entraînement spirituel. Il faut prendre la décision de vouloir réellement changer. Si vous ne voulez pas changer, personne ne le fera pour vous.

Notre tâche… c'est de travailler avec les aspects quotidiens de notre situation. D'abord, il nous faut être *reconnaissants* de nous trouver dans ce corps, et sur cette terre. C'est par cela que j'ai commencé : ressentir de la gratitude pour la terre, pour les êtres vivants. Maintenant que je sens les choses m'échapper peu à peu, j'éprouve de plus en plus de gratitude envers tout être et toute chose. C'est pourquoi ma pratique est centrée aujourd'hui sur cette gratitude ; elle consiste simplement à offrir constamment ma reconnaissance envers la vie, envers Padmasambhava qui vit à travers cette multiplicité de formes.

Ne faites pas l'erreur que j'ai commise pendant des années, croire que « la pratique » consiste à s'asseoir bien droit et à réciter des mantras tout en pensant « Je serai content quand ce sera fini ! » La pratique est beaucoup plus vaste que cela. La pratique, c'est chaque personne que vous rencontrez, chaque remarque désagréable que vous entendez, ou même qui vous est directement adressée.

C'est seulement lorsque vous vous levez de votre coussin que la pratique commence réellement. Nous devons faire preuve de beaucoup d'ingéniosité et de créativité pour trouver la manière de l'intégrer à la vie. Il y a toujours dans notre environnement quelque chose à quoi nous pouvons nous relier afin de pratiquer. Par exemple, si les vertiges m'empêchent de visualiser Vajrasattva au-dessus de moi, je me lève et vais faire la vaisselle du petit déjeuner ; l'assiette que je tiens alors à la main représente le monde et les êtres qui y souffrent. Je récite le mantra... OM VAJRA SATTVA HUM... et me voilà en train de laver la souffrance des êtres. Quand je prends une douche, ce n'est pas la douche qui est au-dessus de ma tête : c'est Vajrasattva. Quand je vais prendre le soleil, je m'imprègne simplement de la lumière qui émane du corps de Vajrasattva et, semblable à des myriades de soleils, je la laisse me pénétrer. Devant une belle personne qui passe dans la rue, il m'arrive de penser tout d'abord : « Qu'elle est belle ! » mais, l'instant d'après, j'en fais l'offrande de tout mon cœur à Padmasambhava, et j'abandonne tout attachement. Il faut que vous preniez des situations de la vie réelle et que vous en fassiez votre pratique. Sinon, votre croyance sera creuse ; elle ne vous procurera ni force ni réconfort lorsque les difficultés surviendront. Elle sera seulement une croyance du type : « Oh, un jour, j'irai au ciel ; un jour, je deviendrai un bouddha. » Non, vous ne serez pas un bouddha un jour ; vous êtes un bouddha aujourd'hui même. Quand vous pratiquez, votre pratique est d'être ce que vous *êtes*...

Il est très important de mettre à profit les situations qui se présentent dans la vie. Comme le dit toujours Rinpoché, si vous avez pratiqué la prière et demandé de l'aide, vous ferez tout naturellement de même quand vous vous trouverez dans les bardos... J'ai transformé en mantra ce vers de Dudjom Rinpoché : « Lama d'une bonté sans prix, je ne me souviens que de vous. » Certains jours, c'est tout ce à quoi je peux penser, c'est la seule pratique que j'arrive à faire. Mais elle est très efficace.

Bonheur, responsabilité personnelle, gratitude... ne confondez pas une pratique morte et ritualiste avec une pratique vivante, incessante, changeante, fluide, ouverte, une pratique glorieuse. Parce que... et j'en fais l'expérience maintenant... peut-être allez-vous penser que ce ne sont là que des mots, mais je sais au fond du cœur que ce n'est pas le cas... je vois Padmasambhava en toute chose. Voilà ma pratique. Tous les gens, et en particulier ceux qui sont difficiles ou qui mènent la vie dure à leur entourage, sont à mes yeux la bénédiction du maître. Pour moi, cette maladie est la bénédiction du maître. C'est la grâce. Une grâce infinie...

Mais si tout cela a été possible, c'est parce que j'ai entraîné mon esprit... Lorsque j'ai commencé, je ne cessais de porter un jugement sur les choses. Je jugeais telle personne, je jugeais telle autre. Je jugeais l'apparence de l'un, la façon de s'asseoir de l'autre ; je jugeais : « Je n'aime pas le temps qu'il fait aujourd'hui ; il pleut trop, il fait trop gris. Oh ! Pauvre de moi… Oh ! Aimez-moi… Oh ! Venez à mon secours. » C'est ainsi que j'ai commencé, en entretenant un commentaire mental incessant. Mais j'ai commencé. J'écrivais à mon propre usage des petites notes que je collais sur mon réfrigérateur : « Ne juge pas ! »

Lorsque l'on vit dans sa tête – c'est-à-dire lorsqu'on choisit entre ceci et cela : « ceci est bien… cela est mauvais et je n'en veux pas », entre l'espoir et la peur, entre la haine et l'amour, entre la joie et le chagrin – lorsqu'on s'attache vraiment à l'un de ces extrêmes, cela perturbe la paix fondamentale de l'esprit. Un patriarche zen disait : « La Grande Voie n'est pas difficile pour ceux qui n'ont pas de préférences. » Parce que votre nature de bouddha est là. Le bonheur est partout.

J'ai donc commencé à travailler avec mon esprit conceptuel. Cela semblait, au début, une tâche impossible. Mais à mesure que je m'exerçais… je découvrais ceci : si vous laissez tout ce qui s'élève à sa place, tout est parfaitement bien ainsi. Soyez simplement là et soyez heureux, parce que vous savez que vous avez la nature de bouddha.

Vous n'avez pas besoin de *sentir* que vous avez la nature de bouddha. Ce n'est pas cela qui compte. Ce qui compte, c'est la confiance, qui est la foi ; ce qui compte, c'est la dévotion, qui est l'abandon. Pour moi, c'est cela l'essentiel. Si vous avez confiance dans les paroles du maître, si vous étudiez l'enseignement, si vous vous efforcez de vous le rappeler dans les moments difficiles et entraînez votre esprit à ne pas retomber dans ses schémas habituels, si vous pouvez juste *être* avec ce qui se passe, en demeurant simplement attentif, vous remarquerez au bout d'un moment que rien ne dure très longtemps. Pas même les pensées négatives. Et surtout pas notre corps. Tout change. Si vous laissez les choses à leur place, elles se libéreront d'elles-mêmes.

Dans une situation comme la mienne, quand la peur surgit de façon tellement évidente, quand elle est prédominante, quand on sent qu'elle nous engloutit, il s'agit de prendre son esprit en main. J'ai compris que la peur n'allait pas me tuer. Elle ne fait que traverser mon esprit. C'est une pensée, et je sais que les pensées se libèrent d'elles-mêmes si je n'interviens pas. J'ai compris aussi que c'est la même chose qui se produit dans les bardos, quand on voit venir à soi une vision qui peut être effrayante : elle n'a, en fait, nulle autre origine que soi-même ! Toutes les énergies que l'on a gardées et réprimées dans son corps sont alors libérées.

En pratiquant cet entraînement de l'esprit, j'ai aussi découvert rapidement qu'il existe une certaine limite à ne pas dépasser, et qu'on ne doit pas laisser l'esprit aller au-delà. Sinon, on risque de connaître des problèmes d'ordre psychologique ; on peut devenir morose, déprimer tout son entourage : c'est là le moindre risque. Mais on peut également perdre la raison. Il y a des gens qui déraisonnent, qui perdent leur équilibre en croyant tout ce que leur esprit leur raconte à propos de la réalité. Nous le faisons tous plus ou moins, mais il y a une certaine limite à ne pas franchir... Auparavant, j'avais des accès de panique. Je croyais qu'il y avait un trou noir béant dans le sol devant moi. Depuis que je me suis accordé le privilège et la grâce d'être heureux tout le temps, je ne vois plus de trous noirs.

Certains d'entre vous me sont plus chers que ma propre famille. Parce que vous permettez à Padma-sambhava de venir à moi d'une autre façon, par votre gentillesse, votre sympathie et votre amour. Vous ne semblez pas vous soucier que j'aie le sida. Personne ne m'a jamais demandé : « Au fait, comment l'as-tu attrapé ? » Personne n'a jamais laissé entendre que cela pourrait être une malédiction, sauf l'un de mes vieux amis qui m'a appelé il y a huit jours pour me dire : « Tu n'as pas peur que ce soit la malédiction de Dieu sur toi ? » Cela m'a fait rire, puis je lui ai répondu : « Tu crois que Dieu a maudit la terre et que le corps humain est impur. Mais moi, de mon côté, je crois que c'est la bénédiction qui est le point de départ originel, et non la malédiction. » Depuis l'origine des temps, tout a déjà été accompli, tout est pur et parfait.

Je me contente donc à présent de demeurer dans la lumière. Elle est partout. Vous ne pouvez lui échapper. Elle est si enivrante que, parfois, j'ai l'impression de nager dans cette lumière. Je laisse simplement Padma-sambhava m'entraîner à sa suite, tandis qu'il prend son essor dans le ciel de l'esprit…

Bon. Si maintenant j'étais à votre place en train d'écouter ces paroles, je dirais : « Très bien ; mais alors pourquoi n'es-tu pas guéri ? » On m'a déjà posé cette question. Non pas que je n'aie pas essayé : avec toutes les pilules que j'ai achetées, je pourrais remplir une valise. Mais il y a déjà un certain temps que j'ai cessé de me poser cette question. La raison en est, je crois, que j'aurais eu l'impression de manipuler ainsi le processus qui était en cours, d'interférer avec lui. Ce processus est très purificateur pour moi. Je sais que par là même beaucoup de karma est consumé. Peut-être est-ce aussi une purification pour ma mère, car je l'offre en son nom. Elle souffre beaucoup. Et puis, il y a dans ce groupe des amis spirituels que j'aime comme mes frères et sœurs ; eux aussi souffrent. J'ai conclu ce pacte avec Padmasambhava : si ma vie et ma souffrance pouvaient apporter quelque purification, non seulement à moi mais à vous également, quelle bénédiction ce serait ! Telle est ma prière. Et je puis vous assurer que je ne suis pas le genre de personne qui aime souffrir ! Mais je sens cette grâce, cette bénédiction, qui m'aide doucement à traverser la souffrance.

Au point où j'en suis aujourd'hui, après avoir étudié les enseignements de Rinpoché sur les bardos, je ne vois pas la mort comme une ennemie. De même, nos pensées ne doivent pas être perçues en tant qu'ennemies... Et la vie n'est pas une ennemie. La vie est glorieuse, car nous pouvons, dans cette vie, nous éveiller à ce que nous sommes vraiment.

C'est pourquoi je vous prie, du fond du cœur, de ne pas gaspiller cette opportunité tant que vous êtes encore relativement en bonne santé, je vous prie de travailler avec les enseignements que vous offre Rinpoché... Il sait toucher l'essentiel quand il explique et enseigne ce qu'est le Dzogchen, et il sait comment vous amener là, au cœur de vous-même... C'est extrêmement important, surtout quand vous êtes sur le point de mourir.

Voilà. Je suis là pour dire adieu. Au moins pour cette fois-ci... Je veux dire adieu à tous ceux d'entre vous qui êtes devenus mes frères et sœurs, ceux d'entre vous avec qui j'ai été en contact mais que je n'ai pas eu le privilège de mieux connaître, ceux d'entre vous dont je n'ai pas même fait la connaissance... J'ai le sentiment que je vais peut-être mourir dans les six mois, voire dans les trois mois à venir... Je vous porte tous dans mon cœur, et je vous vois tous rayonnants et resplendissants. Il n'y a pas d'obscurité... seulement la lumière émanant du cœur de Padmasambhava, qui nous baigne tous. Par la grâce du maître.

siddhi (fleurs) et les Tibétains et, explicitement, suivant ce semble l'on retrouve sur les enseignements de Dudjom Rinpoche et de Tulku Rinzen et Rinpoche

EM Orgian

ANNEXE IV

Deux mantras

Les deux mantras les plus connus au Tibet sont le mantra de Padmasambhava, appelé Vajra Guru Mantra, OM AH HUM VAJRA GURU PADMA SIDDHI HUM, et le mantra d'Avalokiteshvara, Bouddha de la Compassion, OM MANI PADME HUM. Comme la plupart des mantras, ils sont en sanscrit, l'antique langue sacrée de l'Inde.

LE VAJRA GURU MANTRA

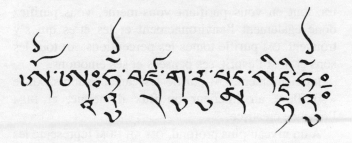

Ce mantra, OM AH HUM VAJRA GURU PADMA SIDDHI HUM, est prononcé Om Ah Houng Benza Gourou Péma

Siddhi Houng par les Tibétains. L'explication suivante de sa signification est basée sur les enseignements de Dudjom Rinpoché et de Dilgo Khyentsé Rinpoché.

OM AH HUM

Ces trois syllabes ont un sens extérieur, un sens intérieur et un sens « secret ». Toutefois, à chacun de ces niveaux, OM représente le corps, AH la parole, et HUM l'esprit. Ces syllabes représentent la bénédiction transformatrice du corps, de la parole et de l'esprit de tous les bouddhas.

Extérieurement, OM purifie toutes les actions négatives commises par le corps, AH celles commises par la parole et HUM celles commises par l'esprit[1]. OM AH HUM, en purifiant votre corps, votre parole et votre esprit, vous accorde la bénédiction du corps, de la parole et de l'esprit de tous les bouddhas.

OM est également l'essence de la forme, AH l'essence du son et HUM l'essence de l'esprit. En récitant ce mantra, tout en vous purifiant vous-même, vous purifiez donc également l'environnement et les êtres qui s'y trouvent. OM purifie toutes les perceptions, AH tous les sons et HUM l'esprit, ses pensées et ses émotions.

Intérieurement, OM purifie les canaux subtils, AH le « souffle », air intérieur ou flux d'énergie, et HUM l'essence créatrice[2].

A un niveau plus profond, OM AH HUM représente les trois kayas de la famille des bouddhas du Lotus ; OM est le Dharmakaya, le Bouddha Amitabha, Bouddha de la Lumière infinie ; AH est le Sambhogakaya, Avalokiteshvara, Bouddha de la Compassion ; et HUM est le

Nirmanakaya, Padmasambhava. Cela signifie que, dans le cas de ce mantra, les trois kayas sont personnifiés par Padmasambhava.

Au niveau ultime, OM AH HUM éveille la réalisation des trois aspects de la nature de l'esprit : OM éveille la réalisation de son Energie et de sa Compassion incessantes, AH fait naître la réalisation de sa Nature rayonnante et HUM provoque la réalisation de son Essence semblable au ciel.

VAJRA GURU PADMA

On compare VAJRA au diamant, la plus dure et la plus précieuse des pierres. Tout comme un diamant a la faculté de couper n'importe quel matériau mais est lui-même indestructible, la sagesse immuable et non duelle des bouddhas ne peut être ni affectée ni détruite par l'ignorance, et peut trancher toutes les illusions et tous les voiles qui l'obscurcissent. Les qualités et les activités du corps, de la parole et de l'esprit de sagesse des bouddhas sont capables d'aider les êtres avec la force pénétrante et irrésistible du diamant. Comme le diamant, le Vajra est exempt de défauts ; sa force éclatante est issue de la réalisation de la nature de Dharmakaya de la réalité, la nature du Bouddha Amitabha.

GURU signifie « qui exerce une grande influence », qui regorge de qualités merveilleuses, qui personnifie la sagesse, la connaissance, la compassion et les moyens habiles. De même que l'or est le plus lourd et le plus précieux des métaux, les qualités inconcevables et parfaites du Guru – le maître – le rendent insurpassable en excellence et le placent au-dessus de toute chose. GURU correspond au Sambhogakaya et à Avalokiteshvara, le Bouddha de la Compassion. Puisque Padmasambhava enseigne la voie du Tantra qui est symbolisée par le Vajra, et puisqu'il a atteint la réalisation suprême par la pratique du Tantra, on l'appelle également le « VAJRA GURU ».

PADMA signifie lotus et désigne la famille des bouddhas du Lotus, et particulièrement son aspect de parole éveillée. La famille du lotus est la famille de bouddhas à laquelle appartiennent les êtres humains. Etant donné que Padmasambhava est l'émanation directe – ou Nirmanakaya – d'Amitabha, le Bouddha Primordial de la famille du Lotus, il est appelé « PADMA ». L^e nom de Padmasambhava, « né du lotus », se rapporte en fait au récit de sa naissance sur une fleur de lotus épanouie.

Prises ensemble, les syllabes VAJRA GURU PADMA signifient également l'essence et la bénédiction de la Vue, de la Méditation et de l'Action. VAJRA signifie l'Essence de la vérité immuable, adamantine et indestructible ; nous prions pour la réaliser dans notre Vue. GURU représente la Nature lumineuse et les nobles qualités de l'éveil ; nous prions pour les parachever dans notre Méditation. PADMA désigne la Compassion ; nous prions pour l'accomplir dans notre Action.

Ainsi, lorsque nous récitons le mantra, nous recevons la bénédiction de l'esprit de sagesse, des nobles qualités et de la compassion de Padmasambhava et de tous les bouddhas.

SIDDHI HUM

SIDDHI signifie « véritable accomplissement », « bénédiction » et « réalisation ». Il existe deux types de siddhis, les siddhis ordinaires et le siddhi suprême. Lorsque l'on reçoit les bénédictions des siddhis ordinaires, tous les obstacles de la vie – une mauvaise santé, par exemple – sont écartés, toutes nos aspirations positives sont comblées, des bienfaits tels que richesse, prospérité et longue vie nous échoient, et toutes les circonstances diverses de la vie nous deviennent propices et contribuent à la pratique spirituelle et à la réalisation de l'éveil.

La bénédiction du siddhi suprême conduit à l'éveil lui-même, l'état de réalisation totale de Padmasambhava, qui est bénéfique tant à nous-mêmes qu'à tous les autres êtres sensibles. Par conséquent, en nous souvenant du corps, de la parole, de l'esprit, des qualités et de l'activité de Padmasambhava et en leur adressant nos prières, nous obtiendrons à la fois les siddhis ordinaires et le siddhi suprême.

Il est dit que SIDDHI HUM attire tous les siddhis comme un aimant attire à lui la limaille de fer.

HUM représente l'esprit de sagesse des bouddhas ; c'est le « catalyseur » sacré du mantra. Cela revient à proclamer son pouvoir et sa vérité : « Ainsi soit-il ! »

La signification essentielle du mantra est : « Je vous invoque, Ô Vajra Guru, Padmasambhava ; puissiez-vous, par vos bénédictions, nous accorder les siddhis ordinaires et suprême ! »

Dilgo Khyentsé Rinpoché explique :

Il est dit que les douze syllabes OM AH HUM VAJRA
GURU PADMA SIDDHI HUM *contiennent la bénédiction
tout entière des douze catégories d'enseignement
données par le Bouddha, qui sont elles-mêmes
l'essence de ses quatre-vingt-quatre mille Dharmas.
Par conséquent, une seule récitation du Vajra Guru
Mantra équivaut à la bénédiction obtenue en récitant... ou en pratiquant l'enseignement complet du
Bouddha. Ces douze branches de l'enseignement
sont les antidotes qui nous libèrent des « douze liens
des origines interdépendantes » qui nous enchaînent
au samsara : l'ignorance, les formations karmiques,
la conscience discursive, le nom et la forme, les
sens, le contact, la sensation, le désir, l'attachement,
l'existence, la naissance, la vieillesse et la mort. Ces
douze liens sont les mécanismes du samsara qui le
maintiennent en vie. La récitation des douze syllabes
du Vajra Guru Mantra purifie ces douze liens et
vous permet d'éliminer et de purifier complètement
les voiles des souillures émotionnelles karmiques, et
de vous libérer ainsi du samsara.*

*Bien que nous ne puissions pas voir Padmasamb-
hava en personne, son esprit de sagesse s'est manifesté sous la forme du mantra ; ces douze syllabes
sont réellement l'émanation de son esprit de
sagesse, et elles sont porteuses de son entière bénédiction. Le Vajra Guru Mantra est Padmasambhava
sous forme de son. Ainsi, quand vous l'invoquez par
la récitation des douze syllabes, les bénédictions et
les mérites que vous recevez sont extraordinaires.
En ces temps difficiles, nous ne pouvons invoquer
de bouddha ou de refuge plus puissant que Padma-*

*sambhava ; de même, aucun mantra n'est plus
approprié que le Vajra Guru Mantra.*

LE MANTRA DE LA COMPASSION

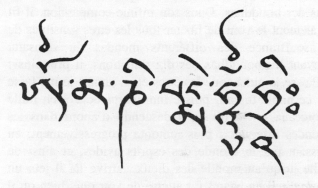

Le Mantra de la Compassion, OM MANI PADME HUM,
est prononcé Om Mani Pémé Houng par les Tibétains.
Il représente la compassion et la grâce de tous les
bouddhas et bodhisattvas et invoque plus particulièrement la bénédiction d'Avalokiteshvara, le Bouddha de
la Compassion. Avalokiteshvara est une manifestation
du Bouddha dans le Sambhogakaya et son mantra est
considéré comme l'essence de la compassion du Bouddha pour tous les êtres. De même que Padmasambhava
est pour le peuple tibétain le *maître* le plus important,
Avalokiteshvara est le *bouddha* le plus important et la
divinité karmique du Tibet. Selon un adage célèbre,
le Bouddha de la Compassion est tellement gravé dans
la conscience tibétaine qu'un enfant qui sait dire
« maman » peut aussi réciter le mantra OM MANI PADME
HUM.

On raconte qu'en des temps immémoriaux, mille princes firent le vœu de devenir bouddha. L'un d'eux résolut de devenir le Bouddha que nous connaissons sous le nom de Gautama Siddharta ; Avalokiteshvara, cependant, fit le vœu de ne pas atteindre l'éveil tant que les autres princes ne seraient pas eux-mêmes devenus des bouddhas. Dans son infinie compassion, il fit également le vœu de libérer tous les êtres sensibles de la souffrance des différents mondes du samsara. Devant les bouddhas des dix directions, il pria ainsi : « Puissé-je aider tous les êtres et, si jamais je me lasse de ce noble travail, puisse mon corps éclater en mille morceaux. » On dit qu'il descendit d'abord dans les mondes infernaux, puis remonta progressivement, en passant par le monde des esprits avides, et ainsi de suite jusqu'au monde des dieux. Arrivé là, il jeta un coup d'œil en bas et fut atterré de voir que, bien qu'il eût sauvé de l'enfer un nombre incalculable d'êtres, des êtres en quantités tout aussi innombrables continuaient de s'y déverser. Cela le plongea dans la désolation la plus profonde ; pendant un instant, il perdit presque sa foi dans le noble vœu qu'il avait fait, et son corps explosa en mille morceaux. Dans son désespoir, il appela tous les bouddhas à son secours ; ceux-ci accoururent à son aide de tous les recoins de l'univers, telle, nous dit un texte, une douce chute de flocons de neige. Par le grand pouvoir des bouddhas, Avalokiteshvara redevint un et, à partir de ce moment, posséda onze têtes, un millier de bras et un œil sur la paume de chaque main signifiant l'union de la sagesse et des moyens habiles, marque de la compassion véritable. Sous cette forme, il était même plus resplendissant qu'auparavant et doué d'un pouvoir accru d'aider tous les êtres. Sa compassion gagna encore en intensité tandis qu'il réitérait son vœu en présence des bouddhas : « Puissé-je ne pas atteindre la complète bouddhéité avant que tous les êtres sensibles n'aient obtenu l'éveil. »

Il est dit que dans sa douleur devant la souffrance du samsara, deux larmes tombèrent de ses yeux ; par les bénédictions des bouddhas, ces larmes devinrent les deux Taras. L'une est Tara sous sa forme verte, qui est la force active de la compassion, l'autre Tara sous sa forme blanche, qui est l'aspect maternel de la compassion. Le nom « Tara » signifie « celle qui libère », celle qui nous fait traverser l'océan du samsara.

Il est écrit dans les sutras du Mahayana qu'Avalokiteshvara donna son mantra au Bouddha lui-même, et que le Bouddha lui conféra à son tour la tâche noble et spécifique d'aider tous les êtres de l'univers à atteindre l'état de bouddha. A ce moment précis, tous les dieux répandirent sur eux une pluie de fleurs, la terre trembla, et l'air résonna du son de OM MANI PADME HUM HRIH.

Un poème dit :

Avalokiteshvara est semblable à la lune
Dont la lumière rafraîchissante éteint les feux dévorants du samsara.
Sous ses rayons, le lotus de la compassion à la floraison nocturne
Ouvre grand sa corolle.

Les enseignements expliquent que chacune des six syllabes du mantra – OM MANI PADME HUM – a une action spécifique et puissante qui provoque la transformation à différents niveaux de notre être. Les six syl-

labes purifient complètement les six émotions négatives pernicieuses qui sont la manifestation de l'ignorance et nous font commettre des actions négatives par
le biais de notre corps, de notre parole et de notre
esprit, créant ainsi le samsara et la souffrance que nous
expérimentons en son sein. L'orgueil, la jalousie, le
désir, l'ignorance, l'avidité et la colère sont transformés par le mantra en leur véritable nature, les sagesses des six familles de bouddhas qui sont manifestées
dans l'esprit éveillé[3].

Par conséquent, quand nous récitons OM MANI PADME
HUM, les six émotions négatives qui sont à l'origine des
six royaumes du samsara sont purifiées. Ainsi, la récitation des six syllabes évite la renaissance dans l'un de
ces six mondes et dissipe également la souffrance affé-
rente à chacun de ces royaumes. En même temps, la
récitation de OM MANI PADME HUM purifie complètement les agrégats de l'ego, les skandhas, et parachève
les six actions transcendantes du cœur de l'esprit
éveillé, les *paramitas* : générosité, conduite harmonieuse, endurance, enthousiasme, concentration et
connaissance transcendante. Il est dit aussi que OM
MANI PADME HUM confère une puissante protection
contre toutes sortes d'influences négatives et de diverses formes de maladies.

HRIH, la « syllabe-germe » d'Avalokiteshvara, est
souvent ajoutée au mantra, ce qui donne OM MANI
PADME HUM HRIH. HRIH, l'essence de la compassion de
tous les bouddhas, est le catalyseur qui rend cette compassion active afin de transformer nos émotions négatives en leur nature de sagesse.

Kalou Rinpoché écrit :

Il existe une autre façon d'interpréter ce mantra : OM *est l'essence de la forme de l'éveil,* MANI PADME, *les quatre syllabes centrales, représentent la parole de l'éveil, et la dernière syllabe,* HUM, *représente l'esprit de l'éveil. Le corps, la parole et l'esprit de tous les bouddhas et bodhisattvas sont inhérents au son de ce mantra. Il purifie les voiles qui obscurcissent le corps, la parole et l'esprit et conduit tous les êtres à l'état de réalisation. Quand nous y joignons notre propre foi et nos propres efforts dans la méditation et la récitation, le pouvoir transformateur de ce mantra se manifeste et se développe. Il est réellement possible de nous purifier de cette façon* [4].

A l'intention de ceux qui connaissent bien ce mantra et l'ont récité toute leur vie durant avec foi et ferveur, on trouve dans le *Livre des Morts tibétain* cette prière : « Lorsque (dans le bardo) le son de la dharmata rugit comme mille tonnerres, puisse-t-il devenir le son des six syllabes. » De même, nous pouvons lire dans le Sutra Surangama :

Comme le son transcendant d'Avalokiteshvara est tendrement mystérieux ! Il est le son primordial de l'univers... Il est le murmure apaisé de la marée qui se retire. Ce son mystérieux apporte la libération et la paix aux êtres sensibles qui implorent de l'aide du fond de leur souffrance, et donne une stabilité sereine à tous ceux qui recherchent la paix illimitée du nirvana.

Notes

PRÉFACE

1. *Rinpoché*, terme de respect signifiant « Précieux », attribué aux maîtres hautement révérés au Tibet. Ce titre était largement utilisé dans le centre du pays ; mais au Tibet oriental il était tenu dans une telle estime qu'on avait tendance à ne l'attribuer qu'aux plus grands maîtres.
2. Le seul souhait d'un *bodhisattva* est d'être source de bienfait pour tous les êtres sensibles : il dédie par conséquent toute sa vie, tout son travail et sa pratique spirituelle à l'accomplissement de l'éveil, afin d'offrir aux autres êtres la meilleure aide possible.
3. Jamyang Khyentsé était aussi un leader, l'inspirateur de mouvements de transformation spirituelle ; dans tout ce qu'il fit, il encouragea l'harmonie et l'unité. Il apporta son soutien aux monastères qui traversaient des périodes difficiles, découvrit des pratiquants inconnus d'un grand accomplissement spirituel et encouragea des maîtres de lignées peu connues, les appuyant de telle sorte qu'ils furent reconnus dans la communauté. Doué d'un grand magnétisme, il était comme un centre spirituel vivant à lui tout seul. Toutes les fois qu'un projet devait être mené à bien, il avait le don de réunir les meilleurs experts et les meilleurs artisans. Des rois et princes jusqu'aux plus humbles, il accordait à chacun son attention sans réserve. Il n'en était pas un parmi ceux qui l'avaient rencontré qui n'eût une anecdote à raconter à son sujet.

I. LE MIROIR DE LA MORT

1. Ce récit est issu des souvenirs de Khandro Tséring Chödrön au sujet de la mort de Lama Tseten.
2. Le nom de Lakar fut donné à ma famille par le grand saint tibétain Tsongkhapa au XIVᵉ siècle, quand celui-ci s'arrêta chez nous sur son chemin de la province septentrionale d'Amdo vers le Tibet central.
3. Chagdud Tulku Rinpoché, *Life in Relation to Death* (Cottage Grove, OR : Dharma Publishing, 1987), p. 7.
4. José Antonio Lutzenberg cité dans le journal londonien *Sunday Times*, mars 1991.
5. Le mouvement des hospices considère que, devant la certitude de la mort imminente du patient, l'accent placé jusque-là sur les soins médicaux

devrait alors se tourner vers le soulagement des symptômes et de la souffrance qui engendrent la détresse, et, autant que possible, lui permettre de jouir d'une certaine qualité de vie jusqu'à sa mort.

Le terme « hospice » ou « Hôtel Dieu » fut donné au Moyen Age aux lieux destinés à abriter les pèlerins qui sillonnaient l'Europe au temps des Croisades. Le « mouvement des hospices » moderne naquit lorsque Sœur Mary Aikenhead, formée par Florence Nightingale vers la fin du XIXe siècle, revint dans son Irlande natale et établit un centre de soins à l'intention des malades en phase terminale, qu'elle appela « hospice ». En France et au Canada, ces soins appropriés aux personnes en fin de vie sont souvent administrés dans le cadre d'une « unité de soins palliatifs » à l'intérieur d'un hôpital préexistant. Les hospices anglais et américains s'efforcent de permettre aux patients de mourir dans la dignité, entourés de leurs proches et chez eux ; lorsque cela est impossible, le cadre approprié est offert par certains hospices ou une unité de soins palliatifs à l'intérieur d'un service de soins intensifs à l'hôpital.

6. Robert A. F. Thurman dans *« Mindscience », an East-West Dialogue* (Boston : Wisdom, 1991), p. 55.
7. *Cf.* chapitre IV, note 4, p. 537.

II. L'IMPERMANENCE

1. Michel de Montaigne, *Essais*, Garnier Flammarion, 1969, livre I, pp. 131-132.
2. Milarépa, *Les Cent Mille Chants*. Traduit du tibétain par Marie-José Lamothe. Fayard, tome 1 : 1986, tome 2 : 1989, tome 3 : 1993.
3. *Poèmes de transformation spirituelle par le septième Dalaï-Lama*. Traduit par Olivier de Féral et Glenn H. Mullin. Tushita Books, Dharamsala, 1979.
4. Kenneth Ring, *En route vers Omega*, Laffont, 1991 (Les énigmes de l'univers).
5. Raymond Moody, *La Vie après la vie : enquête à propos d'un phénomène, la survie de la conscience après la mort du corps*. Laffont, 1977 (Les énigmes de l'univers).
6. Kenneth Ring, *En route vers Omega*.
7. Dans le Mahaparinirvana Sutra.
8. Gary Zukav, *La Danse des éléments*. Laffont, 1982 (La fontaine des sciences).

III. RÉFLEXION ET CHANGEMENT

1. Kenneth Ring, *En route vers Omega*. Laffont, 1991 (Les énigmes de l'univers).

2. Margot Grey, *Return from Death : An Exploration of the Near-Death Experience* (London : Arkana, 1985), p. 97.

3. Dr R. G. Owens and Freda Naylor, G. P., *Living while Dying* (Wellingborough, England : Thornsons, 1987), p. 59.

4. Le Tibet a un système traditionnel de médecine naturelle et une compréhension particulière des maladies qui lui sont propres. Les médecins tibétains reconnaissent certains désordres que la médecine seule peut difficilement soigner et recommandent alors des pratiques spirituelles à accomplir en même temps que le traitement médical. Les patients qui accomplissent ces pratiques sont totalement guéris dans de nombreux cas ; et tout au moins cela les rend plus réceptifs au traitement qu'ils reçoivent.

5. Nyoshul Khen Rinpoché, *Le Chant d'illusion*, Gallimard, 1999.

6. Portia Nelson, cité dans Charles L. Whitfield, M. D., *Healing the Child within* (Orlando, Fl : Health Communications, 1989).

7. Nous avons traduit le mot anglais *grasping* par attachement, saisie, saisie dualiste, s'emparer, selon le contexte. Ce terme désigne l'état d'esprit qui cherche à posséder, à s'accrocher à quelque chose. Il a pour base l'échec de l'esprit à reconnaître sa nature, et l'erreur consistant à diviser l'expérience en sujet et objet. Ceci engendre un attachement à la conception erronée d'un « je », qui perpétue un sens instinctif de saisie, et crée les schémas habituels, les émotions négatives et le karma nuisible. (*Cf.* chapitres VIII et XII.)

8. William Blake, *Oeuvres*, éd. Pierre Leyris, Aubier Montaigne, 1 : 1971, 2 : 1977.

9. Alexandra David Neel et le Lama Yongden, *La Vie surhumaine de Guésar de Ling*, Rocher, 1978, introduction.

10. Dans le Samadhirajasutra, cité dans *Ancient Futures : Learning from Ladakh*, Helena Norbert-Hodge (London : Rider, 1991), p. 72.

11. Chagdud Tulku Rinpoché, *Life in Relation to Death* (Cottage Grove, OR : Padma Publishing, 1987), p. 28.

12. Sa Sainteté le Dalaï-Lama, *A Policy of Kindness : an Anthology of Writings by and about the Dalai Lama* (Ithaca, NY : Snow Lion, 1990), pp. 113-114.

13. Dans *Lettres à un jeune poète*, Rainer Maria Rilke. LGF, 1991 (Le Livre de Poche).

14. Vers célèbre de Milarépa, dans *Les Cent Mille Chants* (traduit du tibétain par Marie-José Lamothe, Fayard, tome 1 : 1986), et cité par Patrul Rinpoché dans son *Kunzang Lamé Shyalung*.

IV. LA NATURE DE L'ESPRIT

1. Dudjom Rinpoché, *L'appel au Lama qui se trouve au loin* (Paris : Rigpa, 1992).

2. Chögyam Trungpa, *The Heart of the Buddha* (Boston : Shambhala, 1991), p. 23.

3. Dans cet ouvrage, l'esprit ordinaire, *Sem*, est appelé « esprit », tandis que la pure conscience secrète et essentielle, *Rigpa*, est appelée « nature de l'esprit ».

4. Le *samsara* est le cycle incontrôlé des naissances et des morts, dans lequel tous les êtres sensibles, menés par leurs actions maladroites et leurs émotions destructrices, perpétuent leur propre souffrance. Le *nirvana* est un état au-delà de la souffrance : la réalisation de la vérité ultime, l'état de bouddha. Dilgo Khyentsé Rinpoché dit : « Lorsque la nature de l'esprit est reconnue, c'est le nirvana ; lorsqu'elle est obscurcie par l'illusion, c'est le samsara. »

5. Nyoshul Khen Rinpoché (Nyoshul Khenpo), *Le Chant d'illusion*, Gallimard, 1999.

6. John Myrdhin Reynolds, *Self-Liberation Through Seeing with Naked Awareness* (NY : Station Hill, 1989), p. 10.

V. RAMENER L'ESPRIT EN LUI-MÊME

1. Thich Nhat Hanh, *Old Path, White Clouds*, Berkeley, Parallax Press, 1991, p. 121.

2. Les féroces animaux sauvages, menace des anciens temps, ont été de nos jours remplacés par d'autres dangers : nos émotions sauvages et incontrôlées.

3. Shantideva, *La Marche à la Lumière, Bodhicaryavatara*, traduit par Louis Finot. Les Deux Océans, Paris, 1987.

4. Cette rencontre directe avec la nature la plus essentielle de l'esprit conduit aux pratiques de méditation les plus avancées, comme le Mahamoudra et le Dzogchen. J'espère dans un prochain ouvrage explorer plus profondément la façon précise dont le chemin de la méditation se développe, par shamatha et vipashyana, jusqu'au Dzogchen.

5. En fait, le bouddha du futur, Maitreya, est représenté assis sur une chaise.

6. Peut-être ne pratiquez-vous pas cela maintenant, mais garder les yeux ouverts crée des circonstances favorables pour votre pratique future. *Cf.* chapitre x, « L'essence la plus secrète ».

7. *Cf.* annexe 4 pour une explication de ce mantra.

8. Bien que j'aie donné ici une instruction complète sur la pratique, on doit garder à l'esprit que la méditation ne peut être apprise véritablement dans un livre, mais seulement sous la direction d'un maître qualifié.

9. Rainer Maria Rilke, *Élégies de Duino*, traduction Maximine, éd. Actes Sud, 1991, p. 11.

10. Lewis Thompson, *Mirror to the Light* (Coventure).

VI. ÉVOLUTION, KARMA ET RENAISSANCE

1. Adapté des « Middle Length Sayings », cité dans H. W. Schumann, *The Historical Buddha* (London, Arkana, 1989), pp. 54-55.

2. Certains érudits bouddhistes préfèrent le terme « renaissance » à celui de ré-incarnation », qui d'après eux implique la notion d'une « âme » qui s'incarne, et n'est par conséquent pas approprié au bouddhisme. Récemment, en 1982, un sondage indiquait que près d'un Américain sur quatre croyait en la réincarnation. C'est là une statistique stupéfiante quand on considère à quel point presque tous les aspects de la vie américaine sont régis par une philosophie matérialiste et scientifique. Les statistiques américaines concernant la croyance en la réincarnation apparaissent dans : George Gallup Jr. avec William Proctor, *Adventures in Immortality : a look Beyond the Threshold of Death* (London : Souvenir, 1983). Un sondage publié dans le journal londonien *Sunday Telegraph*, 15 avril 1979, indique que vingt-huit pour cent des Britanniques croyaient en la réincarnation.

3. Cité dans Hans Ten Dam, *Exploring Reincarnation* (London : Arkana, 1990). Citons, parmi les Occidentaux qui ont apparemment cru à la renaissance : Goethe, Schiller, Swedenborg, Tolstoï, Gauguin, Mahler, Arthur Conan Doyle, David Lloyd George, Kipling, Sibelius, et le général Patton.

4. Joan Forman, *The Golden Shore* (London : Futura, 1989), pp. 159-163.

5. Ian Stevenson, *Vingt cas suggérant le phénomène de réincarnation*. Traduit de l'américain par Ariane de Lestrange, Sand, 1985 (Recherches) ; *Cases of the Reincarnation Type*, vol. 1-4 (Charlottesville : Univ. press of Virginia, 1975-1983) ; *Children who Remember Previous Lives* (Charlottesville : Univ. press of Virginia, 1987).

6. Kalsang Yeshi, « Kamaljit Kour : Remembering a Past Life », in *Dreloma*, n° 12 (New Delhi, juin 1984), pp. 25-31.

7. Raymond Moody, *La Vie après la vie : enquête à propos d'un phénomène, la survie de la conscience après la mort du corps*. J'ai lu, 1980, p. 109.

8. Margot Grey, *Return from Death : an Exploration of the Near-death Experience* (Boston and London : Arkana, 1985), p. 105.

9. Kenneth Ring, *En route vers Omega*, Laffont, 1991 (Les énigmes de l'univers).

10. Mozart, dans une lettre à son père, fait référence à la mort comme « le véritable et meilleur ami de l'humanité... La clé qui ouvre la porte de notre véritable état de bonheur ». « Le soir, écrit-il, je ne me couche jamais sans penser que peut-être (alors que je suis jeune) je ne verrai pas le jour suivant, et pourtant aucun de mes proches ne peut dire que dans mes relations je suis entêté ou morose – de cette source de bonheur je rends grâces à mon Créateur chaque jour, et souhaite de tout cœur la même chose à toutes les créatures, mes frères et sœurs. » *Mozart's Letters*, édition illustrée, traduite en anglais par Emily Anderson (London : Barrie and Jenkins, 1990).

11. Platon, *La République*, trad. Robert Baccou, Garnier Flammarion, 1966, pp. 385-386.
12. Explication donnée par Sa Sainteté le Dalaï-Lama lors d'un enseignement public à New York, en octobre 1991.
13. Sa Sainteté le Dalaï-Lama dans un dialogue avec David Bohm, dans *Dialogues avec des scientifiques et des sages*, édité par Renée Weber (Rocher, 1988, L'Esprit et la matière).
14. H. W. Schumann, *The Historical Buddha* (London, Arkana, 1989), p. 139.
15. H. W. Schumann, *The Historical Buddha*, p. 55.
16. Shantideva, *La Marche vers l'éveil, Bodhicaryavatara*, Padmakara, 1991.
17. Sa Sainteté le Dalaï-Lama, *A Policy of Kindness: an Anthology of Writings by and about the Dalai Lama* (Ithaca, NY : Snow Lion, 1990), p. 58.
18. Saddharmapundarika sutra, cité dans Tulku Thondup, *Buddha Mind* (Ithaca, NY : Snow Lion, 1989), p. 215.
19. David Lorimer traite ce sujet en profondeur dans son ouvrage *Whole in One : The Near-Death Experience and the Ethic of Interconnectedness* (London, Arkana, 1990).
20. Raymond Moody, *Lumières nouvelles sur la vie après la vie*. J'ai lu, 1990.
21. Kenneth Ring, *En route vers Omega*.
22. Raymond Moody, *La Lumière de l'au-delà*, Laffont, 1988.
23. P. M. H. Atwater, *Coming Back to Life* (New York : Dodd, Bead, 1988), p. 36.
24. Albert Einstein, *Ideas and Opinions*, traduit en anglais par Sonia Bargmann (NY : Crown Publishers, 1954), cité dans Weber, *Dialogues avec des scientifiques et des sages* (Rocher, 1988, L'Esprit et la matière).
25. Sa Sainteté le XIVe Dalaï-Lama du Tibet, *Mon pays et mon peuple : mémoires*. Traduit de l'anglais par Alain Rodavi. Olizane, 1988.

VII. BARDOS ET AUTRES RÉALITÉS

1. Le *Livre des Morts égyptien* est un titre artificiel conçu par son traducteur, E. A. Wallis Budge, après le *Livre des décédés* arabe, et a aussi peu de rapport que ce dernier avec son titre original.
2. *Cf.* chapitre X, « L'essence la plus secrète », sur le Dzogchen. Les Tantras du Dzogchen sont les enseignements originaux du Dzogchen, rassemblés par le premier maître Dzogchen humain, Garab Dordjé.
3. Au Tibet, les maîtres ne montraient pas leurs réalisations ostensiblement. Ils pouvaient détenir des pouvoirs psychiques immenses, mais ils les gardaient presque toujours pour eux-mêmes. C'est ce que recommande notre tradition. Les maîtres authentiques n'utilisent jamais, sous

aucun prétexte, leurs pouvoirs pour se faire valoir eux-mêmes. Ils ne les utilisent que pour le bien d'autrui ; ou bien, dans des circonstances et dans un environnement particuliers, ils peuvent permettre à quelques-uns parmi leurs plus proches disciples d'en être les témoins.

VIII. LE BARDO NATUREL DE CETTE VIE

1. Tulku Thondup, *Buddha Mind* (Ithaca, NY : Snow Lion, 1989), p. 211.
2. Kalou Rinpoché, *The Essence of the Dharma* (Delhi, Inde : Tibet House), p. 206.
3. Blake, *Le Mariage du ciel et de l'enfer*, Corti, 1981.
4. Les trois kayas sont les trois aspects de la vraie nature de l'esprit décrite au chapitre IV : son Essence est vide, sa Nature rayonnante, et son Energie pénètre tout ; *cf.* également chapitre XXI, « Le processus universel ».
5. Shunryu Suzuki, *Esprit zen, esprit neuf*, traduit de l'américain par Sylvie Carteron. Seuil, 1970.

IX. LE CHEMIN SPIRITUEL

1. Les tantras sont les enseignements et les écrits qui établissent les pratiques du Bouddhisme Vajrayana, le courant bouddhiste prédominant au Tibet. Les enseignements tantriques sont basés sur le principe de la transformation de la vision impure en vision pure, par le travail sur le corps, l'énergie et l'esprit. Les textes tantriques décrivent habituellement le mandala et les pratiques de méditation associées à un être éveillé particulier, la déité. Bien que nommés tantras, les tantras du Dzogchen sont une catégorie spécifique des enseignements Dzogchen, qui ne sont pas basés sur la transformation mais sur l'autolibération (*cf.* chapitre X, « L'essence la plus secrète »).
2. Dilgo Khyentsé Rinpoché, *The Wishfulfilling Jewel : The Practice of Guru Yoga according to the Longchen Nyingtik Tradition*, Boston and London, Shambhala, 1988, p. 51.
3. Une dakini est une manifestation féminine de l'énergie d'éveil.
4. Un *stupa* est une construction tridimensionnelle qui symbolise l'esprit des bouddhas. Il contient souvent des reliques de grands maîtres.
5. Dilgo Khyentsé Rinpoché, *The Wishfulfilling Jewel*, p. 11. Cette citation contient de nombreux éléments traditionnels, et on trouve une louange similaire du maître dans les écrits de Patrul Rinpoché.
6. Matthieu, 7 :7.
7. Dilgo Khyentsé Rinpoché, *The Wishfulfilling Jewel*, p. 3.
8. Tiré du Guru Yoga, dans la célèbre pratique préliminaire du cycle d'enseignements Dzogchen de Jigmé Lingpa : le *Longchen Nyingtik*.
9. Dilgo Khyentsé Rinpoché, *The Wishfulfilling Jewel*, p. 83.

X. L'ESSENCE LA PLUS SECRÈTE

1. Le Ngöndro est traditionnellement divisé en deux parties. Les préliminaires extérieurs s'ouvrent par l'invocation au Lama et consistent à contempler le caractère précieux de la vie humaine, l'impermanence, le karma et la souffrance du samsara. Les préliminaires intérieurs sont la prise de refuge, la génération de la bodhichitta (le cœur de l'esprit d'éveil), la purification de Vajrasattva, l'offrande du mandala et le Guru Yoga, suivi du p'owa (le transfert de la conscience) et de la dédicace.
2. Ce n'est pas ici le lieu pour parcourir en détail ces pratiques préliminaires. J'espère dans l'avenir en publier une explication complète à l'intention de ceux qui souhaitent les pratiquer.
3. Le Monastère Dzogchen, université monastique fondée au XVIIᵉ siècle au Kham (Tibet oriental), était l'un des centres les plus vastes et les plus influents de la tradition de Padmasambhava et des enseignements Dzogchen jusqu'à sa destruction par les Chinois en 1959. Son collège d'étude était célèbre et produisit des érudits et des maîtres du plus haut niveau, tels que Patrul Rinpoché (1808-1887), et Mipham (1846-1912). Le monastère a été rebâti avec la bénédiction du Dalaï-Lama par le VIIᵉ Dzogchen Rinpoché en terre d'exil, à Mysore, dans le sud de l'Inde.
4. Cité dans Tulku Thondup, *Buddha Mind* (Ithaca, NY : Snow Lion, 1989), p. 128.
5. Mandala désigne habituellement l'environnement sacré où demeure un bouddha, un bodhisattva ou une déité, qui est visualisé par le pratiquant lors d'une pratique tantrique.
6. Un moyen sûr pour discerner si vous êtes dans l'état de Rigpa est la présence de son Essence semblable au ciel, de sa Nature rayonnante et de son Energie de compassion libre d'obstacle. On peut aussi vérifier la présence des cinq sagesses, avec leurs qualités d'ouverture, de précision, d'égalité qui embrasse tout, de discernement et d'accomplissement spontané, décrites p. 217-218.
7. Par la pratique de Tögal, un pratiquant accompli peut réaliser les trois kayas en une seule vie (*cf.* chapitre XXI, « Le processus universel »). Ceci est le fruit du Dzogchen.
8. Extrait d'un enseignement donné à Helsinki, en Finlande, en 1988.

XI. CONSEILS DU CŒUR SUR L'AIDE AUX MOURANTS

1. Elisabeth Kübler-Ross, *Vivre avec la mort et les mourants*, Rocher, 1990.
2. Dame Cicely Saunders, « I Was Sick and You Visited Me », *Christian Nurse International*, 3, n° 4 (1987).
3. Dame Cicely Saunders, « Spiritual Pain », article présenté lors de la quatrième conférence internationale de St. Christopher's Hospice (Londres, 1987), et publié dans *Hospital Chaplain* (juin 1988).
4. Elisabeth Kübler-Ross, *Vivre avec la mort et les mourants*.

5. Je recommande vivement son livre détaillé sur l'accompagnement des mourants, *Trouver l'espoir face à la mort*.

XII. LA COMPASSION : LE JOYAU QUI EXAUCE TOUS LES SOUHAITS

1. Les gens m'ont souvent demandé : « Cela signifie-t-il que prendre soin de soi-même et de ses propres besoins serait en quelque sorte une erreur ? » On ne dira jamais assez que cet amour immodéré de soi-même qui est détruit par la compassion est *l'attachement et l'amour d'un faux soi*, comme nous l'avons vu au chapitre VIII. Dire que l'amour immodéré de soi-même est la source de tous les maux ne devrait jamais donner lieu à la compréhension erronée qu'il serait égoïste, ou incorrect, d'être bon envers soi-même, ou bien que du simple fait de penser aux autres nos problèmes se dissoudraient par eux-mêmes. Comme je l'ai expliqué au chapitre V, être généreux envers nous-mêmes, devenir amis avec nous-mêmes et dévoiler notre propre bonté, notre propre confiance, ces principes sont au centre des enseignements, ils y sont sous-entendus. Nous dévoilons notre propre Bon Cœur, notre bonté fondamentale, et c'est cet aspect de nous-mêmes auquel nous nous identifions et que nous encourageons. Nous verrons plus tard dans ce chapitre, dans la pratique de « tonglen », à quel point il est important de travailler sur nous-mêmes, de renforcer notre amour et notre compassion, avant d'aller aider les autres. Sinon, notre « aide » pourrait avoir pour motivation ultime un égoïsme subtil ; elle pourrait devenir tout simplement un poids pour les autres ; elle pourrait même les rendre dépendants de nous, leur dérobant l'occasion de devenir responsables d'eux-mêmes, et faisant ainsi obstacle à leur développement. Les psychothérapeutes disent également que l'une des tâches centrales de leurs clients est de développer le respect de soi-même et le « regard positif sur soi-même », de se guérir de leurs sentiments de manque et d'appauvrissement intérieur, et de se permettre l'expérience de bien-être qui est un élément essentiel de leur développement en tant qu'êtres humains.

2. Shantideva, *La Marche vers l'éveil, Bodhicaryavatara*, éd. Padmakara, 1991.

3. *A Policy of Kindness : An Anthology of Writings by and about the Dalaï-Lama*. Ithaca, NY, Snow Lion, 1990, p. 53.

4. Cité dans *Acquainted with the Night : A Year on the Frontiers of Death*, Allegra Taylor (London ; Fontana, 1989), p. 145.

5. Shantideva, *La Marche vers l'éveil, Bodhicaryavatara*.

6. Les enseignements définissent ces quatre « qualités incommensurables » avec grande précision : l'amour tendresse est le souhait d'amener le bonheur à ceux qui en manquent ; la compassion est le désir de libérer de la souffrance ceux qui en sont affligés ; la joie est le souhait que le bonheur atteint par une personne ne la quitte pas ; et l'équanimité

consiste à voir et à traiter tout le monde sans parti pris, attachement ou aversion, mais avec un amour et une compassion illimités.

7. La Bodhichitta est catégorisée de différentes façons. La distinction entre Bodhichitta d'aspiration et Bodhichitta en action est comparée par Shantideva à la différence qui existe entre décider de se rendre en un lieu, et faire le voyage lui-même. La Bodhichitta est aussi divisée en Bodhichitta relative ou conventionnelle, et Bodhichitta ultime. La Bodhichitta relative est le souhait plein de compassion d'atteindre l'éveil pour le bien de tous les êtres vivants, ainsi que l'entraînement indiqué ici. La Bodhichitta ultime est la vision profonde directe de la nature ultime des choses.

8. Dans le chapitre XIII, « L'aide spirituelle aux mourants », j'expliquerai comment la personne mourante peut pratiquer tonglen.

9. Shantideva, *La Marche vers l'éveil, Bodhicaryavatara*.

XIII. L'AIDE SPIRITUELLE AUX MOURANTS

1. Dame Cicely Saunders, « Spiritual Pain », article présenté lors de la quatrième conférence internationale de St Christopher's Hospice (Londres, 1987), et publié dans *Hospital Chaplain* (mars 1988).

2. Stephen Levine, interrogé par Peggy Roggenbuck, *New Age Magazine*, septembre 1979, p. 50.

3. Jamyang Khyentsé Chökyi Lodrö écrit cela dans son *Conseil du cœur* rédigé à l'intention de ma grand-tante Ani Pélu (Paris, publications Rigpa).

4. Une cassette audio de lectures extraites du *Livre tibétain de la Vie et de la Mort* sera disponible prochainement pour aider les personnes mourantes.

5. « Fils, fille d'une lignée d'êtres éveillés » : tous les êtres sensibles sont à une étape ou une autre du processus de purification au cours duquel est dévoilée leur nature de Bouddha inhérente, et sont donc dits appartenir à « une ligne d'êtres éveillés ».

6. Le mot sanscrit dharma a de nombreux sens. Ici, il désigne les enseignements bouddhistes dans leur ensemble. Selon les paroles de Dilgo Khyentsé Rinpoché : « L'expression de la sagesse du Bouddha pour le bien de tous les êtres sensibles. » Dharma peut signifier Vérité ou réalité ultime ; dharma signifie également tout phénomène ou objet mental.

7. Lama Norlha dans Kalou Rinpoché, *Le Dharma*, éd. Kunchab, Belgique, 1989.

8. Marion L. Matics, *Entering the Path of Enlightenment : The Bodhicaryavatara of the Buddhist Poet Shantideva* (London : George, Allen and Unwin, 1971), p. 154 ; Shantideva, *La Marche vers l'éveil, Bodhicaryavatara*.

XIV. PRATIQUES POUR LE MOMENT DE LA MORT

1. Lati Rinpoché, Elisabeth Napper et Jeffrey Hopkins, *La Mort, l'état intermédiaire et la renaissance dans le bouddhisme tibétain* (Dharma, 1986).

2. Un recueil de photographies des personnes et des lieux mentionnés dans ce livre sera publié dans un futur proche.

3. De Francesca Fremantle et Chogyam Trungpa, *Le Livre des Morts tibétain* (Le Courrier du Livre, 1984), p. 87.

4. *Cf.* annexe 4 pour une explication de ce mantra.

5. *Cf.* chapitre xv, « Le processus de la mort ».

6. Un texte explique : « La voie par laquelle la conscience s'échappe détermine la renaissance future. Si elle s'échappe par l'anus, la renaissance aura lieu dans les enfers ; si elle s'échappe par les organes génitaux, dans le royaume des animaux ; par la bouche, dans le royaume des esprits avides ; par le nez, dans le royaume des humains et des esprits ; par le nombril, dans le royaume des "dieux du désir" ; par les oreilles, dans le royaume des demi-dieux ; par les yeux, dans le royaume des "dieux avec forme" ; par le haut de la tête (à quatre doigts du haut du front), dans le royaume des "dieux sans forme". Si la conscience s'échappe par le sommet de la tête, l'être renaîtra en Dewachen, le paradis occidental d'Amitabha. » Extrait de Lama Lodö, *Bardo Teachings* (Ithaca, NY : Snow Lion, 1987), p. 11.

7. Cette recherche est rapportée dans « Psychophysiological Changes due to the Performance of the P'owa Ritual », *Research for Religion and Parapsychologyjournal* n° 17 (décembre 1987), publié par l'association internationale de religion et parapsychologie, Tokyo, Japon.

8. Dilgo Khyentsé Rinpoché m'a rapporté un grand nombre de tels cas. Lorsque le célèbre maître Dzogchen Khenpo Ngakchung était encore jeune garçon, il passa devant le cadavre d'un veau mort d'inanition à la fin de l'hiver. Il fut empli de compassion et pria intensément pour l'animal, visualisa sa conscience allant au paradis du Bouddha Amitabha. A cet instant un trou apparut au sommet du crâne du veau, et du sang et du fluide en coulèrent.

9. Certains bouddhas ont fait vœu que quiconque entend leur nom au moment de la mort soit assisté. Le simple fait de réciter leur nom à l'oreille de la personne mourante peut par conséquent être utile. Cela est aussi accompli à la mort des animaux.

10. Littéralement, « l'esprit-prana » : un maître explique que « prana » exprime l'aspect de mobilité de l'esprit, et que « esprit » représente son aspect de conscience, mais qu'essentiellement il s'agit d'une seule et même chose.

11. L'explication de Padmasambhava est citée par Tsélé Natsok Rangdrol dans son explication bien connue du cycle des quatre bardos, publiée en anglais sous le titre : *Mirror of Mindfulness* (Boston, Shambhala, 1989). Traduction française : *Le miroir qui rappelle et clarifie le sens général des bardos*, éd. Dharmachakra, Bruxelles, 1993.

XV. LE PROCESSUS DE LA MORT

1. Il s'agit de méthodes d'observation de votre ombre dans le ciel à certains moments lors de jours particuliers du mois.
2. *Ambrosia Heart Tantra*, commenté et traduit par Dr. Yeshi Dhondhen et Jhampa Kelsang (Dharamsala : Library of Tibetan Works and Archives, 1977), p. 33.
3. Kalou Rinpoché, *Le Dharma*, éd. Kunchab, Belgique, 1989.
4. Dilgo Khyentsé Rinpoché explique que les souffles purs de sagesse coexistent avec les souffles karmiques impurs, mais tant que les souffles karmiques prédominent, les souffles de sagesse sont obstrués. Lorsque les souffles karmiques sont amenés dans le canal central par la pratique du yoga, ils s'évanouissent, et seuls les souffles de sagesse circulent alors dans les canaux.
5. Chögyam Trungpa, *Regard sur l'Abhidharma* (Yiga Tcheu Dzinn, 1981).
6. Dans *Inquiring Mind*, 6, n° 2, hiver-printemps 1990, extrait d'un enseignement de Kalou Rinpoché en 1982.
7. L'ordre dans lequel se manifestent l'Accroissement et l'Apparition varie. Il peut dépendre, dit Dilgo Khyentsé Rinpoché, de quelle émotion est la plus forte en l'individu : le désir ou la colère.
8. Il y a divers récits de ce processus de dissolution intérieure ; ici, j'ai choisi l'une des descriptions les plus simples, écrite par Patrul Rinpoché. Souvent l'expérience obscure est appelée « Accomplissement », et l'apparition de la Luminosité fondamentale, qui est reconnue par un pratiquant bien entraîné, « Plein Accomplissement ».
9. Sa Sainteté le Dalaï-Lama, *The Dalaï-Lama at Harvard*, Ithaca, NY, Snow Lion, 1988, p. 45.
10. *Cf.* chapitre XXI, « Le processus universel » ainsi que le commentaire de Chögyam Trungpa Rinpoché dans le *Livre des Morts tibétain*, Francesca Fremantle et Chogyam Trungpa (Le Courrier du Livre, 1984).

XVI. LA BASE

1. « His Holiness in Zion, Illinois » dans *Vajradhatu Sun* (revue intitulée actuellement *Shambhala Sun*), vol. 4, n° 2 (Boulder, CO, déc. 1982).
2. Bokar Tulkou Rinpoché, « Lettre ouverte aux disciples et amis de Kalou Rinpoché », dans *Kalou Rinpoché : derniers enseignements, derniers instants*, éd. Claire lumière, 1898, pp. 19-20.
3. Les sutras sont les écritures correspondant aux enseignements originels du Bouddha ; ils prennent souvent la forme d'un dialogue entre le Bouddha et ses disciples, sur l'explication d'un thème particulier.

XVII. LE RAYONNEMENT INTRINSÈQUE

1. Dans *Dialogues avec des scientifiques et des sages*, édité par Renée Weber (Rocher, 1988, L'Esprit et la matière).
2. Kalou Rinpoché, *Le Dharma*, éd. Kunchab, Belgique, 1989.
3. Kalou Rinpoché, *Le Dharma*.
4. Il s'agit ici du bodhisattva Samantabhadra, et non du Bouddha Primordial.
5. *Cf.* chapitre XXI. Dans ce passage, je suis extrêmement reconnaissant au Dr Gyurmé Dordjé pour ses aimables suggestions ; sa traduction du *Livre des Morts tibétain*, réalisée par lui-même et Graham Coleman, doit paraître en anglais chez Penguin en 1993.

XVIII. LE BARDO DU DEVENIR

1. Kalou Rinpoché, *Le Dharma*, éd. Kunchab, Belgique, 1989.
2. Il est dit qu'il existe seulement deux lieux où le corps mental ne peut aller : la matrice de sa future mère et Vajrasana, le lieu où tous les bouddhas ont atteint l'éveil. Ces deux endroits représentent l'entrée du samsara et du nirvana. En d'autres termes, renaître ou atteindre l'éveil mettrait fin à l'existence de l'être dans ce bardo.
3. Il existe des récits de maîtres qui pouvaient percevoir les êtres du bardo, ou même voyager dans le royaume du bardo.
4. Chökyi Nyima Rinpoché, *The Bardo Guidebook* (Katmandou : Rangjung Yeshe, 1991), p. 14.
5. Cette scène se produit dans des pièces de théâtre et des opéras populaires tibétains ; elle est également rapportée par les « déloks » (*cf.* chapitre XX : « L'expérience de proximité de la mort : un escalier qui mène au ciel ? »).
6. Raymond Moody, *Lumières nouvelles sur la vie après la vie* (J'ai lu, 1990).
7. Kenneth Ring, *En route vers Omega* (Laffont, 1991, Les énigmes de l'univers).
8. Il est dit que quand un couple fait l'amour, des hordes d'êtres du bardo se rassemblent, dans l'espoir d'avoir le lien karmique pour renaître. L'un réussit, et les autres meurent de désespoir ; ceci peut être l'expérience hebdomadaire de mort dans le bardo.
9. Fremantle et Trungpa, *Livre des Morts tibétain*, p. 104.
10. Vajrasattva est la déité centrale des cent déités paisibles et courroucées. *Cf.* chapitre XIX, « Aider après la mort ».

XIX. AIDER APRÈS LA MORT

1. *Cf.* annexe 4 pour une explication de ce mantra.

2. Cependant, dans le cas d'un pratiquant spirituel qui vient de mourir et voit ses amis et sa famille avides et hypocrites après sa mort, il est possible qu'au lieu d'être blessé et irrité, il puisse réaliser qu'une telle conduite est simplement la nature du samsara. Cette pensée pourrait générer en lui un sens profond de renoncement et de compassion, qui pourrait lui être très bénéfique dans le bardo du devenir.

3. Lorsqu'on demande à un maître de pratiquer et de prier pour une personne décédée, la coutume veut que l'on offre une somme d'argent, aussi petite soit-elle. Cette offrande établit un lien tangible entre le décédé et le maître, qui utilisera toujours cet argent exclusivement pour payer les rituels pour les morts, pour faire des offrandes dans des temples sacrés, ou bien le dédiera au nom du décédé pour son œuvre.

4. Réponse donnée par Sa Sainteté le Dalaï-Lama à un certain nombre de questions sur la mort et les mourants. *Cf.* annexe 2, note 1.

5. Des pratiques traditionnelles comme celles-ci requièrent une formation et ne peuvent être apprises simplement dans ce livre. Certaines pratiques requièrent également une transmission et une initiation par un maître qualifié. J'envisage d'organiser dans l'avenir des programmes de formation sur l'approche bouddhiste de la mort et l'accompagnement des mourants, qui incluront certaines de ces méthodes. Une cérémonie simple et une pratique pour guider les morts seront alors disponibles, basées sur les instructions de Dilgo Khyentsé Rinpoché.

6. Le mantra des cent syllabes est : OM VAJRA SATTVA SAMAYA MANOUPA-LAYA VAJRA SATTVA TENOPA TISHTA DRIDHO ME BHAVA SOUTOKAYO ME BHAVA SOUPOKAYO ME BHAVA ANOURAKTO ME BHAVA SARVA SIDDHI ME PRAYATCHA SARVA KARMA SOUTSA ME TSITTAM SHRI YANG KOUROU HUM HA HA HA HA HO BHAGAVAN SARVA TATHAGATA VAJRA MA ME MOUNTSA VAJRI BHAVA MAHA SAMAYASATTVA AH.

7. Judy Tatelbaum, *The Courage to Grieve : Creative Living, Recovery and Growth through Grief* (NY : Harper & Row, 1980).

8. Extrait de « Dove that Ventured Outside », dans *The selected Poetry of Rainer Maria Rilke*, réalisé et traduit par Stephen Mitchell (NY : Vintage Books, 1984), p. 293.

9. Elisabeth Kübler-Ross dans « The Child will Always Be There. Real Love does not Die », par Daniel Goleman, *Psychology today* (septembre 1976), p. 52.

10. Raymond Moody, *Lumières nouvelles sur la vie après la vie*, J'ai lu, 1990.

XX. L'EXPÉRIENCE DE PROXIMITÉ DE LA MORT :
    UN ESCALIER QUI MÈNE AU CIEL ?

 1. Bède, *A History of the English Church and People*, traduit en anglais par
    Leo Sherley-Price (Harmondsworth, England : Penguin Books, 1968),
    pp. 420-421.
 2. Extrait de George Gallup Jr, avec William Proctor, *Adventures in
    Immortality : A Look beyond the Threshold of Death* (Londres : Souve-
    nir, 1983).
 3. Kenneth Ring, *Sur la frontière de la vie* (Laffont, 1982, Les énigmes de
    l'univers), p. 56.
 4. Kenneth Ring, *Sur la frontière de la vie*, p. 65.
 5. Margot Grey, *Return from Death : An Exploration of the Near-Death
    Experience* (London : Arkana, 1985), p. 42.
 6. Melvin Morse, *Des enfants dans la lumière de l'au-delà* (Laffont, 1992),
    p. 166.
 7. Margot Grey, *Return from Death*, p. 47.
 8. Michael Sabom, *Souvenirs de la mort* (Laffont, 1983, Les énigmes de
    l'univers).
 9. Kenneth Ring, *Sur la frontière de la vie*, p. 61.
10. Margot Grey, *Return from Death*, pp. 46, 33, 53.
11. Margot Grey, *Return from Death*, pp. 46, 33, 53.
12. Margot Grey, *Return from Death*, pp. 46, 33, 53.
13. Melvin Morse, *Des enfants dans la lumière de l'au-delà*, pp. 172 et 168.
14. Melvin Morse, *Des enfants dans la lumière de l'au-delà*, pp. 172 et 168.
15. Margot Grey, *Return from Death*, p. 35.
16. Kenneth Ring, *Sur la frontière de la vie*.
17. Michael Sabom, *Souvenirs de la mort*.
18. Michael Sabom, *Souvenirs de la mort*.
19. Michael Sabom, *Souvenirs de la mort*.
20. Michael Sabom, *Souvenirs de la mort*.
21. Michael Sabom, *Souvenirs de la mort*.
22. Michael Sabom, *Souvenirs de la mort*.
23. Kenneth Ring, *En route vers Omega* (Laffont, 1991, Les énigmes de
    l'univers).
24. Raymond Moody, *Lumières nouvelles sur la vie après la vie* (J'ai lu,
    1990).
25. Raymond Moody, *Lumières nouvelles sur la vie après la vie*.
26. Margot Grey, *Return from Death*, p. 52.
27. Michael Sabom, *Souvenirs de la mort*.
28. Margot Grey, *Return from Death*, p. 50.
29. Raymond Moody, *Lumières nouvelles sur la vie après la vie*.
30. Margot Grey, *Return from Death*, pp. 51, 59, 65, 63, 70.
31. Margot Grey, *Return from Death*, pp. 51, 59, 65, 63, 70.
32. Margot Grey, *Return from Death*, pp. 51, 59, 65, 63, 70.
33. Margot Grey, *Return from Death*, pp. 51, 59, 65, 63, 70.

34. Margot Grey, *Return from Death*, pp. 51, 59, 65, 63, 70.
35. Raymond Moody, *Lumières nouvelles sur la vie après la vie*.
36. Françoise Pommaret, *Les Revenants de l'au-delà dans le monde tibétain* (Paris, éd. du CNRS, 1989).
37. Dans la tradition hindoue, kundalini fait référence à l'éveil de l'énergie subtile qui peut faire survenir une transformation psycho-physiologique et l'union avec le divin.
38. Margot Grey, *Return from Death*, p. 194.
39. Kenneth Ring, *Sur la frontière de la vie*, p. 156.
40. Melvin Morse, *Des enfants dans la lumière de l'au-delà*, p. 262.
41. Melvin Morse, *Des enfants dans la lumière de l'au-delà*, p. 138.
42. Extrait de *The NDE: As Experienced in Children*, conférence de l'IANDS.
43. Extrait de *The NDE: Can it be Explained in Science?* Conférence de l'IANDS.
44. Kenneth Ring, *En route vers Omega*.

XXI. LE PROCESSUS UNIVERSEL

1. John Myrdhin Reynolds, *Self-liberation through Seeing the Naked Awareness* (NY: Station Hill, 1989), p. 13.
2. Extrait de «Les chants de l'innocence», Blake, *Oeuvres*, éd. Pierre Leyris Aubier Montaigne, 1: 1971, 2: 1977.
3. Kalou Rinpoché, *Le Dharma*.
4. Consulter par exemple, le Dalaï-Lama et al., *Mindscience: An East-West Dialogue* (Boston, Wisdom, 1991).
5. Renée Weber, *Dialogues avec des scientifiques et des sages* (Rocher, 1988, L'Esprit et la matière).
6. Renée Weber, *Dialogues avec des scientifiques et des sages* (Rocher, 1988, L'Esprit et la matière).
7. David Bohm, *La Danse de l'esprit ou le sens déployé* (éd. Seveyrat, 1989).
8. David Bohm, *La Danse de l'esprit ou le sens déployé* (éd. Seveyrat, 1989).
9. Paavo Pylkkänen, éd. *The Search for Meaning* (Wellingborough, England: Crucible, 1989), p. 51; David Bohm, *La Danse de l'esprit ou le sens déployé*.
10. David Bohm, *La Plénitude de l'univers* (Rocher, 1987).
11. David Bohm, *La Danse de l'esprit ou le sens déployé*.

XXII. SERVITEURS DE LA PAIX

1. Thomas Merton, *La sagesse du désert*, traduction de Marie Jadie (Albin Michel, 1987).

ANNEXE 2 : QUESTIONS RELATIVES À LA MORT

1. J'ai posé à Sa Sainteté le Dalaï-Lama, à Dilgo Khyentsé Rinpoché et à d'autres maîtres un certain nombre de questions au sujet de la mort et du processus de la mort, comme le maintien en survie artificielle et l'euthanasie ; tout au long de ce chapitre, je citerai certaines de leurs réponses. Je compte publier ces réponses de façon plus détaillée à l'avenir.
2. Melvin Morse, *Des enfants dans la lumière de l'au-delà*.
3. Sondage Gallup, cité dans *Newsweek*, 26 août 1991, p.41.
4. Kalou Rinpoché, *The Gem Ornament* (Ithaca, NY : Snow Lion, 1986), p. 194.
5. Elisabeth Kübler-Ross, *Questions on Death and Dying* (NY : Macmillan, 1974), p. 84.
6. Dame Cicely Saunders, « A Commitment to Care », *Raft, the Journal of the Buddhist Hospice Trust*, 2, hiver 1989/1990, Londres, p. 10.
7. Kalou Rinpoché, *The Gem Ornament*, p. 194.

ANNEXE 4 : DEUX MANTRAS

1. Il y a trois activités négatives du corps : prendre la vie, voler, et la mauvaise conduite sexuelle ; quatre activités négatives de la parole : le mensonge, les paroles dures, la médisance et le bavardage ; et trois activités négatives de l'esprit : l'avarice, la méchanceté et les vues fausses.
2. *Nadi, prana* et *bindu* en sanscrit ; *tsa, lung, tiglé* en tibétain. *Cf.* chapitre xv, « Le processus de la mort ».
3. Les cinq familles de bouddha et les cinq sagesses apparaissent habituellement dans les enseignements ; ici, la sixième famille de bouddha englobe l'ensemble des cinq premières.
4. Kalou Rinpoché, *Le Dharma*, éd. Kunchab, Belgique, 1989.

Bibliographie

ENSEIGNEMENTS TRADITIONNELS TIBÉTAINS SUR LA MORT ET LES MOURANTS

Bokar Rinpoché. *Mort et art de mourir dans le bouddhisme tibétain*. Claire Lumière, 1989.

Chagdud Tulku Rinpoché. *Life in Relation to Death*. Junction City, Padma Publishing, 2000.

Chökyi Nyima Rinpoché. *The Bardo Guidebook*. Kathmandu, Rangjung Yeshe, 1991.

Fremantle, Francesca et Chögyam Trungpa. *Livre des Morts tibétain*. Le Courrier du Livre, 1984.

Lama Lodö. *Bardo Teachings*. Ithaca, Snow Lion, 1987.

Lati Rinpoché, Elisabeth Napper, Jeffrey Hopkins. *La Mort, l'état intermédiaire et la renaissance du bouddhisme tibétain*. Dharma, 1986.

Mullin, Glenn H. *Pour mieux vivre sa mort : Anthologie tibétaine*. Trismégiste, 1990.

Padmasambhava. *Natural Liberation*. Boston, Wisdom, 1998.

Thurman, Robert AF. *The Tibetan Book of the Dead*. New York : Bantam, 1994.

Tsele Natsok Rangdrol, *The Mirror of Mindfulness*, Boston, Shambhala, 1989.

Traduction française : *Le miroir qui rappelle et clarifie le sens général des bardos*. Bruxelles, Éditions Dharmachakra, 1993.

ACCOMPAGNEMENT DES MOURANTS

Beresford, Larry. *The Hospice Handbook*. Boston, Little Brown & Co., 1993.

Buckman, Robert. *S'asseoir pour parler : l'art de communiquer de mauvaises nouvelles aux malades : guide du professionnel de santé*. Paris, Masson, 2001.

Byock, Ira M. D. *Dying Well : Peace and Possibilities at the End of Life*. New York, Riverhead, 1998.

Callanan, Maggie et Patricia Kelley. *Final Gifts : Understanding the Special Awareness, Needs and Communications of the Dying*. Bantam, 1992.

De Hennezel, Marie. *La Mort intime*. Paris, Robert Laffont, 2001.

Kearney, Michael, M. D. *Mortally Wounded : Stories of Soul Pain, Death and Healing*. New York, Simon and Schuster, 1997.

Kübler-Ross, Elisabeth. *Vivre avec la mort et les mourants*. Paris, Le Rocher, 1990.

Kübler-Ross, Elisabeth. *La mort est un nouveau soleil*. Paris, Le Rocher, 1988.

Kübler-Ross, Elisabeth. *Les Derniers Instants de la vie*. Genève, Labor et Fides, 1989.

Levine, Stephen. *Qui meurt ? Une investigation du processus conscient de vivre et mourir*. Souffle d'or, 1991.

Longaker, Christine. *Trouver l'espoir face à la mort*. Paris, La Table Ronde, 1998.

Lynn, Joanne, M. D. *Handbook for Mortals ; Guidance for People facing Serious Illness*. Oxford University Press, 1999.

Saunders, Cicely et Mary Baines. *La vie aidant la mort ; thérapeutiques antalgiques et soins palliatifs en phase terminale*. Medsi, 1985.

Taylor, Allegra. *Acquainted with the Night : a Year on the Frontiers of Death*. Londres, Fontana, 1989.

Webb, Marilyn. *The Good Death. The New American Search to Reshape the End of Life*. New York, Bantam, 1997.

ACCOMPAGNEMENT DU DEUIL

Gaffney, Donna. *The Seasons of Grief : Helping Children Grow through Loss*. New York, Plume/Penguin, 1988.

Myers, Edward. *When a Parent Dies : a Guide for Adults*. New York, Penguin, 1997.

Rando, Therese. *How to Go On Living When Someone You Love Dies*. New York, Bantam, 1991.

Sarnoff-Schiff, Harriet. *Parents en deuil*. Paris, Robert Laffont, 1984.

Tatelbaum, Judy. *The Courage to Grieve : Creative Living, Recovery and Growth through Grief*. New York, Harper and Row, 1980.

L'EXPÉRIENCE DE PROXIMITÉ DE LA MORT

Grey, Margot. *Return from Death : An Exploration of the Near-death Experience*. Boston et Londres, Arkana, 1985.

Lorimer, David. *L'Enigme de la survie*. Paris, Robert Laffont, 1992.

Moody, Raymond. *La Vie après la vie : enquête à propos d'un phénomène, la survie de la conscience après la mort du corps*. Paris, Robert Laffont, 1977 ; J'ai Lu, 1986.

Moody, Raymond. *Lumières nouvelles sur la vie après la vie*. J'ai Lu, 1990.
Morse, Melvin. *Des enfants dans la lumière de l'au-delà*. Paris, Robert Laffont, 1992.
Ring, Kenneth. *En route vers Oméga*. Paris, Robert Laffont, 1991.
Ring, Kenneth. *Sur la frontière de la vie*. Paris, Robert Laffont, 1982.
Sabom, Michael B. *Souvenirs de la mort*. Paris, Robert Laffont, 1983.

PARALLÈLES SCIENTIFIQUES

Bohm, David. *La Danse de l'esprit ou le sens déployé*. Paris, Seveyrat, 1989.
Dalaï-Lama, et al. *Mindscience, an East-West Dialogue*. Boston, Wisdom, 1991.
Goleman, Daniel. *Comment transformer ses émotions*. Paris, Robert Laffont, 1999.
Paavo Pylkkänen éd. *The Search for Meaning*. Wellingborough (England), Crucible, 1989.
Varela, Francisco. *Dormir, rêver, mourir*. Paris, Nil, 1998.
Weber, Renée. *Dialogues avec les scientifiques et les sages*. Paris, Le Rocher, 1998.

OUVRAGES ÉCRITS PAR LE DALAÏ-LAMA

Mon pays et mon peuple : mémoires. Genève, Olizane, 1988.
Au loin la liberté : mémoires. Paris, Fayard, 1990.
L'Art du bonheur. Paris, Robert Laffont, 1999.
Dzogchen, The Heart Essence of the Great Perfection. Translated by Geshe Thupten Jinpa and Richard Barron. Ithaca, Snow Lion, 2000.
Ethics for a New Millenium. New York, Riverhead, 1999.
Conseils du cœur. Paris, Presses de la Renaissance, 2001.
Transformer son esprit. Paris, Plon, 2002.
Le Monde du Bouddhisme tibétain. Paris, La Table Ronde, 1996.

LE BOUDDHA ET SON ENSEIGNEMENT

Goldstein, Joseph, et Jack Kornfield. *Seeking the Heart of Wisdom, The Path of Insight Meditation*. Boston et Londres, Shambhala, 1987.
Dilgo Khyentsé, *La Fontaine de grâce*, Paris, Éd. Padmakara, 1995.
Kalou Rinpoché. *Le Dharma*. Belgique, Éditions Kunchab, 1989.

Salzberg, Sharon. *Un cœur vaste comme le monde : vivre avec conscience, sagesse et compassion.* Paris, Le Courrier du Livre, 1998.

Shantideva. *Bodhicaryavatara.* Deux traductions françaises :

La Marche à la lumière. Paris, Les Deux Océans, 1987.

La Marche vers l'éveil. Padmakara, 1991.

Shunryu Suzuki. *Esprit Zen, esprit neuf.* Paris, Points Seuil, 1970.

The Twelfth Tai Stupa. *Relative World, Ultimate Mind.* Boston et Londres, Shambhala, 1992.

Thich Nhat Hanh. *Le Miracle de la pleine conscience.* Espace Bleu, 1999.

Thich Nhat Hanh. *Old Path, White Clouds.* Berkeley, Parallax Press, 1991.

Thich Nhat hanh. *Au cœur des enseignements du Bouddha.* Paris, La Table Ronde, 2000.

Trungpa, Chögyam. *L'Entraînement de l'esprit.* Paris, Le Seuil, 1998.

AUTRES LIVRES SUR LA MORT ET LA GUÉRISON

Borysenko, John. *Minding the Body, Mending the Mind.* New York, Bantam, 1988.

Chödrön, Pema. *Quand tout s'effondre.* Paris, La Table Ronde, 1999.

Dossey, Larry, M. D. *Ces mots qui guérissent ; le pouvoir de la prière en complément de la médecine.* Paris, Lattès, 1995.

Grof, Stanislas, et Joan Halifax. *La Rencontre de l'homme avec la mort.* Paris, Le Rocher, 1990.

Kushner, Harold. *When Bad Things Happen to Good People.* New York, Schoken Books, 1981.

Remen, Rachel Naomi, M. D. *Kitchen Table Wisdom : Stories that Heal.* USA, Riverhead, 1996.

Siegel, Bernie S. *L'Amour, la médecine et les miracles.* Paris, Robert Laffont, 1989.

Thondup, Tulku. *L'Infini Pouvoir de guérison de l'esprit.* Paris, Le Courrier du Livre, 1997.

Thondup, Tulku. *Une source inépuisable de paix et de guérison.* Paris, Le Courrier du Livre, 2001.

Wennberg, Robert. *Terminal Choices : Euthanasia, Suicide, and the Right to Die.* Grand Rapids, M. I., Eerdmans, 1989.

Remerciements

En m'efforçant de présenter les enseignements contenus dans ce livre de façon authentique et pourtant accessible à un esprit moderne, j'ai constamment été inspiré par l'exemple de Sa Sainteté le Dalaï-Lama et par la façon dont il personnifie totalement l'authenticité et la pureté de la tradition, tout en faisant preuve d'une ouverture complète au monde contemporain. Les mots ne pourront jamais exprimer la profondeur de ma gratitude envers lui. Il est une source constante de courage et d'inspiration non seulement pour le peuple tibétain, mais aussi pour un nombre incalculable d'individus de par le monde, dont le cœur a été touché par son message et dont l'existence s'est trouvée par là même transformée. Il m'a été dit que le lien nous unissant remonte à plusieurs vies ; l'affinité que je ressens avec lui est si forte, si intime, qu'elle m'en donne, d'une certaine façon, la confirmation.

Ce livre est l'essence de l'inspiration et des enseignements de tous mes maîtres. Je remercie chacun d'entre eux et leur offre cet ouvrage. Jamyang Khyentsé Chökyi Lodrö – qui me reconnut et m'éleva – donna non seulement à ma vie son fondement et sa signification, mais il me transmit aussi les deux choses les plus précieuses que je possède : la dévotion et la compréhension. Son épouse spirituelle, Khandro Tséring Chödrön, yogini éminente entre toutes du bouddhisme tibétain, a également été pour moi, de par son amour et son attention, un maître véritable ; elle est, à mes yeux, totalement inséparable de Jamyang Khyentsé, et il me suffit de penser à elle pour voir la présence majestueuse de mon maître reflétée en sa personne. Elle représente pour moi une mère spirituelle : je sens que ses prières et son amour me protègent continuellement, et je prie pour qu'elle continue à vivre de nombreuses années encore. Ce fut Dudjom Rinpoché qui, par sa bonté à mon égard et par ses enseignements, fit fleurir les graines de la compréhension que Jamyang Khyentsé avait semées en moi. Je pense parfois qu'il ne m'aurait pas témoigné davantage d'affection si j'avais été son propre fils. Dilgo Khyentsé Rinpoché me permit ensuite, à son tour, d'approfondir ma compréhension et de l'exprimer. A mesure que les années passaient, il devenait toujours plus un maître pour moi, me prodiguant généreusement attention et conseils personnels, avec une douceur et une bonté sans limites. De plus en plus, quand me vient la pensée du « maître », c'est vers Dilgo Khyentsé Rinpoché que se tourne mon esprit ; à mes yeux, il est devenu l'incarnation de l'enseignement tout entier, un véritable bouddha vivant.

Ces grands maîtres continuent à m'émouvoir et à me guider ; pas un jour ne s'écoule sans que je ne me souvienne d'eux et de leur bonté, dont je ne pourrai jamais m'acquitter, et sans que je ne parle d'eux à mes étudiants et à mes amis. Je prie pour qu'un peu de leur sagesse, de leur compassion, de leur pouvoir et de leur vision pour l'humanité revive à travers les pages de ce livre qu'ils ont tant inspiré.

Je n'oublierai jamais non plus mon oncle Gyalwang Karmapa qui, depuis mon enfance, m'a témoigné une affection particulière ; le seul fait de penser à lui me fait venir les larmes aux yeux. Je pense souvent également au grand maître que fut Kalou Rinpoché – Milarépa de notre temps – qui m'encouragea tant par la foi qu'il plaça en moi et par la chaleur et le respect dont il fit preuve à mon égard.

Je voudrais aussi mentionner ici ce que je dois à d'autres grands maîtres. Parmi eux, Sa Sainteté Sakya Trizin – un ami intime d'enfance – qui, tout en étant mon maître, fut également un frère pour moi, ne manquant jamais de m'encourager. J'adresse de profonds remerciements à Dodrupchen Rinpoché, qui fut un guide constant, pour ce livre en particulier, ainsi qu'un refuge pour moi et tous mes étudiants. J'ai passé, ces dernières années, quelques-uns de mes plus précieux moments avec Nyoshul Khen Rinpoché, et j'ai eu le grand privilège de pouvoir clarifier les enseignements à la lumière de ses connaissances et de sa sagesse, qui semblent illimitées. Tulku Urgyen Rinpoché et Trulshik Rinpoché, deux autres maîtres tout à fait remarquables, ont constitué pour moi une source d'inspiration très particulière, et je dois remercier également les très érudits Khenpo Appey et Khenpo Lodrö Zangpo qui ont joué un rôle considérable dans mes études et mon éducation. Jamais je n'oublierai Gyaltön Rinpoché qui m'a témoigné une telle bonté après le décès de mon maître Jamyang Khyentsé.

Je souhaite rendre spécialement hommage à l'encouragement et à la vision extraordinaire de Pénor Rinpoché ; ce maître remarquable œuvre en effet inlassablement pour que se perpétue la transmission ininterrompue de la riche tradition des enseignements qui proviennent directement de Padmasambhava.

J'éprouve une reconnaissance profonde envers la famille de Dudjom Rinpoché : envers son épouse, Sangyum Kusho Rikzin Wangmo, pour sa bonté et sa compréhension, et envers son fils et ses filles, Shenphen Rinpoché, Chimé Wangmo et Tséring Penzom, pour leur fidèle soutien. J'aimerais également remercier, pour la chaleur et la générosité de leur aide, Chökyi Nyima Rinpoché, dont le travail a inspiré certaines parties de ce livre, et Tulku Péma Wangyal Rinpoché, qui a grandement contribué à la venue en Occident des enseignements et des maîtres les plus éminents.

Parmi la jeune génération, je veux citer plus particulièrement Dzongsar Jamyang Khyentsé Rinpoché, l'« émanation de l'activité » de mon maître Jamyang Khyentsé Chökyi Lodrö. Je suis constamment fasciné par l'intelligence vive et la fraîcheur de son enseignement, qui sont une grande promesse pour l'avenir. J'aimerais pareillement remercier, pour son aide remarquable et spontanée, Shechen Rabjam Rinpoché, héritier de Dilgo Khyentsé Rinpoché, qui, depuis l'âge de cinq ans, reçut de lui des enseignements de façon continue.

Je suis également constamment ému et encouragé par un maître cher à mon cœur, Dzogchen Rinpoché ; son travail et le mien ne font qu'un. Ayant à présent reconstruit dans le sud de l'Inde, avec une énergie immense, le célèbre Monastère Dzogchen, il possède déjà en lui, de par son savoir, de par la pureté étincelante et la simplicité naturelle de sa présence, l'envergure du maître éminent qu'il sera plus tard.

Plusieurs maîtres ont répondu en détail à certaines questions spécifiques concernant les enseignements contenus dans ce livre : Sa Sainteté le Dalaï-Lama, Dilgo Khyentsé Rinpoché, Nyoshul Khen Rinpoché, Trulshik Rinpoché, Dzongsar Khyentsé Rinpoché, Lati Rinpoché et Alak Zenkar Rinpoché. Je leur en suis profondément reconnaissant. Je voudrais également exprimer ma gratitude envers Ringu Tulku Rinpoché, pour son amitié durable, son soutien aimable et constant envers moi-même et mes étudiants, et son merveilleux travail de traduction, qui comprend la traduction du présent ouvrage en tibétain.

Je souhaite remercier les pionniers des enseignements bouddhistes, ces maîtres des diverses traditions dont l'œuvre a aidé tant d'Occidentaux pendant plusieurs décennies, et leur rendre ici hommage. Je pense particulièrement à Suzuki Roshi, Chögyam Trungpa, Tarthang Tulku, et Thich Nhat Hanh.

J'aimerais également remercier ma mère et mon père pour leur soutien et toute l'aide qu'ils m'ont apportée dans la réalisation de ce que j'ai accompli à ce jour ; feu mon père, Tséwang Paljor, secrétaire et assistant personnel de Jamyang Khyentsé depuis l'âge de dix-huit ans, était lui-même un grand pratiquant et un grand yogi ; ma mère, Tséring Wangmo, m'a toujours incité à aller de l'avant et encouragé dans mon travail. J'adresse aussi l'expression de ma gratitude à mon frère Thigyal et à ma sœur Déchen, pour leur aide et leur loyauté.

Qu'il me soit permis ici d'exprimer ma reconnaissance envers le pays du Sikkim et son peuple, le roi précédent, la reine mère, le précédent prince de la couronne Tenzin Namgyal, le présent roi Wangchuk et toute la famille royale, ainsi que le professeur Nirmal C. Sinha, précédent directeur de l'institut de recherche du Sikkim.

J'exprime ma reconnaissance à David Bohm, qui a toujours été pour moi une source considérable d'inspiration et d'encouragement, tout spécialement pour cet ouvrage. J'aimerais également remercier pour leur assistance un certain nombre de scientifiques et d'érudits, particulièrement le Dr Kenneth Ring, ami de longue date, le Dr Basil Hiley et Geshé Thubten Jinpa, le traducteur de Sa Sainteté le Dalaï-Lama, qui eurent la bonté de relire certaines parties du livre et de me prodiguer leurs conseils. Je voudrais remercier pour leur aide Tenzin Geyché Tethong, secrétaire de Sa Sainteté le Dalaï-Lama, Lodi Gyari Rinpoché, envoyé spécial de Sa Sainteté le Dalaï-Lama et président de la campagne internationale en faveur du Tibet, et Konchog Tenzin, secrétaire et assistant de Dilgo Khyentsé Rinpoché.

Mes remerciements vont également à mon ami Andrew Harvey, écrivain renommé et de grand talent, pour l'inspiration, la passion et le désintéressement avec lesquels il donna forme à ce livre ; il sut traduire en mots, avec une simplicité et un éclat remarquables, la majesté des enseignements. Lui-même dédie son travail à ses propres maîtres : Thuksey Rinpoché, dont je garde en mémoire l'image extrêmement vivante d'un être rayonnant d'amour, qui me traita avec tant d'affection que j'eus toujours le désir de le remercier de sa gentillesse, ainsi que Mère Meera et son œuvre d'harmonisation de toutes les religions du monde.

Je remercie Patrick Gaffney pour son inépuisable patience, sa persévérance dévouée, sa ferveur et les sacrifices qu'il fit pour mener à bon terme, pendant plusieurs années, les nombreuses transformations de ce livre. Il est, parmi mes étudiants, l'un des plus anciens et des plus proches ; nul mieux que lui ne saurait comprendre mon esprit et mon travail. Ce livre est autant son œuvre que la mienne ; sans lui, en effet, je ne vois pas comment il aurait pu être mené à bien. Je voudrais dédier son travail à son propre développement spirituel et au bonheur de tous les êtres.

Je suis reconnaissant à Christine Longaker d'avoir partagé avec moi la précieuse compréhension que lui a donnée sa longue expérience dans le domaine de l'accompagnement des mourants et des enseignements sur la mort et le processus de la mort. Je dois aussi saluer Harold Talbott, un de mes premiers amis et étudiants occidentaux, ainsi que Michael Baldwin, pour leur dévouement dans leur contribution à l'établissement des enseignements du Bouddha en Occident. J'aimerais remercier Amy Hertz, Michael Toms et tout le personnel de Harper San Francisco pour leur aide inestimable et enthousiaste dans l'édition de cet ouvrage.

Je souhaite exprimer mon appréciation et ma gratitude à Arnaud Desjardins, pour son inspiration et son soutien. Il a connu certains des plus grands maîtres tibétains, comme Dudjom Rinpoché, Dilgo Khyentsé Rinpoché et Gyalwang Karmapa, et il a puissamment contribué, par ses écrits et ses films, à attirer l'attention du monde occidental, et de la France en particulier, sur la tradition bouddhiste du Tibet. Je formule du fond du cœur tous mes vœux de succès pour son merveilleux travail, et pour son œuvre de diffusion de la sagesse spirituelle dans le monde contemporain.

Je remercie tout spécialement Véronique Loiseleur, qui, en tant que directrice de la collection « Les Chemins de la Sagesse », a mené à bien la réalisation du *Livre tibétain de la Vie et de la Mort* avec tant d'ardeur et d'intelligence. La traduction de cet ouvrage était une tâche herculéenne, et ne put être accomplie que grâce aux efforts patients et attentifs d'un certain nombre de gens, dont Gisèle Gaudebert de La Table Ronde et un groupe de mes étudiants, parmi lesquels je voudrais particulièrement distinguer Geneviève Michaud. Une personne à qui je dois tout spécialement ma reconnaissance est Marie-Claude Morel, pour le talent et la finesse dont elle a fait preuve dans la réalisation des étapes finales de la traduction.

Nulle mention de mon travail en France ne saurait être complète si je n'exprimais pas ma profonde gratitude à Elisabeth Bridault. Sa vision unique, sa générosité et sa constance, qui n'ont jamais manqué de m'émouvoir, ont joué un rôle de premier plan dans tous les aspects de mes activités. Elle a dédié une partie significative de sa vie à me soutenir, et à soutenir le bouddhisme et la cause tibétaine. Mon lien avec elle et sa famille remonte en fait à plus de trente ans ; je me souviens avoir rencontré son mari Robert Godet – l'un des premiers Occidentaux qui étudièrent le bouddhisme tibétain – lorsqu'il était au Sikkim pour recevoir des enseignements de mon maître Jamyang Khyentsé. Je dois également remercier Gérard Godet, dont le soutien à l'égard des enseignements du Bouddha et de tous les grands maîtres est quasi légendaire, et dont la bonté a apporté des bienfaits à tant de personnes, non seulement en France, mais dans le monde entier. Qu'il me soit permis d'exprimer ma gratitude à l'égard de Dominique Side pour son dévouement à toute épreuve, et son succès dans l'établissement de mon centre de retraite de Lérab Ling dans le sud de la France. Puisse tout le mérite qui provient de leurs efforts infatigables être une source de grand bienfait pour eux dans le futur, et contribuer au bonheur et à la paix de l'humanité !

Je remercie également ceux qui, au cours des années, ont tant contribué à mon travail en France. Je pense à Cécile Alkoulombre, Denis et Eliane Autret, Monique Bérenger, Jérémie Bianchi, Yvan Boileau, Christian Bouchard, Emmanuelle Boinvilliers, Fabienne Boussier, Philippe Bucaille, François Calmès, Jean Cavaillès, Mark Chartrand, Sabah Cheraiet, Catherine Cornière, Philippe Cornu, Dominique Cowell, Kirsten Czeczor, Michel et Danièle Dheur, Géraldine Doux-Lacombe, Robert Fabre, Morgane Gottschalk, Jean-Michel Halit, Renate Handel, Dominique Hilly, Philippe Lelluch, Ingeborg Liptay, Isabelle Magaz, Christiane Margantin, Claire Michaud, Jean-Christophe Mielnik, Micheline Nataf, Laurent Poureau, Véronique Rolla, Virginie Rouanet, Andreas Schulz, Jean-Claude et Chantal Séjourné, Maxime et Odile de Simone, Suthary Sisowath, Samuel Vala et Elsbieta Wyszomirski. Je remercie spécialement Olivier Raurich pour son dévouement et son enthousiasme, et Monique Mignotte pour sa vision et son soutien. Je suis reconnaissant à Jean-Claude et Françoise Marol pour les encouragements et l'inspiration qu'ils m'ont prodigués de par le passé.

Je voudrais saisir cette occasion pour remercier également Phillip Phillipou, Mary Ellen Rouiller, Sandra Pawula, Doris Wolter, Ian Maxwell, Giles Oliver, Lisa Brewer, Dominique Cowell, Tom Bottoms et Ross Mackay pour leur soutien et leur dévouement constants, ainsi que John Cleese, Alex Leith, AlanMadsen, Bokara Legendre, Lavinia Currier, Peter et Harriet Cornish, Robin Ralph et Patrick Naylor pour leur vision et leur soutien.

Je remercie tous mes étudiants et mes amis qui ont été, en un sens, des maîtres pour moi ; ils ont participé à ce livre à toutes les étapes de sa réalisation et m'ont soutenu avec une dévotion profonde. Ils sont pour moi une source d'inspiration constante. J'adresse aussi ma gratitude à ceux qui ont réellement pris les enseignements à cœur et les ont mis en pratique, notamment ceux qui accompagnent les mourants et les familles en deuil et qui ont offert pour ce livre la contribution de leur compréhension. Je suis touché par les efforts de tous mes étudiants pour comprendre et appliquer les enseignements, et je prie pour leur succès.

A La Table Ronde, je remercie Denis Tillinac et spécialement Marie-Thérèse Caloni pour son aide bienveillante et attentive en ce qui concerne l'édition française de ce livre.

J'ai fait de mon mieux, dans cet ouvrage, pour communiquer le cœur des enseignements ; je demande l'indulgence du lecteur pour toute imprécision ou erreur qui pourrait s'y trouver, et je prie mes maîtres et les protecteurs des enseignements de me pardonner.

A propos de l'auteur

Sogyal Rinpoché. (Photo Henri Cartier-Bresson, Paris, 1993.)

Né au Kham, au Tibet oriental, Sogyal Rinpoché fut reconnu comme l'incarnation de Lerab Lingpa Tertön Sogyal, un maître du treizième Dalaï-Lama, par Jamyang Khyentsé Chökyi Lodrö, l'un des plus grands maîtres spirituels du XXe siècle. Jamyang Khyentsé supervisa l'éducation de Rinpoché et l'éleva comme son propre fils.

Sogyal Rinpoché continua à étudier avec de nombreux autres maîtres de toutes les écoles, en particulier Kyabjé Dudjom Rinpoché et Kyabjé Dilgo Khyentsé Rinpoché. Tout d'abord en tant que traducteur et assistant de ces maîtres, puis en tant qu'enseignant lui-même, il voyagea dans de nombreux pays et observa la réalité de la vie des gens ; il chercha comment traduire les enseignements pour les rendre appropriés aux hommes et femmes du monde contemporain, sans rien perdre de leur authenticité, de leur pureté et de leur pouvoir. De cela émergèrent son style unique d'enseignement, et sa capacité à accorder les enseignements à la vie contemporaine, qui sont si bien illustrés par son extraordinaire ouvrage, *Le Livre tibétain de la Vie et de la Mort*. Ce grand classique de la spiritualité a été publié à un million et demi d'exemplaires, traduit dans vingt-six langues et édité dans trente-huit pays. Il a été adopté par les universités, les institutions et les groupes tant médicaux que religieux, et il est largement utilisé par les infirmières, les médecins et les professionnels de la santé. Rinpoché continue à voyager à travers l'Europe, l'Amérique, l'Australie et l'Asie, enseignant à des milliers de gens et intervenant dans de grands congrès internationaux.

Rigpa

Rigpa est un mot tibétain qui signifie « la nature la
plus secrète de l'esprit ». C'est aussi le nom donné par
Sogyal Rinpoché au réseau international de centres
bouddhistes qu'il a fondés dans différents pays, et qui
proposent des cours basés sur *Le Livre tibétain de la
Vie et de la Mort*, ainsi qu'un chemin graduel d'étude et
de pratique du bouddhisme. Rigpa cherche à rendre les
enseignements du Bouddha disponibles au plus grand
nombre, par-delà les barrières de race, de couleur et de
confession, et à offrir à ceux qui suivent les enseignements bouddhistes un chemin complet d'étude et de
pratique, ainsi que l'environnement dont ils ont besoin
pour une exploration complète des enseignements.

Au cours des années, nombre de maîtres éminents de
toutes les traditions bouddhiques ont été invités à
enseigner dans les centres et les retraites de Rigpa.
Parmi eux, Kyabjé Dudjom Rinpoché, Kyabjé Dilgo
Khyentsé Rinpoché, Sa Sainteté Sakya Trizin, le 16[e]
Gyalwang Karmapa et Kyabjé Ling Rinpoché. Une
grande bénédiction a été accordée à Rigpa : celle de
sponsoriser de nombreux enseignements et transmis-
sions de pouvoir de Sa Sainteté le Dalaï-Lama, à
Londres (1981, 1984 et 1988), à Paris (1982 et 1986),
à Santa Cruz et San José en Californie (1989), à
Amsterdam (1999), et dans le sud de la France (2000).

Dans chaque pays, Rigpa propose des cours réguliers d'étude et de pratique dans ses centres citadins, ainsi que des retraites conduites par Sogyal Rinpoché et d'autres maîtres. Ce programme est complété par les retraites internationales de Lérab Ling, près de Montpellier, et des retraites longues à Dzogchen Beara, dans le sud-ouest de l'Irlande. A Lérab Ling, un Institut international de la sagesse et de la compassion est en cours d'établissement ; il a pour but de développer, dans la vision de Sogyal Rinpoché, une éducation bouddhiste à la fois contemporaine et authentique. Rigpa est aussi en train de créer un nouveau grand centre en Amérique du Nord, non loin de New York.

Le programme d'éducation et de formation de l'accompagnement spirituel de Rigpa rend les enseignements bouddhistes disponibles en particulier aux personnels soignants qui s'occupent des personnes en fin de vie et en deuil, et propose des formations basées sur *Le Livre tibétain de la Vie et de la Mort.*

En Asie, Rigpa soutient l'activité des grands maîtres et des monastères, et a notablement contribué à établir le monastère Dzogchen à Kollegal, dans le sud de l'Inde, qui a été inauguré par Sa Sainteté le Dalaï-Lama en 1992.

A la suite du *Livre tibétain de la Vie et de la Mort,* le prochain livre de Rinpoché puisera dans sa grande expérience d'enseignant en Occident pour offrir un guide pratique sur la façon de travailler avec l'esprit et les émotions, d'appliquer effectivement la pratique de la compassion, et de relever les défis d'une vie spirituelle dans le monde contemporain.

Pour les détails concernant le programme d'enseignement de Sogyal Rinpoché et les cours proposés à

Rigpa, pour toute information sur des sujets traités dans ce livre, pour les cassettes audio et vidéo de l'enseignement de Sogyal Rinpoché ou pour toute précision quant à la manière de faire des offrandes à l'intention des personnes décédées, veuillez contacter les adresses suivantes :

RIGPA FRANCE
6 *bis*, rue Vergniaud. 92300 Levallois-Perret
Tél. : 33 (0) 1 46390102. Fax : 33 (0) 1 47574513
Email : rigpafrance@free.fr
Site internet : www.rigpafrance.com

CENTRE DE RETRAITE DE RIGPA EN FRANCE
Lérab Ling. L'Engayresque. 34650 Roqueredonde
Tél. : 33 (0) 4 67884600. Fax : 33 (0) 4 67884601
Email : lerabling@wanadoo.fr

RIGPA BELGIQUE
10, rue Fernand Bernier. 1060 Bruxelles
Tél. : 32 (0) 2534 06 72
Email : rigpa_brussels@freegates.be

RIGPA GENÈVE
Catherine Tharicharu
6 rue Jargonnant. 1207 Genève
Tél. : 41 (0) 22 735 0947
Email : rigpa.geneve@bluewin.ch

RIGPA SUISSE
Centre national. Postfach 8027 Zürich. Suisse
Tél. : 41 (0) 1 46 33353
Site internet : www.rigpa.ch

RIGPA QUÉBEC
5643 rue Clark, suite 209. Montréal, QC H2T 2V5 Canada
Tél. : 1 514 490 9092
Email : rigpaquebec@rigpaquebec.com

RIGPA ALLEMAGNE
Paul Gerhardt-Allee 34. 81245 Munich

Tél. : 49 (0) 8982081800. Fax : 49 (0) 8982081820
Email : infor@rigpa.de

RIGPA HOLLANDE
Van Ostadestraat 300. 1073 TW Amsterdam
Tél. : 31 (0) 20470 5100. Fax : 31 (0) 20470 4936

RIGPA CANADA
PO Box 71047 Vancouver, BC V6N 4J9
Tél. : 1604 263 1095
Email : info@rigpa.ca

RIGPA ÉTATS-UNIS
159, Delaware Avenue. Suite 181. Delmar, NY, 12054
Tél. : 1866200 5876
Email : rigpa@mac.com

RIGPA GRANDE-BRETAGNE
330, Caledonian Road. London N1 1BB
Tél. : 44 (0) 207700 0185. Fax : 44 (0) 207609 6068
Email : rigpaUK@compuserve.com

RIGPA AUSTRALIE
PO Box K56. Haymarket NSW 1240
Tél. : 61 (0) 2 92115304. Fax : 61 (0) 2 92115289
Email : rigpasydney@rigpa.com.au

RIGPA INDE
Rigpa House. RA46, Inderpuri. New Delhi 110012
Tél. : 91 11585 1660. Fax : 91 11576 7852
Email : mauro@vsnl.com

CENTRE DE RETRAITE DE RIGPA EN IRLANDE
Dzogchen Beara. Garranes. Castletown Bere. Co. Cork
Tél. : 353 (0) 27730 32. Fax : 353 (0) 27731 77

Site internet général de Rigpa : www.rigpa.org

Le programme d'accompagnement spirituel de Rigpa

Le programme d'accompagnement spirituel de Rigpa est directement inspiré des enseignements et des pratiques exposés dans le *Livre tibétain de la Vie et de la Mort*. Il présente une approche pratique qui permet, grâce à la compassion et à la sagesse des enseignements bouddhistes, d'aider les personnes confrontées à la maladie ou à la mort, leur famille et les soignants.

Fondé en 1993, ce programme met l'accent sur des principes spirituels universels qui trouvent un écho chez beaucoup de gens, quelle que soit leur propre foi. L'accompagnement spirituel est axé sur l'éducation et la formation. Des séminaires publics sont proposés pour se préparer à la mort, accompagner les mourants et mener le deuil à son terme. Des séminaires et des groupes d'étude sont offerts à l'intention des professionnels et bénévoles de la santé et de l'action sociale. Ils visent notamment la formation interne du personnel des hôpitaux et des centres de soins palliatifs. Des formations complètes de un ou deux ans sur le thème « l'accompagnement spirituel en fin de vie » ont lieu aux États-Unis, en Allemagne et en Hollande.

Dans le sud de la France et en Californie, des équipes d'accompagnement spirituel proposent leurs services aux personnes âgées, aux malades et aux mourants. Des membres de l'association *Tonglen* interviennent dans le service de consultation externe et dans celui des cancéreux d'un hôpital de Montpellier, et participent à la formation des bénévoles.

Des formations pour les professionnels et les bénévoles de la relation d'aide sont proposées à Lyon, Nice, Nîmes, Paris, Rennes et Toulouse. D'autre part, des groupes de parole et de soutien sont ouverts à toute personne confrontée à la maladie, au deuil ou à l'accompagnement d'un proche.

À San Francisco, le programme d'accompagnement spirituel assure des formations destinées aux bénévoles d'un centre de soins palliatifs pour les malades atteints du sida, et à ceux de deux maisons de repos, à Berkeley et à Oakland.

En Irlande, sur la côte sauvage à l'ouest de Cork, le centre de retraite Rigpa de Dzogchen Beara est devenu le cœur du programme d'accompagnement spirituel. Parallèlement au programme de formation, s'y développe un centre de soins et de séjour. Les personnes atteintes d'une maladie incurable peuvent y séjourner, avec ou sans leurs proches, pour une période de réflexion et de contemplation ; les personnes qui traversent des changements importants ou des épreuves peuvent venir y recouvrer la santé, sur les plans émotionnel et spirituel.

Pour toute information supplémentaire, veuillez consulter notre site internet : www.spcare.org

Index

Nous remercions les éditeurs suivants pour la reproduction d'ouvrages qu'ils ont publiés :

Stonebarn Publishers pour *There's a Hole in my Sidewalk*, de Portia Nelson, © 1989.

Penguin Books Ltd. pour les extraits de *Return from Death* de Margot Grey, © 1985, Margot Grey ; pour les extraits de *A History of the English Church and People*, de Bède, traduit par Leo Sherley-Price, © 1955, 1968, Leo Sherley-Price. Reproduit avec l'autorisation de Penguin Books Ltd.

Shambhala Publications pour les extraits de *The Tibetan Book of Dead*, traduit par Francesca Fremantle et Chogyam Trungpa, © 1975, Francesca Fremantle et Chogyam Trungpa ; pour les extraits de *The Wishfulfilling Jewel*, de Dilgo Khyentsé, © 1988, H. H. Dilgo Khyentsé Rinpoché. Reproduit avec l'autorisation de Shambhala Publications, Inc., 300 Massachusetts Ave., Boston, MA02115.

William Morrow & Company, Inc., pour les extraits de *Heading Toward Omega*, de Kenneth Ring, © 1984, Kenneth Ring. Reproduit avec l'autorisation de William Morrow & Co., Inc.

Station Hill Press pour les extraits de *Self Liberation Through Seeing with Naked Awareness*, de John Reynolds, © 1989. reproduit avec l'autorisation de Station Hill Press.

Parallax Press pour les extraits de *Old Path White Clouds*, de Thich Nhat Hanh, © 1991. Reproduit avec l'autorisation de Parallax Press, Berkeley, CA.

Snow Lion Publications, Inc., pour les extraits de *Dalai Lama : A Policy of Kindness*, de Sidney D. Piburn, © 1990, Sidney Piburn ; pour les extraits de *The Gem Ornament of Manifold Oral Instructions*, de Kalou Rinpoché, présenté par Nancy J. Clark et Caroline M. Parke, © 1986 Son Eminence Kalou Rinpoché, première publication : KDK Publications, San Francisco, 1986 ; Snow Lion Publications : première publication, 1987. Reproduit avec l'autorisation de Snow Lion Publications, Inc.

Library of Tibetan Works and Archives pour les extraits de *Ambrosia Heart Tantra*, traduit par Jampa Kelsang et Dr Yeshe Dhonden, 1971. Reproduit avec l'autorisation de Tibetan Medicine Series 1983. Extraits de *Guide to the Bodhisattva's Way of Life*, traduit par Stephen Batchelor, 1987. Reproduit avec l'autorisation de la bibliothèque.

Composition réalisée par IGS-CP

Imprimé en France sur Presse Offset par

BRODARD & TAUPIN

GROUPE CPI

La Flèche (Sarthe).
N° d'imprimeur : 31355 – Dépôt légal Éditeur : 61840-09/2005
Édition 01
LIBRAIRIE GÉNÉRALE FRANÇAISE – 31, rue de Fleurus – 75278 Paris cedex 06.
ISBN : 2 - 253 - 06771 - 7